AS ESPIÃS
DO DIA D

O Arqueiro

GERALDO JORDÃO PEREIRA (1938-2008) começou sua carreira aos 17 anos, quando foi trabalhar com seu pai, o célebre editor José Olympio, publicando obras marcantes como *O menino do dedo verde*, de Maurice Druon, e *Minha vida*, de Charles Chaplin.

Em 1976, fundou a Editora Salamandra com o propósito de formar uma nova geração de leitores e acabou criando um dos catálogos infantis mais premiados do Brasil. Em 1992, fugindo de sua linha editorial, lançou *Muitas vidas, muitos mestres*, de Brian Weiss, livro que deu origem à Editora Sextante.

Fã de histórias de suspense, Geraldo descobriu *O Código Da Vinci* antes mesmo de ele ser lançado nos Estados Unidos. A aposta em ficção, que não era o foco da Sextante, foi certeira: o título se transformou em um dos maiores fenômenos editoriais de todos os tempos.

Mas não foi só aos livros que se dedicou. Com seu desejo de ajudar o próximo, Geraldo desenvolveu diversos projetos sociais que se tornaram sua grande paixão.

Com a missão de publicar histórias empolgantes, tornar os livros cada vez mais acessíveis e despertar o amor pela leitura, a Editora Arqueiro é uma homenagem a esta figura extraordinária, capaz de enxergar mais além, mirar nas coisas verdadeiramente importantes e não perder o idealismo e a esperança diante dos desafios e contratempos da vida.

KEN FOLLETT
AS ESPIÃS DO DIA D

Título original: *Jackdaws*

Copyright © 2001 por Ken Follett
Copyright da tradução © 2015 por Editora Arqueiro Ltda.

Todos os direitos reservados. Nenhuma parte deste livro pode ser utilizada ou reproduzida sob quaisquer meios existentes sem autorização por escrito dos editores.

tradução: Marcelo Mendes
preparo de originais: Sheila Til
revisão: Alice Dias, José Tedin e Luis Américo Costa
projeto gráfico: Ana Paula Daudt Brandão
diagramação: Valéria Teixeira
capa: DuatDesign
imagens de capa: Trevillion Images: © Magdalena Russocka (fundo), © Stephen Mulcahey (mulheres); Shutterstock: Degimages (paraquedas), ChiccoDodiFC (fumaça), Ivan Cholakov (aviões)
impressão e acabamento: Lis Gráfica e Editora Ltda.

CIP-BRASIL. CATALOGAÇÃO NA PUBLICAÇÃO
SINDICATO NACIONAL DOS EDITORES DE LIVROS, RJ

F724e

Follett, Ken, 1949-
  As espiãs do dia D / Ken Follett ; [tradução Marcelo Mendes]. - [2. ed.] - São Paulo : Arqueiro, 2021.
  528 p. ; 20 cm.

  Tradução de : Jackdaws
  ISBN 978-65-5565-103-4

  1. Literatura inglesa. I. Mendes, Marcelo. II. Título.

21-68616
CDD: 823
CDU: 82-3(410.3)

Camila Donis Hartmann - Bibliotecária - CRB-7/6472

Todos os direitos reservados, no Brasil, por
Editora Arqueiro Ltda.
Rua Artur de Azevedo, 1.767 – Conj. 177 – Pinheiros
05404-014 – São Paulo – SP
Tel.: (11) 2894-4987
E-mail: atendimento@editoraarqueiro.com.br
www.editoraarqueiro.com.br

*Cinquenta mulheres inglesas foram enviadas
à França como agentes secretas durante a
Segunda Guerra Mundial. Trinta e seis sobreviveram.
As outras quatorze deram sua vida.*

Este livro é dedicado a todas elas.

PRIMEIRO DIA
Domingo
28 de maio de 1944

CAPÍTULO UM

UM MINUTO ANTES da explosão, a praça estava tranquila em Sainte-Cécile. A tarde seguia quente e uma camada de ar estagnado envolvia a cidadezinha feito um cobertor. O sino da igreja soava preguiçoso, convocando sem grande entusiasmo os fiéis para a missa. Para Felicity Clairet, ele servia de contagem regressiva.

Um castelo do século XVII dominava a praça. O prédio parecia o palácio de Versalhes, só que em menor escala. Contava com uma entrada principal que se projetava para a frente e alas laterais que formavam ângulos retos e seguiam na direção dos fundos do terreno. Tinha porão e dois pavimentos principais, encimados por um telhado íngreme com janelas em arco.

Felicity, a quem sempre chamavam de Flick, adorava a França. Adorava a beleza da arquitetura, a amenidade do clima, a calma dos almoços, a erudição das pessoas. Adorava a pintura, a literatura, as roupas elegantes das mulheres. Os estrangeiros costumavam achar o povo francês um tanto antipático, mas Flick falava o idioma deles desde os 6 anos e não se notava a diferença entre ela e um nativo.

Enfurecia-a o fato de que a França que ela tanto adorava não existisse mais. Não restava comida suficiente para os almoços calmos, as pinturas tinham sido roubadas pelos nazistas e apenas as prostitutas tinham roupas bonitas. Como todas as mulheres, Flick vinha usando um vestidinho de corte ruim que havia muito perdera as cores devido ao excesso de lavagens. O que ela mais queria era a volta de sua França querida, a França real. E se tudo desse certo – caso ela e os outros fizessem o que tinham de fazer – era bem possível que isso acontecesse.

Talvez não vivesse o suficiente para presenciar isso. Talvez sequer estivesse viva dali a alguns minutos. Não era nenhuma fatalista, queria viver. Ainda tinha um milhão de coisas que pretendia fazer quando aquela maldita guerra terminasse: concluir seu doutorado, ter um filho, conhecer Nova York, comprar um carro esporte, beber champanhe numa praia em Cannes. Mas, se realmente estava tão perto da morte, era um consolo passar os últimos momentos da vida naquela praça ensolarada, defronte a uma pérola da arquitetura e embalada pela deliciosa melodia da língua francesa.

O castelo fora construído para abrigar a aristocracia local, mas o último conde de Sainte-Cécile perdera a cabeça na guilhotina em 1793. Fazia muito tempo que os jardins ornamentais tinham dado lugar aos vinhedos, uma vez que estavam não só num país produtor de vinhos, mas também no coração do distrito de Champagne, e as dependências do castelo abrigavam agora uma importante central telefônica – por obra do ministro responsável pela área, que era nascido em Sainte-Cécile.

Com a chegada dos alemães, foram feitas melhorias nessa central a fim de interligar o sistema francês à nova rota de cabos para a Alemanha. Além dela, a edificação também abrigava um quartel-general regional da Gestapo, com gabinetes nos pavimentos superiores e celas no porão.

Fazia quatro semanas que o castelo fora bombardeado pelos Aliados. Tamanha precisão nos bombardeios era novidade. Os pesados aviões de quatro motores que sobrevoavam a Europa todas as noites, aeronaves Avro Lancaster e Boeing B-17, eram bastante imprecisos, muitas vezes a ponto de errarem por completo a *cidade* que tinham por alvo, mas a última geração de caças-bombardeiros – como os Lightnings e os Thunderbolts – era capaz de surgir do nada em plena luz do dia e acertar em cheio uma ponte ou uma estação ferroviária. Boa parte da ala oeste do castelo fora reduzida a um amontoado de tijolos vermelhos e pedras brancas seiscentistas.

Mas a missão em si fracassara. Os consertos foram logo providenciados, de forma que os serviços foram interrompidos apenas durante o tempo necessário para a troca das mesas telefônicas. Todos os equipamentos automáticos, bem como os amplificadores vitais para as chamadas de longa distância, ficavam no porão, que passara ileso pelo bombardeio.

Por isso Flick estava ali.

O castelo se situava no lado norte da praça, confinado por uma cerca alta de pilares de pedra e barras de ferro, guardado por sentinelas fardadas. No lado leste ficava a igrejinha medieval que agora tinha as portas escancaradas para a tarde de verão e a chegada dos fiéis. De frente para ela, no lado oeste da praça, ficava a prefeitura, de onde o prefeito ultraconservador pouco se opunha aos dirigentes da ocupação nazista. No lado sul se estendia uma sequência de lojas e um bar chamado Café des Sports. Era na varanda desse bar que Flick esperava o silenciar dos sinos com uma taça de vinho branco à sua frente, o vinho leve e suave produzido na região. Ela não tomara um gole sequer.

Flick era major. Para todos os efeitos, pertencia ao contingente exclusivamente feminino do Regimento de Enfermagem e Primeiros Socorros do Exército britânico. Tratava-se, no entanto, de um posto de fachada. Na realidade, ela trabalhava para a Executiva de Operações Especiais, uma organização incumbida de missões de sabotagem dentro das linhas inimigas. Aos 28 anos, era uma das agentes de mais experiência dessa força secreta. Àquela altura já encarara a morte mais de uma vez, aprendera a conviver com o perigo e a lidar com o próprio medo. Ainda assim, não conseguia evitar sentir calafrios sempre que olhava para os capacetes de aço e os fuzis poderosos dos guardas do castelo.

Três anos antes, sua maior ambição era dar aulas de literatura francesa em alguma universidade britânica, ensinando os alunos a apreciar a riqueza de Victor Hugo, a ironia de Gustave Flaubert, a paixão de Émile Zola. Vinha trabalhando no Ministério da Guerra como tradutora de documentos em francês quando a chamaram para uma misteriosa conversa num quarto de hotel e perguntaram se ela se dispunha a fazer algo mais perigoso.

Sem refletir muito, ela respondera que sim. Todos os rapazes com quem estudara em Oxford vinham arriscando a vida na guerra. Que motivos teria para não fazer o mesmo? Dois dias após o Natal de 1941, ela começara seu treinamento na Executiva de Operações Especiais.

Passados seis meses, dada a escassez de rádios e a enorme dificuldade de se encontrar operadores habilitados a usá-los, Flick já levava mensagens da matriz da Executiva em Londres – que ficava no número 64 da Baker Street – para os grupos da Resistência na França ocupada. Ela saltava de paraquedas, transitava com documentos falsos, contatava a Resistência, repassava ordens, depois anotava respostas, reclamações e solicitações de armas e munição. Para a viagem de volta, era recolhida por um avião, geralmente um Westland Lysander de três lugares, pequeno o bastante para aterrissar em qualquer ponto onde houvesse quinhentos metros de relva baixa.

Do trabalho como mensageira ela passara à organização de manobras de sabotagem. Os agentes da Executiva de Operações Especiais eram quase todos oficiais do Exército e, teoricamente, a Resistência era seu destacamento. Contudo, na prática a Resistência não se curvava à disciplina militar e, para conquistar o apoio de seus integrantes, o oficial precisava ter conhecimento, voz ativa e pulso firme.

O trabalho era perigoso. Seis homens e duas mulheres haviam concluído o curso de treinamento junto com Flick. Dois anos depois, ela era a única ainda na ativa. Não restava dúvida de que duas pessoas do grupo estavam mortas: uma sofrera um acidente de paraquedas e outra fora assassinada pela Milícia francesa, a odiosa força paramilitar que os alemães ajudaram a criar para combater a Resistência. As outras seis tinham sido capturadas, interrogadas e torturadas, depois levadas para campos de prisioneiros na Alemanha, de onde nunca haviam saído. Flick sobrevivera porque era guerreira, pensava rápido e beirava a paranoia no cuidado que tinha com os procedimentos de segurança.

A seu lado estava Michel, seu marido, líder de uma célula da Resistência francesa que havia recebido o codinome de Bollinger e tinha como base de operações a cidade de Reims, famosa por sua catedral e situada a uns 15 quilômetros de Sainte-Cécile. Embora estivesse prestes a arriscar a vida, Michel se recostava despreocupado na cadeira, com o tornozelo direito apoiado no joelho esquerdo, empunhando um copo grande com a cerveja rala e sem cor dos tempos de guerra. Seu sorriso fácil conquistara o coração de Flick quando ela ainda estava na Sorbonne, escrevendo sua tese sobre a ética de Molière, que seria obrigada a abandonar com a eclosão da guerra. À época ele era um jovem professor de filosofia que tinha aparência desleixada e um séquito de admiradores entre os alunos.

Michel ainda era o homem mais sexy que ela já conhecera. Alto, vestia-se de um modo ao mesmo tempo elegante e displicente, com os ternos sempre amarfanhados e as camisas azuis desbotadas. Os cabelos eram um pouco mais compridos do que deveriam ser. A voz sensual era um convite para a cama e os olhos azuis, quando focavam uma mulher, faziam com que ela se sentisse a única no mundo inteiro.

Para Flick, aquela missão fora uma ótima oportunidade para passar alguns dias na companhia do marido, mas nem tudo tinha sido flores. Não que eles houvessem brigado, mas Michel dava a impressão de que já não sentia o mesmo afeto de antes, de que apenas seguia os protocolos do casamento, e isso a magoava. A intuição lhe dizia que ele andava interessado em outra mulher. Michel tinha apenas 35 anos e seu charme desleixado exercia algum fascínio sobre as mais jovens. Não ajudava em nada o fato de que, por causa da guerra, eles haviam passado mais tempo afastados do que juntos desde que se casaram. Não faltavam francesinhas, tanto na Resistência quanto fora dela, que se dispunham a consolá-lo.

Flick ainda amava Michel. Mas de outro jeito. Não tinha por ele aquela mesma adoração cega da lua de mel, tampouco pretendia passar uma vida inteira dedicando-se exclusivamente à felicidade dele. A neblina matinal do amor romântico já se dissipara e agora, sob a luz implacável da vida matrimonial, ela podia ver que Michel era um homem vaidoso, egocêntrico e pouco confiável. No entanto, quando ele se dispunha a colocá-la no centro das suas atenções, ainda era capaz de fazê-la sentir-se uma mulher bonita, desejada e especial.

Os encantos de Michel também funcionavam sobre os homens, e ele era um excelente líder, corajoso e carismático. Ele e Flick haviam traçado juntos o plano de ação daquela noite: atacariam o castelo em duas frentes distintas, dividindo as defesas, depois se reencontrariam no interior da construção e desceriam ao porão para explodir os equipamentos principais da central telefônica.

Eles dispunham da planta baixa do prédio – presente de Antoinette Dupert, supervisora do grupo de mulheres locais que limpava o castelo todas as noites. Por coincidência, Antoinette era também tia de Michel. A limpeza começava às sete, mesma hora da missa, e Flick já avistava algumas mulheres apresentando seus passes especiais ao guarda junto ao portão de ferro. A planta fornecida por Antoinette indicava apenas a entrada do porão, pois o lugar era de acesso exclusivo a alemães e a limpeza era feita por soldados.

O plano de ataque de Michel tinha por base os relatos do MI6, o serviço secreto britânico, segundo os quais o castelo era protegido por um destacamento da Waffen SS, a tropa de elite nazista, que operava em três turnos de doze homens cada. Os funcionários da Gestapo que trabalhavam ali não eram treinados para combate; a maioria sequer estaria armada. A célula Bollinger havia conseguido arregimentar quinze pessoas para o ataque. Agora, com as armas escondidas sob a roupa ou no interior de bolsas e sacolas, elas se misturavam aos grupos que aguardavam a missa na igreja e aos que passeavam tranquilamente na praça. Se as informações do MI6 estivessem corretas, haveria mais representantes da Resistência do que sentinelas alemãs na hora do ataque.

No entanto, outra informação martelava na cabeça de Flick, roubando-lhe a paz. Antoinette, ao saber das estimativas do MI6, comentara: "Eu diria que são mais de doze." A mulher não era nenhuma tola: tinha sido secretária de Joseph Laperrière, um grande produtor de champanhe, e só fora dispensada e substituída pela esposa do homem em razão dos prejuízos trazidos pela ocupação. Poderia estar certa.

Michel não fora capaz de tirar a limpo o conflito entre as informações do MI6 e as de Antoinette. Morava em Reims, não tinha nenhuma familiaridade com Sainte-Cécile. Nem ele nem os demais do grupo. Além disso, não houvera tempo suficiente para que se fizesse uma operação de reconhecimento. Por isso Flick se afligia tanto: se os resistentes estivessem em menor número, dificilmente teriam chance contra a disciplina dos soldados alemães.

Ela agora corria os olhos pela praça, tentando localizar as pessoas que conhecia, observando cidadãos inocentes dando um passeio, mas que na verdade esperavam para matar ou serem mortos. Diante da vitrine do armarinho, admirando uma peça de tecido verde sem graça, estava Geneviève, uma moça alta de 20 anos com uma Sten escondida sob o casaco leve de verão. A Sten era a submetralhadora preferida dos resistentes, uma vez que podia ser desmontada em três partes e transportada numa bolsa pequena. Geneviève talvez fosse a jovem para quem Michel vinha arrastando asa; mesmo assim, Flick sentiu um arrepio de horror ao pensar que dali a alguns minutos a francesa poderia estar crivada de balas.

Atravessando os paralelepípedos da praça, indo para a igreja, estava Bertrand, de 17 anos. O louro com expressão impaciente levava uma Colt automática calibre 45 escondida no jornal sob o braço. Os Aliados haviam jogado milhares de

Colts em paraquedas. Num primeiro momento, Flick deixara Bertrand fora da operação por conta da pouca idade, mas o garoto implorara por participar, e ela, sabendo que precisava de toda a ajuda disponível, acabara cedendo. Só rezava para que tamanha coragem não virasse pó assim que a confusão começasse.

Vagando pelo átrio da igreja, aparentemente terminando seu cigarro antes de entrar, estava Albert. A mulher dele tinha dado à luz uma menina naquela mesma manhã, o primeiro filho do casal. Por isso, Albert tinha um motivo a mais para permanecer vivo. Levava consigo uma sacola de pano que parecia repleta de batatas, mas que guardava, na realidade, granadas Mills M36.

A paisagem na praça seria a mesma de sempre, não fosse por um único detalhe. Ao lado da igreja havia um carro esporte enorme e visivelmente poderoso, um Hispano-Suiza 68 Bis de fabricação francesa. Turbinado com um motor de doze cilindros, era um dos carros mais velozes do mundo. A grade frontal prateada se destacava, arrogante, do chassi azul-celeste, encimada pela cegonha que era o símbolo da montadora.

Fazia meia hora que aquele carro chegara. O motorista, um homem bonito que já devia andar pelos 40 anos de idade, trajava um paletó elegante. O dono do carro só poderia ser um oficial alemão: quem mais teria a coragem de ostentar um automóvel daqueles? A companheira dele, uma ruiva alta e belíssima, com vestido de seda verde e sapatos de camurça de saltos muito altos, exibia uma elegância tão impecável que tinha de ser francesa. O homem havia armado sua câmera sobre um tripé e agora tirava fotos do castelo. A mulher exibia uma expressão de afronta, como se soubesse que era mentalmente chamada de vadia por todos os pobretões que passavam por ela a caminho da missa.

Alguns minutos antes, o alemão dera um susto em Flick ao pedir a ela que o fotografasse ao lado da companheira, com o castelo ao fundo. O pedido fora feito com delicadeza, um sorriso simpático e apenas um leve sotaque. Para Flick, era um martírio ter de lidar com aquela distração em um momento tão importante, mas uma recusa poderia levantar suspeitas, ainda mais sendo ela, supostamente, uma moradora da região que não tinha nada para fazer além de bebericar seu vinho na varanda de um bar. Assim sendo, ela respondera exatamente como uma francesa legítima teria feito, isto é, trazendo ao rosto uma expressão de frieza e indiferença antes de aquiescer.

Aquele fora um momento absurdo, um momento de pânico: a agente secreta britânica fotografando o oficial alemão e sua mariposa, ambos sorrindo, enquanto o sino da igreja contava os segundos para a explosão. O alemão agradecera e se oferecera para lhe pagar um drinque. Flick havia recusado com firmeza: nenhuma francesa podia beber com um alemão a menos que estivesse preparada para ser chamada de puta. O homem assentira de forma compreensiva e ela voltara para o lado do marido.

Embora parecesse estar num dia de folga e não desse a impressão de estar armado – portanto não representasse perigo imediato –, o oficial despertara em Flick uma incômoda sensação de desconfiança. Refletindo melhor naqueles últimos instantes de calma, ela chegara à conclusão de que o homem definitivamente não estava ali a turismo. Percebia-se nele um permanente estado de alerta, uma prontidão que não combinava com alguém que estava ali apenas para admirar a arquitetura. A mulher talvez fosse o que parecia ser, mas ele, não. Ele era outra coisa.

Antes que ela pudesse definir o quê, o sino parou de tocar.

Michel terminou sua cerveja e secou a boca com as costas da mão.

Ele e Flick se levantaram. Procurando aparentar naturalidade, dirigiram-se para a porta do bar e lá ficaram, abrigando-se sem chamar atenção.

CAPÍTULO DOIS

DIETER FRANCK HAVIA notado a moça na varanda do bar assim que chegara à praça. Sempre notava as moças bonitas. Aquela em particular era uma bela amostra de sex appeal. Os cabelos eram de um louro acinzentado, os olhos, verde-claros e o sangue decerto tinha algo de alemão, o que não era raro naquela parte da França, tão próxima à fronteira com a Alemanha. O vestido que cobria o corpo miúdo não era lá muito diferente de um saco de linhagem, mas a moça acrescentara à composição uma echarpe amarela que, apesar do algodão barato, lhe dava um charme tipicamente francês. Ao abordá-la, ele havia percebido aquela centelha de medo que os franceses costumavam exibir diante dos algozes alemães; mas depois, *imediatamente* depois, notara uma expressão muito mal disfarçada de afronta que despertara seu interesse.

Ela estava acompanhada de um homem boa-pinta e um tanto indiferente que decerto era o marido. Dieter solicitara a foto apenas porque queria falar com ela. Era casado, tinha dois filhos lindos em Colônia e hospedava Stéphanie no apartamento que mantinha em Paris, mas nada que o impedisse de abordar outra mulher na rua. Mulheres bonitas eram como os quadros impressionistas que ele colecionava: possuir um não o impedia de desejar outros tantos.

As francesas eram as mulheres mais lindas do mundo. Mas tudo na França era bonito: as pontes, os bulevares, até mesmo os aparelhos de jantar feitos de porcelana. Dieter adorava as boates parisienses, o champanhe, o *foie gras*, as baguetes quentinhas. Adorava comprar suas camisas e gravatas na famosa Charvet defronte ao hotel Ritz. Ficaria feliz em poder morar em Paris para sempre.

Ele não sabia onde havia adquirido gostos tão refinados. Seu pai era professor de música, a única forma de arte em que os alemães, e não os franceses, eram os mestres absolutos. Mas

Dieter não tinha a menor vocação para a aridez da vida acadêmica do pai e deixara a família horrorizada ao decidir entrar para a polícia, um dos primeiros universitários na Alemanha a fazê-lo. Por volta de 1939 já chefiava o Departamento de Investigações Criminais da polícia de Colônia. Em maio de 1940, quando os tanques do general Heinz Guderian atravessaram o rio Mosa na altura de Sedan e abriram caminho de forma triunfal através da França até o canal da Mancha em apenas uma semana, Dieter cedera a um impulso e se candidatara a um posto no Exército. Em vista de sua experiência na polícia, imediatamente fora alocado na inteligência. Falava francês fluente, além de um pouco de inglês, e por isso fora incumbido de interrogar os inimigos capturados. Tinha um talento especial para a tarefa e sentia um grande orgulho sempre que conseguia extrair alguma informação que contribuía para a vitória de seu país em alguma batalha. Sua eficiência chegara aos ouvidos de ninguém menos do que o marechal de campo Erwin Rommel, no norte da África.

Dieter não tinha nenhum pudor de recorrer à tortura quando julgava necessário, mas preferia dobrar seus interrogados com métodos mais sutis, os mesmos que usara com Stéphanie. Esperta, elegante e sensual, Stéphanie fora proprietária de uma chapelaria que vendia chapéus femininos dos mais chiques de Paris – e também dos mais caros. Mas tinha uma avó judia. Já havia perdido sua loja e passara seis meses numa prisão francesa quando, prestes a ser transferida para um campo na Alemanha, fora resgatada por Dieter.

Ele poderia ter estuprado a chapeleira se quisesse. Na certa era o que ela esperava de um oficial alemão. Ninguém teria erguido a voz para protestar, muito menos exigido algum tipo de punição. Mas, em vez disso, ele alimentara a moça, comprara roupas novas para ela, lhe dera o quarto extra que tinha no apartamento, tratando-a com carinho e respeito até que, certa noite, após um jantar de *foie de veau* com uma garrafa de La Tache, ele a havia seduzido deliciosamente no sofá da sala, diante das chamas de uma lareira.

Hoje, no entanto, Stéphanie fazia parte de seu disfarce. Ele estava a serviço de Rommel. O marechal de campo, também conhecido como a Raposa do Deserto, agora comandava o Grupo de Exércitos B das forças alemãs, responsável pela defesa dos territórios ocupados no norte da França. Segundo informações dos agentes de inteligência alemães, os Aliados tentariam uma invasão ainda naquele verão. Rommel não dispunha de um contingente grande o bastante para proteger as centenas de quilômetros da vulnerável costa normanda, por isso havia adotado a arriscada estratégia da mobilidade: embrenhadas no interior, suas tropas precisavam estar sempre de prontidão para serem deslocadas de forma ágil quando necessário.

Os ingleses sabiam disso. Também tinham seu serviço de inteligência. Para eles, o plano era o seguinte: atrasar os deslocamentos de Rommel destruindo as linhas de comunicação controladas pelo marechal. Noite e dia os bombardeiros ingleses e americanos vinham atacando rodovias e ferrovias, pontes e túneis, estações e pátios de manobra. A Resistência, por sua vez, explodia usinas e fábricas, descarrilava trens, cortava linhas telefônicas, instruía jovens a despejar terra nos tanques de combustível dos caminhões e blindados alemães.

A missão de Dieter era identificar os alvos que mais precisavam de defesa no setor das comunicações e avaliar até que ponto a Resistência era capaz de atacá-los. Ao longo dos últimos meses, saindo de sua base em Paris, ele percorrera todo o norte da França, soltando os cachorros para cima das sentinelas que encontrava dormindo, infundindo terror nos capitães que demonstravam algum sinal de preguiça, redobrando as medidas de segurança nos pátios ferroviários, nas garagens de veículos, nas torres de controle dos aeroportos e nas cabines de sinalização das ferrovias mais importantes.

Naquele dia em particular, ele estava fazendo uma visita-surpresa a uma central telefônica estratégica e de importância vital para as forças alemãs. Por ali passava todo o tráfego telefônico entre o alto comando de Berlim e as inúmeras unidades espalhadas pelo norte da França. Isso incluía as mensagens de teletipo, meio pelo qual a grande maioria das instruções vinha sendo enviada nos últimos tempos. Se aquela central fosse destruída, as comunicações alemãs ficariam gravemente comprometidas.

Os Aliados, claro, sabiam disso. Até já haviam tentado bombardear o lugar e obtido relativo sucesso na investida. Aquele castelo era o mais perfeito candidato a um ataque da Resistência. No entanto, as medidas de segurança nele adotadas eram imperdoavelmente frouxas, pelo menos a seus olhos. A explicação talvez residisse na má influência exercida pela Gestapo, que tinha ali um posto avançado. A *Geheime Staatspolizei*, ou Gestapo, era a polícia secreta do governo nazista e, nela, muitas vezes as pessoas eram promovidas não pela sagacidade, mas pela lealdade que demonstravam a Hitler ou pelo entusiasmo com que abraçavam o ideário fascista.

Dieter estava furioso. Fazia meia hora que estava ali, fotografando o castelo, e até então nenhum dos guardas sequer notara sua presença. No entanto, assim que os sinos pararam de tocar, um oficial com divisas de major irrompeu dos portões altos do castelo e foi correndo na direção dele, berrando num francês capenga:

– Entregue essa câmera!

Dieter virou o rosto, fingindo não ouvir.

– É proibido tirar fotos do castelo, imbecil! – berrou o homem. – Não está vendo que é uma instalação militar?

Voltando-se para ele, Dieter respondeu calmamente em alemão:

– Você demorou uma eternidade para me ver.

O major ficou surpreso. Civis costumavam ter medo da Gestapo.

– Como assim, demorei? – indagou, já menos agressivo.

Dieter olhou para o relógio, depois completou:

– Faz 32 minutos que estou aqui. Poderia ter tirado uma centena de fotos e ido embora há muito tempo. É você que está na chefia da segurança?

– Quem é você, afinal? – devolveu o outro.

– Major Dieter Franck, do estado-maior do marechal de campo Rommel.

– Franck! – exclamou o homem. – Eu me lembro de você.

Dieter o observou com mais atenção.

– Meu Deus – disse, assim que se deu conta. – Willi Weber.

Como a maioria dos homens da Gestapo, Weber possuía uma patente da SS, que para ele era bem mais respeitável do que a outra que ele tinha da polícia. Por isso, ressaltou:

– *Sturmbannfuehrer* Weber, a seu dispor.

– Ora, ora, quem diria... – falou Dieter.

Não era à toa que a segurança estava tão fraca, pensou.

Ainda jovens, lá pela década de 1920, Weber e Dieter haviam servido juntos na polícia de Colônia. Dieter fora um oficial exemplar e Weber, um fracasso. Ressentido, Weber atribuíra o sucesso do colega ao berço de ouro em que ele nascera. (O berço de Dieter nem tinha assim tanto ouro, mas era desse modo que Weber, filho de um estivador, o via.)

No final, Weber fora dispensado, e os detalhes de todo o episódio agora vinham à lembrança de Dieter: uma multidão se aglomerara perto do local de um acidente na estrada e, apavorado, Weber disparara sua arma acidentalmente e matara um dos curiosos.

Fazia quinze anos que eles não se viam, mas Dieter podia muito bem imaginar qual fora a trajetória de Weber: ele decerto havia se filiado ao partido nazista, depois se oferecera como voluntário, então usara sua formação policial para se candidatar a um posto na Gestapo, ascendendo rapidamente naquele antro de mediocridade.

– O que está fazendo aqui? – perguntou Weber.

– Fiscalizando a sua segurança em nome do marechal de campo.

– Nossa segurança é ótima – rebateu Weber entre os dentes.

– Ótima para uma fábrica de salsichas. Dê só uma olhada à sua volta – disse Dieter, apontando para a praça. – E se essas pessoas fossem da Resistência? Poderiam dominar sua guarda em questão de segundos.

Em seguida apontou para a moça alta que usava um casaco de verão sobre o vestido.

– E se ela estivesse levando uma arma sob o casaco? E se... Ele se calou de repente.

Deu-se conta de que aquilo não era apenas um cenário hipotético. Inconscientemente ele havia notado a formação de batalha que aquelas pessoas desenhavam em torno da praça. A lourinha miúda e o marido haviam buscado refúgio na porta do bar. Os dois homens diante da igreja se escondiam atrás de pilares. A moça alta de casaco de verão, que minutos antes observava uma vitrine, agora parecia usar o Hispano-Suiza como escudo. Com efeito, no instante em que Dieter olhava para ela, uma lufada de vento levantou uma ponta do casaco da moça e ele pôde constatar, perplexo, que sua imaginação fora profética: a jovem levava consigo uma arma, uma submetralhadora de coronha tipo esqueleto, nada menos que o modelo preferido da Resistência.

– Meu Deus! – exclamou ele.

Imediatamente levou a mão ao bolso do paletó e só então lembrou que não estava armado.

Onde estaria Stéphanie? Em pânico, correu os olhos à procura da namorada, mas ela estava bem ali às suas costas, esperando que ele acabasse a conversa com Weber.

– *Abaixe-se!* – ordenou.

E o estrondo veio segundos depois.

CAPÍTULO TRÊS

FLICK ESTAVA NA porta do Café des Sports, atrás de Michel, espichando-se na ponta dos pés para enxergar sobre os ombros dele. Mantinha-se alerta, o coração disparado, a musculatura tensa, mas o sangue corria nela feito água glacial, dando-lhe a frieza de que precisava para observar e avaliar.

Avistou oito guardas: dois cuidavam de quem passava pelo portão, dois estavam de sentinela um pouco mais para dentro, dois patrulhavam o pátio por trás da grade de ferro e outros dois se empoleiravam no alto da escada que dava acesso à imponente porta do castelo. Mas não seria pelo portão que os homens de Michel passariam.

A comprida parede norte da igreja também servia de limite com o terreno do castelo e seu transepto galeria norte invadia alguns metros do pátio vizinho, adentrando o estacionamento que um dia fora jardim. À época do Antigo Regime, o conde dispunha de uma entrada privativa para a igreja, uma pequena porta naquele transepto. Fazia mais de um século que a porta fora lacrada com tapume e gesso, e assim permanecia.

Havia uma hora, Gaston, um trabalhador aposentado de uma pedreira, entrara na igreja e cuidadosamente colocara quatro bastonetes de explosivo plástico de 200 gramas ao pé da tal porta lacrada. Ele conectara os detonadores de modo que os bastonetes explodissem juntos cinco segundos depois que ele os acionasse. Para que ninguém visse os explosivos ali, o homem trouxera cinzas do fogão de sua casa e as espalhara sobre o plástico amarelo dos bastonetes, depois arrastara um dos bancos da igreja para perto da porta. Por fim, satisfeito com o próprio trabalho, se ajoelhara para rezar.

Assim que os sinos pararam de tocar, Gaston abandonou seu banco na nave para acionar o detonador e se jogou às pressas atrás de uma coluna para se proteger. A explosão decerto sacudiria a poeira acumulada durante séculos nos arcos góticos da igreja, mas aquele transepto não era usado durante as missas, de modo que não havia riscos de que alguém se ferisse.

Após o troar da explosão, fez-se um longo silêncio na praça. Todos ficaram imóveis onde estavam: os guardas no portão do castelo, as sentinelas junto à cerca, assim como o major da Gestapo, o alemão bem-vestido e sua glamorosa amante. Rígida de apreensão, Flick tentou enxergar o que se passava no pátio do castelo. No estacionamento ainda havia uma relíquia dos suntuosos jardins de outrora: uma fonte de pedra com três querubins esverdeados pelo musgo, mas que já não cuspiam água. Em torno dessa fonte seca haviam estacionado um caminhão, um carro blindado (uma Mercedes sedã pintada com o verde-acinzentado das forças alemãs) e dois Citroëns pretos com tração dianteira que os oficiais da Gestapo em missão na França tanto apreciavam. Um soldado abastecia o tanque de um dos Citroëns, valendo-se da bomba de gasolina que, de modo incongruente, fora posta em frente a uma das janelas altas do castelo. Por alguns poucos segundos, ninguém se mexeu. Flick prendeu a respiração.

Dentro da igreja se encontravam dez homens armados. O padre, que não endossava a causa e portanto não fora avisado de nada, provavelmente ficara feliz ao ver tanta gente em sua missa vespertina, que não era lá muito popular. Talvez tivesse estranhado que muitos trajassem casaco num dia tão quente, mas depois de quatro anos de austeridade o vestuário da população andava mesmo um tanto esquisito e sempre havia aquele que aparecia com capa de chuva para compensar a falta do paletó. Flick calculava que, àquela altura, o padre teria compreendido tudo. Os dez homens já teriam sacado suas armas e irrompido para atravessar o buraco recém-aberto na igreja.

Por fim eles surgiram no estacionamento. Flick sentiu o coração saltitar de orgulho e medo ao vê-los lá, aquele pequeno exército usando roupas desgastadas e sapatos velhos e que agora corria na direção do castelo em meio à poeira do pátio, cada um com sua arma em punho, uns tantos revólveres e pistolas, dois ou três fuzis, uma única submetralhadora. Ainda não haviam começado a atirar, pois primeiro queriam chegar o mais próximo possível da entrada do castelo.

Michel também acompanhava a ação de longe. Ao ver o

grupo sair da igreja, deixara escapar um ruído que oscilava entre o grunhido e o suspiro, e Flick logo percebeu que o marido também se dividia entre o orgulho da coragem dos camaradas e o receio pelo destino deles. Agora era o momento de distrair os guardas. Michel ergueu seu fuzil, um Lee-Enfield nº 4 Mark I, que era conhecido na Resistência como "fuzil canadense", pois muitos eram fabricados naquele país. Ele fez mira, retesou o gatilho de dois tempos e só então atirou. Com a prática que tinha, não demorou para preparar o tiro seguinte.

O estampido do fuzil pôs fim ao silêncio catatônico da praça. No portão do castelo, um dos guardas gritou e foi ao chão, e Flick se deixou levar por um breve momento de êxtase: um alemão a menos para ir no encalço dos seus companheiros. O tiro de Michel foi o sinal para que todos os demais abrissem fogo.

No átrio da igreja, o jovem Bertrand disparou dois tiros que poderiam ter sido confundidos com meros estalinhos: distantes demais para o alcance de uma pistola, não atingiram ninguém. Ao lado dele, Albert retirou o pino de uma granada e a arremessou o mais alto que pôde sobre a cerca de ferro, mas a explosão se deu nos vinhedos do castelo, inutilmente transformando as plantas em pó.

Flick teve vontade de gritar: "Não atirem só pra fazer barulho! Assim vocês só vão se revelar!" No entanto, sabia que era em situações como aquela que um combatente demonstrava sua experiência ao refrear os próprios impulsos. Do outro lado do Hispano-Suiza do alemão, Geneviève abriu fogo com sua Sten, e o ruído ensurdecedor dos disparos se infiltrou pelos ouvidos de Flick. Dessa vez a investida não foi em vão, e outro guarda foi atingido.

Então os alemães começaram a reagir. No pátio, os guardas se protegeram atrás de pilares ou se jogaram ao chão com os fuzis em punho. O major da Gestapo enfim conseguiu pescar sua arma no coldre. A ruiva tentou fugir, mas seus sapatos chiques a fizeram escorregar nos paralelepípedos e ela caiu. Num átimo, o namorado alemão se jogou em cima dela, protegendo-a com o próprio corpo, e Flick concluiu que de fato se tratava de um militar, pois dificilmente um civil saberia que o mais seguro era mesmo deitar-se em vez de correr.

As sentinelas abriram fogo. Quase imediatamente, Albert foi atingido. Flick viu quando ele cambaleou para trás e levou a mão à garganta, deixando cair a segunda granada que pretendia arremessar. Em seguida o francês foi atingido por outra bala, dessa vez na testa, e desabou feito uma pedra. Flick se entristeceu ao pensar que a menininha que havia nascido naquela manhã já era órfã de pai. Ali perto, vendo a granada que rolava pelas pedras centenárias do átrio, Bertrand se lançou para dentro da igreja quase ao mesmo tempo que se deu a explosão. Flick ficou esperando que ele voltasse, mas não o viu. Afligiu-se imaginando se o garoto havia morrido, se estava ferido ou apenas assustado.

No estacionamento, o grupo que chegara pela igreja parou de correr e abriu fogo contra os seis guardas restantes. Presos no fogo cruzado entre os que atiravam do pátio e os que atiravam da praça, os quatro que estavam junto ao portão foram abatidos em questão de segundos, deixando apenas os dois que se achavam no alto da escada. O plano de Michel estava dando certo, pensou Flick num arroubo de esperança.

Mas àquela altura os alemães no interior do castelo já haviam tido tempo suficiente para buscar suas armas e correr para janelas e portas. Bastou que eles começassem a atirar para que a balança pendesse a seu favor. Tudo dependeria de quantos homens haveria lá dentro.

Por alguns momentos choveram balas, e Flick, esmorecida, interrompeu a contagem que vinha fazendo ao concluir que no castelo havia muito mais armas do que eles imaginaram. O fogo parecia vir de pelo menos doze portas e janelas. Os homens da igreja, que já deveriam ter entrado no castelo, foram obrigados a recuar e buscar refúgio atrás dos carros no estacionamento. Antoinette estava certa e o MI6 errara feio o número de soldados alemães daquele posto. Doze era a estimativa do serviço secreto britânico, mas a Resistência seguramente havia abatido seis e ainda restavam pelo menos quatorze no contra-ataque.

Flick xingou vigorosamente. Num embate como aquele, a Resistência só teria alguma chance se pudesse tirar partido do elemento-surpresa. Se não derrotassem o inimigo agora, estariam em maus lençóis. Com o passar dos minutos, o treinamento e a disciplina dos alemães começariam a fazer diferença. Ao final, soldados de verdade sempre levariam a melhor num confronto mais demorado.

No pavimento superior do castelo, as vidraças de uma das janelas se estilhaçaram e, segundos depois, uma metralhadora começou a atirar, beneficiando-se da altura para fazer um grande estrago entre os resistentes acuados junto aos carros. Flick assistia horrorizada aos companheiros caírem um a um nas imediações da fonte seca. Agora não restavam mais do que dois ou três ainda de pé.

Não havia mais esperança, constatou. Os alemães eram muito mais numerosos; aquela batalha estava perdida. Flick já sentia o gosto amargo da derrota.

Michel continuava atirando com seu fuzil, firme na mesma posição.

– Daqui não vamos conseguir derrubar aquele atirador lá em cima – disse.

Em seguida correu os olhos pela praça, avaliando o topo dos prédios, o campanário, o pavimento superior da prefeitura.

– Se eu pudesse entrar no gabinete do prefeito... Aí sim, ficaria mais fácil.

– Espere – disse Flick, a boca seca de apreensão.

Por mais que quisesse, não poderia impedir o marido de arriscar a própria vida, mas pelo menos poderia aumentar as chances dele. A plenos pulmões, gritou:

– Geneviève!

A jovem virou o rosto na direção dela.

– Cobertura para o Michel!

A francesa assentiu com vigor, depois saiu de trás do Hispano-Suiza e abriu fogo contra as janelas do castelo.

– Obrigado – disse Michel à esposa e saiu em disparada na direção da prefeitura.

Geneviève foi correndo para a porta da igreja, procurando distrair os alemães com sua submetralhadora enquanto Michel atravessava a praça em segurança. Foi aí que Flick notou um movimento à sua esquerda. Virando-se, avistou o major da Gestapo recostado na fachada da prefeitura com sua arma apontada para Michel.

Não era fácil acertar um alvo em movimento com uma simples pistola, sobretudo a uma distância tão grande, mas talvez o major estivesse num dia de sorte, cogitou Flick, apavorada. Ela havia recebido ordens expressas para apenas observar a ação e depois se reportar aos superiores; em nenhuma hipótese deveria participar do embate. Mas naquele momento pensou: aos diabos com a disciplina! Trazia sua arma na bolsa: era uma Browning 9 milímetros automática, que ela preferia mil vezes à Colt padrão da Executiva de Operações Especiais, pois o pente da Browning era de treze balas e o da Colt, de apenas sete; além disso, nela era possível usar os mesmos cartuchos 9 milímetros Parabellum das submetralhadoras Sten.

Flick tirou a arma da bolsa, engatilhou o cão, estendeu o braço e fez dois disparos apressados contra o major.

Não chegou a acertá-lo, mas tirou lascas da fachada junto ao rosto dele, obrigando-o a se abaixar.

Michel seguiu correndo.

O major se recuperou com rapidez e mirou de novo.

A essa altura Michel já estava bem mais próximo da prefeitura, portanto mais próximo do major também. Chegou a disparar seu fuzil contra o alemão, mas não o acertou, e o homem atirou de volta. Flick deixou escapar um berro de pavor quando viu o marido tombar.

Michel tentou se reerguer, mas desabou. Flick procurou manter a calma para conseguir raciocinar. Michel estava vivo. Geneviève já alcançara a igreja e sua submetralhadora ainda distraía os inimigos no castelo. Havia uma chance de resgatar Michel. Flick teria de contrariar ordens, mas nada no mundo a impediria de socorrer o marido que sangrava no chão. Além disso, se não agisse, Michel seria capturado e interrogado. Sendo o chefe da célula Bollinger, ele conhecia todos os nomes, todos os endereços, todas as senhas. Sua captura seria uma catástrofe.

Não havia escolha.

Flick voltou a atirar contra o major. Errou de novo, mas seguiu apertando o gatilho, e o fogo cerrado obrigou o homem a recuar em busca de proteção nas imediações da prefeitura.

Flick saiu do bar para a praça. Com a visão periférica, percebeu que o alemão do Hispano-Suiza ainda estava no chão, protegendo a amante. Flick sentiu um frio na espinha ao se dar conta de que se esquecera dele. Era bem possível que o homem estivesse armado. Nesse caso, poderia facilmente alvejá-la. Mas nenhuma bala a atingiu.

Assim que alcançou o marido, Flick se ajoelhou ao lado dele. Antes de qualquer outra coisa, disparou mais dois tiros na direção da prefeitura, apenas para manter o major ocupado. Só então baixou os olhos para Michel.

Ficou aliviada ao constatar que ele respirava e que os olhos estavam abertos. Parecia sangrar da nádega esquerda. Acalmou-se um pouco.

– Você levou uma bala na bunda – falou ela, em inglês.

– Está doendo pra burro – retrucou ele, em francês.

Virando-se novamente para a prefeitura, Flick viu que o major havia recuado uns 20 metros e atravessado a ruela mais próxima para se abrigar à porta de uma loja. Dessa vez ela não se precipitou: mirou com atenção e disparou outros quatro tiros. A vitrine da loja se despedaçou em mil cacos. O major cambaleou alguns passos para trás e caiu.

– Tente ficar de pé... – falou Flick para o marido, dessa vez em francês.

Gemendo de dor, Michel rolou o corpo e chegou a se apoiar num dos joelhos, mas não conseguiu mexer a perna ferida.

– Tente – suplicou Flick. – Se ficar aqui, vai morrer.

Ela o agarrou pela camisa e juntou todas as forças para içá-lo até que ele conseguisse pisar com a perna boa. Michel enfim ficou de pé, mas, não conseguindo sustentar o corpo, apoiou todo o seu peso na mulher. Flick grunhiu desesperada ao concluir que ele não conseguiria andar.

Para os lados da prefeitura, o major começava a se reerguer. Tinha sangue no rosto, mas não parecia gravemente ferido. Flick concluiu que ele se machucara apenas de leve com os estilhaços da vitrine, nada que o impedisse de voltar a atirar.

Não havia outra opção senão carregar Michel para longe dali.

Numa manobra típica dos bombeiros, ela inclinou o tronco diante do marido, enlaçou-o pela coxa e lentamente o içou para cima dos ombros. Michel era alto, porém magro, assim como a maioria dos franceses naqueles tempos de escassez. Mesmo assim ela receou desabar sob o peso dele. Cambaleou um instante, sentiu-se tonta, mas aguentou firme.

Enfim conseguiu dar um passo à frente.

Arrastando-se pelos paralelepípedos, foi avançando aos poucos na direção do bar. Tinha a impressão de que o major atirava às suas costas, mas não havia como ter certeza, uma vez que os tiros partiam de todos os lados: do castelo, de Geneviève, dos resistentes ainda vivos no estacionamento. O medo de ser atingida lhe deu a força necessária para ir apertando o passo até alcançar um trote desajeitado, e foi com esse mesmo trote que ela procurou sair dali pela rua mais próxima, no lado sul da praça. Ao passar pelo alemão espichado sobre a ruiva, seu olhar cruzou rapidamente com o dele e Flick ficou espantada ao ver no homem um quê de surpresa e admiração.

Distraindo-se, atropelou uma das mesas na calçada de um bar, derrubando-a, e quase caiu junto com ela, mas se endireitou a tempo e seguiu em frente. Uma bala atingiu a vidraça do bar, fazendo uma rachadura em forma de teia de aranha. Logo Flick dobrou a esquina e saiu da mira do major. Ambos vivos, ela pensou com gratidão. Pelo menos por mais um tempo.

Até aquele momento Flick ainda não havia decidido para onde ir quando se visse a salvo do tiroteio. Dois veículos de fuga esperavam não muito longe dali, mas ela não teria forças para carregar Michel até eles. Restava apenas uma saída: Antoinette Dupert, que morava um pouco mais adiante naquela mesma rua. Antoinette não participava da Resistência, mas apoiava a causa o bastante para ter fornecido a Michel uma planta baixa do castelo. Além disso, ela certamente não negaria ajuda ao sobrinho.

De qualquer forma, Flick não tinha escolha.

Antoinette morava num dos apartamentos térreos de um prédio a alguns metros da praça. Sofregamente, Flick alcançou o portão que dava acesso ao pátio interno do prédio, pôs Michel no chão e correu para o apartamento de Antoinette.

Ofegante, esmurrou a porta até ouvir uma voz distante e assustada perguntar do outro lado:

– Quem é?

Em meio aos acontecimentos na praça, Antoinette não abriria a porta para qualquer um.

– Rápido! Rápido! – disse Flick, sem ar.

Não queria que os vizinhos ouvissem, pois nada impedia que entre eles houvesse algum simpatizante dos nazistas.

Aproximando-se da porta ainda fechada, Antoinette voltou a perguntar:

– Quem está aí?

– Seu sobrinho está ferido – disse Flick, instintivamente evitando mencionar o nome de Michel.

A porta enfim se abriu. Antoinette era uma mulher de porte ereto, tinha lá os seus 50 e tantos anos e estava usando um vestido de algodão que um dia fora uma bela peça, mas se tornara um vestidinho trivial e desbotado, cansado de guerra, ainda que muito bem passado. Assim que viu o sobrinho caído junto ao portão, correu até ele e se ajoelhou, dizendo:

– Michel! Você está bem?

– Estou sentindo muita dor – disse ele como pôde –, mas não estou morrendo.

– Pobrezinho...

Com um gesto carinhoso, Antoinette passou a mão pelos cabelos grudados na testa suada do sobrinho.

– Depressa, vamos levá-lo para dentro – disse Flick, impaciente.

Trabalhando juntas e alheias aos gemidos que ouviam, as duas mulheres ergueram o ferido pelos braços e joelhos, depois o levaram para o apartamento e o deixaram sobre o sofá de veludo desbotado da sala.

– Cuide dele enquanto busco o carro – disse Flick, e voltou correndo para a rua.

O tiroteio começava a diminuir. Sem muito tempo, Flick disparou rua afora e dobrou duas esquinas.

Diante de uma padaria fechada, dois veículos esperavam com o motor ligado: um Renault bastante enferrujado e um furgão em cuja lateral se lia "Lavanderia Bisset". O furgão fora emprestado pelo pai de Bertrand, que conseguia gasolina porque lavava a roupa de cama dos hotéis em que os alemães ficavam. O Renault fora roubado naquela mesma manhã em Chalons, e Michel havia trocado as placas. Flick decidiu levar o Renault, deixando o furgão para aqueles que porventura conseguissem escapar com vida da carnificina em torno do castelo.

– Espere mais cinco minutos, depois vá embora – ordenou ela, falando depressa ao motorista do furgão.

Em seguida correu para o Renault, saltou para o banco do passageiro e disse:

– Vamos, rápido!

Ao volante estava Gilberte, uma garota de 19 anos com cabelos compridos e muito escuros, bonita porém burrinha. Flick estranhava que ela fizesse parte da Resistência, achava que a moça não fazia o tipo. Em vez de sair com o carro, Gilberte perguntou:

– Para onde?

– Vou mostrar o caminho, mas, pelo amor de Deus, vamos embora!

Gilberte engatou a marcha e enfim arrancou.

– Primeira à esquerda, depois à direita – orientou Flick.

Bastaram dois minutos fora da ação para que ela pudesse contabilizar o tamanho do prejuízo. Boa parte da célula Bollinger estava eliminada. Albert e os outros tinham morrido. Geneviève e Bertrand, mais os poucos que sobrevivessem, certamente seriam presos e torturados.

Quanto barulho por nada. A central telefônica permanecia intacta, as comunicações alemãs prosseguiam sem nenhum obstáculo. Sentindo-se uma inútil, Flick procurou identificar o que tinham feito de errado. Teria sido um equívoco tentar um ataque frontal contra uma instalação militar protegida? Não necessariamente. O plano teria sido bem-sucedido não fosse pela informação errada que os agentes do MI6 haviam passado. Pensando melhor, no entanto, teria sido mais seguro tentar entrar no castelo por meio de algum estratagema. Só assim eles teriam chance de alcançar os equipamentos de telefonia no porão.

Gilberte parou diante do portão do prédio de Antoinette.

– Vire o carro na direção contrária – disse Flick, e desceu.

Encontrou Michel deitado de bruços no sofá da tia com as calças arriadas e visivelmente constrangido. Ajoelhada ao lado dele, Antoinette segurava uma toalha ensanguentada e equilibrava os óculos na ponta do nariz enquanto examinava o traseiro do sobrinho.

– O sangramento diminuiu, mas a bala continua lá – contou ela.

No chão, junto ao sofá, estava a bolsa da mulher. Ela despejara o conteúdo sobre uma mesinha, provavelmente na pressa de encontrar os óculos. Em meio à tralha havia um documento dentro de uma capa dura de papelão: um papel datilografado e carimbado, com uma pequena fotografia de Antoinette no alto. Tratava-se do passe com o qual a tia de Michel entrava no castelo. Assim que Flick viu aquilo, uma ideia começou a se formar em sua cabeça.

– Há um carro esperando lá fora – disse.

– Não é bom que ele se mexa – contrapôs Antoinette, ainda examinando o ferimento.

– Se não sair daqui, os boches vão matá-lo.

Flick discretamente surrupiou o passe da mulher enquanto perguntava a Michel:

– Como você está?

– Acho que consigo andar – falou ele. – A dor já está melhorando.

Flick guardou o passe na própria bolsa sem que Antoinette notasse, depois pediu:

– A senhora me ajuda a levantá-lo?

Apoiado nas duas mulheres, Michel se ergueu do sofá. Antoinette suspendeu a calça de linho grosso do sobrinho e afivelou o surrado cinto de couro.

– Melhor a senhora ficar aqui – disse Flick. – Não quero que a vejam conosco.

Ela ainda não havia desenvolvido sua ideia, mas sabia de antemão que não poderia levá-la adiante caso alguma suspeita recaísse sobre Antoinette e as demais mulheres que cuidavam da limpeza do castelo.

Michel passou o braço sobre os ombros da esposa, apoiando-se nela, e assim eles voltaram à rua. Michel já estava lívido de dor quando alcançaram o carro. Gilberte ficou apavorada ao vê-los.

– Depressa, imbecil! – rugiu Flick. – Saia desse carro e abra a porta para nós!

A garota enfim saltou do carro, abriu a porta traseira e ajudou Flick a pôr Michel no assento. Isso feito, ambas se acomodaram nos bancos da frente.

– Vamos embora daqui – ordenou Flick.

CAPÍTULO QUATRO

DIETER ESTAVA PERPLEXO. Quando o confronto perdeu força e seu batimento cardíaco começou a voltar ao normal, ele se pôs a refletir sobre o que tinha visto. Jamais imaginara que a Resistência francesa fosse capaz de uma investida tão bem planejada e tão meticulosamente executada. De acordo com o que aprendera nos últimos meses, acreditava que os ataques daquela gente não passavam de uma provocação rápida seguida de fuga. Tinha sido a primeira vez que ele os via em ação. Os franceses estavam muito bem armados e, pelo visto, não careciam de munição – ao contrário do Exército alemão. Pior de tudo, haviam demonstrado uma coragem inacreditável. Dieter ficara impressionado com o sujeito que atravessara a praça com seu fuzil em punho, com a moça que lhe dera cobertura com uma submetralhadora Sten e, sobretudo, com a loirinha que, vendo-o ferido, carregara nas costas um homem pelo menos quinze centímetros mais alto que ela. Pessoas assim representavam uma inegável ameaça à ocupação alemã. Não eram como os criminosos com os quais ele lidara antes da guerra, quando trabalhava na polícia de Colônia. Criminosos eram burros, preguiçosos, covardes, toscos. Aqueles resistentes franceses eram guerreiros.

Mas a derrota deles oferecia uma rara oportunidade.

Tão logo teve certeza de que o tiroteio havia acabado, Dieter ficou de pé e ajudou Stéphanie a se levantar também. Ofegante e com as bochechas avermelhadas, a mulher tomou as mãos dele entre as suas, fitou-o nos olhos e disse, com lágrimas prestes a escorrer pela face:

– Você me protegeu. Você se fez de escudo para mim.

Dieter limpou a sujeira no quadril dela. Também estava surpreso com o próprio cavalheirismo. Agira por instinto. Se houvesse tido oportunidade de pensar melhor, provavelmente não teria arriscado sua vida para salvar a dela. Preferindo não estender o assunto, disse:

– Não ia deixar que danificassem um corpinho assim tão lindo.

Stéphanie começou a chorar de verdade.

Tomando-a pela mão, Dieter saiu com ela na direção dos portões.

– Vamos entrar – falou. – Lá você vai poder sentar um pouco.

Passando ao pátio do castelo, Dieter viu o buraco na parede da igreja. Só então compreendeu como eles tinham conseguido entrar.

Os soldados da Wafen SS já haviam saído do prédio para desarmar os resistentes, e Dieter agora observava os franceses com profundo interesse. Muitos estavam mortos; alguns, apenas feridos. Um ou dois pareciam não ter sequer um arranhão. Haveria vários para ele interrogar.

Até aquele momento seu trabalho fora de natureza essencialmente defensiva, resumindo-se a aperfeiçoar normas e aparatos de segurança para fortificar instalações importantes. Os poucos inimigos capturados não haviam informado nada muito aproveitável. Mas, com a captura daqueles vários resistentes, integrantes de uma mesma célula que já dera provas de sua força e organização, a coisa era bem diferente. Talvez ali estivesse sua chance de passar para a ofensiva, pensou Dieter, ávido.

– Você aí! – berrou para o sargento mais próximo. – Providencie um médico para esses prisioneiros. Não deixe que nenhum morra. Quero interrogá-los.

Ainda que Dieter não usasse farda, seus modos não deixavam dúvida de que se tratava de um oficial de alta patente, de forma que o sargento tratou de responder:

– Sim, senhor.

Dieter subiu as escadas com Stéphanie e eles atravessaram juntos a imponente porta que dava para o salão principal do castelo. O lugar era um deslumbre: piso de mármore rosa, janelas altas com cortinas pesadas, querubins pintados e já um tanto desbotados no teto, paredes com ornamentos de gesso com inspiração etrusca em tons de verde e rosa já esmaecidos. Dieter podia muito bem imaginar a beleza do mobiliário que um dia aquele salão ostentara: mesinhas torneadas sob espelhos suntuosos, aparadores com filigranas, cadeiras com pernas e braços com douração, pinturas a óleo, vasos enormes, estatuetas de mármore. Agora não restava nada disso, claro. O que havia eram fileiras e mais fileiras de mesas telefônicas, cada qual com sua cadeira, e um emaranhado de cabos pelo chão.

As telefonistas decerto tinham fugido para os fundos do prédio, mas, agora que os tiros haviam cessado, algumas voltavam para junto das portas de vidro ainda com os fones nos ouvidos e o microfone preso ao peito, refletindo se já era seguro retornar ao trabalho. Dieter acomodou Stéphanie numa das mesas telefônicas. Em seguida fez um sinal para uma senhora entre as telefonistas e, num francês educado porém incisivo, disse:

– Madame, providencie uma xícara de café para mademoiselle, por favor.

A mulher foi até ele, lançou um olhar fulminante na direção da ruiva, depois disse:

– Pois não, monsieur.

– E um pouco de conhaque também – ajuntou Dieter. – Ela está muito abalada.

– Não temos conhaque.

Tinham, sim, mas a mulher não queria oferecer tamanho luxo à amante de um alemão. Dieter preferiu não argumentar.

– Só o café, então, mas seja rápida, caso contrário estará em apuros.

Em seguida, Dieter fez um carinho no ombro de Stéphanie e a deixou ali. Atravessando um dos conjuntos de portas duplas do salão, passou à ala leste do prédio e não demorou a constatar que ele se dividia num sem-número de antessalas interligadas, como no palácio de Versalhes. As salas também estavam atulhadas de mesas telefônicas, porém arrumadas de forma mais permanente que as anteriores, com cabos agrupados em feixes que desciam ao porão por dutos de madeira instalados com visível zelo. A bagunça do salão principal, pensou Dieter, na certa se devia ao fato de que as mesas haviam sido instaladas ali em caráter de emergência após o bombardeio da ala oeste do castelo. Algumas das janelas estavam lacradas, sem dúvida por precaução contra ataques aéreos, mas outras dispunham de cortinas pesadas que naquele momento estavam abertas. Dieter concluiu que as mulheres não gostavam de trabalhar na escuridão.

Na extremidade da ala leste havia uma escada. Dieter desceu por ela e atravessou a porta de aço que ficava no sopé. Imediatamente se deparou com uma mesinha e uma cadeira, mas não viu ninguém por perto; talvez o guarda tivesse abandonado seu posto para se juntar aos companheiros no momento do ataque. Dieter seguiu adiante sem nenhum obstáculo e fez uma anotação mental sobre aquela brecha na segurança.

O porão não tinha nada do luxo dos pavimentos principais. Concebido trezentos anos antes para alojar a cozinha, os depósitos e as acomodações da criadagem, o lugar tinha teto baixo, paredes sem reboco e pisos de pedra – até mesmo de terra batida em alguns trechos. Dieter seguiu por um corredor comprido. Todas as portas eram devidamente sinalizadas com placas em alemão. Mesmo assim, ele as entreabria para espiar. Na metade anterior do porão, à sua esquerda, ficavam os complexos equipamentos do tronco principal da central: um gerador, baterias enormes, salas repletas de fios e cabos emaranhados. Na metade posterior, à sua direita, ficavam as instalações da Gestapo: um laboratório de fotografia, celas com pequenas vigias na porta, além de uma sala ampla com equipamentos de rádio para captar mensagens da Resistência. O porão como um todo era à prova de bombas: lacres protegiam as janelas, sacos de areia guarneciam as paredes e o teto fora reforçado com concreto e vigas de aço. Obviamente tudo aquilo era para impedir que os Aliados pusessem abaixo o sistema de telefonia.

Na extremidade do corredor, a placa de uma das portas dizia CENTRO DE INTERROGATÓRIO. Dieter entrou nele. A primeira sala tinha paredes brancas completamente nuas, lâmpadas potentes e o mobiliário padrão das salas de interrogatório: uma mesa frágil, cadeiras duras, um cinzeiro. Dieter passou à sala seguinte, onde a luz era mais branda e as paredes eram de tijolo aparente. Nela se via todo um aparato de aspecto sinistro: um pilar manchado de sangue com ganchos no alto, onde os prisioneiros eram pendurados; um suporte cilíndrico com uma variedade de tacos de madeira e barras de ferro; uma mesa cirúrgica com tiras para prender braços e pernas e uma espécie de torno acoplado à cabeceira; uma máquina de choques elétricos; um armário trancado que devia abrigar drogas e seringas. Enfim, uma câmara de tortura. Dieter já havia passado por muitas salas semelhantes, mas a repulsa que sentia era a mesma sempre que pisava numa. Precisava lembrar-se, no entanto, de que as informações colhidas naqueles lugares ajudavam a salvar a vida de soldados alemães jovens e decentes, dando a eles a oportunidade de voltar para os braços de suas mulheres e filhos em vez de morrerem num campo de batalha qualquer. Mesmo assim, o lugar lhe dava arrepios.

Dieter se assustou quando ouviu um barulho às suas costas. Virando-se, recuou um passo ao se deparar com um vulto à porta da sala, um sujeito atarracado, com o rosto escondido pelas sombras.

– Caramba! – disse, e ouviu o medo na própria voz quando perguntou: – Quem é você?

O vulto saiu à luz, e só então ele pôde ver que se tratava de um sargento da Gestapo, baixote, meio gorducho, de rosto redondo e cabelos claros tão curtos que pareciam raspados.

– Que diabo você está fazendo aqui? – perguntou o homem, com um sotaque de Frankfurt.

Dieter recobrou a compostura. Desconcertara-se com o que vira, mas agora falava com a autoridade de sempre:

– Sou o major Franck. Seu nome?

Vendo-se diante de um superior, o sargento logo mudou de atitude.

– Becker, senhor. A seu serviço.

– Encaminhe os prisioneiros para cá o mais rápido possível, Becker. Os que puderem andar devem ser trazidos imediatamente; os demais, assim que tiverem sido examinados por um médico.

– Claro, major – disse o homem, e se foi.

Dieter voltou para a sala de interrogatório e se acomodou numa das cadeiras duras, já pensando no que conseguiria extrair dos resistentes detidos. Talvez tivessem apenas informações segmentadas. Se, por azar dele, os procedimentos de segurança da célula daqueles prisioneiros fossem eficazes, cada indivíduo saberia muito pouco sobre o que se passava na própria célula, apenas o mínimo necessário para executar sua parte na missão. Por outro lado, não existia segurança perfeita. Sempre havia aqueles que acabavam amealhando informações mais abrangentes não só sobre a própria célula, mas sobre outras também. A grande esperança de Dieter era que uma célula levasse a outra, em cadeia, de forma que ele pudesse impingir um enorme estrago à Resistência nas semanas que ainda faltavam para a invasão dos Aliados.

Ao ouvir passos no corredor, ele se dirigiu para a porta da sala. Eram os prisioneiros. À frente deles estava a moça que havia escondido uma submetralhadora sob o casaco.

Dieter gostou de vê-la ali. Era sempre útil ter uma mulher entre os prisioneiros. As mulheres podiam ser tão valentes quanto os homens quando submetidas a um interrogatório, mas muitas vezes o melhor caminho para fazer um homem falar era agredindo uma mulher diante dele. Aquela em particular era alta e sexy, o que era ainda melhor. Aparentemente não estava ferida. Dieter ergueu a mão para o soldado que a escoltava e se dirigiu a ela em francês.

– Como você se chama? – perguntou num tom afável.

– Que diferença faz? – devolveu a moça, ríspida.

Dieter deu de ombros. Sabia muito bem como lidar com aquele tom de desafio. Tinha na manga uma resposta que já havia usado com sucesso uma centena de vezes:

– Talvez sua família pergunte se você está entre os detidos. Se soubermos seu nome, poderemos informá-los.

– Geneviève Delys – respondeu ela, afinal.

– Um lindo nome para uma linda mulher – comentou Dieter, e sinalizou para que ela entrasse na sala.

Em seguida veio um homem com seus 60 e tantos anos de idade, mancando e sangrando de um ferimento na testa.

– O senhor está velho demais para esse tipo de coisa, não acha? – provocou Dieter.

– Fui eu quem armou os explosivos – assumiu o homem, com orgulho.

– Seu nome?

– Gaston Lefèvre.

– Lembre-se apenas de uma coisa, Gaston: a dor irá apenas até onde você quiser – falou Dieter num tom amável. – Basta dar um sinal que eu paro.

Uma sombra passou pelos olhos do homem, que já antevia o que estava por acontecer. Satisfeito, Dieter mandou o velho entrar também. Depois se dirigiu ao prisioneiro seguinte, um rapaz de traços bonitos que, pelos seus cálculos, não deveria ter mais do que 17 anos. O rapaz parecia apavorado.

– Nome?

O jovem hesitou um instante, aparentemente aturdido com a situação. Precisou pensar um pouco antes de responder:

– Bertrand Bisset.

– Boa noite, Bertrand – disse Dieter, cordial. – Seja bem-vindo ao inferno.

Foi como se o garoto tivesse levado um tapa no rosto.

Dieter o empurrou para dentro da sala.

Willi Weber surgiu no corredor, com Becker, alguns passos atrás, seguindo-o feito um cachorro perigoso na coleira, pensou Dieter.

– Como foi que entrou aqui? – perguntou Weber a Dieter de forma ríspida.

– Com as minhas pernas – disse Dieter. – Sua segurança é uma bosta.

– Do que está falando? Acabamos de impedir um grande ataque.

– Eram meia dúzia de marmanjos e algumas mulheres!

– Saímos vitoriosos, é isso que importa.

– Reflita comigo, Willi – disse Dieter, tranquilo. – Os franceses conseguiram se agrupar bem debaixo das suas barbas naquela praça, depois conseguiram invadir o recinto e matar pelo menos seis bons soldados alemães. Posso apostar que só não derrotaram você porque subestimaram o tamanho do contingente inimigo. E entrei neste porão sem nenhum impedimento porque o guarda responsável pela segurança abandonou seu posto.

– Um alemão valente. Quis se juntar à luta.

– Deus me dê paciência... – resmungou Dieter. – Um soldado não abandona seu posto para se juntar à luta. Ele *obedece ordens*!

– Não preciso que me dê lições sobre disciplina militar.

Dieter desistiu, pelo menos por ora.

– Nem é essa a minha intenção – disse.

– Afinal, qual é a sua intenção?

– Vou interrogar os prisioneiros.

– Isso é responsabilidade da Gestapo.

– Não seja idiota. Foi a mim, e não à Gestapo, que o marechal de campo Rommel incumbiu de proteger as comunicações alemãs no caso de uma invasão inimiga. Estes prisioneiros podem me dar informações valiosas sobre a Resistência, portanto pretendo interrogá-los.

– Não enquanto estiverem sob minha custódia – insistiu Weber. – Eu mesmo farei o interrogatório, depois envio os resultados para o marechal.

– A invasão dos Aliados deve acontecer ainda neste verão. Será que já não é hora de deixarmos as picuinhas de lado?

– Nunca é hora de deixarmos de lado a eficácia da organização.

Dieter só faltou gritar. Desesperado, decidiu engolir o orgulho e tentar uma solução conciliatória.

– Então vamos interrogá-los juntos.

Weber abriu um sorriso, já farejando a vitória.

– De modo algum – disse.

– Então só me resta recorrer aos seus superiores.

– Se puder.

– É claro que posso. Você só vai atrasar as coisas com essa teimosia.

– Isso é o que você pensa.

Dessa vez Dieter não se conteve.

– Seu imbecil! – rosnou. – Deus nos proteja de patriotas como você!

Então deu as costas para o outro e saiu pisando fundo.

CAPÍTULO CINCO

GILBERTE E FLICK deixaram para trás a cidade de Sainte-Cécile e tomaram uma estradinha rural na direção de Reims. Gilberte acelerava quanto podia no caminho estreito.

Flick observava o trajeto com apreensão à medida que subiam e desciam as colinas baixas, de vilarejo em vilarejo, passando por vinhedos. Só não iam mais depressa porque havia inúmeros entroncamentos naquela parte da malha rodoviária; por outro lado, com tantos caminhos possíveis, Flick não acreditava que a Gestapo bloqueasse todas as saídas de Sainte-Cécile. Mesmo assim, ela mordia os lábios, receando topar a qualquer momento com uma patrulha alemã. Não teria como explicar a presença daquele ferido sangrando no banco de trás.

Pensando um pouco mais, ela se deu conta de que não poderia levar Michel para a casa dele. Com a rendição da França em 1940, a tropa de Michel fora desmobilizada e ele não havia retomado sua cadeira de professor na Sorbonne; em vez disso, voltara à sua Reims natal, em princípio para ocupar o posto de vice-diretor numa escola secundária, mas, na verdade, para organizar uma célula local da Resistência francesa. Instalara-se na casa dos pais falecidos, um charmoso sobrado nas imediações da catedral, mas agora não poderia voltar para lá, decidiu Flick. Muita gente sabia daquela casa. Embora, por questão de segurança, os membros da Resistência em geral só tivessem acesso ao endereço de outro na eventualidade de haver alguma entrega ou algum encontro, Michel era o líder, e a maioria das pessoas sabia onde ele morava.

Era bem provável que àquela altura os sobreviventes da operação de Sainte-Cécile já estivessem presos para serem interrogados. Ao contrário dos agentes britânicos, os resistentes franceses não levavam consigo uma pílula suicida, e o mais provável era que entregassem o ouro cedo ou tarde. Algumas vezes, os interrogadores da Gestapo acabavam perdendo a paciência, se entusiasmavam e matavam os interrogados, porém os mais meticulosos e determinados sempre conseguiam fazer com que até mesmo o mais obstinado dos prisioneiros acabasse traindo os amigos. Ninguém conseguia suportar a dor eternamente.

Portanto, Flick precisava considerar a casa de Michel

uma variável conhecida pelos inimigos. Onde mais poderia escondê-lo?

– Como ele está? – perguntou Gilberte, preocupada.

Olhando de través para o banco traseiro, ela observou o marido com carinho. Ele estava de olhos fechados, mas respirava normalmente. Por sorte havia adormecido. Flick precisaria de alguém que cuidasse dele por um ou dois dias. Ela se virou para Gilberte. Jovem e solteira, era bem provável que a garota ainda vivesse com os pais.

– Onde você mora? – perguntou Flick.

– No limite da cidade, na Route de Cernay.

– Sozinha?

Por algum motivo, Gilberte ficou nervosa.

– Sim, claro que moro sozinha.

– Casa? Apartamento? Quarto alugado?

– Um apartamento de dois quartos.

– Então é pra lá que a gente vai.

– Não!

– Por que não? Está com medo?

– Não é medo – defendeu-se a jovem, aparentemente ofendida.

– Então o que é?

– Não confio nos vizinhos.

– Tem alguma passagem pelos fundos do prédio?

– Tem – respondeu Gilberte com alguma relutância. – Um beco que separa o prédio de uma pequena fábrica.

– Parece perfeito.

– Tudo bem. Você tem razão. Vamos pro meu apartamento. É que... você me pegou de surpresa, só isso.

– Desculpe.

Flick estava programada para voltar a Londres naquela mesma noite. Encontraria seu avião numa área de mata baixa nas cercanias do vilarejo de Chatelle, uns dez quilômetros ao norte de Reims. No entanto, receava que o avião sequer conseguisse chegar a seu destino. Navegando à luz das estrelas, era extremamente difícil localizar uma pista específica numa cidade pequena. Muitas vezes os pilotos ficavam perdidos; aliás, era um milagre quando conseguiam chegar aonde deviam. Flick avaliou o céu. Estava limpo, começava a escurecer. Se nada mudasse, haveria luar.

Bem, pensou, se não fosse naquela noite, seria na próxima. Como sempre.

Em seguida voltou os pensamentos para os companheiros que deixara para trás. O jovem Bertrand... Geneviève... Estariam mortos ou vivos? Talvez fosse melhor que estivessem mortos. Vivos, teriam de enfrentar os horrores da tortura. Mais uma vez ela sentiu um aperto no coração ao pensar que tinha conduzido aquelas pessoas à derrota. Bertrand arrastava uma asa para seu lado, ela imaginava. Era jovem o bastante para se sentir culpado por amar em segredo a mulher do seu comandante. Flick se arrependia amargamente por não ter proibido a participação dele. A ausência do garoto não teria feito diferença no resultado das coisas, e agora ele ainda seria o rapaz inteligente e simpático que sempre fora, em vez de um cadáver ou coisa pior.

Ninguém está certo o tempo todo, mas, numa guerra, quando um líder se engana, pessoas morrem. Uma verdade difícil de engolir. Mesmo sabendo disso, Flick deu asas ao pensamento na esperança de encontrar algum consolo, algo que pudesse fazer para que o sacrifício daquelas pessoas não tivesse sido em vão. Talvez conseguisse transformar aquela derrota no primeiro degrau rumo a uma vitória posterior.

Então se lembrou do passe que havia roubado de Antoinette e lhe ocorreu a possibilidade de entrar clandestinamente no castelo. Poderia organizar uma equipe para se infiltrar entre os civis que trabalhavam na central. Logo descartou a ideia de fazê-los passar por telefonistas: a telefonia era uma atividade complexa, demandava tempo para ser aprendida. Mas qualquer um sabia usar uma vassoura.

E os alemães? Seriam atentos o suficiente para notar uma

súbita mudança no quadro de faxineiras? Provavelmente, não. Decerto nem olhavam para as moças e mulheres que esfregavam o chão. E as telefonistas francesas? Seria possível que dessem com a língua nos dentes? Esse era um risco que talvez valesse a pena correr.

A Executiva de Operações Especiais britânica dispunha de um excelente departamento de falsificações, capaz de forjar qualquer documento em questão de poucos dias, chegando ao ponto, algumas vezes, de fabricar o próprio papel para igualar o original. Não demoraria para produzirem um número suficiente de cópias do passe de Antoinette.

De repente Flick se sentiu culpada por ter roubado o documento. Naquele momento era bem provável que Antoinette estivesse louca à procura dele, debaixo do sofá, em todos os bolsos, no pátio com uma lanterna. Quando comunicasse a perda à Gestapo, era provável que tivesse problemas. Mas, no fim das contas, receberia um passe novo e tudo voltaria ao normal. Não poderia ser acusada de ajudar a Resistência e, caso fosse interrogada, juraria de pés juntos ter perdido o documento, pois era nisso que acreditava. Além do mais, pensou Flick, a mulher jamais teria concordado em emprestar o tal passe.

Naturalmente havia um grande obstáculo àquele plano. A faxina do castelo era realizada apenas por mulheres. Assim sendo, naquela nova investida da Resistência, a equipe também deveria ser composta apenas de mulheres.

Mas... por que não?

Eles já se aproximavam da periferia de Reims. Estava escuro quando Gilberte estacionou próximo a um galpão industrial não muito alto, cercado por um alambrado. Assim que o motor do carro foi desligado, Flick sacudiu o marido de leve, dizendo:

– Acorde! Precisamos descer!

Michel apenas resmungou.

– E não podemos demorar – emendou ela. – Já foi dado o toque de recolher.

As duas mulheres ajudaram Michel a descer. Gilberte apontou para o beco estreito que confinava com os fundos da fábrica. Amparado por elas, Michel conseguiu caminhar até o portão que dava acesso ao pátio de um prédio pequeno. Sempre juntos, eles atravessaram o tal pátio e entraram pela porta dos fundos do prédio.

O imóvel era uma espelunca de cinco andares sem elevador. Para azar das mulheres, o apartamento de Gilberte ficava no último andar, uma espécie de sótão com dois quartos. Flick mostrou à garota como improvisar uma cadeirinha com os braços. Dividindo o peso de Michel, que se sentara nos braços delas e se apoiara em seus ombros, elas venceram as escadas. Por sorte, não encontraram ninguém pelo caminho.

Flick e Gilberte ofegavam quando enfim chegaram ao apartamento da francesinha. Desceram Michel ao chão com cuidado, e ele coxeou porta adentro e se atirou na primeira poltrona que viu.

Flick correu os olhos pelo imóvel. Um apartamento de mulher: bonito, limpo, organizado. E o mais importante de tudo: não era devassado. Essa era a grande vantagem dos apartamentos mais altos. Ninguém via o que se passava neles. Michel estaria seguro ali.

Gilberte agora rodeava Michel, ora arrumando as almofadas para deixá-lo mais confortável, ora secando o suor do rosto dele com uma toalha, ora oferecendo um analgésico. Mostrava-se carinhosa, mas pouco prática, assim como Antoinette. Michel tinha esse efeito sobre as mulheres. Mas não sobre Flick. Talvez por isso tivesse se apaixonado por ela: não resistia a um bom desafio.

– Você precisa de um médico – disse Flick bruscamente.
– Poderia ser Claude Bouler? Ele costumava nos ajudar, mas nem quis me ouvir da última vez que o procurei. Achei que fosse sair correndo, de tão nervoso que ficou.

– Ele ficou mais prudente depois que casou – explicou Michel. – Mas não vai se recusar a me ajudar.

Flick assentiu. Sabia que muita gente se dispunha a abrir exceções para seu marido.

– Gilberte, vá buscar o dr. Bouler.

– Prefiro ficar aqui com o Michel.

Flick grunhiu por dentro. Pessoas como Gilberte não serviam para muita coisa além de levar e trazer recados, e até nisso criavam problemas.

– Por favor, faça o que estou pedindo – disse com firmeza. – Preciso de um tempo sozinha com meu marido antes de voltar para Londres.

– Mas... e o toque de recolher?

– Se pararem você, diga que está indo buscar um médico. É uma desculpa aceitável. É possível que a acompanhem até a casa de Claude só pra terem certeza de que está falando a verdade. Mas não virão até aqui.

Gilberte ainda hesitou um instante, mas depois vestiu seu casaquinho de lã e saiu.

Flick sentou no braço da poltrona em que Michel estava e lhe deu um beijo.

– Foi um desastre – admitiu ela.

– Eu sei – falou ele, amargo. – Culpa do MI6. Naquele castelo devia haver o dobro de pessoas que eles informaram.

– Nunca mais vamos confiar naqueles palhaços.

– Perdemos o Albert. Vou ter de dar a notícia à mulher dele.

– Volto daqui a pouco para Londres. Chegando lá, vou pedir que mandem outro operador de rádio para você.

– Obrigado.

– Você vai ter de descobrir quem mais morreu e quem está vivo.

– Se eu puder – suspirou ele.

Flick tomou a mão do marido.

– Como está se sentindo? – perguntou.

– Como um pateta. Levar uma bala na bunda... é muita humilhação.

– Mas... e fisicamente?

– Ainda meio zonzo.

– Você precisa beber alguma coisa. Vou ver o que encontro por aqui.

– Um uísque seria ótimo.

Antes da guerra, os amigos de Flick em Londres tinham ensinado Michel a gostar da bebida.

– Talvez seja forte demais – argumentou Flick, e foi para a cozinha, que ficava num dos cantos do cômodo.

Para sua surpresa, encontrou uma garrafa de Dewar's White Label no armário. Os agentes britânicos costumavam trazer consigo algumas garrafas de uísque para consumo próprio ou para presentear os companheiros, mas era um tanto inusitado que uma mocinha francesa tivesse em casa algo semelhante. Também havia uma garrafa de vinho tinto aberta, algo muito mais apropriado para um homem ferido. Ela colocou meia taça da bebida e completou com água da torneira. Michel bebeu avidamente até a última gota, sedento que estava em razão da perda de sangue. Depois se recostou na poltrona e fechou os olhos.

Flick adoraria tomar um pouco de uísque naquele momento, mas seria indelicadeza se servir da bebida que havia negado ao marido. Além disso, precisava se manter lúcida. Beberia seu uísque assim que pisasse em solo inglês.

Mais uma vez ela correu os olhos pelo apartamento. Imagens melosas decoravam as paredes. Revistas de moda se empilhavam no chão. Nenhum livro à vista. Flick foi até um dos quartos e espiou.

– O que você está fazendo? – perguntou Michel.

– Dando uma olhada, só isso.

– Não acha que é falta de educação, sem a moça aqui?

Flick deu de ombros.

– Mais ou menos. De qualquer modo, preciso ir ao banheiro.

– Fica do lado de fora. No andar de baixo, fim do corredor, se bem me lembro.

Flick desceu para o banheiro. Só quando estava lá percebeu que algo no apartamento da jovem Gilberte a perturbava. Tentou identificar o que era. Jamais ignorava a própria intuição, que já a salvara de inúmeras enrascadas. Ao voltar para o lado do marido, disse:

– Tem alguma coisa errada aqui. O que é?

Michel encolheu os ombros, meio desconcertado.

– Sei lá – disse ele.

– Você parece nervoso.

– Talvez porque acabei de me ferir em combate.

– Não, não é isso. É o apartamento.

O problema girava em torno da inquietude de Gilberte, do uísque no armário, de Michel saber onde ficava o banheiro. Flick voltou para o quarto de Gilberte a fim de bisbilhotar mais um pouco. Dessa vez não foi censurada por Michel. Correndo os olhos pelo cômodo, viu sobre a mesinha um porta-retratos com a foto de um homem que devia ser o pai da moça: tinha os mesmos olhos grandes dela, as mesmas sobrancelhas escuras. Uma boneca estava sentada no parapeito da janela. No canto ficavam uma bacia para lavar o rosto e um armarinho com espelho. Flick abriu o armarinho. Dentro dele encontrou uma tigelinha, um aparelho e um pincel de barbear. Gilberte não era tão inocente assim, afinal: um homem dormia naquele apartamento com frequência suficiente para deixar ali seus itens de higiene.

Flick examinou os objetos com mais atenção. O aparelho de barbear e o pincel faziam parte de um conjunto com acabamento em osso polido. Ela já os tinha visto antes. Dera-os de presente a Michel no aniversário de 32 anos dele.

Então era isso.

Por um segundo ela sequer conseguiu se mexer, tamanho foi o choque da descoberta.

Já andava desconfiada de que o marido estava interessado em outra pessoa, mas não imaginava que ele tivesse chegado àquele ponto. No entanto, ali estava a prova.

A surpresa deu lugar à dor. Como ele podia procurar outra mulher quando ela passava as noites sozinha em Londres? Virou os olhos para a cama. Eles haviam dormido juntos bem ali, naquele quarto. Como suportar uma coisa dessas?

Então a dor virou revolta. Ela fora fiel, enfrentara a solidão com dignidade, mas ele não. Estava tão furiosa que poderia explodir.

Flick marchou de volta para a sala. Parou diante do marido e falou em inglês:

– Canalha. Rato imundo. Filho da puta.

– Não tenha raiva comigo – defendeu-se ele, ciente de que a mulher achava charmosos seus erros naquele idioma.

Mas dessa vez o truque não surtiu o mesmo efeito. Flick mudou para o francês ao dizer:

– Como você pôde fazer uma coisa dessas? Me trair com essa cabeça oca de 19 anos?

– Não é nada sério. Uma menina bonita, só isso.

– Acha que isso atenua as coisas?

Flick sabia que lá atrás, nos tempos em que Michel ainda era seu professor na faculdade, ela o havia conquistado com sua postura corajosa e livre na sala de aula. De modo geral, os alunos franceses eram muito mais reverentes que os ingleses. Além disso, Flick era rebelde por natureza, não aceitava facilmente a autoridade alheia. Se alguém com os mesmos atributos tivesse seduzido Michel (alguém como Geneviève, por exemplo, uma mulher que lhe faria jus), isso seria bem mais fácil de compreender ou aceitar. Mas que ele tivesse escolhido Gilberte, uma garota que não tinha na cabeça nada mais interessante do que esmaltes de unha, isso era muito difícil de engolir.

– Eu estava me sentindo sozinho – falou Michel, meio patético.

– Me poupe desses seus sentimentos de folhetim. Você foi fraco. Foi desonesto. Foi infiel.

– Flick, meu amor, não vamos brigar agora. Metade dos nossos amigos acabou de morrer. Você está voltando para a

Inglaterra. Também podemos morrer muito em breve, você e eu. Não vá embora com raiva de mim.

– Como não ficar com raiva? Deixando você nos braços dessa biscate!

– Gilberte não é biscate...

– Vamos pular os tecnicismos. Sua esposa sou eu, mas é na cama dela que você está dormindo.

Michel se remexeu na poltrona e crispou o rosto numa careta de dor. Em seguida, plantando sobre Flick os olhos muito azuis e muito intensos, disse:

– Eu errei. Sou mesmo o rato que você disse. Mas um rato que te ama. Só estou pedindo que você me perdoe desta vez, desta única vez. Caso a gente nunca mais volte a se ver.

Difícil resistir. Considerando os cinco anos de casamento contra uma simples aventura com aquela caipira, Flick acabou cedendo. Deu um passo na direção do marido. Ele a cingiu pelas pernas e apertou o rosto contra o algodão surrado do vestido dela. Acarinhando os cabelos dele, Flick disse:

– Tudo bem, tudo bem...

– Desculpe – disse ele. – Estou me sentindo péssimo. Você é a mulher mais maravilhosa que já conheci na vida. Não vou fazer a mesma besteira outra vez. Prometo.

Nesse instante, Gilberte surgiu à porta com o médico. Flick se desvencilhou de Michel como se tivesse sido surpreendida cometendo um crime, mas logo se deu conta da própria estupidez. O marido era *dela*, não de Gilberte. Que motivos teria ela para se sentir culpada ao abraçá-lo, mesmo estando no apartamento da outra? Ela agora se remoía de raiva. Raiva de si mesma.

Ao que tudo indicava, Gilberte também havia se assustado ao deparar com o amante abraçado à esposa, mas logo recobrara a compostura, levando ao rosto uma gélida expressão de indiferença antes de passar à sala.

Claude, jovem e bem-apessoado, foi atrás dela. Estava muito preocupado.

Flick o recebeu com dois beijinhos no rosto, depois disse:
– Muito obrigada por ter vindo. Obrigada mesmo.
– Então, companheiro, que foi que houve aí? – perguntou ele a Michel.
– Levei uma bala no traseiro.
– Então é melhor eu tirá-la – falou e, voltando-se para Flick, a orientou: – Estenda algumas toalhas sobre a cama para absorver o sangue, depois tire as calças do seu marido e o ajude a se deitar de bruços. Vou lavar as mãos.

Gilberte cobriu a cama com as revistas velhas que tinha na sala e foi estendendo as toalhas sobre elas enquanto Flick levava Michel da sala para o quarto. Ao acomodá-lo na cama, Flick não pôde deixar de pensar nas tantas vezes que o marido já havia se deitado ali.

Claude inseriu um instrumento metálico no ferimento de seu paciente e procurou pela bala alojada ali. Michel urrou de dor.

– Desculpe, amigão – disse o médico.

Flick gostou de ver o marido agonizando na mesma cama em que já se esbaldara de prazer. Torceu para que ele passasse a pensar naquela cama assim, associando-a à dor.

– Acabe logo com isso – pediu Michel.

A sanha vingativa de Flick passou num átimo, e ela sentiu pena do marido. Posicionou o travesseiro mais perto do rosto dele e disse:

– Morda isto aqui. Vai ajudar.

Michel abocanhou o travesseiro.

Claude fez uma nova investida e dessa vez conseguiu extrair a bala. O ferimento sangrou bastante por alguns segundos, depois menos, e o médico enfim pôde fazer o curativo.

– Fique de molho por alguns dias – ordenou ele. – O mais quieto que puder.

Isso significava que Michel teria de permanecer no apartamento de Gilberte. Mas estaria dolorido demais para o sexo, pensou Flick, cruelmente satisfeita.

– De novo, muito obrigada, Claude – enfatizou Flick.

– Fico feliz por ter podido ajudar.

– Temos mais um favor a pedir.

– O quê? – indagou Claude, preocupado.

– Vou pegar um avião pouco antes da meia-noite. Preciso que me leve até Chatelle.

– Por que Gilberte não leva? Ela tem carro.

– Por causa do toque de recolher. Você é médico, pode nos tirar de uma encrenca qualquer.

– Mas como eu explicaria a presença de duas pessoas comigo?

– Três. Michel vai também, para segurar uma das lanternas.

Havia um procedimento padrão para os resgates de avião: quatro pessoas da Resistência empunhavam lanternas para formar um enorme L, indicando a direção do vento e o local ideal para a aterrissagem. As lanternas precisavam ser brandidas apontadas para cima, de modo que o piloto as visse bem. Podiam simplesmente ser deixadas no chão, mas aí o risco era maior: se por algum motivo o piloto não visse o movimento esperado, poderia suspeitar de uma armadilha e decidir não aterrissar. O melhor era mesmo ter quatro pessoas sempre que possível.

– Como vou explicar um carro cheio de gente à polícia? – argumentou Claude. – Um médico não leva três pessoas consigo quando sai numa visita de emergência.

– Depois a gente pensa em alguma coisa.

– É muito perigoso!

– A essa hora da noite chegaremos lá em poucos minutos.

– Marie-Jeanne vai me matar. Vive pedindo que eu pense nas crianças.

– Mas vocês não têm filhos!

– Ela está grávida.

Flick agora entendia o porquê de tanta cautela.

Michel rolou na cama e, com dificuldade, conseguiu sentar. Estendeu o braço e, puxando Claude, disse:

– Faça isso por mim, amigo. Estou implorando. É muito importante.

Era difícil dizer não para Michel. Claude exalou um suspiro e disse:

– Quando?

Flick conferiu as horas no relógio. Eram quase onze.

– Agora.

Claude olhou para Michel.

– É possível que o ferimento dele reabra – alertou o médico.

E ela:

– Eu sei. Paciência.

~

O vilarejo de Chatelle se resumia a algumas poucas edificações agrupadas em torno de um cruzamento: três casas grandes de fazenda, uma sequência de casebres de lavradores e uma padaria que atendia as propriedades e os povoados vizinhos. Flick conduziu o grupo até o centro de um pasto que ficava mais ou menos a um quilômetro e meio da estrada. Empunhava uma lanterna não muito maior que um maço de cigarros.

Flick participara de um curso de uma semana de duração ministrado pelos pilotos do Esquadrão 161 – uma unidade secreta da Força Aérea britânica – para aprender a orientar aterrissagens. Pelo que aprendera, sabia que aquele pasto era uma localização ideal. A pista clandestina tinha quase um quilômetro de comprimento, mais do que suficiente para um Lysander, que precisava de apenas seiscentos metros para pousar e decolar. O solo era firme e plano. Um lago próximo podia ser facilmente avistado do alto numa noite de lua, um ótimo ponto de referência para os pilotos.

Também empunhando lanternas, Michel e Gilberte se juntaram a Flick para fazer uma linha reta contra o vento; Claude se postou alguns metros à esquerda de Gilberte, formando a letra L invertida que orientaria o piloto. Em áreas mais remotas, usavam-se fogueiras no lugar de lanternas, mas ali, com um vilarejo tão próximo, era perigoso demais deixar cinzas que depois chamassem atenção para o lugar.

Esses grupos de quatro pessoas formavam o que os agentes chamavam de "comitê de recepção". Os comitês de Flick eram invariavelmente disciplinados e silenciosos; outros, no entanto, eram bem menos organizados e transformavam a aterrissagem numa espécie de festa, com pessoas falando em voz alta, contando piadas e fumando, alheias aos curiosos que acabavam aparecendo. Isso era perigoso. Caso desconfiasse de que o pouso tivesse sido delatado aos alemães e que agentes da Gestapo estariam à espera, o piloto precisava reagir com rapidez. Os comitês de recepção eram advertidos para não se aproximarem do avião pelo lado errado, caso contrário podiam ser mortos à bala pelo piloto. Isso nunca acontecera, mas, certa vez, um dos curiosos fora atropelado por um Hudson e morrera na hora.

Esperar pela chegada desses aviões era sempre um martírio. Se naquela noite não aparecesse nenhum, Flick teria de enfrentar mais 24 horas de tensão e perigo até a oportunidade seguinte. Os agentes nunca sabiam ao certo o que encontrariam pela frente. Não por conta de alguma negligência por parte da Força Aérea britânica. Segundo haviam explicado os pilotos do Esquadrão 161, voar por centenas de milhas à luz da lua e não se perder era uma façanha e tanto. O procedimento utilizado era o que eles chamavam de navegação estimada: a posição era calculada a partir da direção, da velocidade e do tempo decorrido, depois o resultado era conferido por meio de referências, como rios, bosques, povoados e linhas férreas. Um dos problemas com esse tipo de navegação era a impossibilidade de se fazer com precisão os ajustes necessários para corrigir os desvios provocados pelo vento. Outro era que, à luz da lua, todos os rios ficavam mais ou menos parecidos. Encontrar a região certa já era bastante difícil; localizar uma pista em particular era uma loteria.

Numa noite nublada, a tarefa era praticamente impossível, os aviões sequer chegavam a decolar.

Aquela noite, no entanto, era de céu limpo e lua crescente, e Flick estava esperançosa. Com efeito, poucos minutos antes da meia-noite ela ouviu o inconfundível ronco de um monomotor, distante no início, mas gradualmente mais próximo, como uma salva de palmas que aos poucos ganhasse volume. Era como se ela já estivesse com um pé em casa. Animada, piscou a lanterna, comunicando a letra X em código Morse. Se cometesse algum erro nesse momento, se piscasse outra letra qualquer, o piloto suspeitaria de uma emboscada e iria embora sem pousar.

O monomotor concluiu sua aproximação e, depois de uma descida brusca, tocou o chão à direita de Flick. Tão logo freou, deu meia-volta, passou entre Michel e Claude, taxiou de volta para Flick e virou novamente na direção do vento, ficando na posição correta para a nova decolagem.

A aeronave era um Westland Lysander, um monomotor de asa alta com a fuselagem pintada de preto fosco. Tinha lugar apenas para o piloto e dois passageiros, mas Flick sabia de casos em que o valente "Lizzy" levara dois passageiros a mais, um sentado no chão e outro no compartimento de bagagem.

O piloto não desligou o motor. Sua intenção era permanecer no solo por não mais que alguns segundos.

Flick queria abraçar Michel e lhe desejar boa sorte, mas também queria lhe dar um tapa na cara e mandar que ele ficasse longe de outras mulheres. Felizmente não havia tempo nem para uma coisa nem para outra.

Com um rápido aceno apenas, ela subiu a escada metálica do avião, abriu a escotilha e embarcou.

O piloto olhou para trás, ela fez sinal de positivo, e lá se foram eles, sacolejando pasto afora até ganhar velocidade suficiente para alçar voo num arco acentuado.

Do alto, Flick pôde avistar algumas luzes no vilarejo: de modo geral as pessoas do campo não davam muita importância a ficar no escuro como medida de segurança. No dia em que chegara ali, perigosamente tarde, às quatro da madrugada, ela avistara o vermelhão do forno a lenha da padaria e, ao cruzar de carro pelas ruas, sentira o aroma de pão recém-assado, a essência da França.

Quando o monomotor se inclinou para fazer a curva, Flick viu os vultos de Michel, Gilberte e Claude, três manchas claras contra o fundo escuro do pasto. Tomada de uma súbita tristeza, se deu conta de que talvez jamais voltasse a vê-los.

Então o avião se nivelou e apontou o nariz na direção da Inglaterra.

SEGUNDO DIA
Segunda-feira
29 de maio de 1944

CAPÍTULO SEIS

DIETER FRANCK PILOTAVA o majestoso Hispano-Suiza noite adentro, acompanhado do seu ajudante, o jovem tenente Hans Hesse. O carro já tinha dez anos, mas o gigantesco motor de onze litros dava provas de que era incansável. Na noite anterior, Dieter havia encontrado uma linha quase reta de furos de bala na ampla curva de um dos para-lamas, uma pequena recordação do confronto na praça de Sainte-Cécile, mas não houvera nenhum dano mecânico, e a seus olhos os buracos conferiam ao veículo um charme ainda maior, mais ou menos como uma cicatriz deixada no rosto de um oficial prussiano ao fim de um duelo.

Chegando a Paris à noite, em obediência ao blecaute imposto à cidade, o tenente desceu do carro, cobriu os faróis com as máscaras que direcionavam a luz para baixo e só voltou a tirá-las quando já estavam na estrada para a Normandia. Os dois oficiais iam se revezando ao volante, duas horas para cada um, mas se dependesse da vontade de Hesse, que tinha verdadeira adoração tanto pelo carro quanto pelo seu proprietário, a direção caberia apenas a ele.

No banco do passageiro, semi-hipnotizado pelo colear das estradinhas rurais que iam se descortinando à luz dos faróis, Dieter tentava imaginar o próprio futuro. Qual seria o seu destino caso os Aliados realmente conseguissem reconquistar a França e botassem para correr os ocupantes alemães? A ideia de uma Alemanha derrotada era desoladora. Talvez houvesse um acordo de paz, com a Alemanha devolvendo a França e a Polônia para poder manter a Áustria e a Tchecoslováquia, mas isso também não era lá muito animador. Como voltar àquela pacata vidinha de Colônia, com mulher e filhos, depois de tanta aventura e tantos prazeres em Paris na companhia de Stéphanie? Para Dieter e para a Alemanha, a única possibilidade de final feliz era a de que o exército de Rommel conseguisse empurrar os invasores de volta para o mar.

O sol ainda não havia surgido no horizonte quando, numa madrugada chuvosa, eles alcançaram o vilarejo medieval de La Roche-Guyon, às margens do Sena, entre Paris e Rouen. Um posto de controle bloqueava a estrada no limite do povoado, mas, como o carro já era aguardado, Hesse imediatamente recebeu permissão para seguir. Deixando para trás algumas casas emudecidas de janelas fechadas, eles atravessaram um segundo posto de controle nos portões do castelo e enfim puderam estacionar no amplo pátio pavimentado de pedras. Dieter deixou o tenente no carro e entrou na edificação.

O comando da frente ocidental estava com o marechal de campo Gerd von Rundstedt, um confiável general com ampla folha de serviços prestados às armas alemãs. Abaixo dele, encarregado da defesa da costa francesa, vinha o marechal de campo Erwin Rommel, que tinha por quartel-general o castelo de La Roche-Guyon.

Dieter Franck tinha certa afinidade com Rommel. Ambos eram filhos de professores (o pai de Rommel fora diretor de escola) e, consequentemente, ambos haviam sentido o sopro frio da arrogância dos militares de berço, homens como o próprio Von Rundstedt. Fora isso, no entanto, eram bem diferentes um do outro. Dieter era um sibarita, apreciava todos os prazeres culturais e sensuais que a França tinha a oferecer. Rommel era um trabalhador compulsivo que não fumava nem bebia, muitas vezes se esquecia até de comer. Casara-se com a primeira e única namoradinha que tivera na vida e escrevia para ela três vezes por dia.

No corredor, Dieter topou com o ajudante de ordens de Rommel, o major Walter Goedel, um tipo glacial, dono de uma mente privilegiada. Dieter respeitava o homem, mas nunca chegara a gostar dele. Num telefonema na véspera, lhe explicara rapidamente o problema que vinha tendo com a Gestapo e solicitara uma audiência com Rommel para o mais breve possível. "Esteja aqui às quatro", dissera o major. Rommel começava a trabalhar às quatro da madrugada.

Dieter agora cogitava se havia feito a coisa certa. Rommel talvez dissesse: "Como ousa incomodar seu comandante com detalhes tão triviais?" Bobagem. Comandantes gostavam de se sentir a par de todos os detalhes. Era quase certo que o marechal de campo lhe desse todo o apoio necessário. No entanto, nunca era possível ter certeza de nada, sobretudo no caso de um comandante submetido a tanto estresse.

Goedel o cumprimentou com um rápido aceno da cabeça, depois disse:

– Venha comigo. Ele irá recebê-lo agora.

– Alguma notícia da Itália? – perguntou Dieter, enquanto seguiam pelo corredor.

– Só más notícias – disse Goedel. – Estamos recuando em Arce.

Dieter assentiu com resignação. Os alemães vinham lutando com bravura, mas, para desgosto geral, não estavam conseguindo deter o avanço inimigo rumo ao norte.

Uns passos à frente eles entraram no gabinete de Rommel, uma sala imponente no andar térreo. Foi com uma ponta de inveja que Dieter avistou um gobelino na parede, uma peça de tapeçaria do século XVII, provavelmente a mesma época da mesa enorme ocupada por Rommel. Os outros móveis não iam muito além de algumas cadeiras. Sobre a mesa, nada mais que um abajur e, do outro lado dela, um homem de porte miúdo e cabelos claros que já iam ganhando entradas.

– O major Franck, senhor – anunciou Goedel.

Nervoso, Dieter ficou esperando enquanto Rommel terminava de ler o documento que tinha nas mãos e anotava algo nele. Lembrava um gerente de banco examinando as contas dos clientes – isso até que se visse seu rosto. Dieter já o vira outras vezes, porém nunca deixava de se intimidar por ele. As feições eram as de um pugilista: nariz achatado, queixo largo, olhos muito próximos um do outro. Via-se ali a agressividade primitiva que fizera do homem um comandante lendário. Dieter conhecia muito bem as histórias que se contavam a respeito da missão inicial de Rommel na Primeira Guerra. Liderando uma unidade de vanguarda de apenas três homens, ele havia se deparado com um destacamento de vinte soldados franceses; no entanto, em vez de bater em retirada para pedir reforços, não pensara duas vezes antes de abrir fogo e arremeter contra os inimigos. Fora uma grande sorte sair daquilo com vida, mas os bons generais também precisavam ter sorte, como acreditava Napoleão. Desde então, Rommel sempre preferia as investidas súbitas e ousadas a outras mais cautelosas e planejadas. Nisso ele era o extremo oposto de seu oponente nos desertos da África, o general Montgomery, das forças britânicas, que tinha por filosofia jamais atacar antes de ter certeza absoluta da vitória.

– Sente-se, Franck – disse Rommel bruscamente. – Então, qual é o problema?

Dieter já havia pensando de antemão no que iria dizer.

– Tal como o senhor mesmo instruiu, tenho visitado as instalações mais importantes que por algum motivo possam estar vulneráveis a um ataque da Resistência, sempre cobrando a máxima rigidez nos esquemas de segurança.

– Ótimo.

– Também tenho procurado avaliar o real poder de fogo da Resistência, até onde eles seriam capazes de impedir uma reação alemã na eventualidade de uma invasão.

– E a que conclusão chegou?

– A situação é pior do que imaginávamos.

Rommel grunhiu de desânimo, como se uma suspeita desagradável acabasse de se confirmar.

– Motivos?

Aliviado ao constatar que já não corria o risco de ser decapitado pelo homem, Dieter recontou os acontecimentos da véspera em Sainte-Cécile e ressaltou os pontos mais importantes: a inventividade do ataque francês, a abundância de armas e, sobretudo, a coragem dos envolvidos. O único detalhe omitido foi a beleza da lourinha.

Rommel ficou de pé, caminhou até a tapeçaria e parou diante dela, fitando os desenhos, embora Dieter suspeitasse de que não estava vendo-os de verdade.

– Eu já temia isso – falou com calma, quase para si mesmo. – Apesar da escassez de contingente, tenho certeza de que posso abortar uma invasão por parte dos Aliados. Isso, claro, desde que consiga preservar a flexibilidade das nossas ações e a mobilidade das nossas tropas. Porque se as comunicações falharem... aí estaremos perdidos.

Goedel moveu a cabeça em sinal de concordância, e Dieter disse:

– Acho que podemos transformar o ataque à central telefônica numa oportunidade.

Ouvindo isso, Rommel virou-se na direção dele, abriu um sorriso estranho e disse:

– Ah, se todos os meus oficiais fossem como você... Por favor, prossiga. O que está sugerindo exatamente?

Dieter começou a achar que os ventos daquele encontro já estavam soprando a seu favor.

– Se eu puder interrogar os prisioneiros capturados, é bem provável que consiga chegar até as demais células da Resistência. Com sorte, poderemos causar um bom estrago ao movimento ainda antes da invasão.

– Parece uma promessa maior do que se pode cumprir – disse Rommel, cético, imediatamente desinflando as esperanças de Dieter. Mas depois emendou: – Se tivesse ouvido isso da boca de outra pessoa, já a teria botado para correr. Mas me lembro muito bem do seu trabalho no deserto. Você conseguia tirar daqueles homens informações que nem eles mesmos sabiam que tinham.

Dieter gostou do que ouviu. Aproveitando a oportunidade, disse:

– Infelizmente a Gestapo não permite que eu fale com os prisioneiros.

– Um bando de imbecis.

– Preciso de sua intervenção.

– Claro – concordou Rommel e, olhando para Goedel, ordenou: – Ligue para o quartel-general da Gestapo da Avenue Foch, em Paris. Diga a eles que o major Franck interrogará os tais prisioneiros ainda hoje. Caso contrário, a próxima ligação que irão receber será de Berchtesgaden.

Ele estava se referindo à fortaleza de Hitler na Baviária. Na qualidade de marechal de campo, Rommel tinha o privilégio de falar direto com o Führer. Não hesitava em fazer uso dessa prerrogativa sempre que necessário.

– Perfeitamente – disse Goedel.

Rommel contornou sua mesa seiscentista e voltou a sentar-se.

– Por favor, mantenha-me informado, Franck – disse, e voltou a atenção para a papelada à sua frente.

Dieter deixou a sala com Goedel, que o conduziu até o portão principal do castelo.

Ainda estava escuro do lado de fora.

CAPÍTULO SETE

FLICK POUSOU EM Tempsford, uma base da Força Aérea britânica a oitenta quilômetros de Londres, próxima à cidadezinha de Sandy, em Bedfordshire. Bastava aquele gostinho frio e úmido que a noite deixava em sua boca para que ela soubesse estar de volta à sua Inglaterra natal. A França era ótima, mas não era sua casa.

Atravessando a pista, ela se lembrou da infância, quando voltava das férias e ouvia a mãe repetir sempre a mesma coisa ao avistar a casa da família: "Viajar é muito bom, mas voltar para casa é melhor." As frases da mãe pipocavam em sua cabeça nos momentos mais estranhos.

Uma jovem oficial do Regimento de Enfermagem e Primeiros Socorros britânico esperava por ela com o poderoso Jaguar que a levaria até Londres.

– Quanto luxo – comentou Flick ao se acomodar no banco de couro.

– Fui instruída a levá-la direto a Orchard Court – disse a motorista. – Estão esperando pelo seu relatório.

Flick esfregou os olhos.

– Será que eles acham que a gente não precisa dormir? – comentou.

A motorista achou por bem não responder; em vez disso falou:

– Espero que sua missão tenha sido bem-sucedida, major.

– Um *snafu*, isso sim.

– Um o quê?

– *Snafu* – repetiu Flick, e explicou: – "Situation Normal: All Fucked Up". Situação normal: ou seja, todos fodidos.

A moça emudeceu ao volante e Flick percebeu que a deixara constrangida com seu palavreado. Que bom que ainda havia pessoas assim, pensou com uma ponta de tristeza, pessoas que ruborizavam com o linguajar baixo.

O dia começava a clarear enquanto o velocíssimo Jaguar cortava as cidadezinhas de Stevenage e Knebworth na região de Hertfordshire. Olhando para as hortas nos quintais das casinhas tão modestas, para as agências de correios onde certamente reinava o mau humor das funcionárias, para os pubs onde devia haver cerveja quente e um piano velho, Flick ficou profundamente aliviada por os nazistas não terem alcançado aquela parte do país.

Por esse mesmo motivo, se viu ainda mais determinada a voltar para a França. Queria outra chance de atacar o castelo. Lembrou-se das pessoas que deixara para trás em Sainte-

-Cécile: Albert, o jovem Bertrand, a bela Geneviève, os que tinham sido mortos ou capturados. Em seguida pensou nos familiares dessas pessoas, consumidos de tristeza ou preocupação. Decidiu que o sacrifício delas não poderia ser em vão.

Teria de agir rápido. Uma vez que estaria com seus superiores para relatar a última operação, aproveitaria a oportunidade para propor seu novo plano. Os dirigentes da Executiva de Operações Especiais ficariam desconfiados no início, já que nunca tinham despachado uma equipe só de mulheres para esse tipo de missão. Haveria inúmeros obstáculos. Mas quando é que não havia?

O sol já despontara por completo quando elas enfim chegaram ao norte de Londres. Os trabalhadores do início do dia já circulavam pelas ruas: carteiros e leiteiros fazendo suas entregas, motoristas de ônibus e maquinistas caminhando para o trabalho. Os sinais da guerra estavam por toda parte: um pôster advertindo contra o desperdício; um aviso num açougue dizendo "Não temos carne hoje"; uma mulher dirigindo o caminhão do lixo; uma sequência inteira de casas bombardeadas, reduzidas a escombros. Mas ali não havia ninguém para interpelá-la na rua e exigir documentos, para jogá-la numa cela e torturá-la em busca de informações, para atirá-la na carroceria de um caminhão de gado e levá-la para um campo de prisioneiros qualquer, onde morreria de fome. Pensando nisso, Flick se recostou no banco do carro e fechou os olhos, deixando que a alta voltagem da vida de agente secreta gradualmente abandonasse seu corpo.

Já estava na Baker Street quando despertou do seu torpor. O carro passou direto pelo número 64: os agentes não frequentavam o quartel-general da Executiva de Operações Especiais para que não pudessem revelar os segredos do lugar caso fossem torturados. Muitos sequer conheciam o endereço. O carro entrou na Portman Square e parou diante de um velho prédio de apartamentos chamado Orchard Court. A motorista desceu e abriu a porta para Felicity.

Flick entrou no prédio e subiu para o apartamento da Executiva de Operações Especiais. Ficou mais animada assim que avistou Percy Thwaite. Ele estava na casa dos 50 anos, era calvo e tinha um bigode espesso e aparado nas laterais, de forma que cobria apenas a região abaixo do nariz. Nutria por Felicity um carinho quase paternal. Estava à paisana e nem ele nem Flick se deram ao trabalho de bater continência para o outro; os agentes da Executiva não tinham lá muita paciência para formalidades militares.

– Estou vendo pela sua cara que as coisas não foram muito bem – disse Percy.

O tom de voz carinhoso foi o que bastou para que Flick de repente se desfizesse em lágrimas, atropelada pelos próprios sentimentos e pela tragédia acontecida na França. Percy a puxou para um abraço, acariciando suas costas. Flick enterrou o rosto no velho paletó de tweed do chefe e amigo.

– Está tudo bem – disse ele. – Tenho certeza de que você fez o que pôde.

– Puxa vida. Desculpe. Sei que estou sendo uma mulherzinha idiota.

– Quem me dera todos os meus homens fossem idiotas como você – devolveu Percy com um nó na garganta.

Flick se desvencilhou do abraço e secou o rosto com a manga da roupa.

– Pronto, passou – garantiu.

Percy lhe deu as costas, assoou o nariz com um lenço enorme, depois ofereceu:

– Chá ou uísque?

– Chá, acho melhor. Vou apagar se beber um uísque agora.

Flick correu os olhos pelo mobiliário vagabundo que atulhava o cômodo, trazido às pressas em 1940 e nunca substituído: uma mesa tosca, um tapete puído, cadeiras sem par. Jogou-se numa poltrona murcha e ficou observando enquanto o chefe preparava o chá.

Percy Thwaite podia ser duro do mesmo jeito que era

compreensivo. Condecorado inúmeras vezes na Primeira Guerra, se tornara um fervoroso líder trabalhista nos anos 1920, veterano da batalha de Cable Street, em 1936, em que os moradores atacaram os fascistas que tentavam marchar através de um bairro judeu no leste de Londres. Faria perguntas difíceis quando ela expusesse o plano que arquitetara, mas ouviria com a mente aberta.

Dali a pouco ele voltou com uma xícara de chá com leite e açúcar.

– Tenho uma reunião daqui a pouco – disse Percy. – Preciso fazer um relatório para o chefe às nove da manhã. Daí a minha pressa.

Flick sentiu uma agradável injeção de energia assim que bebeu do chá. Foi relatando os acontecimentos na praça de Sainte-Cécile enquanto Percy, acomodado à mesa, fazia suas anotações com um lápis muito apontado.

– Eu deveria ter abortado a operação – arrematou ela. – Com base na informação de Antoinette quanto ao número de alemães naquele castelo, eu deveria ter adiado o ataque e passado uma mensagem de rádio para você dizendo que estávamos subestimando o inimigo.

Percy balançou a cabeça, pesaroso.

– A invasão deve acontecer daqui a poucos dias, não há tempo para adiamentos. Não haveria diferença nenhuma se você tivesse nos consultado. O que poderíamos ter feito? Não tínhamos como enviar mais gente. Acho que teríamos ordenado que seguissem adiante de qualquer jeito. Precisávamos arriscar. Aquela central telefônica é importante demais.

– Bem, isso já é algum consolo.

Flick ficou um pouco mais aliviada ao pensar que não fora devido a um erro tático seu que Albert morrera. Só que isso não o traria de volta.

– E o Michel? Está bem? – perguntou Percy.

– Arrasado, mas vai se recuperar.

Ao ser recrutada pela Executiva de Operações Especiais,

Flick não dissera que seu marido fazia parte da Resistência francesa. Se houvesse contado isso, era bem provável que a tivessem encaminhado para outro tipo de serviço. A bem da verdade, naquela ocasião nem mesmo ela sabia das atividades clandestinas do marido, muito embora já desconfiasse delas. Em maio de 1940, ela estava visitando a mãe na Inglaterra enquanto Michel cumpria suas obrigações militares (assim como a maioria dos franceses aptos para o serviço) durante a ocupação da França, e eles se viram encurralados em países diferentes. Quando enfim ela foi enviada de volta a Paris na sua primeira missão como agente – e teve a oportunidade de confirmar o envolvimento de Michel na Resistência –, a Executiva de Operações Especiais já investira muito nela em termos de treinamento, de forma que Flick já era um ativo importante demais para ser dispensada simplesmente por recearem algum envolvimento emocional que a distraísse de seus objetivos.

– Não há quem fique feliz com um tiro no traseiro – observou Percy. – As pessoas ficam achando que você estava fugindo da luta – disse, levantando-se da mesa. – Bem, acho que você já pode voltar para casa e botar o sono em dia.

– Ainda não – disse Flick. – Antes eu gostaria de saber qual será o nosso próximo passo.

– Vou redigir este relatório e...

– Não, estou me referindo à central telefônica. Se é tão importante assim, *precisamos* fazer alguma coisa.

Percy voltou a sentar-se e a encarou, já imaginando o que estava por vir.

– O que você tem em mente?

Flick tirou da bolsa o passe que havia roubado de Antoinette e o jogou sobre a mesa.

– Com isso vai ser bem mais fácil entrar naquele castelo – disse. – É o passe que as faxineiras usam para trabalhar todo dia às sete da noite.

Percy recolheu o documento e o examinou com atenção.

– Muito esperta, você – disse, com uma ponta de admiração. – Continue.

– Quero voltar.

Percebendo a sombra de preocupação no semblante do chefe, Flick inferiu que ele não via com bons olhos a ideia de deixá-la arriscar a vida outra vez. Imaginou que ele rejeitaria a ideia de pronto, mas, como ele permaneceu calado, ela prosseguiu:

– Dessa vez vou levar uma equipe completa comigo. Cada pessoa com um passe idêntico a esse. Vamos tomar o lugar das faxineiras francesas para entrar na central.

– Uma equipe de mulheres, pelo que entendi.

– Sim. Só de mulheres.

Percy assentiu.

– Suponho que a ideia seja bem recebida por aqui. Nossas agentes femininas já deram inúmeras provas de competência. Mas onde você pretende encontrar tantas delas? Quase todas já estão ocupadas por lá.

– Se você conseguir aprovação para o plano, depois eu me viro para encontrar essas mulheres. Sei lá. De repente encontro alguém nas dispensas da Executiva de Operações Especiais, naquele contingente de mulheres que foram dispensadas ainda no treinamento. Qualquer uma serve. Temos uma relação com os nomes de quem saiu por um motivo ou por outro, não temos?

– Claro. Aquelas que não tinham o preparo físico necessário. Aquelas que não conseguiam ficar de boca fechada. As que eram violentas demais. As que morriam de medo e não conseguiam saltar de paraquedas...

– Não importa que sejam do segundo time – interrompeu Flick. – Eu dou um jeito.

Será que dou?, perguntou a si mesma. Apesar da dúvida, prosseguiu:

– Se a invasão fracassar, perderemos a Europa. Levará anos até que tenhamos outra oportunidade. Estamos num momento decisivo desta guerra, Percy. Agora é a hora de apostarmos todas as nossas fichas.

– Não dá para você usar as francesas que já estão lá? Mulheres da Resistência?

Flick já havia descartado essa possibilidade.

– Se o tempo estivesse a nosso favor, eu poderia localizar essas mulheres em meia dúzia de células diferentes da Resistência para depois reuni-las em Reims. Mas seria demorado demais.

– Demorado, sim, mas não impossível.

– Além disso, teria de forjar passes para cada uma delas, com foto e tudo mais, e na França isso não é lá muito fácil de fazer. Aqui eu teria isso pronto em um ou dois dias.

Percy voltou a examinar o passe de Antoinette, dessa vez contra a lâmpada nua que caía do teto, depois o apoiou de novo na mesa e disse:

– Não é tão fácil quanto imagina, mas você tem razão: nosso pessoal faz milagres nessa área.

O chefe refletiu por mais um instante e só então se decidiu:

– Tudo bem, tem mesmo que ser gente que a Executiva não manteve.

Flick ficou animada com o pequeno triunfo. Conseguira vender sua ideia.

– Mas, supondo que você consiga reunir um número suficiente de mulheres que falem francês... o que você pretende fazer com os guardas alemães? – prosseguiu Percy. – Eles não conhecem as faxineiras francesas?

– Provavelmente não é o mesmo grupo de faxineiras toda noite. Elas precisam ter alguma folga na semana. Além disso, os homens nunca reparam nas mulheres que limpam a sujeira deles.

– Não sei, não. Soldados costumam ser rapazes ávidos por sexo e prestam muita atenção às mulheres que veem pela frente. Suponho que os guardas do castelo flertem com as francesas, pelo menos com as mais jovens.

– Anteontem à noite vi a entrada delas no castelo. Não percebi nenhum sinal de flerte.

– Mas você não pode ter certeza de que eles não vão notar quando um grupo totalmente diferente de mulheres aparecer para trabalhar.

– Certeza eu não posso ter, mas tenho confiança suficiente para arriscar.

– Tudo bem. Mas e as francesas que trabalham na central? As telefonistas são mulheres da cidade, não são?

– Algumas, sim, mas a maioria vai de ônibus de Reims.

– Nem todos os franceses simpatizam com a Resistência, nós dois sabemos disso. Alguns endossam o ideário nazista. Aliás, aqui também. Não eram poucos os idiotas que inicialmente viam em Hitler o tipo de pulso firme que a Grã-Bretanha precisa para se modernizar, embora eles andem sumidos hoje em dia.

Flick balançou a cabeça, negando. Percy não estivera na França ocupada.

– Faz quatro anos que os franceses estão sob o jugo dos alemães, não se esqueça disso. Estão contando os dias para serem libertados. As telefonistas não vão dar com a língua nos dentes, disso você pode ter certeza.

– Mesmo depois de terem sido bombardeadas pela Força Aérea britânica?

Flick deu de ombros e disse:

– Pode ser que uma ou outra seja contra, mas essas serão controladas pela maioria.

– Como pode garantir isso?

– É como eu disse antes: o risco existe, claro, mas é um risco que vale a pena correr.

– Ainda não sabemos quantas pessoas guardam a entrada daquele porão.

– Isso não impediu que fizéssemos a tentativa de ontem.

– Ontem você dispunha de quinze combatentes da Resistência, entre eles alguns homens mais calejados. Na segunda tentativa você estará cercada de um bando de mulheres que desistiram do treinamento ou foram dispensadas.

Flick achou que era o momento de colocar seu curinga sobre a mesa.

– Olha, sempre há a possibilidade de que algo dê errado, mas e daí? A operação é de baixo custo e as vidas que vamos arriscar são de pessoas que não estão dando nenhuma contribuição ao esforço de guerra. O que temos a perder?

– Bem, é sobre isso que precisamos conversar, Flick. Gosto do plano. Vou levá-lo ao chefe. Mas acho que ele será rejeitado por um motivo sobre o qual ainda não falamos.

– Que motivo é esse?

– Só você poderia encabeçar essa nova operação. Mas a viagem da qual acabou de voltar deve ser a sua última, Flick. Você sabe demais. Faz dois anos que está nesse vaivém. Teve contato com a maioria das células da Resistência no norte da França. Se for capturada, pode entregar todas elas. Não temos condições de correr esse risco.

– Eu sei – disse Flick, séria. – É por isso que sempre ando com uma pílula suicida.

CAPÍTULO OITO

SIR BERNARD MONTGOMERY, também conhecido por Monty, era o general comandante do 21º Grupo do Exército britânico, que estava prestes a invadir a França. Ele improvisara um quartel-general no oeste de Londres, numa escola cujos alunos haviam sido levados para o interior do país, onde ficariam em segurança. Por coincidência, tratava-se justamente da escola em que ele estudara. As reuniões se davam na sala de trabalhos manuais, e todos (generais, políticos e, numa célebre ocasião, o rei em pessoa) eram obrigados a se acomodar na dureza das carteiras escolares.

Os britânicos achavam isso simpático. Mas Paul Chancellor, que era de Boston, Massachusetts, achava tudo aquilo uma grande besteira. O que custava colocar algumas cadeiras na porcaria da sala? De modo geral, ele tinha simpatia pelos britânicos, mas não quando eles decidiam ostentar a própria excentricidade.

Paul fazia parte do estado-maior de Monty. Muitos atribuíam isso ao fato de que o pai dele era general, o que era uma injustiça. Ele de fato possuía um bom trânsito entre os militares mais graduados, em parte por causa do pai, mas também porque antes da guerra o Exército americano fora o principal cliente de sua empresa, uma produtora de discos educativos de gramofone, a maioria de cursos de língua estrangeira. Paul gostava das virtudes militares como obediência, pontualidade e precisão, mas nem por isso deixava de pensar com a própria cabeça. Aliás, com o passar dos anos, vinha confiando cada vez mais em si mesmo.

Sua área de atuação era a inteligência, ou, mais especificamente, a organização de tudo aquilo que cercava o trâmite das informações de inteligência. Era ele quem deixava na mesa de Monty os dados de que o general precisava. Era ele quem cobrava os relatórios atrasados, quem marcava reuniões com as pessoas relevantes, quem fazia investigações adicionais em nome do chefe.

Tinha, sim, alguma experiência no trabalho clandestino. Na qualidade de funcionário da agência de inteligência americana, ele havia servido tanto na França quanto na parte francófona do norte da África. (Passara alguns anos em Paris quando criança, à época em que o pai trabalhava como adido militar na embaixada americana.) Seis meses antes se ferira num confronto com a Gestapo em Marselha. Uma bala havia arrancado boa parte de sua orelha esquerda, mas sem nenhum prejuízo para a audição, apenas para a harmonia dos traços. Outra esfacelara sua patela direita, e o joelho jamais voltara a ser o que era antes – esse era o verdadeiro motivo de sua transferência para o setor burocrático.

O trabalho administrativo era fácil se comparado à vida

nos territórios ocupados, mas nunca era monótono. Vinham planejando a Operação Overlord, a invasão que daria fim à guerra. Paul era uma das poucas pessoas no mundo que conheciam a data real da investida, ainda que ela pudesse ser deduzida por muita gente. Isso porque, levando-se em conta o movimento das marés, as correntes marítimas, a lua e o número de horas de dia claro, havia apenas três datas possíveis. A invasão demandaria que a lua surgisse tarde no céu, de modo que as manobras iniciais pudessem ser feitas na mais total escuridão, mas já deveria haver pelo menos algum luar quando os primeiros paraquedistas saltassem de seus aviões e planadores. Uma maré baixa na madrugada seria indispensável para expor os obstáculos que Rommel espalhara pelas praias. Outra maré baixa seria necessária antes do anoitecer para o desembarque das tropas de reforço. Limitações semelhantes resultavam num diminuto rol de opções: a esquadra poderia zarpar na segunda-feira seguinte, dia 5 de junho, na terça ou na quarta da mesma semana. A decisão final seria tomada no último minuto, dependendo do tempo, pelo comandante supremo da Força Expedicionária Aliada, o general Dwight Eisenhower.

Três anos antes, Paul teria dado um braço para ter qualquer participação naquela operação tão importante. Estava ávido por entrar em ação e se sentia terrivelmente envergonhado por ficar em casa sem ajudar em nada. Agora, não. Agora era mais velho, mais experiente. Para início de conversa, já tinha dado uma substancial contribuição com o próprio joelho: o ex-capitão do time vitorioso no campeonato de escolas secundárias de Massachusetts jamais voltaria a chutar uma bola de futebol. Mais que isso, sabia que seu talento para a organização era muito mais valioso na guerra do que sua mira na direção do gol.

Para ele, era uma alegria e uma honra poder participar do planejamento da maior invasão de todos os tempos. Mas, claro, junto com a alegria e a honra vinha também uma grande dose de preocupação. As batalhas nunca saíam como imaginadas (e este era um dos pontos fracos de Monty: achar que as suas eram diferentes). Paul tinha plena consciência de que um erro seu (um detalhe não percebido, uma informação não verificada, um simples piscar de olhos) poderia resultar na morte de soldados aliados. Por maior e mais poderoso que fosse o contingente daquela invasão, vitória ou derrota eram resultados igualmente possíveis, e o mais ínfimo dos detalhes bastaria para desequilibrar os pratos daquela delicada balança.

Paul havia agendado uma reunião de quinze minutos sobre a Resistência francesa para as dez horas daquele dia. A ideia fora de Monty. O homem era extremamente detalhista. O caminho certo para a vitória, ele acreditava, era refrear a luta até que todos os preparativos estivessem no lugar.

Às cinco para as dez, Simon Fortescue entrou na sala de artes manuais. Era um dos altos dirigentes do MI6, o serviço secreto britânico. Alto, tinha um modo discreto de se impor com seu terno risca de giz, mas Paul duvidava que o sujeito de fato conhecesse muita coisa sobre atividades clandestinas. Atrás dele vinha John Graves, um sujeito de aspecto nervoso, funcionário do Ministério da Guerra Econômica, o braço do governo que supervisionava a Executiva de Operações Especiais. Graves trajava o uniforme do funcionalismo público inglês: paletó preto e calça cinzenta listrada. Paul ficou surpreso ao vê-lo ali. Não o convidara.

– Sr. Graves – disse ele, seco. – Não sabia que o senhor tinha sido convocado para esta reunião.

– Daqui a pouco eu explico – disse Graves, acomodando-se numa das carteiras e abrindo sua pasta, esbaforido.

Paul ficou irritado. Monty detestava surpresas. Mas não havia como expulsar o tal Graves dali.

Minutos depois chegou o próprio Monty. Era um homem relativamente baixo, de nariz pontudo e entradas nos cabelos. Tinha 56 anos, mas parecia mais velho. Sulcos profundos ladeavam um bigodinho fino. Paul gostava dele. O homem era tão meticuloso que muitos o comparavam a uma velha rabugenta. Aos olhos de Paul, no entanto, vidas eram poupadas justamente por conta desse rigor.

Com Monty estava um americano que Paul não conhecia, mas que o chefe apresentou como general Pickford.

– Onde está o camarada da Executiva de Operações Especiais? – Monty logo perguntou a Paul.

Foi Graves quem respondeu:

– Infelizmente ele foi convocado pelo primeiro-ministro. Pediu que eu me desculpasse com os senhores. Espero poder ajudar nas...

– Acho difícil – interrompeu Monty.

Paul grunhiu por dentro. A presença daquele homem era um erro – do qual Paul seria culpado. Mas não era só isso. Algo mais estava acontecendo ali. Os britânicos estavam preparando algo e ele ainda não sabia o quê. Então tratou de observá-los com mais atenção à procura de alguma pista.

– Tenho certeza de que posso preencher as eventuais lacunas – disse Simon Fortescue, muito calmo.

Monty estava visivelmente incomodado. Prometera informações ao general Pickford, mas sua principal fonte havia faltado à reunião. Mas não era o caso de perder tempo com recriminações.

– Nessa batalha que está por vir – falou de súbito –, os momentos mais perigosos serão os primeiros.

Era estranho que ele estivesse falando em "momentos perigosos", pensou Paul. Monty era do tipo que falava como se as coisas fossem funcionar com a precisão de um relógio suíço.

– Passaremos um dia inteiro pendurados à borda de um penhasco muito alto, contando apenas com as pontas dos dedos para não despencarmos.

Um dia ou dois, pensou Paul. Ou uma semana. Ou mais.

– Essa será a melhor oportunidade para os inimigos. Bastará que eles pisoteiem os nossos dedos com o solado do coturno.

Fácil assim, disse Paul a si mesmo. A Operação Overlord era

a maior manobra militar da história da humanidade: milhares de embarcações, centenas de milhares de homens, milhões de dólares, dezenas de milhões de balas. O futuro do mundo dependia dela. No entanto, todo aquele esforço seria em vão caso as coisas desandassem nas primeiras horas.

– Tudo o que pudermos fazer para retardar a reação inimiga será de vital importância – arrematou Monty, olhando para Graves.

– Bem, a Executiva de Operações Especiais possui mais de cem agentes na França. Na verdade, praticamente todo o nosso pessoal está por lá – disse Graves. – E sob a orientação deles há milhares de combatentes da Resistência francesa. Ao longo das últimas semanas fortalecemos todo esse pessoal com toneladas e mais toneladas de armas, munição e explosivos.

Uma resposta de burocrata, pensou Paul; dizia tudo e ao mesmo tempo não dizia nada. Graves ainda teria dito mais alguma coisa se Monty não tivesse se antecipado a ele com uma pergunta importante:

– Mas até onde podemos confiar na competência dessas pessoas?

O burocrata hesitou e Fortescue interveio:

– Minhas expectativas não são lá muito grandes. O desempenho da Executiva de Operações Especiais tem sido, quando muito, irregular.

Paul sabia que havia algo nas entrelinhas. O MI6, que representava a velha guarda de espiões, não tinha a menor simpatia pelos recém-chegados da Executiva de Operações Especiais, muito menos por seu modo de agir. Sempre que a Resistência investia contra a Gestapo, os alemães reagiam com alguma investigação que cedo ou tarde acabava desmascarando agentes do MI6. Nesse ponto, Paul tomava o partido da Executiva de Operações Especiais: investir contra o inimigo era inerente a uma guerra.

Seria esse o joguinho que se desenrolava ali? Uma rixa burocrática entre o MI6 e a Executiva de Operações Especiais?

– Algum motivo *especial* para o seu pessimismo? – perguntou Monty a Fortescue.

– O fiasco de ontem à noite, por exemplo – disse Fortescue sem pestanejar. – Um grupo de resistentes comandados por uma agente da Executiva de Operações Especiais atacou uma central telefônica na região de Reims.

– Pensei que era política nossa não atacar centrais telefônicas – manifestou-se o general Pickford pela primeira vez. – Vamos precisar delas caso a invasão seja bem-sucedida.

– Tem toda a razão – disse Monty. – Mas Sainte-Cécile foi considerada uma exceção. É uma central da nova rota de cabos para a Alemanha. Grande parte do tráfego de telefonemas e telegramas entre o alto comando em Berlim e os ocupantes na França passa por aquela central. Se for destruída, não fará muita diferença para nós. Afinal, quem há de querer ligar para a Alemanha, certo? Mas o estrago será grande para as comunicações inimigas.

– Aí eles vão usar as comunicações sem fio – ponderou Pickford.

– Exato – continuou Monty. – E poderemos interceptar os sinais deles.

– Graças à nossa equipe de decifradores em Bletchley – emendou Fortescue.

Ao contrário de muita gente, Paul sabia que a inteligência britânica conseguira decifrar os códigos inimigos e portanto podia ler boa parte do tráfego de rádio alemão. O MI6 se orgulhava disso, muito embora tivesse pouco mérito na façanha. O trabalho não fora feito pelo quadro normal da agência, mas por uma força-tarefa de matemáticos e viciados em palavras cruzadas, muitos dos quais teriam sido presos se tivessem pisado nas instalações do MI6 em tempos de paz. Sir Stewart Menzies, o aristocrata que chefiava o serviço secreto britânico, detestava intelectuais, comunistas e homossexuais, contudo Alan Turing, o gênio da matemática que liderara o grupo de decifradores, era as três coisas ao mesmo tempo.

Mas Pickford tinha razão: caso não pudessem mais usar as linhas telefônicas, os alemães seriam obrigados a mudar para o rádio e os Aliados poderiam bisbilhotar o que eles diziam. Destruir a central de Sainte-Cécile representaria uma significativa vantagem para as forças aliadas.

Mas a missão havia fracassado.

– Quem estava no comando? – perguntou Monty.

– Ainda não recebi um relatório completo sobre... – disse Graves, mas foi interrompido por Fortescue.

– Eu sei – disse o outro. – Quem estava no comando era... uma *mulher*. Major Felicity Clairet.

Paul já tinha ouvido falar de Felicity Clairet, quase uma lenda entre os poucos que tinham conhecimento da guerra clandestina dos Aliados. Até então, a mulher tivera uma sobrevida muito maior do que a de qualquer outro na mesma função de agente na França. Tinha o codinome de Leoparda e, segundo diziam, deslocava-se pelas ruas do país ocupado com os passos discretos e silenciosos de uma felina perigosa. Diziam também que se tratava de uma mulher bonita com coração de pedra. Já havia matado mais de uma vez.

– E o que foi que aconteceu? – perguntou Monty.

– Planejamento rudimentar, uma comandante inexperiente, indisciplina entre os participantes... tudo isso contribuiu para o desastre – disse Fortescue. – O recinto não era fortemente vigiado, mas os alemães eram soldados treinados, não tiveram a menor dificuldade para debelar o ataque.

Monty ficou ainda mais irritado.

– Pelo visto não podemos confiar muito na capacidade da Resistência francesa de atrapalhar a vida de Rommel – comentou Pickford.

Fortescue assentiu e disse:

– O melhor caminho continua sendo o bombardeio.

– Não creio que isso seja muito justo – contrapôs Graves, pisando em ovos. – O Comando de Bombardeio também tem os seus sucessos e fracassos. E a Executiva de Operações Especiais é infinitamente mais barata.

– Não estamos aqui para fazer justiça a quem quer que seja, ora – rosnou Monty. – Só o que interessa é ganhar esta guerra.

Monty ficou de pé e se virou para Pickford, o general americano:

– Acho que já ouvimos o suficiente.

– Mas o que devemos fazer a respeito da central de Sainte-Cécile? – perguntou Graves. – A Executiva de Operações Especiais elaborou um novo plano e...

– Santa paciência! – interrompeu Fortescue. – Mais uma trapalhada?

– Bombardeie – ordenou Monty.

– Já tentamos isso – insistiu Graves. – As instalações até foram atingidas, mas o estrago não foi grande o bastante para interromper os serviços de telefonia por mais de algumas horas.

– Então tentem de novo – disse Monty, e saiu da sala.

Graves lançou um olhar furioso na direção do homem do MI6.

– Francamente, Fortescue – falou. – Quer dizer... *francamente*.

Fortescue não se deu ao trabalho de responder.

Todos deixaram a sala. Duas pessoas esperavam no corredor: um homem de seus 50 anos, que usava um paletó de tweed, e uma mulher de cabelos claros e porte mignon, que trajava um suéter azul surrado sobre um vestido de algodão já sem cor. Parados ao lado da vitrine de troféus da escola, poderiam muito bem se fazer passar por um velho professor conversando com sua aluna, não fosse pela echarpe amarela que a moça trazia ao pescoço – que, para Paul, revelava um charme essencialmente francês. Fortescue passou às pressas por eles, mas Graves parou.

– Plano negado – disse. – Vão bombardear o castelo outra vez.

Deduzindo que era a famosa Leoparda quem estava ali,

Paul a observou com mais atenção. Era pequenininha, magrinha, com cabelos muito louros, encaracolados e curtos. Os olhos eram de um verde adorável. Não seria adequado chamá-la de "bonitinha", uma palavra juvenil demais para defini-la. A impressão colegial que se tinha ao vê-la era apenas passageira. Notava-se um quê de agressividade nas linhas retas do nariz, nos traços cinzelados do queixo. Também havia algo de sexy, algo que atiçava Paul a imaginar o corpo bem desenhado que se escondia sob o vestido.

Ela reagiu com indignação à notícia dada por Graves:

– Não adianta nada bombardear aquele castelo do alto, o porão é reforçado. Por que diabo eles decidiram por uma bobagem dessas?

– Talvez seja melhor perguntar a este senhor aqui – disse Graves, virando-se para Paul. – Major secretário-geral, estes são a major Clairet e o coronel Thwaite.

Paul não gostou de se ver subitamente obrigado a defender a decisão de outra pessoa. Tomado de surpresa, respondeu com uma franqueza pouco diplomática.

– Não vejo muito o que explicar – falou de forma abrupta. – Você meteu os pés pelas mãos e não terá uma segunda chance.

Quase trinta centímetros mais baixa que ele, a Leoparda precisou erguer o rosto para fulminá-lo com o olhar. Enfurecida, disse:

– *Meti os pés pelas mãos?* O que exatamente você quer dizer com isso?

Paul também já sentia o rosto queimar quando disse:

– Talvez o general Montgomery não tenha sido bem informado, mas... por acaso não foi a primeira vez que a major comandou uma operação dessa natureza?

– Foi *isso* que disseram? Que a culpa de tudo foi da minha inexperiência?

A mulher era mesmo linda, Paul não pôde deixar de notar. A fúria ressaltava seus olhos e lhe dava um rubor às faces.

Mas estava sendo grosseira, então ele decidiu retribuir na mesma moeda:

– Inexperiência, mau planejamento...

– Não tinha nada de errado com a porcaria do plano!

– ... e o fato de que soldados treinados estavam defendendo o lugar contra uma força indisciplinada.

– Seu porco arrogante!

Paul recuou um passo. Nunca uma mulher havia falado assim com ele. A Leoparda podia não ter muito mais que 1,50 metro, pensou ele, mas decerto meteria medo em muito nazista por aí. Avaliando a maneira como ela se expressou, deu-se conta de que aquela raiva era direcionada sobretudo a uma pessoa: ela mesma.

– Você acha que a culpa é sua – disse. – Ninguém se irrita tanto com o erro de outras pessoas.

Aí quem se assustou foi ela. Deixou o queixo cair, mas não conseguiu dizer palavra.

O coronel Thwaite enfim interveio.

– Acalme-se, Flick, pelo amor de Deus – disse. E para Paul: – Deixe-me adivinhar: essas informações foram repassadas por Simon Fortescue, do MI6, não foram?

– Foram – confirmou Paul, rígido.

– Por acaso ele disse também que o plano de ataque foi baseado em informações de inteligência fornecidas pela agência dele?

– Não, não disse.

– Foi o que eu pensei – arrematou o coronel. – Muito obrigado, major. Não precisamos mais da sua ajuda.

Para Paul, a conversa ainda não terminara, mas ele fora dispensado por um superior, portanto não tinha outra coisa a fazer senão ir embora.

Sem querer, ele havia se colocado numa espécie de fogo cruzado entre o MI6 e a Executiva de Operações Especiais. Sentiu raiva de Fortescue, que usara a reunião para ganhar pontos com o general. Teria Monty tomado a decisão correta ao optar pelo bombardeio da central telefônica em vez de permitir que a Executiva de Operações Especiais fizesse uma segunda tentativa? Ele já não tinha tanta certeza assim.

Antes de dobrar o corredor na direção do próprio gabinete, Paul deu uma última olhadela para trás. A Leoparda ainda discutia com o coronel Thwaite, falando baixo mas visivelmente irritada. Adotara uma postura masculina, uma das mãos plantada na cintura, inclinando-se para a frente com o indicador em riste enquanto falava. Mas também havia algo de encantador naquela figura. Ele ficou imaginando como seria tê-la nos braços para correr as mãos ao longo daquele corpinho tão delicado. Apesar do jeito durão, ela era toda feminina.

E talvez ela estivesse certa. Talvez o novo bombardeio fosse mesmo um equívoco.

Era o caso de investigar.

CAPÍTULO NOVE

COBERTA DE FULIGEM, a enorme catedral de Reims assomava sobre a cidade como uma reprimenda divina. Já era meio-dia quando o Hispano-Suiza azul-celeste de Dieter Franck parou diante do hotel Frankfort, que os ocupantes alemães tinham tomado para si. Dieter desceu do carro e voltou os olhos para as torres atarracadas da igreja. O projeto original dos arquitetos medievais previa duas agulhas altas e elegantes – que não haviam sido construídas por falta de dinheiro, um obstáculo mundano até para as mais sagradas aspirações.

Dieter mandou que o tenente Hesse seguisse imediatamente para o castelo de Sainte-Cécile e se assegurasse de que a Gestapo colaboraria. Não queria correr o risco de ser expulso uma segunda vez pelo major Weber. Esperou o subordinado retornar para a estrada, depois subiu para a suíte onde havia deixado Stéphanie na noite anterior.

Stéphanie se levantou assim que o viu, e ele parou um instante para saborear a estonteante visão: os cabelos ruivos que lambiam os ombros, o robe de seda acobreada, os chinelos de salto alto. Ele a beijou avidamente, correndo as mãos por aquele corpo esguio, feliz por desfrutar de tamanha beleza.

– Bom saber que você gosta de me ver – disse ela com um sorriso.

Dieter fungou o pescoço dela, depois deu seu veredicto:

– É que seu perfume é muito melhor que o cheiro de Hesse, sobretudo depois de um dia inteiro sem banho – falou em francês, como tinham costume.

– Sempre fazendo piada – falou a mulher, brincando com os cabelos dele. – Mas aposto que você não teria se jogado em cima do seu tenente para protegê-lo.

– É verdade – confirmou e, com um suspiro, se afastou, dizendo: – Puxa, estou exausto.

– Venha para a cama.

– Não posso. Tenho de interrogar os prisioneiros. Hesse vem me buscar daqui a uma hora – explicou ao desabar no sofá do quarto.

– Vou pedir alguma coisa para você comer.

Stéphanie soou a campainha e dali a pouco abriu a porta para o garçom, um francês de meia-idade. Conhecendo Dieter suficientemente bem para saber o que ele gostava de comer, ela pediu um prato de presunto com pão quente e salada de batatas.

– Vinho? – perguntou ao amante.

– Não. Vinho vai me deixar com mais sono ainda.

– Então um bule de café – disse ela ao garçom.

Fechou a porta às costas do homem, sentou-se ao lado de Dieter no sofá e tomou a mão dele entre as suas.

– Então, tudo correu como você esperava?

– Sim. Rommel foi bastante elogioso – respondeu Dieter, depois franziu o cenho, preocupado. – Só espero que eu seja capaz de cumprir todas as promessas que fiz a ele.

– Claro que é – disse Stéphanie.

Não pediu detalhes de nada. Àquela altura já sabia que o amante contava apenas o que queria, nem uma palavra a mais.

Dieter a fitou com um ar carinhoso, receando estragar aquela atmosfera tão agradável se contasse a ela o que lhe passava pela cabeça. Mas precisava fazer isso.

– Se a invasão for bem-sucedida e os Aliados retomarem a França, será o fim para nós. Você sabe disso, não sabe?

Ela estremeceu como se acometida de uma dor súbita, depois largou a mão dele.

– Será?

Dieter sabia que ela não tivera filhos e que o marido morrera logo no início da guerra.

– Você ainda tem família? Algum parente próximo? – perguntou ele.

– Meus pais morreram há muito tempo. Tenho uma irmã em Montreal.

– Talvez seja o caso de arrumarmos um jeito de você ir para lá também.

– Não.

– Por que não?

– Só quero que esta guerra acabe logo – murmurou ela, sem fitá-lo.

– Mentira.

– Verdade! Claro que é verdade! – devolveu ela, com uma rara ponta de irritação.

– Não acha que é uma frase convencional demais para você? – insistiu ele, agora num tom de ironia.

– Você não pode achar que a guerra é uma coisa boa!

– Não estaríamos juntos agora se não fosse pela guerra.

– Mas... e esse sofrimento todo?

– Sou um existencialista. A guerra permite que as pessoas sejam aquilo que elas realmente são: os sádicos se tornam torturadores, os psicopatas dão ótimos soldados na linha de frente, os valentões e os fracos de espírito têm a oportunidade de exercer sua natureza até as últimas consequências e as putas... essas, sem a guerra, nunca teriam tanto trabalho.

– Isso deixa bem claro qual é o meu papel – retrucou Stéphanie, ofendida.

Dieter lhe fez um carinho no rosto, depois correu o dedo sobre os lábios dela.

– Você é uma cortesã. E muito boa, por sinal.

Ela afastou o rosto.

– Você não acredita em nada disso que está dizendo. Está improvisando em cima de uma melodia, do mesmo jeito que faz quando senta ao piano.

Dieter assentiu, sorrindo. A analogia era cabível. Ele de fato tocava um pouquinho de jazz, para grande desgosto do pai. E de fato estava mais brincando com as ideias do que proferindo certezas.

– Pode ser.

Em Stéphanie, a disposição para a briga deu lugar a uma súbita tristeza.

– Você estava falando sério sobre a nossa separação caso os alemães tenham de ir embora? – perguntou ela.

Dieter passou o braço em torno dos ombros dela, puxou-a para perto de si e deu um beijo em sua cabeça quando ela deitou em seu peito.

– Isso não vai acontecer – disse.

– Jura?

– Eu garanto.

Era a segunda vez no mesmo dia que ele fazia uma promessa que talvez não fosse capaz de cumprir.

O garçom voltou com o almoço, e o momento romântico se desfez. Dieter estava cansado demais para sentir fome, mas comeu alguma coisa do prato e bebeu todo o café. Em seguida tomou um banho e fez a barba. Sentiu-se bem melhor. Estava abotoando a camisa do uniforme quando Hesse bateu à porta. Despediu-se de Stéphanie com um rápido beijo e foi embora com o tenente.

Saindo da cidade, eles precisaram desviar-se de uma rua que fora bloqueada em razão de mais um bombardeio noturno. Nas imediações da estação ferroviária, um conjunto de casas fora destruído por completo. Pouco depois eles já se achavam a caminho de Sainte-Cécile.

Dieter dissera a Rommel que era *provável* que o interrogatório dos prisioneiros possibilitasse uma neutralização da Resistência antes da invasão; contudo, Rommel, como a grande maioria dos comandantes militares, tomaria um talvez por uma promessa e agora estaria à espera de resultados. Mas nunca era possível saber o que esperar de um interrogatório. Os prisioneiros mais inteligentes contavam mentiras impossíveis de serem investigadas depois. Alguns encontravam maneiras engenhosas de se matar antes que a tortura ficasse insuportável. Caso os procedimentos de segurança fossem rigorosamente observados naquela célula específica da Resistência, os integrantes saberiam apenas o mínimo necessário a respeito uns dos outros e por isso não teriam nada de muito valor a contar. Pior, também era possível que eles tivessem recebido informações falsas por parte dos Aliados, de modo que, quando vencidos pela tortura, acabassem dizendo coisas que levassem os alemães a cometer erros.

Dieter começou a se preparar para o que estava prestes a fazer. Precisava do máximo de frieza e distanciamento para levar a cabo seu interrogatório. Não podia se deixar emocionar pelo sofrimento físico e mental que dali a pouco teria de impingir àquelas pessoas. Conseguir as informações: só isso importava. Ele fechou os olhos e aos poucos foi encontrando aquela calma profunda, aquela frieza que já conhecia e por vezes suspeitava ser a mesma da morte.

O carro entrou no pátio do castelo. Alguns homens trocavam as vidraças das janelas atingidas, outros cimentavam os buracos produzidos pelas granadas. No interior do belo salão, as telefonistas sussurravam seu perpétuo zumbido ao microfone. Seguido por Hans Hesse, Dieter atravessou as saletas de proporções perfeitas da ala leste do castelo, depois desceu a escada que levava ao porão fortificado. À porta, a sentinela bateu continência e sequer pensou em barrar a entrada de um oficial fardado. Dieter encontrou a porta do Centro de Interrogatório e entrou.

Na primeira das salas, deparou-se com Willi Weber sentado diante da mesa.

– *Heil* Hitler! – berrou, batendo continência, o que obrigou Weber a se levantar.

Em seguida puxou uma cadeira, sentou-se e disse:

– Por favor, sente-se, major.

Weber ficou furioso por ter sido convidado a se sentar em seus próprios domínios, mas não havia nada que pudesse fazer.

– Quantos são os prisioneiros? – perguntou Dieter.

– Três.

– Só? – disse Dieter, desapontado.

– Oito foram mortos no embate. Outros dois não resistiram aos ferimentos e morreram de ontem para hoje.

Dieter grunhiu, consternado. Ordenara que os feridos fossem mantidos vivos. Mas não era o momento de interpelar Weber sobre a qualidade dos cuidados que eles haviam dispensado aos prisioneiros.

– Acredito que mais dois conseguiram fugir... – prosseguiu Weber.

– Sim – interrompeu Dieter. – A mulher da praça e o homem que ela levou nas costas.

– Exato. Portanto, de um total de quinze franceses, três sobreviveram como prisioneiros.

– E onde estão?

– Dois estão nas celas – respondeu Weber, um tanto nervoso.

– E o terceiro? – perguntou Dieter, já preocupado.

Weber apontou a cabeça na direção da sala contígua:

– O terceiro está sendo interrogado neste exato momento.

Sem hesitar, Dieter saltou da cadeira e passou à outra sala. Deparou-se com o vulto ofegante do sargento Becker, que erguia na mão um porrete não muito diferente de um cassetete de policial, suando como se estivesse fazendo vigorosos exercícios físicos. O homem olhava intensamente para o corpo preso ao poste.

Os receios de Dieter logo se confirmaram. Apesar da calma que se impusera, não conseguiu evitar uma careta de repulsa diante do que via. Quem estava sendo interrogada era Geneviève, a moça que escondera uma submetralhadora Sten sob o casaco. Ela pendia nua de uma corda que a cingia sob os braços para sustentar todo o peso do corpo desfalecido. O rosto estava de tal modo inchado que os olhos sequer se abriram. O sangue que escorria da boca cobria todo o queixo e boa parte do peito. Hematomas horríveis se espalhavam por toda parte. Um dos braços fazia um ângulo bizarro em relação ao tronco, provavelmente deslocado na articulação do ombro. Os pelos pubianos também se manchavam de sangue.

– Que foi que ela disse? – perguntou Dieter ao sargento Becker.

– Nada – respondeu um Becker constrangido.

Dieter respirou fundo, procurando controlar a própria fúria. Não havia esperado resposta diferente. Aproximando-se da mulher, disse em francês:

– Geneviève, está me ouvindo?

A mulher não deu nenhum sinal de vida.

– Quer descansar um pouco, não quer?

Nenhuma resposta.

Ele virou a cabeça para trás. Weber se achava à porta da sala com uma expressão de afronta no olhar.

Dieter se voltou para ele e falou entre os dentes:

– Você foi expressamente informado de que caberia *a mim* conduzir este interrogatório.

– Recebi ordens para deixá-lo entrar – retrucou Weber, nem um pouco intimidado. – Não fomos proibidos de interrogar ninguém.

– E estão satisfeitos com os resultados obtidos até agora?

Weber não respondeu.

– E os outros dois? – perguntou Dieter.

– Ainda não foram interrogados.

– Felizmente! – exclamou Dieter, aliviado.

Apesar disso, ele ainda se remoía com a escassez de prisioneiros, tendo esperado uma boa meia dúzia deles, não dois.

– Leve-me até eles – ordenou.

Weber sinalizou para Becker, que largou seu porrete para conduzi-los. Sob a luz mais forte do corredor, Dieter pôde ver as manchas de sangue que pintalgavam a farda do homem. Mais adiante, o sargento parou à frente de uma porta com uma pequena vigia. Dieter deslizou a tampinha e espiou através do orifício.

O cômodo se resumia às quatro paredes e ao chão de terra batida. O único objeto que se via nele era um balde deixado num dos cantos. Dois homens estavam sentados no chão, quietos, olhando para o nada. Avaliando-os com atenção, Dieter se deu conta de que tinha visto ambos na véspera. O mais velho era Gaston, o que armara os explosivos na igreja. Tinha um curativo no couro cabeludo, mas o ferimento parecia superficial. O outro prisioneiro era bem jovem, devia ter uns 17 anos, e, salvo engano, chamava-se Bertrand. Aparentemente não estava ferido. No entanto, relembrando os acontecimentos do dia anterior, Dieter pensou ter visto o garoto desmaiar com a explosão de uma granada.

Ele continuou observando a dupla por um tempo, sem nenhuma pressa, apenas pensando no que fazer com eles. Só restavam aqueles dois, não havia margem para erros. O rapaz seguramente ficaria apavorado ao ser interrogado, mas, por ser jovem, talvez tivesse um alto nível de resistência à dor. O outro era velho demais para ser submetido aos rigores normais de uma tortura, e o mais provável era que morresse antes de se deixar dobrar; por outro lado, devia ter o coração mole. Aos poucos, Dieter foi vislumbrando a estratégia que adotaria com cada um.

Ele fechou a vigia e voltou para a sala de interrogatório. Percebendo Becker às suas costas, não pôde deixar de compará-lo mais uma vez a um cachorro – um cachorro burro e traiçoeiro.

– Sargento – ordenou ele –, desamarre a mulher e coloque-a na cela junto com os outros dois.

– Uma mulher na mesma cela que dois homens? – protestou o sargento.

– Você acha o quê? Que ela está em condições de ficar indignada?

Becker passou à câmara de tortura e logo voltou com a carcaça alquebrada de Geneviève.

– É importante que o velho veja muito bem o estado dela – instruiu Dieter.

Becker levou a francesa para a cela.

Dieter ponderou que seria melhor livrar-se de Weber. Sabendo que o homem não acataria uma ordem direta sua, disse:

– Sugiro que permaneça para acompanhar meu interrogatório. Creio que tenha muito o que aprender com as minhas técnicas.

Tal como esperado, Weber fez justamente o contrário.

– De forma alguma – disse ele. – Becker me manterá informado.

Dieter fingiu uma expressão de indignação, esperou o major da Gestapo sair, depois olhou de relance para Hesse, que, de forma discreta, havia se acomodado num canto da sala. O tenente o fitava com admiração, impressionado com sua habilidade ao manipular Weber.

– Às vezes é assim: fácil demais – falou Dieter, dando de ombros.

Becker enfim voltou trazendo Gaston. O velho estava lívido, certamente assustado com o aspecto de Geneviève.

– Sente-se, por favor. Aceita um cigarro? – perguntou Dieter em alemão.

Gaston permaneceu mudo onde estava. Sabia-se agora que ele não falava alemão, uma informação importante.

Dieter então apontou para a cadeira do outro lado da mesa, esperou o francês sentar e depois ergueu o maço na direção dele. Gaston pescou um cigarro e o acendeu com mãos trêmulas.

Alguns prisioneiros se deixavam vencer ainda naquele estágio, antes mesmo da tortura, apenas ao imaginá-la tão perto. Dieter esperava que fosse o caso de Gaston. Havia mostrado a ele os dois caminhos possíveis: de um lado, o triste destino de Geneviève; de outro, cigarros e cordialidade.

– Vou lhe fazer algumas perguntas – começou o militar, agora em francês e num tom afável.

– Eu não sei de nada – devolveu Gaston.

– Ah, sabe, sim – insistiu Dieter. – Você deve ter lá os seus 60 anos, provavelmente morou a vida inteira em Reims ou nos arredores da cidade.

Gaston não o corrigiu, então ele seguiu em frente:

– Sei que os membros da Resistência usam codinomes e não compartilham informações pessoais uns com os outros, por medida de segurança.

Gaston inadvertidamente meneou a cabeça num sinal de confirmação.

– Mas posso apostar que você conhece essas pessoas há décadas. Um homem pode se apresentar como Elefante, Padre ou Berinjela nas reuniões secretas da Resistência, mas você conhece o rosto do sujeito, sabe que quem está ali é o carteiro Jean-Pierre que mora na Rue du Parc e toda terça-feira faz uma visitinha noturna à viúva Martineau enquanto a esposa acha que ele está jogando boliche com os amigos.

Gaston virou o rosto para evitar o contato visual – o que, para Dieter, apenas confirmava o que ele acabara de dizer.

– Preciso que entenda uma coisa – prosseguiu Dieter. – É *você* quem determinará o que vai acontecer aqui. Dor ou alívio da dor. Pena de morte ou alforria. Tudo dependerá das escolhas que você fizer.

Ele constatou satisfeito que o francês agora estava ainda mais apavorado do que antes.

– Você responderá minhas perguntas, Gaston. Cedo ou tarde, todos respondem. Aliás, esta é a única incógnita: quão cedo ou quão tarde.

Muitos se rendiam nessa altura, mas Gaston disse, quase num sussurro:

– Não tenho nada para dizer.

Estava com medo, mas ainda lhe restava alguma dose de coragem. Não entregaria o ouro sem antes lutar por ele.

Dieter sacudiu os ombros como se dissesse: "Como quiser." Em seguida, falando em alemão, mandou que Becker despisse o garoto e o amarrasse no pilar da câmara de tortura.

– Pois não, major – disse Becker, salivando.

Dieter se voltou para Gaston.

– Você vai dizer o nome e o codinome de todos os seus comparsas na operação de ontem, bem como o de todos os demais que fazem parte da sua célula.

O francês balançou a cabeça, mas Dieter o ignorou.

– Quero saber o endereço de todo mundo e o de todas as casas utilizadas pela Resistência nesta cidade.

Gaston deu um demorado trago no cigarro e ficou olhando para a brasa que queimava na ponta.

Na verdade, essas nem eram as informações mais importantes. O que Dieter queria mesmo era obter do homem qualquer pista que o levasse às outras células da Resistência. Mas Gaston não precisava saber disso.

Nesse momento, o sargento Becker voltou com Bertrand. O queixo de Gaston caiu quando ele viu o garoto atravessar nu a sala de interrogatório e ser levado para a câmara vizinha.

– Fique de olho no velho – ordenou Dieter a Hesse, levantando-se.

Em seguida foi ao encontro de Becker, esquecendo deliberadamente a porta entreaberta de modo que Gaston ouvisse tudo.

Becker amarrou Bertrand ao poste. Antes que Dieter pudesse intervir, o sargento desferiu um murro no estômago do jovem, um golpe forte o bastante para produzir um baque seco e assustador. O rapaz agora gemia, contorcendo-se.

– Não, não, não – disse Dieter.

Não estava nem um pouco surpreso com o amadorismo do sargento, que ignorava que um rapaz tão jovem tinha saúde suficiente para suportar murros sem fim.

– Antes de qualquer outra coisa, você venda os olhos.

Tirou do bolso um lenço comprido e vendou Bertrand.

– Assim, cada golpe vem acompanhado de um susto terrível, e o hiato entre um golpe e outro se torna um martírio de ansiedade.

Becker pegou o porrete, esperou a aprovação de Dieter, depois golpeou o garoto na lateral da cabeça, forte o bastante para que a madeira estalasse nos ossos dele. Bertrand deu um berro de dor e medo.

– Não, não – repetiu Dieter. – Não é assim que se faz. Nunca se bate na cabeça. Pode deslocar a mandíbula, impossibilitando o prisioneiro de falar. Pior, pode afetar o cérebro e, depois disso, nada do que ele disser terá valor.

Em seguida tomou o porrete das mãos de Becker e colocou de volta no porta-guarda-chuvas. Da miríade de armas que havia ali, escolheu um pé de cabra e o entregou ao sargento.

– Lembre-se: o objetivo é impingir a dor mais agonizante possível sem contudo arriscar a vida do prisioneiro ou a capacidade dele de contar aquilo que queremos saber. Evite os órgãos vitais. Privilegie as partes com ossos menos protegidos: tornozelo, canela, joelho, dedos, cotovelo, ombro, costelas...

Becker pareceu gostar da aula. Circulou o poste algumas vezes até encontrar a posição ideal, depois mirou com cuidado e golpeou o cotovelo de Bertrand com o pé de cabra, arrancando dele um berro de desespero, um berro que Dieter conhecia muito bem.

Ao ver um sorriso de satisfação despontar nos lábios do

sargento, Dieter rogou a Deus que o perdoasse por ter ensinado aquele troglodita a ser um torturador melhor.

Obedecendo às ordens, Becker golpeou o ombro esquelético do francês, depois a mão, em seguida o tornozelo. Dieter parou para corrigi-lo, dizendo que esperasse um pouco entre um golpe e outro, o bastante para que a dor cedesse ligeiramente e o prisioneiro tivesse tempo de temer o golpe seguinte.

Bertrand começou a suplicar por clemência.

– Chega, por favor! – implorou histericamente.

Becker ergueu o pé de cabra, mas Dieter o deteve a tempo. Queria que as súplicas prosseguissem.

– Por favor, não me batam de novo – clamou Bertrand. – Por favor, por favor...

– Muitas vezes o melhor a fazer é quebrar uma perna logo no começo do interrogatório – falou Dieter para Becker. – A dor é excruciante, sobretudo se o osso fraturado for golpeado de novo.

Dessa vez ele tirou uma marreta do porta-guarda-chuvas.

– Logo abaixo do joelho – orientou, ao entregá-la a Becker. – O mais forte que puder.

Becker mirou e desferiu seu poderoso golpe. A fratura da canela foi ruidosa o suficiente para ser ouvida. Bertrand berrou e desmaiou. Becker pegou um balde de água e o despejou sobre o garoto, despertando-o para um novo berro.

Pouco a pouco, os berros foram dando lugar a gemidos comoventes.

– O que vocês querem? – implorou Bertrand. – Por favor, digam o que querem de mim!

Dieter não lhe fez nenhuma pergunta. Em vez disso, entregou o pé de cabra a Becker e apontou para a canela do francês, lá onde uma pontinha de osso escapava da superfície. Becker golpeou o garoto naquele ponto, e Bertrand berrou mais uma vez antes de voltar a desmaiar.

Dieter achou que aquilo já estava de bom tamanho.

Voltando à primeira sala, encontrou Gaston no mesmo

lugar em que o deixara, mas viu nele outro homem. Debruçado sobre a mesa com o rosto enterrado nas mãos, ele chorava copiosamente, soluçando enquanto suplicava pela intervenção divina. Dieter se ajoelhou ao lado dele, obrigou-o a se reerguer e, indiferente ao rosto empapado de lágrimas, falou baixinho:

– Só você pode dar fim a esse martírio.

– Parem com isso, por favor – suplicou Gaston.

– Vai responder às minhas perguntas?

Seguiu-se um momento de silêncio até que, ao ouvir mais um dos berros de Bertrand, o velho disse:

– Sim, eu respondo o que vocês quiserem, mas, pelo amor de Deus, parem com isso!

– Sargento Becker! – berrou Dieter.

– Sim, major?

– Pode parar por enquanto.

– Sim, major – disse Becker, desapontado.

Voltando para o francês, Dieter prosseguiu:

– Então, Gaston, vamos começar pelo líder da célula. Quem é ele? Quero nome e codinome.

Gaston hesitou um instante. Dieter virou os olhos ligeiramente para a câmara de tortura e foi o que bastou.

– Michel Clairet – Gaston foi logo dizendo. – Codinome Monet.

Ótimo. O primeiro nome delatado era sempre o mais difícil. Os demais viriam como enxurrada. Mascarando o contentamento, Dieter passou mais um cigarro ao francês, acendeu-o para ele e disse:

– Onde mora esse Michel?

– Em Reims.

Gaston soprou um jato de fumaça e agora já não tremia tanto. Passou um endereço próximo à catedral.

Dieter sinalizou para que Hesse fosse anotando as respostas. Depois, sem nenhuma pressa, foi tirando de Gaston todos os nomes daqueles que participaram do ataque ao castelo. De alguns o francês sabia apenas o codinome. De dois ou três ele não sabia nem isso, nunca os tinha visto antes daquele domingo. Dieter não tinha motivos para duvidar. Dois carros estavam à espera nas imediações da praça, Gaston informou ainda; ao volante estavam uma moça chamada Gilberte e um homem de codinome Marechal. Havia outros no grupo, que era conhecido como a célula Bollinger.

Dieter quis saber mais sobre as relações existentes entre os membros da célula: se havia algum par de namorados, se havia homossexuais, se alguém estava dormindo com a mulher de outro.

Embora a tortura tivesse parado, Bertrand continuava gemendo no cômodo vizinho ou berrando quando era surpreendido por alguma pontada mais aguda.

– Vocês vão cuidar dele, não vão?

Dieter apenas encolheu os ombros.

– Por favor, chamem um médico para o rapaz... – pediu Gaston.

– Muito bem, então – disse Dieter afinal. – Ele terá um médico assim que terminarmos esta nossa conversa.

Gaston contou então que Michel era casado com Flick, a loura da praça, mas que tinha Gilberte como amante. Até então ele vinha falando de uma célula que praticamente não existia mais, de modo que as informações tinham apenas um valor acadêmico. Era chegada a hora de fazer perguntas mais relevantes.

– Quando os agentes dos Aliados vêm para esta região, com quem eles fazem contato?

Ninguém tinha acesso a esse tipo de informação, respondeu Gaston. Vigorava no grupo um sistema de segurança em que nenhum dos integrantes da célula sabia mais do que o estritamente necessário ao cumprimento das suas funções. Mesmo assim, Gaston sabia parte da história. Sabia, por exemplo, que os agentes eram acolhidos por uma mulher de codinome Burguesa. Não sabia onde ela os recebia, apenas que eram levados para a casa da mulher antes de serem encaminhados para Michel.

Ninguém jamais havia estado com a tal Burguesa, nem mesmo Michel.

Dieter ficou desapontado por o francês saber tão pouco a respeito dela. Mas esse era o propósito dos sistemas de segurança de informações.

– Sabe onde ela mora? – arriscou.

Gaston fez que sim com a cabeça, dizendo:

– Um dos agentes deixou escapar. Ela tem uma casa na Rue du Bois, número 11.

Dieter procurou esconder o júbilo com o tesouro que acabara de desenterrar. Aquela informação era de vital importância. Era bem provável que os inimigos enviassem mais agentes na tentativa de reconstruir a célula Bollinger, talvez fosse possível pegar um deles no tal endereço secreto.

– E como é que eles vão embora?

Segundo explicou Gaston, os agentes eram recolhidos por um avião num campo de pouso que recebera o codinome de Champ de Pierre, mas que na realidade não passava de uma pastagem nas cercanias do vilarejo de Chatelle. Havia ainda um segundo campo conhecido como Champ d'Or, mas esse ele não sabia onde ficava.

Dieter quis saber sobre as ligações com Londres. Perguntou quem ordenara o ataque à central telefônica, e Gaston explicou que as ordens haviam chegado por meio da major Clairet, ou Flick, a oficial comandante da célula. Dieter ficou intrigado. Uma mulher no comando. Mas ele tivera a oportunidade de testemunhar a valentia da moça na praça. Talvez ela de fato tivesse as qualidades necessárias para ocupar um posto de liderança.

Na câmara ao lado, Bertrand começou a gritar, pedindo para morrer.

– Por favor – insistiu Gaston. – Um médico.

– Diga apenas onde mora essa major Clairet – disse Dieter.

– Depois chamo alguém para aplicar uma injeção no garoto.

– Ela é uma pessoa muito importante – falou Gaston, agora ansioso para dar uma resposta que satisfizesse o alemão. – Dizem que sobreviveu mais do que qualquer outro agente secreto por aqui. Já andou por todo o norte da França.

Dieter ficou perplexo.

– Ela tem contato com outras células também?

– Acredito que sim.

Isso era bastante incomum. E, na hipótese de que a informação procedesse, a major seria uma fonte inestimável de informações sobre a Resistência francesa.

– Ontem ela conseguiu fugir depois do confronto – prosseguiu Dieter. – Para onde ela pode ter ido, você faz alguma ideia?

– De volta pra Londres, aposto – disse Gaston. – Para fazer seu relatório sobre o ataque.

Dieter xingou por dentro. Queria que ela estivesse na França, para que pudesse pegá-la e interrogá-la. Se conseguisse botar as mãos naquela raposa, teria a munição de que precisava para destruir boa parte da Resistência, tal como prometera a Rommel. Mas, com ela em Londres, não lhe restava nada a fazer.

– Por enquanto é só – determinou Dieter, pondo-se de pé. – Hans, providencie um médico para os prisioneiros. Não quero que nenhum deles morra hoje. Talvez ainda tenham mais a contar. Depois datilografe suas anotações e me entregue o relatório amanhã de manhã.

– Pois não, major.

– Faça uma cópia para o major Weber, mas só entregue depois que eu mandar.

– Entendido.

– Eu mesmo levo o carro de volta para o hotel – arrematou Dieter, e saiu.

A dor de cabeça começou assim que ele se viu fora do castelo.

Massageando as têmporas, ele entrou no Hispano-Suiza e

tomou o caminho de Reims. O sol da tarde refletia no pavimento da estrada, ferindo-lhe os olhos. Aquilo não chegava a ser nenhuma surpresa. Ele sempre sofria de enxaqueca depois dos interrogatórios. Dali a uma hora já estaria cego de dor, inutilizado para o que quer que fosse. Precisava chegar ao hotel antes que a crise atingisse seu auge. Não querendo diminuir a velocidade, enterrava a mão na buzina sempre que avistava algum obstáculo no caminho: ora um camponês que voltava do trabalho nos vinhedos e precisava correr para não ser atropelado, ora um cavalo que recuava assustado, até uma carroça foi parar numa vala. Os olhos já marejavam de dor, a náusea já ameaçava chegar.

Por sorte, conseguiu chegar ao centro de Reims antes de sofrer ou provocar algum acidente. À porta do hotel Frankfort, abandonou o carro e cambaleou lobby adentro, subindo direto para sua suíte.

Stéphanie logo entendeu o que estava acontecendo. Sem hesitar, buscou na mala o kit de primeiros socorros e preparou uma seringa com uma solução de morfina enquanto Dieter despia o paletó e a camisa da farda. Espetou-o no braço assim que ele se jogou na cama, e o alívio foi quase imediato. Por fim se deitou ao lado dele e começou a acarinhá-lo no rosto com a ponta dos dedos.

Não demorou para que Dieter apagasse por completo.

CAPÍTULO DEZ

O QUE FLICK CHAMAVA de casa era na realidade uma quitinete no último andar de um casarão no distrito de Bayswater, na parte central de Londres. Se uma bomba atingisse o imóvel, cairia diretamente sobre a cama dela. Flick passava pouco tempo ali, não por medo das bombas, mas porque a vida real sempre a colocava em outros lugares: na

França, no quartel-general da Executiva de Operações Especiais, nos diversos centros de treinamento que a Executiva tinha em todo o país. Pouco havia dela naquele cômodo: uma foto de Michel tocando violão, uma estante com livros de Flaubert e Molière em francês, uma aquarela de Nice que ela pintara aos 15 anos. A pequena cômoda tinha três gavetas de roupas e uma quarta de armas e munição.

Cansada e triste, ela se despiu, deitou-se na cama e pegou um exemplar da revista *Parade* para ler. Descobriu que Berlim fora bombardeada por uma força de mil e quinhentos aviões na última quarta-feira. Difícil imaginar. Pensando no pavor dos berlinenses, só o que lhe veio à cabeça foi a imagem de uma pintura medieval em que o inferno era retratado como uma chuva de fogo que queimava as pessoas vivas. Virando a página, deu com uma matéria tola sobre os cigarros indianos de segunda linha que vinham sendo vendidos como os Woodbines feitos na Inglaterra.

Volta e meia lembrava-se do fracasso da véspera. Repassava os acontecimentos do ataque, procurava identificar tudo aquilo que poderia ter feito de outra forma para levar os franceses à vitória e não àquela fragorosa derrota. Do mesmo modo que perdera a batalha de Sainte-Cécile, era bem possível que também estivesse perdendo o marido. Haveria algum vínculo entre uma coisa e outra? Incompetente como líder, incompetente como mulher – talvez houvesse alguma falha irremediável nas profundezas do seu caráter.

Agora que seu plano alternativo fora rejeitado, não restava nada que ela pudesse fazer para se redimir. Todas aquelas pessoas valentes haviam morrido em vão.

Por fim, ela se entregou a um sono leve e difícil, mas não demorou para que fosse despertada por alguém batendo à porta:

– Flick! Telefone!

A voz era de uma das moças que moravam no andar de baixo.

O relógio na estante de Flick marcava seis horas.

– Quem é? – perguntou ela.
– Falaram que é do trabalho, só isso.
– Já vou.

Ela vestiu um penhoar e, sem saber ao certo se eram seis horas da manhã ou da noite, foi até a janelinha do sótão para espiar o horizonte: o sol começava a se pôr detrás dos elegantes terraços da Ladbroke Grove. Ela seguiu às pressas para o telefone que ficava no corredor do andar abaixo do seu.

Era Percy Thwaite.

– Desculpe por acordá-la – começou ele.
– Tudo bem.

Flick sempre gostava de ouvir a voz de Percy do outro lado da linha. Com o tempo, ela havia adquirido um carinho especial pelo chefe, muito embora fosse ele quem volta e meia a despachasse na direção do perigo. A gestão de agentes era um trabalho emocionalmente difícil, e alguns dos oficiais mais graduados procuravam se blindar por meio de uma suposta indiferença diante da morte ou da captura de seus subordinados. Mas Percy nunca agia assim. Percy sentia de verdade cada perda sofrida. Por conseguinte, Flick confiava nele, sabia que ele jamais a colocaria numa situação de risco se não fosse de fato necessário.

– Você pode vir a Orchard Court?

Flick sentiu o coração bater mais forte, esperançoso. Talvez as autoridades tivessem reconsiderado a possibilidade de uma segunda investida contra a central telefônica.

– Por quê? Monty mudou de ideia?
– Infelizmente, não. Mas preciso que você oriente uma pessoa.
– Estarei aí em dez minutos – disse, tentando disfarçar a decepção.

Felicity trocou de roupa e tomou o metrô para a Baker Street. Percy esperava por ela no apartamento da Portman Square.

– Encontrei um operador de rádio. Não tem experiência,

mas fez o treinamento. Vou mandá-lo num avião para Reims amanhã mesmo.

Flick fitou a janela para conferir o tempo, algo que os agentes faziam por hábito sempre que algum voo era mencionado. As cortinas de Percy estavam fechadas como sempre, por medida de segurança, mas de qualquer modo ela sabia que o tempo estava bom.

– Reims? Por quê?

– Não tivemos notícia de Michel hoje. Preciso saber o que sobrou da célula Bollinger.

Flick assentiu com a cabeça. Pierre, o operador de rádio do grupo de seu marido, havia participado da operação de Sainte-Cécile. Decerto fora morto ou capturado. Ainda que Michel tivesse conseguido localizar o aparelho que usavam, não saberia operá-lo, tampouco conheceria os códigos.

– Mas para quê?

– Enviamos toneladas de explosivos e munição nos últimos meses. Esse poder de fogo precisa ser usado de alguma forma. A central telefônica é o alvo mais importante, mas não é o único. Mesmo que a célula agora se resuma a Michel e mais alguns gatos-pingados, eles podem explodir linhas de trem, cortar cabos de telefonia, eliminar sentinelas... tudo isso ajuda. Mas preciso de uma linha de comunicação para poder instruí-los.

Para Flick, o castelo era o único alvo que realmente importava. O resto era só isto: o resto. Paciência. Ela faria o que tivesse de fazer.

– Tudo bem, pode deixar que passo tudo para o novo operador.

Percy a observou por um instante. Percebia algo de errado nela.

– Como estava o Michel quando você o deixou? – arriscou. – Quero dizer, fora a bala na bunda.

– Ótimo – disse Flick, e se calou.

No entanto, vendo que Percy continuava a encará-la e

sabendo que ele a conhecia bem demais para se deixar enganar, ela exalou um suspiro e enfim entregou o jogo:

– Tem uma garota.

– Era o que eu temia.

– Não sei se ainda sobrou alguma coisa do meu casamento...

– Sinto muito.

– Seria mais fácil se eu pudesse dizer a mim mesma que fiz um sacrifício em nome de uma boa causa, que conquistei uma vitória importante para o nosso lado, que contribuí de alguma forma para o sucesso da invasão...

– Você fez mais do que a maioria nesses últimos dois anos.

– Mas numa guerra não há medalhas para o segundo colocado, há?

– Não, não há.

Flick se levantou. Gostava que o chefe se preocupasse com ela e se dispusesse a consolá-la, mas aquela conversa já começava a deixá-la chorosa.

– Acho melhor eu ir falar com o novo operador.

– Codinome Helicóptero. Está esperando no escritório. Não é nosso operador mais brilhante, mas é um jovem corajoso.

Flick estranhou o que a seus olhos parecia um desleixo.

– Se ele não é tão bom assim, por que mandá-lo para lá? Certamente vai colocar os outros em perigo.

– Como você mesma disse, essa é a nossa grande chance. Se a invasão fracassar, perdemos a Europa. Agora é a hora de partirmos com tudo para cima do inimigo, porque dificilmente teremos oportunidade igual.

Flick meneou a cabeça, resignada. O mesmo argumento que ela usara mais cedo agora se voltava contra ela. Mas Percy estava certo. A única diferença era que, entre as vidas que seriam postas em perigo, estava a de Michel.

– Tudo bem, já vou então.

– Ele está doido para vê-la.

– Doido para me ver? – repetiu, surpresa. – Como assim?

– Vá lá e veja com seus próprios olhos – respondeu apenas, deixando escapar um risinho irônico.

Flick deixou a sala do apartamento, onde ficava a mesa de Percy, e seguiu pelo corredor. A secretária dele datilografava algo na cozinha e foi quem a direcionou para o outro cômodo que fazia as vezes de escritório. Flick parou à porta e disse a si mesma: "É isso aí: a gente recolhe os cacos e segue em frente, confiando que o tempo tudo cura."

Só então passou ao escritório, nada mais que um quartinho com uma mesa no centro e algumas poucas cadeiras desencontradas. O tal Helicóptero era um garoto de uns 22 anos, muito branco e embrulhado num paletó de tweed em tons de verde, mostarda e laranja. Via-se a quilômetros de distância que se tratava de um inglês. Felizmente receberia roupas novas e mais discretas antes de embarcar no avião que o levaria para o interior da França. A Executiva de Operações Especiais dispunha de costureiras e alfaiates franceses que faziam roupas ao estilo de sua terra natal (e que depois consumiam horas dando a essas mesmas roupas um aspecto mais velho e gasto para que passassem despercebidas no contexto da guerra). Não havia nada que pudesse ser feito com as feições rosadas e os cabelos acobreados do Helicóptero, a não ser rezar para que a Gestapo visse nele algum sangue alemão.

Flick se apresentou, e ele disse:

– Na verdade, já nos conhecemos.

– Desculpe, não estou me lembrando.

– Você foi colega do meu irmão Charles em Oxford.

– Charlie Standish? Ah, sim, claro!

Flick se lembrava do ex-colega, outro branquelo com paletó de tweed, mais alto e mais magro que o Helicóptero, mas talvez não mais inteligente, já que não chegara a se formar. Charlie era fluente em francês, algo que eles tinham em comum.

– Na verdade, você foi à nossa casa, em Gloucestershire, uma vez.

Flick então se lembrou daquele fim de semana, lá pelos anos 1930, que ela havia passado na casa de campo da família Standish: o pai era um inglês bastante simpático e a mãe, uma francesa muito elegante. Charlie tinha um irmão mais novo, Brian, um adolescente desengonçado que ainda usava calças curtas e andava embevecido pela câmera fotográfica que ganhara pouco tempo antes. Felicity havia conversado pouco com ele, mas fora o bastante para que o jovem desenvolvesse uma quedinha por ela.

– E então, como vai o Charlie? Não nos vemos desde os tempos da faculdade.

– Bem, ele morreu – disse Brian, subitamente entristecido. – Morreu em 1941. Lá naquele m-m-maldito deserto.

Flick receou que ele fosse começar a chorar.

– Eu sinto muito, Brian – consolou-o, tomando a mão dele entre as suas.

– Obrigado – falou ele e engoliu em seco.

À custa de algum esforço, conseguiu se recompor.

– Depois daquela época, vi você uma única vez, numa palestra que deu para meu grupo de treinamento na Executiva de Operações Especiais – contou o jovem. – Tentei falar com você depois, mas não consegui.

– Espero que a palestra tenha sido útil.

– Você falou sobre os traidores dentro da Resistência e ensinou o que fazer com eles: "É muito simples. Você encosta o cano da pistola na nuca do infeliz e puxa o gatilho duas vezes." Na verdade, deixou a gente com os cabelos em pé.

Percebendo o brilho de admiração nos olhos do garoto, como se ele tivesse diante de si um herói, Flick enfim captou a causa do sorrisinho de Percy: o garoto parecia ainda gostar dela. A major se desvencilhou dele e foi sentar-se do outro lado da mesa.

– Bem, é melhor começarmos logo – disse Flick. – Você sabe que está indo fazer contato com uma célula da Resistência que foi praticamente dizimada, não sabe?

– Sei. Minha missão é descobrir o que sobrou dessa célula e o que ela ainda é capaz de fazer. Se é que ela ainda pode fazer alguma coisa.

– É bastante provável que alguns integrantes tenham sido capturados no confronto de ontem e estejam sendo interrogados pela Gestapo neste exato momento. Portanto, você terá de ser muito cauteloso. Seu contato em Reims é uma mulher chamada Burguesa. Todo dia, às três da tarde, ela vai rezar na cripta da catedral. Geralmente é a única pessoa por lá, mas, caso haja mais gente, você poderá identificá-la pelos sapatos: um é marrom e o outro, preto.

– Fácil de lembrar.

– Diga a ela: "Ore por mim." Ela vai responder: "Oro pela paz." Esse é o código.

Ele repetiu as palavras.

– Vocês voltarão juntos para a casa dela e depois você será encaminhado ao chefe da célula Bollinger, um homem de codinome Monet.

Ela estava se referindo ao próprio marido, mas Brian não precisava saber disso.

– Por favor, não conte o endereço nem o nome verdadeiro da Burguesa a nenhum dos membros da célula quando for apresentado a eles. Por questão de segurança, é melhor que eles não saibam.

A própria Flick havia recrutado Burguesa e colocado em prática as regras que garantiam seu anonimato. Nem mesmo Michel sabia quem era a mulher.

– Entendido.

– Mais alguma pergunta que você queira fazer?

– Um milhão delas, mas no momento não me ocorre nenhuma.

Flick ficou de pé, contornou a mesa e apertou a mão dele.

– Bem... boa sorte.

– Nunca me esqueci daquele fim de semana que você passou conosco – falou Brian, sem soltar a mão dela. – Sei que me comportei como um moleque terrivelmente maçante, mas você foi muito gentil comigo.

– Bobagem – disse ela, sorrindo com naturalidade. – Você era um rapaz muito gentil.

– Fiquei apaixonado, na verdade.

Ouvindo isso, Flick cogitou puxar sua mão de volta e sair dali o mais rápido possível, mas as chances de que o garoto morresse no dia seguinte eram grandes e ela não poderia ser tão cruel.

– Fico lisonjeada – tentou encerrar o papo, procurando manter a conversa no mesmo tom displicente de antes.

Em vão, porque o rapaz era obstinado.

– Será que você poderia... sei lá... como um voto de boa sorte... será que você poderia... me dar um beijo? – pediu ele.

Flick hesitou um instante, mas depois pensou: vamos acabar logo com isto. Erguendo-se na ponta dos pés, tocou os lábios de leve nos do garoto, ficou assim por um segundo e se afastou. Foi o bastante para que outro Brian surgisse, um transfigurado pela alegria.

– Volte vivo de lá – disse ela.

Deu alguns tapinhas carinhosos no rosto do seu admirador e voltou para a sala do apartamento, onde Percy a aguardava.

Encontrou-o sentado à mesa com uma pilha de livros e uma infinidade de fotografias avulsas à sua frente.

– Tudo certo? – perguntou ele.

– Tudo. Mas o garoto não é exatamente o que se espera de um agente secreto, você não acha?

Percy deu de ombros.

– Tem coragem, fala francês como um parisiense, sabe atirar.

– Dois anos atrás você não teria pensado duas vezes antes de despachá-lo de volta para o Exército.

– É verdade. Mas agora vou despachá-lo para Sandy.

Era numa ampla casa de campo no vilarejo de Sandy, próximo à pista de decolagem de Tempsford, que Brian receberia roupas ao estilo francês, bem como os documentos falsos de que precisaria para atravessar os postos de controle da Gestapo e comprar comida. Percy se levantou e foi para a porta da sala.

– Enquanto me despeço dele, por favor, dê uma olhada nesses patifes aí na mesa – disse, apontando para os livros e as fotos. – Esse é todo o material fotográfico que o MI6 tem dos oficiais alemães. Se o homem que você viu na praça de Sainte-Cécile estiver entre eles, ótimo. Gostaria muito de saber o nome do sujeito.

Percy saiu e Flick pegou um dos livros para examinar. Tratava-se do registro de formandos de uma academia militar: centenas de fotos minúsculas de rapazes ainda com carinha de bebê. Sobre a mesa havia mais uns dez livros semelhantes, além de uma boa centena de fotos avulsas.

Passar uma noite em claro examinando aquele mar de fotos não era nada tentador, de forma que ela então pensou numa estratégia para reduzir as opções. O homem na praça aparentava uns 40 anos. Se tivesse se formado aos 22, seu livro de formatura deveria ser datado de 1926. Nenhum dos livros era tão antigo assim.

Então voltou sua atenção para as fotografias avulsas, examinando-as ao mesmo tempo que tentava relembrar o máximo possível sobre o homem. Era razoavelmente alto e estava muito bem-vestido, mas nada disso apareceria numa foto. Tinha cabelos fartos e escuros e, embora estivesse perfeitamente barbeado, dava a impressão de que poderia deixar crescer uma pesada barba se quisesse. Os olhos também eram escuros, tinha as sobrancelhas bem desenhadas, o nariz era reto, o queixo era quadrado... enfim, o alemão era um perfeito galã de matinê.

As fotos haviam sido tiradas nas mais diversas situações. Algumas eram de jornais: oficiais apertando a mão de Hitler, inspecionando tropas, posando ao lado de tanques e aviões. Algumas poucas pareciam ter sido obtidas por espiões. Essas eram as mais espontâneas, tiradas da janela de um carro ou de um prédio, em meio à confusão das ruas, oficiais fazendo suas compras, falando com alguma criança, chamando um táxi, acendendo seu cachimbo.

Flick ia passando as fotos rapidamente, jogando-as para o lado. Detinha-se por mais alguns segundos sempre que encontrava algum moreno, mas nenhum deles era tão bonito quanto o homem da praça. A certa altura, passou pela foto de um policial fardado, depois voltou a ela. Deixara-se enganar pela farda, mas, num exame mais atento, achou que poderia ser ele.

Uma folha datilografada fora colada no verso da foto. Nela estava escrito:

> FRANCK, Dieter Wolfgang, por vezes "Frankie". Nascido em Colônia em 3 de junho de 1904. Formado pela Universidade Friedrich Wilhelm, de Berlim, e pela Academia de Polícia de Colônia. Casado desde 1930 com Waltraud Loewe; 1 filho, 1 filha. Superintendente do Departamento de Investigações Criminais da polícia de Colônia até 1940. Major do Serviço de Inteligência do Afrika Korps até ??.
>
> Destaque na equipe de inteligência de Rommel, diz-se que é exímio interrogador e torturador cruel.

Flick estremeceu ao pensar que estivera tão perto de um homem tão perigoso. Um calejado investigador da polícia que transferira seus talentos para a inteligência militar era um inimigo a ser respeitado, se não temido. E, ao que parecia, a família que ele tinha em Colônia não constituía nenhum empecilho para que ele também tivesse uma amante na França.

– Este é o homem – disse ela, entregando a foto ao chefe assim que ele retornou.

– Dieter Franck! – exclamou Percy. – Sabemos quem ele é. Muito interessante. Pelo que você entreouviu da conversa dele na praça, é bem provável que ele tenha recebido de Rommel alguma missão contra a Resistência.

Ele fez uma anotação no seu bloco.

– Acho que devo informar o MI6, já que foram eles que emprestaram essas fotos – ponderou Percy.

Nesse instante a secretária bateu de leve à porta e abriu uma fresta:

– O senhor tem visita, coronel Thwaite.

Flick estranhou o modo como ela deu a informação. Sabendo que a figura paternal de Percy dificilmente inspiraria esse tipo de comportamento numa secretária, deduziu que o tal visitante fosse algum bonitão.

– Um americano – emendou a moça.

Isso explicava tudo, pensou Flick. Os americanos eram o suprassumo do charme e do glamour, pelo menos aos olhos das secretárias.

– Como foi que ele encontrou este lugar? – perguntou Percy.

Em tese, o apartamento de Orchard Court era um endereço secreto.

– Ele passou no prédio da Baker Street e foi encaminhado para cá.

– Não deviam ter feito isso. Esse americano deve ser muito persuasivo. Quem é ele afinal?

– Major Chancellor.

Percy olhou para Flick. Ela não conhecia nenhum Chancellor, mas de repente se lembrou do arrogante major que a havia tratado de modo grosseiro naquela manhã, logo depois da reunião com Monty.

– Droga, é ele – disse Flick com desânimo. – O que será que o antipático veio fazer aqui?

– Mande-o entrar – ordenou Percy.

Paul Chancellor entrou. Arrastava um pouco uma das pernas, algo que Flick não havia notado mais cedo. Talvez o coxear piorasse ao longo do dia. Tinha um semblante agradável e notoriamente americano, com nariz grande e queixo pontudo. Qualquer chance de ser um homem bonito era anulada pela orelha esquerda, ou o que sobrava dela: o terço inferior, com o lóbulo e pouco mais. Flick deduziu que ele fora ferido em combate.

– Boa noite, coronel – cumprimentou Chancellor, batendo continência. – Boa noite, major.

– Não costumamos bater continência aqui na Executiva – falou Percy. – Sente-se e fique à vontade, Chancellor. Em que podemos ser úteis?

O americano puxou uma cadeira e tirou o quepe:

– Ainda bem que os encontrei aqui. Passei o dia todo ruminando sobre a nossa conversa desta manhã – começou e, abrindo um sorriso discreto, emendou: – Parte desse tempo, devo confessar, fiquei imaginando as respostas ferinas e inteligentes que poderia ter dado caso tivesse pensando nelas a tempo.

Flick não pôde deixar de sorrir também. Tinha feito a mesma coisa.

– O senhor deu a entender, coronel, que na reunião o MI6 talvez não tivesse contado toda a verdade sobre o ataque à central telefônica, e isso ficou martelando na minha cabeça – continuou Chancellor. – Por mais grosseira que a major Clairet tivesse sido comigo, isso não significava que ela estivesse distorcendo os fatos.

Flick estivera a um passo de perdoar o homem, mas, ouvindo isso, recuou e disse:

– Grosseira? *Eu?*

– Flick, por favor – interveio Percy, e ela se calou.

– Então requisitei seu relatório, coronel – prosseguiu o americano. – Naturalmente a requisição foi feita em nome do gabinete de Monty, não em meu próprio, portanto não demorou dois tempos para que uma motociclista do Regimento de Enfermagem e Primeiros Socorros aparecesse com o envelope nas mãos.

Chancellor era um sujeito objetivo; além disso, sabia usar muito bem as alavancas da máquina militar, avaliou Flick.

Também era um porco arrogante, mas nem por isso deixava de ser um possível aliado poderoso.

– Depois de ler o material, concluí que o motivo principal da derrota foi de fato a informação equivocada que vocês receberam.

– Que recebemos do MI6! – emendou Flick, revoltada.

– Sim, eu percebi isso – disse Chancellor, não sem uma ponta de ironia. – Não há dúvida de que o pessoal do MI6 tentou mascarar a própria incompetência. Não sou um oficial de carreira, mas meu pai é, portanto tenho alguma familiaridade com os truques dos burocratas militares.

– Ah – murmurou Percy, pensativo. – Quer dizer então que você é filho do general Chancellor?

– Sou.

– Continue.

– O MI6 jamais teria conseguido fazer o que fez naquela reunião se o chefe de vocês estivesse presente para expor o outro lado da história, o lado da Executiva de Operações Especiais. Me pareceu muita coincidência que ele tivesse sido requisitado no último minuto.

Percy não tinha tanta certeza assim.

– Ele foi chamado pelo primeiro-ministro. Não vejo como o MI6 possa ter arranjado uma coisa dessas.

– A tal reunião não foi presidida por Churchill em pessoa, mas por um assistente dele, e *de fato* foi arranjada pelo MI6.

– Não acredito! – cuspiu Flick. – Aquilo lá é um ninho de cobras!

– Seria ótimo se soubessem espionar os inimigos tão bem quanto sabem trapacear os amigos – desabafou Percy.

– Também avaliei com cuidado o seu plano, major Clairet, de infiltrar no castelo uma equipe de mulheres disfarçadas de faxineiras – prosseguiu Chancellor. – É arriscado, claro, mas pode dar certo.

Então seu plano teria uma chance? A major quis perguntar, mas não teve coragem.

Fitando o americano diretamente nos olhos, Percy disse:

– E agora? O que você pretende fazer?

– Por acaso jantei com meu pai esta noite. Contei a ele toda a história, depois perguntei o que eu deveria fazer na qualidade de assistente de um general. Estávamos no Savoy.

– E o que foi que ele disse? – perguntou Flick, impaciente. Pouco importava onde haviam jantado.

– Recomendou que eu conversasse com Monty e dissesse que cometemos um erro – falou Chancellor e crispou o rosto numa careta antes de dizer: – O que não é lá muito fácil, seja com Monty ou com qualquer outro general. Eles nunca gostam de rever uma decisão tomada. Mas às vezes é o que precisa ser feito.

– E então? Você vai falar com ele? – perguntou Flick, esperançosa.

– Já falei.

– Bem, você não perde tempo, não é? – comentou Percy, surpreso.

Flick prendeu a respiração. Mal conseguia acreditar que, ao cabo de um dia tão desanimador, ela pudesse receber a segunda chance que tanto desejava.

– No fim das contas – disse Chancellor –, Monty se revelou bem mais razoável do que eu havia imaginado.

Flick não se conteve:

– Fale logo, homem! O que foi que o general disse a respeito do meu plano?

– Ele autorizou.

– Graças a Deus! – exclamou Flick, levantando-se de um pulo, incapaz de ficar quieta. – Uma segunda chance!

– Excelente! – disse Percy.

Chancellor ergueu a mão em advertência.

– Mais duas coisas – disse. – Talvez vocês não gostem da primeira: ele me colocou no comando da operação.

– *Você?* – disse Flick.

– Por quê? – questionou Percy.

– Ninguém pede explicações a um general quando ele dá uma ordem. Sinto muito decepcioná-los. É uma pena que não depositem em mim a mesma confiança que Monty depositou.

Percy não fez mais que encolher os ombros.

– E a outra condição, qual é? – quis saber Flick.

– O prazo. Não posso revelar a data marcada para a invasão. A bem da verdade, essa data exata nem foi definida ainda. Mas posso dizer que precisamos executar nossa missão rapidamente. Se o objetivo não tiver sido alcançado até a meia-noite da próxima segunda-feira, é provável que seja tarde demais.

– *A próxima segunda?* – repetiu Flick.

– Sim – afirmou Paul Chancellor. – Temos exatamente uma semana.

TERCEIRO DIA
Terça-feira
30 de maio de 1944

CAPÍTULO ONZE

Flick deixou Londres ao raiar do dia, pilotando uma motocicleta Vincent Comet com um poderoso motor de 500 cilindradas. As ruas estavam desertas. Vigorava um rígido racionamento de combustível, e as pessoas podiam ser presas por fazerem viagens "desnecessárias". Flick acelerava o máximo que podia. Era perigoso, porém excitante. A adrenalina compensava o risco.

Também era isso que ela sentia por sua missão: um misto de medo e entusiasmo. Na noite anterior, ficara até tarde com Percy e Paul, tomando chá e arquitetando seu plano. A equipe deveria ter seis mulheres, eles haviam decidido, pois era esse o número de faxineiras em cada turno. Uma delas deveria ser especialista em explosivos; outra, uma técnica em telefonia, capaz de determinar onde pôr as cargas de modo que os danos causados fossem os maiores possíveis. Flick também queria a seu lado uma exímia atiradora e duas militares mais calejadas. Ela própria completaria o grupo de seis.

Teriam apenas um dia para localizá-las e precisariam no mínimo de dois para treiná-las, inclusive a saltar de paraquedas. Isso consumiria a quarta e a quinta-feira. Elas pousariam em Reims na noite de sexta e entrariam no castelo na de sábado ou de domingo. Só havia um dia para margem de erro.

Flick atravessou o Tâmisa pela London Bridge. Com a moto rugindo nos ouvidos, ela cruzou a paisagem devastada dos distritos de Bermondsey e Rotherhithe, com muitos atracadouros e prédios bombardeados. Depois tomou a Old Kent Road, a antiquíssima rota dos peregrinos, para seguir na direção de Canterbury. Assim que os subúrbios ficaram para trás, acelerou até a capacidade máxima da moto e deixou o vento varrer da cabeça todas as suas preocupações.

Ainda não eram seis horas quando ela chegou a Somersholme, o palacete dos barões de Colefield. O barão propriamente dito estava na Itália, engrossando as fileiras do Oitavo Exército britânico na missão de chegar a Roma. Sua irmã, Diana Colefield, era a única integrante da família que residia ali no momento. Com suas dezenas de quartos, o casarão vinha sendo usado como clínica de recuperação de soldados feridos.

Flick reduziu a velocidade e foi atravessando a aleia de tílias centenárias enquanto admirava mais adiante a imensa construção de granito rosado com suas muitas alas, sacadas, mansardas e cumeeiras, janelas e chaminés. Estacionou junto de uma ambulância e alguns jipes no cascalho do pátio da frente do casarão e desceu da moto.

Enfermeiras circulavam por todos os lados no salão de entrada, carregando xícaras de chá. Mesmo que estivessem ali para se recuperar, os soldados tinham de ser despertados ao raiar do dia. Flick perguntou pela Sra. Riley, a governanta, e foi encaminhada para o porão. Encontrou-a junto à fornalha com dois homens de macacão, visivelmente preocupada.

– Olá, mamãe – disse Flick, e recebeu um forte abraço.

A Sra. Riley era ainda mais baixa que a filha, e tão magrinha quanto, mas, como Flick, era bem mais forte do que aparentava. Por pouco não sufocou a filha com a força do seu abraço.

– Mãe, assim a senhora vai me esmagar! – riu Flick, desvencilhando-se.

– Nunca sei se você está viva ou morta antes de vê-la com meus próprios olhos – disse a outra.

Ainda falava com uma pontinha de sotaque irlandês, muito embora fizesse quarenta e cinco anos que deixara Cork com os pais.

– Qual é o problema com a fornalha?

– Não foi concebida para produzir tanta água quente assim. Essas enfermeiras têm mania de limpeza. Obrigam os pobres soldados a tomar banho todo dia. Venha. Vamos à cozinha que eu preparo um belo café para você.

Apesar da pressa, Flick decidiu que tinha tempo para a mãe. De qualquer modo, precisava comer. Então a acompanhou até as dependências da criadagem.

Ela havia crescido naquele casarão. Brincava na ala dos criados, corria pelos bosques da propriedade, estudava na escola local, que ficava a uns dois quilômetros de distância, e era para Somersholme que voltava quando entrava de férias no internato e na universidade. Tudo isso fora uma grande sorte. A maioria das governantas e criadas era obrigada a deixar o emprego quando tinha filhos. Sua mãe pudera ficar, em parte porque o velho barão não era lá muito afeito às convenções, mas sobretudo porque tinha verdadeiro pavor de perder uma governanta tão boa. O pai de Flick trabalhara como mordomo da casa, mas morrera quando ela tinha apenas 6 anos. Todo mês de fevereiro, Flick e a mãe iam com a família do barão para a propriedade deles em Nice, onde ela, Flick, aprendera francês.

O velho barão, pai de William e Diana, tinha um carinho todo especial por Flick. Ele a incentivara a estudar, pagara a escola dela, ficara orgulhoso quando ela conseguira uma bolsa em Oxford. Morrera logo após o início da guerra, e para Flick foi como se ela tivesse perdido um segundo pai.

A família agora ocupava apenas uma pequena ala da casa, e ali a despensa fora transformada em cozinha. A mãe de Flick pôs a água para ferver.

– Só uma torrada já está bom, mamãe – disse Flick.

Ignorando-a, a Sra. Riley colocou algumas fatias de bacon para fritar.

– Você está muito bem, estou vendo – comentou ela. – E o bonitão do seu marido?

– Michel está vivo – disse Flick, sentando-se à mesa e já salivando com o cheirinho do bacon.

– Está vivo? Quer dizer então que não está bem. Ferido?

– Levou uma bala no traseiro. Não vai morrer por causa disso.

– Então você esteve com ele.

– Pare com isso, mamãe! – falou, rindo. – A senhora sabe muito bem que não posso contar nada.

– Claro que sei. Mas e ele? Está com algum rabo de saia? Se *isso* não for nenhum segredo militar...

Flick nunca deixava de se espantar com a intuição da mãe. Aquilo beirava o sobrenatural.

– Espero que não – respondeu.

– Hum. Alguma saia em particular a preocupa?

Flick não respondeu diretamente.

– Já reparou, mamãe, que às vezes os homens nem chegam a notar a estupidez de uma garota?

A Sra. Riley grunhiu de desgosto, depois disse:

– Então é isso. Deve ser bonitinha, aposto.

– U-hum.

– Jovem?

– Dezenove.

– Você já conversou com ele?

– Já. Ele prometeu se emendar.

– Talvez cumpra a promessa. Isto é, se você não ficar muito tempo longe dele.

– Espero não ficar.

– Quer dizer então que você vai voltar? – perguntou a Sra. Riley, subitamente murcha.

– Não posso contar nada.

– Não acha que já fez o suficiente, filha?

– Ainda não vencemos esta guerra, mamãe. Então... não. Não acho que tenha feito o suficiente – disse Flick, e recebeu da mãe o prato com ovos fritos e bacon.

Aquilo devia equivaler à ração de uma semana inteira, mas Flick resolveu não protestar. Achou melhor aceitar o presente sem nada dizer. Além disso, descobriu-se subitamente faminta.

– Obrigada, mamãe. Assim eu vou ficar mal-acostumada.

A Sra. Riley sorriu, satisfeita, e Flick atacou o prato à sua frente. Enquanto comia, se deu conta de que, sem nenhum esforço, a mãe conseguira arrancar dela tudo o que queria saber, por mais que Flick tivesse tentado se evadir.

– A senhora devia trabalhar para o serviço secreto – disse. – Daria uma ótima interrogadora. Conseguiu me fazer contar tudo.

– Sou sua mãe. Tenho o direito de saber.

Tudo bem. Flick sabia que a mãe não contaria nada a ninguém.

A Sra. Riley continuou bebendo seu chá enquanto observava a filha comer. Dali a pouco disse:

– Você meteu na cabeça que vai ganhar esta guerra sozinha, não é?

Não falou com severidade, mas com uma ponta de sarcasmo e bom humor.

– Desde criança que você é assim: independente demais.

– Nem sei por quê – disse Flick. – Sempre tinha alguém para cuidar de mim. Quando você estava ocupada com alguma coisa, sempre surgia uma dúzia de criadas para me paparicar.

– Acho que incentivei você a ser autossuficiente assim porque não tinha um pai por perto. Quando você me pedia para fazer alguma coisa, como consertar a bicicleta ou pregar um botão, eu respondia: "Tente você mesma. Se não conseguir, eu ajudo." E quase sempre o assunto morria ali.

Flick terminou de comer e limpou o prato com uma fatia de pão.

– Muitas vezes o Mark me ajudava.

Mark era seu irmão, um ano mais velho.

– É mesmo? – disse a Sra. Riley, não sem alguma frieza.

Dois anos antes, ela brigara com Mark, que trabalhava como produtor de teatro e vivia com um ator chamado Steve. Sabia há muito tempo que o filho não era "do tipo que se casa", tal como ela própria costumava dizer, mas, num arroubo de excessiva sinceridade, Mark havia cometido a insensatez de confessar seu amor por Steve e dizer que eles eram um casal. Ela ficara profundamente ofendida e desde então deixara de falar com ele.

Flick conteve um suspiro.

– Mark ama a senhora, mamãe.

– Será?

– Queria tanto que a senhora o visse...

– Imagino que sim – disse a Sra. Riley, e recolheu o prato sujo para lavar na pia.

Flick balançou a cabeça, meio desanimada.

– A senhora é muito teimosa, sabia?

– Então agora eu sei de onde vem a *sua* teimosia.

Flick teve de rir. Já fora acusada de teimosa inúmeras vezes. Havia ocasiões em que Percy chegava ao ponto de compará-la a uma mula.

– Bem... acho que ninguém pode controlar os próprios sentimentos – disse, tentando a conciliação. – Não vamos discutir por causa disso. Ainda mais depois de um café da manhã tão maravilhoso.

O grande sonho de Flick continuava sendo reaproximar a mãe do irmão, só que isso teria de ficar para depois. Ela se levantou da mesa, e a Sra. Riley abriu um sorriso, dizendo:

– Puxa, como foi bom ver você. Quase morro de preocupação aqui.

– Não vim só para ver a senhora – admitiu Flick. – Preciso falar com Diana.

– Com Diana? Para quê?

– Não posso dizer.

– Espero que não esteja pensando em levá-la para a França com você.

– Mãe, pare! Quem foi que falou em França?

– Suponho que seja porque ela sabe usar uma arma.

– Não posso dizer.

– Você vai morrer se precisar da Diana para alguma coisa,

filha! Ela não faz ideia do que seja disciplina. Aliás, por que deveria fazer? Do jeito que foi criada... A culpa nem é dela, coitada. Mas seria uma grande tolice confiar nessa menina.

– É, eu sei – disse Flick com impaciência.

Já havia tomado sua decisão e não estava nem um pouco disposta a discuti-la com a mãe.

– Ela já teve não sei quantos empregos nesta guerra, mas foi dispensada de todos!

– Eu sei.

Flick realmente conhecia Diana, sabia como ela era, mas também conhecia seu talento como atiradora. Além do mais, o tempo era curto, não havia como ser exigente. O maior problema seria uma recusa ao convite. Ninguém entrava para uma missão secreta sendo obrigado; tratava-se de uma atividade voluntária.

– Onde Diana está agora, a senhora sabe?
– Deve estar no bosque. Saiu cedo para caçar coelhos.
– Claro.

Diana adorava os esportes que envolviam sangue. Caçava raposas, veados, lebres, aves. Na ausência de um animal mais nobre, caçava coelhos ou, às vezes, até pescava.

– Basta você seguir o barulho dos tiros.

Flick deu um beijinho no rosto da mãe.

– Obrigada pelo café da manhã – disse, e foi saindo na direção da porta.

– Cuidado para não ser confundida com um coelho – alertou a Sra. Riley.

Flick saiu pela porta dos fundos, atravessou o jardim da cozinha e se embrenhou no bosque que havia atrás do casarão. As árvores verdejavam com as folhas novas e as urtigas batiam na cintura. Ela foi abrindo caminho pelo matagal com as botas pesadas e a calça de couro que usava sempre que caía na estrada com sua moto. A melhor maneira de convencer Diana, pensou, seria transformando o convite numa espécie de desafio.

Já estava uns quatrocentos metros dentro do bosque quando enfim ouviu os ecos de um tiro. Parou onde estava, aguçou os ouvidos e gritou:

– Diana!

Não recebeu nenhuma resposta. Então seguiu caminhando na direção do tiro que ouvira antes, chamando Diana mais ou menos a cada minuto. Por fim ouviu:

– Estou aqui, desmancha-prazeres, seja lá quem você for!

– Já estou chegando! Baixe sua arma, ok?

Diana se achava numa clareira, sentada no chão e recostada a um carvalho, fumando um cigarro. Sobre os joelhos, uma espingarda aberta esperando para ser recarregada. À sua volta, meia dúzia de coelhos mortos.

– Ah, é você – constatou. – Espantou a bicharada toda com a sua gritaria.

– Amanhã estarão todos de volta – disse Flick, e avaliou a amiga de infância.

Diana era uma mulher bonita, embora lembrasse um menino com seus cabelos muito curtos, escuros, e as sardas no nariz. Estava usando um paletó de caça e calça de veludo cotelê.

– Como está, Diana?

– Entediada. Frustrada. Deprimida. Fora isso, estou ótima.

Flick sentou na relva ao lado dela, já desconfiando que a tarefa de convencê-la seria bem mais fácil que o imaginado.

– Mas o que é que está acontecendo? – perguntou.

– Nada. Este é o problema. Estou aqui, apodrecendo nos cafundós do país, enquanto meu irmão está lá, conquistando a Itália.

– Como está William?

– Está bem. Dentro do contexto de uma guerra, claro. Quanto a mim... ninguém tem um emprego decente para me oferecer.

– Quem sabe não posso ajudar?

– Você? Você é do Regimento de Enfermagem e Primeiros

Socorros – retrucou Diana, dando uma tragada no cigarro. – Não tenho a menor vocação para ficar dirigindo para generais, querida.

Flick assentiu. Nada mais natural que uma aristocrata se julgasse acima dos trabalhos mais triviais que as guerras costumavam reservar às mulheres.

– Bem... vim aqui justamente para lhe fazer uma proposta.
– Proposta? Que proposta?
– Acho que você não vai gostar muito. É uma coisa difícil, perigosa...

Diana a fitou com desconfiança.

– Perigosa por quê? Vou ter de dirigir durante o blecaute?
– Não posso adiantar muita coisa porque é uma missão secreta.
– Flick, meu amor, não vá dizer que está envolvida em coisas clandestinas.
– Não foi dirigindo para generais que fui promovida a major.
– Está falando sério? – falou Diana, sem tirar os olhos de Flick.
– Claro que estou.
– Jesus...

Diana não conseguiu disfarçar o tom de admiração.

Sabendo que precisava conquistar o interesse da amiga, Flick disse:

– Então... você estaria disposta a fazer uma coisa muito, muito perigosa? Perigosa *mesmo*. Pode até ser que você não saia dela viva.

O risco de morte, ao contrário do que se poderia esperar, deixou Diana ainda mais animada.

– Claro que sim! William está lá, arriscando a vida dele! Por que deveria ser diferente comigo?
– Tem certeza do que está dizendo?
– Absoluta!

Flick procurou mascarar o alívio que agora sentia. Acabara

de recrutar sua primeira colaboradora. E, diante de tanto entusiasmo por parte de Diana, achou que era um bom momento para tocar num assunto delicado.

– Tem uma condição – disse. – Que para você talvez seja pior que o risco de morte.

– O quê?

– Você é dois anos mais velha que eu. Socialmente, sempre esteve acima de mim. É filha de barão, e eu... eu sou apenas a filha da governanta. Não tem nada de errado com isso, não estou reclamando. Mamãe diria que é assim que as coisas têm de ser e pronto.

– Eu sei, querida, mas aonde você quer chegar?

– Sou eu quem vai estar no comando da operação. E você terá de se subordinar a mim.

Diana sacudiu os ombros, dizendo:

– Por mim, tudo bem.

– Não se iluda. Será difícil para você. Você vai estranhar. Vou ser intransigente, dura mesmo, até você se acostumar.

– Sim, senhora!

– No meu departamento, a gente não liga muito para formalidades, então você não precisa me chamar de "senhora". Mas a disciplina militar precisa ser observada, sobretudo quando a operação já estiver em andamento. Se você se esquecer disso, minha fúria será o menor dos seus problemas. Neste ramo, uma ordem desobedecida pode acabar em morte.

– Quanto drama, querida. Já entendi, já entendi.

Flick não tinha tanta certeza assim de que Diana realmente tivesse entendido, mas já fizera o que estava a seu alcance. Tirou do bolso um bloco de anotações e escreveu um endereço em Hampshire.

– Faça uma mala para três dias. É nesse endereço que você deve se apresentar. Pegue o trem para Brockenhurst na estação de Waterloo.

Diana leu o endereço.

– Ué! Isto aqui é a propriedade do lorde Montagu.

– Boa parte foi ocupada pelo meu departamento.

– Mas afinal... que *raio* de departamento é esse?

– É o Bureau de Pesquisas Interserviços – respondeu Flick, usando a fachada de sempre.

– Espero que seja mais divertido do que o nome sugere.

– Pode apostar que sim.

– Quando começo?

– Você precisa estar lá hoje mesmo – falou Flick, já pondo-se de pé. – Seu treinamento começa amanhã de madrugada.

– Vou voltar para casa com você e fazer logo a minha mala – disse Diana, levantando-se também. – Mas... me diga uma coisa.

– Se eu puder.

Diana começou a remexer na espingarda, meio desconcertada. Quando enfim olhou para Flick, apresentava no rosto uma expressão de sinceridade até então inédita.

– Por que eu? – perguntou. – Ninguém me quis, você deve saber disso.

Flick assentiu.

– Vou ser muito franca – começou, então olhou de relance para os coelhos ensanguentados, voltou os olhos para o rostinho bonito de Diana e só então concluiu: – Você é uma matadora. É disso que preciso agora.

CAPÍTULO DOZE

DIETER DORMIU ATÉ as dez. Acordou com um pouco de dor de cabeça – ressaca da morfina –, mas, fora isso, sentia-se bem: empolgado, otimista, confiante. Conseguira uma ótima pista no truculento interrogatório da véspera. A mulher de codinome Burguesa, com sua casa na Rue du Bois, talvez fosse a ponte que levava ao coração da Resistência.

Ou a lugar nenhum.

Ele bebeu um litro inteiro de água, engoliu três aspirinas para liquidar a dor de cabeça e foi para o telefone.

Primeiramente ligou para o tenente Hesse, que ocupava um quarto menos luxuoso no mesmo hotel.

– Bom dia, Hans, dormiu bem?

– Muito bem, major, obrigado. Senhor, fui até a prefeitura para investigar o tal endereço na Rue du Bois.

– Boa ideia – disse Dieter. – E o que foi que descobriu?

– A casa é de propriedade da moradora, mademoiselle Jeanne Lemas.

– Mas é possível que haja hóspedes ou outros moradores lá.

– Passei de carro diante da casa, só para dar uma olhada, e não vi movimento nenhum.

– Vamos sair daqui a uma hora no meu carro. Esteja pronto.

– Pois não, senhor.

– Ah! Hans, parabéns pela iniciativa.

– Muito obrigado, senhor.

Dieter desligou e ficou se perguntando como seria a tal mademoiselle Lemas. Segundo dissera Gaston, ninguém da célula Bollinger jamais vira a mulher, e decerto ele não mentira. A casa da Rue du Bois era parte do esquema de segurança dos resistentes. Os agentes que chegavam de fora sabiam apenas o local onde deveriam fazer contato com a francesa, mais nada; se fossem capturados, não teriam nada para revelar a respeito da Resistência. Pelo menos em tese. Não havia esquema de segurança cem por cento infalível.

Ao que tudo indicava, Jeanne Lemas era solteira. Poderia tanto ser uma jovem que herdara a casa dos pais quanto uma solteirona de meia-idade à procura de marido ou uma idosa que nunca se casara. Talvez fosse o caso de levar consigo uma companhia feminina, decidiu Dieter.

Ele voltou para o quarto. Stéphanie penteara os longos cabelos ruivos e agora estava sentada na cama com os seios à mostra acima do lençol. Realmente sabia provocar. Mas Dieter resistiu ao impulso de voltar para o lado dela.

– Você me faria um favor? – pediu ele.
– Para você? Qualquer coisa.
– Qualquer coisa?
Sentando-se na beira da cama e pousando a mão no ombro nu da amante, ele explicou:
– Você ficaria olhando enquanto eu me encontro com outra mulher?
– Claro – falou ela. – Posso até lamber os peitos dela enquanto vocês fazem amor.
– Ah, isso você faria sim, tenho certeza – disse Dieter, rindo com gosto.
Já tivera outras amantes, mas nenhuma como Stéphanie.
– Só que não é disso que estou falando. Preciso prender uma mulher da Resistência e quero que você venha comigo.
– Tudo bem – garantiu ela, sem nenhuma emoção no rosto.
Dieter ficou tentado a arrancar dela algum tipo de reação, perguntar o que ela pensava a respeito daquilo, se estava mesmo de acordo, mas decidiu ficar apenas com o consentimento.
– Obrigado – disse, e voltou para a sala da suíte.
Mademoiselle Lemas era uma mulher sozinha, mas nada impedia que na sua casa estivesse um bando de agentes dos Aliados, todos armados até os dentes. Dieter precisava de ajuda. Consultou sua caderneta de telefones e passou à telefonista do hotel o número de Rommel em La Roche-Guyon.
O sistema de telefonia francês ficara sobrecarregado no início da ocupação. Desde então os alemães haviam feito inúmeras melhorias nos equipamentos, acrescentando milhares de quilômetros de cabos e instalando centrais automatizadas. Ainda havia muito a fazer, mas o sistema agora era bem melhor do que antes.
Ele pediu para falar com o major Goedel, assistente de Rommel, e dali a pouco ouviu a voz seca do homem:
– Goedel.
– Aqui é Dieter Franck. Como vai, Walter?
– Ocupado – cuspiu o major. – O que você quer?

– Tenho feito rápidos avanços por aqui. Não posso dar muitos detalhes porque estou falando de um telefone de hotel, mas estou prestes a prender pelo menos um espião, talvez vários. Achei que o marechal de campo gostaria de saber.

– Pode deixar que eu mesmo o informo.

– Mas preciso de ajuda. Tenho contado apenas com um tenente. A situação está tão grave que venho sendo obrigado a pedir ajuda à minha namorada francesa.

– Não me parece prudente.

– Não se preocupe, ela é de confiança. Mas não será de grande valia contra terroristas treinados. Você não poderia me arrumar uma boa equipe de... digamos, uns cinco ou seis homens?

– Use a Gestapo. É para isso que eles estão aí.

– Não são confiáveis. Você sabe que eles estão cooperando conosco apenas por obrigação. Preciso de homens nos quais possa confiar.

– Isso está fora de questão – disse Goedel.

– Pense bem, Walter. Você sabe a importância que Rommel dá a essa missão que me passou, a de impedir que a Resistência consiga atrapalhar nossa mobilidade.

– Claro que sei. Mas o marechal espera que você a cumpra sem privá-lo de mais combatentes.

– Não sei se vou conseguir.

– Tenha santa paciência, homem! – rugiu Goedel. – Estamos tentando defender a costa inteira do Atlântico com meia dúzia de gatos-pingados, e você aí, cercado de homens capacitados que não têm nada melhor para fazer do que caçar judeus desdentados num celeiro qualquer. Faça o seu trabalho e não me amole mais!

Dieter ficou assustado quando Goedel bateu o telefone. Nunca vira o major perder as estribeiras assim. Sem dúvida estavam todos muito tensos com a iminente invasão dos Aliados. Mas o resultado daquela conversa era um só: ele teria de se virar sozinho. Resignado, procurou manter a calma e ligou para Weber no castelo de Sainte-Cécile.

– Vou fazer uma diligência num endereço da Resistência – disse. – Pode ser que precise de alguns dos seus homens. Pode mandar quatro e um carro para o hotel Frankfort, ou vou ser obrigado a falar com Rommel outra vez?

A ameaça foi desnecessária. Weber tinha todo o interesse em envolver seus homens na operação para que a Gestapo pudesse colher os louros na eventualidade de um grande sucesso. Em meia hora o carro estaria no hotel, ele prometeu.

Dieter, por sua vez, não gostava nem um pouco dessa parceria com a Gestapo. Não tinha controle sobre ela. Mas não havia nada que pudesse fazer a respeito.

Enquanto se barbeava, ele sintonizou o rádio numa estação alemã. Ficou sabendo que a primeiríssima batalha de tanques no teatro de operações do Pacífico ocorrera na véspera, na ilha de Biak. Os ocupantes japoneses conseguiram fazer com que os invasores da 162ª Divisão de Infantaria Americana recuassem para a cabeça de ponte que haviam conquistado no litoral. Afoguem os filhos da puta no mar, pensou Dieter.

Ele vestiu um terno escuro de lã cinza, uma boa camisa de algodão com listras claras acinzentadas e uma gravata preta de bolinhas brancas. As bolinhas não eram estampadas, mas bordadas no tecido, um pequeno detalhe que o deleitava. Após refletir um instante, despiu o paletó, atou o coldre de ombro, buscou sua pistola automática Walther P38 na cômoda e a guardou no estojo do coldre antes de vestir o paletó novamente.

Isso feito, sentou-se com uma xícara de café e ficou admirando Stéphanie enquanto ela se vestia. Os franceses fabricavam a lingerie mais bonita do mundo, pensou, vendo-a entrar numa combinação de seda branca. Adorava quando ela vestia as meias, alisando a seda sobre as coxas.

– Por que diabos os mestres renascentistas não pintaram um momento desses?

– Porque as mulheres renascentistas não tinham meias de seda transparentes – disse Stéphanie.

Ela terminou de se aprontar e eles desceram juntos à rua.

Hans já esperava com o Hispano-Suiza de Dieter. Seus olhos se arregalaram assim que ele viu Stéphanie. Para ele, a francesa era ao mesmo tempo a mulher mais desejável e a mais intocável do mundo. Vendo o que se passava, Dieter comparou seu tenente a uma mulher muito pobre a salivar diante de uma vitrine da Cartier.

Estacionado logo atrás do carro dele estava um Citroën Traction Avant preto com quatro homens da Gestapo à paisana. Dieter viu que o major Weber havia decidido se juntar ao grupo também: sentava-se no banco do passageiro do Citroën, vestindo um terno de tweed verde que lhe dava todo o aspecto de um camponês a caminho da missa.

– Venham atrás de mim – instruiu Dieter. – Quando chegarmos, permaneçam no carro até segunda ordem.

– Onde foi que você conseguiu um carro desses? – quis saber Weber.

– Suborno de um judeu – disse Dieter. – Ajudei-o a fugir para a América.

Weber grunhiu alguma coisa, incrédulo, mas, na realidade, a história era verdadeira. A desfaçatez era sempre a melhor postura a se tomar diante de homens como Weber. Se Dieter tivesse tentado esconder sua relação com Stéphanie, era bem provável que Weber desconfiasse de que ela era judia e desse início a uma investigação. Mas, como Dieter andava para cima e para baixo com a amante a tiracolo, a ideia sequer ocorrera ao major da Gestapo.

Hans assumiu o volante do Hispano-Suiza e o comboio seguiu para a Rue du Bois.

Reims era uma cidade razoavelmente grande, com uma população que ultrapassava os 100 mil habitantes. Apesar disso, os carros eram poucos nas ruas, usados apenas para fins mais essenciais: polícia, médicos, bombeiros e, claro, os alemães. Os demais se deslocavam de bicicleta ou a pé. A gasolina era disponibilizada para veículos de entrega de comida e suprimentos, mas a grande maioria das mercadorias era transportada de carroça. A produção de champanhe era a principal atividade da região. Dieter adorava a bebida em todas as suas formas: as safras mais antigas com suas notas amadeiradas, as *cuvées* mais recentes, sempre leves e frescas, os sofisticados *blancs de blancs*, os meio-secos de sobremesa, até mesmo os festivos rosés que as cortesãs de Paris tanto adoravam.

A Rue du Bois ficava nos limites da cidade e era bastante agradável, margeada de árvores. Hans estacionou diante de um sobrado alto, próximo à esquina, com um pequeno pátio lateral. Era ali que morava Jeanne Lemas. Dieter imaginou se conseguiria dobrá-la. As mulheres costumavam ser mais valentes que os homens. Gritavam e berravam, mas demoravam mais para ceder. Ele já havia fracassado com uma ou outra mulher, nunca com um homem. Se mademoiselle Lemas não entregasse o ouro, a investigação ficaria num beco sem saída.

– Se eu acenar para você, vá ao meu encontro – ordenou a Stéphanie ao descer do carro.

O Citroën de Weber estacionou logo atrás, mas os homens da Gestapo permaneceram no carro, tal como instruídos.

Dieter avaliou o pátio lateral. Havia uma garagem e, para além dela, um pequeno jardim de arbustos esculpidos e canteiros retangulares entremeado por caminhos de cascalho. A proprietária era uma mulher caprichosa.

Ao lado da porta principal pendia a corda vermelha e amarela de uma anacrônica sineta. Dieter a puxou e ouviu o metal tilintar no interior da casa.

A mulher que surgiu à porta aparentava ter uns 60 anos. Tinha cabelos brancos e os prendera na altura da nuca com um pente de tartaruga. Trajava um vestido azul estampado com pequeninas flores brancas e, sobre ele, um imaculado avental branco.

– Bom dia, monsieur – disse com educação.

Dieter sorriu. Tratava-se de uma senhora tipicamente elegante das províncias. Empolgado, ele já sabia muito bem o que fazer para torturá-la.

– Bom dia... mademoiselle Lemas?

Ela correu os olhos pelo terno dele, viu o carro na rua, talvez tivesse percebido uma pontinha de sotaque alemão no pouco que ouvira. O medo despontou em seus olhos, e foi com um ligeiro tremor na voz que ela disse:

– Em que posso ajudá-lo?

– Mademoiselle está sozinha? – perguntou Dieter, observando-a com cuidado.

– Absolutamente sozinha – respondeu ela.

Estava dizendo a verdade, concluiu Dieter. Mulheres como mademoiselle Lemas não sabiam mentir sem trair a si mesmas no olhar.

Ele virou para trás e sinalizou para Stéphanie.

– Minha colega vai se juntar a nós – disse. Não precisaria dos homens de Weber. – Tenho algumas perguntas a lhe fazer.

– Perguntas? Sobre o quê?

– Posso entrar?

– Pois não.

Os móveis da sala eram de madeira escura envernizada. Um piano se escondia sob uma capa de tecido, com uma gravura da catedral de Reims na parede logo atrás. Sobre o console da lareira se enfileirava uma ampla variedade de enfeites: um cisne de vidro soprado, uma florista de porcelana, uma miniatura de Versalhes no interior de um globo transparente, três camelos de madeira.

Dieter se acomodou no sofá de veludo. Stéphanie sentou ao lado dele e mademoiselle Lemas, na cadeira à frente de ambos. Era uma mulher rechonchuda, observou Dieter. Não havia muitas pessoas acima do peso na França depois de quatro anos de ocupação. Seu ponto fraco era a comida.

Na mesinha de centro havia uma cigarreira e um isqueiro pesado. Dieter abriu a tampa da cigarreira e viu que ela estava cheia.

– Pode fumar se quiser – disse ele.

Jeanne ficou ligeiramente ofendida: mulheres da sua geração não consumiam tabaco.

– Não fumo.

– Então para quem são estes cigarros?

Ela coçou o queixo, um sinal de desonestidade.

– Para as visitas.

– E que tipo de visitas mademoiselle recebe?

– Amigos... vizinhos... – disse, aflita.

– E espiões ingleses.

– Isso é um absurdo.

Dieter abriu seu sorriso mais simpático.

– Está claro que mademoiselle é uma respeitável senhora que, inadvertidamente, se deixou enredar em atividades criminosas – falou ele com toda a afabilidade de que era capaz. – Não estou aqui para fazê-la perder tempo com brincadeiras, mas também espero que não cometa a tolice de mentir para mim.

– Não vou contar nada – disse Jeanne.

Dieter fingiu uma careta de decepção, mas, por dentro, se parabenizou pelo rápido progresso. Mademoiselle Lemas já havia abandonado a farsa de que não sabia do que ele estava falando – o que equivalia a uma confissão.

– Vou lhe fazer algumas perguntas – avisou ele. – Se a senhora não responder, serei obrigado a levá-la para uma sala da Gestapo e repeti-las lá.

Jeanne o encarou com uma faísca de afronta no olhar.

– Onde a senhora se encontra com os agentes britânicos? – começou Dieter.

Ela não disse nada.

– Como eles a reconhecem?

Jeanne continuou a encará-lo, mas não com afronta. Parecia resignada ao destino que teria. Uma mulher de brio, pensou Dieter. Dessas que davam trabalho.

– Qual é a senha que vocês usam?

Silêncio.

– Para quem a senhora encaminha os agentes? Como faz contato com a Resistência? Quem é o líder da célula?

Mais silêncio.

Dieter se levantou.

– Venha comigo, por favor – disse.

– Pois não – respondeu ela com firmeza. – Se o senhor permitir, gostaria de pegar meu chapéu.

– Naturalmente – aquiesceu Dieter, então sinalizou para Stéphanie, dizendo: – Acompanhe mademoiselle. Não permita que ela use o telefone ou escreva o que quer que seja.

Não queria correr o risco de que a mulher deixasse alguma mensagem.

Dieter ficou esperando junto da porta e dali a pouco as duas francesas voltaram. Mademoiselle Lemas havia retirado o avental e vestido um casaco leve, além de um chapéu que já saíra de moda muito antes da guerra. Empunhava uma pesada bolsa de couro claro. Eles já haviam atravessado a porta quando ela disse:

– Ah, esqueci minha chave.

– Não precisará dela – falou Dieter.

– A porta fecha sozinha – insistiu Jeanne. – Vou precisar da chave quando voltar.

Dieter cravou os olhos nela.

– Mademoiselle parece não estar entendendo. Então vou explicar: a senhora vem abrigando terroristas britânicos em casa, foi descoberta e agora está nas mãos da Gestapo – falou e balançou a cabeça num gesto de pesar que não era de todo falso. – Aconteça o que acontecer, mademoiselle nunca mais voltará para esta casa.

Só então Jeanne Lemas se deu conta do horror que estava prestes a viver. Empalideceu. Cambaleou. Precisou se apoiar na mesinha em forma de feijão que se achava a seu lado, fazendo com que um vaso de porcelana com ramos secos balançasse perigosamente. Mas depois recobrou a postura. Empertigou o tronco e largou a mesinha. Com o brilho de afronta de volta ao olhar e com a cabeça ereta, ela enfim os acompanhou.

Dieter pediu a Stéphanie que fosse no banco da frente do carro, de modo que ele pudesse ir junto com a prisioneira no banco de trás. Enquanto Hans os levava para Sainte-Cécile, ele procurou conversar de forma educada com a francesa:

– Mademoiselle nasceu em Reims?

– Sim. Meu pai era regente de coro na catedral.

Formação religiosa, pensou Dieter. O que se coadunava com o plano que despontava em sua cabeça.

– Então ele está aposentado, não?

– Morreu cinco anos atrás, após um longo período de doença.

– E sua mãe?

– Morreu quando eu ainda era muito jovem.

– Então suponho que foi a senhora quem cuidou do pai doente.

– Por vinte anos.

– Ah...

Isso explicava a solteirice da mulher. Passara a vida inteira cuidando do pai inválido.

– E ele lhe deixou a casa.

Jeanne fez que sim com a cabeça.

– Uma recompensa modesta, diante de tanta dedicação – disse Dieter, como se condoído.

– Esse tipo de coisa não se faz por recompensa – retrucou Jeanne com um olhar altivo.

– É verdade.

Dieter não se importou com a descompostura embutida na resposta. Seria bom para seu plano se de algum modo a mulher se acreditasse superior a ele, moral e socialmente.

– A senhora tem irmãos?

– Não, não tenho.

Dieter imaginou todo o quadro. Decerto a mulher via como filhos os agentes que acolhia em casa, homens e mulheres bem mais jovens do que ela. Dava-lhes comida, lavava a roupa deles, conversava com eles e, muito provavelmente, ficava de olho na relação entre eles, certificando-se de que ninguém resvalasse para a imoralidade – pelo menos enquanto estivessem sob seu teto.

E agora morreria por isso.

Mas antes, esperava Dieter, contaria tudo o que ele precisava saber.

O Hispano-Suiza entrou no pátio do castelo de Sainte--Cécile seguido do Citroën da Gestapo, e todos desceram.

– Vou levá-la para uma das salas que vocês ocupam no segundo andar – Dieter avisou a Weber.

– Por quê? Há celas no porão.

– Você verá.

Dieter subiu com sua prisioneira para as instalações da Gestapo. Foi espiando cada uma das salas até encontrar a mais movimentada delas, um centro de datilografia que parecia dividir o espaço com a triagem dos malotes de correspondência. Homens e mulheres bem-vestidos trabalhavam com afinco. Deixando mademoiselle Lemas no corredor, ele fechou a porta e bateu palmas para chamar a atenção de todos. Numa voz serena, disse:

– Vou trazer uma francesa para esta sala. Embora seja uma prisioneira, quero que seja tratada com a mais absoluta cordialidade, entendido? Como se fosse uma visitante. É de fundamental importância que ela se sinta respeitada.

Em seguida, buscou mademoiselle Lemas, sentou-a diante de uma mesa e, desculpando-se, algemou o tornozelo dela ao pé da mesa. Deixou Stéphanie com ela e voltou com Hans ao corredor.

– Vá até o refeitório e peça que preparem um almoço numa bandeja. Sopa, um prato principal, um pouco de vinho, uma garrafa de água mineral e muito café. Traga talheres, copos, guardanapos... Tudo muito apresentável.

O tenente sorriu com admiração. Sequer imaginava o

que o chefe tinha em mente, mas sabia tratar-se de algo muito sagaz.

Dali a alguns minutos ele voltou com a bandeja. Dieter pegou-a, levou-a para a sala e a deixou diante de Jeanne.

– A senhora deve estar com fome – disse. – Já é hora do almoço.

– Não estou com o menor apetite. Obrigada.

– Talvez só um pouquinho de sopa... – insistiu Dieter, servindo o vinho.

Jeanne acrescentou um pouco de água à taça, bebeu dela, e só então experimentou a sopa.

– Está boa? – perguntou Dieter.

– Muito boa – admitiu a senhora.

– A comida francesa é tão requintada... A nossa não chega nem aos pés, claro.

Dieter prosseguiu com as trivialidades na esperança de que Jeanne relaxasse cada vez mais; e de fato ela tomou a sopa quase toda, servindo-se depois de um copo d'água. O major Weber entrou dali a pouco e mal acreditou quando viu a bandeja diante da prisioneira. Em alemão, ele disse a Dieter:

– É este o tratamento que você costuma dar aos terroristas?

– Mademoiselle é uma dama. Deve ser tratada como tal.

– É o fim do mundo, isso sim – cuspiu o major e saiu no mesmo pé em que entrou.

Jeanne sequer tocou o prato principal, mas bebeu todo o café. Dieter estava satisfeito. Tudo vinha saindo de acordo com seu plano. Terminado o almoço de Jeanne, ele repetiu todas as perguntas que fizera na casa dela:

– Onde a senhora se encontra com os agentes aliados? Como eles a identificam? Qual é a senha?

Jeanne estava tensa, mas ainda se recusava a responder.

– É uma pena que não queira cooperar comigo, mademoiselle – falou Dieter, agora demonstrando tristeza. – Sobretudo depois de ter sido tão bem recebida.

Jeanne ficou confusa.

– O senhor foi mesmo muito gentil, mas não posso contar nada.

Sentada ao lado de Dieter, Stéphanie também parecia confusa. Dieter quase podia ler o pensamento dela: "Você não achou que um bom almoço bastaria para fazer essa mulher falar, achou?"

– Muito bem, então – disse ele e se levantou como se fosse sair.

– Monsieur... – chamou Jeanne, constrangida. – É que... bem, eu... é que agora eu preciso... preciso ir ao...

– A senhora precisa ir ao toalete – completou Dieter, ríspido.

– Pois é, preciso – confirmou Jeanne, enrubescida.

– Sinto muito, mademoiselle. Isso não será possível.

CAPÍTULO TREZE

A ÚLTIMA COISA QUE Monty dissera a Paul Chancellor, já tarde na noite de segunda-feira, tinha sido: "Se você só puder fazer uma coisa nessa guerra, quero que seja destruir aquela central telefônica."

Paul acordara com essas palavras na cabeça. Tratava-se de uma simples instrução. Se conseguisse cumpri-la, ele teria ajudado a vencer a guerra. Caso contrário, homens morreriam e talvez ele passasse o resto da vida se remoendo por ter ajudado a *perder* a guerra.

Ainda era cedo quando ele chegou a Baker Street, mas Percy Thwaite já estava em sua sala, pitando seu cachimbo, com seis caixas de arquivo sobre a mesa. Tinha todo o aspecto de um militar das antigas, daqueles bem broncos, com seu paletó xadrez e seu bigodinho raspado nas extremidades.

– Até agora não entendi por que Monty o colocou no comando dessa operação – falou Percy, sem expressar simpatia. – Pouco importa que você seja um major e eu, um coronel.

Há vezes em que a hierarquia não precisa nem deve ser levada a ferro e fogo. Mas você nunca esteve à frente de uma operação clandestina, ao passo que eu estou nesse ramo há três anos. Faz sentido para você?

– Faz – respondeu Paul, seco. – Quando você quer ter certeza absoluta de que uma tarefa será cumprida, você delega essa tarefa a alguém em quem confia. Monty confia em mim.

– Mas não em mim.

– Ele não o conhece.

– Entendo – disse Percy, azedo.

Paul precisava da ajuda de Percy, então preferiu parar a discussão por aí. Correndo os olhos à sua volta, deparou com a foto emoldurada de um rapaz com farda de tenente posando ao lado de uma mulher mais velha com um enorme chapéu. Lembrava um Percy trinta anos mais moço.

– Seu filho? – arriscou Paul.

Percy amoleceu de imediato.

– David está servindo no Cairo – disse. – Passamos por maus bocados durante a campanha no deserto, sobretudo depois que Rommel alcançou Tobruk. Mas agora ele está bem longe da linha de fogo, e devo confessar que isso me deixa aliviado.

A mulher tinha cabelos e olhos escuros, além de um rosto forte. Era elegante, mais do que bonita.

– E aquela é a sua esposa, a Sra. Thwaite?

– Minha esposa, Rosa Mann. Ficou famosa como sufragista nos anos 1920 e sempre preferiu usar o nome de solteira.

– Sufragista?

– Isso. Uma ativista do voto feminino.

Percy gostava de mulheres valentes, concluiu Paul. Talvez isso explicasse o carinho que tinha por Flick.

– Olhe... o senhor tem toda a razão quanto às minhas limitações – admitiu Paul com sinceridade. – Só tenho experiência com os problemas que as atividades clandestinas podem causar, e esta é a minha primeira vez como organizador. Portanto, fico muito grato pela sua ajuda.

Percy assentiu e deu um leve sorriso.

— Agora começo a ver de onde vem a sua reputação de ser um homem que consegue o que quer. Mas, se puder lhe dar um conselho...

— Por favor.

— Deixe que Flick dê as cartas. Ninguém teve uma sobrevida maior do que ela na espionagem. Ninguém tem o mesmo conhecimento, a mesma experiência. Em tese, sou eu o chefe dela, mas, na prática, apenas forneço o apoio de que ela precisa. Jamais cometeria a tolice de dizer a ela o que fazer.

Paul hesitou. Fora incumbido por Monty de chefiar aquela operação e não estava nem um pouco disposto a abrir mão dessa chefia a conselho de ninguém.

— Vou me lembrar disso — mentiu.

Aparentemente satisfeito, Paul apontou para as caixas e disse:

— Então, podemos começar?

— O que tem nessas caixas?

— Dados pessoais de todos os candidatos a agente que passaram por nossas mãos e que por algum motivo foram descartados.

Paul tirou o paletó e arregaçou as mangas da camisa.

Passaram a manhã inteira examinando juntos a papelada. Alguns dos candidatos sequer chegaram a ser entrevistados; outros foram dispensados logo após a entrevista; a grande maioria havia se saído mal em alguma etapa do treinamento, uns porque não conseguiam lidar com o sistema de códigos, outros porque não tinham o menor jeito com armas, outros tantos porque se apavoravam na hora de saltar de paraquedas. Além da pouca idade, 20 e poucos anos, a única coisa que tinham em comum era o domínio total de uma língua estrangeira.

Eram muitas pastas de arquivo, mas poucos candidatos

aceitáveis. Após eliminarem todos os homens e todas as mulheres cuja língua estrangeira não era o francês, viram-se apenas com três nomes possíveis.

Paul ficou desanimado. Mal haviam começado e já tropeçavam num enorme obstáculo.

– Quatro mulheres é o mínimo de que precisamos. Isso se Flick tiver conseguido recrutar a mulher que foi procurar hoje cedo.

– O nome dela é Diana Colefield.

– E nenhuma destas é especialista em explosivos ou telefonia!

– Não eram quando foram entrevistadas pela Executiva de Operações Especiais, mas talvez sejam agora – falou Percy, tentando ser otimista. – As mulheres deste país têm aprendido todo tipo de coisa com a guerra.

– Nesse caso... só nos resta descobrir.

Demorou um pouco até que as três mulheres fossem localizadas. Um novo motivo para desânimo foi o fato de que uma delas já morrera. As outras duas estavam em Londres. Ruby Romain encontrava-se detida no presídio feminino de Holloway, aguardando julgamento por homicídio. E Maude Valentine, cujo dossiê dizia apenas "psicologicamente inadequada", trabalhava como motorista no Regimento de Enfermagem e Primeiros Socorros.

– Só duas! – disse Paul, murcho.

– O problema maior nem é a quantidade – disse Percy –, mas a qualidade.

– Mas desde o início sabíamos que estaríamos lidando com o refugo da Executiva de Operações Especiais.

– Não podemos arriscar a vida de Flick com esse tipo de gente! – irritou-se Percy.

O homem estava desesperado para proteger sua agente, pensou Paul. Engolira o sapo de perder a chefia da operação, mas não estava disposto a abrir mão de seu papel de anjo da guarda de Flick.

A conversa foi interrompida por uma chamada telefônica. Era Simon Fortescue, o almofadinha do MI6 que havia responsabilizado a Executiva de Operações Especiais pelo fracasso em Sainte-Cécile.

– Em que posso ser útil? – disse Paul com cautela, ciente de que Fortescue não era um homem confiável.

– Acho que *eu* posso ser útil a você – disse o outro. – Sei que vocês decidiram levar adiante o plano da major Clairet.

– Como foi que ficou sabendo? – perguntou Paul, desconfiado, já que aquela fora uma decisão secreta.

– Não vamos entrar nesse mérito. Embora eu tenha sido contra essa missão, desejo que seja bem-sucedida, claro, e acho que posso ajudar.

Paul não estava gostando nada do fato de que sua operação vinha correndo de boca em boca, mas não era o caso de insistir no assunto.

– Por acaso conhece alguma especialista em telefonia que fale francês perfeitamente? – perguntou.

– Receio que não. Mas conheço alguém com quem você deveria pelo menos conversar. Lady Denise Bowyer. É uma boa garota. Filha do antigo marquês de Inverlocky.

Paul não estava nem um pouco interessado no pedigree da garota.

– Como foi que ela aprendeu francês?

– Foi criada pela madrasta francesa, a segunda mulher do marquês. Quer muito dar sua contribuição.

Por mais que desconfiasse do homem, Paul não estava em condições de descartar possibilidades.

– Como faço para falar com ela? – perguntou.

– Está na base aérea de Hendon – disse Fortescue e, percebendo que a palavra Hendon não significava nada para o americano, explicou: – Fica no subúrbio norte de Londres.

– Obrigado.

– Depois me diga como foi a conversa – falou Fortescue, antes de se despedir e desligar.

Paul contou a Percy o conteúdo do telefonema, e o coronel disse:

– Fortescue quer uma espiã no nosso campo.

– Não podemos nos dar ao luxo de descartar a moça só por isso.

– Tem razão.

Antes de qualquer coisa, no entanto, iriam falar com Maude Valentine. Percy marcou um encontro com ela no Fenchurch Hotel, não muito longe do quartel-general da Executiva de Operações Especiais na Baker Street. Desconhecidos nunca eram levados para o número 64 daquela rua, ele explicou a Paul.

– Caso seja dispensada, ela até pode deduzir que estava sendo cogitada para uma operação secreta, mas não saberá o nome da organização que a procurou, muito menos o endereço. Se vier a dar com a língua nos dentes, o estrago não será muito grande.

– Perfeito.

– Qual é o nome de solteira da sua mãe?

Paul ficou surpreso com a pergunta e precisou de alguns segundos para pensar.

– Thomas. Quando solteira ela era Edith Thomas.

– Então você será o major Thomas e eu, o coronel Cox. Não é o caso de darmos nossos nomes reais.

Percy não era tão bronco, afinal, constatou Paul.

Foi Paul quem recebeu Maude no lobby do hotel, e a moça logo despertou seu interesse. Era bonita, de modos coquetes. A blusa do uniforme era bem justa na altura dos seios e o chapeuzinho tombava de viés na cabeça. Paul se dirigiu a ela em francês:

– Meu colega está esperando lá em cima.

Ela arqueou as sobrancelhas, surpresa, e respondeu também em francês.

– De modo geral não subo com desconhecidos para um quarto de hotel – disse sem nenhum pudor –, mas no seu caso, major, abrirei uma exceção.

– Vamos para uma sala de reuniões com mesa e tudo mais, não para um quarto – explicou ele, enrubescido.

– Ah, bom, então está tudo bem – disse a moça, zombando dele.

Paul achou melhor mudar de assunto. Já havia notado que a moça falava com o sotaque do sul da França. Então perguntou:

– De onde você é?

– Nasci em Marselha.

– E o que faz no Regimento de Enfermagem e Primeiros Socorros?

– Sou motorista do general Monty.

– É mesmo?

Em tese, não podia revelar nada a seu respeito, mas não se conteve:

– Trabalhei para ele durante um tempo, mas não me lembro de tê-la visto.

– Ah. É que nem sempre é o Monty. Atendo todos os generais importantes.

– Certo. Então... venha comigo, por favor.

Eles subiram para a sala de reuniões e Paul lhe serviu uma xícara de chá. Maude aparentemente estava adorando a atenção, observou ele, e foi avaliando a moça enquanto Percy fazia suas perguntas. Ela tinha um porte mignon, embora não fosse tão pequenininha quanto Flick, e era bonita, com lábios bem desenhados que acentuavam o batom vermelho, e uma pinta no rosto que talvez nem fosse verdadeira. Os cabelos eram escuros e ondulados.

– Minha família veio para Londres quando eu tinha 10 anos – contou ela. – Papai é *chef de cuisine*.

– E onde ele trabalha?

– É mestre confeiteiro no hotel Claridge's.

– Puxa, muito bom.

A ficha de Maude se achava sobre a mesa. Com discrição, Percy a virou na direção de Paul. O coronel imediatamente baixou os olhos para o papel e viu a anotação feita na primeira entrevista da moça: *Pai: Armand Valentin, 39, lavador de pratos no Claridge's.*

Terminada a conversa, eles pediram a Maude que aguardasse do lado de fora.

– Ela vive num mundo de fantasia – disse Percy assim que a moça saiu. – Promoveu o pai a chef e mudou o próprio sobrenome para Valentine.

– Pois é – concordou Paul. – No lobby, ela me disse que trabalhava como motorista do Monty. Uma mentira deslavada, claro.

– Deve ter sido por isso que ela não passou nos testes.

Percebendo que Percy estava prestes a rejeitar Maude, Paul se adiantou e disse:

– Mas não estamos em condições de ser muito exigentes.

Percy o encarou, perplexo.

– Essa moça seria um desastre numa operação clandestina!

– Não temos escolha – disse Paul, encolhendo os ombros.

– Isso é loucura!

Percy só podia ser apaixonado por Flick, pensou Paul. No entanto, sendo mais velho e casado, expressava esse amor de um modo paternal e protetor. Paul o admirava por isso, mas os sentimentos do coronel não poderiam ser um obstáculo para a missão.

– Olha, acho que não devemos eliminar Maude de imediato – disse o major. – Vamos deixar que Flick fale com ela e decida depois.

– É, suponho que você tenha razão – concordou Percy. – Pode até ser que a imaginação dela ao inventar histórias venha a calhar na hipótese de um interrogatório.

– Ótimo. Vamos convocá-la então.

Paul a chamou de volta.

– Gostaríamos que você integrasse uma equipe que estamos formando – disse à moça. – O que acharia de participar de uma missão relativamente perigosa?

– Teríamos de ir para Paris? – perguntou Maude, ávida.

Paul estranhou a resposta. Com alguma hesitação, disse:

– Por que você pergunta?

– Eu adoraria conhecer Paris. Nunca estive lá. Dizem que é a cidade mais bonita do mundo.

– Seja lá aonde você for, não terá tempo para fazer turismo – atalhou Percy, irritado.

Maude não pareceu notar.

– Pena. Mesmo assim eu gostaria de ir.

– Quanto ao perigo... – insistiu Paul.

– Tudo bem – disse Maude de forma casual. – Não tenho medo.

Pois deveria ter, foi o que Paul pensou mas não disse.

~

Com Percy ao volante, eles agora atravessavam um bairro popular mais ao norte de Londres, uma parte da cidade tristemente castigada pelos bombardeios. Em todas as ruas havia pelo menos uma casa que fora reduzida a uma carcaça negra ou a um monturo de escombros.

Paul iria ao encontro de Flick na prisão para que entrevistassem Ruby Romain juntos. Percy seguiria para Hendon, onde falaria com lady Denise Bowyer.

Percebendo a desenvoltura de Percy ao se orientar no labirinto das ruas, Paul comentou:

– Você conhece Londres muito bem.

– Nasci nesta vizinhança – explicou Percy.

Paul ficou intrigado. Sabia que no Exército britânico não era comum que um garoto de origem humilde conseguisse galgar os degraus até se tornar coronel.

– Seu pai fazia o quê? – perguntou.

– Vendia carvão numa carroça.

– Tinha seu próprio negócio?

– Não. Trabalhava para uma carvoaria.

– O senhor estudou por aqui também?

Percy sorriu. Sabia que estava sendo interrogado, mas não se importava com isso.

– O vigário local me ajudou a conseguir uma bolsa de estudos numa ótima escola. Foi lá que perdi meu sotaque de operário.

– Deliberadamente?

– Muito a contragosto. Vou lhe dizer uma coisa. Antes da guerra, na época em que eu estava envolvido na política, sempre aparecia alguém para me dizer: "Como você pode ser um socialista com um sotaque aristocrático desses?" E eu dizia: "Já levei muita surra de chicote porque minha pronúncia não tinha todos os esses e erres." E com isso eu calava a boca dos engraçadinhos.

Percy parou o carro numa rua arborizada. Olhando pela janela, Paul avistou um castelo de conto de fadas, com ameias, torreões e uma torre mais alta.

– Isso é um presídio? – comentou o americano.

– Arquitetura vitoriana, fazer o quê?

Flick já esperava à entrada com seu uniforme do Regimento de Enfermagem e Primeiros Socorros: um paletó de quatro bolsos, uma saia-calça e um chapeuzinho de abas viradas, do qual vazavam os simpáticos caracóis dos seus cabelos. O cinto apertado na cintura estreita acentuava ainda mais o porte diminuto. Por um instante ela deixou Paul sem fôlego.

– Tão linda... – ele deixou escapar.

– Casada – emendou Percy, ríspido.

– Com quem? – perguntou Paul, levando a advertência na brincadeira.

Percy hesitou um pouco, depois disse:

– Acho que você precisa saber. Michel é da Resistência francesa. É o líder da célula Bollinger.

– Ah... Obrigado.

Paul desceu do carro e Percy seguiu seu caminho. Paul

conjecturava se Flick se irritaria ao saber que eles haviam garimpado apenas dois nomes de tantos dossiês e receou que ela gritasse com ele – tal como fizera nas duas únicas ocasiões em que haviam estado juntos. Espantou-se, portanto, com o entusiasmo que a inglesinha demonstrou ao saber do recrutamento de Maude:

– Então já temos metade da equipe, contando comigo, e são só duas da tarde.

Paul assentiu. Era um modo de ver as coisas, pensou. Estava preocupado, mas não via nenhum motivo para dizê-lo.

A entrada do presídio de Holloway era na realidade uma guarita com seteiras.

– Por que não foram até o fim e não fizeram também um fosso e uma ponte levadiça? – disse Paul.

Eles atravessaram a guarita e saíram num pátio, onde algumas mulheres de vestido escuro plantavam hortaliças. Todos os espaços aproveitáveis de Londres vinham sendo transformados em hortas.

O presídio assomava mais adiante. O portão principal era protegido por monstros de pedra, grifos enormes que levavam chaves e grilhões entre as garras. O corpo central do edifício era ladeado por alas de quatro pavimentos, cada qual com sua longa fileira de janelas estreitas e angulosas.

– Que lugar incrível! – exclamou Paul.

– Era aqui que as sufragistas faziam greve de fome – contou Flick. – A mulher de Percy, inclusive. Eram alimentadas à força.

– Meu Deus.

Eles entraram. Sentia-se no ar o cheiro forte de detergente, como se as autoridades julgassem possível limpar também a bactéria do crime. Paul e Flick foram conduzidos até o gabinete da srta. Lindleigh, subdiretora do presídio, uma mulher com cintura de barril e cara de poucos amigos.

– Não faço ideia do que vocês possam querer com Ruby – disse ela. – E, ao que tudo indica, nunca farei.

Flick já ia soltando os cachorros para cima da funcionária quando Paul, percebendo a intenção dela, interveio:

– Desculpe-nos o sigilo – disse, com seu sorriso mais charmoso. – Estamos apenas cumprindo ordens.

– É, suponho que todos nós estejamos – disse a mulher, já um tanto resignada. – De qualquer modo, devo avisar que Ruby é uma prisioneira perigosa.

– Uma homicida, pelo que sabemos.

– Sim. Por mim, morreria na forca, mas hoje em dia a justiça é muito mole.

– Muito mole – repetiu Paul, mesmo discordando.

– A infeliz veio parar aqui por conta de uma bebedeira, depois se envolveu numa briga e acabou matando outra detenta. Agora está aguardando julgamento.

– Um osso duro de roer – disse Flick, interessada.

– Exatamente, major. De início, parece uma pessoa razoável, mas não se deixem enganar. O pavio dela é curto. Não pensa duas vezes antes de sacar a faca.

– E com a faca na mão... – disse Paul – ... melhor sair da frente, eu imagino.

– Pois é. Essa é Ruby.

– Estamos com um pouco de pressa – disse Flick. – Gostaríamos de falar com ela agora mesmo.

– Se não for incômodo para a senhorita, claro – Paul logo tratou de emendar.

– Incômodo nenhum. Vamos lá – disse a subdiretora e os conduziu de volta para o corredor.

Os passos do grupo iam ecoando nas lajes do piso e na nudez das paredes como se eles estivessem numa catedral. Ouviam-se ao longe diferentes ruídos, ora uma porta que batia, ora alguém que gritava, ora um par de botas a marchar nas passarelas metálicas. Após um longo caminho de corredores estreitos e escadas íngremes, eles chegaram a uma saleta de interrogatório.

Ruby Romain já esperava por eles. Tratava-se de uma morena

de pele escura, cabelos negros muito lisos e olhos ferozes, tão escuros quanto os cabelos. Mas não tinha aquela beleza típica das ciganas: o nariz aquilino e o queixo saliente faziam com que ela lembrasse um gnomo.

A srta. Lindleigh os deixou sozinhos com a mulher. Observados pela carcereira, que já montara guarda do outro lado de uma porta de vidro, os três se acomodaram em torno de uma mesa vagabunda sobre a qual havia um cinzeiro sujo. Paul tinha consigo um maço de Lucky Strike. Colocou-o sobre a mesa e disse em francês:

– Se quiser fumar, fique à vontade.

Ruby tirou dois cigarros do maço, guardou um deles atrás da orelha e levou o outro à boca. Paul começou com algumas perguntas banais, apenas para quebrar o gelo, e a prisioneira foi respondendo de forma educada, falando com clareza, apesar do forte sotaque.

– Meus pais vivem na estrada – contou. – Quando eu era menina, corremos a França toda com um parque itinerante. Meu pai tinha uma barraca de tiro ao alvo e minha mãe vendia panquecas com calda de chocolate.

– Como foi que você veio parar na Inglaterra?

– Tinha 14 anos quando me apaixonei por um marinheiro inglês que conheci em Calais. O nome dele era Freddy. Menti sobre a minha idade, claro, e a gente acabou casando. Depois viemos para Londres. Faz dois anos que ele morreu. O navio dele foi afundado por um submarino alemão no Atlântico.

Ela estremeceu, depois acrescentou:

– Uma sepultura tão gelada... Coitado do Freddy.

– Como foi que você veio parar aqui, neste presídio? – perguntou Flick, nem um pouco interessada no histórico familiar da moça.

– Eu tinha um braseiro pequeno que usava para vender panquecas na rua. Mas a polícia vivia pegando no meu pé. Então, numa noite em que tinha bebido um pouquinho mais de conhaque, uma fraqueza minha, confesso, acabei me metendo em confusão.

Nesse ponto ela mudou para um inglês dos bairros mais pobres de Londres:

– O merdinha do policial veio dizendo que era para eu me mandar e eu bati de frente. Daí ele me deu um empurrão e eu meti o pau nele.

Paul ouvia a história com uma pontinha de admiração. A moça era de estatura mediana, mais para magra, porém tinha mãos grandes e pernas musculosas. Não era tão difícil assim imaginá-la levando um policial inglês à lona.

– E o que foi que aconteceu depois? – quis saber Flick.

– Os dois companheiros dele apareceram na esquina e, por causa do conhaque, eu demorei um pouco a reagir, então eles acabaram me pegando e me cobrindo de chutes. Depois me levaram em cana.

Vendo que o americano não entendera, ela explicou:

– Me prenderam. Depois disso... Bem, depois disso, o tal policial, esse que apanhou de mim, ficou com vergonha de me indiciar por agressão, jamais ia admitir que tinha apanhado de uma mulher, por isso acabei pegando apenas quatorze dias por embriaguez e perturbação da ordem.

– Depois se meteu em outra briga – apurou Flick.

Ruby Romain a olhou de cima a baixo.

– Não sei se vou conseguir explicar a alguém como você o que é isto aqui. Metade das moças é completamente maluca e todas têm algum tipo de arma. Basta lixar o cabo de uma colher para fazer uma lâmina, ou a ponta de um arame para fazer um estilete. Também não é difícil fazer um garrote. E as carcereiras nunca interferem nas confusões das detentas. Gostam de ver o circo pegar fogo. É por isso que todo mundo por aqui tem cicatrizes.

Paul agora estava chocado. Jamais tinha colocado os pés num presídio. O cenário descrito por Ruby era aterrador. Talvez ela estivesse exagerando, mas não parecia ser o caso.

Afinal, para a moça não devia fazer nenhuma diferença se eles acreditassem ou não na história dela. Ela simplesmente ia relatando os fatos com aquela naturalidade e falta de pressa de quem, apesar do desinteresse, não tem nada melhor para fazer.

– Por que você brigou com a moça que acabou matando? – perguntou Flick.

– Ela roubou uma coisa minha.

– O quê?

– Um sabonete.

Meu Deus, pensou Paul. A mulher matou por causa de um pedaço de sabão.

– Que foi que você fez? – prosseguiu Flick.

– Peguei o sabonete de volta.

– E depois?

– Depois ela veio atrás de mim com um porrete na mão, feito com uma perna de cadeira e um pedaço de cano encaixado na ponta. Bateu na minha cabeça com esse troço e eu pensei que fosse morrer. Mas eu estava armada também. Com o meu punhal. Um dia encontrei por aí um caco de vidro pontudo, feito o estilhaço de uma janela quebrada, e fiz um punhal com ele. Amarrei um pedaço de pneu de bicicleta em volta da ponta mais grossa para fazer um cabo. E foi com isso que eu espetei a garganta dela. Nem cheguei a levar uma segunda porretada.

– Me parece autodefesa – avaliou Flick, procurando disfarçar o assombro.

– Não. Para ser autodefesa você tem de provar que não podia ter fugido. Além disso, eles podem alegar premeditação, já que eu tinha fabricado um punhal de vidro.

Nesse momento, Paul se levantou e disse a Ruby:

– Aguarde um instante, por favor. A major e eu vamos trocar uma palavrinha lá fora.

Ruby sorriu para ele e pela primeira vez se revelou uma mulher, se não bonita, simpática.

– Você é tão educado... – falou ela.

– Que coisa mais terrível! – comentou Paul quando já estavam no corredor.

– Todo mundo aqui alega inocência, não se esqueça disso – argumentou Flick, cautelosa.

– Eu sei, mas... tenho a impressão de que essa moça é mais vítima do que culpada.

– Duvido. Acho que é mesmo uma assassina.

– Então está rejeitada, é isso?

– Pelo contrário – disse Flick. – Ruby Romain é exatamente o que eu quero.

Eles voltaram à sala e Flick disse a Ruby:

– Se pudesse sair daqui, estaria disposta a fazer um serviço razoavelmente perigoso em nome da guerra?

Ela respondeu com outra pergunta:

– Por acaso esse serviço seria na França?

Flick arqueou as sobrancelhas.

– O que faz você pensar uma coisa dessas?

– Vocês falaram comigo em francês quando chegaram. Então achei que queriam saber se eu falava a língua.

– Bem, ainda não podemos dizer nada sobre o serviço.

– Aposto que envolve algum tipo de sabotagem no campo inimigo.

Paul ficou estupefato: Ruby era esperta, rápida no gatilho. Percebendo a surpresa dele, a mulher prosseguiu:

– Olha, primeiro achei que vocês estivessem precisando de uma intérprete, mas não tem nada de perigoso num serviço de tradução, certo? Então deduzi que o negócio só podia ser na França. E o que o Exército britânico poderia querer na França a não ser explodir uma ponte ou uma linha de trem?

Paul não disse nada, mas se espantou com seu poder de dedução.

– Só tem uma coisa que eu não entendo – prosseguiu ela. – Por que será que essa equipe tem de ser só de mulheres?

– Só de mulheres? – disse Flick, arregalando os olhos. – Por que você acha isso?

– Se pudessem usar homens, por que estariam aqui, conversando comigo? Devem estar desesperados. Não deve ser tão fácil assim tirar uma criminosa da cadeia, mesmo que seja para contribuir na guerra. Afinal... o que será que eu tenho de tão especial assim? Sou uma mulher valente, eu sei, mas deve ter centenas de homens valentes por aí que falam francês perfeitamente e que dariam um braço só para ter uma oportunidade dessas. O único motivo para vocês me escolherem em vez de um marmanjo é o fato de eu ser mulher. Talvez a chance de uma mulher ser interrogada pela Gestapo seja menor... É isso?

– Não posso dizer – respondeu Flick.

– Bem, se vocês me querem, estou dentro. Posso pegar mais um cigarrinho desses?

– Claro – disse Paul.

– Você tem consciência de que o serviço é perigoso, não tem? – Flick quis confirmar.

– Sim, eu sei, eu sei – disse Ruby, e acendeu um Lucky Strike. – Mas não deve ser mais perigoso do que a porra deste inferno aqui.

~

Após a conversa com Ruby, eles voltaram para o gabinete da subdiretora.

– Precisamos muito da sua ajuda, srta. Lindleigh – disse Paul, mais uma vez adulando a mulher. – Por favor, me diga: do que a senhorita precisaria para libertar Ruby Romain?

– Libertar Ruby? Mas ela é uma assassina! Por que diabo deveria ser libertada?

– Infelizmente não podemos dizer. Mas uma coisa eu posso garantir: se a senhorita soubesse para onde vamos enviá-la, acho que até ficaria com pena dela.

– Sei – disse a mulher, mas não de todo convencida.
– Precisamos tirá-la daqui hoje mesmo – prosseguiu Paul.
– Mas não queremos causar nenhum tipo de aborrecimento à senhorita. Por isso precisamos saber que tipo de autorização devemos providenciar.

O que ele de fato queria era evitar que a mulher tivesse qualquer pretexto para não colaborar.

– Não posso libertá-la sob nenhuma hipótese – disse a srta. Lindleigh. – Foi um tribunal de justiça que colocou Ruby Romain aqui. E só um tribunal de justiça poderá tirá-la.

– Nesse caso, o que precisaria ser feito? – insistiu Paul, com toda a paciência do mundo.

– Ruby teria de ser escoltada até um juiz, então o promotor público ou um representante dele teriam de dizer a esse juiz que todas as queixas contra a ré foram retiradas. Aí o juiz seria obrigado a libertá-la.

Paul franziu o cenho, já antevendo os obstáculos.

– Ela teria de assinar toda a papelada de alistamento antes de ser levada até o juiz, de modo que já estivesse submetida ao compromisso militar ao ser libertada... Caso contrário, poderia simplesmente ir embora.

A srta. Lindleigh ainda custava a acreditar naquela ideia absurda.

– Mas por que o senhor acha que as queixas seriam retiradas?

– O promotor é um servidor público?
– Claro.
– Então isso não será problema – disse Paul, pondo-se de pé. – Volto ainda esta noite com um juiz, alguém da promotoria pública e um motorista do Exército para conduzir Ruby até... até o próximo endereço dela. Mais alguma sugestão? Algum empecilho que a senhorita possa nos adiantar?

A subdiretora balançou a cabeça.

– Apenas cumpro minhas ordens, major – falou ela. – Igual ao senhor.

– Ótimo.

Despedidas feitas, eles voltaram ao pátio. Paul parou uma última vez e olhou para trás.

– Nunca estive num presídio antes – disse. – Não sei ao certo o que esperava, mas seguramente não um cenário de conto de fadas.

Paul estava fazendo um comentário casual referindo-se à arquitetura do prédio, mas a interpretação de Flick foi outra.

– Muitas mulheres já foram enforcadas aqui – disse ela, circunspecta. – Não há nada de conto de fadas no destino delas.

Paul ficou se perguntando o porquê de tanto azedume. De repente se deu conta:

– Acho que você se identifica com as prisioneiras. Talvez porque possa ser presa na França.

Flick se espantou com a observação.

– Acho que você tem razão – admitiu. – Odiei este lugar, mas só agora entendi o motivo.

Também era possível que ela fosse levada à forca, pensou Paul, mas guardou o pensamento para si.

Eles se puseram a caminhar até a estação de metrô mais próxima, e Flick seguiu um tanto pensativa. A certa altura ela disse:

– Você é um homem observador. Soube muito bem o que fazer para trazer a srta. Lindleigh para o nosso lado. Se estivesse sozinha, eu teria comprado uma bela briga.

– Não faria nenhum sentido, faria?

– Exatamente. E depois transformou a tigresa Ruby numa gatinha de estimação.

– Não gostaria de ter uma mulher daquelas como inimiga.

Flick riu.

– E agora há pouco você fez uma observação absolutamente correta a meu respeito, algo que nem eu mesma tinha percebido.

Paul gostou de saber que havia causado boa impressão, mas

a essa altura já pensava adiante, imaginando os problemas que estavam por vir.

– É imprescindível que essa primeira metade da nossa equipe esteja no centro de treinamento de Hampshire antes da meia-noite.

– Chamamos esse centro de "Escola de Etiqueta" – disse Flick. – Sim, já temos Diana Colefield, Maude Valentine e Ruby Romain.

Paul meneou a cabeça, preocupado.

– Uma aristocrata indisciplinada, uma bonequinha que não sabe separar fantasia de realidade e uma cigana homicida de pavio curto.

Ao lembrar que Flick poderia ser enforcada pela Gestapo, ele compreendeu melhor a preocupação de Percy com o calibre das recrutas.

– A cavalo dado não se olham os dentes – brincou Flick, já bem mais animada.

– Mas ainda não temos nossas especialistas em explosivos e telefonia.

Flick conferiu as horas no relógio.

– Ainda são quatro horas. E talvez a Força Aérea tenha ensinado Denise Bowyer a explodir uma central telefônica.

Paul não pôde deixar de rir. O otimismo da Leoparda era irresistível.

Chegaram à estação e tomaram o trem. Não podiam mais falar sobre a missão porque outros passageiros poderiam ouvir. Então Paul disse:

– Hoje fiquei conhecendo um pouco mais do Percy. Passamos pelo bairro onde ele cresceu.

– Percy adotou o sotaque e os modos dos ricos, mas não se deixe enganar: sob aquele velho paletó de tweed bate o coração de um calejado malandro das ruas.

– Contou que apanhou de chicote na escola por falar com o sotaque da classe operária.

– Ele era bolsista. De modo geral, os bolsistas comem o

pão que o diabo amassou nas escolas mais elitistas. Falo por experiência própria, porque também fui bolsista.

– Teve de perder seu sotaque também?

– Não. Cresci numa família de nobres. Sempre falei assim.

Paul concluiu então que este era mais um fator que unia Percy e Flick: ambos vinham das classes mais baixas. Ao contrário dos americanos, os ingleses não viam nada de errado com o preconceito social. Ainda assim, ficavam chocados quando algum sulista americano dizia que os negros eram inferiores.

– Percy gosta muito de você, não gosta?

– Ele é como um pai para mim.

O sentimento parecia genuíno, pensou Paul, e ao mesmo tempo teve a impressão de que Flick estava colocando os pingos nos is, deixando bem claro qual era a relação dela com o chefe.

Flick havia combinado de encontrar Percy no apartamento de Orchard Court. Chegando lá, eles depararam com um carro estacionado diante do prédio. Paul reconheceu o motorista: um homem do grupo de Monty.

– Major, uma pessoa está à sua espera no carro – avisou ele.

A porta traseira se abriu e dela irrompeu Caroline, a irmã caçula de Paul. Foi com um sorriso ensolarado que ele disse:

– Ora, ora, ora, mas que bela surpresa!

Puxou-a para um abraço, depois indagou:

– Está fazendo o que aqui em Londres?

– Não posso dizer, mas tenho umas horinhas de folga e convenci o pessoal do Monty a me emprestar este carro para que eu pudesse vê-lo. Então, vai me levar para tomar um drinque ou não vai?

– Infelizmente não posso abrir mão sequer de um mísero segundo – desculpou-se ele. – Nem mesmo para você. Mas pode me dar uma carona até Whitehall. Preciso encontrar um promotor público.

– Ótimo. A gente conversa no caminho.

– Isso. Vamos lá então.

CAPÍTULO QUATORZE

Flick já estava na porta do prédio quando se virou e viu uma moça bonita, trajando farda de tenente do Exército americano, sair do carro e se jogar nos braços de Paul. Viu também o sorriso largo que ele abriu ao encontrá-la ali, a força do abraço que deu. Na certa era a esposa, a noiva ou a namorada, provavelmente fazendo uma visita de surpresa a Londres. Talvez ela fizesse parte das forças americanas que haviam estacionado no país na iminência da invasão. Viu Paul entrar no carro e ir embora com ela.

Foi com uma pontinha de tristeza que Flick subiu ao apartamento. Paul tinha alguém por quem era louco e que também era louca por ele, e o casal tinha ganhado de presente um encontro-surpresa. Seria ótimo se Michel também pudesse aparecer assim, do nada. Mas estava convalescendo num sofá em Reims, sob os cuidados de uma ninfeta de 19 anos, linda e sem nenhum pudor.

Percy já havia retornado de Hendon e agora preparava um chá.

– Então – perguntou Flick –, como foi lá com a garota da Força Aérea?

– Lady Denise Bowyer. Já está a caminho da Escola de Etiqueta.

– Maravilha! Então já somos quatro!

– Mas estou preocupado. A moça é um tanto exibida. Contou não sei quantas vantagens sobre o trabalho que vem fazendo na Força Aérea, revelou não sei quantos detalhes que não deveria ter revelado. Você vai ter de avaliá-la melhor durante o treinamento.

– Imagino que ela não saiba nada a respeito de centrais telefônicas.

– Absolutamente nada. Nem de explosivos. Chá?

– Por favor – disse Flick.

Percy lhe entregou a xícara e foi se sentar do outro lado de sua surrada mesa.

– Onde está Paul? – perguntou o coronel.

– Foi falar com o promotor público. Vai tentar tirar Ruby da cadeia ainda hoje.

– Então, o que você está achando do americano? – perguntou Percy, fitando-a com um ar de curiosidade.

– Até que não é mau. No início não gostei nem um pouco, mas agora...

– Eu também.

Flick sorriu e disse:

– Conseguiu passar a lábia direitinho na bruaca da subdiretora do presídio.

– E a tal Ruby Romain?

– Assustadora. Cortou a garganta de outra detenta por causa de um sabonete.

– Jesus! – exclamou Percy, balançando a cabeça. – Que espécie de equipe é essa que estamos formando, Flick?

– Uma equipe perigosa. Melhor assim, não acha? O problema não é esse. Além do mais, do jeito que vão as coisas, talvez tenhamos que eliminar uma ou duas candidatas durante o treinamento. O que realmente me preocupa é que ainda não temos as especialistas de que precisamos. Não faz sentido levar um grupo de valentonas ao norte da França e acabar explodindo o cabo errado naquela central telefônica.

Percy tomou seu último gole de chá e começou a encher o cachimbo.

– Conheço uma especialista em explosivos que fala francês – disse.

– Mas isso é ótimo! – exclamou Flick. – Por que não falou antes?

– Quando me lembrei dela, pus a ideia imediatamente de lado porque não se tratava de uma pessoa satisfatória. Mas naquele momento eu ainda não tinha a real medida do nosso desespero.

– Essa pessoa não é satisfatória por quê?

– Tem 40 e poucos anos. Raramente a Executiva de Operações Especiais usa alguém tão velho, sobretudo em missões que envolvem saltos de paraquedas.

Percy riscou um palito de fósforo.

Àquela altura, a idade não poderia ser um obstáculo, pensou Flick. Empolgada, ela disse:

– Acha que ela vai topar?

– Suponho que as chances são grandes, sobretudo se o convite partir de mim.

– Então vocês são amigos?

Percy fez que sim com a cabeça.

– Como foi que ela se tornou uma especialista em explosivos? – perguntou Flick.

Meio desconcertado e ainda com o palito aceso na mão, Percy disse:

– É uma arrombadora de cofres. Faz anos que a conheci. Na época eu ainda fazia militância política no East End.

O palito se apagou e ele riscou mais um.

– Percy, eu não sabia que você tinha um passado assim tão infame. Onde está essa mulher agora?

Percy baixou os olhos para o relógio.

– Seis horas. É bem provável que esteja no bar privado do Mucky Duck.

– Um pub?

– Sim.

– Então acenda logo esse cachimbo que é para lá que estamos indo.

No carro, Flick disse:

– Como você ficou sabendo que ela era uma arrombadora de cofres?

Percy deu de ombros.

– Todo mundo sabia – disse apenas.

– Todo mundo? Até mesmo a polícia?

– Sim. No East End, policiais e bandidos crescem juntos,

frequentam a mesma escola, moram na mesma rua. Todos se conhecem.

– Mas, se os policiais sabem quem são os bandidos, por que não os metem na cadeia? Talvez porque não possam provar nada, suponho.

– É assim que a coisa funciona – explicou Percy. – Quando precisam prender alguém, prendem qualquer um que opere naquele mesmo ramo. Por exemplo, se houve um assalto, prendem um assaltante qualquer. Não interessa se o sujeito tem ou não tem alguma coisa a ver com aquele crime em particular, pois eles sempre podem forjar provas com testemunhas subornadas, confissões obtidas por coação ou laudos periciais falsos. Claro, às vezes se enganam e acabam prendendo um cidadão exemplar; pior, às vezes usam o sistema penal para acertar contas pessoais com um desafeto qualquer ou coisa parecida. Mas nada na vida é perfeito, é?

– Quer dizer então que todo esse circo de tribunais, juízes e jurados não passa mesmo disto, de um circo?

– Um circo muito antigo e muito bem-sucedido que dá emprego a um sem-número de malandros que de outra forma não teriam função: detetives, advogados, desembargadores...

– Essa sua amiga, a arrombadora de cofres... ela já foi presa?

– Não. Quem tem recursos suficientes para molhar a mão da pessoa certa nunca vai para a cadeia. Ou quem é esperto o bastante para ter as amizades certas. Por exemplo: digamos que você more na mesma rua da mãezinha querida do inspetor Fulano de Tal. Você vai lá uma vez por semana, pergunta se ela está precisando de alguma coisa, se oferece para fazer as compras dela, passa uma tarde inteira vendo as fotos dos netinhos... Depois disso, fica difícil para o inspetor Fulano de Tal colocar você na cadeia, não fica?

Flick se lembrou da história que Ruby contara apenas algumas horas antes. Para alguns, a vida em Londres era quase tão difícil quanto a vida sob o jugo da Gestapo. Seria possível que as coisas realmente fossem assim tão diferentes do que ela imaginara?

– Não sei se você está falando sério – disse ela a Percy. – Aliás, nem sei mais em que acreditar.

– Estou falando sério – garantiu ele com um sorriso nos lábios. – Mas não espero que você acredite em mim.

Nessa altura eles já estavam em Stepney, não muito longe das docas. Ali o prejuízo causado pelos bombardeios era o maior que Flick já vira. Quarteirões inteiros tinham sido reduzidos a pó. Percy entrou numa rua sem saída e parou o carro diante de um pub.

Mucky Duck, ou Pato Imundo, era um bem-humorado apelido para o nome real do pub: White Swan, ou Cisne Branco. E o bar privado não era nem um pouco privado, mas recebia esse nome para se diferenciar do outro, o bar público, onde havia serragem no chão e a cerveja era um pouco mais barata. Flick se imaginou explicando essas particularidades ao americano Paul. Certamente ele acharia divertido.

Geraldine Knight ocupava um banco à ponta do balcão com ares de proprietária do lugar. Tinha cabelos muito louros e uma maquiagem pesada, aplicada com esmero. A silhueta farta apresentava uma firmeza que só poderia advir de um espartilho. Um cigarro queimava no cinzeiro a seu lado com uma mancha de batom vermelho no filtro. Difícil imaginar uma apresentação menos adequada para uma agente secreta, pensou Flick, desanimada.

– Ora, ora, Percy Thwaite, quem é vivo sempre aparece! – exclamou a mulher assim que o viu.

Falava como alguém das classes operárias que houvesse tido aulas de dicção.

– Está fazendo o que aqui, seu comunistazinho de merda?

Não restava dúvida de que ela ficara felicíssima com o encontro.

– Olá, Jelly – cumprimentou-a Percy. – Esta aqui é minha amiga Flick.

– Muito prazer em conhecê-la, Flick – falou a mulher, estendendo-lhe a mão.

– Jelly? – disse Flick. – É esse o seu apelido?

– Pois é. Ninguém sabe de onde saiu.

– Ah, *claro*! – disse Flick e foi ligando os pontos: – Jelly Knight, *gel ignite*, gel explosivo, cofres...

Jelly não prosseguiu no assunto. Em vez disso, falou para o velho amigo:

– Já que é você quem vai pagar, vou querer um gim-tônica.

– Você mora aqui mesmo, nesta parte da cidade? – perguntou Flick em francês.

– Desde os 10 anos – respondeu Jelly, num francês com sotaque americano. – Nasci em Québec.

Isso não era nada bom, pensou Flick. Os alemães talvez não percebessem o sotaque, mas os franceses na certa perceberiam. Jelly teria de se fazer passar por uma cidadã francesa de origem canadense, uma história perfeitamente plausível, mas incomum o bastante para chamar atenção. Diabos.

– Mas você se considera britânica.

– Britânica, não. *Inglesa* – corrigiu a mulher com uma ponta de indignação e voltando ao idioma da rainha: – Anglicana. Conservadora. Odeio estrangeiros, pagãos e republicanos. Com a honrosa exceção deste meu amigo aqui – arrematou, e olhou de relance para Percy.

– Então você deveria morar lá para os lados de Yorkshire, enfurnada numa fazenda qualquer – disse Percy. – Nenhum estrangeiro pôs os pés naquela região desde a chegada dos vikings. Não sei como consegue morar em Londres, cercada de bolchevistas russos, judeus alemães, católicos irlandeses... sem falar nos galeses puritanos que volta e meia constroem uma capela por aí, feito aqueles cupins que desfiguram o pasto.

– Londres não é mais o que foi um dia, Perce.

– Um dia em que você também era estrangeira?

Dava para perceber que se tratava de uma discussão antiga entre eles. Impaciente, Flick os interrompeu:

– É bom saber que é tão patriota assim, Jelly.
– Bom por quê?
– Porque tem algo que talvez você possa fazer pelo seu país.
– Fui eu quem contou a ela sobre... sobre a sua especialidade, Jelly – confessou o coronel.
Jelly baixou os olhos para o carmesim das unhas.
– Mais prudência, Perce, por favor. A prudência é uma virtude. Está na Bíblia.
– Imagino que você já saiba dos incríveis avanços que foram feitos nessa área – disse Flick. – Estou falando dos explosivos plásticos, claro.
– Procuro me manter informada – disse Jelly com falsa modéstia.
Subitamente, no entanto, sua expressão mudou. Olhando séria para Flick ela disse:
– Isso tem a ver com a guerra, não tem?
– Tem.
– Então podem contar comigo. Faço qualquer coisa pela Inglaterra.
– Terá de se ausentar por uns dias.
– Sem problema.
– E talvez não volte.
– O que quer dizer com talvez não volte?
– É uma operação muito perigosa – sussurrou Flick.
– Ah – disse Jelly, murcha. E, sem muita convicção, emendou: – Tudo bem, não me importo.
– Tem certeza?
Jelly olhou para longe como se pensasse melhor, depois disse:
– Vocês querem que eu exploda alguma coisa, certo?
Flick fez que sim com a cabeça.
– Não é no exterior, é?
– Pode ser.
Jelly empalideceu sob a maquiagem.
– Ah, meus sais. Vocês querem que eu vá para a França, não querem?

Flick não disse nada.

– Por trás das linhas inimigas! Deus é testemunha: estou velha demais para esse tipo de coisa. Tenho... – Ela hesitou um instante. – Tenho 37 anos.

Flick sabia muito bem que Geraldine Knight, ou Jelly, era pelo menos cinco anos mais velha que isso. No entanto, disse:

– Então temos mais ou menos a mesma idade. Estou com quase 30. Não estamos velhas demais para um pouquinho de aventura.

– Fale por você, querida.

Flick esmoreceu. Jelly estava pulando fora.

Aquele plano era mesmo uma grande fantasia, concluiu. Jamais seria possível encontrar mulheres que falassem francês perfeitamente e ainda tivessem as qualidades necessárias para aquela missão – que estava fadada ao fracasso desde o início. Flick virou o rosto, quase chorando, e Percy precisou intervir mais uma vez:

– Jelly, isso que estamos pedindo... é algo muito importante. Algo que pode fazer uma enorme diferença nesta guerra.

– Conte outra, Perce, porque essa aí não cola mais – disse ela, mas sua zombaria não soou muito convincente em seu rosto sério.

Percy balançou a cabeça.

– Não é balela, pode acreditar – assegurou ele. – Talvez a vitória dos Aliados dependa do sucesso dessa operação.

Jelly agora o encarava sem nada dizer, porém estava visivelmente dividida, torturada pelas conjecturas.

– E você é a única pessoa neste país com quem podemos contar – arrematou Percy.

– Pare com isso – falou Jelly, incrédula.

– Que eu saiba, você é a única mulher neste país que fala francês e é capaz de arrombar um cofre. Quantas outras você calcula haver? Nenhuma, eu suponho.

– Então... é sério mesmo?

– Nunca falei tão sério na minha vida.

– Puxa vida, Perce...

Jelly se calou e por um bom tempo permaneceu assim, muda. Mas, de um instante para outro, disse:

– Está bem, seu filho da puta. Pode contar comigo.

Flick enfim conseguiu respirar. Ficou de tal modo aliviada que não se conteve e deu um beijo no rosto da mulher.

– Deus a abençoe, Jelly – disse Percy.

– Quando é que a gente começa? – ela quis saber.

– Agora mesmo. Vou esperar você terminar esse gim, depois vou levá-la até sua casa para que possa arrumar suas coisas.

– Rápido assim?

– Falei que era importante, não falei?

Jelly tomou um último gole da bebida.

– Ok, podemos ir – falou, levantando-se do banco.

Examinando-a melhor, Flick ficou imaginando como a mulher se sairia no momento de saltar de paraquedas.

Já na calçada, Percy disse à major:

– Você não se incomoda de voltar de metrô, não é?

– Claro que não – garantiu Flick.

– Então nos encontramos amanhã na Escola de Etiqueta.

– Combinado – disse a major, e cada um foi para seu lado.

Flick seguiu exultante para a estação mais próxima, saboreando aquela agradável tarde de verão que caía na área leste londrina. As ruas fervilhavam de atividade: um grupo de moleques de rosto sujo jogava críquete com pedaços de pau e uma bola de tênis já sem pelos; um homem encardido pelo trabalho seguia cansado para a xícara de chá que certamente o esperava em casa; um soldado de licença marchava altivo pela calçada com um maço de cigarros e alguns trocados no bolso, como se todos os prazeres do mundo estivessem a seus pés; três mocinhas lindas, todas de vestido sem mangas e chapeuzinho de palha, jogavam charme para ele. O destino de toda essa gente seria decidido dali a alguns dias, refletiu Flick, não sem um frio na barriga.

Já no trem rumo a Bayswater, ela mais uma vez cedeu ao

desânimo. Ainda não encontrara a principal integrante de sua equipe. Na ausência de uma especialista em telefonia, era bem possível que Jelly pusesse seus explosivos no lugar errado. Provavelmente eles fariam algum estrago, mas, se os equipamentos da central pudessem ser consertados em um ou dois dias, todo o esforço da equipe, bem como o risco corrido, seria em vão.

Ao chegar em casa, Flick encontrou seu irmão à porta, esperando por ela. Correu para abraçá-lo e lhe dar um beijo.

– Que surpresa boa!

– Estou com a noite livre, então pensei em levá-la para beber alguma coisa – disse Mark.

– Cadê o Steve?

– Está numa montagem de *Otelo* em Lyme Regis, deliciando as tropas com seu Iago. Tanto ele quanto eu estamos trabalhando quase que exclusivamente em espetáculos para as Forças Armadas. Então, aonde vamos?

Flick estava cansada e num primeiro momento pensou em recusar o convite. Mas depois lembrou que iria para a França na sexta-feira e talvez nunca mais voltasse a ver o irmão.

– Algum lugar no West End, o que acha? – sugeriu ela.

– Um *nightclub*.

– Perfeito!

Eles voltaram à rua e seguiram caminhando de braços dados.

– Estive com mamãe hoje de manhã – contou Flick.

– Ah, é? E como ela está?

– Está bem, mas continua não cedendo em relação à sua história com Steve. Infelizmente.

– Eu já esperava por isso. Mas como foi que vocês se encontraram?

– Tive de ir a Somersholme. Uma longa história.

– Uma história secreta, aposto.

Flick respondeu apenas com um sorriso e exalou um demorado suspiro ao relembrar seu grande problema.

– Suponho que você não conheça nenhuma engenheira especializada em telefonia e que fale francês, conhece?

Mark parou onde estava.

– Espere aí – disse. – Acho que sim.

CAPÍTULO QUINZE

JEANNE LEMAS SOFRIA na cadeira dura em que a haviam sentado, o corpo enrijecido, o rosto congelado numa máscara de autocontrole. Sequer ousava piscar. Ainda tinha na cabeça o chapéu antiquado e, no colo, a pesada bolsa de couro, cujas alças as mãozinhas gorduchas apertavam ritmadamente. Nos dedos não se via nenhum anel. Aliás, a única joia à vista era a correntinha com o pequeno crucifixo de prata que ela usava no pescoço.

À sua volta, os alemães muito bem-vestidos espichavam o expediente com o trabalho burocrático, uns datilografando em suas máquinas, outros arquivando a papelada. Tal como Dieter os instruíra, sorriam educadamente sempre que passavam por ela, por vezes oferecendo um café ou um copo d'água.

Dieter não fazia mais do que observá-la, com o tenente Hesse à sua direita e Stéphanie à esquerda. Hans Hesse era o típico servidor alemão, forte de corpo e impassível de espírito. Tendo presenciado inúmeras torturas na sua curta carreira de militar, apenas aguardava sem pressa o desenrolar dos fatos. Stéphanie, por sua vez, era bem mais impressionável. Estava triste, mas procurava manter o controle, uma vez que não tinha outro objetivo na vida que não fosse agradar Dieter.

O sofrimento de mademoiselle Lemas não era apenas físico, e Dieter tinha plena consciência disso. Muito pior do que a bexiga a ponto de explodir era o possível vexame de precisar se aliviar ali mesmo, diante daquelas pessoas tão gentis e elegantes que zanzavam de um lado para outro no cumprimento do seu dever. Para uma respeitável senhora de idade, talvez fosse esse o pior dos pesadelos. Dieter admirava a firmeza da mulher e imaginava até que ponto ela seria capaz de aguentar.

Em dado momento, um jovem cabo bateu os tornozelos ao lado dele e disse:

– Com licença, major, estou aqui para informar que o senhor está sendo aguardado no gabinete do major Weber.

Dieter pensou na possibilidade de mandar a seguinte resposta para Willi Weber: "Se quiser falar comigo, venha você até aqui." Mas pensou melhor e concluiu que não valeria a pena comprar uma briga até que esse fosse o último recurso. Até era possível que o asno ficasse menos combativo se tivesse antes conseguido marcar alguns pontos.

– Muito bem, já vou – garantiu. – Hans, sabe o que perguntar caso ela resolva falar, não sabe?

– Sei, sim, major. Fique tranquilo.

– E caso ela permaneça muda... Stéphanie, você faria a gentileza de ir até o Café des Sports e trazer de lá uma garrafa de cerveja com um copo?

– Claro – respondeu ela, aliviada pela oportunidade de sair dali.

Com o cabo na sua esteira, Dieter saiu para o corredor e foi ao encontro de Weber. O major ocupava uma sala grandiosa na fachada dianteira do castelo, com três janelas altas que davam vista para a praça. Olhando por uma delas, Dieter viu que o sol já ia baixando no horizonte e ressaltava os arcos e colunas da igrejinha medieval. Viu também que Stéphanie já atravessava a praça com seu andar de puro-sangue, ao mesmo tempo vigoroso e delicado.

Soldados trabalhavam na praça, erigindo três grossos pilares de madeira. Estranhando aquilo, Dieter perguntou:

– Troncos de fuzilamento?

— Para os três terroristas que sobreviveram ao ataque de domingo — respondeu Weber. — Pelo que fui informado, você já terminou com eles.

— Já contaram tudo que tinham para contar — confirmou Dieter, assentindo.

— Serão executados em praça pública como um alerta para aqueles que ainda estejam pensando em ingressar na Resistência.

— Ótima ideia — disse Dieter. — No entanto... Gaston está fisicamente bem, mas Bertrand e Geneviève... esses estão um bagaço. Acho difícil que consigam andar.

— Nesse caso serão carregados até seu destino. Mas não foi para falar deles que o chamei aqui. Meus superiores em Paris têm feito perguntas, querendo saber que tipo de avanço fizemos até agora.

— E o que foi que você disse a eles, Willi?

— Que ao cabo de 48 horas você prendeu uma velha que pode ou não ter abrigado agentes aliados na casa dela e que até agora não revelou nada.

— E o que você *gostaria* de dizer a eles?

Weber esmurrou sua mesa num gesto teatral.

— Que quebramos a espinha dorsal da Resistência francesa!

— É bem possível que isso demore mais do que 48 horas.

— Por que você não tortura logo essa vaca velha?

— Já estou torturando.

— Proibindo que ela vá ao banheiro? Que tipo de tortura você pensa que isso é?

— Que tipo de tortura? No caso presente, a mais eficaz.

— Humpf! Você e essa sua detestável mania de achar que sabe mais que os outros. Sempre foi assim, arrogante. Acontece que estamos numa nova Alemanha, major. E nesta nova Alemanha ninguém sabe mais do que os outros só porque é filho de professor.

— Não seja ridículo.

— Você acha mesmo que teria sido o oficial mais novo

a chefiar o Departamento de Investigações Criminais em Colônia caso seu pai não fosse um figurão da universidade?

– Fui submetido às mesmas avaliações que todos os demais.

– Mas é estranho, não acha, que muita gente tão capacitada quanto você não tenha se saído tão bem nessas avaliações?

Então era essa a fantasia que o infeliz alimentava.

– Tenha santa paciência, Willi. Você não pode achar que a polícia inteira de Colônia conspirou para que eu tirasse notas melhores do que as suas só porque meu pai era professor de música na universidade. Isso é uma piada!

– Isso era muito comum nos velhos tempos.

Dieter bufou. Weber tinha lá alguma razão. Os apadrinhamentos e o nepotismo de fato haviam sido práticas comuns na Alemanha. Mas não era por isso que Willi fora preterido no momento da promoção. O sujeito era uma besta. Jamais teria feito carreira noutro lugar em que o fanatismo não fosse mais importante do que as habilidades pessoais.

Não vendo mais nenhuma utilidade naquela conversa, Dieter falou:

– Não se preocupe com mademoiselle Lemas. Daqui a pouco ela vai falar.

Virou-se para sair, mas antes acrescentou:

– E também vamos quebrar a espinha dorsal da Resistência francesa, fique tranquilo. É só uma questão de tempo.

Dieter encontrou a senhora francesa no mesmo lugar, porém gemendo baixinho. A conversa com Weber o deixara impaciente, então ele decidiu acelerar o processo: colocou sobre a mesa a cerveja que Stéphanie buscara e foi despejando devagar a bebida no copo. Lágrimas rolaram nas faces rechonchudas de Jeanne Lemas. Lágrimas de agonia. Dieter tomou um demorado gole da cerveja, largou o copo na mesa e disse:

– Seu martírio está quase chegando ao fim, mademoiselle. Daqui a alguns poucos segundos, vai responder as minhas perguntas e terá de volta a sua paz.

Jeanne fechou os olhos.

– Onde é que a senhora se encontra com os agentes britânicos?
Pausa.
– Como é que vocês se identificam?
Silêncio.
– Qual é a senha?
Dieter esperou mais alguns minutos, depois disse:
– Tenha as respostas prontas na cabeça, mademoiselle Lemas. Respostas sucintas e claras, de modo que, quando chegar a hora, a senhora possa dizê-las com rapidez e correr para seu alívio.

Em seguida tirou do bolso a chave das algemas e disse:
– Hans, segure firme os pulsos dela.

Abaixando-se, destrancou as algemas que prendiam a francesa ao pé da mesa e segurou a senhora pelo braço.
– Venha conosco – disse a Stéphanie. – Vamos levá-la ao banheiro.

Eles saíram da sala. Stéphanie liderava o grupo, enquanto Dieter e Hans escoltavam a prisioneira alguns passos atrás, pois Jeanne Lemas caminhava com dificuldade, derreando o tronco, mordendo o lábio. Ao fim do corredor eles pararam diante de uma porta marcada com a placa de *Damen*. Jeanne gemeu ao se dar conta de onde estava.

– Abra a porta – Dieter ordenou a Stéphanie.

O banheiro de cerâmica branca, aparentemente limpíssimo, tinha uma pia, uma toalha de rosto no toalheiro e uma sequência de cubículos.

– Falta pouco... – sussurrou Dieter para Jeanne. – Sua dor está prestes a acabar.

– Por favor... – sussurrou mademoiselle Lemas. – Me soltem.

– Onde é que a senhora se encontra com os agentes britânicos?

Jeanne começou a chorar.

Com toda a delicadeza, Dieter repetiu:
– Onde a senhora se encontra com essas pessoas?

– Na catedral – ela enfim respondeu entre um soluço e outro. – Na cripta. Agora me soltem, por favor!

Dieter exalou um longo suspiro de satisfação. A francesa havia cedido.

– A que horas se dão esses encontros?
– Às três da tarde. Não importa o dia. Estou sempre lá nesse horário.
– E como é que vocês se identificam?
– Uso sapatos trocados, um preto e outro marrom. Agora posso ir?
– Apenas mais uma pergunta: qual é a senha?
– "Ore por mim."

Jeanne deu um passo adiante, mas foi detida pelos dois alemães.

– "Ore por mim" – repetiu Dieter. – Isso é o que você diz ou o que os agentes dizem?
– Os agentes! Oh, me soltem, eu imploro...
– E a sua resposta?
– "Oro pela paz", essa é a minha resposta.
– Obrigado – disse Dieter, e só então soltou a prisioneira.

Jeanne irrompeu banheiro adentro. Dieter sinalizou para Stéphanie, e ela entrou também, fechando a porta às suas costas. Satisfeito, Dieter se virou para o tenente e disse:

– Está vendo, Hans? Agora fizemos progresso.

Hans também estava contente.

– Na cripta da catedral, todos os dias às três da tarde, sapatos trocados, "Ore por mim" e a resposta "Oro pela paz". Muito bom!
– Quando elas saírem, leve a prisioneira para uma das celas do porão e deixe que a Gestapo cuide do resto. Vão providenciar para que ela desapareça num campo de prisioneiros qualquer.

Hans assentiu, porém disse:

– Não é muito severo, senhor? Quero dizer, para uma mulher na idade dela...
– Pode ser. Mas pense nos tantos soldados alemães e nos civis franceses que morreram por conta dos terroristas que

ela abrigou em casa. Aí você começa a achar que um campo de concentração é até pouco castigo.

– É... pensando assim, a coisa muda de figura, senhor.

– É engraçado como uma coisa leva a outra – ponderou Dieter. – Gaston nos levou ao endereço de uma casa, essa casa nos levou a mademoiselle Lemas, ela nos levou à cripta de uma igreja, e essa cripta nos levará a... só Deus sabe o quê.

A essa altura ele já cogitava a melhor maneira de explorar a informação recém-conquistada. Tentariam capturar o maior número possível de agentes sem que os ingleses ficassem sabendo. Se tudo corresse nos trilhos, os Aliados continuariam usando o mesmo procedimento para enviar seus agentes e com isso seriam desfalcados de recursos valiosíssimos. O mesmo já fora feito na Holanda: mais de cinquenta sabotadores treinados à custa de muito dinheiro haviam pulado de paraquedas para cair direto em braços alemães.

Pela lógica, o próximo agente enviado por Londres iria à cripta da catedral para se encontrar com mademoiselle Lemas, depois seria levado para a casa dela e enviaria uma mensagem para Londres, dizendo que tudo correra bem. Assim que voltasse à rua, seria detido pelos alemães, junto com seu livro de códigos. De posse desse livro, Dieter poderia continuar enviando mensagens para Londres em nome do tal agente capturado e, melhor ainda, poderia ler as respostas recebidas. Em última análise, ele passaria a chefiar uma célula da Resistência completamente fictícia. A perspectiva era empolgante.

Dali a pouco Willi Weber surgiu no corredor.

– Então, a prisioneira abriu o bico? – perguntou a Dieter.

– Abriu.

– Até que enfim. Disse alguma coisa de útil?

– Pode informar a seus superiores que ela revelou o local de encontro e as senhas utilizadas. De agora em diante poderemos capturar todos os agentes que porventura sejam enviados para cá.

Weber ficou interessado, apesar da rivalidade que os separava.

– E onde é esse local de encontro? – quis saber.

Dieter hesitou. Prefereria manter o asno na ignorância, mas, sabendo que precisaria da ajuda dele, não era prudente irritá-lo ainda mais. Não havia outro jeito. Ele teria de contar.

– Na cripta da catedral. Todo dia às três da tarde.

– Vou informar Paris – disse o major da Gestapo, e seguiu seu caminho.

Dieter voltou a pensar no passo seguinte que precisaria dar. A casa na Rue du Bois fora posta no circuito para que os agentes que chegassem não conhecessem de antemão o líder de sua célula ou qualquer informação extra. Nenhum dos integrantes da célula Bollinger chegara a conhecer mademoiselle Lemas pessoalmente. Os agentes vindos de Londres também não sabiam como ela era, daí a necessidade de símbolos e senhas para reconhecê-la. Se ele pudesse encontrar alguém para se fazer passar pela velha... mas quem?

Stéphanie saiu do banheiro feminino com a prisioneira.

Sim, ela, por que não?

Sua ruivinha era bem mais jovem que mademoiselle Lemas, tinha traços completamente diferentes, mas os agentes britânicos não saberiam disso. Encontrariam uma francesa legítima e pronto. Além disso, Stéphanie não teria de fazer mais do que cuidar dos recém-chegados por um ou dois dias.

Tomando-a pelo braço, ele disse:

– Hans se incumbirá da prisioneira agora. Venha, vamos tomar uma taça de champanhe.

Eles desceram à rua. Na praça, os soldados já haviam terminado seu trabalho e agora, à luz do entardecer, os três troncos de fuzilamento projetavam sombras compridas no chão. À porta da igreja alguns moradores olhavam solenemente para a nova construção, já imaginando o que estava por vir.

Dieter e Stéphanie entraram no café e o major pediu a bebida.

– Muito obrigado pela ajuda que me deu hoje – falou ele.

– Estou sinceramente grato.

– Eu te amo – retrucou ela. – E você me ama também, eu sei. Mesmo que não diga.

– Mas como você se sente com relação ao que fizemos hoje? Você é francesa. Tem aquela avó de origem... é melhor nem falar. E, até onde sei, não é fascista.

– Não acredito mais em nacionalidade, em raça, em política, em nenhuma dessas coisas – falou a ruiva, balançando a cabeça com vigor. – Quando fui presa pela Gestapo, não apareceu nenhum francês para me ajudar. Nenhum judeu. Nenhum socialista, nenhum liberal, nenhum comunista. E fazia tanto frio naquela prisão...

Nesse ponto a expressão em seu rosto mudou. Os lábios já não estampavam mais o leve sorriso de sempre, assim como os olhos não lançavam as faíscas da sedução. Tinha-se a impressão de que ela voltara no tempo. Apesar do calor, ela cruzou os braços e começou a tremer.

– O frio não era só do lado de fora, na pele. Era também no coração, nas entranhas, nos ossos. Eu pensava que nunca mais voltaria a sentir calor na vida, que até o dia em que me baixassem à cova eu estaria gelada do mesmo jeito.

Calou-se de repente e assim ficou por um bom tempo, triste e lívida, de forma que naquele instante até Dieter se deu conta de que a guerra era uma coisa horrível. Dali a pouco ela prosseguiu:

– Jamais vou me esquecer daquele fogo na sua lareira. Fogo de carvão. Naquela altura eu já havia esquecido o que era sentir na pele a quentura de um fogo de carvão. Esse fogo me devolveu a humanidade – falou ela e, despertando do seu torpor, arrematou: – Você me salvou, Dieter. Me deu comida, vinho. Comprou roupas. E você fez amor comigo, diante daquela lareira – concluiu ela.

Nesse ponto ressurgiu o velho sorriso que parecia ao mesmo tempo um convite e um desafio.

Dieter tomou a mão de Stéphanie entre as suas.

– Não foi difícil – disse ele.

– Você me dá segurança num mundo em que quase ninguém está seguro. Então agora eu acredito só em você.

– Está falando sério?

– Claro que estou.

– É que... Bem, tem mais uma coisa que você poderia fazer por mim.

– Qualquer coisa, pode falar que eu faço.

– Quero que você se faça passar por mademoiselle Lemas.

Stéphanie arqueou uma sobrancelha perfeitamente delineada.

– Quero que ocupe o lugar dela na Resistência, fazendo tudo aquilo que ela costumava fazer – explicou Dieter. – Todo dia às três da tarde você irá para a cripta da catedral com um sapato preto e outro marrom nos pés. Quando alguém se aproximar e disser "Ore por mim", você responderá "Oro pela paz". Depois basta levar essa pessoa para a casa da Rue du Bois e me avisar.

– Não me parece difícil.

O champanhe chegou e Dieter serviu duas taças. Decidiu abrir o jogo com a amante.

– Realmente é simples – disse –, mas há um risco. Um risco pequeno. Na hipótese de que algum agente aliado tenha visto a verdadeira mademoiselle Lemas, ele vai saber que você é uma impostora, e nesse caso você estará numa situação de perigo. Então, vai querer correr esse risco?

– É importante para você?

– É importante para a guerra.

– Não me importo com a guerra.

– É importante para mim também.

– Então pode contar comigo.

– Mais uma vez, obrigado, Stéphanie.

Dieter ergueu sua taça. Eles brindaram e beberam.

Da praça veio o som de uma saraivada de tiros. Olhando pela janela, Dieter viu os corpos desfalecidos dos prisioneiros executados, os soldados baixando seus fuzis e uma multidão que os observava, muda e congelada.

CAPÍTULO DEZESSEIS

A AUSTERIDADE DOS TEMPOS de guerra pouco interferira na vida do Soho, uma área conhecida pela boemia e a prostituição bem no coração do West End. Ainda se viam por ali os mesmos grupinhos de rapazes que iam cambaleando rua afora, tontos de cerveja, muito embora a grande maioria deles estivesse fardada. Nas esquinas, as mesmas moças excessivamente maquiadas e minimamente vestidas circulavam à procura de clientes. Embora os luminosos estivessem apagados na fachada por conta do blecaute imposto por segurança, todos os bares e boates estavam abertos.

Eram dez horas quando Mark e Flick chegaram ao Criss-Cross Club. O gerente do lugar, um jovem de smoking e gravata-borboleta vermelha, recebeu Mark como se ambos fossem velhos amigos. Flick estava animada. Mark conhecia uma engenheira especializada em telefonia e estava prestes a apresentá-la. Até então ele não havia contado nada da moça a não ser que o nome dela era Greta, igual ao da atriz de cinema, e sempre que era interpelado dizia apenas: "Prefiro que você veja com os próprios olhos."

Flick não pôde deixar de perceber certa mudança no comportamento do irmão assim que ele terminou de trocar trivialidades com o gerente da casa e pagou as entradas. Mark de repente ficou mais extrovertido, falando de um jeito mais cantarolado e gesticulando com teatralidade. Talvez assumisse uma segunda personalidade após o badalar das dez.

Eles desceram um lance de escada até um porão. Apesar da pouca luz e do excesso de fumaça, Flick pôde ver a banda de cinco músicos que tocava num palco baixo, diante de uma pequena pista de dança, bem como os sofás semicirculares que se enfileiravam rente às paredes com uma mesa no centro. Mesas avulsas se espalhavam pelo salão. Flick tinha imaginado se ali a clientela seria exclusivamente de homens – um lugar onde os que não seriam do "tipo que casa" se reuniam –, mas havia ali também um bom punhado de mulheres, algumas vestidas com bastante glamour.

Um garçom se aproximou de Mark e pousou a mão no ombro dele para cumprimentá-lo, depois plantou sobre Flick um olhar de pouquíssimos amigos.

– Robbie, esta é minha irmã – apresentou Mark. – O nome dela é Felicity, mas todo mundo a conhece por Flick.

Mudando da água para o vinho, o garçom imediatamente abriu um sorriso simpático.

– Prazer em conhecê-la – disse, conduzindo os irmãos para uma das mesas.

Flick deduziu que Robbie decerto a havia tomado por uma namoradinha de Mark, alguém capaz de convencê-lo a "mudar de lado", por assim dizer, e por isso a recebera com tanta antipatia.

– E o Kit, como vai? – perguntou Mark, sorrindo para o garçom.

– Bem, eu acho – disse Robbie, com um gesto de desdém.

– Vocês brigaram, é?

Faltava pouco para que a afabilidade de Mark resvalasse para o flerte. Esse era um lado do irmão que Flick jamais tinha visto. Era bem possível que aquele fosse o verdadeiro Mark, refletiu. O outro, o sujeito discreto que se apresentava durante o dia, talvez fosse a farsa, a fachada.

– Quando é que a gente não briga? – devolveu Robbie.

– Kit não lhe dá o devido valor – disse Mark, exagerando na melancolia ao tocar a mão do garçom.

– É, não dá mesmo! – concordou o outro, e depois: – Vão beber alguma coisa?

Flick pediu um uísque, e Mark, um martíni.

Ela não sabia muito sobre homens como aqueles. Conhecera Steve, o namorado de Mark, visitara o apartamento em que eles moravam, mas nunca fora apresentada aos amigos deles. Por maior que fosse sua curiosidade, parecia indecoroso perguntar. Sequer sabia que palavra eles usavam para se referir a si mesmos. Não gostava de nenhuma das que conhecia: maricas, bicha, fruta, gazela...

– Mark... – falou então. – Como é que *vocês* chamam os homens que... bem, os homens que gostam de homens?

– Entendidos, querida. Somos talentosos – respondeu ele, com um sorriso nos lábios e um floreio feminino.

Flick se lembraria daquilo. Dali em diante poderia perguntar ao irmão: "Aquele ali é entendido?"

Pouco depois, uma loura alta, usando um vestido vermelho, subiu ao palco para se juntar aos músicos.

– Aquela é a Greta – disse Mark. – De dia, ela trabalha no setor de telefonia como engenheira.

Greta começou a cantar "Nobody Knows You When You're Down and Out". Tinha uma voz poderosa, boa para o blues, mas Flick percebeu de cara que ela também tinha um sotaque alemão. Precisou gritar quando disse a Mark:

– Você não disse que ela era francesa?

– Disse que ela *falava* francês – ressaltou ele. – Mas é alemã.

Flick não poderia ter ficado mais desapontada. Aquilo não era nada bom. Era bem provável que Greta tivesse o mesmo sotaque alemão quando falasse francês.

A clientela parecia adorar a cantora e aplaudia com entusiasmo toda vez que ela requebrava os quadris ao ritmo da música. Mas Flick não estava ali para se divertir, tampouco conseguiria relaxar. Estava preocupada demais. Ainda não encontrara sua especialista em telefonia e desperdiçara boa parte da noite naquela caçada infrutífera.

Que mais seria possível fazer? Àquela altura Flick já se perguntava quanto tempo levaria para aprender ela mesma os rudimentos da telefonia. Não tinha muita dificuldade com o lado técnico das coisas. Chegara a construir um rádio nos tempos de escola. Além do mais, precisaria saber apenas o necessário para destruir os equipamentos certos. Talvez pudesse fazer um intensivo de dois dias com o pessoal do setor de comunicações do governo.

Mas o problema era o seguinte: ninguém sabia ao certo que tipo de equipamento seria encontrado quando o castelo fosse invadido. Poderiam ser equipamentos franceses ou alemães, ou uma mistura das duas coisas, talvez até algo importado dos Estados Unidos, que estavam bem à frente da França naquele ramo da tecnologia. Haveria um leque de possibilidades no que se referia àquelas máquinas. Além disso, ali funcionava uma variedade de centrais. Havia uma central telefônica de comutação manual, outra de comutação automática, uma central de trânsito para a interligação de diferentes centrais, sem contar os amplificadores que serviam ao importantíssimo e recém-instalado tronco para a Alemanha. Apenas um especialista seria capaz de diferenciar uma coisa de outra ao deparar com tantos equipamentos.

A França tinha engenheiros, claro, e, se o tempo permitisse, talvez fosse possível localizar uma mulher entre eles. A ideia não era das melhores, mesmo assim merecia ser desenvolvida. A Executiva de Operações Especiais poderia enviar uma mensagem para todas as células da Resistência indagando se havia por lá alguma mulher com o perfil exigido. Se houvesse, essa mulher poderia estar em Reims dali a uns dois dias, o que não era tão mau assim. Mas as incertezas eram muitas. Caso não houvesse nenhuma engenheira especializada em telefonia entre as militantes francesas, seriam dois dias perdidos, e a missão provavelmente teria de ser abortada.

Não, ela precisava de algo mais certo. Voltou a pensar na possibilidade de recrutar Greta. Não seria possível fazer a cantora se passar por francesa. Os alemães da Gestapo talvez não notassem o sotaque, uma vez que falavam francês da mesma forma, mas os franceses da polícia local decerto notariam. Bem, talvez não fosse preciso que ela se passasse por francesa. Havia milhares de alemãs na França: esposas de oficiais, jovens militares, motoristas, datilógrafas, operadoras de telégrafo... Aos poucos Flick foi recuperando o ânimo. Por que não? Greta poderia se fazer passar por uma secretária do Exército. Não, isso seria problemático se algum alemão acreditasse e lhe desse ordens, encarregando-a de alguma tarefa. Seria mais seguro que ela interpretasse uma civil. Talvez a jovem esposa de um oficial que morasse com o marido em Paris. Paris, não. Vichy, que ficava mais longe. Seria preciso inventar algum motivo para que Greta estivesse acompanhada de um grupo de mulheres francesas. Talvez alguma delas pudesse se fazer passar por sua empregada francesa.

E depois que elas entrassem no castelo? Flick podia jurar que não havia mulheres alemãs trabalhando como faxineiras na França. O que Greta poderia fazer para afastar as suspeitas? De novo, os alemães não notariam o sotaque da cantora, mas os franceses sim. Ela teria de evitar todo e qualquer diálogo com eles. Mas como? Fingindo uma laringite? Talvez ela conseguisse se safar por alguns minutos com a farsa, pensou Flick.

O plano não era infalível, mas era melhor do que qualquer outra opção.

Greta encerrou sua apresentação com um número engraçadíssimo chamado "Kitchen Man", um blues repleto de duplos sentidos ao decantar as virtudes de certo cozinheiro. A plateia veio abaixo com o seguinte verso: "Quando como a rosca dele, não sobra nem o buraco." E foi sob calorosos aplausos que ela desceu para a pista de dança. Mark se levantou imediatamente.

– Vamos falar com ela no camarim – disse, chamando a irmã.

Flick foi atrás dele. Entrando por uma porta ao lado do palco, depois seguindo por um fétido corredor acimentado, eles chegaram a uma espécie de depósito, imundo e atulhado de caixas de cerveja e gim, no fundo do qual havia uma segunda porta. Uma estrela de papel cor-de-rosa fora presa à madeira dessa porta com tachinhas. Mark bateu e entrou no cômodo antes de receber qualquer resposta.

Tratava-se de um quartinho minúsculo com uma penteadeira, um espelho rodeado de lâmpadas, um banco e um pôster de Greta Garbo em *Duas vezes meu*. Uma elaborada peruca loura jazia em seu suporte. O vestido vermelho que Greta usara no palco agora se achava pendurado a um gancho na parede. Greta estava sentada no banco diante do espelho, e Flick mal acreditou no que viu quando baixou os olhos na direção dela: não era uma mulher que estava ali, mas um homem. Peito cabeludo e tudo mais.

Flick quase engasgou.

Aquele era Greta, sem dúvida: o mesmo rosto maquiado, o mesmo batom forte, os mesmos cílios postiços e as mesmas sobrancelhas desenhadas. Olhando bem, percebia-se sob a grossa camada de pó compacto a sombra escura de uma barba. Os cabelos eram curtíssimos, certamente para facilitar o uso da peruca. O vestido devia ter enchimento nos seios. Greta ainda vestia a anágua, as meias de náilon e os sapatos vermelhos de salto alto.

– Por que diabo você não me contou? – disparou Flick para o irmão.

Mark deu uma sonora risada, depois disse:

– Flick, este aqui é o Gerhard. Ele adora quando as pessoas se confundem!

Flick notou que o tal Gerhard realmente parecia satisfeito. Concluiu então que não precisava se preocupar, pois não havia insultado ninguém. Nada mais natural que um transformista ficasse lisonjeado quando era tomado por uma mulher de verdade. Tratava-se de um tributo à sua arte.

Mas Greta era homem, e Flick precisava de uma mulher na sua equipe.

Quanta decepção. Greta teria sido a última peça daquele quebra-cabeça, a engenheira especializada em telefonia que viria completar a equipe. E agora a missão estava de novo em risco.

– Maldade da sua parte! – reclamou Flick, furiosa com o irmão. – Pensei que você tivesse resolvido meu problema, mas não. Agora vejo que tudo não passava de uma grande brincadeira.

– Não foi brincadeira – retrucou Mark. – Se você está precisando de uma mulher, por que não a Greta?

– Você sabe que não dá – disse Flick.

A ideia era ridícula.

Ou... seria mesmo? Ela própria, Flick, fora enganada. Nada impedia que a Gestapo se enganasse também. Se os alemães capturassem Greta e a despissem, acabariam descobrindo a verdade, mas a essa altura o jogo já estaria perdido.

De repente ela se lembrou da hierarquia da Executiva de Operações Especiais, bem como de Simon Fortescue e do MI6.

– O alto escalão jamais concordaria com uma coisa dessas.

– Então não conte a eles – sugeriu Mark.

– *Não contar a eles?*

De início Flick ficou chocada com a ideia, mas não demorou para ficar intrigada. Greta só conseguiria enganar os alemães da Gestapo se antes conseguisse enganar também os ingleses da Executiva de Operações Especiais.

– Por que não? – insistiu Mark.

– Por que não? – repetiu Flick.

Só então Gerhard disse alguma coisa:

– Mark, querido, do que é que vocês estão falando?

O sotaque alemão era ainda mais acentuado na fala do que no canto.

– Para falar a verdade, nem sei – respondeu Mark. – Minha irmã está envolvida em alguma coisa muito secreta.

– Posso explicar – disse Flick. – Mas antes preciso saber algumas coisas a seu respeito. Como foi que veio parar em Londres?

– Bem, meu amor, por onde vamos começar? – falou Gerhard, acendendo um cigarro. – Sou natural de Hamburgo. Doze anos atrás, quando eu ainda era um frangote de 16, aprendiz na área de telefonia, Hamburgo era uma cidade maravilhosa, com muitos bares e boates e muitos marinheiros à procura de diversão nos poucos dias que tinham de licença em terra firme. Eu também me divertia à beça. E já estava com 18 anos quando conheci o grande amor da minha vida. O nome dele era Manfred.

Aqui os olhos de Gerhard ficaram úmidos e Mark tomou a mão dele. Gerhard deu uma fungada sonora, nem um pouco feminina, depois prosseguiu com sua história:

– Sempre gostei de roupa de mulher. Calcinhas de renda, sapatos de salto, chapéus, bolsas... Adoro o barulhinho de uma saia rodada. Naquela época, eu nem sabia como passar um rímel. Foi Manfred que me ensinou tudo. Mas ele não era um transformista como eu – explicou Gerhard, e sorriu ao dizer: – Aliás, ele era *extremamente* viril. Trabalhava nas docas como estivador. Mas amava me ver vestido de mulher. E também foi ele que me ensinou o que usar.

– Por que você saiu da Alemanha?

– Levaram meu Manfred embora, coração. Os desgraçados dos nazistas. Fazia cinco anos que estávamos juntos, mas aí uma noite vieram atrás dele e depois disso a gente nunca mais se viu. Provavelmente ele está morto. Também é possível que ainda esteja vivo num desses malditos campos de concentração, não sei. Acho que Manfred nunca conseguiria sobreviver numa prisão.

As lágrimas agora borravam a maquiagem dos olhos, estriando de preto o rosto muito branco.

A tristeza dele era contagiante, e Flick precisou fazer um esforço para não chorar também. Que diabo dava nas pessoas para que elas perseguissem inocentes? Que motivos teriam os nazistas para atormentar alguém inofensivo como Gerhard só por sua excentricidade?

– Então vim para Londres – disse o alemão. – Meu pai era inglês. Um marinheiro de Liverpool que ancorou em Hamburgo, se apaixonou por uma alemãzinha bonita e se casou com ela. Morreu quando eu tinha 2 anos, nem cheguei a conhecê-lo direito, mas é dele que vem meu sobrenome,

O'Reilly, e também é dele que vem minha dupla nacionalidade. Gastei minha poupança quase toda para conseguir um passaporte em 1939, mas, diante do que aconteceu depois, foi uma grande sorte. Toda cidade precisa de um engenheiro na área de telefonia, e isso também é uma grande sorte. Então cá estou eu, a queridinha de Londres, a diva degenerada.

– É uma história triste – disse Flick. – Sinto muito.

– Obrigada, coração. Mas o mundo está cheio de histórias tristes nos dias de hoje, não é verdade? Então. Por que você se interessou pela minha?

– Preciso de uma engenheira especializada em telefonia.

– Precisa para quê, meu Deus?

– Não posso revelar muita coisa. Como Mark adiantou, a questão é secreta. Mas posso dizer que é uma missão muito perigosa. Se você se dispuser a nos ajudar, é possível que não sobreviva.

– Que convite mais aterrador! Mas, como você pode imaginar, não sou lá muito bom com essas coisas de violência e pancadaria. Quando me alistei no Exército, falaram que sou psicologicamente inapto ao serviço militar, e nisso eles estavam cobertos de razão. Metade do batalhão ia querer me espancar e a outra metade ia querer se meter de mansinho na minha cama à noite.

– Não é de violência e pancadaria que estou precisando. Mas de conhecimento. Do *seu* conhecimento.

– Nessa sua missão... eu teria a oportunidade de ir à forra com esses nazistas filhos da puta?

– Com toda a certeza. Se formos bem-sucedidos, o estrago será grande para o regime de Hitler.

– Então, meu amor, acho que você já encontrou a engenheira que estava procurando.

Flick sorriu e pensou: "Meu Deus. Consegui."

QUARTO DIA
Quarta-feira
31 de maio de 1944

CAPÍTULO DEZESSETE

No meio da noite, as estradas do sul da Inglaterra ficaram congestionadas com os intermináveis comboios de caminhões militares que cortavam o breu das cidadezinhas rumo ao litoral. Curiosos espiavam das janelas dos quartos, mal acreditando no que viam, espantados com o ruidoso rebanho que lhes roubava o sono.

– Santo Deus... – disse Greta. – Essa história de invasão é verdade mesmo.

Ela e Flick haviam deixado Londres pouco depois da meia-noite num carro emprestado, um Lincoln Continental branco que Flick adorava dirigir. Greta usava um de seus trajes menos extravagantes, um vestidinho preto de corte simples e uma peruca castanha. Não voltaria a ser Gerhard até que a missão acabasse.

Flick esperava que o transformista realmente tivesse todos os conhecimentos de que Mark falara. Greta era engenheira do setor de comunicações do governo; em princípio deveria saber tudo sobre a tarefa, mas ainda não fora posta à prova. Agora, enquanto avançavam lentamente atrás de um caminhão que transportava um tanque de guerra, Flick viu uma oportunidade para explicar a missão e identificar possíveis lacunas nos conhecimentos de Greta. Rezava para que não houvesse nenhuma.

– O castelo possui uma central automática nova que os alemães instalaram para dar conta de todo o tráfego extra de telefonemas e mensagens telegráficas entre Berlim e as forças de ocupação.

De início, Greta se mostrou ressabiada com o plano:

– Mas, meu bem... mesmo que nossa missão seja um sucesso, o que impediria os alemães de continuar fazendo suas chamadas por meio de rotas diferentes na rede?

– O volume de tráfego. O sistema está sobrecarregado. O centro de telecomunicações do alto-comando do Exército alemão, um bunker chamado Zeppelin, nas imediações de Berlim, transmite 120 mil ligações de longa distância e 20 mil mensagens de teletipo por dia. Esse volume será ainda maior depois que invadirmos a França. Acontece que grande parte do sistema francês opera com centrais manuais. Então, se conseguirmos inutilizar uma das poucas centrais automáticas disponíveis no país, imagine só o transtorno que será quando todas essas ligações tiverem de ser operadas à moda antiga, por intermédio de telefonistas, cada ligação levando dez vezes mais tempo. Noventa por cento delas nem vão chegar a ser completadas.

– Os militares podem proibir as chamadas civis.

– A diferença será pouca ou nenhuma. O tráfego civil é apenas uma fração irrisória do volume total.

– Certo – disse Greta, pensativa. – Nesse caso podemos destruir os racks de equipamentos comuns.

– O que eles fazem exatamente?

– Dão as linhas, tons de chamada, coisas assim para as comutações automáticas. Tem também os equipamentos que transformam o código de área discado numa instrução de roteamento.

– Se eles forem destruídos, deixam a central inteira inoperante?

– Não. E os estragos podem ser consertados. Para deixar a central inteira inoperante, é preciso destruir a central manual, a central automática, os amplificadores de sinal, a central de telex e os amplificadores de telex, equipamentos que costumam ficar em cômodos separados.

– Mas não dá para entrar naquele castelo com um monte de explosivos debaixo do braço. Vamos entrar apenas com o que pudermos esconder nas roupas e bolsas de seis mulheres.

– Pois é.

Michel repassara tudo isso com Arnaud, um membro da

célula Bollinger que trabalhava para a PTT francesa – *Postes, Télégraphes, Téléphones* –, mas Flick não pedira detalhes, e agora Arnaud estava morto, uma das vítimas do malfadado ataque ao castelo.

– Deve haver algum equipamento comum a todos os sistemas, não?

– Sim. O repartidor principal.

– O que é isso?

– Um conjunto de dois terminais alojados em racks muito grandes. Todos os cabos das ligações externas são conectados a um lado desses terminais, e os das internas, ao outro, e pentes de ligação fazem a comunicação entre eles.

– E onde isso ficaria?

– Em alguma sala vizinha à que alojar os cabos. O ideal seria provocar um incêndio forte o bastante para derreter o cobre dos cabos.

– De quanto tempo eles precisariam para trocar ou reconectar esses cabos?

– Coisa de uns dois dias.

– Tem certeza? Quando os cabos da minha rua foram inutilizados por uma bomba, um técnico veio e, algumas horas depois, tudo já funcionava.

– Consertos de rua são simples, uma questão de reconectar as pontas, vermelho com vermelho, azul com azul. Mas um repartidor possui centenas de interconexões. Dois dias é uma estimativa conservadora e pressupõe que os técnicos disponham dos diagramas.

– Diagramas? Que diagramas?

– São uma espécie de mapa. Representam graficamente todas as conexões. Costumam ficar na sala do repartidor principal, guardados num armário. Se também forem destruídos, o tempo de conserto será muito maior, semanas inteiras de tentativa e erro à procura das conexões corretas.

Ouvindo isso, Flick se lembrou de algo que Michel dissera: a Resistência contava com alguém na PTT que se dispunha a destruir todas as duplicatas de registros e diagramas que ficavam arquivadas na sede da telefônica.

– A coisa está ficando boa – falou ela. – Mas agora, Greta, preste atenção no que eu vou dizer: amanhã de manhã, quando eu for explicar a missão para as outras mulheres da equipe, vou contar uma história diferente, uma história de fachada.

– Por quê?

– Para que a nossa missão não seja colocada em risco na hipótese de uma delas ser capturada e interrogada.

– Ah... – disse Greta, após o balde de água fria. – Que horror.

– Você é a única que sabe da história real, então... bico calado, ok?

– Não se preocupe. Os invertidos como eu são acostumados a guardar segredo.

Flick ficou surpresa com a escolha de palavras, mas não disse nada.

O centro de treinamento da Executiva de Operações Especiais, ou "Escola de Etiqueta", como também era conhecido, ficava nas imediações de uma das propriedades mais tradicionais da Inglaterra, Beaulieu, localizada na região de New Forest, litoral sul do país, e pertencente aos lordes Montagu desde o século XVI. A edificação principal era um castelo de aspecto medieval chamado Palace House. Nos bosques vizinhos ficavam inúmeras outras propriedades, casas de campo com seus vastos terrenos. Quase todas tinham sido abandonadas no início da guerra – ou porque os proprietários mais jovens foram recrutados para o serviço militar ou porque os mais velhos, sendo pessoas de posse, buscaram refúgio em locais mais seguros. Doze dessas casas haviam sido requisitadas pela Executiva de Operações Especiais e vinham sendo usadas para o treinamento de agentes em áreas como segurança, leitura de mapas e operação de rádio, além de outras bem menos nobres, como roubo, sabotagem, falsificações e técnicas silenciosas de assassinato.

Flick e Greta chegaram a New Forest às três da madrugada.

Passaram por uma estradinha esburacada, atravessaram um mata-burro e só então Flick estacionou o Lincoln diante de um casarão. Para ela, estar ali era quase como estar num mundo fantástico em que embustes e violência eram assuntos corriqueiros. O casarão em si também tinha algo de irreal. Apesar dos vinte quartos, a arquitetura era a de um chalé, uma afetação bastante popular nos anos anteriores à Primeira Guerra. O luar conferia um aspecto todo especial ao imóvel, com suas chaminés e lucarnas, seu telhado de quatro águas e suas fachadas de tijolinhos. Aquilo mais parecia uma ilustração de livro infantil, um labirinto de cômodos e corredores ideal para as brincadeiras de esconde-esconde.

O silêncio reinava no casarão. Flick sabia que as outras mulheres da equipe já haviam chegado e que provavelmente estavam dormindo. Íntima do lugar, não teve dificuldade para encontrar dois quartos vagos no último andar. Assim como Greta, já não via a hora de se jogar numa cama, mas ainda demorou um pouco para dormir, imaginando o que poderia fazer para transformar aquele bando de malucas num legítimo destacamento de combatentes. Por fim foi vencida pelo sono e pelo cansaço.

Ela acordou às seis. Foi para sua janela e de lá avistou as águas do estreito de Solent, que à luz do amanhecer pareciam uma ampla banheira de mercúrio. Em seguida esquentou água numa chaleira e levou para Greta se barbear. Só então se vestiu, acordou as demais do grupo e desceu para a enorme cozinha do casarão.

Percy e Paul também desceram pouco depois, Percy pedindo chá e Paul, café. Flick disse a ambos que preparassem o próprio desjejum. Não fora treinada na Executiva de Operações Especiais para ficar servindo marmanjos.

– Já preparei o *seu* chá um milhão de vezes – protestou Percy.

– Sim, mas você faz isso com um ar de *noblesse oblige*, não muito diferente de um duque que segurasse a porta para a camareira passar.

– Vocês dois... Vocês são uma piada – falou Paul, rindo.

Um cozinheiro do Exército chegou às seis e meia, e pouco depois já estavam os três à mesa com um prato farto de ovos fritos e grossas fatias de bacon. Para os agentes secretos não havia racionamento de comida. Agentes precisavam se alimentar bem enquanto era possível, pois, uma vez em campo, era comum que passassem dias e dias sem uma alimentação adequada.

As moças foram chegando uma a uma. Flick ficou espantada ao ver Maude Valentine pela primeira vez: nem Percy nem Paul a haviam preparado para tamanha beleza. A mulher estava impecavelmente vestida e perfumada, como se estivesse de saída para almoçar no Savoy, e a boca era uma rosa em botão que o vermelho do batom deixava ainda mais sedutora. Ela se sentou ao lado de Paul e, com ar insinuante, perguntou:

– Dormiu bem, major?

Flick ficou aliviada ao ver Ruby Romain chegar com sua pele morena e seu jeito de salteador. Não teria ficado surpresa se ela houvesse fugido no meio da noite. Nesse caso, a ex-presidiária correria o risco de ser detida outra vez pelos mesmos crimes de antes. Não recebera um indulto. As queixas haviam sido retiradas, só isso, mas poderiam ser reapresentadas a qualquer momento. Seria motivo suficiente para convencer uma pessoa comum a se comportar, mas Ruby era durona, de forma que não seria de surpreender se optasse por correr o risco de voltar para a cadeia.

Jelly Knight chegou em seguida. Àquela hora da manhã, aparentava a idade que realmente tinha. Sentou-se ao lado de Percy, abriu um sorriso terno e disse:

– Aposto que você dormiu feito uma pedra.

– Consciência tranquila, minha cara – falou ele.

– Você nem tem consciência – devolveu ela, rindo.

Ao ver o prato de ovos com bacon que o cozinheiro lhe havia trazido, fez uma careta:

– Não, meu amor, obrigada. Preciso manter a forma.

Seu desjejum foi uma xícara de chá com diversos cigarros. Flick precisou se segurar quando Greta surgiu à porta.

Ela estava usando um charmoso vestidinho de algodão com seios falsos, não muito grandes. Um cardigã rosa suavizava a linha dos ombros e uma echarpe de chiffon escondia a masculinidade do pescoço. A peruca era a de cabelos curtos e escuros. O rosto era uma espessa camada de pó, mas a maquiagem da boca e dos olhos era bastante discreta. Nem de longe parecia ser a cantora extrovertida e exuberante que Flick conhecera numa boate na véspera; ela agora parecia estar interpretando o papel da mocinha tímida, talvez um tanto envergonhada por ser alta demais. Flick ficou atenta ao apresentá-la para o resto do grupo. Aquele era o primeiro teste para os talentos de Greta como atriz.

Todos sorriram de forma educada, sem dar nenhum sinal de terem notado algo estranho, e Flick respirou aliviada.

Além de Maude, havia outra integrante que ela ainda não conhecia: lady Denise Bowyer. Fora entrevistada por Percy na base aérea de Hendon e recrutada apesar dos indícios de indiscrição. Tratava-se de uma moça de aspecto comum, com uma vasta cabeleira castanha. Tinha um ar insolente; contudo, apesar de ser filha de um marquês, não apresentava a autoconfiança típica das moças de origem nobre. Flick chegou a sentir alguma pena dela, mas não empatia. Denise era insípida demais para despertar esse sentimento.

Eis a minha equipe, Flick pensou com seus botões: uma sirigaita, uma assassina, uma arrombadora de cofres, um transformista e uma aristocrata sem sal. Faltava uma, notou: Diana ainda não dera as caras, e já eram sete e meia.

– Você avisou a Diana que era para acordar às seis? – perguntou Flick a Percy.

– Avisei a todas elas.

– E eu ainda bati na porta dela às seis e quinze – reclamou Flick, levantando-se da mesa. – Vou lá ver o que está acontecendo. Ela está no quarto 10, certo?

Ela foi até o andar superior, bateu na porta do quarto de Diana e, na ausência de uma resposta, entrou. Deparou com a mais completa desordem, como se uma bomba tivesse explodido ali: mala aberta sobre a cama ainda por fazer, travesseiros no chão, calcinhas sobre a cômoda... Mas Flick sabia que isso era normal. Diana sempre tivera à sua volta um número suficiente de pessoas cuja função era limpar sua bagunça. A mãe de Flick fora uma delas. Não, Diana não estava dormindo. Simplesmente tinha ido a algum lugar. Teria de aprender que não era mais a dona do próprio nariz, pensou Flick, irritada, e voltou para a cozinha.

– Diana saiu. Vamos começar sem ela – falou à porta.

Em seguida foi para a cabeceira da mesa.

– Temos dois dias de treinamento pela frente. Depois, na noite de sexta-feira, vamos saltar de paraquedas na França. Somos uma equipe exclusivamente feminina porque para as mulheres é mais fácil se deslocar na França. A Gestapo fica menos desconfiada. Nossa missão é explodir um túnel ferroviário próximo à cidade de Marles, não muito longe de Reims, na principal linha férrea entre Frankfurt e Paris.

Flick olhou para Greta, que sabia tratar-se de uma história falsa. Greta apenas continuou passando manteiga na torrada. Sequer olhou de volta.

– Em circunstâncias normais, o curso de agente dura três meses – prosseguiu Flick –, mas esse túnel precisa ser destruído antes da noite de segunda-feira. Nos próximos dois dias, vamos passar a vocês algumas normas básicas de segurança, depois vamos ensiná-las a saltar de paraquedas, a manejar uma arma, a matar uma pessoa sem fazer barulho.

Apesar da maquiagem, Maude ficou lívida.

– *Matar uma pessoa?* – repetiu. – Você não está pensando que nós somos capazes da matar alguém, está?

Jelly grunhiu alguma coisa, depois disse:

– Caso a mocinha não tenha percebido, o mundo está em guerra.

Nesse instante, Diana chegou trazendo pedaços de folhas e espinhos agarrados na calça de veludo cotelê.

– Fui dar um passeio – falou, ainda meio esbaforida. – Que lugar mais lindo. E olhem só o que o estufeiro me deu.

Tirou do bolso um punhado de tomatinhos maduros e os deixou rolar sobre a mesa.

– Sente-se, Diana – disse Flick. – Está atrasada para a reunião.

– Desculpe, querida. Perdi sua importantíssima preleção, foi?

– Você agora é uma militar – disse Flick, exasperada. – Quando for convocada para uma reunião às sete, fique sabendo que não se trata de uma sugestão.

– Você não vai bancar a diretora de internato comigo, vai?

– Sente-se e fique calada.

– Mil desculpas, queridinha.

Flick precisou erguer o tom de voz:

– Diana, quando eu mandar você se calar, você não diz "Mil desculpas", muito menos me chama de "queridinha". Você cala a boca e pronto.

Diana enfim se sentou à mesa, mas na sua testa estava escrito: motim. Flick imediatamente se deu conta de que havia lidado mal com a situação. Que merda, pensou.

Pouco depois a porta da cozinha se abriu com estrépito e por ela entrou um baixote musculoso que devia ter seus 40 e poucos anos. As divisas da farda informavam que ali estava um sargento.

– Bom dia, meninas! – disse com entusiasmo.

– Este é o sargento Bill Griffiths, um dos nossos instrutores – apresentou Flick.

Ela não gostava do homem. Na qualidade de instrutor de educação física do Exército, Bill tinha um apreço especial pelos embates físicos e jamais se desculpava quando machucava alguém. Flick já havia notado que o hábito era ainda pior quando ele treinava mulheres.

– Chegou em boa hora, sargento. A palavra é toda sua – falou ela e foi se recostar na parede.

– Seu desejo é uma ordem, major – disse o homem, sem necessidade.

Ele assumiu o lugar de Flick à cabeceira da mesa e começou:

– Saltar de paraquedas não é muito diferente de pular de um muro de quatro metros de altura. O pé-direito desta cozinha tem um pouco menos do que isso, então, é o mesmo que saltar de uma das janelas do andar de cima para o jardim.

Flick ouviu quando Jelly disse baixinho:

– Ah, meus sais...

– Não dá para aterrissar de pés fincados – prosseguiu Bill. – Quem tentar uma coisa dessas vai quebrar as pernas. A única maneira segura de aterrissar é caindo. Portanto, a primeira coisa que vou ensinar a vocês é como cair. Quem quiser manter as roupas limpas, tem macacões logo ali, naquele cômodo. Podem se trocar agora.

Enquanto as mulheres trocavam de roupa, Paul pediu licença para sair e disse a Flick:

– Precisamos de um avião amanhã, para a aula prática de paraquedismo, e aposto que vão dizer que não há aviões disponíveis. Por isso estou indo para Londres agora mesmo, mexer os meus pauzinhos. Volto logo mais à noite.

Flick ficou se perguntando se a viagem também não incluiria uma visitinha à namorada.

No jardim havia uma velha mesa de pinho, um armário horroroso de mogno da era vitoriana e uma escada de quatro metros de altura. Assim que viu tudo isso, Jelly ficou apavorada.

– Você não vai mandar a gente pular da porcaria desse armário, vai? – questionou ela.

– Só depois que vocês aprenderem o que o sargento tem a ensinar – respondeu Flick. – É bem mais fácil do que você imagina, acredite em mim.

Jelly olhou para Percy e disse:

– Filho da mãe... Olha só no que você foi me meter.

Vendo que todas já estavam prontas, Bill começou sua orientação:

– Primeiro vocês vão aprender a cair de uma altura zero. Há três maneiras de cair: para a frente, para trás e para o lado.

Ele demonstrou cada um dos métodos, jogando-se ao chão e reerguendo-se com a agilidade de um ginasta.

– O importante é manter as pernas fechadas – disse em seguida, e, num tom malicioso, acrescentou: – Como convém às boas moças de família.

Ninguém riu.

– Não joguem os braços para cima, fiquem com eles junto ao corpo. Não tenham medo, não vão se machucar assim. Mas quebrariam um braço de outra forma.

Como Flick esperava, as mais jovens não tiveram dificuldade para repetir as manobras demonstradas pelo sargento: Diana, Maude, Ruby e Denise se revelaram verdadeiras atletas. Impaciente e julgando-se pronta para o passo seguinte, Ruby foi direto para o topo da escada.

– Ainda não! – berrou Bill.

Tarde demais. Ruby saltou e fez uma aterrissagem perfeita. Depois foi se sentar à sombra de uma árvore e acendeu um cigarro.

Essa aí vai me dar trabalho, foi o que pensou Flick. Sua preocupação maior, no entanto, era com Jelly, a única do grupo que conhecia alguma coisa sobre explosivos. Jelly já havia perdido desde muito aquele vigor da juventude. Certamente teria dificuldade para saltar. Mas não jogou a toalha. Na primeira tentativa, caiu ao chão com um ruidoso grunhido, cuspiu um palavrão ao se levantar e, minutos depois, estava pronta para tentar outra vez.

Para surpresa de Flick, a pior de todas foi Greta.

– Não vou conseguir – disse ela. – Falei que não era boa com essas coisas de pancadaria.

Era a primeira vez que Greta falava mais do que algumas palavras, e foi o bastante para que Jelly observasse:

– Que sotaque estranho...

– Venha, eu a ajudo – disse Bill. – Fique assim, paradinha. Tente relaxar.

Em seguida postou-se às costas de Greta, segurou-a pelos ombros e, num gesto súbito, empurrou-a para o chão.

Greta desabou pesadamente no gramado, gemeu de dor e, para grande desânimo de Flick, começou a chorar.

– Tenha santa paciência! – exclamou Bill. – De que buraco saiu uma toupeira dessas?

Flick o fulminou com o olhar. Não estava disposta a perder sua especialista em telefonia por conta da brutalidade de um sargento.

– Devagar com o andor – disparou ela.

– Com a Gestapo vai ser muito pior – devolveu ele, sem nenhum sinal de remorso.

Flick logo viu que teria de colar os cacos por conta própria. Tomou a mão de Greta e disse:

– Venha comigo. Vamos fazer uma aula particular, só você e eu.

Elas contornaram a casa e foram para outra parte do jardim.

– Desculpe – disse Greta. – Mas aquele homem é odioso.

– Eu sei. Mas agora vamos lá. Ajoelhe comigo.

Elas se ajoelharam de frente uma para a outra e se deram as mãos.

– Faça tudo que eu fizer, ok? – instruiu Flick.

Em seguida foi tombando devagar para o lado e caiu ao chão com Greta, ainda de mãos dadas com ela.

– Isso. Não foi difícil, foi?

– Por que ele não pode ser assim, como você? – falou Greta com um sorriso.

– Homens! – disse Flick, rindo também. – Agora vamos fazer a mesma coisa, só que de pé. Venha, me dê as mãos.

Flick fez com a engenheira todos os exercícios que as outras fariam com Bill. Quando percebeu que Greta estava mais segura, voltou com ela para junto do grupo. As outras já estavam saltando de cima da mesa. Greta entrou na fila, saltou também e aterrissou com perfeição, recebendo uma salva de palmas como recompensa.

Dali a pouco ela já saltava de cima do armário e da escada. Flick respirou aliviada quando viu Jelly se jogar do último degrau, rolar no gramado e ficar de pé sem nenhum arranhão. Correu ao encontro dela, abraçou-a e disse:

– Estou muito orgulhosa de você! Parabéns!

Bill mal acreditou no que estava vendo. Irritado, virou-se para Percy e disse:

– Que espécie de Exército é esse em que você ganha um abraço por acatar a porra de uma ordem?

– Vá se acostumando, Bill.

CAPÍTULO DEZOITO

AO CHEGAREM AO sobrado da Rue du Bois, Dieter pegou a mala de Stéphanie no carro e conduziu a amante para o quarto de mademoiselle Lemas. Correndo os olhos pelo cômodo, viu uma cama de solteiro meticulosamente arrumada, uma cômoda de nogueira já um tanto ultrapassada e um genuflexório com um terço de contas esquecido na pequena estante.

– Não vai ser fácil convencer alguém de que esta casa é sua – disse Dieter, preocupado, deixando a mala sobre a cama.

– Posso dizer que herdei de uma tia solteirona e não tive ânimo para redecorar do meu jeito – sugeriu Stéphanie.

– Perfeito. Mesmo assim, acho prudente bagunçar um pouco isto aqui.

Stéphanie tirou um négligé preto de sua mala e o jogou com displicência sobre o genuflexório.

– Bem melhor – disse Dieter. – E, se o telefone tocar, o que você faz?

Stéphanie refletiu um instante. Em seguida, baixando o registro da voz e trocando o sofisticado sotaque da capital por outro mais provinciano, falou:

– Alô? Sim, aqui é mademoiselle Lemas. Quem fala?
– Muito bom.

A encenação talvez não enganasse um parente ou uma amiga muito próxima, mas outra pessoa qualquer não notaria nada de estranho nela, sobretudo com as distorções naturais de uma linha telefônica.

Dieter e Stéphanie voltaram ao corredor e foram explorando o resto da casa. Outros quatro quartos estavam prontos para receber hóspedes, cada um com sua cama feita e uma toalha limpa no lavatório. Na cozinha, em vez de um conjunto de panelinhas e uma cafeteira pequena, eles encontraram panelões maiores e um saco de arroz grande o bastante para alimentar mademoiselle Lemas por um ano inteiro. O vinho estocado no porão não era lá grande coisa, mas ainda havia meia caixa de um ótimo uísque escocês. A garagem ao lado da casa abrigava um pequenino Simca Cinq, a versão francesa do Fiat que os italianos chamavam de Topolino. Embora o modelo fosse bem anterior à guerra, o carro parecia em ótimas condições. Além disso, estava com o tanque cheio. Dieter deu a partida e o motor roncou imediatamente. Era pouco provável, se não impossível, que mademoiselle Lemas tivesse permissão para comprar combustível e peças de reposição, artigos tão preciosos naqueles tempos, apenas para ir às compras na cidade. Não restava dúvida de que era a Resistência quem custeava aquilo. Dieter tentou imaginar que história a velha contava às autoridades para poder circular naquele Simca. Talvez dissesse que era parteira.

– A vaca era muito organizada – observou ele.

Stéphanie preparou o almoço com os mantimentos que tinham comprado a caminho dali. Já não se achavam carne nem peixe à venda, mas eles haviam escolhido cogumelos, alface e uma bisnaga de *pain noir*, o pão preparado com a farinha e os cereais de segunda que os padeiros tinham à disposição. Stéphanie preparou uma salada e usou os cogumelos para fazer um risoto. Por sorte, encontrou um queijo na despensa para arrematar a refeição. Com farelos sobre a mesa e panelas sujas na pia da cozinha, a casa começava a tomar um aspecto mais normal, mais habitado.

– Esta guerra deve ter sido a melhor coisa que aconteceu à velha – disse Dieter, já bebericando seu café.

– Como você pode dizer uma coisa dessas? – devolveu Stéphanie. – A mulher está a caminho de um campo de concentração!

– Pense na vida que a mulher tinha antes. Sozinha, sem marido nem filhos, os parentes já todos mortos. De uma hora para outra entram na sua vida todos esses rapazes e moças valentes com uma missão heroica a cumprir. Provavelmente se abrem com ela, falam dos amores, dos medos... Ela lhes dá guarida, uísque e cigarros, depois deseja boa sorte e os manda de volta para as ruas. Deve ter sido o período mais animado de sua vida. Aposto que nunca foi tão feliz.

– Talvez tivesse preferido uma vida sossegada. Sei lá... comprando chapéus com uma amiga, colocando flores na catedral, indo a Paris uma vez por ano para ver um concerto...

– Ninguém prefere uma vida tão sossegada assim – retrucou Dieter, e se assustou ao olhar pela janela da sala. – Merda!

Uma moça vinha na direção da casa empurrando uma bicicleta com um grande cesto na frente.

– Quem será essa aí?

– E agora, o que faremos? – perguntou Stéphanie.

Dieter precisou de um tempo para pensar. A visitante tinha um aspecto comum porém saudável. Vestia calças sujas de terra e uma camisa de trabalho com grandes manchas de suor sob os braços. Sem tocar a campainha da casa, ela entrou e deixou a bicicleta no pátio. Dieter custava a crer que seu estratagema pudesse ter uma vida tão curta.

– Ela está indo para a porta dos fundos – falou. – Deve ser

uma amiga ou parente. Você terá de improvisar, Stéphanie. Vá lá falar com ela. Vou ficar aqui, ouvindo.

A porta da cozinha se abriu e fechou, e a visitante disse em francês:

– Bom dia! Sou eu!

Stéphanie foi receber a moça na cozinha, e Dieter permaneceu junto da porta da sala, de onde poderia ouvir a conversa entre elas.

– Quem é você? – disse a recém-chegada, num susto.

– Stéphanie. Sobrinha de mademoiselle Lemas.

A visitante não se deu ao trabalho de mascarar sua desconfiança.

– Não sabia que ela tinha uma sobrinha.

– Ela também nunca me falou de você – devolveu Stéphanie, mas com simpatia na voz e um sorriso nos lábios. – Quer sentar um pouquinho? E nesta cesta, o que tem aí?

– Alguns alimentos. Meu nome é Marie. Moro no campo. Sempre que posso, trago alguma coisa para os... para mademoiselle.

– Ah – disse Stéphanie. – Para os... hóspedes dela.

De onde estava, Dieter ouviu o farfalhar do que parecia ser uma embalagem e imaginou que Stéphanie estivesse desembrulhando algo tirado da cesta da tal Marie.

– Que maravilha! – exclamou. – Ovos... Carne de porco... Morangos...

Isso explicava por que a velha conseguia se manter tão gordinha, pensou Dieter.

– Quer dizer então que você sabe dos... – disse a moça.

– Sim, eu sei da vida secreta da minha tia.

Ouvindo aquele "minha tia", Dieter se deu conta de que nem ele nem Stéphanie sabiam qual era o primeiro nome de mademoiselle Lemas. A farsa viria abaixo caso Marie tivesse a oportunidade de descobrir que Stéphanie sequer sabia como se chamava a própria "tia".

– Onde ela está?

– Foi para Aix. Lembra de Charles Menton, que foi deão da catedral?

– Não, não lembro.

– Porque é jovem demais. Charles era o melhor amigo do pai da titia, até que se aposentou e foi viver na Provence.

Stéphanie estava improvisando com grande desenvoltura, pensou Dieter com admiração. Tinha sangue-frio e muita imaginação.

– Pois é. Ele sofreu um infarto, e a titia foi lá cuidar dele. Pediu que eu recebesse os hóspedes dela enquanto estivesse fora.

– E quando é que ela volta?

– Charles não deve durar muito. Por outro lado, é bem possível que essa guerra termine logo.

– Ela nunca falou desse Charles para ninguém.

– Falou para mim.

A essa altura, Dieter já estava convicto de que a amante conseguiria se safar. Mais um pouco e Marie se daria por convencida. Iria embora e até poderia comentar o fato com alguém, pois a história inventada por Stéphanie, além de plausível, era bastante comum nos quadros da Resistência. Um movimento clandestino não tinha a mesma rigidez e a mesma disciplina de um regimento militar. Pessoas como mademoiselle Lemas podiam muito bem tomar uma decisão por conta própria, viajar de uma hora para outra e deixar alguém no seu lugar. Os líderes da Resistência ficavam loucos por conta disso, mas não havia nada que pudessem fazer: todos os seus soldados eram voluntários. Dieter já via alguma luz no fim daquele túnel.

– De onde você é? – perguntou Marie.

– Moro em Paris.

– Por acaso sua tia Valérie tem outras sobrinhas de quem eu nunca ouvi falar?

Então era esse o nome de mademoiselle Lemas, pensou Dieter.

– Acho que não – respondeu Stéphanie. – Não que eu saiba.

– Você está mentindo – disse Marie, ríspida.

Dieter logo viu que algo estava errado. Suspirou de desânimo e sacou sua pistola automática do bolso do paletó.

– De que diabo você está falando? – retrucou Stéphanie.

– Você está mentindo. Não sabe nem o nome dela. Não é Valérie, é Jeanne.

Dieter destravou a pistola, pronto para atirar. Insistindo na farsa, Stéphanie disse:

– Sempre a chamo de "tia" ou "titia". Você está sendo muito grosseira.

– Assim que cheguei eu percebi. Jeanne jamais confiaria em alguém como você, com esses sapatos de salto e esse perfume.

Foi então que Dieter irrompeu na cozinha.

– É uma pena, Marie – falou ele. – Se você fosse menos desconfiada ou mais inteligente, talvez conseguisse se safar. Mas não é nem uma coisa nem outra, portanto... considere-se presa.

– Você é uma puta da Gestapo – disse Marie a Stéphanie encarando-a.

As palavras foram duras; fizeram Stéphanie corar. Dieter ficou de tal modo furioso que por muito pouco não desferiu uma bela coronhada na insolente.

– Vai se arrepender desse comentário quando estiver nas mãos da Gestapo – falou com a mais absoluta frieza. – Vai se lembrar da besteira que disse quando estiver sendo interrogada por um certo sargento Becker. Quando estiver berrando de dor, quando estiver sangrando em bicas, quando estiver implorando por clemência.

Marie parecia estar a um passo de tentar uma fuga. Para Dieter, a ideia nem era tão má assim. Ele teria um bom motivo para atirar caso a moça tentasse fugir, e o assunto morreria ali mesmo, junto com ela. Mas Marie permaneceu onde estava. Depois de um tempo razoavelmente longo, derreou os ombros e começou a chorar.

– Deite-se de bruços no chão com as mãos para trás – falou Dieter, nem um pouco comovido.

Guardou a pistola assim que a moça obedeceu, depois falou para Stéphanie:

– Acho que vi uma corda no porão.

– Eu vou buscar.

Stéphanie voltou dali a pouco com uma corda de varal. Dieter amarrou as mãos e os pés de Marie.

– Vou ter de levá-la para Sainte-Cécile – disse. – Não podemos deixá-la aqui, caso algum agente britânico apareça ainda hoje.

Consultou o relógio. Eram duas horas. Estaria de volta às três se não demorasse para sair.

– Você terá de ir sozinha lá para aquela cripta – falou a Stéphanie. – Use o carro que está na garagem. Estarei na catedral, mas talvez você não me veja.

Isso dito, beijou a amante no rosto e, apesar das circunstâncias, achou graça ao se imaginar na pele de um marido que se despede da esposa antes de sair para o trabalho. Sem muito esforço, içou Marie para o próprio ombro e virou-se na direção da porta dos fundos.

– Preciso ir.

Já estava do lado de fora quando lembrou:

– Esconda a bicicleta!

– Pode deixar – disse Stéphanie.

Com a prisioneira no ombro, Dieter saiu à rua, abriu o porta-malas do Hispano-Suiza e jogou a moça lá dentro. Teria jogado no banco traseiro não fosse pelo insulto que a infeliz proferira pouco antes, na cozinha. Em seguida correu os olhos à sua volta. Não viu ninguém, mas não descartava que curiosos espiassem através das cortinas. Talvez tivessem visto a prisão de mademoiselle Lemas na véspera e possivelmente tinham notado a presença do carrão azul na rua. Assim que o vissem partir, começariam a comentar sobre o alemão que jogara uma moça no porta-malas do carro. Em outra época, avisariam a polícia, mas agora ninguém no território ocupado ousava falar com a polícia, sobretudo quando a Gestapo parecia estar envolvida na história. A menos que não restasse escolha.

O que mais preocupava Dieter era a possibilidade de que a notícia da prisão de mademoiselle Lemas já tivesse chegado aos ouvidos da Resistência. Mas Reims era uma cidade razoavelmente grande, não era um vilarejo qualquer, desses de beira de estrada. Ali pessoas eram presas todos os dias: assaltantes, homicidas, contrabandistas, comunistas, judeus. Portanto, era grande a chance de que os acontecimentos recentes na Rue du Bois ainda não tivessem sido informados a Michel Clairet.

Mas não havia como ter certeza de nada.

Dieter entrou no carro e partiu para Sainte-Cécile.

CAPÍTULO DEZENOVE

A EQUIPE HAVIA PASSADO pela primeira aula da manhã com relativo sucesso, para alívio de Flick. Todas aprenderam as técnicas de amortecimento de queda, a parte mais importante do paraquedismo. A aula de leitura de mapas, no entanto, fora bem menos frutífera. Ruby jamais colocara os pés numa escola e mal sabia ler; para ela, um mapa era o mesmo que uma página em chinês. Maude se atrapalhara com orientações menos comuns, como norte-nordeste, e, sempre que se via perdida, olhava para o instrutor e batia os cílios com um jeitinho coquete. Denise, embora tivesse estudado nas escolas mais caras, se revelara incapaz de entender o funcionamento de um par de coordenadas. Se porventura aquelas mulheres se perdessem na França, dificilmente saberiam o que fazer para encontrar o caminho de volta.

No período da tarde elas passaram aos assuntos mais ásperos e mais relacionados com uma guerra. O instrutor de armas era um sujeito bem diferente de Bill Griffiths. Entre outras coisas, o capitão Jim Cardwell era muito mais simpático e ostentava um bigodinho preto no rosto de traços angulosos. Jim achou graça ao constatar a dificuldade das moças para acertar uma árvore a seis passos de distância com uma Colt calibre 45.

Vendo a desenvoltura de Ruby com a pistola automática e a mira razoável que ela parecia ter, Flick deduziu que talvez não fosse a primeira vez que a ex-presidiária empunhava uma arma. Não pôde deixar de notar o sorriso que ela abriu quando Jim passou os braços à sua volta para demonstrar o manejo correto de um "fuzil canadense". Jim sussurrou algo no ouvido dela, e ela o fitou de volta com um brilho no olhar. Ruby havia ficado presa por três meses, refletiu Flick, nada mais natural que recebesse de bom grado a proximidade de um homem.

Jelly também revelou ter alguma intimidade com as armas, mas foi Diana quem roubou a cena. Ela acertou na mosca todas as vezes que atirou com o fuzil, esvaziando as cinco balas do pente com segurança, firmeza e mortal precisão.

– Excelente! – disse Jim, surpreso. – Era você quem devia estar dando aulas aqui, não eu.

Com uma expressão triunfante no olhar, ela olhou para Flick e disse:

– Pelo menos *nisto* você não é a melhor do mundo.

Flick ficou se perguntado que diabos teria feito para merecer a farpa. Seria possível que Diana ainda se remoesse com a lembrança dos tempos de colégio, quando ela, Flick, se saía sempre melhor? Seria possível que aquela rivalidade infantil ainda não tivesse morrido?

Greta foi a pior de todas. A cada disparo, ela tapava os ouvidos ou pulava de susto e, na sua vez de atirar, fechava os olhos antes de puxar o gatilho. Jim teve toda a paciência do mundo: providenciou um protetor auricular, segurou a mão dela para ensinar como disparar sem afobação. Em vão, porque Greta era medrosa demais para se tornar uma exímia atiradora.

– Simplesmente não nasci para esse tipo de coisa! – argumentou ela, desesperada.

– Está fazendo o quê aqui, então? – cuspiu Jelly.

Flick interveio na mesma hora:

– Greta é engenheira. É ela quem vai determinar o lugar correto para a colocação dos explosivos.

– Mas tinha de ser uma engenheira alemã?

– Sou inglesa – reclamou Greta. – Meu pai nasceu em Liverpool.

– Se isso for sotaque de Liverpool, eu sou a duquesa de Devonshire – ironizou Jelly.

– Poupe sua agressividade para nossa próxima aula – disse Flick. – Daqui a pouco vamos começar com o combate corpo a corpo.

Não havia lugar para aquele tipo de bate-boca. Era preciso que todas as integrantes do grupo confiassem umas nas outras.

Elas voltaram para o jardim da casa, onde Bill Griffiths as aguardava. Ele havia trocado a farda por roupas de ginástica: short, tênis e camiseta – uma peça que ele não usava quando as mulheres chegaram e o encontraram fazendo flexões na grama. Ao vê-lo ficar de pé, Flick teve a nítida impressão de que o sargento pavoneava o próprio físico.

Bill gostava de ensinar as técnicas de autodefesa dando aos alunos uma arma e dizendo: "Pode atacar." Em seguida demonstrava como uma pessoa desarmada podia repelir um agressor, sempre com uma pitada de drama, de modo que suas instruções eram difíceis de esquecer. Por vezes era agressivo demais, mas, na opinião de Flick, era melhor que suas agentes começassem logo a se acostumar com a violência.

Sobre a mesa de pinho estava a coleção de diferentes armas que o instrutor escolhera para a aula daquele dia: uma faca de aspecto sinistro – que, segundo ele, era muito usada pelas tropas alemãs –, um pedaço de fio amarelo e preto que ele chamava de "garrote", uma pistola automática Walther P38, do tipo que Flick já vira muitas vezes na mão dos alemães, um porrete da polícia francesa e uma garrafa de cerveja quebrada.

Bill deu início à aula.

– Como escapar de um homem que está apontando uma arma para você? – perguntou.

Em seguida pegou a pistola, destravou o pino de segurança e a entregou a Maude.

– Cedo ou tarde seu agressor há de querer levá-la para algum lugar.

Deu as costas para Maude e levou as mãos para o alto, como se fosse a vítima.

– O mais provável é que ele venha por trás, espetando você com a arma.

Foi caminhando num amplo círculo com a aluna na sua esteira.

– Muito bem, Maude, quero que você puxe o gatilho assim que achar que vou tentar fugir.

Apertou o passo, obrigando Maude a fazer o mesmo, e, segundos depois, num gesto súbito, deu um passo para o lado e outro para trás, agarrando o pulso da moça para prendê-lo sob o braço e estocar a mão dela, dando um golpe de caratê na mão que empunhava a arma.

Maude gritou e deixou a pistola cair.

– É nesse momento que você pode fazer uma grande besteira – prosseguiu o sargento enquanto Maude esfregava o pulso dolorido. – Nem *pense* em tentar fugir agora, porque o sujeito vai pegar a arma que você deixou cair e não vai pensar duas vezes antes de atirar nas suas costas. O que você tem de fazer é o seguinte...

Rapidamente Bill pegou a Walther, apontou-a para Maude e puxou o gatilho.

Maude deixou escapar um grito assim que ouviu o disparo. Greta também.

– Balas de festim, claro – disse Bill.

Flick desejou que o sargento fosse um pouco menos dramático nas suas demonstrações.

– Vamos treinar todas essas técnicas com vocês daqui a pouco – informou ele, depois pegou o pedaço de fio elétrico e se virou para Greta. – Coloque isto aqui em volta do meu pescoço. Quando eu der o sinal, aperte o mais forte possível.

Entregou-lhe o fio e continuou:

– O chucrute da Gestapo, ou o gendarme colaboracionista da polícia francesa, pode enforcar você com esse garrote, mas não consegue sustentar o peso do seu corpo com ele. Então vamos lá, Greta. Pode me enforcar.

Greta hesitou um instante, depois foi apertando o fio contra o pescoço musculoso do sargento. Sem nenhum aviso, Bill jogou as duas pernas para o ar e caiu sentado no chão, fazendo com que Greta soltasse o fio.

– Infelizmente – disse Bill –, essa manobra deixa você no chão com o inimigo de pé a seu lado ou atrás, o que não é nada bom.

Ele ficou de pé.

– Vamos fazer de novo. Mas dessa vez, antes de cair, vou agarrar meu agressor pelo pulso.

Eles voltaram à posição anterior. Greta apertou o garrote e ele a segurou pelo pulso antes de chutar o ar, puxando-a para a frente e para baixo ao mesmo tempo que caía. Então flexionou uma das pernas e desferiu uma bela joelhada no estômago do transformista.

Tão logo se desvencilhou, Greta rolou para o lado e ficou ali, encolhida na grama, mal conseguindo respirar enquanto se debatia com a ânsia de vômito.

– Pelo amor de Deus, Bill – exclamou Flick. – Não precisa exagerar!

Como se tivesse acabado de receber um elogio, o sargento abriu um sorriso e disse:

– A Gestapo exagera muito mais do que eu.

Flick se ajoelhou ao lado de Greta para ajudá-la a ficar de pé.

– Desculpe – disse ela.

– Esse filho da puta é um nazista – falou Greta, ainda ofegante.

Elas seguiram juntas para a cozinha da casa. Vendo-as, o cozinheiro parou de descascar as batatas do almoço e ofereceu uma xícara de chá, que Greta aceitou imediatamente.

Bill já havia escolhido a próxima vítima quando Flick enfim voltou ao jardim. Era Ruby, que brandia o porrete e tinha uma expressão astuciosa. Percebendo isso, Flick chegou a temer pela vida do sargento. Se fosse ele, redobraria os cuidados.

Não era a primeira vez que o via demonstrar aquela técnica, portanto sabia o que ele estava prestes a fazer: assim que Ruby erguesse o porrete com a mão direita, ele agarraria o braço dela, daria meia-volta com o corpo e a jogaria por cima das costas antes de arremessá-la violentamente contra o chão.

– Então vamos lá, ciganinha – falou ele. – Não precisa ter pena. Baixe esse porrete o mais forte que puder.

Assim que viu Ruby erguer o porrete, Bill arremeteu sem pestanejar, mas as coisas não saíram como o planejado. Ele não encontrou o braço que precisava agarrar, pois Ruby havia largado o porrete para armar um bote ainda mais letal: o porrete sequer chegara ao chão quando ela o atacou com uma joelhada na virilha, tirando dele um animalesco berro de dor antes de puxá-lo pela frente da camisa e desferir-lhe uma cabeçada no nariz. Não satisfeita, ainda usou coturnos para dar um pesado chute na canela do sargento, que dessa vez foi ao chão, com sangue escorrendo do nariz.

– Filha da puta – disse ele. – Não era para pegar tão pesado assim.

– A Gestapo pega muito mais pesado do que eu – devolveu Ruby.

CAPÍTULO VINTE

F ALTAVA APENAS UM minuto para as três horas quando Dieter estacionou diante do hotel Frankfort e seguiu às pressas para a catedral de Reims sob o olhar de pedra dos anjos esculpidos nos arcos. Talvez fosse esperar demais que algum agente aliado desse as caras naquela cripta logo no primeiro dia. Por outro lado, se a invasão de fato estivesse prestes a acontecer, os Aliados decerto já estariam tirando todas as cartas da manga.

Ele avistou o Simca Cinq de mademoiselle Lemas junto da praça, sinal de que Stéphanie já se achava na catedral. Que bom que ele chegara a tempo. Se houvesse algum problema, não seria bom que ela tivesse de enfrentá-lo sozinha.

Dieter atravessou a porta oeste da imponente catedral e passou à penumbra fresca da nave. Procurando por Hans Hesse, encontrou-o sentado num dos últimos bancos. Eles se cumprimentaram muito discretamente com a cabeça, sem nada dizer.

Não demorou para que Dieter se sentisse profano. Ele não deveria estar ali para fazer o que precisava fazer. Não era nenhum carola (era menos devoto até do que a maioria dos alemães), mas também não chegava a ser um ateu. Sentia-se um tanto desconcertado por ter de caçar espiões naquele santuário tão antigo.

Para não pensar mais no assunto, colocou-o na conta da superstição.

Em seguida foi para o corredor central da nave e dobrou na direção do transepto, seus passos ecoando no chão de pedras. Pouco depois avistou o portão de ferro, para além do qual ficava a escada que levava à cripta sob o altar-mor. Stéphanie já deveria estar lá embaixo com seus sapatos desencontrados, um preto e outro marrom. De onde estava, ele tinha um amplo campo de visão em ambas as direções, tanto para trás, de onde tinha vindo, quanto para a frente, para o amplo corredor que circundava o altar. Acomodou-se no banco mais próximo e juntou as mãos para rezar.

– Senhor, perdão por todo o sofrimento que tenho infligido aos meus prisioneiros; só estou tentando cumprir minhas obrigações. O Senhor deve saber disso, não é? Perdoe-me também pelo meu pecado com Stéphanie. Sei que não é certo, mas foi o Senhor mesmo que fez essa moça assim, tão linda. Difícil resistir à tentação. Olhe pela minha querida Waltraud, ajude-a a cuidar do nosso Rudolf e da nossa pequena Mausi, mantendo-os a salvo das bombas do inimigo. Por fim, esteja com o marechal de campo Rommel quando ocorrer a invasão, mostrando a ele o que fazer para empurrar os Aliados de volta para o mar. Sei que são muitos pedidos para pouca oração, mas o Senhor sabe que tenho muito o que fazer agora. Amém.

Dieter correu os olhos à sua volta. Não era hora de missa, mas alguns gatos-pingados se achavam nas capelas laterais, uns dizendo suas preces, outros emudecidos pela devoção. Alguns turistas perambulavam pela nave, falando baixinho, comentando a arquitetura, dobrando o pescoço para contemplar o teto abobadado em toda a sua vastidão.

Caso algum agente aliado aparecesse naquela tarde, o plano de Dieter era apenas observar os passos dele e entrar em ação na eventualidade de algum imprevisto. Stéphanie trocaria senhas com o homem, conversaria com ele, depois o levaria para a casa da Rue du Bois.

Não havia muito como prever o que aconteceria na sequência. De algum modo, esse agente recém-chegado conduziria a outros agentes, e cedo ou tarde algum tesouro seria encontrado na mão de um deles: uma lista de nomes ou endereços, escrita por alguém menos experiente ou mais incauto, ou um aparelho de rádio com um livro de códigos. O ideal mesmo seria capturar alguém como Flick Clairet, alguém que, se torturado, pudesse entregar boa parte da Resistência francesa.

Dieter conferiu as horas no relógio. Eram três e meia. Provavelmente ninguém daria as caras naquele dia. Assim que reergueu os olhos, no entanto, ficou horrorizado ao se deparar com a presença de Willi Weber.

Que diabos ele estaria fazendo ali?

Weber estava vestido à paisana, embrulhado no seu paletó

de tweed verde. Com ele estava um jovem oficial da Gestapo com paletó xadrez. Eles haviam entrado pelo lado leste da catedral e agora caminhavam pelo corredor, indo na direção de Dieter, muito embora não o tivessem visto. Pararam assim que alcançaram o portão da cripta.

Dieter xingou em silêncio. Aquilo poderia pôr tudo a perder. O melhor seria que nenhum agente britânico aparecesse por ali.

Correndo os olhos pelo corredor, ele avistou um rapaz de seus 20 e poucos anos carregando uma pequena mala. Dieter semicerrou os olhos, desconfiado. Quase todos naquela igreja eram mais velhos. O recém-chegado usava um terno azul surrado de corte francês, mas tinha todo o aspecto de um viking: cabelos ruivos, olhos azuis, pele rosada. Tratava-se de uma combinação tipicamente inglesa, mas também alemã. À primeira vista parecia ser um jovem oficial em trajes paisanos visitando a catedral pela primeira vez ou até mesmo querendo rezar.

No entanto, deixou-se entregar pelo próprio comportamento. Ele agora atravessava o corredor com passos decididos, sem admirar seu entorno, como faria um turista, ou procurar um banco para sentar, o que seria o comportamento de um fiel. O coração de Dieter começou a bater mais rápido. Um agente no primeiro dia! E a maleta que ele carregava só poderia ser um rádio. O que significava que ali também devia haver um livro de códigos. Isso era bem mais do que ele poderia esperar.

Mas Weber estava lá para atrapalhar.

O agente passou por Dieter e parou um instante, na certa para localizar a entrada da cripta.

Weber percebeu a chegada do homem, cravou os olhos nele, depois se virou como se fosse estudar o relevo de uma coluna.

Talvez eu esteja me preocupando à toa, pensou Dieter. Weber havia cometido uma grande besteira ao ir à catedral, mas talvez quisesse apenas observar. Não seria burro o bastante para interferir. Ou seria? Neste caso, arruinaria uma oportunidade única.

O agente localizou o portão da cripta e dali a pouco sumiu escada abaixo.

Nesse mesmo instante, Weber olhou para a outra extremidade do transepto e sinalizou discretamente com a cabeça. Seguindo o olhar dele, Dieter viu mais dois homens da Gestapo aguardando sob a galeria do órgão. Mau sinal. Weber não precisaria de quatro homens apenas para observar. Dieter cogitou se haveria tempo para falar com ele, pedir que tirasse seus homens dali. Mas Weber objetaria, eles teriam uma discussão e...

Acabou não havendo tempo para nada, porque nesse momento Stéphanie já voltava à nave na companhia do homem.

Ainda no topo da escada, ela avistou Weber e ficou visivelmente aflita, aturdida com a inesperada presença do major, como se tivesse adentrado um palco e visto que estava na peça errada. Chegou a tropeçar, e foi salva pelo agente, que a segurou pelo cotovelo. Mas ela se recompôs rápido e agradeceu ao rapaz com um sorriso.

Essa é a minha garota, pensou Dieter.

Weber se adiantou de repente.

– Não! – Dieter deixou escapar, mas ninguém ouviu.

Weber tomou o agente pelo braço e disse algo. Dieter murchou de desânimo ao perceber que ele estava dando voz de prisão ao rapaz. Stéphanie recuou um pouco da cena, sem saber ao certo o que fazer.

Dieter se levantou e foi marchando a passos largos na direção do grupo. A única explicação que via para tamanho desatino era a vontade do major de colher todos os louros pela captura do agente – o que constituía outro desatino, mas, em se tratando de Willi Weber, tudo era possível.

Dieter ainda não os havia alcançado quando o agente se desvencilhou de Weber e saiu em disparada.

O companheiro de Weber, o de paletó xadrez, partiu atrás

do homem. Assim que pôde, se jogou contra as pernas dele. O agente tropeçou e caiu, mas não se deixou deter. Reergueu-se com agilidade e seguiu correndo, sempre com sua maleta em punho.

A correria súbita retumbou no silêncio da catedral, chamando a atenção de todos. O agente agora ia na direção de Dieter. Vendo o que estava por acontecer, Dieter exalou um grunhido de desalento. Os dois homens que aguardavam sob o órgão irromperam no transepto. O agente os viu e provavelmente deduziu quem eram, pois deu uma guinada para a esquerda. Dessa vez, porém, não conseguiu fugir. Um dos homens projetou o pé à sua frente e ele tropeçou, desabando com um baque surdo nas pedras frias do chão e jogando a maleta longe. Os dois homens da Gestapo saltaram sobre ele. Weber correu ao encontro deles com um sorriso de satisfação estampado no rosto.

– Merda! – disse Dieter em voz alta, esquecendo-se de onde estava.

Os imbecis estavam botando tudo a perder. Talvez ele ainda pudesse fazer algo para salvar a situação.

Dieter sacou sua Walther P38 do coldre escondido sob o paletó, destravou o pino de segurança e apontou para os homens da Gestapo que imobilizavam o agente. Falando em francês e berrando a plenos pulmões, disse:

– Larguem o rapaz ou eu atiro!

– Major, eu... – começou a dizer Weber, mas foi interrompido pelo tiro que Dieter disparou para o alto.

– Silêncio! – ordenou Dieter em alemão, e por sorte foi abafado pelos ecos do próprio tiro que ainda troavam nas abóbadas do teto, caso contrário seu plano viria abaixo.

Weber se calou, assustado.

Espetando o cano da pistola no rosto de um dos homens da Gestapo, Dieter voltou a falar em francês quando berrou:

– Depressa! Larguem o rapaz!

Perplexos, os dois homens ficaram de pé e recuaram.

Dieter olhou para Stéphanie. Chamando-a pelo prenome de mademoiselle Lemas, gritou:

– Jeanne! Corra! Fuja daqui!

Stéphanie obedeceu de imediato. Circundou o grupo e saiu por uma das portas da fachada oeste da catedral.

O agente já começava a se reerguer.

– Vá com ela! – orientou-o Dieter, apontando para Stéphanie.

O rapaz recolheu sua mala e partiu em disparada, saltando sobre o palco do coral para depois atravessar a nave rumo à saída.

Weber e seus três subordinados não estavam entendendo nada.

– De bruços no chão! – ordenou Dieter.

Assim que eles obedeceram, o major recuou alguns passos com a arma assestada, depois se virou e saiu correndo na direção de Stéphanie e do agente. Antes de deixar a catedral, no entanto, parou um segundo para falar com Hans, que acompanhava impassível a confusão na igreja.

– Vá falar com aqueles idiotas – ordenou, ofegante. – Explique o que estamos fazendo e, pelo amor de Deus, não deixe que eles venham atrás de mim.

Por fim recolocou a pistola no coldre e saiu à rua.

A essa altura, o motor do Simca já estava ligado. Dieter empurrou o agente para o espaço exíguo do banco de trás e se acomodou na frente, no banco do passageiro. Isso feito, Stéphanie pisou fundo no acelerador, e o carrinho disparou feito uma rolha ao ser expulsa da garrafa de champanhe.

Dali a pouco, Dieter olhou pelo vidro traseiro e disse:

– Ninguém está nos seguindo. Pode desacelerar um pouco. Não queremos ser parados por um gendarme.

– Sou o Helicóptero – apresentou-se o agente em francês. – Que diabo aconteceu lá naquela igreja?

Dieter sabia muito bem que "Helicóptero" era um codinome. Por sorte se lembrou do codinome usado por mademoiselle Lemas e revelado pelo prisioneiro Gaston: Burguesa.

– Esta é a Burguesa – disse, apontando para Stéphanie. – E eu sou Charenton – improvisou, pensando por algum motivo na prisão em que o marquês de Sade fora encarcerado. – Burguesa já vinha desconfiando que o ponto de encontro na catedral estava sendo vigiado, então pediu que eu viesse junto. Não pertenço à célula Bollinger. Burguesa só recebe os agentes.

– Sim, eu sei.

– Pois então. Agora sabemos que a Gestapo tinha preparado uma armadilha. Foi sorte eu estar lá para ajudar.

– Você foi demais! – disse Helicóptero, empolgado. – Caramba, fiquei com tanto medo. Achei que tinha sido pego logo no primeiro dia.

E foi, pensou Dieter com seus botões.

Tudo indicava que ele, Dieter, havia salvado o dia. O agente agora acreditava piamente que ali estava um membro da Resistência. O recém-chegado falava bem o francês, porém não o bastante para ser capaz de identificar o discreto sotaque alemão do major. Dieter vasculhou a memória à procura de algo que pudesse ter feito que denunciasse sua real identidade. A certa altura na catedral, logo no início da confusão, ele exclamara um "Não!" no seu alemão natal, mas um simples "não" era pouco, e o mais provável era que ninguém o tivesse ouvido. Willi Weber o chamara de major em alemão, e ele disparara sua arma para impedir que o imbecil dissesse mais alguma besteira. Seria possível que o tal Helicóptero tivesse ouvido a palavra e conhecesse o significado dela? Nesse caso, assim que ele parasse para relembrar os fatos, a encenação chegaria ao fim. Bobagem, refletiu Dieter. Mesmo que conhecesse o significado da palavra, o agente deduziria que Weber se dirigira a um de seus companheiros. Todos estavam vestidos à paisana, não havia nada para indicar a patente de cada um.

Dali em diante Helicóptero confiaria nele para todas as coisas, convencido de que fora arrancado das garras da Gestapo pelo hábil Charenton.

Outros talvez não fossem tão fáceis de ludibriar. A existência de um novo membro da Resistência, recrutado por mademoiselle Lemas, teria de ser plausivelmente explicada tanto para Londres quanto para Michel Clairet, o líder da célula Bollinger. Todos fariam perguntas e averiguações. Dieter teria de esperar para saber onde estava pisando. Não tinha como prever tudo.

Ele se permitiu saborear o breve momento de triunfo. Estava um passo mais próximo de seu objetivo final, que era desbaratar as forças da Resistência no norte da França. Apesar da estupidez da Gestapo, ele conquistara uma pequena vitória, e as vitórias eram sempre deliciosas.

Seu objetivo agora era tirar o maior proveito possível da confiança de Helicóptero e fazer com que ele continuasse operando sem desconfiar de nada. Se tudo corresse bem, ele o levaria até outros agentes, talvez dezenas deles. Mas a façanha não era tão simples assim.

Eles chegaram à Rue du Bois e Stéphanie parou o carro na garagem de mademoiselle Lemas. Entrando pela porta dos fundos, eles se acomodaram na cozinha. Stéphanie buscou no porão uma garrafa de uísque e serviu a todos.

Dieter não via a hora de confirmar a suspeita de que Helicóptero tinha um rádio na maleta. Então disse:

– Acho melhor você enviar uma mensagem a Londres agora mesmo.

– Marquei a emissão para as oito da noite e a recepção para as onze.

Dieter guardou a informação na cabeça.

– Mas você precisa avisar que o ponto de encontro na catedral foi descoberto. Eles não podem enviar mais ninguém para lá. Se alguém estiver chegando esta noite...

– Meu Deus, eu não tinha pensado nisso – disse o rapaz. – Vou usar a frequência de emergência.

– Se quiser, pode armar o rádio aqui mesmo na cozinha.

Helicóptero abriu a maleta sobre a mesa.

Dieter suspirou aliviado quando viu o que havia dentro

dela. O interior era dividido em quatro compartimentos: dois maiores nas laterais e dois menores no centro, contíguos um com o outro. Num desses últimos, o de trás, estava o transmissor com sua chave de código Morse; no da frente estava o receptor com sua entrada para fones de ouvido. A bateria ficava no compartimento da direita. O conteúdo do outro, o da esquerda, revelou-se apenas quando o agente ergueu a tampa. Ali havia uma mixórdia de acessórios e peças avulsas: cabos de força, cabos de conexão, adaptadores, antenas, um par de fones de ouvido, fusíveis e uma chave de fenda.

Dieter ficou admirado com a qualidade e a organização do conjunto, algo que os alemães poderiam muito bem ter feito, mas nem de longe o que poderia se esperar dos desleixados ingleses.

Ele agora já sabia quais eram os horários de transmissão e recepção do agente Helicóptero. Ainda precisava descobrir quais eram as frequências utilizadas e, sobretudo, onde estava o livro de códigos.

Helicóptero ligou o cabo de força à tomada da cozinha.

– Achei que fosse à bateria – disse Dieter.

– Bateria ou eletricidade. Pelo que sei, quando a Gestapo quer localizar uma transmissão de rádio ilegal, um dos seus truques prediletos é ir desligando a rede elétrica da cidade, quarteirão por quarteirão, até que a transmissão seja interrompida.

– Entendi.

– Mas com este conjunto, se a luz cair, basta mudar para a bateria com esta chavinha aqui.

– Excelente – falou Dieter.

Mais tarde passaria essa informação para a Gestapo, caso eles ainda não soubessem de nada.

Ligado o cabo, Helicóptero tirou a antena da maleta e pediu a Stéphanie que a pusesse no alto de um armário. Vasculhando as gavetas da cozinha, Dieter encontrou o lápis e o bloco de anotações que mademoiselle decerto usava para fazer suas listas de compras.

— Use isto aqui para codificar sua mensagem — ofereceu, solícito.

— Antes de tudo, preciso decidir o que vou escrever.

Helicóptero coçou a cabeça, depois rabiscou em inglês:

CHEGUEI BEM PT CRIPTA INOPERANTE
DESCOBERTA GESTAPO PT CONSEGUI ESCAPAR
PT

— Acho que por enquanto isso basta — falou o rapaz.

— Precisamos estabelecer um novo ponto de encontro para as próximas chegadas. Digamos... o Café de la Gare, que fica perto da estação ferroviária.

Helicóptero anotou.

Em seguida, tirou da maleta um lenço de seda estampado com uma complexa tabela de pares de letras. Também tirou um bloco com dez ou doze páginas impressas com grupos aleatórios de cinco letras. Dieter imediatamente percebeu que se tratava do sistema de codificação conhecido como "descartável". Era impossível decifrá-lo sem o tal bloco.

Sobre as palavras da mensagem que havia rascunhado, Helicóptero foi escrevendo diferentes grupos de cinco letras copiados do bloco; em seguida foi usando cada uma das letras que havia escrito para localizar as transposições indicadas no lenço de seda. Sobre as primeiras cinco letras de "cheguei", por exemplo, ele havia escrito o primeiro grupo de cinco letras de sua lista descartável, que era BGKRU. A primeira letra, B, informava a coluna que ele deveria consultar na tabela do lenço. No alfabeto da coluna B, a letra C vinha acompanhada da minúscula "e" (assim: "Ce"), e isso significava que ele deveria substituir o C de "Cheguei" pelo "e" da tabela.

O código era indecifrável porque a próxima letra C da mensagem viraria uma letra diferente, não com o "e" posto antes. Na realidade, qualquer letra poderia virar qualquer outra, e a única maneira de fazer a decodificação era consultando a página certa do bloco usado. Mesmo que os inimigos tivessem em mãos a mensagem cifrada e seu rascunho não cifrado, nada poderiam fazer com isso para decifrar uma segunda mensagem, pois esta teria sido codificada por meio de uma página diferente do bloco, queimada logo em seguida. Por isso o sistema era conhecido como "descartável".

Terminada a codificação, Helicóptero ligou o transmissor e girou um botão marcado como "seletor de cristal". Observando melhor, Dieter viu que sob esse botão havia três marcas já bem desbotadas, colocadas ali com um lápis de cera amarelo. Pelo visto, o agente aliado não confiava muito na própria memória e por isso anotara as três posições possíveis para a escolha de canais. O que ele havia selecionado era o reservado para as situações de emergência. Os outros dois eram para a transmissão e a recepção de mensagens normais.

Por fim ele sintonizou o aparelho, e Dieter viu que o dial de frequências também estava marcado com lápis amarelo.

Antes de enviar sua mensagem, ele se apresentou à estação de recepção com a seguinte mensagem:

HLCP DXDX QTC1 QRK? K

Dieter franziu o cenho, colocando os miolos para funcionar. O primeiro grupo de letras só poderia ser o codinome "Helicóptero". O seguinte, DXDX, era um mistério. O número 1 ao fim de "QTC1" sugeria que aquele grupo significava algo do tipo: "Tenho *uma* mensagem a enviar." O ponto de interrogação em "QRK?" talvez fosse um pedido de confirmação, o agente querendo saber se estava sendo recebido com clareza. E o "K" sinalizava o fim da mensagem, Dieter sabia. Restava, portanto, o misterioso "DXDX". Dieter jogou verde na esperança de colher maduro.

– Não esqueça a sua chave de segurança – disse.

– Não esqueci – garantiu Helicóptero.

Então era isso, concluiu Dieter. "DXDX" na certa era a chave de segurança do agente.

Tão logo ele passou para o modo "Receber", veio a resposta em código Morse:

HLCP QRK QRV K

De novo, o primeiro grupo era o codinome do agente Helicóptero. O segundo grupo, "QRK", já havia aparecido na mensagem transmitida; sem o ponto de interrogação, decerto significava: "Sim, estamos recebendo com clareza." Dieter não sabia o que seria "QRV", mas supôs tratar-se de alguma coisa como "Prossiga".

Enquanto Helicóptero digitava sua mensagem em código Morse, Dieter apenas observava, festejando por dentro. Aquele era o sonho de todos os caçadores de espiões numa guerra qualquer: ter nas mãos um agente inimigo completamente ignorante da própria captura.

Terminada a transmissão, Helicóptero desligou sua aparelhagem. A Gestapo dispunha de equipamentos para o rastreamento de sinais, era perigoso operar um rádio por mais do que alguns minutos.

Na Inglaterra, a mensagem enviada seria transcrita, decodificada e repassada ao controlador de Helicóptero, que talvez tivesse de consultar outras pessoas antes de enviar sua resposta. Tudo isso levaria tempo. Portanto, só restava a Helicóptero esperar pela comunicação já agendada para as onze horas.

O que Dieter precisava fazer agora era afastá-lo da maleta e, mais especificamente, dos materiais de codificação.

– Suponho que agora você queira fazer contato com a célula Bollinger.

– Sim. Londres quer saber o que sobrou dela.

– Então vou levá-lo até Monet, o líder da célula.

Dieter baixou os olhos para conferir as horas e ficou apavorado ao lembrar que levava no pulso um relógio padronizado do Exército alemão. Se o agente inglês o reconhecesse, o jogo chegaria ao fim.

– Estamos com tempo de folga – disse, procurando não trair o pânico na voz. – Levo você de carro até a casa dele.

– É longe? – quis saber Helicóptero, ansioso.

– Centro da cidade.

Monet, ou Michel Clairet, não estaria em casa. Já se instalara em outro lugar, pelo que Dieter havia apurado. Os vizinhos diziam não fazer a menor ideia do paradeiro dele. Para Dieter, não chegava a ser surpresa. Monet na certa imaginara que seu nome e seu endereço haviam sido revelados por algum dos companheiros torturados pela Gestapo; portanto, nada mais natural que àquela altura ele já estivesse escondido num buraco qualquer.

Helicóptero já ia fechando sua maleta quando Dieter falou:

– Essa bateria aí... Ela não precisa ser recarregada de vez em quando?

– Precisa. Na verdade, a instrução que recebemos é para deixá-la ligada na tomada sempre que possível, de modo que permaneça com a carga no nível máximo.

– Então por que você não a deixa aí por enquanto? Depois voltamos para buscar seu equipamento. Até lá a bateria já terá recarregado de novo. Se alguém aparecer nesse meio-tempo, Burguesa pode esconder tudo em questão de segundos.

– Bem pensado.

– Então vamos? – chamou Dieter.

Saíram em direção à garagem, mas, no meio do caminho, o alemão se virou para o jovem inglês:

– Espere aqui só um minuto. Esqueci de dizer uma coisa a Burguesa.

Voltando à cozinha, deparou-se com Stéphanie diante da mesa, olhando para a maleta. Do compartimento de acessórios ele tirou o bloco de cifras descartáveis e o lenço de seda. Em seguida perguntou:

– Quanto tempo você acha que leva para copiar tudo?

Stéphanie contorceu o rosto numa careta.

– Estas letrinhas miúdas que não fazem sentido nenhum? – disse. – No mínimo uma hora.

– Seja rápida, mas não cometa nenhum erro. Vou mantê-lo na rua por mais ou menos uma hora.

Após dizer isso, Dieter voltou para o carro e foi com Helicóptero para o centro de Reims.

A casa de Michel Clairet era um sobrado pequeno porém elegante nas imediações da catedral. Dieter ficou esperando no carro enquanto o outro batia à porta. O rapaz não tardou a voltar.

– Ninguém em casa – disse.

– Então voltamos amanhã de manhã. Já que estamos aqui, acho que podemos ir até um bar aqui perto, muito frequentado pela Resistência. Talvez reconheçamos alguém.

Dieter não sabia de bar nenhum. Dali a pouco estacionou numa rua próxima à estação e entrou no primeiro estabelecimento que viu. Por uma hora eles ficaram ali, bebendo cerveja aguada, antes de voltarem para a Rue du Bois.

Quando voltaram, Dieter percebeu o discreto sinal de Stéphanie, nada mais que um leve meneio da cabeça, e deduziu que ela havia conseguido copiar todo o material. Virou-se para Helicóptero e disse:

– Aposto que você está louco para tomar um banho, depois de passar a noite inteira ao relento. Aliás, sua barba também já está vencida. Vou mostrar onde fica seu quarto enquanto Burguesa lhe prepara um banho.

– Puxa, quanta gentileza.

Dieter subiu com o rapaz para um dos quartos, o que ficava mais distante do banheiro, e ficou perambulando por perto até que ele saísse para se lavar. Tão logo se viu sozinho, entrou no quarto e vasculhou as roupas do outro. Helicóptero tinha duas cuecas e dois pares de meias, tudo com etiqueta de lojas francesas. Nos bolsos do paletó ele havia deixado um maço de cigarros franceses, uma caixa de fósforos, um lenço e uma carteira recheada de dinheiro. Naquela carteira deveria haver meio milhão de francos, o bastante para comprar um carro de luxo – isso se houvesse algum à venda. Os documentos de identidade pareciam perfeitos, embora com certeza fossem falsificados.

Também havia uma fotografia.

Dieter ficou surpreso ao reconhecer nela o rosto de ninguém menos que Flick Clairet. Sem dúvida, aquela era a mulher que ele vira na praça de Sainte-Cécile. Encontrar aquela fotografia era um lance de sorte incrível para ele e, para ela, um desastre.

Na foto, a agente inglesa estava em traje de banho, deixando à mostra as pernas fortes e bronzeadas. Sob o maiô se insinuavam um belo par de seios, uma cinturinha fina e quadris deliciosamente sinuosos. O pescoço parecia molhado, de água ou de suor, e os lábios esboçavam um sorriso enquanto os olhos fitavam a câmera. Às suas costas, dois rapazes de sunga pareciam prestes a pular nas águas de um rio, ambos ligeiramente fora de foco. Dava para perceber que a foto fora tirada durante um inocente passeio no campo. No entanto, as pernas de fora, o pescoço molhado e o leve sorriso davam à imagem uma carga nitidamente sexual. Não fossem os rapazes ao fundo, tinha-se a impressão de que a inglesinha estava a um segundo de despir o maiô para quem quer que estivesse do outro lado da câmera. Era assim que uma mulher sorria quando queria fazer amor, pensou Dieter, e não era à toa que um rapaz de tão pouca idade guardasse aquela foto como um tesouro.

No entanto, não era nada recomendável que agentes secretos andassem em território inimigo com fotos particulares no bolso do paletó. Com efeito, a paixão de Helicóptero por Flick Clairet talvez resultasse no fim dela – e no fim de boa parte da Resistência também.

Dieter guardou a foto no próprio bolso e saiu do quarto. Feitas todas as contas, ele pensou, o dia fora bastante proveitoso.

CAPÍTULO VINTE E UM

PAUL CHANCELLOR PASSOU todo o dia debatendo-se com a burocracia militar: persuadindo, ameaçando, suplicando, adulando e, quando não havia outro jeito, recorrendo ao nome de Monty. Por fim conseguiu o avião de que precisavam para o treino de paraquedismo da equipe no dia seguinte.

Quando voltava de trem para Hampshire, se deu conta de que estava ansioso para rever Flick. Gostava dela, e muito. A Leoparda era inteligente, forte de espírito, um deleite para os olhos. Era uma grande lástima que não fosse solteira.

Ao longo da viagem, ele foi lendo as notícias mais recentes sobre a guerra. A longa calmaria no Leste europeu fora interrompida por um ataque surpreendentemente vigoroso da Alemanha contra a Romênia. O espírito de luta e o fôlego dos alemães eram de tirar o chapéu. Eles vinham recuando em todas as frentes, mas ainda assim não jogavam a toalha.

Devido a um atraso na partida do trem, Paul não conseguiu chegar à Escola de Etiqueta a tempo de pegar o jantar das seis horas. À noitinha sempre havia uma última aula; às nove, as alunas eram liberadas para relaxar um pouco antes de dormir. Paul as encontrou na sala da casa, onde havia uma estante de livros, um armário repleto de jogos, um aparelho de rádio e uma mesinha de bilhar. Sentou-se ao lado de Flick no sofá e perguntou baixinho:

– Então, como foram as coisas hoje?

– Melhor do que poderíamos esperar – falou ela. – O problema é a pressa. Fico me perguntando até que ponto elas vão se lembrar do que aprenderam quando estiverem em campo.

– Qualquer coisa será melhor do que nada, suponho.

Percy Thwaite e Jelly jogavam uma partida de pôquer valendo alguns centavos. Jelly era mesmo uma figura, pensou

Paul. Como era possível que uma arrombadora de cofres profissional se visse como uma respeitável cidadã inglesa?

– Como foi que Jelly se saiu? – perguntou Paul.

– Bem. Teve mais dificuldade do que as outras nas atividades físicas, claro, mas olha... fiquei impressionada com a garra dela. A mulher respirava fundo e seguia em frente. No fim das contas, fez tudo o que as mais novas fizeram.

Flick se calou de repente, preocupada.

– O que foi?

– A hostilidade dela com a Greta é um problema.

– Não é de surpreender que uma inglesa seja hostil com uma alemã.

– Mas é ilógico. Greta sofreu mais nas mãos dos nazistas do que a própria Jelly.

– Sim, mas Jelly não sabe disso.

– Sabe que ela está disposta a lutar contra os nazistas.

– As pessoas não são muito racionais com essas coisas.

– É. Tem razão.

Greta conversava com Denise. Ou melhor, Denise falava e Greta escutava. Estavam próximas o bastante deles para serem entreouvidas.

– Meu meio-irmão, o lorde Foules, é piloto de bombardeiros – dizia Denise, com seu sotaque empolado de aristocrata. – Vem sendo treinado para dar suporte aéreo às tropas invasoras.

Paul arqueou as sobrancelhas.

– Você ouviu isso? – perguntou a Flick.

– Ouvi. Ou ela está inventando, ou está falando mais do que deveria.

Paul aquilatou a moça por um instante. Denise tinha traços fortes, angulosos, e a expressão no rosto era sempre a mesma, a de alguém que acabou de ser insultado.

– Não parece ser do tipo que inventa coisas – sentenciou ele.

– Também acho. O que significa que está revelando segredos reais.

– Amanhã vou fazer um pequeno teste com ela.

– Ótimo.

Paul queria um momento de privacidade com Flick, de modo que pudessem conversar com mais liberdade.

– Que tal um passeio no jardim? – propôs.

Eles saíram juntos. A noite estava quente e ainda havia alguma luz no horizonte. O jardim da casa era um vasto gramado pontilhado de árvores. Maude e Diana conversavam num banco sob a copa acobreada de uma faia. Maude já havia jogado seu charme para cima de Paul, mas ele cortara as asinhas dela e o flerte morrera ali mesmo. Ela agora ouvia com a mais absoluta atenção tudo aquilo que Diana falava, fitando-a de um modo que beirava as raias da adoração.

– O que será que Diana está dizendo? – indagou Paul. – Maude parece fascinada.

– Certamente está falando das viagens que fez, dos desfiles de moda que viu, dos bailes, dos cruzeiros... Maude adora esse tipo de coisa.

Paul então se lembrou de que Maude o surpreendera ao perguntar se a missão os levaria a Paris.

– Talvez ela quisesse ir para os Estados Unidos comigo – falou ele.

– Pois é. Eu notei quando ela o cercou. É uma moça muito bonita.

– Mas não faz o meu tipo.

– Por que não?

– Sinceramente? Não gosto de mulheres burras.

– Ótimo – disse Flick. – Folgo em saber.

– Como assim? – perguntou o americano, espantado.

– Caso contrário eu ficaria decepcionada com você – explicou ela.

Paul achou a frase meio arrogante.

– Fico feliz por ter passado pelo seu crivo – falou ele.

– Não precisa ser irônico – devolveu ela. – Foi um elogio, só isso.

Mais próximos das duas mulheres, eles ouviram Diana dizer:

– Daí a condessa falou "Mantenha essas suas garras pintadas longe do meu marido!", depois derramou uma taça de champanhe em cima da cabeça da Jennifer, que puxou os cabelos da condessa... e eles saíram na mão dela, porque era uma peruca!

– Puxa, eu queria tanto estar lá pra ver... – confessou Maude, rindo.

– Aos poucos todas vão ficando amigas – comentou Paul com Flick.

– Melhor assim. Preciso que operem como uma equipe.

O jardim gradualmente se misturava à floresta vizinha, e a certa altura eles se viram num bosque escuro em razão da pouca luz que atravessava os galhos da mata mais densa.

– Por que será que chamam esta floresta de New Forest? – perguntou Paul. – Me parece tão velha...

– Você não espera alguma lógica dos nomes ingleses, espera?

Paul riu:

– Não, não espero.

Eles caminharam em silêncio por um tempo. Para Paul, o clima ali era bastante romântico e sua vontade era beijar Flick, mas ela levava uma aliança no dedo.

– Quando eu tinha 4 anos – falou ela –, fui apresentada ao rei.

– Ao atual?

– Não, ao pai dele, George V. Em Somersholme, a casa em que mamãe trabalhava. Mandaram que eu ficasse longe dele, claro, mas era uma bela manhã de domingo e houve um momento em que ele saiu da cozinha para o jardim e me viu ali. "Bom dia, mocinha", ele disse. "Está pronta para a missa?" Era um homem pequeno, mas tinha uma voz de trovão.

– E você, disse o quê?

– Perguntei quem ele era, e ele disse: "Eu? Eu sou o rei." Depois, reza a lenda da família, eu disse: "Mentira! O senhor é pequenininho demais para ser rei." Por sorte ele achou graça e riu.

— Rebelde desde criança... — observou Paul.

— Pois é.

Era nisso que eles estavam quando, de repente, Paul pensou ter ouvido um gemido. Virando-se na direção do barulho, avistou Ruby Romain recostada a uma árvore trocando beijos tórridos com Jim Cardwell, o instrutor de armas. Ouviu Ruby gemer de novo e ficou ao mesmo tempo constrangido e excitado ao perceber que o casal não estava apenas se beijando. As mãos do instrutor corriam avidamente sob a blusa da cigana e a saia dela fora levantada até a cintura, deixando à mostra uma das pernas morenas e os pelos escuros da virilha. Com a outra perna ela enlaçava Jim pela cintura, o pé plantado firme nas costas dele. O movimento que ambos faziam era inconfundível.

Paul olhou para Flick. Ela vira a mesma coisa. A expressão em seu rosto não era apenas de espanto. Rapidamente ela desviou o olhar, e Paul fez o mesmo. Procurando fazer o mínimo de barulho possível, eles voltaram juntos pelo mesmo caminho por onde tinham vindo. Já não podiam ser ouvidos quando Paul disse:

— Sinto muito pelo que acabou de acontecer.

— A culpa não foi sua — disse Flick.

— Mesmo assim, desculpe. Fui eu quem conduziu você naquela direção.

— Para falar a verdade, não me importo. Nunca vi ninguém... fazendo aquilo. Achei interessante.

— *Interessante?* — Essa não era exatamente a palavra que ele teria escolhido. — Você é meio imprevisível, sabia?

— Só agora notou?

— Não precisa ser irônica — disse Paul, dando o troco na mesma moeda. — Foi um elogio, só isso.

— *Touchée* — disse Flick, rindo.

Já escurecera quando eles saíram do bosque; as cortinas da

casa tinham sido fechadas. Maude e Diana não estavam mais no banco sob a árvore.

– Vamos sentar aqui um pouquinho – sugeriu Paul.

Não tinha a menor pressa de voltar para dentro.

Flick aquiesceu sem nada dizer.

Paul sentou-se meio de lado, encarando-a, e ela não fez nenhum comentário ao perceber que ele a observava. Mas pareceu pensativa. Paul tomou a mão dela entre as suas e começou a fazer carícias nos dedos. Flick o encarou de volta com um olhar inescrutável, mas não recolheu a mão.

– Sei que não devia, mas... quero muito beijá-la.

Flick não disse nada, apenas continuou a fitá-lo daquele mesmo jeito enigmático.

Paul tomou o silêncio dela por permissão e se adiantou para roubar o beijo que pedira. Gostando da maciez úmida da boca que encontrou, fechou os olhos para saboreá-la melhor e entreabriu os lábios assim que sentiu neles, não sem alguma surpresa, a pontinha da língua dela. Em seguida a enlaçou com os braços, puxando-a para si. Mas Flick logo se desvencilhou e ficou de pé.

– Chega – disse ela e saiu caminhando de volta para casa.

Paul ficou onde estava, admirando aquele vulto que se afastava na penumbra, aquele corpinho miúdo que de uma hora para outra se transformara no que havia de mais desejável no mundo. A certa altura ela disparou numa corrida, e ele sorriu com o vigor das passadas.

– Ah, Felicity... – sussurrou para si mesmo. – Você é absolutamente adorável.

Pouco depois ele entrou também e, chegando à sala, encontrou Diana sozinha no sofá, fumando um cigarro, perdida nos próprios pensamentos. Levado por um impulso, sentou ao lado dela e disse:

– Você conhece a Flick desde criança, certo?

Diana o surpreendeu com um simpático sorriso.

– Ela é um encanto, não é? – disse.

Paul não queria revelar muita coisa do que ia pelo seu coração.

– Gosto muito dela. Queria saber um pouco mais a seu respeito.

– Flick sempre correu atrás das aventuras – contou Diana. – Adorava aquelas viagens compridas que fazíamos todo mês de fevereiro. Passávamos uma noite em Paris, depois descíamos de trem para Nice. Teve um inverno em que o papai resolveu ir ao Marrocos. Acho que foi a melhor viagem da vida de Flick. Ela aprendeu um monte de palavras em árabe, volta e meia puxava conversa com algum mercador nas feiras. Tínhamos o costume de ler a biografia daquelas destemidas senhoras vitorianas que iam para o Oriente Médio e se vestiam de homem para que pudessem aproveitar o local.

– Ela se dava bem com o seu pai, não é?

– Muito melhor do que eu.

– E o marido dela, como é?

– Os homens de Flick sempre são meio exóticos. Em Oxford, o melhor amigo dela era um nepalês chamado Rajendra, motivo de grande escândalo entre as santinhas da universidade, mas na verdade nem sei se ela chegou a ser... você sabe, íntima do rapaz. Tinha outro que era louco por ela, um tal Charlie Standish, mas era um garoto sem sal, boboca demais para o gosto da Flick. Ela se apaixonou pelo Michel porque ele é um homem charmoso, estrangeiro, inteligente... exatamente do jeito que ela gosta.

– Exótico – repetiu Paul.

– Não se preocupe – falou Diana, rindo. – Você também faz o tipo dela. É americano, tem só uma orelha e meia... e o que falta em orelha sobra em inteligência. Portanto está no páreo. Alguma chance você há de ter.

Paul se levantou. A conversa estava resvalando para uma intimidade que não cabia naquelas circunstâncias.

– Vou tomar tudo isso como um elogio – disse. – Boa noite.

A caminho do quarto, ele passou pela porta de Flick. Via-se pela fresta que a luz estava acesa do outro lado.

Vestido o pijama, ele se meteu debaixo das cobertas, mas não conseguiu dormir. Estava alegre demais, empolgado demais. Repassou em sua cabeça o beijo roubado sob a árvore. Pena que eles não fossem mais atrevidos, como Ruby e Jim, capazes de dar rédeas aos próprios desejos sem nenhum remorso. Por que não?, ele se perguntou. Por que diabo não?

Na casa não se ouvia um pio.

Alguns minutos depois da meia-noite, Paul se levantou, voltou para o corredor e bateu de leve à porta de Flick antes de entreabri-la.

– Oi – disse ela baixinho.

– Sou eu.

– Eu sei.

Flick estava deitada, com a cabeça apoiada por dois travesseiros. As cortinas estavam abertas, deixando o luar entrar pela pequena janela. De onde estava, Paul podia ver claramente os traços retos do nariz e do queixo dela, os mesmos que num primeiro momento ele havia achado feios, mas que agora lhe pareciam angelicais.

Ele se ajoelhou ao lado da cama.

– A resposta é não – disse Flick.

Paul tomou a mão dela, beijou-a na palma.

– Por favor...

– Não.

Ele se inclinou para beijá-la nos lábios, mas ela virou a cabeça.

– Só um beijo...

– Se eu beijar você, estou perdida.

Paul gostou do que ouviu. Aquilo era prova de que ela sentia o mesmo que ele. Então beijou-a nos cabelos, depois na testa e na face, mas Flick manteve o rosto virado. Sem se intimidar e alheio ao tecido da camisola, ele a beijou no ombro, depois roçou os lábios contra um dos seios. O mamilo estava rígido.

– Você também quer...
– Fora daqui – falou ela.
– Não fale assim...

Flick enfim se virou. Vendo que Paul já levava o rosto na direção do dela, pousou o indicador nos lábios dele como se quisesse calá-lo e disse:

– Vá embora. Estou falando sério.

A claridade do luar era bastante para que Paul pudesse ver a determinação estampada no rosto dela. Mesmo sem conhecê-la direito, sabia que não seria capaz de demovê-la. Então se levantou, contrariado. Achou, no entanto, que não custava nada arriscar uma última cartada.

– E se a gente...
– Não. Boa noite, Paul.

Então ele se virou e saiu do quarto.

QUINTO DIA
Quinta-feira
1º de junho de 1944

CAPÍTULO VINTE E DOIS

D IETER DORMIU ALGUMAS horas em sua suíte no hotel Frankfort, mas acordou às duas da madrugada. Estava sozinho: Stéphanie ficara na casa da Rue du Bois com o agente inglês que se apresentava como Helicóptero. O rapaz sairia à procura do chefe da célula Bollinger assim que amanhecesse, portanto precisaria ser seguido. O mais provável era que começasse pela casa de Michel Clairet, então ele, Dieter, já providenciara para que uma equipe de vigilância chegasse lá junto com o sol.

Ainda estava escuro quando ele partiu para Sainte-Cécile com seu carrão azul e atravessou os vinhedos banhados pelo luar até estacionar diante do castelo. Imediatamente desceu para o laboratório fotográfico que ficava no porão. Não encontrou ninguém na sala escura, mas suas cópias estavam lá, penduradas a um fio feito roupas num varal. Solicitara duas reproduções da foto de Flick Clairet que ele havia surrupiado de Helicóptero. Tirou-as do fio e avaliou uma delas, lembrando-se daquela tarde em que a vira atravessar a praça com o marido nas costas sob o fogo cruzado entre alemães e resistentes. Tentou localizar algum indício daquela valentia nas feições inconsequentes da mocinha de maiô, mas não encontrou. Decerto era uma qualidade despertada pela guerra.

Ele guardou o negativo no bolso e recolheu a foto original, que teria de ser devolvida sorrateiramente às coisas de Helicóptero. Encontrou um envelope e uma folha de papel, depois pensou um instante antes de escrever:

Minha querida,
Enquanto Helicóptero estiver se barbeando, por favor coloque

*isto no bolso do paletó dele, fazendo parecer que escorregou
da carteira. Obrigado.*
D.

Isso feito, guardou o bilhete junto com a foto no envelope, endereçou-o a mademoiselle Lemas e lacrou-o. Mais tarde o entregaria.

Em seguida foi para o corredor das celas e, através de uma vigia, espiou a prisioneira Marie, a moça que os surpreendera na véspera ao chegar com comida para os "hóspedes" de mademoiselle Lemas. Ela estava deitada num lençol imundo de sangue, com os olhos vidrados encarando a parede numa expressão de horror e zumbindo baixinho feito uma máquina quebrada que haviam esquecido de desligar.

Dieter a interrogara na noite anterior, mas não conseguira arrancar nada de útil. Ela insistia que não conhecia ninguém na Resistência além de mademoiselle Lemas. Dieter tendia a achar que ela estava dizendo a verdade; mesmo assim, apenas para que não ficasse nenhuma dúvida, deixou que o sargento Becker a torturasse. Marie mantivera sua história, e agora ele podia se tranquilizar: o sumiço dela não alertaria a Resistência da farsa que vinha sendo encenada na Rue du Bois.

Vendo aquele corpo tão maltratado dentro da cela, Dieter sucumbiu a um momento de tristeza. Lembrou-se do aspecto saudável e vigoroso que havia notado na moça ao vê-la chegando de bicicleta. Uma moça aparentemente feliz, mas tola. Cometera um erro rudimentar, e agora sua vida chegava a um pavoroso fim. Merecia seu destino, claro, por colaborar com os terroristas. Mesmo assim, o quadro não era nada agradável de se admirar.

Dieter tirou a moça dos pensamentos e foi para o andar de cima. As telefonistas do turno da noite trabalhavam no salão principal, cada uma em sua mesa. No pavimento superior, onde antes ficavam os suntuosos quartos do castelo, agora funcionavam os gabinetes da Gestapo.

Não vira Weber desde o fiasco da catedral e supunha que o imbecil estivesse lambendo as feridas num buraco qualquer. Mas falara com o imediato dele e solicitara que quatro homens da Gestapo estivessem a postos à paisana às três da madrugada para uma operação de vigilância. Também havia convocado o tenente Hesse. Agora, afastando uma das cortinas de blecaute e espiando através da janela, viu que Hans já atravessava o estacionamento enluarado. Dos outros, no entanto, nenhum sinal.

Em seguida foi para o gabinete de Weber e se assustou ao encontrá-lo ali sozinho, sentado à sua mesa, com alguns papéis à sua frente, fingindo trabalhar sob a luz de uma luminária verde.

– Onde estão os homens que pedi? – perguntou Dieter.

Weber ficou de pé antes de dizer:

– Você me ameaçou com uma arma ontem. Que diabo foi aquilo? Onde estava com a cabeça quando pensou que podia apontar uma arma para um oficial da Gestapo?

Dieter não esperava por isso. Weber estava rosnando por conta de um incidente em que fizera papel de bobo. Seria possível que ainda não tivesse se dado conta da enorme besteira que fizera?

– A culpa foi sua, imbecil! – disse Dieter, exasperado. – Aquele agente não podia ser preso!

– Você poderia ser levado à corte marcial pelo que fez.

Dieter pensou em ridicularizar a ideia, mas se calou a tempo. Sabia que Weber estava certo. Na burocracia do Terceiro Reich, não era de todo impossível que alguém fosse indiciado só porque tivera iniciativa, porque fizera o que precisava ser feito para reverter uma situação. Merda. Restava-lhe blefar e assumir ares de autoconfiança.

– Faça o que julgar melhor – disse. – Posso me justificar perante o conselho militar.

– Você chegou a atirar!

Dieter não resistiu:

– Algo que decerto você não viu muitas vezes na sua carreira militar, eu imagino.

Weber enrubesceu. De fato não tinha visto muita ação desde que se juntara à Gestapo.

– Armas devem ser disparadas contra o inimigo, não contra os compatriotas – foi só o que ele encontrou para dizer.

– Atirei para o alto, Willi. Desculpe se o assustei. Mas você estava prestes a arruinar uma cartada de mestre. Não acha que um conselho de justiça militar levaria isso em consideração? Afinal, você estava obedecendo ordens de *quem*? Foi você que cometeu um ato de indisciplina, não eu.

– Capturei um espião terrorista inglês.

– Mas com que objetivo? Ele é apenas *um* entre tantos outros! Vale muito mais solto do que preso, já que pode nos levar aos comparsas, que talvez sejam muitos. Sua insubordinação poderia ter arruinado essa chance, Willi. Sorte sua eu estar lá para impedi-lo de cometer uma sandice dessas.

– As pessoas no alto-comando vão achar muito suspeita essa sua vontade de libertar um agente aliado – atalhou Weber, destilando fel.

Dieter suspirou.

– Não seja burro. Não sou nenhum comerciantezinho judeu para temer ameaças e maledicências da sua parte. Você não pode me acusar de traição, principalmente porque ninguém irá acreditar. Mas e aí? Onde estão os homens que pedi?

– Aquele espião precisa ser preso agora mesmo.

– De modo algum. E se você tentar fazer qualquer besteira nesse sentido, não tenha dúvida: dessa vez eu atiro pra valer. Onde estão os homens?

– Eu me recuso a tirar meu pessoal das suas tarefas tão importantes para enviá-los nessa sua missão irresponsável.

– Você *se recusa*?

– Exatamente – disse Weber.

Dieter fuzilou-o com os olhos. Custava a crer que o homem

fosse tão corajoso ou tão inconsequente para fazer uma coisa daquelas.

– O que você acha que vai acontecer quando Rommel ficar sabendo disso?

Weber na certa se roía de medo, mas foi com firmeza que disse:

– Não sou das Forças Armadas. Sou da Gestapo.

Infelizmente ele tinha razão, pensou Dieter, esmorecendo. Rommel e seu ajudante de ordens, Walter Goedel, podiam muito bem mandar que o contingente da Gestapo fosse utilizado no lugar dos poucos soldados tão essenciais na defesa da costa, mas a Gestapo não tinha nenhuma obrigação de acatar as ordens de Dieter. A menção a Rommel assustara Weber, mas o efeito já havia passado.

E agora Dieter se via sem nenhuma ajuda a não ser a de Hesse. Seria possível monitorar os passos de Helicóptero sem o auxílio de uma boa equipe? Por mais difícil que fosse, não restava outra escolha.

A não ser uma derradeira ameaça:

– Tem certeza de que quer arcar com as consequências dessa sua recusa, Willi? Vai ficar em maus lençóis, você sabe disso.

– Pelo contrário, acho que é *você* quem está em maus lençóis.

Dieter balançou a cabeça em sinal de desespero. Não tinha mais nada a dizer. Já desperdiçara muito tempo com aquele energúmeno. Então saiu.

Encontrou Hans no corredor e explicou a situação.

Em seguida desceram juntos para os fundos do castelo, onde um dia ficara a ala da criadagem e que agora abrigava o setor de engenharia. Na noite anterior, Hans negociara com eles o empréstimo de um furgão da PTT francesa e de um ciclomotor, uma bicicleta motorizada que arrancava com as pedaladas iniciais.

Dieter chegou a recear que Weber já tivesse ficado sabendo

da solicitação e vetado o empréstimo, o que seria uma tragédia: o dia amanheceria dali a meia hora e não haveria tempo para negociações adicionais. Mas não encontrou nenhum problema. Ele e Hans vestiram seus macacões e saíram no furgão com o ciclomotor na traseira do veículo.

Voltando a Reims, estacionaram na esquina da Rue du Bois para que Hans descesse. À luz branda da aurora, o tenente caminhou até a casa de mademoiselle Lemas e deixou na caixa de correio o envelope de Dieter com a foto de Flick e o bilhete para Stéphanie. O quarto do agente inglês dava para os fundos da casa, portanto não havia grandes riscos de que ele visse Hans e pudesse reconhecê-lo depois.

O sol já despontara no horizonte quando eles chegaram à casa de Michel Clairet, no centro da cidade. Hans parou o furgão uns cinquenta metros mais adiante na rua e abriu um bueiro da PTT, fingindo trabalhar enquanto vigiava a casa. Tratava-se de uma rua movimentada, com muitos carros estacionados, portanto o furgão não chamaria muita atenção.

Dieter permaneceu ali, procurando não ser visto por ninguém, ainda ruminando a quizila com Weber. O homem era burro, mas tinha lá alguma razão. Havia um risco enorme na decisão de manter Helicóptero solto: nada impedia que a qualquer momento ele desconfiasse de algo e sumisse do mapa. O caminho mais fácil e seguro teria sido mesmo o da tortura. Por outro lado, esse mesmo risco trazia em si a promessa de valiosas recompensas. Se tudo corresse bem, Helicóptero seria uma mina de ouro, e quanto mais Dieter pensava nas glórias que tinha ao alcance das mãos, mais as queria para si, a ponto de sentir o coração bater mais forte.

Porém, se as coisas desandassem, Weber tentaria tirar o maior proveito possível da situação: espalharia aos quatro ventos que fizera de tudo para impedir que Dieter seguisse em frente com seu plano maluco.

Dieter desprezava esses joguinhos de poder. Não era o caso de ficar disputando pontos com alguém como Willi Weber.

Aos poucos a cidade começou a despertar. Primeiramente apareceram as mulheres, que se aglomeraram à porta da padaria defronte à casa de Michel. Embora o estabelecimento ainda estivesse fechado, elas esperavam pacientemente na calçada, conversando umas com as outras. O pão era racionado, mas Dieter supunha que apesar disso o produto costumava sumir das prateleiras, obrigando as donas de casa mais aguerridas a acordar com as galinhas para conseguir sua baguete. Quando enfim as portas se abriram, elas irromperam juntas padaria adentro, causando uma confusão, e foi com uma pontinha de superioridade que Dieter pensou na fila que as mulheres alemãs teriam formado caso estivessem na mesma situação. Ao vê-las saindo com o pão debaixo do braço, lembrou-se de que ainda não havia comido nada.

Pouco depois foram surgindo os trabalhadores com suas botinas e boinas, cada um levando seu almoço numa sacola ou numa caixinha de fibra barata. A criançada também já saía para a escola quando Helicóptero deu as caras, pedalando a bicicleta que pertencera a Marie. Dieter se empertigou no banco do furgão. No cesto da bicicleta havia um objeto retangular coberto por um pedaço de pano: certamente a maleta do rádio, pensou Dieter.

Hans ergueu a cabeça para fora do bueiro e ficou observando.

Helicóptero bateu à porta da casa de Michel, mas, como já era esperado, não recebeu nenhuma resposta. Permaneceu na soleira por um tempo, depois espiou através das janelas, enfim voltou à rua e ficou andando de um lado para outro à procura de uma porta nos fundos. Não havia nenhuma, tal como Dieter já sabia.

Dieter lhe dissera o que fazer em seguida: "Vá para o Chez Régis, o bar que fica mais adiante na rua. Peça um café com pão e aguarde." A esperança de Dieter era que alguém da Resistência estivesse espreitando a casa de Michel, atento à chegada do emissário vindo de Londres. Ele não contava com uma operação de vigilância em tempo integral, mas com algo bem mais modesto, talvez algum vizinho solícito que se dispusesse a ficar de olho na movimentação. A ingenuidade do inglês certamente facilitaria o trabalho dessa pessoa. Qualquer um saberia, só de ver o modo como ele perambulava junto da casa, que não se tratava de alguém da Gestapo ou da Milícia, os paramilitares franceses que ajudavam no combate à Resistência. Dieter podia apostar que de algum modo a Resistência seria avisada e pouco depois alguém surgiria ali para abordar Helicóptero. Pois era *essa pessoa* que o levaria até o coração da Resistência.

Um minuto depois, o rapaz fez o que Dieter havia sugerido: pedalou até o bar e se instalou numa das mesas da calçada, talvez para aproveitar o sol. Pediu café, bebeu e aparentemente não se importou que se tratasse de um arremedo de café, feito com sementes torradas.

Dali a vinte minutos, pediu um segundo café, buscou um jornal no interior do bar e começou a ler com atenção. Não dava nenhum sinal de impaciência; pelo contrário, parecia disposto a esperar o dia inteiro se preciso fosse – o que era bom.

A manhã já ia longe. A essa altura Dieter começava a cogitar se aquilo daria em alguma coisa. Talvez a célula Bollinger tivesse sido de tal modo mutilada na chacina de Sainte-Cécile que agora, não dispondo de um número suficiente de pessoas para executar sequer as tarefas mais elementares, já não tivesse mais condições de operar. Seria uma grande decepção se Helicóptero não o levasse até outros terroristas. Para Weber, no entanto, seria um deleite.

Em breve o rapaz teria de almoçar ali mesmo para justificar sua presença no estabelecimento. Um garçom se aproximou, conversou rapidamente com ele e pouco depois lhe trouxe uma taça de *pastis*, que decerto também era um arremedo, feito com algum substituto para as sementes de anis. Mesmo assim, Dieter lambeu os beiços: adoraria beber algo naquele momento.

Um cliente sentou à mesa vizinha. Eram cinco mesas na calçada, e o natural seria que ele tivesse escolhido outra mais distante. As esperanças de Dieter se reacenderam. O recém-chegado era um sujeito de pernas e braços compridos, devia ter lá os seus 30 anos. Estava usando uma camisa de cambraia azul-clara e calças de lona azul-marinho, mas a intuição de Dieter dizia que não se tratava de um operário. Aquele sujeito era outra coisa, talvez um artista afetando ares de proletário. Ao vê-lo cruzar as pernas com o tornozelo direito sobre o joelho esquerdo, Dieter teve a impressão de já tê-lo visto antes, sentado da mesma maneira.

O garçom veio atendê-lo, e ele pediu algo. Por mais ou menos um minuto, nada aconteceu. Talvez o homem estivesse avaliando Helicóptero. Talvez estivesse apenas esperando por seu drinque. O garçom ressurgiu dali a pouco com um copo de cerveja na bandeja. O homem tomou um gole copioso da bebida e secou a boca com o dorso da mão, visivelmente satisfeito. Dieter chegou a pensar que ali estivesse apenas um sedento francês, mas de novo teve a impressão de já tê-lo visto antes, fazendo aquele mesmo gesto de secar a boca com a mão.

Foi então que o sujeito começou a conversar com Helicóptero.

Dieter redobrou a atenção. Talvez ainda houvesse alguma chance de sucesso para seu plano. Apesar da distância, ele podia ver que o recém-chegado era uma pessoa simpática, pois agora Helicóptero papeava de forma animada com o sujeito, sorrindo o tempo todo. Em dado momento, o agente inglês apontou para a casa de Michel, e o mais provável era que estivesse indagando sobre o paradeiro do proprietário. Bem à maneira dos franceses, o recém-chegado encolheu os ombros como se dissesse: "Como é que eu posso saber?" Mas Helicóptero aparentemente persistiu no assunto.

O recém-chegado virou o copo na boca e terminou sua cerveja. Ao ver isso, Dieter teve um estalo. Chegou a saltar de entusiasmo no banco do furgão. Agora sabia onde tinha visto aquele homem antes: na praça de Sainte-Cécile, também numa mesa de calçada, sentado com Flick Clairet pouco antes do confronto no castelo. Aquele era o marido dela. Michel, em carne e osso.

– Perfeito! – exclamou Dieter, celebrando a descoberta com um murro no console à sua frente.

Sua estratégia estava certa desde o início: Helicóptero o levara até o chefe local da Resistência francesa.

Mas ele não havia contado com tamanho sucesso. Imaginara que, na melhor das hipóteses, um mensageiro viria ao encontro do agente inglês para depois levá-lo a Michel. Pois agora ele tinha nas mãos um dilema. Michel era um peixe muito grande. Seria o caso de fisgá-lo agora? Ou seria melhor segui-lo, na esperança de encontrar peixes ainda maiores?

Hans tampou o bueiro e correu para o furgão.

– Fizeram contato, senhor?

– Sim.

– E agora, o que vamos fazer?

Dieter ainda não decidira: ia prender Michel ou segui-lo? Por fim decidiu segui-lo.

– E eu, faço o quê? – perguntou Hans, ansioso.

– Pegue a bicicleta, rápido.

Hans abriu as portas traseiras do furgão e desceu o ciclomotor.

No bar, os dois homens deixaram algum dinheiro sobre as mesas e seguiram pela calçada. Vendo que Michel mancava um pouco, Dieter lembrou que o francês fora atingido durante o confronto de Sainte-Cécile.

– Siga-os você primeiro – disse a Hans –, depois eu seguirei você.

Hans montou no ciclomotor, pedalou até o motor pegar e foi seguindo lentamente rua afora, a uns cem metros da sua presa. Dieter saiu atrás dele pouco depois.

Michel e Helicóptero dobraram uma esquina. A certa altura

Dieter os viu parar diante da vitrine de uma loja. Uma farmácia. Não estavam à procura de algum remédio, claro. Tratava-se apenas de uma medida de precaução. Dieter passou por eles e eles voltaram na direção de onde tinham vindo. Com certeza estariam atentos a qualquer carro que desse meia-volta na rua, portanto Dieter precisou seguir direto. No entanto, viu que, de forma discreta, seu tenente havia parado atrás de uma camionete para depois voltar pela mesma rua, sempre guardando uma boa distância, mas sem perder os dois homens de vista.

Dieter deu a volta no quarteirão e os reencontrou já nas imediações da estação ferroviária, ainda com Hans na esteira deles. O truque da farmácia talvez fosse indício de que estivessem desconfiados. Dificilmente teriam percebido o furgão da PTT, que estivera fora de vista a maior parte do tempo, mas poderiam ter notado a proximidade do ciclomotor. O mais provável, no entanto, era que a mudança de direção não passasse de uma medida de precaução que Michel costumava tomar, já que era um agente mais calejado que o inglês.

Os dois atravessaram os jardins diante da estação. Os canteiros estavam áridos, mas algumas poucas árvores floresciam à revelia da guerra. A estação em si era uma construção clássica, com muitas colunas e frontões, pesada demais, rebuscada demais, assim como deveria ser o empresário oitocentista que a havia construído.

O que faria Dieter se Michel e Helicóptero embarcassem num trem? Seria arriscado demais entrar no mesmo comboio. Certamente ele seria reconhecido pelo inglês, e não era nada difícil que o francês se lembrasse de tê-lo visto na praça de Sainte-Cécile. Não. Hans teria de embarcar, e ele, Dieter, tomaria o mesmo destino com seu furgão.

A dupla entrou no prédio por um dos três arcos clássicos da fachada principal. Hans apeou do ciclomotor e entrou também. Dieter estacionou e fez o mesmo. Caso os dois homens estivessem na bilheteria, ele diria ao tenente para entrar na fila atrás deles e comprar uma passagem para o mesmo lugar.

Mas não estavam. Dieter entrou na estação a tempo de ver Hans descer para o túnel que passava sob as linhas e ligava as duas plataformas. Talvez Michel tivesse comprado suas passagens com antecedência, pensou Dieter. Não chegaria a ser um problema: Hans simplesmente tomaria o trem sem passagem.

Em ambos os lados do túnel escadas levavam a plataformas de embarque. Seguindo Hans, Dieter deixou as plataformas para trás. Já nos degraus que levavam aos fundos da estação, pressentiu perigo e apertou o passo para alcançar o tenente. Já estavam juntos quando saíram na Rue de Courcelles.

Muitas das construções tinham sido bombardeadas recentemente, mas havia carros estacionados naqueles trechos de rua menos atulhados de escombros. Dieter correu os olhos à sua volta, o coração retumbando no peito. Avistou Michel e Helicóptero a uns cem metros de distância, entrando num carro preto. Impossível pegá-los agora. Chegou a levar a mão ao coldre, mas a distância era grande demais para o alcance de uma pistola. O carro arrancou. Era um Renault Monaquatre, um dos mais comuns na França. Dieter tentou ler a placa, mas não conseguiu, pois o carro já disparava adiante para sumir numa esquina.

Dieter cuspiu dois ou três palavrões. Michel adotara um estratagema simples, porém infalível. Ao entrar na estação e atravessar aquele túnel, obrigara os perseguidores a abandonar seus veículos; depois bastara entrar num carro já à sua espera para fugir em total segurança com o agente recém-chegado. Talvez sequer tivesse notado que estava sendo seguido: assim como a mudança de direção na altura da farmácia, o truque do túnel provavelmente não passava de uma medida de precaução rotineira.

Dieter sentiu na boca o gosto amargo da derrota. Havia apostado alto e perdido. Weber poderia tripudiar quanto quisesse.

– O que fazemos agora? – perguntou Hans.

– Vamos voltar para Sainte-Cécile.

Eles retornaram ao furgão, guardaram o ciclomotor na traseira e seguiram na direção do castelo.

Dieter ainda tinha um fiapo de esperança. Conhecia os horários que Helicóptero havia combinado com Londres para fazer contato via rádio, bem como as frequências atribuídas a ele. Essas informações talvez ainda pudessem ser usadas para recapturar o agente inglês. A Gestapo dispunha de um sistema sofisticado, desenvolvido e aprimorado ao longo da guerra, para detectar transmissões ilícitas e rastrear as fontes. Muitos agentes aliados tinham sido capturados dessa forma. Com o tempo, os ingleses ficaram mais espertos, adotando normas de segurança mais rígidas para se protegerem, sempre transmitindo de locais diferentes e nunca permanecendo no ar por mais de quinze minutos. No entanto, sempre havia um mais incauto que se tornava presa fácil.

Dieter receava que os ingleses logo, logo percebessem que seu agente Helicóptero fora descoberto. Àquela altura o rapaz já deveria estar dando a Michel um relato completo de suas aventuras. Michel o cobriria de perguntas sobre os acontecimentos na catedral, sobretudo a respeito do francês que o ajudara a escapar, o tal Charenton de quem ele nunca tinha ouvido falar. No entanto, não teria motivos para desconfiar de que mademoiselle Lemas não era quem alegava ser. Michel nunca a vira, de modo que não teria o que estranhar caso o atabalhoado Helicóptero a descrevesse como uma ruivinha linda em vez de uma solteirona encarquilhada. Além disso, o inglês sequer imaginava que seu bloco de códigos descartáveis e seu lenço de seda haviam sido meticulosamente copiados por Stéphanie, tampouco que suas frequências tinham sido anotadas a partir das marcas feitas no aparelho com lápis de cera amarelo.

Talvez nem tudo estivesse perdido, refletiu Dieter.

Ao chegar ao castelo, não demorou para que topasse com

Weber num corredor qualquer. Encarando-o com desconfiança, Weber foi logo perguntando:

– Você não deixou o inglês escapar, deixou?

Chacais teriam farejado sangue no ar, pensou Dieter, depois disse:

– Deixei.

Não se rebaixaria a mentir para aquele energúmeno.

– Ha! – exclamou Weber, triunfante. – Da próxima vez, deixe esse tipo de trabalho para os especialistas.

– Fique tranquilo, deixarei, sim – respondeu Dieter e, alheio ao espanto do major, informou: – Ele vai se comunicar com a Inglaterra hoje à noite, às oito. Uma ótima chance para você dar provas da sua competência. Rastreie a transmissão.

CAPÍTULO VINTE E TRÊS

O FISHERMAN'S REST ERA um pub que se erguia como um enorme forte às margens de um rio. Tinha torres para canhão, mas, em vez de seteiras, janelas de vidro fumê. No jardim, uma placa desbotada advertia os clientes de que mantivessem distância da praia, que fora minada em 1940 por receio de uma invasão alemã.

O movimento do pub havia crescido significativamente desde que a Executiva de Operações Especiais se instalara nas redondezas, e agora o lugar fervilhava todas as noites com muitas luzes do lado de dentro das cortinas de blecaute, um piano que tocava nas alturas e uma clientela assídua que se apinhava nos balcões, transbordando para os jardins sempre que o clima mais ameno do verão permitia. Ali as pessoas cantavam até ficarem roucas, bebiam até perderem o controle das pernas, se beijavam até os limites da decência. Prevalecia no pub uma atmosfera de impulsividade, pois todos sabiam que alguns dos mais jovens que agora gargalhavam pelos cantos embarcariam na manhã seguinte para alguma missão da qual dificilmente retornariam.

Foi justo para o Fisherman's Rest que Flick e Paul levaram sua equipe de moças para comemorar o término do breve treinamento de dois dias por que haviam passado. Todas se vestiram especialmente para a ocasião. Maude estava mais linda do que nunca num vestidinho rosa de verão. Ruby jamais ficaria linda, mas transpirava sensualidade no vestido preto que alguém lhe emprestara. Lady Denise escolhera um vestido de seda em tons de madrepérola que devia ter custado uma fortuna, mas que pouco acrescentava à sua silhueta esquelética. Greta estava usando um dos seus trajes de palco, um longo com sapatos vermelhos. Até mesmo Diana trocara as calças de veludo cotelê por uma bela saia e, para grande espanto de Flick, passara um pouco de batom nos lábios.

A equipe fora chamada de Jackdaws, o nome inglês para as gralhas-de-nuca-cinzenta, comuns em toda a Europa. A aterrissagem do grupo seria feita nas proximidades de Reims, e Flick se lembrou de uma história que aprendera ainda na escola, sobre uma gralha que havia roubado o anel do bispo de Reims.

– Os freis não conseguiam descobrir quem tinha pegado o anel, então o bispo rogou uma praga contra o ladrão – explicava agora a Paul enquanto ambos bebiam uísque, ela com água, ele com gelo. – Aí de repente apareceu a tal gralha, toda torta e depenada, coitadinha, e eles deduziram que aquilo só podia ser efeito da praga rogada pelo bispo e que portanto era ela a autora do roubo.

Flick ainda tinha na memória a trova completa:

Longo fora o dia,
Desde muito anoitecia,
Mas ainda havia padre a fuçar a sacristia.
Quem primeiro viu a gralha foi o sacristão,

A pobrezinha se arrastando pelo chão,
Coxeando lentamente de um talão.
As asinhas eram as velas murchas de uma galé;
A cabeça calva, a sola lisa de um pé.
Ontem tão forte e animada,
Hoje tão muda e prostrada.
Mas, diante de olhos tão tristes e de tão grande mazela,
Não houve padre que se apiedasse dela.
Apontando juntos para a gralha, berraram todos: "É ela!"

– Como previsto – arrematou Flick –, o anel do bispo de Reims estava mesmo no ninho da tal gralha.

Paul meneou a cabeça com um largo sorriso nos lábios. Flick sabia que ele teria sorrido da mesmíssima forma caso ela tivesse contado sua história em islandês. O americano não estava ouvindo o que ela dizia, só queria saber de admirá-la. A major não tinha muita experiência com homens, mas sabia o bastante para identificar um homem apaixonado, e o que estava ali era exatamente isso.

Ela passara o dia no piloto automático. Os beijos da noite anterior tinham sido recebidos com igual medida de susto e prazer. Dissera a si mesma que não queria levar adiante um caso extraconjugal, mas faria o que fosse preciso para reconquistar o marido infiel. No entanto, os avanços de Paul a haviam obrigado a repensar suas prioridades, a indagar por que diabo ela devia entrar na fila para receber o afeto de Michel quando existia um homem feito Paul disposto a ajoelhar a seus pés. Por muito pouco ela não fora para a cama com o americano: caso ele tivesse sido menos cavalheiro e se jogado debaixo dos lençóis apesar de seus protestos, era bem possível que ela tivesse cedido. Na verdade, talvez fosse isso que, no íntimo, ela queria.

Em outros momentos ela se envergonhava até mesmo de tê-lo beijado. Aquilo se tornara uma terrível banalidade: por toda parte na Inglaterra havia mulheres que, esquecendo-se do marido ou do namorado enviado para o front, tinham se apaixonado perdidamente por algum militar americano em serviço no país. Seria possível que ela não fosse assim tão diferente daquelas balconistas desmioladas que se deitavam com o primeiro ianque que viam pela frente só porque o sujeito falava como um artista de cinema?

O pior de tudo era o risco de que uma aventura com Paul lhe roubasse a concentração e a disciplina de que ela precisaria para levar a cabo sua missão. Em suas mãos estavam a vida e a segurança de seis pessoas, bem como uma cartada importantíssima nos planos de invasão à França ocupada. Não havia espaço para que ela ficasse pensando se os olhos do americano eram castanhos ou verdes. Além do mais, Paul não era nenhum galã, com aquele queixo enorme que tinha e aquela orelha partida ao meio, muito embora não faltasse charme ao...

– No que você está pensando? – perguntou Paul.

Flick deduziu que deveria estar olhando para ele.

– Estou aqui me perguntando se vamos conseguir – mentiu.

– Acho que sim. Com um pouco de sorte.

– Até aqui a sorte não tem me faltado.

Maude veio se sentar ao lado de Paul.

– Falando de sorte – disse, batendo os cílios –, será que posso filar um cigarro?

A alusão era à marca de cigarros americana Lucky Strike, "golpe de sorte". Paul colocou seu maço em cima da mesa.

– Fique à vontade – disse ele.

Maude tirou um cigarro, colocou-o entre os lábios rosados e acendeu. Olhando na direção do balcão, Flick deparou com mais um esgar de irritação por parte de Diana. Maude e Diana haviam ficado amigas, e compartilhar nunca fora o forte de Diana. Então por que Maude estaria flertando com Paul? Para irritar Diana, talvez. Felizmente o americano não iria para a França, pensou Flick. Mesmo sem querer, ele representava um risco de desavenças num grupo de mulheres.

Ela passeou os olhos pelo salão. Jelly e Percy se divertiam

jogando porrinha. Percy vinha pagando rodadas e mais rodadas de bebida. Tratava-se de um estratagema. Flick precisava saber como suas Jackdaws se comportavam sob a influência do álcool. Se porventura houvesse entre elas alguém que ficasse muito desgovernada, indiscreta ou agressiva, a major teria de ficar atenta assim que a missão começasse para valer. Quem mais a preocupava era Denise, a aristocrata que falava mais do que devia e, afastada do grupo, vinha conversando animadamente com um oficial em farda de capitão.

Ruby também estava bebendo muito, mas Flick confiava nela. A cigana era uma figura interessante: mal sabia ler e escrever, se revelara um desastre nas aulas de cartografia e criptografia, mas ainda assim era uma das mais inteligentes e intuitivas do grupo. De vez em quando torcia o nariz para Greta, talvez até já tivesse percebido que se tratava de um homem, mas não dissera nada, o que era bom sinal.

No momento ela se achava ao balcão do pub com Jim Cardwell, o instrutor de armas, conversando com a atendente ao mesmo tempo que, de forma discreta, acariciava a perna de Jim. Eles vinham tendo uma espécie de namoro relâmpago. Volta e meia sumiam de vista. No intervalo da manhã, no pequeno descanso de meia hora após o almoço, no chá da tarde ou sempre que a oportunidade se apresentava, lá iam eles para um canto qualquer. Jim andava com o aspecto de quem saltara de um avião mas ainda não abrira o paraquedas: tinha no rosto uma expressão permanente de espanto e deleite. Ruby não era nenhuma beldade, com seu nariz aquilino e seu queixo pontudo, mas sexualmente deveria ser nitroglicerina pura, e talvez isso explicasse a expressão no rosto do instrutor. Vendo-os juntos, Flick chegava a sentir uma pontinha de inveja. Não que Jim fizesse seu tipo (todos os homens por quem ela se apaixonara eram intelectuais ou, no mínimo, muito inteligentes), mas não havia como não admirar a despreocupada volúpia da cigana.

Greta se recostava ao piano com um coquetel cor-de-rosa

na mão, conversando com três homens que mais pareciam moradores da região do que agentes ou servidores da Executiva de Operações Especiais. Tudo indicava que eles já haviam superado o susto inicial com o sotaque alemão (certamente tinham ouvido a história do pai originário de Liverpool), pois agora se deixavam enfeitiçar pelos casos e anedotas que ela contava sobre as boates de Hamburgo. Flick podia ver que nenhum deles suspeitava de Greta: todos pareciam tratá-la como uma mulher exótica porém bonita, ora oferecendo um drinque, ora acendendo um cigarro, sempre rindo com afabilidade quando ela os tocava.

Flick ainda os observava quando um dos homens se sentou ao piano, tocou alguns acordes e olhou para Greta com um convite no olhar. O pub se aquietou assim que Greta entoou alguns versos de "Kitchen Man": "Ah, como esse garoto sabe abrir ostras/ Ninguém mais há de tocar nas minhas coxas."

Não demorou para que todos percebessem a conotação sexual da letra e irrompessem numa gargalhada coletiva. Terminada a canção, Greta deu uma bitoca nos lábios do pianista, que ficou radiante.

Maude deixou Paul e voltou para o lado de Diana no balcão. O capitão que vinha conversando com Denise se aproximou de Paul e disse:

– Ela me contou tudo, senhor.

Flick meneou a cabeça, desapontada mas não surpresa.

– Que foi que ela disse? – perguntou Paul.

– Falou que está indo para a França amanhã explodir um túnel em Marles, perto de Reims.

Essa era a falsa história que Flick havia contado ao grupo, mas para Denise a história era verdadeira, e ela não pensara duas vezes antes de revelá-la a um desconhecido. Flick ficou furiosa.

– Obrigado, capitão – disse Paul.

– Sinto muito – disse o homem, encolhendo os ombros.

– Melhor descobrirmos agora do que depois – contemporizou Flick.

– O senhor vai falar com ela ou prefere que eu mesmo fale?

– Deixe que eu fale primeiro – respondeu Paul. – Se não se importar, espere por ela lá fora.

– Sim, senhor.

O capitão deixou o pub e Paul fez um sinal chamando Denise.

– Ele foi embora de repente – comentou a moça. – Uma indelicadeza, eu achei.

Certamente estava se sentindo menosprezada.

– É um instrutor de explosivos – contou ela.

– Não, não é – disse Paul. – É um policial.

– Como assim? – retrucou a aristocrata, perplexa. – Estava fardado e contou que...

– Contou um monte de mentiras. A tarefa dele aqui é identificar pessoas que dão com a língua nos dentes com desconhecidos. E você foi pega.

Denise deixou o queixo cair e assim ficou por alguns segundos antes de se indignar:

– Quer dizer que tudo aquilo não passou de uma encenação? Vocês armaram uma arapuca, é isso?

– Uma arapuca na qual você caiu, infelizmente. Contou tudo para ele, não contou?

Percebendo que não havia como fugir, Denise recorreu ao humor:

– Então, qual será o meu castigo? Ficar fora do recreio, ajoelhada no milho?

Flick precisou se conter para não estapear a mulher. Aquele hábito detestável de contar vantagens sem medir as consequências poderia colocar em risco a vida de todas as demais da equipe.

– Castigo não é bem o caso – respondeu Paul, com frieza.

– Ah, que bom.

– Mas você está fora da equipe. Não irá mais para a França. O capitão a aguarda lá fora para escoltá-la.

– Puxa. Será um vexame quando eu der as caras de novo em Hendon.

Paul a corrigiu:

– Não é para Hendon que você vai.

– Por que não?

– Você sabe demais. Não podemos correr o risco de deixá-la solta por aí.

– O que vão fazer comigo? – perguntou Denise, preocupada.

– Despachá-la para algum posto em que você não possa causar maiores estragos. Se não me engano, o mais comum nesses casos é uma base isolada na Escócia, cuja função principal é o arquivamento das contas regimentais.

– Mas isso é o mesmo que me mandar para a prisão!

Paul refletiu um instante, depois disse:

– É. Quase.

– Por quanto tempo? – quis saber Denise, mal acreditando no que estava acontecendo.

– Não sei. Até a guerra acabar, eu acho.

– Você é um... um *biltre*! – explodiu Denise. – Maldito o dia em que cruzou meu caminho!

– Pode ir agora – disse Paul. – Sorte sua que tenha sido pega por nós. Poderia ter sido pela Gestapo.

Denise saiu enfurecida. Paul aguardou até que ela estivesse longe, depois disse:

– Espero não ter sido duro demais.

Que nada. Aquela vaca metida a besta merecia coisa bem pior, foi o que Flick pensou. No entanto, querendo causar uma boa impressão ao americano, o que disse foi:

– Também não é o caso de crucificá-la. A culpa não é dela. Certas pessoas simplesmente não são talhadas para esse tipo de trabalho.

Paul riu.

– Você é uma mentirosa descarada. Aposto que está achando que fui bonzinho demais, não está?

– Enforcá-la seria pouco – cuspiu Flick, furiosa.

Mas Paul riu, e ela se deixou contaminar pelo bom humor dele. Aos poucos sua fúria foi resvalando para um sorriso resignado.

– Não dá para enganar você, não é?

– Espero que não – falou ele, novamente sério. – Ainda bem que nossa equipe tinha uma integrante a mais. Não ficaremos desfalcados por causa de Denise.

– Sim, mas de agora em diante não podemos perder mais ninguém – disse Flick e se levantou, cansada. – Acho melhor recolher a turma. Essa será a última noite de sono decente que teremos por um bom tempo.

Paul correu os olhos à sua volta.

– Não estou vendo a Diana nem a Maude.

– Devem estar lá fora respirando um pouco de ar fresco. Vou chamá-las e você recolhe as outras, ok?

Paul assentiu e Flick saiu para o jardim.

Chegando lá, não viu nenhum sinal das duas moças, mas parou um instante para admirar o reflexo das luzes noturnas sobre as águas calmas do estuário. Em seguida contornou o pub e foi para o estacionamento. Um Austin verde-oliva do Exército saía para a rua com Denise no banco de trás. Via-se claramente que ela estava chorando.

Ainda nenhum sinal de Maude e Diana. Preocupada e sem fazer ideia de onde elas poderiam estar, Flick atravessou o estacionamento e foi para os fundos do pub. Deparou com uma espécie de quintal atulhado de engradados e barris velhos. Do outro lado desse quintal ficava um barracão, cuja porta se achava aberta. Flick se aproximou e entrou.

De início não conseguiu ver nada no breu, mas constatou que não estava sozinha, pois ouvia alguém ofegar. Seguindo sua intuição, permaneceu imóvel e muda. Aos poucos seus olhos foram se acostumando à escuridão. Viu que estava num depósito de ferramentas: dezenas de chaves organizadas por tamanho, um sem-número de pás penduradas em ganchos, um volumoso cortador de grama no centro do cômodo.

Maude e Diana estavam nos fundos, Maude recostada à parede, Diana à sua frente, beijando-a.

Flick ficou boquiaberta. A camisa de Diana estava desabotoada, revelando um sutiã enorme e nem um pouco sensual. O vestido de Maude se embolava na altura da cintura; apesar da pouca luz, Flick notou imediatamente que a calcinha da moça tinha o mesmo tom de rosa do vestido, mas precisou de alguns segundos para perceber a mão de Diana enterrada nela.

Sem saber o que fazer ou dizer, ficou onde estava.

– Já viu o que queria ver? – ironizou Maude ao notar a presença dela. – Ou vai querer tirar uma foto?

Diana estremeceu de susto. Recolheu a mão e se afastou de Maude. Assustou-se ainda mais quando virou o rosto e deparou com Flick.

– Santo Deus... – disse, abotoando a camisa com uma das mãos enquanto cobria a boca com a outra num gesto de vergonha.

– Eu... eu... eu... – gaguejou Flick. – Bem, só vim dizer que estamos indo.

Deu meia-volta e chispou porta afora.

CAPÍTULO VINTE E QUATRO

OPERADORES DE RÁDIO não eram seres invisíveis. Habitavam um mundo onde suas energias fantasmagóricas podiam ser vagamente captadas. Palmilhando os céus à cata deles estavam os homens da equipe de detecção de radiogramas da Gestapo, enfurnada num salão amplo e escuro no centro de Paris. Dieter já havia visitado o lugar. Os monitores redondos de trezentos osciloscópios cintilavam com suas luzes verdes. Uma linha vertical indicava a captura de um radiograma qualquer. De acordo com a posição da linha, os operadores sabiam a frequência da transmissão e a altura dela indicava a força do sinal. Os monitores eram observados dia e noite por operadores silenciosos e atentos que, aos olhos de Dieter, pareciam anjos à espreita dos pecados da humanidade.

Esses operadores conheciam todas as estações oficiais, tanto as controladas pelos alemães quanto as baseadas no exterior, e eram capazes de detectar uma transmissão clandestina imediatamente. Assim que isso acontecia, o operador em questão informava por telefone a frequência da transmissão clandestina a três estações de rastreamento diferentes: duas no sul da Alemanha (uma em Augsburg, outra em Nuremberg) e uma terceira no noroeste da França (em Brest, na Bretanha). Essas estações eram equipadas com aparelhos para a medição de ângulos, chamados goniômetros, e por meio deles podiam informar em questão de segundos de onde vinha a tal transmissão. De posse dessa informação, o operador em Paris desenhava três linhas num enorme mapa de parede; o ponto de interseção entre elas era justamente o local de origem do radiograma suspeito. Por fim, o operador telefonava para a estação da Gestapo mais próxima do tal local, sabendo de antemão que lá haveria carros com a própria aparelhagem de rastreamento à espera.

Era num desses carros que Dieter se achava agora, um Citroën preto e comprido estacionado na periferia de Reims. Com ele estavam três especialistas em detecção de sinais de rádio, todos da Gestapo. Naquela noite a ajuda de Paris não seria necessária: a frequência que Helicóptero utilizaria para fazer sua transmissão já era conhecida e o mais provável era que essa transmissão fosse feita de algum lugar da cidade, já que não era tão fácil assim para um operador de rádio embrenhar-se nos descampados vizinhos sem ser percebido. O receptor do carro estava sintonizado na frequência de Helicóptero. O aparelho media a força e a direção do sinal. Assim que a agulha começasse a se erguer no mostrador, Dieter saberia que estava se aproximando da origem da transmissão.

Isso não era tudo. O agente da Gestapo a seu lado levava escondidos sob a capa de chuva um receptor e uma antena. No pulso tinha um medidor, não muito diferente de um relógio, que informava a força do sinal. Tão logo a busca se afunilasse para uma rua em particular, ou um quarteirão, ou um prédio, esse agente desceria do carro e prosseguiria a pé.

O agente que ia no banco do passageiro levava no colo uma marreta para o arrombamento de portas.

Dieter já havia participado de uma caçada a animais silvestres. Não vira muita graça naquilo, preferindo mil vezes os prazeres mais refinados da cidade. Apesar disso se revelara um ótimo caçador, e essa foi uma das coisas que lhe vieram à cabeça enquanto eles aguardavam o início do relatório cifrado que Helicóptero estava prestes a transmitir para sua Inglaterra natal. O que eles estavam fazendo não era lá muito diferente de uma caçada real: a espera era a mesma, a tensão também, assim como a impaciência em que a presa desse algum sinal de vida na calada da noite.

No caso da Resistência, as presas não eram os veados dos bosques da Renânia, mas raposas ardilosas que espreitavam de suas tocas, saindo apenas para fazer uma carnificina no galinheiro alheio e voltar correndo para debaixo da terra. Dieter ainda se remoía por ter deixado o agente inglês escapar. Queria tanto capturá-lo agora que sequer se incomodava com o fato de que estava sendo ajudado pelos homens de Willi Weber. Queria matar sua raposa e ponto final.

Era uma noite agradável de verão. O carro estava estacionado na parte norte da cidade. Reims não era bem uma metrópole; nos cálculos de Dieter, era possível atravessá-la de ponta a ponta em menos de dez minutos.

Ele conferiu o relógio: oito horas e um minuto. Helicóptero estava atrasado na sua transmissão. Talvez não fosse transmitir naquela noite... mas isso era pouco provável. Ele estivera com Michel naquela tarde e deveria estar ansioso para informar seus superiores, não só do sucesso de sua chegada, mas também do que restava da célula Bollinger.

Duas horas antes, Michel havia telefonado para a casa da Rue du Bois. Dieter estava lá. A tensão fora grande. Stéphanie atendera com sua imitação de mademoiselle Lemas. Michel informara seu codinome, depois perguntara a "Burguesa" se ela se lembrava dele, o que deixara Stéphanie bem mais tranquila, certa de que Michel não conhecia mademoiselle Lemas muito bem e portanto não se daria conta de que estava falando com uma impostora.

Michel lhe perguntara sobre o novo recruta apelidado de Charenton. "É um primo meu", dissera Stéphanie, seca. "Conheço desde pequeno, confio cegamente nele." Michel dissera que não cabia a ela recrutar ninguém sem consultá-lo antes, mas tudo indicava que ele havia acreditado na história. Dieter dera um beijo em Stéphanie, dizendo que ela era uma ótima atriz, digna da Comédie Française.

De qualquer forma, Helicóptero saberia que a Gestapo estaria bisbilhotando os céus à procura de alguma transmissão clandestina. Era um risco que ele teria de correr: se não enviasse nenhuma mensagem a Londres, não teria utilidade para os ingleses. Certamente procuraria ficar o menor tempo possível no ar. Caso tivesse um volume grande de informações a enviar, dividiria seu relatório em duas ou mais mensagens para depois enviá-las de locais diferentes. A única esperança de Dieter era que o inglês ficasse tentado a permanecer no ar um pouquinho mais do que deveria.

Os minutos iam passando. Ninguém dizia nada no carro. Os homens fumavam nervosamente. Então, cinco minutos depois das oito horas, o receptor apitou.

Tal como já combinado, o motorista arrancou e seguiu na direção sul.

O sinal estava ficando mais forte, mas não no ritmo esperado. Dieter receou que eles não estivessem traçando uma linha reta para o local certo.

Com efeito, assim que eles passaram pela catedral no centro da cidade, a agulha esmoreceu.

O agente da Gestapo que ocupava o banco do passageiro sacou seu rádio de ondas curtas e consultou alguém no caminhão de rastreamento que se achava a menos de dois quilômetros de distância. Dali a pouco ele disse:

– Quadrante noroeste.

O motorista entrou numa transversal e o sinal foi ficando mais intenso.

– Pegamos! – disse Dieter, aliviado.

No entanto, cinco minutos já haviam sido consumidos.

O motorista acelerava o carro tanto quanto possível, e o sinal ia ficando cada vez mais forte à medida que Helicóptero prosseguia digitando sua mensagem em código Morse no rádio que levava na maleta, entocado em algum lugar: um banheiro, um porão, um depósito... um buraco qualquer na parte noroeste da cidade. No castelo de Sainte-Cécile, um operador de rádio alemão havia sintonizado na mesma frequência e vinha anotando a mensagem cifrada, que também estava sendo gravada. Mais tarde Dieter se incumbiria de decifrá-la com as tabelas copiadas por Stéphanie. Mas a mensagem em si não era tão importante quanto seu autor.

Eles chegaram a uma vizinhança de casas muito antigas e muito grandes, já um tanto decrépitas e subdivididas em pequenos apartamentos para estudantes e enfermeiras. O sinal se intensificou, mas subitamente começou a diminuir.

– Passamos do alvo! Passamos do alvo! – disse o agente que ia no banco do passageiro.

O motorista deu ré e parou.

Dez minutos haviam passado.

Dieter e os três homens da Gestapo saltaram. Seguido pelos demais, o que levava uma unidade portátil de rastreamento sob a capa de chuva foi marchando às pressas pela calçada, consultando o medidor que tinha no pulso. Caminhou uns cem metros e subitamente deu meia-volta. Parou diante de uma casa e disse:

– É aqui. Mas a transmissão já foi encerrada.

Dieter notou que as janelas da tal casa não tinham cortinas. A Resistência gostava de usar imóveis abandonados para fazer suas transmissões.

O agente que levava a marreta precisou apenas de dois golpes para destruir a porta. Todos invadiram a casa.

O ambiente fedia a mofo, embora não houvesse tapetes no chão. Dieter abriu a primeira porta que viu e deparou com um cômodo vazio. Abriu uma segunda porta e encontrou mais um cômodo vazio, cruzou-o e chegou a uma cozinha abandonada. Sem hesitar, correu para a escada e disparou para o segundo pavimento. Passando por uma janela que dava para o jardim da casa, viu Michel e Helicóptero correndo pelo gramado comprido, o francês coxeando, o inglês abraçado à sua maleta. Merda. Certamente tinham fugido pela porta dos fundos depois de ouvirem a da frente sendo arrombada.

Dieter voltou para a escada e berrou para os demais:

– No jardim dos fundos!

Os homens da Gestapo correram e ele foi atrás, chegando ao jardim a tempo de ver Michel e Helicóptero pulando a cerca para invadir o terreno vizinho. Juntou-se à perseguição, mas os fugitivos já haviam tomado uma boa dianteira. Sempre na cola do trio da Gestapo, Dieter saltou a cerca e irrompeu no segundo jardim. Quando enfim alcançou a rua, viu que um Renault Monaquatre preto já dobrava a esquina mais próxima.

– Inferno! – exclamou.

Pela segunda vez no mesmo dia ele havia deixado Helicóptero escapar por entre os dedos.

CAPÍTULO VINTE E CINCO

ASSIM QUE CHEGARAM em casa, Flick achou por bem preparar um chocolate quente para as moças. Não era da prática militar que uma oficial fizesse isso, mas, na opinião de Flick, isso apenas mostrava o pouco que o Exército entendia sobre liderança.

Na cozinha, Paul a observava enquanto ela esperava a água ferver. O olhar do americano tinha sobre ela o efeito de um carinho. Já intuindo o que ele diria, Flick tinha na ponta da língua a resposta que pretendia dar. Seria muito fácil apaixonar-se por alguém como Paul, mas ela não tinha a menor intenção de trair um marido que desde muito vinha arriscando a própria vida na luta contra os nazistas na França ocupada.

No entanto, a pergunta que Paul lhe fez foi outra:

– O que você pretende fazer depois da guerra?

– Adoraria não ter de fazer nada – respondeu ela.

Paul riu:

– É. Suponho que você já tenha tido sua parcela de diversão nesta guerra.

– E muita – disse Flick e refletiu um instante. – Ainda quero me tornar professora. Dividir com os jovens essa paixão que eu tenho pela cultura francesa. Falar sobre a literatura francesa, as artes plásticas... e outras coisas menos acadêmicas também, como moda e culinária.

– Numa universidade?

– Quero terminar meu doutorado, arrumar um emprego numa universidade e ter estômago para conviver com o nariz empinado dos professores mais velhos. Talvez escreva um guia sobre a França, ou quem sabe um livro de receitas.

– Parece pacato demais, depois de tudo isto.

– Sim, mas é importante. Quanto mais os jovens souberem das outras culturas, menores as chances de que eles sejam tão burros quanto nós fomos a ponto de se meterem numa guerra com os próprios vizinhos.

– Será?

– Mas... e você? Quais são os seus planos para depois da guerra?

– Ah, os meus são bem mais simples. Quero me casar com você, depois levá-la para uma lua de mel em Paris. Filhos, assim que possível.

Flick arregalou os olhos.

– Em nenhum momento lhe ocorreu pedir minha permissão?

– Faz dias que não penso em outra coisa – respondeu ele, solene.

– Já tenho um marido.

– Um marido que você não ama.

– Você não tem o direito de dizer uma coisa dessas.

– Eu sei, mas não pude me conter.

– Você e essa sua lábia...

– Faço o que posso. Essa água já está fervendo.

Flick tirou a chaleira do fogão e despejou a água quente no chocolate em pó que já esperava numa jarra de cerâmica.

– Coloque as xícaras na bandeja – disse a Paul. – Um pouco de trabalho doméstico talvez cure você desses sonhos de casamento.

Paul foi buscar as xícaras, mas disse:

– Não pense que vai me afastar com esse seu jeito mandão. Até gosto, sabia?

Flick acrescentou leite e açúcar ao chocolate, depois encheu as xícaras trazidas por Paul.

– Nesse caso, leve isto para a sala – falou ela.

– Sim, senhora.

Passando à sala, eles encontraram Jelly e Greta frente a frente no centro do cômodo, em meio a uma acalorada discussão. As demais acompanhavam a cena, achando graça ou nem tanto.

– Mas você não estava usando! – dizia Jelly.
– Eu estava com os pés em cima! – retrucou Greta.
– Acontece que não tem cadeira para todo mundo!

Jelly abraçava um pufe pequeno. Flick deduziu que a arrombadora o havia surrupiado sem muita delicadeza.

– Meninas, por favor – disse a major, mas foi ignorada.
– Bastava ter pedido, queridinha – prosseguiu Greta.
– Não preciso pedir nada para nenhuma estrangeira no meu próprio país.
– Não sou estrangeira, sua vaca gorda!
– Vaca gorda, *eu*?

Jelly ficou tão ofendida que não pensou duas vezes antes de se atracar com Greta. Plantou as mãos nos cabelos dela e, ao puxá-los, viu-se na mesma hora com uma peruca entre os dedos.

Com os cabelos naturais à mostra, escuros e cortados bem rente ao crânio, Greta de imediato se transformou no homem que realmente era. Não havia como enganar ninguém. Percy e Paul já sabiam do segredo, e Ruby já o descobrira, mas Maude e Diana ficaram perplexas. Uma deixou escapar um gritinho de horror e a outra exclamou:

– Meu Deus!

Jelly foi quem primeiro se recuperou do susto.

– Um pervertido! – disse, triunfante. – Ah, meus sais, um pervertido estrangeiro!

Greta se desmanchou em lágrimas. Entre um soluço e outro, rosnou:

– Nazista filha da puta!
– Aposto que é um espião! – emendou Jelly.

Flick achou que era hora de intervir.

– Calada, Jelly. Greta não é nenhuma espiã. Eu sabia que se tratava de um homem.
– Você *sabia*?
– Paul e Percy também.

Jelly olhou para Percy, que confirmou a informação com um solene meneio da cabeça.

Greta deu um passo na direção da porta, disposta a sumir dali, mas Flick a deteve pelo braço:

– Por favor, fique – pediu. – Sente-se aí.

Greta obedeceu.

– Jelly, me dê a porcaria dessa peruca – ordenou Flick.

Jelly também obedeceu.

Em seguida, Flick se pôs diante de Greta e tentou colocar a peruca de volta na cabeça do transformista. Percebendo a intenção dela, Ruby buscou o espelho que ficava acima da lareira e o colocou diante de Greta, para que ela pudesse se arrumar sozinha e secar as lágrimas com um lenço.

– Agora me escutem, todas vocês – disse Flick. – Greta é engenheira, e sem a orientação de uma engenheira não há como obtermos sucesso na nossa missão. Nossas chances de sobrevivência num território ocupado serão muito maiores se formos uma equipe só de mulheres. Trocando em miúdos, precisamos de Greta e precisamos que ela seja mulher. Portanto, acostumem-se com isso.

Jelly cuspiu um grunhido, inconformada.

– Tem mais uma coisa que preciso explicar – prosseguiu Flick. – Vocês devem ter notado que Denise não está mais conosco. Foi submetida a um pequeno teste esta noite e não passou. Está fora da equipe. Infelizmente, nos últimos dois dias ela teve acesso a informações que precisam permanecer confidenciais e por esse motivo não poderá voltar para o posto que tinha antes na base aérea de Hendon. Foi transferida para uma base remota na Escócia, onde provavelmente ficará até o fim da guerra, sem direito a licença.

– Você não pode fazer isso! – protestou Jelly.

– Claro que posso, idiota – devolveu Flick, impaciente. – Estamos numa guerra, esqueceu? E o destino de Denise será o mesmo de qualquer uma de vocês que por algum motivo seja dispensada da equipe.

– Mas eu nem me alistei no Exército! – insistiu Jelly.

– Alistou-se, sim. Foi recrutada como oficial ontem, logo

depois do chá. Todas vocês foram. E quando for a hora receberão o soldo correspondente. Isso significa que agora vocês estão regidas pela disciplina militar. Todas sabem demais.

– Somos prisioneiras, é isso? – disse Diana.

– Estão no Exército, o que é mais ou menos a mesma coisa – disse Flick. – Agora bebam esse chocolate e vão dormir.

Elas foram saindo uma a uma até que Flick se viu sozinha com Diana, tal como imaginara. Ficara realmente estupefata ao pegar as duas mulheres num arroubo sexual. Lembrava-se de que na escola algumas das meninas acabavam nutrindo sentimentos umas pelas outras, andando de mãos dadas, enviando bilhetinhos, por vezes até se beijando. Mas, até onde sabia, a coisa parava por aí. A certa altura ela e Diana chegaram a treinar o beijo de língua uma com a outra, na esperança de saberem o que fazer quando tivessem um namorado. Agora Flick imaginava que aqueles beijos haviam tido outro significado para a amiga. No entanto, não conhecia pessoalmente nenhuma mulher que tivesse desejos por outra. Sabia que elas existiam, claro. Eram as equivalentes femininas do seu irmão Mark e de Greta. Mas nunca as imaginara... bem, nunca as imaginara agarrando-se nos fundos de um barracão escuro.

Que importância teria isso? No dia a dia, nenhuma. Mark e seus amigos eram pessoas felizes, desde que não fossem intimidados por ninguém. Mas... e a missão? Um possível relacionamento entre Diana e Maude acarretaria algum risco para a missão? Não necessariamente. Afinal, ela própria vinha cooperando com o marido na Resistência francesa. Por outro lado, o que as duas mulheres tinham era outro tipo de relacionamento. A paixão de um início de romance poderia, sim, afetar a disciplina de ambas.

Talvez fosse possível mantê-las separadas, porém era provável que o tiro saísse pela culatra e Diana ficasse ainda mais rebelde. Além disso, também era possível que o romance entre elas fosse um estímulo, não um obstáculo. Flick vinha se desdobrando para que as moças começassem a agir como equipe, e isso talvez pudesse ajudar. Ela já decidira deixar tudo como estava, mas Diana agora queria conversar.

– Não é o que você está pensando, juro que não é – Diana foi logo dizendo, sem nenhum preâmbulo. – Caramba, você precisa acreditar em mim. Tudo não passou de uma brincadeira, uma bobagem que...

– Quer mais um pouco de chocolate? – interrompeu Flick. – Acho que ainda tem um pouco na jarra.

Diana arregalou os olhos, estupefata. Segundos depois, disse:

– Como é que você pode pensar em chocolate num momento desses?

– Quero apenas que você se acalme. O mundo não vai acabar só porque você beijou a Maude. A gente também já se beijou algumas vezes, lembra?

– Eu sabia que você falaria disso. Mas aqueles beijos eram coisa de criança. Com a Maude não foi só um beijo.

Diana sentou na cadeira mais próxima e foi contorcendo o rosto altivo até começar a chorar.

– Você sabe que foi mais que um beijo. Estava lá, viu tudo. Ai, meu Deus... as coisas que eu fiz... O que será que você ficou pensando?

Flick escolheu as palavras com cuidado:

– Fiquei pensando que... Bem, achei que vocês formam um belo par.

– *Um belo par?* – repetiu Diana, mal acreditando no que acabara de ouvir. – Não ficou enojada?

– Claro que não. Maude é uma moça bonita, e tudo indica que você se apaixonou por ela.

– Foi exatamente o que aconteceu.

– Então. Não precisa ficar envergonhada.

– Como não ficar envergonhada? Sou uma pervertida!

– Eu não veria a coisa por esse ângulo se fosse você. Tudo bem, vocês terão de ser discretas para não ofender as pessoas mais bitoladas, como a Jelly, mas não há motivo nenhum para ter vergonha.

– Acha que eu vou ser sempre assim?

Flick precisou pensar um pouco antes de dizer o que fosse. A resposta provavelmente era "sim", mas ela não queria ser muito incisiva. Então disse:

– Olha... Acho que algumas pessoas, feito a Maude, gostam de ser amadas e podem ser felizes tanto ao lado de um homem quanto de uma mulher.

O que ela realmente queria dizer era que Maude era uma pessoa frívola, egoísta e vulgar, porém se conteve.

– Outras pessoas são mais inflexíveis – prosseguiu Flick. – Procure manter a cabeça aberta, é isso que eu penso.

– Suponho que isso seja o fim da missão para mim e a Maude...

– De jeito nenhum.

– Você ainda quer a gente?

– Ainda preciso de ambas. De qualquer modo, nada disso constitui um motivo para que vocês sejam dispensadas.

Diana sacou um lenço do bolso e assoou o nariz. Flick se levantou e foi para a janela, dando à amiga a oportunidade de se recompor. Dali a pouco, já mais calma, Diana disse:

– Você é assustadoramente generosa.

Sua altivez habitual parecia ter voltado.

– Vá dormir – disse Flick.

Diana obedeceu e se levantou.

– E se eu fosse você... – começou Flick.

– O quê?

– Se fosse você eu iria dormir com a Maude.

Diana mais uma vez arregalou os olhos. Flick deu de ombros e explicou:

– Talvez seja a sua última oportunidade.

– Obrigada – sussurrou Diana.

Deu alguns passos na direção de Flick, como se fosse abraçá-la, mas parou a meio caminho.

– Acho que agora você não vai mais querer que eu chegue perto, não é?

– Não seja boba – disse Flick, e a puxou para um abraço.

– Boa noite – disse Diana, depois saiu para o quarto.

Flick foi à janela. Em poucos dias a lua estaria cheia, e os Aliados invadiriam a França. Um vento sacudia as árvores na floresta: o clima ia mudar. Com sorte não haveria tempestade no canal da Mancha. Havia o risco de que o plano da invasão fosse por água abaixo em razão dos caprichos do clima inglês. Muita gente deveria estar rezando por um tempo bom.

Flick também precisava dormir. Ela deixou a sala e foi subindo as escadas enquanto pensava no conselho que acabara de dar a Diana, de que ela fosse dormir com Maude. No corredor, parou diante da porta de Paul e ficou ali, sem saber o que fazer. O caso de Diana era diferente do seu. Diana era solteira. Ela era casada.

Mas talvez aquela também fosse sua última oportunidade.

Então bateu à porta e entrou.

CAPÍTULO VINTE E SEIS

FULO DA VIDA, Dieter voltou para o Citroën e retornou com a equipe de rastreamento da Gestapo para o castelo de Sainte-Cécile. Lá chegando, foi direto para a sala de interceptação de sinais, que ficava no bunker do porão. Willi Weber estava lá, carrancudo. Para Dieter, o único consolo para o fiasco daquela noite era saber que Weber também não poderia cantar vitória. No entanto, suportaria de bom grado ver o outro se vangloriando caso isso significasse ter Helicóptero na câmara de tortura.

– Você tem aí a mensagem que ele enviou? – perguntou Dieter.

Weber lhe entregou uma cópia a carbono da mensagem datilografada e disse:

– Já enviamos para os decodificadores em Berlim.

Dieter examinou o arranjo de letras sem nenhum sentido.

– Não vão conseguir decifrar isto aqui. O inglês está usando um código descartável.

Ele dobrou o papel e guardou-o no bolso.

– O que pretende fazer com isso, então? – quis saber Weber.

– Tenho uma cópia das tabelas dele – respondeu Dieter.

Uma vitória pequena mas saborosa. Weber engoliu em seco.

– É possível que essa mensagem revele onde ele está – disse.

– Sim. A resposta está marcada para as onze horas – falou Dieter.

Ele baixou os olhos para o relógio de pulso. Faltavam poucos minutos para as onze.

– Vamos gravar essa resposta, depois decifro as duas mensagens juntas.

Weber saiu e Dieter ficou esperando no cômodo sem janelas. Às onze em ponto, o receptor sintonizado na frequência de escuta de Helicóptero começou a emitir os bipes longos e curtos do código Morse. Um operador foi anotando as letras ao mesmo tempo que um aparelho gravava a mensagem. Os bipes cessaram de repente. O operador puxou para si uma máquina de escrever, datilografou o que anotara no bloco e entregou uma cópia a Dieter.

As duas mensagens poderiam significar tudo ou nada, pensou Dieter já ao volante do próprio carro. Sob a claridade prateada do luar, ele foi serpenteando através dos vinhedos até chegar a Reims e estacionar na Rue du Bois. O tempo estava ideal para uma invasão.

Stéphanie o aguardava na cozinha da casa de mademoiselle Lemas. Ele deixou sobre a mesa as mensagens cifradas e buscou as cópias que Stéphanie havia feito das tabelas de decodificação e do lenço de seda. Esfregou os olhos e começou a decifrar a primeira mensagem, a que Helicóptero tinha enviado, e foi escrevendo o resultado no bloco que mademoiselle Lemas usava para fazer suas listas de compras.

Stéphanie coou um café. Às costas do alemão, espiou o que ele vinha fazendo, fez algumas perguntas, depois pegou a segunda mensagem e se pôs a decifrá-la por conta própria.

A primeira fazia um relato conciso sobre o incidente na catedral. Chamava Dieter de Charenton e dizia que ele fora recrutado por Burguesa (mademoiselle Lemas) porque ela vinha tendo dúvidas quanto à segurança da cripta como ponto de encontro. Informava ainda que Monet (Michel) tivera o cuidado de telefonar para Burguesa para indagar sobre o tal Charenton e que confirmara que o homem era mesmo confiável. Por fim, listava os codinomes dos membros da célula Bollinger que haviam sobrevivido ao confronto de domingo e ainda estavam ativos. Eram apenas quatro.

Tudo muito bom, mas a mensagem não dava qualquer pista sobre onde encontrar os espiões.

Dieter bebeu uma xícara de café enquanto esperava Stéphanie terminar a decodificação da segunda mensagem. Dali a pouco recebeu a folha de papel em que ela havia anotado o resultado com sua rebuscada caligrafia.

Ao ler o que estava escrito nela, Dieter mal acreditou na própria sorte.

PREPARE RECEBER GRUPO SEIS PARAQUEDISTAS
CODINOME JACKDAWS LÍDER LEOPARDA
CHEGADA SEXTA-FEIRA ONZE NOITE CHAMP
DE PIERRE.

– Caramba... – sussurrou ele.

Champ de Pierre era um codinome, mas Dieter conhecia o significado, pois Gaston o revelara ainda no primeiro interrogatório. Tratava-se de uma pista clandestina num pasto nas imediações de Chatelle, um vilarejo a uns dez quilômetros de Reims. Dieter agora sabia exatamente onde Helicóptero e Michel estariam na noite seguinte e, dessa vez, não os deixaria escapar.

Tampouco deixaria escapar os outros seis agentes que chegariam de paraquedas.

Entre eles estava certa "Leoparda", que só poderia ser Flick Clairet, a mulher que tinha mais informações do que qualquer outro membro da Resistência francesa – a mulher que, sob tortura, revelaria tudo o que ele precisava saber para desbaratar os resistentes e impedir que eles ajudassem as forças invasoras.

– Cristo Todo-Poderoso... – disse ele. – Isso é que é sorte.

SEXTO DIA

Sexta-feira

2 de junho de 1944

CAPÍTULO VINTE E SETE

PAUL E FLICK conversavam baixinho, deitados lado a lado na cama dele, a luz apagada, o luar vazando da janela. Paul estava nu. Já estava assim quando Flick entrara no quarto. Sempre dormia sem roupas. Só vestia o pijama quando precisava cruzar o corredor para ir ao banheiro.

Já havia caído no sono quando fora surpreendido pela visita noturna. Saltara da cama ao notar a presença de alguém – que bem poderia ser da Gestapo. Já estava com as mãos no pescoço de Flick quando percebeu que era ela quem estava ali.

Ao se dar conta do que estava acontecendo, ficara ao mesmo tempo surpreso, feliz e grato. Tivera a impressão de estar em um sonho e receara acordar a qualquer instante. Fechara a porta e ali mesmo puxara Flick para muitos e demorados beijos.

Flick correspondera aos carinhos correndo as mãos pelos ombros dele, pelas costas, pelo peito. Suas mãos eram macias, mas o toque era firme, despudorado. Em dado momento ela sussurrara:

– Você é muito peludo!

– Que nem um macaco.

– Mas não tão bonito quanto um – brincara ela.

Paul olhava para os lábios de Flick, maravilhado com o movimento deles ao falar, excitado com a possibilidade de beijá-los outra vez.

– Vamos para a cama... – dissera ele sorrindo.

Eles se deitaram de frente um para o outro, mas Flick ainda não havia tirado uma única peça de roupa, nem mesmo os sapatos. Paul encontrara um inusitado prazer ao se ver nu em pelo junto de uma mulher completamente vestida, tanto que não viu nenhum motivo para apressar o passo seguinte. Queria que aquele momento durasse para sempre.

– Me conte alguma coisa sobre você – pediu ela, num tom lânguido e sensual.

– Sobre mim? O quê, por exemplo?

– Qualquer coisa. A gente se conhece tão pouco...

O que seria aquilo? Paul nunca passara por uma situação semelhante. Uma mulher havia invadido seu quarto no meio da noite, permanecera vestida da cabeça aos pés e agora queria conversar.

– Foi para isso que você veio? – rebateu ele, ainda sorrindo. – Para me interrogar?

Flick riu baixinho.

– Não se preocupe. Quero fazer amor com você, mas sem pressa. Então, me conte: quem foi seu primeiro amor?

Ele afagou o rosto dela com a ponta dos dedos, correndo-os pela linha do maxilar. Não sabia direito o que ela queria ou aonde pretendia chegar com aquela conversa. Meio desconcertado, disse:

– A gente pode se tocar enquanto conversa?

– Pode.

Ele roubou um beijinho rápido.

– Beijar também?

– Também.

– Então acho que a gente devia mesmo conversar um pouquinho. Por um ano ou dois, quem sabe...

– Como era o nome dela?

A Leoparda não era tão segura de si quanto aparentava, concluiu Paul. Na realidade estava nervosa, o que explicava o interrogatório. E, se fosse para deixá-la mais confortável, ele não se incomodaria de responder.

– Ela se chamava Linda. Éramos absurdamente jovens, os dois. Tenho até vergonha de dizer quanto. A primeira vez que a gente se beijou, eu tinha 14 anos e ela 12, você acredita?

– Claro que acredito – falou Flick e deixou escapar um risinho juvenil. – Eu também beijava os garotos quando tinha 12 anos.

– A gente dizia que estava indo encontrar uns amigos na rua, e geralmente era assim mesmo que a noite começava. Mas depois dávamos um jeito e sumíamos para outro lugar, um cinema ou algo assim. Fizemos isso por uns dois anos antes de fazermos sexo de verdade.

– Onde foi? Nos Estados Unidos?

– Paris. Meu pai era adido militar na embaixada. Os pais de Linda eram donos de um hotel que tinha uma clientela quase que exclusivamente de americanos. A gente tinha muitos amigos filhos de americanos que trabalhavam na França.

– E onde vocês faziam amor?

– No hotel. Não era difícil. Sempre havia um quarto vago.

– E como foi a primeira vez? Vocês usaram algum tipo de... proteção?

– Ela roubou uma camisinha do pai – contou Paul.

Com a ponta do dedo, Flick foi lentamente traçando uma linha até o abdome dele, fazendo-o fechar os olhos.

– Quem foi que colocou? – perguntou ela.

– Linda. Fiquei tão excitado que quase gozei ali mesmo. E se você continuar fazendo isso...

Flick pousou a mão na barriga dele.

– Queria muito que tivéssemos nos conhecido quando você tinha 16 anos.

Paul abriu os olhos. A essa altura não queria mais que aquele momento durasse para sempre. Na realidade, já não via a hora de pisar no acelerador. Estava com a boca seca quando disse:

– Você não gostaria de... de tirar essas roupas?

– Sim, mas... falando em proteção...

– Na minha carteira. Na mesinha a seu lado.

– Ótimo.

Flick sentou na beira da cama, desamarrou os sapatos e os largou no chão. Em seguida ficou de pé e desabotoou a blusa.

Vendo que ela estava tensa, Paul disse:

– Não tenha pressa. Temos a noite inteira pela frente.

Fazia alguns anos que ele não via uma mulher de verdade se despir. Nos últimos tempos, toda a nudez feminina que ele presenciava eram os cartazes de *pinups*, e elas sempre usavam uma complicada mistura de sedas e rendas, de corpetes, ligas e négligés transparentes. Flick estava usando uma blusa folgada de algodão sem sutiã, certamente porque aqueles seios delicados que se insinuavam de forma tão sensual sob o tecido não precisavam de nenhum suporte. Ela deixou cair a saia. A calcinha era de malha branca com renda em torno das coxas. O corpo era miúdo, porém forte. Dava a impressão de que ali estava uma jovem se trocando para o treino de hóquei – o que era muito mais excitante do que uma *pinup*.

Ela voltou a se deitar.

– Melhor assim? – provocou.

Paul correu a mão pelas curvas dela, sentindo a pele quente da coxa, o tecido macio da calcinha, depois a pele de novo. Sabendo que ela ainda não estava pronta, obrigou-se a ser mais paciente: deixaria que *ela* determinasse o ritmo dos acontecimentos.

– Você ainda não me contou sobre a sua primeira vez – disse, e ficou surpreso ao vê-la corar.

– Não foi tão boa quanto a sua.

– Porque...

– Entre outras coisas, porque foi num lugar horrível. Um depósito imundo.

Paul ficou indignado. Que espécie de idiota submeteria uma garota tão especial como Flick a uma rapidinha dentro do armário?

– Quantos anos você tinha?

– Vinte e dois.

Ele havia imaginado 17.

– Caramba! Nessa idade você já merecia uma cama confortável.

– Mas isso não foi o pior.

Flick aos poucos ia ficando mais relaxada, ele podia ver. Que continuasse falando.

– O que foi o pior então?

– Provavelmente o fato de que eu não queria fazer aquilo. Fui induzida.

– Não amava o sujeito?

– Amava. Mas não estava pronta.

– Qual era o nome dele?

– Não vou dizer.

Paul deduziu que se tratava do marido dela, Michel, e achou melhor não perguntar mais nada. Beijou-a, depois disse:

– Posso tocar os seus seios?

– Pode tocar o que quiser.

Nenhuma outra mulher havia falado assim com ele, de modo tão aberto e direto, e isso o assustou na mesma medida que o excitou. Ele começou a explorar o corpo dela. Na sua experiência, era nesse ponto que as mulheres fechavam os olhos, mas Flick os mantinha bem abertos, aquilatando-o com um misto de desejo e curiosidade que o inflamou ainda mais. Era como se com os olhos ela o explorasse muito mais do que ele a ela com as mãos. Lá estavam os seios, firmes e salientes. Com a ponta dos dedos ele foi se acercando dos mamilos rígidos, descobrindo sem nenhuma pressa tudo aquilo de que eles gostavam. Em seguida, despiu-a da calcinha. Viu que os pelos eram muitos e tinham cor de mel e que, sob eles, mais para a esquerda, havia uma marca de nascença semelhante a uma mancha de chá. Então baixou a cabeça e começou a beijá-la por ali, ora roçando os lábios na aspereza do púbis, ora saboreando a umidade.

Ela começava a se entregar ao prazer. Paul já não via sinal do nervosismo de antes. Os braços e as pernas se estendiam feito as pontas de uma estrela, largados na cama, mas os quadris clamavam pela boca dele, que ia explorando as dobras do sexo dela devagar, até que os movimentos da cintura ficaram mais urgentes.

De repente ela o afastou. Estava com o rosto vermelho, ofegante. Abriu a carteira sobre a mesa de cabeceira e encontrou as camisinhas, um pacote com três unidades. Rasgou o pacote às pressas, pescou uma das camisinhas e colocou nele. Depois o montou, ele deitado de frente para ela, ela de pernas abertas por cima. Inclinando-se, beijou-o na boca e sussurrou no ouvido dele:

– É tão bom ter você dentro de mim...

Em seguida se empertigou e começou a cavalgá-lo.

– Tire a blusa – pediu ele, e ela obedeceu.

Paul não conseguia despregar os olhos de sua Leoparda. Deliciava-se com a intensidade que ela estampava no rosto, com a graça do movimento de seus peitos. Sentia-se o homem mais sortudo do planeta. Queria que aquilo durasse para sempre: que o sol jamais voltasse a raiar, que o amanhã ficasse onde estava, que não houvesse aviões nem paraquedas, muito menos uma guerra.

De tudo o que existia na vida, pensou ele, nada era melhor que o amor.

~

Quando acabou, a primeira coisa que veio à cabeça de Flick foi: "E agora, o que eu digo para o Michel?"

Não se sentia infeliz. Pelo contrário. Transbordava de amor e desejo pelo americano. Num curtíssimo espaço de tempo, conseguira ter com ele uma intimidade muito maior do que jamais tivera com o marido. Queria fazer amor com ele todos os dias pelo resto da vida. Era esse o problema. Seu casamento chegara ao fim e ela teria de dizer isso a Michel tão logo o visse. Não saberia fingir, nem mesmo por alguns minutos, que ainda tinha por ele os mesmos sentimentos de antes.

Michel fora seu único homem até então. Ela teria contado isso a Paul, mas não achara correto falar de Michel naquelas circunstâncias: seria uma traição, mais do que um simples adultério. Um dia talvez ela revelasse a Paul que ele fora o segundo homem de sua vida, poderia até dizer que o melhor, mas jamais entraria em detalhes sobre sua vida sexual com Michel.

No entanto, não era só o sexo que era diferente com o americano. Ela própria se sentia outra pessoa ao lado dele. Jamais teria interrogado Michel sobre suas experiências sexuais anteriores, tal como havia feito com Paul. Nunca dissera ao marido: "Pode tocar o que quiser." Jamais havia colocado uma camisinha nele, cavalgara-o daquela forma, sussurrara como era bom tê-lo dentro dela.

Era como se ela houvesse assumido outra personalidade ao se deitar com Paul, tal como havia acontecido com Mark ao entrar naquela boate no Soho. De uma hora para outra, ela se sentira à vontade para falar o que bem entendesse, para fazer o que quisesse, para ser ela mesma sem se preocupar com o que pensariam dela.

Nunca tivera algo parecido com Michel. Quando eles se conheceram, ela era a aluna e ele, o professor. Não se sentia à altura dele, sempre na obrigação de impressioná-lo. Mesmo depois, já casados, sempre se via buscando a aprovação dele, muito embora ele nunca fizesse o mesmo com ela. Na cama, buscava o prazer dele, não o seu.

Depois de um tempo, Paul disse:
– No que você está pensando?
– No meu casamento.
– O que tem o seu casamento?

Flick se perguntou até onde estava disposta a se abrir. Mais cedo ele dissera que queria se casar com ela; mas isso fora antes do sexo. Rezava a lenda feminina que os homens nunca se casavam com as moças que iam para a cama com eles antes. Bem, nem sempre era assim. Ela própria havia se deitado com Michel antes do casamento. De qualquer forma, ela decidiu contar apenas um pedaço da verdade:
– Meu casamento acabou.

– É uma decisão drástica.

Ela soergueu o tronco e olhou para ele.

– Isso o incomoda?

– Pelo contrário. Se com isso você abrir uma porta para mim... Quero muito ficar com você.

– Está falando sério?

Ele a tomou nos braços:

– Tenho até medo de dizer quanto.

– Medo?

– Medo de assustar você. Falei uma grande besteira mais cedo hoje.

– Sobre casar comigo e ter filhos?

– Estava sendo sincero, mas creio que fui um tanto arrogante.

– Por mim, tudo bem – disse Flick. – Quando as pessoas são muito comportadas, geralmente é porque não estão se envolvendo. Um pouquinho de falta de jeito é sinal de sinceridade.

– É, acho que você tem razão. Nunca tinha pensado nisso.

Ela acariciou a face dele. Os pelos da barba começavam a crescer e a luz que vinha da janela já permitia vê-los. Obrigou-se a não olhar para o relógio: não queria ficar conferindo quanto tempo ainda tinham juntos.

Correu a mão pelo rosto dele e foi mapeando as feições com a ponta dos dedos: as sobrancelhas espessas, a órbita profunda dos olhos, o nariz grande, os lábios sensuais, o queixo protuberante.

– Por acaso você tem água quente? – perguntou ela do nada.

– Claro que sim. O serviço aqui é de primeira. Tem uma bacia ali no canto.

Ela se levantou da cama.

– O que você está fazendo? – quis saber ele.

– Fique aí.

Flick atravessou o quarto descalça. Sentiu o olhar do americano no seu corpo nu e desejou não ter quadris tão largos. Numa prateleirinha sobre o lavatório havia uma caneca com um tubo de creme dental e uma escova de dentes feita de madeira, que ela sabia ser francesa. Ao lado jaziam um aparelho de barbear, um pincel e um pote de creme de barbear. Ela olhou de relance para Paul e viu que ele a observava.

– Minha bunda é muito grande, não é?

Ele riu.

– Não, não é.

Flick voltou para a cama.

– O que você pretende fazer com isso? – perguntou Paul.

– Barbear você.

– Para quê?

– Você vai ver.

Flick lambuzou o rosto dele com o creme, depois voltou ao lavatório, encheu a caneca com água quente, jogou nela o aparelho de barbear e, devidamente equipada, montou em Paul, do mesmo jeito que fizera antes. Dessa vez não para uma segunda rodada de amor, mas para barbeá-lo com esmero.

– Onde foi que aprendeu isso? – perguntou ele.

– Calado – ordenou ela. – Cansei de ver mamãe fazendo a barba do papai. Ele gostava de beber, e na reta final já não tinha firmeza na mão para empunhar uma lâmina. Então era a mamãe que o barbeava. Levante o queixo.

Paul obedeceu, e ela escanhoou a pele sensível da garganta. Isso feito, empapou uma flanela na água quente, usou-a para enxaguar o rosto dele, depois buscou uma toalha limpa para secá-lo.

– Agora eu devia botar um pouquinho de hidratante, mas suponho que isso seria um atentado grave à sua virilidade.

– Nunca me ocorreu usar hidratante.

– Deixe pra lá.

– E agora?

– Lembra daquilo que você estava fazendo antes de eu pegar a camisinha?

– Sim.

– Não ficou se perguntando por que não deixei você prosseguir?

– Achei que você estava ansiosa para... para ir adiante.

– Não. Sua barba estava arranhando minhas coxas exatamente naquela área em que a pele é mais sensível.

– Ah, desculpe.

– Mas você ainda pode se redimir.

Ele franziu o cenho.

– Como?

Flick grunhiu como se estivesse desapontada:

– Vamos lá, Einstein. Agora que não tem mais barba...

– Aaaah, claro! Então foi por *isso* que você me barbeou? *Claro* que foi! Você quer que eu...

Sorrindo, Flick se jogou de volta na cama e abriu as pernas.

– Será que esta dica é suficiente?

Ele riu.

– Acho que sim – disse.

Então se curvou sobre Flick e ela fechou os olhos.

CAPÍTULO VINTE E OITO

O ANTIGO SALÃO DE baile ficava na ala oeste do castelo de Sainte-Cécile. Fora atingido apenas parcialmente pelas bombas, e uma pilha de escombros ainda podia ser vista nos fundos do cômodo: frontões despedaçados, ladrilhos quebrados, nacos de parede pintada. O resto permanecia intacto. Sempre que via o sol da manhã atravessar o amplo buraco aberto no telhado para incidir nas colunas quebradas, Dieter achava aquilo pitoresco e se lembrava das ruínas clássicas tantas vezes retratadas na pintura vitoriana.

Tinha decidido fazer a reunião da equipe ali. A alternativa era reunir os homens na sala de Weber, mas isso poderia dar a falsa impressão de que era ele, Weber, quem estava no comando da operação. No salão de baile havia uma plataforma, onde certamente um dia ficaram as orquestras, e sobre ela agora havia uma lousa. Os homens trouxeram cadeiras de outras partes do prédio e as arrumaram em quatro fileiras de seis diante da plataforma. Ao vê-las, Dieter ficou orgulhoso do senso de organização de seus compatriotas. Se fossem franceses, teriam largado aquelas cadeiras de qualquer modo por ali. Weber, que havia arregimentado a equipe, logo tratou de se acomodar na plataforma, virado para os homens, deixando bem claro que era um dos comandantes e não um subordinado de Dieter.

A presença de dois comandantes de mesma patente e hostis um ao outro era um grande risco para a operação. Dieter tinha plena consciência disso.

Sobre a lousa ele desenhou um mapa bastante fiel do vilarejo de Chatelle. O lugar se resumia a três casas grandes (provavelmente sedes de fazenda ou vinícola), seis casebres e uma padaria. As edificações se organizavam em torno de um cruzamento de estradas, com vinhedos por toda parte, a não ser para leste, onde ficava um pasto com mais ou menos um quilômetro de comprimento e um lago nos fundos. Dieter supunha que o lugar era usado para a criação de animais, uma vez que o solo era muito úmido para o cultivo de parreiras.

– Os paraquedistas vão tentar aterrissar nesse pasto – explicou ele. – Que, ao que tudo indica, é usado regularmente como campo de pouso clandestino. É nivelado e extenso o suficiente para receber um Lysander ou até mesmo um Hudson. O lago é grande o bastante para ser visto do alto e usado como ponto de referência. Há um pequeno curral na extremidade sul do pasto, e é nele que os comitês de recepção devem se esconder enquanto esperam pelo avião.

Para dar mais ênfase, fez uma pequena pausa e só depois prosseguiu:

– O mais importante é que todos aqui se lembrem: *nós queremos que esses paraquedistas aterrissem*. Devemos evitar qualquer ação que possa revelar nossa presença, tanto para o piloto do avião quanto para o comitê de recepção que estará escondido no curral. Precisamos ser silenciosos e invisíveis. Se o avião der meia-volta e for embora com os agentes a bordo, teremos perdido uma oportunidade de ouro. Um desses paraquedistas é uma mulher que pode nos dar informações sobre quase todas as células da Resistência na França. Se for capturada...

Weber interveio, mas apenas para lembrar que estava ali:

– Faço minhas as palavras do major Franck. Não corram nenhum risco! Não chamem atenção! Atenham-se ao plano!

– Muito obrigado, major – disse Dieter. – O tenente Hesse dividiu vocês em duplas designadas de A a L. Cada edificação deste mapa está marcada com uma letra. Chegaremos a Chatelle às vinte horas. Muito rapidamente, vamos entrar em cada uma dessas edificações. Todos os residentes serão agrupados na maior das três casas, conhecida como Maison Grandin, e lá permanecerão até o fim da operação.

Um dos homens ergueu a mão, e Weber berrou:

– Schuller! A palavra é sua.

– Senhor, e se o pessoal da Resistência passar por uma dessas casas e encontrá-la vazia? Vão ficar desconfiados, não vão?

– Boa pergunta – disse Dieter. – Mas acho pouco provável que isso aconteça. Suponho que todos os membros do comitê de recepção sejam pessoas de fora. Não é comum que agentes aterrissem na proximidade de simpatizantes, um risco de segurança desnecessário. Aposto que vão chegar depois que tiver anoitecido e irão direto para o curral, sem incomodar nenhum dos moradores.

Weber interveio de novo.

– É o procedimento padrão da Resistência – falou, mas com ares de um médico a dar seu diagnóstico.

– Nosso quartel-general será na Maison Grandin – prosseguiu Dieter. – O major Weber assumirá o comando por lá.

Essa era sua estratégia para manter Willi Weber longe da ação real.

– Os prisioneiros ficarão trancados onde for mais conveniente, de preferência um porão – prosseguiu Dieter. – De forma alguma podem nos perturbar, pois precisamos de tranquilidade e silêncio para ouvir a chegada do comitê de recepção e, mais tarde, do avião que virá de Londres.

Weber tomou a palavra:

– Atirem em qualquer prisioneiro que insistir em fazer barulho.

Dieter tomou-a de volta:

– Assim que os moradores tiverem sido presos, as equipes A, B, C e D assumirão seus respectivos postos nas estradas que levam ao vilarejo. Quando detectarem a chegada de alguém ou de algum veículo, avisarão pelo rádio de ondas curtas e não farão mais nada. Não farão rigorosamente nada que impeça a passagem deles, não farão rigorosamente nada que denuncie sua presença.

Correndo os olhos pelo salão, ficou se perguntando se aquela gente da Gestapo tinha miolos suficientes para obedecer às suas ordens.

– Eles precisarão de transporte para seis paraquedistas mais o comitê de recepção. Portanto deverão chegar num ônibus, num caminhão ou talvez num comboio de carros. Imagino que entrarão no pasto por este portão aqui. Nesta época do ano o chão está seco, não há risco de atolamentos. Depois irão estacionar por aqui, em algum lugar entre o portão e o curral.

Ele mostrou a área no mapa.

– As equipes E, F, G e H aguardarão neste arvoredo próximo ao lago, cada uma com o seu holofote. As equipes I e J permanecerão na Maison Grandin para vigiar os prisioneiros e manter o posto de comando junto com o major Weber.

Dieter não queria Weber por perto no momento da captura.

– As equipes K e L irão comigo para o outro lado desta cerca viva próxima ao curral.

Hans já identificara quais dentre eles eram os melhores

atiradores e por isso os havia designado para acompanhar Dieter.

– Quanto a mim – prosseguiu ele –, estarei comandando a operação no pasto com um rádio na mão, através do qual todos vocês poderão se comunicar comigo. Quando ouvirmos o avião se aproximar, não faremos *nada*! Ficaremos observando a aterrissagem dos paraquedistas e esperando que o comitê de recepção saia do curral para reagrupá-los e conduzi-los até os veículos.

Foi pensando em Weber que ele ergueu a voz para dizer:

– *Só depois de terminado esse processo, nem um segundo antes, é que vamos prender alguém!*

Seria difícil que algum agente se precipitasse depois de tantas recomendações. A menos que estivesse acatando ordens de um superior mais afoito, isto é, Weber.

– Quando for a hora, darei um sinal. Daí em diante, até que a ordem de retirada seja dada, as equipes A, B, C e D deterão qualquer pessoa que tentar entrar ou sair do vilarejo. As equipes E, F, G e H acenderão os holofotes e os apontarão para os inimigos. As equipes K e L avançarão para finalizar a captura. Nenhuma bala será disparada contra os ingleses, entendido?

Schuller, que parecia ser a única cabeça pensante do grupo, mais uma vez ergueu a mão.

– E se eles abrirem fogo?

– Não revidem. Essas pessoas não terão nenhuma serventia para nós se estiverem mortas! Joguem-se no chão e mantenham os holofotes na direção delas. Apenas as equipes E e F estão autorizadas a usar suas armas. Mesmo assim, estão instruídas para ferir, não para matar.

O telefone tocou no salão e Hans Hesse atendeu.

– É para o senhor – falou a Dieter. – Do gabinete de Rommel.

O timing não poderia ter sido melhor, pensou Dieter ao receber o aparelho. Mais cedo ele telefonara para a secretária de Walter Goedel em La Roche-Guyon e deixara um recado, pedindo que o ajudante de ordens de Rommel ligasse de volta.

– Walter, meu camarada – disse. – Como vai o marechal?

– Vai bem. O que você quer? – disse Goedel, com a rispidez de sempre.

– Pensei que ele gostaria de saber que estamos a um passo de uma importante cartada: a prisão de um grupo de sabotadores no ato de sua chegada.

Dieter evitou dar mais detalhes por telefone, muito embora estivesse falando de uma linha militar alemã e o risco de escuta por parte da Resistência fosse praticamente nulo.

– Segundo fui informado, uma dessas pessoas pode nos revelar muita coisa sobre inúmeras células da Resistência.

– Ótimo – disse Goedel. – Você não sabe, mas estou em Paris. Quanto tempo levo para chegar a Reims? Umas duas horas?

– Três.

– Então vou me juntar a vocês nessa operação.

Dieter ficou radiante.

– Claro! – disse ele. – Se essa é a vontade do marechal... Encontre-nos no castelo de Sainte-Cécile o mais tardar às dezenove horas.

Ao olhar para Weber, viu que ele estava ligeiramente pálido.

– Muito bem, então – disse Goedel, e desligou.

Dieter devolveu o telefone a Hans.

– O major Goedel, ajudante de ordens do marechal de campo Rommel, virá ao nosso encontro para acompanhar a operação desta noite – disse ele com ar triunfal. – Mais um motivo para que tenhamos um comportamento impecável, exemplar.

Sorrindo, correu os olhos pelo grupo até pousá-los sobre Weber.

– Que sorte, você não acha? – concluiu.

CAPÍTULO VINTE E NOVE

AS JACKDAWS SE ESPREMIAM no pequeno ônibus que desde cedo vinha contornando a cidade de Londres pelo oeste, atravessando lentamente bosques cerrados e vastos trigais enquanto ziguezagueava de um povoado a outro. O interior do país parecia tão alheio à guerra quanto ao século XX. Flick rezava para que permanecesse assim por muitos e muitos anos. Ao passarem pela medieval Winchester, onde também havia uma famosa catedral, ela pensou em Reims e nos nazistas fardados que infestavam a cidade, ora zanzando pelas ruas, ora circulando nos carros pretos da Gestapo. Era uma grande sorte que eles tivessem decidido estacionar do outro lado do canal da Mancha. A certa altura, embalada pelo bucolismo da paisagem e pela noite passada em claro nas delícias do amor, Flick recostou a cabeça no ombro mais próximo, o de Paul, e adormeceu.

Já eram duas horas da tarde quando chegaram ao vilarejo de Sandy, no condado de Bedfordshire. O ônibus desceu por uma sinuosa estradinha vicinal e tomou um caminho de terra para atravessar um bosque e estacionar diante de uma mansão chamada Tempsford House. Flick já estivera ali antes. O casarão funcionava mais ou menos como uma sala de embarque para um campo de aviação usado clandestinamente pela Força Aérea britânica, o campo de Tempsford, que ficava nas imediações. Flick desceu do ônibus e deixou dentro dele toda a tranquilidade que sentira durante a viagem. Para ela, aquele prédio, apesar de toda a elegância de sua arquitetura setecentista, estava associado à tensão das horas que antecediam os voos que a levavam para o território inimigo.

Tarde demais para um almoço, o grupo foi recebido com chá e sanduíches na sala de jantar. Flick tomou seu chá, mas estava ansiosa demais para comer o que quer que fosse. As outras, no entanto, limparam as bandejas antes de serem levadas para os quartos.

Mais tarde elas voltaram para uma reunião na biblioteca, que naquele momento mais lembrava a sala de figurinos de um estúdio de cinema. Por toda parte se viam araras com casacos, vestidos e saias, um sem-número de caixas de chapéu e sapatos, além de outras tantas, maiores que as primeiras e etiquetadas em francês: *culottes, chaussetes, mouchoirs* – calcinhas, meias, lenços. No centro do cômodo ficava uma ampla mesa de cavalete com diversas máquinas de costura.

No comando da operação estava madame Guillemin, uma senhora de porte esguio que aparentava uns 50 anos e trajava um elegante casaquinho curto sobre um vestido de cintura fina abotoado no peito. Ela equilibrava um par de óculos na ponta do nariz e trazia uma fita métrica pendurada ao pescoço. Foi num francês de sotaque parisiense que se dirigiu às moças:

– Como vocês sabem, as roupas francesas são diferentes das inglesas. Não vou dizer que sejam mais chiques, não é isso. É que elas são... elas são mais... elas são... mais *chiques* e ponto final – admitiu ela com um dar de ombros, e as moças riram.

Não se tratava apenas de uma questão de gosto, pensou Flick. Os casacos franceses geralmente eram uns vinte centímetros mais compridos que os ingleses, e as diferenças eram inúmeras no âmbito dos detalhes, podendo muito bem revelar um agente disfarçado. Assim sendo, todas as roupas que estavam naquela biblioteca ou haviam sido trazidas da França, ou trocadas por peças inglesas com refugiados em Londres, ou copiadas de originais franceses para depois serem submetidas a muitas lavagens até perderem o aspecto de novas.

– Estamos no verão – prosseguiu a francesa –, então temos muitos vestidinhos de algodão, terninhos de uma lã mais leve e casacos impermeáveis.

Apontou para as duas moças que aguardavam junto às máquinas de costura.

– Minhas ajudantes farão os ajustes necessários para que tenham um caimento perfeito.

– Precisamos de roupas que pareçam caras, mas que estejam razoavelmente gastas – pediu Flick. – Se formos interpeladas pela Gestapo, precisamos nos fazer passar por respeitáveis senhoras francesas.

E, quando tivessem de assumir o papel de faxineiras, bastaria retirar os chapéus, as luvas e os cintos.

Madame Guillemin começou por Ruby. Analisou-a por um instante, depois buscou nas araras um vestido azul-marinho e uma capa de chuva bege.

– Experimente isto – falou. – O casaco é masculino, mas em tempos de guerra, sobretudo na França, ninguém pode se dar ao luxo de ficar escolhendo muito.

Ela apontou para um canto da biblioteca.

– Pode se trocar atrás daquele biombo ali e, para as mais tímidas, há uma pequena antessala do outro lado da mesa. Ao que parece, era lá que o proprietário da casa se trancava quando queria ler seus livros indecentes.

Todas tornaram a rir, menos Flick, que já conhecia todo o repertório de piadinhas da costureira.

Madame Guillemin fixou os olhos em Greta.

– Já penso em algo para você – disse, então buscou roupas para Jelly, Diana e Maude, que foram se trocar atrás do biombo ou na salinha contígua.

Esperou que elas saíssem e falou baixinho para Flick:

– O que é isso, uma piada?

– Do que está falando?

A francesa se virou para Greta.

– Você é homem.

Flick grunhiu de decepção e baixou a cabeça. Bastaram alguns segundos para que a costureira visse além do disfarce de Greta. Um péssimo sinal.

– Pode enganar muita gente – prosseguiu madame Guillemin –, mas não a mim. Eu logo vi.

– Como? – perguntou Greta.

– As proporções estão todas erradas: ombros largos demais, cintura fina demais, pernas muito fortes, mãos muito grandes... Nada disso escapa aos olhos de uma especialista como eu.

– Ela precisa passar por mulher nesta operação, portanto... faça o que for possível, por favor – disse Flick, com irritação.

– Claro, claro. Mas, pelo amor de Deus, não deixe que ela seja vista por uma modista.

– Não há esse risco. Não há modistas na Gestapo – garantiu Flick.

Mas ela só fingiu estar tão segura. Não queria que a costureira percebesse o real tamanho da sua preocupação.

Madame Guillemin se voltou para Greta.

– Vou dar a ele uma camisa e uma saia de cores contrastantes, bem como um casaco três-quartos. Isso deve disfarçar um pouco a altura – disse, saindo para buscar as roupas novas de Greta.

Ao vê-las, Greta ficou claramente desapontada. Seu gosto pendia para o exuberante. Mas não disse nada. Não queria reclamar.

– Sou das tímidas – disse apenas –, então vou para o quartinho.

Por fim a francesa entregou a Flick um vestido verde-maçã e um casaco que combinava.

– Estas cores vão realçar os seus olhos – disse. – Sei que você não quer chamar atenção, mas não vejo motivos para que não fique bonita. Aliás, a beleza até pode vir a calhar no caso de uma enrascada.

O vestido era mais largo e caiu feito uma tenda sobre Flick. Ela pôs um cinto.

– Perfeito – sentenciou madame Guillemin. – Você até parece uma francesinha, de tão elegante.

Flick não contou a ela que o principal objetivo daquele cinto era servir de suporte para uma arma.

Já com suas novas roupas, as moças agora desfilavam pelo cômodo, rindo alto, falando muito, trocando comentários. Madame Guillemin fizera boas escolhas e todas pareciam satisfeitas, embora algumas das peças precisassem de ajustes.

– Enquanto fazemos os consertos, por que vocês não escolhem os acessórios por conta própria? – sugeriu a francesa.

E assim elas perderam a timidez. Vestidas somente com as roupas de baixo, faziam palhaçadas enquanto experimentavam chapéus e sapatos, echarpes e bolsas. Por um momento se esqueceram dos perigos que estavam por vir e se divertiram feito crianças.

Greta enfim surgiu da antessala e Flick a avaliou com interesse. Estava surpreendentemente elegante: erguera o colarinho da camisa branca – o que lhe dava um charme adicional – e jogara o casaco sobre os ombros sem vesti-lo, como se fosse uma capa. Madame Guillemin ergueu uma das sobrancelhas, mas não fez nenhum comentário.

O vestido de Flick precisava ser encurtado. Enquanto isso era feito, ela examinou seu casaco com mais cuidado. O trabalho de agente lhe dera um olhar apurado para os detalhes, e ela agora verificava costuras, forro, botões e bolsos para se certificar de que tudo estava de acordo com o estilo francês. Não encontrou nenhuma incongruência. A etiqueta no colarinho dizia "Galeries Lafayette".

Em seguida ela voltou para o lado de Madame Guillemin e mostrou sua faquinha de lapela, uma lâmina fina com não mais que oito centímetros de comprimento, porém terrivelmente afiada. No lugar do cabo havia apenas um acabamento em madeira e a bainha era de um couro muito fino, dotado de furinhos para a passagem de fios de linha.

– Preciso que isto aqui seja costurado sob a lapela – disse Flick.

A francesa examinou o objeto.

– Não vejo nenhum problema – disse.

Cada uma das moças recebeu uma pequena pilha de roupas de baixo, duas unidades de cada item, tudo com etiquetas de lojas francesas. Com uma inacreditável acuidade, a costureira havia acertado não só no tamanho das peças, mas também no estilo preferido pelas moças: corpetes para Jelly, belas calcinhas de renda para Maude, calçolas escuras e sutiãs anatômicos para Diana, *chemises* e calcinhas mais simples para Ruby e Flick.

– Os lenços estão com as marcas de diferentes lavanderias de Reims – disse madame Guillemin com uma ponta de orgulho.

Por fim ela buscou uma seleção de malas e sacolas de viagem, umas de couro, outras de fibra, todas com diferentes tamanhos e cores. Cada uma das moças escolheu a sua e encontrou no interior uma escova de dentes, um tubo de pasta, um potinho de pó compacto, outro de graxa de sapato, maços de cigarro e caixas de fósforo, tudo de marcas francesas. Embora não fossem ficar muito tempo, Flick havia insistido num kit completo para sua equipe.

– Lembrem-se – advertiu-as Flick. – Vocês não podem levar nada além daquilo que receberam aqui. A vida de vocês pode depender disso.

Os risinhos e as brincadeiras cessaram imediatamente. As moças tinham sido lembradas do perigo que teriam de enfrentar dali a algumas horas.

– Agora subam para os quartos e vistam as roupas francesas, inclusive as de baixo. Voltamos a nos encontrar aqui para jantar.

A sala principal da mansão fora transformada numa espécie de bar. Entrando nela, Flick deparou com uns dez ou doze homens, alguns com farda da Força Aérea, todos incumbidos de algum voo clandestino em céus franceses. Ela conhecia o procedimento. Uma lousa informava os nomes ou codinomes daqueles que partiriam à noite, junto com os horários em que deviam deixar a mansão.

ARISTÓTELES – 19H50
CAP. JENKINS E TEN. RAMSEY – 20H05
TODAS AS JACKDAWS – 20H30
COLGATE E BUNTER – 21H
SR. BLISTER, PARADOXO, SAXOFONE – 22H05

Ela conferiu o relógio. Eram seis e meia. Apenas mais duas horas até a partida.

Sentando-se ao balcão, ela correu os olhos pelos homens e ficou se perguntando quais deles voltariam com vida para a Inglaterra e quais morreriam no campo de batalha. Alguns pareciam jovens demais, fumavam e contavam piadas como se não tivessem nada com que se preocupar. Os mais velhos, mais circunspectos, saboreavam seu uísque ou gim como se jamais fossem ter a oportunidade de fazê-lo outra vez. Flick pensou nos pais daqueles homens, nas esposas e namoradas, nos filhos. O trabalho daquela noite talvez abrisse no coração dessas pessoas uma ferida que dificilmente cicatrizaria.

As reflexões sombrias de Flick foram interrompidas pelo susto que levou assim que olhou para a porta. Embrulhado num terno risca de giz, Simon Fortescue, o escorregadio burocrata do MI6, acabara de entrar na sala e trazia a tiracolo ninguém menos que Denise Bowyer, a aristocrata faladora recém-dispensada da equipe. Flick mal pôde acreditar no que via.

– Felicity, que bom encontrá-la antes de partir – disse Simon.

Sem esperar por um convite, puxou um banco para Denise.

– Barman – chamou ele –, um gim-tônica, por favor. E para lady Denise...

– Um martíni, bem seco.

– E para você, Felicity?

Flick não respondeu.

– Ela deveria estar na Escócia.

– Deve ter havido algum engano. Denise me contou sobre o tal sujeito, o policial que...

– Não houve engano – interrompeu Flick. – Denise foi reprovada numa seleção e ponto final.

Denise resmungou algo com desdém, e Fortescue disse:

– Não consigo entender como uma moça tão inteligente e de família tão boa possa ter sido rep...

– Ela é uma matraca.

– O quê?

– Não é confiável! Não é capaz de manter a porcaria da boca fechada. Não devia estar solta por aí!

Fortescue procurou se controlar. Baixou a voz:

– Não sei se você sabe, Felicity, mas o irmão dela é o atual marquês de Inverlocky, que é *muito* próximo do primeiro-ministro. Foi o próprio Inverlocky quem pediu que eu desse a ela uma oportunidade de colaborar. Portanto, seria uma terrível falta de tato da sua parte...

– Vamos ver se entendi direito – falou Flick, praticamente berrando.

Os vizinhos de balcão ergueram o rosto, assustados.

– Quer que eu inclua uma pessoa pouco ou nada confiável numa operação de altíssimo risco em território inimigo para fazer um favor a seu nobre amigo marquês, é isso?

Nesse meio-tempo, Percy e Paul chegaram. Percy agora encarava Fortescue sem fazer o menor esforço para disfarçar o desprazer.

– Será que ouvi direito? – falou Paul.

– Trouxe Denise comigo porque, falando francamente, seria um grande vexame para o governo deixá-la de fora de...

– E um *risco de vida* para mim se ela vier! – rebateu Flick, exaltada. – Está gastando saliva à toa, Fortescue. Ela está fora do grupo.

– Não quero ser obrigado a usar minha patente...

– Patente? *Que patente?* – interrompeu Flick mais uma vez.

– Sou coronel reformado da Guarda Real...

– *Está aposentado!*

– ... e isso equivale a uma patente de brigadeiro nos quadros do...

– Não seja ridículo, você nem é das Forças Armadas.

– Não se trata de um pedido, mas de uma *ordem*: Denise será reintegrada à sua equipe.

– Nesse caso, vou ter de repensar minha resposta.

– Assim é bem melhor. Estou certo de que não se arrependerá.

– Pronto, já repensei. Aqui está minha resposta: *vá à merda!*

Fortescue ficou vermelho de raiva. Jamais fora tão desacatado por uma mulher. Sequer encontrava o que dizer, o que não era seu costume.

– Ora, ora – disse Denise. – Agora sabemos exatamente com que tipo de pessoa estamos lidando.

– Vocês estão lidando comigo – interveio Paul e, voltando-se para Fortescue: – Sou eu quem está no comando desta operação e em hipótese alguma a srta. Bowyer será admitida na minha equipe. Caso não esteja de acordo, ligue para o Monty.

– Muito bem dito, rapaz – emendou Percy.

Fortescue enfim destravou a língua. De dedo em riste, falou para Flick:

– Ainda virá o dia, sra. Clairet, em que se arrependerá do que disse.

Ele se levantou do banco.

– Sinto muito, lady Denise, mas acho que não temos mais nada a fazer aqui – falou por fim, e ambos saíram.

– Bundão idiota... – resmungou Percy.

– Melhor irmos jantar – disse Flick.

As demais Jackdaws já esperavam à mesa. Enquanto faziam sua última refeição em solo inglês, Percy foi presenteando uma a uma com um mimo razoavelmente caro: para as fumantes, uma cigarreira de prata; para as outras, um estojo de ouro para pó compacto.

– São de fabricação francesa – disse ele. – Portanto, podem levar com vocês.

A alegria das moças não durou muito, pois logo em seguida ele ajuntou:

– Não foram escolhidos à toa. São objetos de algum valor e poderão ser penhorados numa emergência.

A comida era farta, um verdadeiro banquete para tempos de guerra, e as Jackdaws se regalaram. Embora não estivesse com muita fome, Flick se obrigou a comer um filé bem grande, já pensando nas agruras que teria de enfrentar na França.

Terminado o jantar, todas subiram aos quartos, buscaram suas coisas e embarcaram no ônibus que as levaria para o campo de pouso. Seguiram por uma estradinha secundária e depois de um tempo cruzaram uma linha férrea para chegar ao que parecia um ajuntamento de edificações rurais à beira de um amplo descampado. Uma placa informava: FAZENDA GIBRALTAR. No entanto, Flick sabia que ali não havia fazenda nenhuma, mas uma base improvisada pela Força Aérea conhecida como Tempsford. Os celeiros eram na realidade hangares construídos com estruturas metálicas pré-fabricadas, os barracões Nissen, que vinham sendo utilizados para os mais diversos fins desde o início da guerra.

Elas entraram num falso estábulo e lá encontraram um oficial montando guarda diante de inúmeras prateleiras de equipamentos. Todas foram revistadas antes de receberem suas armas. Uma caixa de fósforos ingleses foi encontrada na mala de Maude; Diana levava no bolso as palavras cruzadas ainda incompletas que mais cedo tirara do *Daily Mirror* e agora jurava ter a intenção de deixar no avião; Jelly, a incorrigível jogadora, escondia um baralho em cujas cartas estava escrito *Made in Birmingham*.

Paul distribuiu os documentos de identidade, os cartões de racionamento e os cupons de vestuário. Cada uma recebeu 100 mil francos franceses, quase tudo em surradas notas de mil. O valor equivalia a 500 libras esterlinas e era suficiente para comprar dois carros Ford.

Por fim cada uma recebeu suas armas: uma pistola Colt automática calibre 45 e uma faca Commando de fio duplo. Flick agradeceu, mas recusou ambas, pois levaria sua Browning 9 milímetros e a faquinha que madame Guillemin havia costurado sob a lapela do casaco. Estava usando um cinto no qual poderia enfiar a pistola automática ou até, se preciso fosse, algo maior, como uma submetralhadora. Uma faca Commando era bem mais letal do que sua faquinha, porém mais volumosa. A grande vantagem da faquinha era que, caso fosse parada e pedissem seus documentos, Flick poderia inocentemente levar a mão ao pescoço e sacá-la.

Além disso, havia um fuzil Lee-Enfield para Diana e uma submetralhadora Sten com silenciador para Flick.

Os explosivos plásticos de que Jelly precisaria foram distribuídos em partes iguais entre as seis mulheres, de modo que, mesmo que algumas das malas e sacolas se perdessem, haveria uma quantidade suficiente para levar a missão a cabo.

– Isso aqui não vai explodir a gente? – perguntou Maude, preocupada.

Jelly, a especialista, explicou que não havia risco algum.

– Conheço um sujeito que pensou ser chocolate e comeu um pedaço – contou ela. – Não teve nem piriri, acredita?

O oficial da Força Aérea ofereceu granadas, as tradicionais Mills de forma arredondada e acabamento tipo casco de tartaruga, mas Flick insistiu nas granadas de uso geral que vinham em latas quadradas, pois, se preciso fosse, essas poderiam ser usadas como suplemento aos explosivos plásticos de Jelly.

Cada uma recebeu uma caneta-tinteiro com uma pílula suicida escondida na tampa.

Seguiu-se então a obrigatória visita ao banheiro antes que vestissem os macacões de salto. Nesses trajes havia um bolso especialmente confeccionado para abrigar uma pistola. Assim, se necessário, os agentes poderiam se defender logo após chegarem ao solo. Já vestidas, as moças colocaram o capacete, os óculos e, por fim, o cinto de paraquedismo.

Paul pediu para falar um instante com Flick do lado de fora. Ele trazia os importantíssimos passes especiais que permitiriam às mulheres entrar como faxineiras no castelo. Caso uma das Jackdaws fosse capturada pela Gestapo e nesse momento estivesse com seu passe, bastaria ligar uma coisa a outra para que o verdadeiro objetivo da missão ficasse evidente. Assim sendo, por questão de segurança, todos os documentos foram entregues a Flick para que ela os distribuísse na última hora.

Isso feito, ele puxou Flick para um beijo e ela correspondeu apaixonadamente, sem nenhum pudor, por pouco não perdendo o fôlego.

– Não vá fazer nenhuma besteira – sussurrou ele no ouvido dela. – Quero você de volta. Aqui, comigo.

Eles foram interrompidos por uma tosse discreta. Farejando no ar o cachimbo do chefe, Flick se desvencilhou do abraço.

– O piloto está esperando para trocar uma palavrinha com você – disse Percy ao americano.

Paul meneou a cabeça e saiu para falar com o homem.

Às costas dele, Percy disse ainda:

– Deixe bem claro que é Flick quem estará no comando daqui em diante!

– Claro!

Flick percebeu que Percy estava preocupado, o que era um mau sinal.

– Que foi que houve? – perguntou ela.

Ele tirou do bolso uma folha de papel e a entregou à subordinada.

– Um mensageiro de motocicleta trouxe isso do nosso QG em Londres. Chegou ontem à noite, da parte de Brian Standish.

Ele deu um trago nervoso no cachimbo, depois soprou a fumaça para o alto.

Flick examinou o papel à luz do luar. Tratava-se de uma decodificação, e o conteúdo teve sobre ela o efeito de um murro no estômago. Perplexa, ela ergueu o rosto novamente e disse:

– Brian esteve nas mãos da Gestapo!

– Só por alguns segundos.

– Pelo menos é o que está escrito aqui.

– Algum motivo para pensar diferente?

– Ah, *merda*! – ela deixou escapar.

Um militar que passava perto franziu o cenho, surpreso ao ouvir aquela expressão da boca de uma mulher.

Flick amassou o papel e o jogou no chão. Percy o recolheu imediatamente, esticou-o e disse:

– Vamos procurar manter a calma. Precisamos pensar com clareza.

Flick respirou fundo.

– Temos uma regra – insistiu ela. – Qualquer agente que for capturado pelo inimigo, *sejam quais forem as circunstâncias*, deve retornar a Londres imediatamente para apresentar seu relatório.

– Se ele voltar, você vai ficar sem um operador de rádio.

– Posso me virar sem um. E esse tal Charenton?

– Acho natural que mademoiselle Lemas tenha recrutado alguém para ajudá-la.

– Todos os novos recrutas precisam ser aprovados por Londres.

– Você sabe que essa regra nunca foi cumprida.

– No mínimo, precisam ser aprovados pelo comando local.

– Bem, pelo comando local ele foi aprovado. Michel acha que esse Charenton é confiável. Afinal, o sujeito salvou Brian das garras da Gestapo. A confusão na catedral... Acho difícil que tenha sido uma encenação, você também não acha?

– Pode ser que nunca tenha acontecido e que essa mensagem tenha saído direto do QG da Gestapo.

– Mas os códigos de segurança estão todos corretos. Além disso, eles não inventariam uma história sobre Brian ser capturado e libertado logo em seguida. Saberiam que isso nos deixaria desconfiados. Diriam apenas que ele chegou em segurança, e só.

– Tem razão. Mesmo assim, não estou gostando nada disso.

– Quer saber? Eu também não – disse Percy, para surpresa de Flick. – Mas não sei o que fazer.

Flick exalou um suspiro.

– Vamos ter de correr o risco. Não temos tempo para precauções. Se não inutilizarmos aquela central telefônica em três dias, será tarde demais. Não tem outro jeito, precisamos ir.

Percy assentiu. Estava com os olhos marejados. Levou o cachimbo à boca, mas não tragou. Em vez disso, puxou-o de volta e, num fiapo de voz, disse:

– Você é uma boa garota. Uma boa garota.

SÉTIMO DIA
Sábado
3 de junho de 1944

CAPÍTULO TRINTA

A EXECUTIVA DE OPERAÇÕES Especiais não dispunha de aviões próprios. Precisava pedi-los emprestados à Força Aérea, quase sempre com um fórceps em punho. Em 1941, muito a contragosto, a Força Aérea cedera dois Lysanders, pesados e lentos demais para dar suporte no campo de batalha, mas ideais para pousos clandestinos em território inimigo. Mais tarde, sob pressão de Churchill, dois esquadrões de bombardeiros obsoletos foram cedidos também, mas para grande desgosto de Arthur Harris, chefe do Comando de Bombardeiros, que jamais desistiria de mexer os seus pauzinhos na esperança de tê-los de volta. Na primavera de 1944, diante da necessidade de despachar para a França as dezenas de agentes incumbidos de preparar a invasão, a Executiva de Operações Especiais já tinha à sua disposição trinta e seis aeronaves.

O avião em que as Jackdaws embarcaram era um bombardeiro bimotor Hudson fabricado nos Estados Unidos em 1939 e que, com o surgimento do Lancaster de quatro motores, logo se tornara obsoleto. O Hudson dispunha originalmente de duas metralhadoras no nariz, às quais a Força Aérea acrescentara outras duas numa torre traseira. Nos fundos da cabine de passageiros ficava um escorregador, não muito diferente daqueles encontrados num parque de diversões, pelo qual os paraquedistas desciam para se jogarem do alto. Não havia poltronas nem bancos em seu interior, de modo que as seis mulheres, bem como o tripulante que as auxiliaria no salto, se acomodavam como podiam no piso metálico. Sofriam com o frio, o desconforto e o medo, mas, a certa altura, Jelly teve uma crise de riso e, com isso, descontraiu o ambiente.

O espaço era dividido com uma boa dezena de caixas metálicas, tão altas quanto uma pessoa e equipadas com um cinto de paraquedismo – cada uma delas contendo, segundo imaginava Flick, armas e munição para que alguma outra célula da Resistência pudesse interferir nas manobras alemãs durante a invasão. Após deixar as Jackdaws em Chatelle, o Hudson voaria para outro destino antes de dar meia-volta e retornar a Tempsford.

A decolagem havia atrasado em razão de um altímetro defeituoso que precisara ser substituído, portanto já passava de uma hora da madrugada quando enfim o grupo deixou para trás o litoral inglês. Sobre as águas do canal da Mancha, o piloto baixou o avião para algumas centenas de pés acima do mar, fora do alcance dos radares inimigos, e Flick chegou a recear que eles fossem confundidos e atingidos pelos navios da Marinha Real. Mas dali a pouco, para seu alívio, ele subiu novamente para oitocentos pés e se manteve nessa altitude até atravessarem o trecho mais protegido da costa francesa, que muitos chamavam de "A Muralha do Atlântico". Depois disso, baixou a aeronave para os trezentos pés a fim de facilitar a navegação.

O navegador consultava os mapas com a mais absoluta atenção, ora usando equações para calcular a posição do avião, ora tentando confirmá-la por meio de algum ponto de referência na paisagem. A lua crescia, faltavam apenas três dias para que ficasse completamente cheia, de modo que as cidades maiores podiam ser avistadas do alto, apesar do blecaute. No entanto, quase todas dispunham de brigadas de artilharia antiaérea, e por esse motivo precisavam ser evitadas, assim como todos os acampamentos e bases militares. Rios e lagos eram muito úteis para orientá-los, sobretudo quando havia luar para ser refletido na água. Florestas podiam ser identificadas como amplas manchas negras, e a inesperada ausência de uma delas indicava um erro qualquer na trajetória. Eventos aleatórios muitas vezes também vinham a calhar: o súbito rebrilhar dos trilhos de uma linha férrea, o fogo de uma locomotiva, os faróis de algum carro alheio ao blecaute.

Desde a decolagem, Flick vinha ruminando a notícia de Brian Standish sobre o novato Charenton. O mais provável era que a história fosse mesmo verdadeira. Por meio de algum dos prisioneiros capturados no último domingo, a Gestapo descobrira o ponto de encontro na cripta da catedral e preparara uma armadilha, na qual Brian caíra; mas, com a ajuda do novo recruta de mademoiselle Lemas, ele havia conseguido escapar. Tudo isso era perfeitamente plausível. No entanto, Flick detestava explicações plausíveis. Sentia-se segura apenas quando os eventos obedeciam à cartilha e nenhuma explicação era necessária.

Nas imediações da região de Champagne, outro recurso de navegação entrou em ação. Tratava-se de uma invenção recente, conhecida como Eureka-Rebecca. Um transmissor de rádio emitia um sinal de chamada a partir de algum local secreto em Reims (a tripulação do Hudson não sabia ao certo onde ele ficava, mas Flick, sim, pois fora Michel quem o colocara na torre da catedral). Essa era a metade Eureka do sistema. No avião estava a parte Rebecca, um receptor alojado na cabine junto ao navegador. O avião se achava uns oitenta quilômetros ao norte de Reims quando o navegador captou o sinal da transmissão feita pelo Eureka na catedral.

A intenção dos inventores era a de que a metade Eureka ficasse com o comitê de recepção junto ao campo de pouso, mas isso não era viável. O equipamento pesava mais de cinquenta quilos e era volumoso demais para ser transportado sem chamar atenção; não havia como explicar a presença dele até mesmo para o mais ingênuo dos agentes da Gestapo num ponto de controle qualquer. Então Michel e outros líderes da Resistência concordaram em colocar o transmissor num local permanente em vez de ficarem zanzando com ele pela cidade.

Portanto, agora só restava ao navegador voltar aos métodos tradicionais para localizar Chatelle. Por sorte ele tinha Flick a seu lado, alguém que já aterrissara no lugar inúmeras vezes e por isso era capaz de identificá-lo do alto. Àquela altura, eles já haviam passado do vilarejo e seguido mais de um quilômetro na direção leste, mas Flick avistou o lago a tempo de reorientar o piloto.

Eles sobrevoaram o pasto algumas vezes a trezentos pés de altitude, e não demorou para que Flick avistasse o L formado pelas quatro lanternas. A mais forte delas, na base da letra, piscava o código predeterminado. Não havendo mais dúvidas de que estava no lugar certo, o piloto subiu para uma altitude de seiscentos pés, a mais segura para os saltos de paraquedas: mais alto que isso, havia o risco de que o vento empurrasse os paraquedistas para além da zona de aterrissagem; menos que isso, o risco era de que o paraquedas não se abrisse por completo antes de atingir o solo.

– Estou pronto – avisou o piloto. – Prossiga quando quiser.

– *Eu* não estou pronta – disse Flick.

– Algum problema?

– Tem alguma coisa errada.

Os instintos de Flick enviavam um sinal de alerta não apenas pelo que acontecera a Brian na catedral. Havia algo mais. Apontando para oeste, na direção do vilarejo, ela disse:

– Olhe ali. Tudo escuro.

– Mas por que isso a surpreende? É o blecaute. Além disso, já passa das três da madrugada.

Flick balançou a cabeça.

– Nesses lugares mais remotos ninguém liga para essa história de blecaute. Sempre tem alguém com a luz acesa: uma mãe com o filho recém-nascido, um estudante que tenha prova no dia seguinte, alguém que sofre de insônia. Nunca vi esse vilarejo assim, completamente escuro.

– Se acha mesmo que há algum problema, é melhor sairmos daqui o mais depressa possível – disse o piloto, preocupado.

Algo mais preocupava Flick. Levou a mão à cabeça para coçá-la, mas os dedos bateram no capacete e isso a distraiu por um segundo, fazendo com que perdesse a linha do raciocínio.

O que fazer naquelas circunstâncias? Não seria razoável abortar a operação apenas porque, pela primeira vez na vida, os habitantes de Chatelle haviam resolvido obedecer à regra do blecaute.

O avião passou pelo pasto e se inclinou para retornar.

– Não se esqueça de uma coisa: o risco fica maior toda vez que a gente passa por cima desse pasto – disse o piloto, aflito. – Todo mundo nesse vilarejo pode ouvir nossos motores, e um deles pode chamar a polícia.

– Exatamente! – disse Flick. – A essa altura, todo mundo já deve ter sido despertado pelo barulho do avião. Mas ninguém acendeu uma mísera lâmpada!

– Sei lá. Esse pessoal do campo não tem muita curiosidade. São bichos do mato que não gostam de dar as caras pra ninguém.

– Bobagem. São tão curiosos quanto qualquer mortal.

O piloto parecia cada vez mais nervoso. Mesmo assim continuou desenhando círculos com o avião. Então Flick se deu conta de algo.

– O padeiro já deveria ter acendido o forno. Quase sempre a gente consegue ver o clarão do alto.

– Será que a padaria não está fechada hoje?

– Que dia é hoje? Sábado. Padarias fecham na segunda ou na terça, nunca no sábado. Que será que aconteceu? Isso aí está mais parecendo uma cidade fantasma!

– Então vamos embora.

Era como se alguém tivesse arrebanhado todos os habitantes, inclusive o padeiro, e os trancado num celeiro qualquer. Aliás, era isso o que a Gestapo teria feito caso a chegada delas tivesse sido descoberta.

Abortar a operação não era uma alternativa. A destruição daquela central telefônica era importante demais. Mas todos os instintos diziam a Flick que a aterrissagem não devia ser feita em Chatelle.

– Sempre há riscos – ponderou ela.

O piloto começava a perder a paciência.

– Então o que você pretende fazer?

De repente ela se lembrou das caixas metálicas que tinha visto na cabine dos passageiros.

– Qual é o seu próximo destino?

– Não tenho autorização para revelar.

– Eu sei. Mas, diante das circunstâncias, eu realmente preciso saber.

– Um descampado perto de Chartres.

Esse era o território da célula Vestryman.

– Conheço esse pessoal – disse Flick, agora mais animada, já imaginando uma solução. – Você pode nos deixar lá, junto com os suprimentos. Na certa haverá um comitê de recepção para nos ajudar. À tarde chegaremos a Paris, e amanhã de manhã estaremos em Reims.

Levando as mãos ao manche, o piloto disse:

– É isso mesmo que você quer fazer?

– É possível?

– Não vejo nenhum problema. A decisão tática é sua. É você quem está no comando da operação. Deixaram isso bem claro lá em Tempsford.

Flick avaliou as opções. Suas suspeitas talvez fossem infundadas, e nesse caso ela precisaria avisar Michel pelo rádio de Brian, dizendo que, embora a aterrissagem tivesse sido abortada, ela ainda estava a caminho. Mas, se o rádio de Brian estivesse nas mãos da Gestapo, ela não poderia avisar nada. O que não chegava a constituir um problema. Ela poderia rascunhar uma mensagem para que o piloto levasse de volta e entregasse a Percy, que depois daria um jeito de avisar Brian.

Também seria necessário alterar os arranjos já feitos para a coleta das Jackdaws após o término da missão. O combinado era que um Hudson aterrissasse em Chatelle às duas da manhã de domingo; caso as Jackdaws não estivessem lá, uma nova tentativa seria feita no dia seguinte, no mesmo horário. Na hipótese de que Chatelle já estivesse sob o controle da Gestapo, a aterrissagem teria de ser desviada para o campo de Laroque, apelidado de Champ d'Or, a oeste de Reims. Em razão da viagem de Chartres para Reims, a missão levaria mais um dia, de modo que a coleta teria de ser reprogramada para a madrugada de segunda-feira, se necessário com uma nova tentativa na madrugada de terça.

Comparando as possíveis consequências, o desvio para Chartres acarretaria o atraso de um dia, mas a aterrissagem em Chatelle poderia levar ao fracasso sumário da missão e à captura de todas as Jackdaws pela Gestapo. Portanto, não havia mais o que pensar.

– Vamos para Chartres – decidiu Flick.

– Positivo e operante.

O avião se inclinou para fazer a curva, e Flick voltou para a cabine. As Jackdaws olhavam para ela com expectativa.

– Mudança de planos – contou.

CAPÍTULO TRINTA E UM

DEITADO JUNTO A uma cerca viva e sem entender o que estava acontecendo, Dieter observava o avião desenhar círculos sobre o pasto.

Por que tanta demora? O piloto já havia sobrevoado a área de aterrissagem duas vezes. As lanternas sinalizadoras estavam acesas em seus devidos lugares. Seria possível que o líder do comitê de recepção tivesse piscado o código errado? Que os homens da Gestapo tivessem feito algo que levantara suspeitas? Era de enlouquecer. Felicity Clairet estava logo ali, a poucos metros de distância. Se ele disparasse sua pistola contra o avião, com sorte poderia atingi-la.

Dali a pouco o avião inclinou para o lado, deu meia-volta e saiu roncando na direção sul.

Dieter fervilhou por dentro. Flick Clairet escapara de suas garras. E sob os olhos de Walter Goedel, Willi Weber e mais vinte e quatro homens da Gestapo.

Enterrou o rosto nas mãos. O que poderia ter saído errado? Eram muitas as possibilidades. O ronco do avião ia ficando cada vez mais distante, e ele já podia ouvir os franceses falando alto no pasto, tão perplexos quanto eles. O mais provável era que Flick, uma espiã experiente, tivesse farejado algo estranho e abortado os saltos.

– O que você vai fazer agora? – perguntou Walter Goedel, espichado no chão a seu lado.

Dieter refletiu um instante. Havia quatro pessoas da Resistência ali: o líder Michel, ainda mancando por conta de um ferimento; Helicóptero, o operador de rádio inglês; um francês desconhecido e uma moça. O que fazer com eles? Em tese, a estratégia de deixar Helicóptero fugir fora ótima, mas na prática levara a dois vexames consecutivos e já não havia como insistir nela. O major precisava tirar algum proveito do fiasco daquela noite. Voltaria aos métodos tradicionais de interrogatório e, com sorte, salvaria não apenas a operação, mas sobretudo a própria reputação.

Levando o rádio de ondas curtas à boca, ele disse baixinho:
– Ação. Repito: ação.

Em seguida ficou de pé e sacou sua pistola automática.

Os holofotes escondidos atrás das árvores foram acionados, banhando de luz os quatro terroristas no meio do pasto. Eles agora olhavam de um lado para outro, assustados, vulneráveis.

– Vocês estão cercados! – gritou Dieter em francês. – Mãos para o alto!

Também de pé, Goedel sacou sua Luger. Os quatro homens da Gestapo que acompanhavam Dieter apontaram seus fuzis para as pernas dos franceses. Seguiu-se um momento de indecisão. Os resistentes abririam fogo? Se o fizessem, levariam fogo em resposta. Com sorte ficariam apenas feridos. Mas Dieter não queria contar mais com a sorte, que naquela noite parecia pouca. Na hipótese de que aqueles quatro morressem, ele ficaria de mãos abanando.

Os resistentes hesitaram.

Dieter deu um passo adiante, deixando-se iluminar pelos holofotes, e os quatro fuzileiros avançaram também.

– Mais de vinte armas estão apontadas para vocês – berrou.
– Não adianta reagir.

Um deles começou a correr.

Merda. As luzes eram fortes o bastante para que se visse o vermelho dos cabelos. Era o ingênuo Helicóptero quem chispava naquele pasto feito um touro bravo.

– Atirem – disse Dieter sem se alterar.

Todos os fuzileiros fizeram mira e dispararam juntos, a saraivada cortando o silêncio da noite. O inglês ainda deu mais uns dois passos antes de desabar.

Dieter olhou para os outros três. Aos poucos eles foram erguendo os braços em rendição.

– Avancem e imobilizem os prisioneiros – Dieter orientou as equipes que o acompanhavam, falando pelo rádio.

Enfim guardou sua pistola e caminhou até Helicóptero. O corpo estava inerte. Os fuzileiros da Gestapo miraram nas pernas, mas não era fácil acertar um alvo móvel no escuro, e uma das balas havia atingido o pescoço, mutilando a espinha dorsal ou a veia jugular, ou ambas. Dieter se ajoelhou e tentou tomar o pulso do rapaz. Não havia pulso a ser tomado.

– Você não era a pessoa mais esperta do mundo – falou baixinho, fechando os olhos do morto –, mas era valente. Descanse em paz.

Os outros três já estavam sendo desarmados e presos. Michel com certeza resistiria bem ao interrogatório. Dieter já o tinha visto em ação, sabia que o francês era um homem de brio. Seu ponto fraco talvez fosse a vaidade. Era um homem bonito, decerto mulherengo. Nesse caso, a tortura mais eficaz seria colocá-lo diante de um espelho para depois quebrar-lhe o nariz, triturar os dentes ou retalhar o rosto, fazendo-o ver que a cada minuto de afronta ele ficava mais feio, irremediavelmente mais feio.

O outro homem tinha um porte profissional, talvez fosse um advogado. Ao revistá-lo, um dos homens da Gestapo encontrou no bolso um passe que dava ao dr. Claude Bouler, médico, permissão para circular após o toque de recolher. Dieter supôs que se tratava de uma falsificação, mas quando os carros dos franceses foram revistados, encontrou-se num deles uma legítima maleta de médico, repleta de instrumentos e frascos. Ao ser preso, o tal médico ficara lívido, mas não perdera a compostura, e tudo indicava que ali estava outro que custaria a ceder.

A moça era a mais promissora do grupo. Aparentava uns 19 ou 20 anos. Era bonita, com cabelos escuros e compridos, mas parecia fitar o nada com os olhos grandes e opacos. Se o documento de identidade fosse verdadeiro, chamava-se Gilberte Duval. Tendo interrogado Gaston, Dieter já sabia que se tratava da amante de Michel, a rival de Felicity Clairet. Se usasse as estratégias certas, não deveria ser muito difícil fazê-la falar.

Os veículos da Gestapo foram trazidos do celeiro da Maison Grandin. Os prisioneiros seguiram num pequeno caminhão com os homens da Gestapo. Dieter deu ordens para que eles fossem colocados em celas separadas e impedidos de falar uns com os outros.

Ele e Goedel voltaram na Mercedes de Weber para Sainte-Cécile.

– Uma farsa deslavada! – ironizou Weber. – Quanto desperdício de tempo e contingente!

– Não acho – retrucou Dieter sem hesitar. – Tiramos quatro agentes subversivos de circulação, o que aliás é obrigação da Gestapo. E o melhor de tudo: três ainda estão vivos para serem interrogados.

– O que você espera tirar deles? – perguntou Goedel.

– Esse rapaz que morreu, o de codinome Helicóptero, era um operador de rádio – explicou Dieter. – Tenho uma cópia das tabelas de decodificação dele. Pena que não o pegamos com o rádio, mas, se pudermos encontrar o aparelho, poderemos nos fazer passar por ele.

– Mas se soubermos qual é a frequência atribuída a ele, podemos usar um transmissor qualquer, não?

– Não é bem assim – disse Dieter. – Cada transmissor soa diferente para os ouvidos mais experientes. E esses rádios portáteis são particularmente reconhecíveis. Todos os circuitos não essenciais são omitidos com o objetivo de economizar espaço, e o resultado disso é um sinal de má qualidade. Se tivermos um rádio idêntico ao dele, capturado de outro agente qualquer, talvez a semelhança de sinais seja grande o bastante para que possamos correr o risco.

– Devemos ter um desses em algum lugar.

– Se tivermos, estará em Berlim. É mais fácil tentarmos encontrar o desse rapaz.

– E como você pretende fazer isso?

– A mocinha dirá onde ele está.

Durante todo o resto do trajeto, Dieter foi formulando sua estratégia de interrogatório. Poderia torturar a garota na frente dos homens, mas talvez eles resistissem a isso. Talvez mais eficiente fosse fazer o contrário e torturar os homens na frente dela. Ou talvez houvesse um caminho mais fácil.

Um plano já começava a tomar forma em sua cabeça quando eles passaram diante da biblioteca pública no centro de Reims. Ele já havia notado o prédio antes, um tesouro da arquitetura art déco cercado por um pequeno jardim.

– Major Weber, você se incomodaria de parar aqui um instante? – disse.

Weber resmungou algo para o motorista.

– Por acaso vocês têm uma caixa de ferramentas no porta--malas do carro?

– Não faço a menor ideia – disse Weber. – Mas por que você quer saber?

– Claro que temos, major – interveio o motorista. – A caixa regulamentar de todos os veículos.

– Nessa caixa tem um martelo de bom tamanho?

– Tem sim, major.

O motorista saltou do carro.

– Não vou demorar – garantiu Dieter, e saltou também.

Recebeu do motorista um martelo de cabo comprido com uma pesada cabeça de aço e saiu com ele, passando por um busto de Andrew Carnegie para chegar à entrada da biblioteca. O lugar estava fechado e escuro. As vidraças eram protegidas por uma elaborada tela de ferro fundido. Contornando o prédio, ele encontrou na fachada lateral a porta que dava acesso ao porão, uma porta comum de madeira com uma placa na qual se lia: ARQUIVOS MUNICIPAIS.

Bastaram quatro marteladas para que a tranca se rompesse.

Dieter atravessou a porta arrombada e acendeu a luz. Em seguida subiu a escada que levava ao pavimento principal, atravessou o saguão e se dirigiu para a seção de literatura francesa. Na prateleira dos autores de letra F, encontrou o livro que procurava: *Madame Bovary*, de Gustave Flaubert. Encontrá-lo ali não chegava a constituir um golpe de sorte. Tratava-se de um clássico, e todas as bibliotecas do país na certa possuíam um exemplar dele.

Ele abriu o livro no capítulo nove e localizou a passagem na qual havia pensado. Sua memória não o enganara. A tal passagem atenderia perfeitamente sua necessidade.

Goedel o fitou com um olhar de surpresa ao vê-lo chegar ao carro com um livro nas mãos.

– Você queria algo para ler? – perguntou Weber, tão surpreso quanto o outro.

– Às vezes tenho dificuldade para dormir – respondeu Dieter.

Goedel riu. Tomou o livro de Dieter e leu o título.

– Um clássico da literatura mundial – disse. – Mesmo assim, acho que é a primeira vez que alguém arromba uma biblioteca por causa dele.

Eles seguiram para Sainte-Cécile e, antes que lá chegassem, Dieter já estava com seu plano formado.

No porão do palácio, ele mandou que o tenente Hesse preparasse Michel, despindo-o por completo e amarrando-o a uma cadeira.

– Mostre a ele o instrumento que usamos para arrancar as unhas – disse. – Depois deixe na mesa, diante dele.

Enquanto isso era feito, ele buscou nos gabinetes do andar de cima um bloco de anotações e um pote de tinta. Walter Goedel se instalou num canto da câmara de tortura, de onde pretendia acompanhar os próximos passos.

Dieter avaliou Michel por um momento. O líder da Resistência era um homem alto, com rugas que lhe caíam em torno dos olhos. Tinha aquele aspecto de *bad boy* de que as mulheres tanto gostavam. Dava para perceber que estava com medo, mas parecia concentrado, certamente pensando em maneiras de postergar a tortura tanto quanto possível, imaginou Dieter.

Dieter colocou o bloco, a caneta e o pote de tinta sobre a mesa, bem ao lado do alicate de arrancar unhas, deixando claro para o francês que ali estavam as suas duas opções.

– Pode desamarrá-lo agora – disse.

Hesse obedeceu. Michel ficou ao mesmo tempo aliviado e receoso.

– Antes de interrogar meus prisioneiros – Dieter explicou a Walter Goedel –, gosto de colher uma amostra da caligrafia deles.

– Da caligrafia?

Dieter fez que sim com a cabeça, depois olhou para Michel, que certamente havia compreendido o breve diálogo em alemão, pois apresentava no olhar um discreto brilho de esperança.

Dieter pegou seu exemplar roubado de *Madame Bovary*, abriu-o no capítulo nove e o deixou sobre a mesa.

– Copie o capítulo inteiro – disse em francês para Michel.

O líder da célula Bollinger hesitou.

À primeira vista se tratava de uma solicitação inofensiva. No entanto, Dieter podia ver que Michel desconfiava de alguma arapuca, então ficou esperando para ver o que ele faria. Sabia que os resistentes eram orientados a fazer tudo o que estivesse ao seu alcance para postergar a tortura, e Michel veria naquilo uma ótima oportunidade para fazer justamente isso, mesmo sabendo que havia por ali alguma armadilha. Copiar o capítulo de um livro não poderia ser pior do que ter as unhas arrancadas a alicate.

– Tudo bem – disse ele após um longo silêncio, e começou a escrever.

Observando-o, Dieter viu que o francês tinha uma caligrafia rebuscada e grande. Duas páginas de texto impresso se transformaram em seis de texto manuscrito. Michel já ia virando mais uma página do livro quando foi interrompido por Dieter, que depois falou a Hesse:

– Leve-o de volta para a cela e traga Gilberte.

Goedel examinou o que Michel escrevera e balançou a cabeça, intrigado.

– Não faço a menor ideia do que você está tramando – disse, depois devolveu as folhas e voltou para sua cadeira.

Dieter rasgou uma das páginas com todo o cuidado, deixando nela apenas uma parte do texto.

Gilberte chegou dali a pouco, apavorada, mas insolente.

– Não vou contar nada. Jamais vou trair meus amigos. Além do mais, não sei de nada. Dirijo o carro para eles, só isso – disse.

Dieter mandou que ela sentasse e ofereceu café.

– É de boa qualidade – disse, entregando-lhe a xícara.

Os franceses já não tinham acesso a café de verdade.

Ela tomou um gole e agradeceu.

Dieter mais uma vez a avaliou e mais uma vez gostou dos cabelos compridos, dos olhos escuros, muito embora visse algo de bovino na expressão dela.

– Você é uma moça adorável, Gilberte – disse ele. – Não posso acreditar que no fundo seja uma assassina.

– E não sou mesmo! – devolveu ela.

– As mulheres fazem tudo por amor, certo?

Ela o encarou com surpresa.

– É...

– Sei tudo a seu respeito. Está apaixonada por Michel, não está?

Gilberte baixou a cabeça, sem responder.

– E, claro, Michel é um homem casado. Uma situação lamentável. Mas você o ama. É por isso que colabora com a Resistência. Por amor, não por ódio.

Ela assentiu.

– Estou certo, não estou? Preciso que você responda.

– Está – sussurrou ela.

– Acontece que você cometeu um erro, minha querida.

– Sei que agi errado, mas...

– Você não entendeu o que eu disse. Você cometeu um erro não apenas ao infringir a lei, mas ao se apaixonar por Michel.

Ela voltou a encará-lo, confusa.

– Sei que ele é casado, mas...

– Receio que Michel não a ame.

– Ama, sim!

– Não. Michel ama a mulher dele, Felicity Clairet, também conhecida como Flick. Uma inglesa. Nem muito bonita, nem muito elegante. Alguns anos mais velha do que você. Mas é a ela que ele ama, não a você.

– Não acredito nisso! – retrucou Gilberte, já com os olhos úmidos.

– Ele escreve para a esposa, sabia? Imagino que peça aos mensageiros para levar suas cartas para a Inglaterra. Cartas de amor, falando sobre a falta que ela faz... Bastante poéticas, mas um tanto antiquadas, na minha opinião. Li algumas.

– Não é possível.

– Ele estava com uma dessas cartas no bolso quando

capturamos vocês. Tentou destruí-la agora há pouco, mas conseguimos salvar alguns pedaços.

Dieter tirou do bolso o trecho que havia rasgado antes e entregou a Gilberte.

– É a letra dele, não é?
– É.
– Então leia e me diga: é uma carta de amor ou não é?

Gilberte foi lendo devagar, mexendo os lábios.

> *Penso em você constantemente. Lembrar-me de você me leva ao desespero! Ah! Perdoe-me, hei de deixá-la! Adeus! Irei para bem longe... Tão longe que nunca mais ouvirá falar em mim! Hoje, contudo, não sei qual força me impeliu até aqui. Não se pode lutar contra uma ordem dos céus; ninguém resiste ao sorriso dos anjos, mas se deixa levar por aquilo que é belo, aquilo que é adorável e encantador.*

Gilberte estava aos prantos quando arremessou o papel para longe.

– Sinto muito por ter sido o portador de tão más notícias – disse Dieter com delicadeza.

Do bolso interno do paletó ele tirou um lenço de linho e o entregou à garota, que imediatamente enterrou o rosto nele. Estava aí o momento que ele vinha esperando para transformar aquela conversa num interrogatório sem que a moça notasse.

– Imagino que Michel estivesse morando com você desde a partida de Flick.

– Desde muito antes – contou ela, indignada. – Por seis meses, todas as noites, exceto quando *ela* estava na cidade.

– Na sua casa?

– Tenho um apartamento. Um apartamento minúsculo, mas grande o bastante para duas... duas pessoas que se amam – disse Gilberte e se desmanchou numa nova crise de choro.

Dieter procurou manter o tom displicente de uma conversa

entre amigos enquanto ia se aproximando do tópico que de fato lhe interessava.

– Mas num apartamento tão pequeno assim... não era difícil acomodar Helicóptero também?

– Ele não estava morando lá. Só chegou hoje.

– Mas você devia estar se perguntando onde iriam colocá-lo, não?

– Não. Michel já tinha arrumado um lugar para ele, um quarto vazio em cima daquela livraria antiga na Rue Molière.

Walter Goedel, até então imóvel, se reacomodou na cadeira: finalmente percebera aonde Dieter pretendia chegar com aquela história. Fingindo não ter notado o outro, Dieter manteve a naturalidade e prosseguiu:

– Não deixou as coisas dele no seu apartamento quando foi para Chatelle esperar o avião?

– Não. Deixou no quartinho dele.

A pergunta crucial:

– Inclusive a maleta?

– Sim.

– Ah.

Dieter já tinha o que queria. O rádio de Helicóptero estava num quarto sobre a livraria da Rue Molière. Em alemão, ele disse a Hans:

– Já terminei com esta toupeira. Leve-a para Becker.

Pouco depois eles saíram para o estacionamento do palácio, onde se achava o Hispano-Suiza azul de Dieter. Acomodando-se ao volante com Walter Goedel a seu lado e Hans no banco traseiro, o major tomou a estrada e, em dois tempos, chegou a Reims, onde não teve dificuldade para encontrar a livraria da Rue Molière.

Eles arrombaram a porta e subiram por uma escada simples até a sobreloja. No quartinho não havia móveis, apenas um colchão de palha com um cobertor jogado por cima. Ao lado, no chão, estavam uma garrafa de uísque, uma sacola com artigos de higiene e a maleta de couro.

Dieter abriu a maleta e exibiu o rádio para Goedel:

– Com isto vou poder me fazer passar por Helicóptero – contou, triunfante.

No caminho de volta a Sainte-Cécile, foram planejando o que dizer na mensagem que pretendiam enviar.

– Acho que, antes de qualquer outra coisa, Helicóptero iria querer saber por que o grupo não saltou – disse Dieter. – Então ele vai perguntar: "O que aconteceu?" Concorda?

– Acho que ele estaria um pouco mais furioso do que isso.

– Então podemos dizer: "Que diabo aconteceu?"

Goedel balançou a cabeça:

– Estudei na Inglaterra antes da guerra. Essa expressão "que diabo"... é educada demais. É um "que porra" atenuado. Acho que um jovem militar não a usaria.

– Então pronto: usamos "que porra" no lugar de "que diabo".

– Também não – objetou Goedel. – Ela é grosseira demais. O jovem sabe que a mensagem pode cair nas mãos de uma mulher para ser decodificada.

– Seu inglês é melhor que o meu. Então escolha você.

– Acho que podemos optar por um meio-termo. Algo como: "Que merda aconteceu?" É incisivo, um jeito masculino de falar e menos ofensivo para a maioria das mulheres.

– Perfeito. Depois ele há de querer saber o que fazer em seguida, então pedirá novas ordens. O que vamos escrever?

– Algo como... "enviem instruções". Os ingleses não gostam da palavra "ordem". Acham pouco refinada.

– Tudo bem. Mas vamos solicitar uma resposta rápida. Helicóptero estaria impaciente, nós também estamos.

Ao chegarem ao palácio, foram direto para a sala de interceptação de sinais, que ficava no porão. Um dos operadores de plantão, um senhor de meia-idade chamado Joachim, ligou o rádio que recebera deles e foi sintonizando a frequência de emergência de Helicóptero enquanto Dieter anotava o texto que eles haviam rascunhado de comum acordo:

QUE MERDA ACONTECEU? ENVIEM
INSTRUÇÕES. RESPONDAM JÁ.

Refreando a impaciência, Dieter ensinou Joachim a codificar a mensagem com a devida chave de segurança.

– Tem certeza de que não é possível saber que não é Helicóptero quem está do lado de cá? – questionou-o Goedel. – Será que eles não podem reconhecer um "toque" individual, do mesmo modo que alguém reconhece uma caligrafia?

– Até podem – respondeu Joachim. – Mas já interceptei duas mensagens desse camarada. Sou capaz de imitá-lo. Não é muito diferente de imitar o sotaque de uma pessoa. De alguém de Frankfurt, por exemplo.

Goedel não se deu por convencido.

– Você consegue fazer uma imitação perfeita depois de tê-lo ouvido apenas *duas* vezes?

– Eu não diria "perfeita". Mas, de modo geral, os agentes estão muito tensos no momento da transmissão, escondidos em algum lugar, preocupados com uma possível escuta nossa. Assim, o mais provável é que qualquer variante seja interpretada como resultado dessa tensão.

Joachim começou a bater as letras e Dieter calculou que levariam no mínimo uma hora para obter uma resposta. Em Londres, a mensagem teria de ser decodificada e encaminhada para o superior de Helicóptero, que decerto estaria dormindo. Talvez esse homem recebesse a mensagem por telefone e pensasse em uma resposta no ato, mas ainda assim essa resposta teria de ser codificada, transmitida e por fim decodificada ali no palácio.

Dieter subiu com Goedel para a cozinha do primeiro pavimento e pediu um café com salsichas ao soldado que já começava a preparar a comida da manhã que estava por vir. Goedel estava impaciente para voltar para junto de Rommel, mas queria ficar para saber como terminaria aquela história.

Já era dia claro quando uma moça com o uniforme da

Waffen SS foi avisá-lo de que a resposta de Londres chegara e estava sendo datilografada por Joachim.

Eles correram para o porão. Weber, com seu talento para dar as caras no momento certo, já se encontrava lá. Joachim entregou a ele a mensagem datilografada, depois passou cópias feitas a carbono para Dieter e Goedel.

Dieter leu:

> JACKDAWS ABORTARAM SALTO MAS ATERRISSARAM EM OUTRO LUGAR. AGUARDE CONTATO LEOPARDA.

– Isso não diz muita coisa – resmungou Weber.
– Que decepção... – emendou Goedel.
– Os dois estão enganados! – falou Dieter. – A Leoparda está na França, e não por acaso eu possuo uma foto dela!

Com um floreio da mão, tirou do bolso as fotos que tinha de Flick Clairet e entregou uma delas a Weber.

– Tire um impressor qualquer da cama e providencie mil cópias disto aqui. Quero que esta fotografia esteja por toda parte em Reims nas próximas doze horas. Hans, abasteça meu carro.

– Aonde você vai? – quis saber Goedel.

– Paris. Fazer a mesma coisa por lá com esta outra fotografia. Desta vez a Leoparda não me escapa.

CAPÍTULO TRINTA E DOIS

OS SALTOS CORRERAM sem problemas. As caixas metálicas foram jogadas primeiro, para evitar o risco de que algo caísse na cabeça de uma das paraquedistas. Depois foi a vez das Jackdaws: uma a uma elas se posicionaram no topo da rampa e aguardaram o sinal do controlador para escorregar rumo ao céu da noite.

Flick foi a última a saltar. Escorregou ao mesmo tempo que desejava boa sorte à tripulação do Hudson, que lá pelas tantas teria de enfrentar os perigos de uma viagem à luz do dia: em razão dos atrasos, faltava pouco para amanhecer.

O Hudson virou para o norte e sumiu na escuridão.

Flick fez uma aterrissagem perfeita, com os joelhos flexionados e os braços recolhidos ao rolar pelo chão. Não se levantou de imediato. Estava em solo francês, pensou, sentindo um frio na espinha. Em território inimigo ela era uma criminosa, uma terrorista, uma espiã. Se fosse capturada, seria executada.

Ela afastou os maus pensamentos e ficou de pé. A alguns metros dali, um burrico ergueu a cabeça para fitá-la, depois voltou a pastar. Três das grandes caixas metálicas jogadas também estavam por perto. Mais adiante, espalhados na paisagem, seis ou oito militantes da Resistência trabalhavam em duplas para recolher os volumosos suprimentos.

Flick desatou toda a parafernália, tirou o capacete e despiu o macacão de voo. Enquanto fazia isso, um rapaz correu ao seu encontro e, ofegante, falou em francês:

– Não estávamos esperando pessoal, apenas suprimentos!

– Houve uma mudança de planos – explicou. – Mas não se preocupe. Anton está com vocês?

Anton era o codinome do líder da célula Vestryman.

– Está.

– Diga a ele que a Leoparda está aqui.

– Ah... você é a Leoparda? – perguntou o rapaz, admirado.

– Sim.

– Sou Chevalier. Muito prazer em conhecê-la.

Flick ergueu os olhos para o céu. O breu de antes já começava a dar lugar a um tom mais cinzento.

– Por favor, Chevalier, encontre Anton o mais rápido possível e diga a ele que temos seis pessoas para serem transportadas. Não há tempo a perder.

– Pois não – disse ele, e saiu rápido.

Flick dobrou seu paraquedas com cuidado, depois foi à procura das demais Jackdaws. Greta pousara na copa de uma árvore. Ficara um pouco arranhada ao despencar pelos galhos, mas aparentemente não se ferira. Já havia se desvencilhado do equipamento e saltado para o chão. As outras tinham pousado tranquilamente no capim.

– Estou muito orgulhosa de mim – disse Jelly –, mas não repetiria a experiência nem por 1 milhão de libras.

Flick viu que os franceses levavam as caixas metálicas para a extremidade sul do pasto, então foi para onde ela conduziu a sua equipe de Jackdaws. Lá esperavam um furgão comercial, uma carroça com o cavalo e uma velha limusine Lincoln sem o capô e com uma engenhoca a vapor no lugar do motor convencional – o que, para Flick, não chegava a ser nenhuma surpresa: ela sabia que a oferta de combustíveis se limitava aos negócios de primeira necessidade e que os franceses vinham experimentando as mais diferentes alternativas para manter seus veículos em funcionamento.

Os franceses alojaram algumas das caixas na carroça e as esconderam sob caixotes de verduras vazios. Em seguida foram arrumando as demais no interior do furgão. No comando de toda a operação estava Anton, um magricela com seus 40 e poucos anos, um boné encardido na cabeça, um casaco curto, típico de operário, e um cigarro amarelo entre os dentes. Vendo a chegada das moças, ele disse, perplexo:

– Seis mulheres? O que é isso? Um clube de corte e costura?

Àquela altura dos acontecimentos, Flick já sabia que o melhor a fazer no caso de piadinhas semelhantes era não dar ouvidos.

– Esta é a operação mais importante que já tive nas mãos, Anton – respondeu, séria. – E preciso da sua ajuda.

– Claro.

– Precisamos pegar um trem para Paris.

– Posso deixá-las em Chartres.

Olhando para o céu, ele calculou quanto tempo faltava

para amanhecer, depois apontou para as edificações distantes de uma fazenda, quase invisíveis no escuro.

– Vocês podem ficar escondidas naquele celeiro. Depois que deixar estes caixotes na cidade, volto para buscá-las.

– Não vai dar – disse Flick com firmeza. – Precisamos partir agora mesmo.

– O primeiro trem com destino a Paris sai às dez. Vocês vão chegar a tempo, eu garanto.

– Garante coisa nenhuma. Ninguém sabe a que horas saem os trens.

De fato. Desde muito que os horários já não significavam grande coisa, e por diversos motivos: bombardeios por parte dos Aliados, sabotagens por parte da Resistência, problemas causados deliberadamente por ferroviários antinazistas. Portanto, o mais prudente seria chegar à estação o mais cedo possível.

– Deixe os caixotes no celeiro e nos leve até a cidade.

– Impossível – retrucou Anton. – Preciso esconder estes suprimentos antes do raiar do sol.

Os homens interromperam o que vinham fazendo para acompanhar a discussão.

Flick suspirou. As armas e a munição naqueles caixotes eram o que havia de mais importante no mundo para Anton. Eram a fonte do seu poder e do seu prestígio.

– Minha missão é mais importante – insistiu Flick. – Acredite em mim.

– Sinto muito, mas...

– Anton, preste atenção. Se você não fizer o que estou pedindo, vou garantir que você nunca mais receba outro carregamento da Inglaterra. Sabe que posso fazer isso, não sabe?

Seguiu-se um momento de silêncio. Anton não queria recuar diante dos seus homens. No entanto, se o suprimento de armas fosse interrompido, esses mesmos homens procurariam outra célula. Essa era a única coisa que os oficiais ingleses podiam usar para negociar com os resistentes. Mas funcionava.

Anton a encarou, irritado. Lentamente tirou da boca o toco de cigarro, cortou a ponta, jogou-a fora e guardou o resto no bolso.

– Está certo – disse. – Podem entrar no furgão.

As mulheres ajudaram a descarregar os caixotes, depois foram entrando no veículo. O chão estava imundo de pó de cimento, lama e óleo, mas elas encontraram trapos de saco de linhagem e os usaram para proteger as próprias roupas tanto quanto possível ao se acomodarem no chão. Anton fechou a porta e Chevalier assumiu o volante.

– Então, senhoritas – disse ele em inglês –, lá vamos nós.

– Sem piadas – disse Flick, seca. – E sem inglês.

Chevalier deu partida no furgão e arrancou.

Após viajarem oitocentos quilômetros no chão frio de um bombardeiro, as Jackdaws agora tinham outros quarenta a percorrer no chão frio de um furgão. Para surpresa de Flick, era Jelly, a mais velha e mais gordinha de todas, a menos preparada fisicamente, quem se revelava mais tranquila, brincando sobre o desconforto e rindo de si mesma sempre que o furgão fazia uma curva acentuada e ela tombava para o lado.

Mas, quando o sol enfim raiou e o furgão entrou na pequena cidade de Chartres, o estado de espírito do grupo voltou a pesar.

– Jesus, nem acredito que estou fazendo isto – disse Maude, e Diana apertou sua mão.

Flick já pensava adiante.

– Daqui para a frente vamos nos dividir em duplas – falou.

As equipes já haviam sido determinadas em Londres. Flick colocara Diana com Maude; caso contrário, Diana aprontaria uma confusão. Escolhera a cigana Ruby como sua parceira, pois queria a seu lado alguém com quem pudesse discutir os problemas, e Ruby era a mais inteligente das Jackdaws. Infelizmente, isso deixava Greta com Jelly.

– Até agora não entendi por que eu tenho de ir com a estrangeira – disse Jelly.

– Isto aqui não é uma festinha de confraternização em que você escolhe com quem quer ficar – respondeu Flick, irritada.
– É uma operação militar, e você obedece ordens.

Jelly se calou.

– Vamos ter de mudar nossas histórias para explicar a viagem de trem – prosseguiu Flick. – Alguma ideia?

Greta foi a primeira a falar:

– Sou a esposa do major Remmer, oficial alemão estacionado em Paris, e estou viajando com minha criada francesa. Antes eu estaria visitando a catedral de Reims, mas agora, eu acho, posso estar retornando de uma visita à catedral de Chartres.

– Ótimo. Diana?

– Maude e eu trabalhamos como secretárias na companhia elétrica de Reims. Estávamos em Chartres porque... Maude perdeu contato com o noivo, achou que ele pudesse estar aqui em Chartres, mas não o encontrou.

Flick assentiu, satisfeita com o que ouvira. A história era bastante plausível. Milhares de mulheres francesas andavam de um canto a outro do país, procurando por parentes desaparecidos, sobretudo pelos mais jovens do sexo masculino, os quais poderiam ter sido gravemente feridos num bombardeio, capturados pela Gestapo, enviados para um campo de trabalho na Alemanha ou recrutados pela Resistência.

– E eu sou a viúva de um corretor morto em 1940 – disse Flick. – Fui até Chartres para buscar minha prima que perdeu os pais e levá-la para morar comigo em Reims.

Uma das grandes vantagens de ter mulheres como agentes era o fato de que elas podiam circular pelo país sem chamar muita atenção. Com homens era diferente. Aqueles que eram encontrados fora da cidade onde trabalhavam eram automaticamente tidos como membros da Resistência, sobretudo quando eram jovens.

– Procure um lugar discreto para nos deixar – pediu Flick ao motorista.

Seria bastante estranho ver seis mulheres respeitavelmente

vestidas descendo de um furgão comercial, mesmo na França ocupada, onde as pessoas usavam qualquer meio de transporte para se deslocar.

– Podemos encontrar a estação sozinhas – garantiu ela.

Alguns minutos depois, Chevalier parou o furgão e entrou de ré no que parecia ser um beco. Em seguida saltou do carro e abriu a porta de trás para as passageiras. As Jackdaws desceram e se viram cercadas de casas altas. Pelos vãos além dos telhados dava para ver parte da catedral.

Flick reuniu-as e relembrou o plano:

– Agora vamos todas para a estação. Vamos comprar uma passagem só de ida para Paris e tomar o primeiro trem que estiver de saída. Fingiremos que não nos conhecemos, mas vamos procurar sentar perto umas das outras, sempre mantendo as duplas. Voltamos a nos agrupar em Paris. Vocês já têm o endereço.

Elas iam para um albergue chamado Hôtel de la Chapelle, cuja proprietária, embora não fizesse parte da Resistência, era uma pessoa confiável que não fazia perguntas. Se chegassem a tempo, iriam direto para Reims; caso contrário, pernoitariam no albergue. Flick não gostava nem um pouco dessa escala em Paris. A cidade estava infestada de homens da Gestapo e de franceses colaboracionistas (os *collabos*, como eram chamados). No entanto, não havia como chegar a Reims de trem sem passar por Paris.

Apenas Flick e Greta conheciam o real objetivo da missão das Jackdaws. As demais ainda pensavam que explodiriam um túnel ferroviário.

– Diana e Maude, vocês primeiro, rápido! Depois vão a Jelly e a Greta, mais devagar.

E lá foram elas, bastante assustadas. Chevalier se despediu de Flick, desejou boa sorte e foi embora, buscar as caixas que haviam ficado no campo. Flick e Ruby deixaram o beco.

Os primeiros passos em solo francês eram sempre os piores. Flick tinha a impressão de que todos sabiam quem ela era, como se levasse nas costas uma placa dizendo: "Agente britânica! Atirem!" Mas os pedestres sequer viravam o rosto na sua direção, e bastou passar impunemente por um gendarme e dois oficiais alemães para que ela sentisse os batimentos cardíacos voltarem ao normal.

Mesmo assim era estranho. Desde sempre ela se via como uma cidadã exemplar, educada para ver os policiais como amigos.

– Odeio estar do lado errado da lei – cochichou em francês para Ruby. – Como se tivesse feito algo de errado, sabe?

– Pois eu já estou acostumada – disse Ruby, rindo. – Nunca me dei bem com a polícia.

Flick então se lembrou de que até a última terça-feira a cigana ainda era uma presidiária acusada de homicídio. Os quatro dias passados desde então pareciam ter durado uma eternidade.

Elas alcançaram a catedral, que ficava no alto de uma colina, e Flick se maravilhou com mais aquela joia da cultura medieval francesa. Fossem outras as circunstâncias, pensou com uma ponta de tristeza, certamente passaria horas naquela igreja sem igual, admirando cada capela, cada detalhe.

Do outro lado da colina ficava a estação de trem, uma construção moderna e no mesmo tom claro da catedral. Ao chegarem ao saguão de mármore, elas depararam com uma fila diante da bilheteria. Bom sinal: os habitantes locais estavam otimistas quanto à partida próxima de algum comboio. Greta e Jelly se achavam na fila, mas não havia nenhum sinal de Diana e Maude, que decerto já esperavam na plataforma.

Próximo à bilheteria havia um cartaz contra a Resistência no qual se viam um insurgente armado e, às costas dele, o vulto de Stalin. O texto dizia:

> ELES MATAM!
> embrulhados no tecido da
> NOSSA BANDEIRA

Isso aí é para mim, pensou Flick.

Elas compraram as passagens sem nenhum problema. A caminho da plataforma havia um posto de controle da Gestapo, e o coração de Flick voltou a bater mais forte. Greta e Jelly estavam adiante, na fila. Esse seria seu primeiro encontro com o inimigo. Flick rezou para que elas conseguissem manter a calma. Diana e Maude já deveriam estar do outro lado.

Greta falava em alemão com os homens da Gestapo, e Flick podia ouvir claramente que ela contava sua história.

– Conheço um major Remmer – disse um dos militares, um sargento. – É engenheiro, não é?

– Não. É da inteligência – respondeu Greta.

Espantando-se com a calma do transformista, Flick deduziu que ele já deveria estar acostumado a se fazer passar por outra pessoa.

– A senhora deve gostar muito de catedrais – prosseguiu o sargento, puxando conversa. – Não tem mais nada para se fazer neste fim de mundo.

– Pois é.

O homem pegou os documentos de Jelly e falou com ela em francês:

– Você viaja para todo lado com Frau Remmer?

– Sim, ela é muito generosa comigo – respondeu Jelly, mas com um tremor na voz que deixou Flick apavorada.

– Visitaram o palacete do bispo? – perguntou o sargento. – É muito bonito também.

Foi Greta quem respondeu, agora em francês:

– Visitamos, sim. Realmente é muito bonito.

O sargento ainda olhava para Jelly, esperando alguma resposta. Após um momento de língua travada, Jelly disse:

– A mulher do bispo foi muito gentil conosco.

Ao ouvir isso, Flick murchou como se tivesse perdido o chão. Embora falasse francês perfeitamente, Jelly não conhecia nada sobre os países estrangeiros. Não sabia, por exemplo, que apenas os clérigos da Igreja Anglicana podiam se casar e que os da França católica eram todos celibatários. Ela havia tropeçado logo no primeiro passo.

O que aconteceria agora? Flick levava na mala, desmontada em três partes, a submetralhadora Sten com sua coronha tipo esqueleto e seu silenciador, mas na bolsa de mão estava sua Browning automática. Discretamente ela abriu o zíper da sacola ao mesmo tempo que Ruby levava a mão ao bolso da capa de chuva, onde ela guardara sua pistola.

– Mulher do bispo? – perguntou o sargento a Jelly. – Que mulher?

Jelly fez que não entendera.

– Você é francesa?

– Claro.

– Ela não estava falando da esposa do bispo – interveio Greta. – Era da empregada doméstica.

A explicação era perfeitamente cabível. Em francês, "esposa" e "empregada doméstica" eram respectivamente *femme* e *femme de ménage*. Percebendo a gafe que cometera, Jelly foi logo dizendo:

– Claro, claro. A empregada do bispo. Foi isso que eu quis dizer.

Flick mal conseguia respirar.

O sargento hesitou mais um pouco, depois deu de ombros e devolveu os documentos.

– Espero que não tenham de esperar muito pelo trem – disse, voltando a falar em alemão.

Greta e Jelly seguiram adiante, e Flick enfim respirou aliviada. Chegando à dianteira, ela e Ruby já iam entregando seus papéis quando dois gendarmes fardados passaram à sua frente. Bateram uma displicente continência para os soldados alemães, mas não mostraram nenhum documento. O sargento assentiu e disse:

– Podem passar.

Flick pensou em como aquele posto de controle era vulnerável. Qualquer um poderia vestir uma farda e se apresentar como policial. Mas para tudo havia uma explicação. Os alemães tinham uma reverência excessiva aos uniformes de modo geral. Não era à toa que haviam entregado as rédeas de seu país a um bando de psicopatas uniformizados.

Ela enfim pôde contar sua história aos homens da Gestapo.

– Vocês são primas? – disse o sargento, correndo os olhos sobre ela e Ruby.

– Não somos muito parecidas, não é? – disse Flick, com uma falsa afabilidade.

Na realidade, ela e Ruby não eram nem um pouco parecidas: Flick tinha cabelos louros, olhos verdes e pele clara; Ruby tinha cabelos e olhos escuros.

– Essa aí parece uma cigana – disse o alemão, um tanto brusco.

– Mas não é – devolveu Flick, afetando indignação. – A mãe dela, esposa do meu tio, era napolitana.

O sargento deu de ombros e perguntou diretamente a Ruby:

– Como foi que seus pais morreram?

– Num trem descarrilado por sabotadores – respondeu.

– Sabotadores da Resistência?

– Sim.

– Meus pêsames, senhorita. São uns animais, esses malditos.

O sargento devolveu os papéis.

– Obrigada – disse Ruby.

Flick apenas meneou a cabeça e seguiu adiante com a cigana a seu lado. A experiência não fora exatamente tranquila, pensou, e rezou para que as seguintes fossem melhores. Seu coração não resistiria a tanta adrenalina.

Diana e Maude se encontravam no bar. Através das vidraças, Flick pôde ver que elas tomavam champanhe. Ficou furiosa. As cédulas de mil francos da Executiva de Operações Especiais não eram para esse fim. Além disso, Diana deveria saber que dali em diante precisaria do máximo de lucidez que porventura tivesse na cabeça. Mas não havia nada que ela, Flick, pudesse fazer.

Greta e Jelly se sentavam lado a lado em um banco. Jelly tinha um aspecto contrito, certamente porque agora devia a própria vida a alguém que a seus olhos, até pouco tempo antes, não passava de um estrangeiro pervertido. Talvez se emendasse dali em diante, pensou Flick, e foi se sentar em outro banco com Ruby.

A plataforma foi ficando cada vez mais cheia com o passar das horas. Agora se viam homens de terno que poderiam ser advogados ou funcionários públicos com algum assunto a tratar na capital. Também havia algumas mulheres relativamente bem-vestidas e alemães de farda. De posse do dinheiro e dos cartões de racionamento que haviam recebido, as Jackdaws puderam comprar um pouco de *pain noir* com uma xícara de algo que se passava por café.

Eram onze horas quando o trem chegou. Os vagões estavam cheios, e poucas pessoas desceram em Chartres. Flick e Ruby entraram e permaneceram de pé. Greta e Jelly também, mas Diana e Maude encontraram lugar numa cabine de seis pessoas, junto com duas senhoras e dois gendarmes.

Os policiais preocupavam Flick. Espremendo-se, ela conseguiu se colocar junto ao vidro que delimitava a cabine, de onde poderia espiar o que se passava do outro lado. Por sorte, a combinação de champanhe com noite mal dormida bastou para fazer com que Diana e Maude apagassem assim que o trem se pôs em movimento.

Lentamente o comboio foi sacolejando através de bosques, colinas e amplos descampados. Mais ou menos uma hora depois, as duas francesas que estavam junto a Maude e Diana desceram numa estação intermediária, e Flick e Ruby rapidamente ocuparam os assentos que elas vagaram. Mas Flick se arrependeu quase de imediato. Os policiais, ambos na casa dos 20 anos, logo puxaram conversa, felizes com a companhia feminina que teriam pelo resto da viagem.

Chamavam-se Christian e Jean-Marie. Christian tinha uma beleza romântica, com olhos escuros e cabelos ondulados, também escuros. Jean-Marie, por sua vez, tinha as feições angulosas de uma raposa esperta, além de um bigodinho fino sobre os lábios. Christian, o mais falante dos dois, ocupava a poltrona central, e Ruby se sentou ao lado dele. Flick estava na poltrona da frente com Maude a seu lado, adormecida com a cabeça no peito de Diana.

Os policiais contaram que iam a Paris com a missão de buscar um prisioneiro que nada tinha a ver com a guerra. Tratava-se de um cidadão de Chartres que assassinara a mulher e o enteado, depois fugira para a capital, onde fora capturado pelos policiais locais e confessara os crimes. O homem seria levado de volta para ser julgado em Chartres. Christian tirou do bolso do paletó as algemas que seriam colocadas nele, como se quisesse dar provas de que não estava inventando uma história apenas para impressionar.

Ao cabo de uma hora, Flick já sabia tudo a respeito da vida de Christian. O mais natural seria que ela também falasse um pouco de si, então lhe restou improvisar, criando detalhes para rechear o esqueleto da história que inventara de antemão. Aquilo era um desafio para sua imaginação, mas também um exercício importante, ela concluiu, para a eventualidade de um interrogatório hostil nos próximos dias.

Passaram por Versalhes e o trem adentrou o pátio ferroviário, bastante danificado pelas bombas, da estação de Saint-Quentin, em Paris. Maude despertou. Lembrou de falar francês, mas esqueceu de que não deveria conhecer Flick, então disse:

– Ei... Onde estamos, você sabe?

Os policiais ficaram intrigados. Flick já dissera que ela e Ruby não tinham nenhuma relação com as outras duas que dormiam, no entanto Maude falara com a informalidade de uma amiga.

Procurando manter a calma e trazendo à boca um sorriso, Flick disse:

– Nós não nos conhecemos. Você deve ter me confundido com sua amiga aí. Ainda está meio zonza de sono, não está?

Maude crispou o rosto numa careta como se dissesse "Ficou maluca?", mas depois, percebendo o olhar de Christian, corrigiu-se: tampou a boca como se tivesse levado um susto e falou:

– Claro! Tem toda a razão, desculpe.

Christian, que felizmente não era uma pessoa desconfiada, sorriu e disse:

– Faz duas horas que a senhorita está dormindo. Estamos perto de Paris, mas, como vê, o trem está parado.

Maude procurou retribuir com o mais sedutor do seu repertório de sorrisos.

– Quando acha que chegaremos? – perguntou.

– Isso, mademoiselle, é querer saber demais. Sou apenas um mortal. Só Deus é capaz de prever o futuro.

Maude riu como se tivesse acabado de ouvir o gracejo mais brilhante do mundo, e Flick ficou mais tranquila. Pouco depois, no entanto, Diana acordou também e disse em inglês:

– Santo Deus, minha cabeça está em frangalhos. Que horas são?

Segundos depois ela notou a presença dos dois policiais e o erro que cometera. Tarde demais.

– Você falou em inglês! – disse Christian.

Flick viu Ruby levar a mão à arma.

– Você é inglesa! – falou ele para Diana. Depois olhou para Maude. – Você também! – disse e, correndo os olhos pelo compartimento, deduziu: – Vocês todas!

Flick se inclinou para a frente e segurou o pulso de Ruby antes que ela acabasse de sacar a arma que já tirava do bolso. Christian viu o que se passava.

– E estão armadas!

O susto do rapaz teria sido cômico não fosse pela tensão do momento, o risco mortal que as quatro corriam.

– Ai, meu Deus, o caldo entornou – falou Diana.

O trem sacolejou de repente e avançou.

– Vocês são agentes dos Aliados! – falou o rapaz, baixinho.

Flick segurou o fôlego, esperando para ver o que o policial pretendia fazer. Se ele tentasse sacar sua arma, Ruby atiraria antes. Nesse caso, elas teriam de saltar do trem. Com sorte, conseguiriam desaparecer no labirinto de cortiços que avizinhava as linhas férreas antes que a Gestapo fosse avisada. O trem já ia ganhando velocidade. Flick cogitou se não seria o caso de saltar antes que fosse tarde demais.

Seguiram-se muitos segundos de imobilidade, até que Christian sorriu e, quase sussurrando, disse:

– O segredo de vocês está seguro conosco.

Eram simpatizantes, graças a Deus. Flick soltou um suspiro de alívio.

– Obrigada – disse.

– Quando será a invasão? – perguntou Christian.

Era uma grande ingenuidade pensar que alguém revelasse um segredo tão importante assim, casualmente, mas, para motivá-lo, Flick disse:

– A qualquer momento. Talvez na terça-feira.

– É mesmo? Mas isso é maravilhoso! *Vive la France!*

– Que bom que estão do nosso lado – disse Flick.

– Sempre fui contra os alemães – confessou Christian e, empertigando-se um pouco na poltrona, contou: – Sendo policial, já tive algumas oportunidades de ser bastante útil à Resistência. Mas sempre de modo discreto.

Flick não acreditou em nada do que ouviu. Não duvidava que o rapaz fosse contra os alemães: após quatro anos de comida escassa, roupas velhas e toques de recolher, a grande maioria dos franceses também era. Mas, caso realmente tivesse colaborado com a Resistência, ele jamais contaria a alguém; pelo contrário, ficaria apavorado se alguém descobrisse.

No entanto, nada disso fazia diferença. O que importava era que o garoto podia ver em que direção soprava o vento e não seria burro de entregar à Gestapo um grupo de agentes aliadas a poucos dias da invasão. Eram grandes as chances de que isso acabasse sendo pior para ele.

O trem reduziu a velocidade. Vendo que já estava na Gare d'Orsay, Flick ficou de pé. Christian beijou a mão dela e, com um ligeiro tremor na voz, disse:

– Você é uma mulher corajosa. Boa sorte!

Flick foi a primeira a descer. Tão logo pisou na plataforma, avistou um homem colando um cartaz em uma das pilastras e teve a impressão de que algo ali era familiar. Aproximando-se para ver melhor, por pouco não teve uma síncope.

Era uma ampliação de uma fotografia sua.

Uma foto em trajes de banho da qual ela não tinha a menor lembrança. O fundo não dava nenhuma pista, pois era um grande borrão, como se tivessem pintado por cima. O texto informava seu nome, bem como um de seus heterônimos mais antigos, Françoise Boule, dizendo que se tratava de uma assassina.

Terminado o trabalho, o homem recolheu seu balde de cola e os cartazes, depois seguiu adiante.

Flick inferiu que aquela imagem deveria estar por toda parte em Paris.

Aquilo era um golpe terrível, e ela não sabia o que fazer. Sentia-se enregelada naquela plataforma, tão amedrontada que receava vomitar. Então procurou recobrar a frieza do raciocínio.

Seu primeiro problema era sair da estação. Correndo os olhos à sua volta, não demorou a localizar um posto de controle da Gestapo nas catracas. Os soldados com certeza tinham visto o maldito pôster.

Como passar por eles? Não haveria lábia que desse jeito. Se fosse reconhecida, seria presa e nenhuma historieta inventada seria convincente o bastante para que os alemães a soltassem. Seria o caso de abrir fogo contra eles? Ela e todas as outras Jackdaws? Os operadores do posto de controle seriam eliminados, mas certamente haveria muitos outros naquela estação, sem falar na polícia francesa, que talvez atirasse primeiro para depois fazer perguntas. Não, isso seria arriscado demais.

Havia uma saída, refletiu Flick. Ela poderia passar o comando da operação a uma das outras, provavelmente Ruby, e se entregar aos alemães assim que elas tivessem atravessado o posto de controle em segurança. Só assim a missão ainda teria alguma chance.

Ruby, Diana e Maude já tinham descido do trem. Christian e Jean-Marie vinham logo atrás delas. Foi então que Flick se lembrou das algemas que Christian levava no bolso e um plano maluco lhe veio à cabeça.

Ela empurrou Christian de volta para o vagão e subiu atrás dele.

Sem saber se aquilo era alguma brincadeira, o rapaz riu de forma nervosa.

– Que foi? Algum problema?

– Veja aquilo ali – disse Flick. – O pôster na pilastra.

Ambos os policiais viraram para ver. Christian ficou lívido.

– Caramba, vocês são mesmo espiãs! – disse Jean-Marie.

– Vocês precisam me salvar.

– Mas como? – disse Christian. – A Gestapo...

– Preciso atravessar aquele posto de controle.

– Mas eles vão prendê-la!

– Não se já estiver presa.

– Como assim?

– Finjam que me capturaram, vocês dois. Coloquem as algemas em mim e atravessem o posto de controle comigo. Se fizerem perguntas, digam que estão me levando para a Avenue Foch, número 84.

Era o endereço da Gestapo em Paris.

– E depois?

– Chamem um táxi e entrem nele comigo. Quando estivermos bem longe da estação, tirem as algemas e me deixem numa rua discreta. Depois sigam o seu destino.

Christian parecia apavorado. Flick podia ver que a vontade dele era sumir dali para qualquer outro lugar. Mas o garoto estava de pés e mãos atados depois de tanta fanfarrice sobre a Resistência.

Jean-Marie estava mais calmo.

– Vai dar certo – garantiu ele. – Não vão suspeitar de dois policiais fardados.

Ruby subiu de volta ao vagão:

– Flick! Aquele pôster...

– Eu sei. Christian e Jean-Marie vão me algemar e atravessar o posto de controle comigo. Se as coisas desandarem, você assumirá o comando da operação.

Então ela começou a falar em inglês:

– Esqueça aquilo que eu disse sobre o túnel. O verdadeiro alvo da missão é a central telefônica de Sainte-Cécile. Mas não diga nada às outras por enquanto. Agora desça e chame todo mundo. Rápido.

Dali a pouco estavam todas reunidas no interior do vagão. Flick explicou o plano, depois disse:

– Se não der certo e eu for presa, façam tudo *menos* atirar. Esta estação está apinhada de policiais. Se comprarem uma briga, vão perder. A missão é a nossa maior prioridade. Deixem-me para trás, saiam da estação, voltem a se encontrar no albergue e sigam em frente. Ruby estará no comando. Sem discussões, não há tempo para isso. – Depois se voltou para Christian: – As algemas.

Ele hesitou um instante.

A vontade de Flick era berrar: "Ande logo, seu covarde falastrão!" Em vez disso, baixando o tom de voz para um sussurro íntimo, disse:

– Obrigada por salvar a minha vida. Nunca vou me esquecer de você, Christian.

Ele pescou as algemas no bolso.

– Podem ir agora – disse Flick às suas Jackdaws.

Christian algemou a mão direita de Flick à mão esquerda de Jean-Marie, depois os três desceram e foram atravessando a plataforma, Christian carregando a maleta e a bolsa de Flick com a submetralhadora dentro. Havia uma fila diante do posto de controle.

– Abram caminho, por favor – falou Jean-Marie em voz alta.
– Senhoras e senhores, abram caminho, precisamos passar.

Assim como haviam feito em Chartres, os dois gendarmes foram direto para o início da fila, bateram continência para os homens da Gestapo e seguiram em frente sem falar com os alemães.

No entanto, o capitão encarregado do posto de controle tirou os olhos do documento de identidade que vinha examinando e disse calmamente:

– Esperem.

Os três pararam onde estavam. Flick sabia que estava a um passo da morte.

O capitão esquadrinhou o rosto dela, depois disse:

– É a moça do pôster, não é?

Christian estava apavorado demais para dizer o que quer que fosse. Foi Jean-Marie quem se adiantou para responder:

– É sim, capitão. Foi capturada em Chartres.

Flick agradeceu aos céus pelo sangue-frio do rapaz.

– Bom trabalho – disse o capitão. – Mas para onde vão levá-la?

– Temos ordens para deixá-la na Avenue Foch – disse Jean-Marie.

– Precisam de transporte?

– Uma viatura da polícia está à nossa espera na rua.

O capitão assentiu, mas não os dispensou. Continuou encarando Flick, e ela receou que algo em seu semblante estivesse denunciando toda a farsa. Por fim o homem disse:

– Esses ingleses... Mandam mocinhas para combater no lugar deles.

Jean-Marie teve o bom senso de não dizer nada.

– Podem passar – disse o capitão afinal.

Flick e os gendarmes atravessaram o posto de controle e ganharam as ruas de Paris.

CAPÍTULO TRINTA E TRÊS

P AUL CHANCELLOR FICARA IRRITADO, ou melhor, ficara furioso com Percy Thwaite ao saber da mensagem enviada por Brian Standish.

– Você me enganou! – berrara ele. – Esperou que eu me afastasse para só então mostrar a Flick!

– É verdade, mas esse me pareceu o melhor...

– Sou *eu* quem está no comando! Você não tinha o direito de sonegar informações!

– Imaginei que você fosse abortar a missão.

– E talvez fosse mesmo. Talvez *devesse* abortar essa missão.

– Mas teria feito isso por amor a Flick, não porque era o certo a fazer em termos operacionais.

Com isso Percy tocara num ponto fraco de Paul, que enfraquecera sua posição de líder ao dormir com uma subordinada. Isso incitara ainda mais a raiva do americano, porém ele fora obrigado a se controlar.

Não havia comunicação possível com o avião de Flick, pois as normas proibiam o uso de rádio nos voos sobre território inimigo. Portanto, os dois homens tinham passado a noite inteira na base aérea clandestina, fumando e andando de um lado para outro, preocupados com a mulher que, de formas diferentes, ambos amavam. Paul levava no bolso da camisa a escova de dentes feita de madeira que ele e Flick compartilharam na manhã de sexta, após a noite que passaram juntos. Não era supersticioso, mas sempre que tocava na escova tinha a impressão de estar encostando na própria Flick, certificando-se de que ela estava bem, e com isso ficava um pouco mais tranquilo.

Quando o avião retornou e o piloto informou que Flick havia desconfiado do comitê de recepção em Chatelle e decidira saltar nas imediações de Chartres, Paul ficara tão aliviado que por muito pouco não chorara. Minutos depois, por meio de uma ligação do QG da Executiva de Operações Especiais em Londres, Percy fora informado de que Brian Standish enviara uma nova mensagem, querendo saber o que acontecera. Paul decidira responder com a mensagem rascunhada por Flick e trazida pelo piloto, dizendo apenas que as Jackdaws haviam aterrissado com segurança e fariam contato assim que possível. Uma resposta sucinta e razoável, para a hipótese de que o garoto estivesse nas mãos da Gestapo.

Mas ninguém sabia ainda o que de fato acontecera. Essa incerteza era insuportável para Paul. Cedo ou tarde Flick iria para Reims, e ele precisava descobrir se não haveria uma armadilha da Gestapo à sua espera por lá. Certamente haveria algum modo de saber se as transmissões de Brian eram genuínas ou não.

As mensagens dele incluíam todas as devidas chaves de segurança, tal como Percy já havia averiguado. Mas os alemães conheciam esse procedimento das transmissões inglesas. Além disso, nada impedia que tivessem torturado Brian para fazê-lo dizer quais eram as inserções corretas. Segundo Percy, existiam métodos mais sutis para se atestar a legitimidade de uma mensagem, mas eram métodos que dependiam das moças que operavam a estação de recepção. Assim sendo, Paul decidira ir até lá.

De início Percy tinha resistido, dizendo que era perigoso perturbar o trabalho de uma estação de recepção, pois dele dependia o desempenho, ou até mesmo a vida, de centenas de agentes. Paul não lhe dera ouvidos. Mas, ao falar com o chefe da estação, fora informado de que eles teriam o maior prazer em recebê-lo dali a duas ou três semanas. *Duas ou três semanas?* Nada disso. Duas ou três horas, no máximo, era o que ele tinha em mente. Primeiro ele havia insistido com um misto de firmeza e diplomacia, mas depois, vendo que não chegaria a lugar nenhum, sacara da manga a carta de sempre: a fúria de Bernard Montgomery, também conhecido como Monty, o general comandante que estava prestes a invadir a França. Só aí recebera permissão para ir a Grendon Underwood.

Ainda criança, nas aulas de catequese a que ia aos domingos, Paul começara a se debater com uma questão teológica: ele havia notado que na cidade de Arlington, na Virgínia, onde morava com os pais, a maioria das crianças de sua idade ia para a cama na mesma hora: sete e meia da noite. Isso significava que todas elas faziam suas orações ao mesmo tempo. Com tantas vozes subindo juntas aos céus, como era possível que Deus desse atenção àquilo que ele, Paul, estava dizendo? Recebera uma resposta insatisfatória do pastor: "Deus tudo pode." Certo de que aquilo não passava de uma evasiva, carregara aquela dúvida consigo por muitos e muitos anos.

Teria sido diferente caso ele tivesse tido a oportunidade de estar em Grendon Underwood. Aí, sim, teria compreendido.

Do mesmo modo que Deus, a Executiva de Operações Especiais escutava uma infinidade de mensagens, e não era raro que dezenas delas chegassem ao mesmo tempo. Em diversas partes do continente, cada qual no seu esconderijo, os agentes secretos batiam suas teclas em código Morse simultaneamente, assim como as crianças de Arlington se ajoelhavam junto à cama para encaminhar suas preces às sete e meia. A Executiva de Operações Especiais tudo ouvia.

Grendon Underwood era mais uma grande propriedade abandonada pelos donos e ocupada pelas Forças Armadas. Tratava-se de um posto de escuta, oficialmente chamado de Estação 53a. Na vastidão do terreno se espalhavam inúmeras antenas, agrupadas em grandes arcos que faziam as vezes de ouvidos divinos, captando os sinais que chegavam desde as geleiras do norte da Noruega até os campos áridos e poeirentos do sul da Espanha. Quatrocentos operadores e codificadores, quase todos do sexo feminino, trabalhavam no interior de barracões Nissen erguidos ali às pressas.

Paul foi recebido inicialmente pela supervisora Jean Bevins, uma mulher corpulenta, de óculos, que parecia nervosa com a ilustre visita de um representante direto de Bernard Montgomery. Bastaram alguns sorrisos e gentilezas, no entanto, para que ela ficasse mais à vontade e o conduzisse à sala de transmissão. Chegando lá, ele deparou com uma boa centena de moças sentadas em diferentes fileiras, cada qual com seu fone de ouvido, seu bloco e seu lápis. Na parede, um enorme painel informava os codinomes dos agentes, os horários previstos para as transmissões de cada um e as frequências a serem utilizadas. Reinava ali uma atmosfera de profunda concentração e nada se ouvia além da resposta em código Morse que uma operadora enviava a seu agente, dizendo que o ouvia com absoluta clareza.

Paul foi apresentado a Lucy Briggs, uma moça de cabelos claros, muito bonita, mas que falava com um sotaque de Yorkshire tão forte que era preciso se concentrar para entender direito o que ela dizia.

– Helicóptero? – começou ela. – Sim, eu o conheço. É um novato. Chama às vinte horas e recebe às vinte e três. Até agora, nenhum problema com ele.

– Como assim, nenhum problema? – perguntou Paul. – Que tipo de problema vocês costumam encontrar?

– Bem, sempre tem aquele que se atrapalha na hora de sintonizar o transmissor, então precisamos ficar procurando pela frequência correta. Ou às vezes o sinal está fraco e não conseguimos ouvir as letras muito bem, correndo o risco de confundir traços com pontos. As letras B e D, por exemplo, são muito parecidas. Elas costumam não ser nítidas no caso daqueles rádios portáteis, os de maleta. Eles são pequenos demais.

– Você seria capaz de reconhecer a forma própria de Helicóptero de enviar as mensagens?

Lucy ficou em dúvida.

– Ele transmitiu apenas três vezes. Na quarta-feira tive a impressão de que estava um pouco nervoso, provavelmente porque era a sua primeira vez. Mas o ritmo estava regular, como se ele não tivesse nenhuma pressa. Decerto estava num lugar seguro, então fiquei aliviada. Nós nos preocupamos com os nossos agentes, sabe? Ficamos aqui, seguras, e eles lá, cara a cara com o inimigo, tentando escapar das garras da maldita Gestapo...

– E a segunda transmissão?

– Foi na quinta, e dessa vez ele me pareceu apressado. Quando eles estão com pressa, às vezes é difícil entender o que estão querendo dizer. A gente fica na dúvida: será que foram dois pontos sucessivos, ou será que foi um traço curto? Não sei onde ele estava, mas aposto que queria sair de lá rapidinho.

– E depois?

– Na sexta ele não transmitiu. Mas não fiquei preocupada. Eles não chamam a menos que seja preciso, é perigoso demais. Depois entrou no ar na madrugada de sábado, pouco antes de o dia clarear. Foi uma mensagem de emergência, mas ele não parecia estar apavorado com nada. Na verdade, lembro de ter pensando comigo mesma: "O garoto está ficando bom nisso." O sinal estava forte, o ritmo estava regular, e as letras estavam muito bem definidas.

– É possível que outra pessoa estivesse usando o transmissor dele nessa última mensagem?

Lucy refletiu um instante, depois disse:

– Parecia ser ele, mas... é possível, sim, que fosse outra pessoa. Um alemão que estivesse querendo se fazer passar por ele não teria nada a temer, certo? Talvez por isso não tivesse nenhum sinal de nervosismo na transmissão.

Paul tinha a impressão de que estava num beco sem saída. A cada pergunta que fazia, recebia duas respostas. Precisava de algo mais concreto, algo que lhe desse um solo firme para pisar. Sentia um frio na espinha toda vez que pensava na possibilidade de perder Flick tão cedo, menos de uma semana depois de tê-la recebido como um presente dos deuses.

A supervisora Jean, que havia sumido de vista, voltou dali a pouco com alguns papéis na mão gorducha.

– São as decodificações dos três sinais enviados por Helicóptero – falou.

Paul gostava de pessoas assim, despachadas e tranquilas. Ele leu a primeira decodificação:

> INDICATIVO DE CHAMADA HLCP
> (HELICÓPTERO)
> CHAVE DE SEGURANÇA PRESENTE
> 30 MAIO 1944
>
> TEXTO MENSAGEM:
>
> CHEGUEI BEM PT CRIPITA INOPERANTE
> DESCOBERTA GGESTAPO PT CONSEGUI
> ESCAPAR PT FUTUROS ENCONTROS CAFE DE
> LA GARE PT

– *Cripita?* – observou Paul. – Será que ele fugiu da escola?
– Não é um erro ortográfico – explicou Jean. – Os agentes sempre cometem erros de Morse, e nossas decodificadoras são orientadas a reproduzir esses erros na decodificação, em vez de corrigi-los. Sempre há a possibilidade de inferir alguma coisa a partir deles.

A segunda transmissão de Brian era mais longa. Relatava o que havia sobrado da célula Bollinger.

> INDICATIVO DE CHAMADA HLCP
> (HELICÓPTERO)
> CHAVE DE SEGURANÇA PRESENTE
> 31 MAIO 1944
>
> TEXTO MENSAGEM:
>
> CINCO AGENTE ATIVOS COMO SE SEGUE PT
> MONET FERID PT CONDESSA OK PT CHEVAL
> AJUDA DE VEZ EM QNDO PT BURGUESA AINDA
> NA ATIVA PT MAIS O SJEITO QUE ME SALVOU
> CODNOME CHARENTON PT.

Paul ergueu o rosto.

– Esta está bem pior.

– Eu disse que ele estava apressado nessa segunda vez, lembra? – disse Lucy.

O texto seguia adiante, dando mais detalhes sobre o incidente na catedral. Paul passou à terceira mensagem:

INDICATIVO DE CHAMADA HLCP
(HELICÓPTERO)
CHAVE DE SEGURANÇA PRESENTE
2 JUNHO 1944

TEXTO MENSAGEM:

QUE MERDA ACONTECEU INT ENVIEM
ISTRUCOES PT RESPONDAM JA PT

– Ele está melhorando – disse Paul. – Apenas um erro.

– Achei que estava mais tranquilo do que no sábado – disse Lucy.

– Ou isso, ou então foi outra pessoa que mandou o sinal.

De repente ocorreu a Paul uma forma de descobrir se o autor daquela última mensagem era mesmo Brian ou algum farsante. Se funcionasse, pelo menos ele teria certeza de algo.

– Lucy, por acaso você comete muitos erros quando faz suas transmissões?

– Quase nunca – respondeu a moça, olhando com apreensão para sua supervisora. – Se uma novata faz alguma besteira, o agente fica furioso. E com toda a razão. Não há espaço para erros. Os agentes já têm muitos problemas.

Paul se virou para Jean.

– Vou rascunhar uma mensagem, mas quero que você codifique exatamente do jeito que escrevi, ok? Será uma espécie de teste.

– Claro.

Ele conferiu as horas no relógio. Eram sete e meia da noite.

– Helicóptero vai transmitir às oito. Você pode aproveitar essa transmissão para repassar minha mensagem?
– Posso – disse a supervisora. – Assim que ele chamar, aviso que haverá uma transmissão de emergência logo em seguida.

Paul sentou à mesa mais próxima, pensou um instante, depois escreveu num bloco:

MANDE RELTORIO ARMAS QUANTAS AUTMATICS
QUANTS STENS QUANTO MUNICAO QTOS
CARTUCHS CADA E QUTAS GRADANAS
RESPONDA JA.

Paul avaliou o que acabara de escrever. Tratava-se de uma solicitação descabida, formulada num tom impositivo, aparentemente codificada e enviada com negligência. Ele mostrou o papel a Jean. Ela franziu o cenho:
– É uma mensagem horrível. Eu teria vergonha de enviá-la.
– Na sua opinião, qual seria a reação de um agente ao receber uma coisa dessas?

Jean deu uma risadinha sem graça.
– Ele mandaria uma resposta furiosa, com alguns palavrões no meio.
– Então é isso. Codifique exatamente como está e mande para Helicóptero.
– Se é assim que o senhor quer...
– Sim, por favor.
– Tudo bem, então – disse Jean, contrafeita, saindo com o papel em punho.

Paul, por sua vez, saiu em busca de comida. O refeitório ficava aberto vinte e quatro horas por dia, assim como a própria estação, mas o café ali era aguado e não havia nada para comer além de sanduíches velhos e um bolo seco.

Alguns minutos após as oito horas, a supervisora surgiu na lanchonete e informou:

— Ele entrou em contato para dizer que ainda não teve nenhuma notícia da Leoparda. Estamos enviando sua mensagem neste exato momento.

— Obrigado — disse Paul.

Agora só restava esperar. Brian, ou o agente da Gestapo que se fazia passar por ele, levaria pelo menos uma hora para decodificar a mensagem, escrever uma resposta, codificar essa resposta e transmiti-la para a Inglaterra. Baixando os olhos para o prato à sua frente, Paul ficou se perguntando como os ingleses tinham o desplante de chamar aquilo de "sanduíche": duas fatias de pão branco lambuzadas de margarina com uma fatiazinha fina de presunto no meio.

Nem cheiro de mostarda.

CAPÍTULO TRINTA E QUATRO

A ZONA DE PROSTITUIÇÃO de Paris se resumia a um labirinto de ruas estreitas e imundas que iam serpenteando sobre uma colina baixa atrás da Rue de la Chapelle, não muito longe da Gare du Nord. No coração desse labirinto ficava "la Charbo", tal como era conhecida a Rue de la Charbonière, e na extremidade norte dessa rua ficava o convento de La Chapelle, um monumento de mármore plantado no meio do lixo. O convento consistia numa igreja pequena e numa casa em que oito freiras iam fiando sua vidinha quotidiana na ajuda aos parisienses mais desvalidos: davam sopa aos idosos famintos, demoviam do suicídio as mulheres deprimidas, recolhiam da sarjeta os marinheiros bêbados, alfabetizavam os filhos das prostitutas. Ao lado do convento ficava o Hôtel de la Chapelle.

O lugar não era exatamente um bordel, pois nenhuma prostituta fazia dele sua residência fixa. No entanto, sempre que havia quartos vagos, a proprietária não se furtava a alugá-los por hora às mulheres maquiadíssimas que lá chegavam com seus vestidos espalhafatosos e seus acompanhantes colhidos na rua, ora um pançudo comerciante francês, ora um tímido soldado alemão, ora algum jovem ingênuo e cegado pela embriaguez.

Flick soltou um demorado suspiro de alívio assim que pisou na recepção do hotel. Os gendarmes a haviam deixado a umas cinco quadras dali, e ao longo do caminho ela avistara dois pôsteres que a retratavam como uma criminosa. Christian lhe dera seu lenço de bolso, um quadrado de tecido vermelho com bolinhas brancas, felizmente limpo, para que ela amarrasse na cabeça e escondesse os cabelos, mas qualquer um que prestasse um pouco mais de atenção não teria dificuldade para reconhecer nela o alvo daquele maldito cartaz de "Procura-se". Portanto, não restava nada que ela pudesse fazer além de baixar os olhos para o chão e cruzar os dedos em busca de sorte. Aquela tinha sido a caminhada mais longa de toda a sua vida.

A proprietária era uma gorducha simpática e ainda usava o roupão de banho pink que vestira sobre o espartilho de barbatanas de baleia. Flick supunha que no passado ela fora uma mulher voluptuosa. Não era a primeira vez que se hospedava ali, mas aparentemente não fora reconhecida. Dirigiu-se a ela apenas como *madame*.

– Pode me chamar de Régine – retrucou a mulher.

Ela recebeu o dinheiro e entregou a chave do quarto sem fazer perguntas.

Flick já ia subindo para o quarto quando, por uma das janelas, avistou Diana e Maude chegando num tipo estranho de táxi, um sofá sobre rodas puxado por uma bicicleta. O incidente com os policiais franceses não bastara para trazê-las de volta à sobriedade, pois ambas riam à larga, espantadas com o inusitado meio de transporte.

– Jesus, que espelunca... – resmungou Diana assim que atravessou a porta. – Talvez possamos jantar fora mais tarde.

Os restaurantes de Paris não haviam fechado com a ocupação, mas, inevitavelmente, boa parte da clientela agora se compunha de oficiais alemães, e os agentes fugiam deles sempre que possível.

– Nem pense nisso – disse Flick, ríspida. – Vamos ficar quietinhas aqui, e amanhã bem cedo saímos para a Gare de l'Est.

Maude se virou para Diana com um olhar acusatório.

– Você prometeu me levar para conhecer o Ritz – reclamou.

Flick precisou contar até dez.

– Em que *planeta* vocês vivem, afinal? – rosnou para Maude.

– Ok, ok. Também não precisa ser grossa.

– Ninguém vai pôr o pé na rua, fui clara?

– Foi, foi.

Subindo as escadas, Flick passou por uma moça negra que mal podia respirar, tão justo era seu vestido vermelho. Não pôde deixar de notar os cabelos dela, compridos e muito lisos.

– Ei, você! – disse. – Quer vender essa peruca?

– Ali na esquina você pode comprar uma igualzinha – disse a moça.

Ela olhou Flick de cima a baixo. Na certa achou se tratar de uma prostituta em início de carreira, porque acrescentou:

– Não me leve a mal, querida, mas... não é só de uma peruca que você está precisando.

– É que eu estou com um pouco de pressa.

A moça tirou sua peruca, revelando os cabelos crespos e muito curtos.

– Não posso trabalhar assim – explicou.

Flick tirou do bolso uma nota de mil francos e disse:

– Tome isto aqui e compre outra para você.

Isso bastou para que a moça a visse com outros olhos. Uma prostituta em início de carreira jamais teria consigo tanto dinheiro. Ela recebeu a nota e entregou a peruca.

– Obrigada – disse Flick.

A outra ainda hesitou um instante, na certa imaginando quantas notas iguais àquela haveria no bolso da recém-chegada.

– Também faço mulheres – disse, e se aproximou para roçar os peitos de Flick com a ponta do dedo.

– Não, muito obrigada.
– Talvez você e o seu namorado...
– Não.
Fixando os olhos na nota de mil francos, a moça disse, afinal:
– Nessa caso... acho que hoje será minha noite de folga. Boa sorte para você, querida.
– Obrigada – disse Flick. – Vou precisar.

Ela encontrou seu quarto, entrou, deixou a mala sobre a cama e retirou o casaco. Num dos cantos havia uma bacia de água sob um pequeno espelho. Então lavou as mãos e ficou ali por um momento, avaliando o próprio reflexo.

Penteou os cabelos curtos para trás das orelhas e os prendeu com grampos. Em seguida colocou e ajustou a peruca na cabeça. Logo viu que era grande demais, mas achou que não havia o risco de que caísse. Os cabelos escuros lhe davam uma aparência muito diferente. Mas as sobrancelhas claras agora estavam estranhas. Ela buscou o lápis na bolsinha de maquiagem e as escureceu. Pronto. Assim estava bem melhor. Transformara-se não apenas numa morena, mas numa mulher infinitamente mais feroz do que a dócil mocinha de maiô que se via no pôster. Claro, ainda tinha o mesmo nariz reto e o mesmo queixo acentuado, mas aquilo parecia apenas um traço familiar entre duas irmãs que poderiam não ter mais nada em comum.

Em seguida buscou seu documento e, com muito cuidado, usou o mesmo lápis para retocar a fotografia, escurecendo os cabelos e as sobrancelhas. Terminado o trabalho, ergueu a foto para avaliar melhor o resultado. Ninguém perceberia nada a menos que esfregasse o papel o bastante para borrar as correções.

Então tirou a peruca, descalçou os sapatos e se jogou na cama. Fazia duas noites que praticamente não dormia: a de quinta ela passara com Paul e a de sexta, boa parte no chão frio de um bombardeiro. Não demorou mais que alguns segundos para apagar.

Acordou apenas quando alguém bateu à porta. Para sua surpresa, já começava a escurecer, o que significava que ela havia dormido por muitas horas. Levantando-se, perguntou:

– Quem é?

– Sou eu, Ruby.

Ela abriu a porta e deixou a cigana entrar.

– Algum problema?

– Pode ser, não sei.

Flick fechou as cortinas e acendeu a luz.

– Que foi que houve? – perguntou.

– Todo mundo já chegou, mas não sei onde Diana e Maude se enfiaram. Não estão no quarto.

– Por onde você já procurou?

– No escritório da proprietária, na igrejinha aqui ao lado, no bar do outro lado da rua.

– Ah, meu Deus... – suspirou Flick. – As idiotas saíram.

– Para onde você acha que elas podem ter ido?

– Maude queria conhecer o Ritz.

Ruby mal acreditou no que estava acontecendo.

– Elas não podem ser tão burras assim! – disse.

– A Maude é.

– Mas pensei que a Diana tivesse mais juízo.

– Diana está apaixonada – disse Flick. – Imagino que vá fazer tudo o que a outra pedir. Além disso, deve estar querendo impressionar a namoradinha, mostrar a ela que conhece os lugares mais chiques, que frequenta o mundo da alta sociedade.

– Dizem que o amor é cego...

– Nesse caso, é mais do que cego: é suicida. Difícil acreditar, mas... posso apostar que é para lá que elas foram. Tomara que passem um aperto bem grande. Quem sabe assim não se emendem?

– E agora, o que é que a gente faz?

– Vamos ao Ritz tirá-las de lá. Se não for tarde demais.

Flick colocou a peruca de novo.

– Bem que eu estava estranhando essas suas sobrancelhas

escuras – comentou Ruby. – Ficou ótimo. Você está outra pessoa.

– Que bom. Vá pegar sua arma.

No lobby do hotel, Régine entregou um envelope a Flick, endereçado a ela com a letra de Diana. Flick leu o bilhete que havia dentro:

> *Fomos para um hotel melhor. Estaremos na Gare de l'Est às cinco da manhã. Não se preocupe.*

Ela mostrou o papel a Ruby e depois o rasgou em pedacinhos, furiosa sobretudo consigo mesma. Conhecia Diana desde menina, sabia muito bem que a garota era irresponsável. Por que diabos a incluíra no grupo? Porque não tivera alternativa, era a resposta.

Elas saíram à rua. Flick não queria usar o metrô. Sabia que existiam postos de controle em muitas das estações, bem como batidas nos trens. O hotel Ritz ficava na Place Vendôme, uma caminhada de no mínimo meia hora saindo de La Chapelle. O sol já tinha se posto, a noite caía rapidamente. Elas teriam de ficar atentas ao relógio, pois havia um toque de recolher às onze.

Flick se perguntava quanto tempo os funcionários do Ritz levariam para avisar a Gestapo sobre Diana e Maude. Veriam imediatamente que havia algo de estranho com relação a elas. Os documentos diziam que eram secretárias oriundas de Reims. O que duas mulheres assim estariam fazendo num lugar como o hotel Ritz? Não estavam malvestidas para os padrões da França ocupada, mas nem por isso poderiam ser confundidas com a clientela habitual do hotel. As mulheres que se viam por ali, quando não eram as respeitáveis senhoras dos diplomatas de algum país neutro, eram namoradas de ricaços que operavam no mercado clandestino ou amantes de oficiais alemães. Talvez o gerente não fizesse nada, sobretudo se fosse antinazista, mas a Gestapo possuía informantes em todos os hotéis e restaurantes de maior porte da cidade, pagos para denunciar qualquer forasteiro que não tivesse uma boa história para contar. Esse tipo de detalhe era martelado na cabeça de todos os que passavam pelo treinamento regular de três meses da Executiva de Operações Especiais, mas Diana e Maude não haviam tido mais do que dois dias de orientação.

Flick apertou o passo.

CAPÍTULO TRINTA E CINCO

DIETER ESTAVA EXAUSTO. Precisara usar todos os seus poderes de persuasão e intimidação para conseguir produzir e espalhar mil pôsteres em menos de doze horas. Fora paciente e obstinado sempre que possível, cuspira marimbondos quando necessário. Além disso, não havia dormido na noite anterior. Estava tenso. A cabeça latejava por causa da enxaqueca, o pavio estava curto.

Mas uma sensação de paz o tomou de assalto tão logo ele entrou no apartamento que ocupava num dos suntuosos prédios de Porte de la Muette, com vista para o Bois de Boulogne. A missão que recebera de Rommel exigia que ele viajasse por toda parte no norte da França, portanto era preciso ter uma base em Paris. Mas conseguir aquele apartamento havia demandado uma boa dose de aliciamento e truculência, um preço pequeno a pagar diante do enorme prazer que ele agora tirava de tanto luxo: o pé-direito alto do imóvel, a forração de mogno das paredes, as cortinas pesadas, a prataria antiga sobre o aparador. Caminhando devagar pela penumbra fresca da sala, ele aos poucos foi matando as saudades de seus objetos prediletos: a pequena mão de mármore esculpida por Rodin, o pastel de Degas em que uma bailarina calçava suas sapatilhas, um exemplar da primeira edição de *O conde de Monte Cristo*. Em seguida foi para o piano Steinway um quarto de cauda e tocou uma despreocupada versão de "Ain't Misbehavin": *"No one to talk with, all by myself..."*

Antes da guerra, o apartamento e boa parte do que havia dentro dele pertenceram a um engenheiro de Lyon que amealhara fortuna na produção de pequenos aparelhos elétricos: aspiradores de pó, rádios, campainhas. Dieter ficara sabendo disso por uma vizinha, uma viúva rica cujo marido fora um importante líder fascista na década de 1930. Segundo a mulher, o tal engenheiro era um arrivista que precisara contratar alguém que escolhesse por ele o papel de parede certo, as antiguidades de valor, isso e aquilo. Não porque tivesse algum apreço por tais objetos, apenas porque queria impressionar as amigas da esposa. Fugira para os Estados Unidos, dissera a viúva, lá onde todos eram tão vulgares quanto ele. Era um alívio que o apartamento agora tivesse um ocupante à sua altura, alguém que sabia dar o real valor a tudo aquilo que era bom e bonito.

Dieter despiu o paletó e a camisa antes de lavar do rosto a poeira do ar de Paris. Isso feito, vestiu uma camisa limpa, colocou as abotoaduras de ouro nos punhos franceses e escolheu uma gravata prata. Ligou o rádio e foi ouvindo as notícias enquanto atava o nó. As coisas iam mal na Itália. Segundo informava o locutor, os alemães vinham fazendo o possível para se defenderem. Para Dieter, Roma cairia a qualquer momento.

Mas a Itália não era a França.

Ele agora precisava esperar que alguém reconhecesse Felicity Clairet. Não tinha certeza de que ela passaria por Paris, mas, depois de Reims, a capital era o lugar mais provável em que ela poderia ser vista. De qualquer forma, não restava mais nada que ele pudesse fazer. Pena que Stéphanie tivesse ficado em Reims, mas ela precisava manter seu plantão na casa da Rue du Bois: sempre havia a possibilidade de que outros agentes pousassem por perto e viessem à procura dela. O mais importante de tudo era atraí-los discretamente para a armadilha. Tinha deixado instruções para que nem Michel nem o dr. Bouler fossem torturados na sua ausência. Ambos ainda poderiam ter alguma utilidade.

Uma garrafa de Dom Pérignon esperava na geladeira. Dieter foi buscá-la, abriu-a e se serviu de uma taça. Em seguida, com um vago pensamento de que a vida era boa, sentou-se à escrivaninha e examinou a correspondência acumulada.

Encontrou entre os envelopes uma carta de Waltraud, sua esposa:

> *Meu querido Dieter,*
> *É uma grande lástima que não estejamos juntos neste seu aniversário de 40 anos.*

Dieter havia se esquecido completamente do próprio aniversário. Precisou conferir a data no relógio Cartier na escrivaninha à sua frente. Era três de junho, e ele estava completando 40 anos, motivo suficiente para que se servisse de uma segunda taça de champanhe para comemorar.

No mesmo envelope ele encontrou outras duas cartas. Margarete, sua filha de 7 anos, apelidada de Mausi, havia feito um desenho do pai uniformizado junto da torre Eiffel em que ele era mais alto que a torre. Rudi, o filho de 10 anos, escrevera com todo o capricho um texto de gente grande:

> *Meu querido papai,*
> *Estou indo muito bem na escola, embora a sala do dr. Richter tenha sido bombardeada. Felizmente era noite e a escola estava vazia.*

Dieter fechou os olhos, abalado. Era inaceitável que bombas caíssem na cidade onde seus filhos moravam. Xingou os assassinos da Força Aérea britânica, mesmo sabendo que bombas alemãs também vinham caindo sobre escolas inglesas.

Na escrivaninha havia um telefone, e ele cogitou ligar para

casa. Não seria fácil completar a ligação: o sistema telefônico francês estava sobrecarregado, e o tráfego militar tinha prioridade, de modo que às vezes era preciso esperar até duas horas para conseguir falar com alguém. Mesmo assim ele decidiu tentar, acometido de uma súbita vontade de ouvir a voz dos filhos e ter a certeza de que ambos estavam vivos.

Já ia levando a mão ao aparelho quando ele tocou.

– Major Franck – atendeu ele.

– Tenente Hesse, major.

Seu coração veio à boca.

– Então, encontraram Felicity Clairet?

– Não, major. Mas a notícia é quase tão boa quanto essa.

CAPÍTULO TRINTA E SEIS

FLICK ESTIVERA NO Ritz apenas uma vez antes da guerra, ainda nos tempos de estudante. Ela e uma amiga haviam se embonecado da cabeça aos pés com maquiagem, chapéu, luvas e meias de seda para atravessar as portas do hotel com ares de quem fazia aquilo todos os dias e seguir para a parte das lojas, parando diante das vitrines e rindo horrorizadas do preço absurdo das echarpes, das canetas-tinteiros e dos perfumes. Em seguida, como se estivessem à espera de alguém, tinham se acomodado no lobby principal, lugar ideal para criticar a roupa das madames que chegavam para o chá. Elas próprias não pediram sequer um copo d'água. À época, Flick guardava cada centavo do seu dinheiro para comprar os ingressos mais baratos da Comédie Française.

Flick já tinha ouvido falar que desde o início da ocupação os proprietários vinham tentando administrar o hotel como se nada tivesse acontecido, ainda que a maior parte dos quartos estivesse ocupada pelo alto-comando nazista. Hoje ela não estava usando luvas nem meias de seda, mas havia passado um pouco de pó no rosto e ajeitado a boina com charme na cabeça, rezando para que, no hotel, as demais mulheres estivessem fazendo concessões semelhantes devido aos rigores da guerra.

Veículos militares cor de chumbo e limusines pretas se enfileiravam à porta do hotel na Place Vendôme. Na fachada do prédio, seis estandartes do Terceiro Reich tremulavam ao sabor da brisa, vermelhos, compridos e arrogantes. Um porteiro de cartola e calças vermelhas, vendo Flick chegar com Ruby, esquadrinhou a dupla de cima a baixo, depois disse:

– Vocês não podem entrar.

Flick estava usando um terninho azul-claro muito amassado e Ruby, um vestido marinho sob a capa de chuva masculina. Não estavam vestidas para jantar no Ritz. Flick procurou imitar a altivez de uma francesa ao se ver afrontada por um criado. Empinando o nariz, disse:

– Algum problema?

– Esta entrada é exclusiva para as altas patentes, *madame*. Nem mesmo os coronéis alemães podem entrar por aqui. Vão ter de contornar o hotel e usar a entrada dos fundos, que fica na Rue Cambon.

– Se é assim... – disse Flick num tom de fastio.

Intimamente, no entanto, estava aliviada por não ter sido barrada em razão das roupas. Ela e Ruby se afastaram rápido e seguiram para os fundos do prédio.

O lobby estava muito bem iluminado e os bares laterais se apinhavam de homens bem-vestidos, uns de farda, outros de trajes formais. No zum-zum das conversas sobressaíam as consoantes ásperas da língua alemã muito mais do que as vogais suaves e longas do francês. Flick teve a nítida impressão de haver entrado numa caserna inimiga.

Ela se dirigiu à recepção, e o concièrge de casaca com botões dourados logo viu que não se tratava de uma alemã nem de uma francesa rica. Com ar de superioridade, disse, seco:

– Pois não.

– Veja se mademoiselle Legrand está no quarto – disse Flick, direta.

Diana certamente havia usado o nome que constava dos documentos falsos: Simone Legrand.

– Ela me aguarda.

– Da parte de...

– Mademoiselle Martigny. Funcionária dela.

– Muito bem, então. Mademoiselle Legrand está no restaurante, jantando com sua amiga. Sugiro que a senhorita procure o maître.

Flick e Ruby atravessaram o lobby e entraram no restaurante. O lugar era o que havia de mais sofisticado no mundo: toalhas de linho branco, talheres e castiçais de prata, garçons deslizando entre as mesas com suas bandejas no alto. O ambiente recendia a café de verdade. Ainda à porta, Flick avistou Diana nos fundos do salão, em uma das mesas menores. Retirava uma garrafa de vinho do balde de gelo para servir Maude e a si mesma. Flick precisou se conter para não esganá-la ali mesmo. Já ia tomando a direção dela quando o maître se pôs no seu caminho.

– Pois não? – disse ele.

Não fazia a menor questão de disfarçar seu descontentamento com os trajes das recém-chegadas.

– Boa noite – disse Flick. – Preciso falar com aquela senhorita.

O homem ficou exatamente onde estava. Era um baixote de aspecto preocupado, mas não se deixava intimidar.

– Talvez eu possa levar um recado.

– Acho que não. É pessoal.

– Então vou anunciar sua chegada. Seu nome?

Flick ainda tentou chamar a atenção de Diana antes de responder, fuzilando-a com o olhar, mas Diana só tinha olhos para Maude.

– Mademoiselle Martigny – cuspiu ela afinal, resignada. – Diga que é urgente.

– Pois não. Se mademoiselle não se incomodar de esperar aqui...

Flick se roía por dentro. Vendo o maître se afastar, ficou tentada a atropelá-lo e falar direto com Diana, mas então percebeu que era observada por um jovem oficial com o uniforme preto da Waffen SS sentado a uma mesa próxima. Logo desviou o olhar, apavorada, sem saber ao certo o que havia chamado a atenção do sujeito. Era possível que ele estivesse apenas bisbilhotando sua conversa com o maître ou que a tivesse achado bonita, mas também era possível que houvesse percebido algo de familiar na fisionomia dela e estivesse a poucos segundos de fazer a conexão com a foto do cartaz. Fosse o que fosse, seria perigoso provocar um escândalo.

Flick precisou conter o impulso de dar meia-volta e sair correndo. Quanto mais se demorava naquele hotel, maior era o perigo que corria.

O maître falou com Diana, depois sinalizou para Flick, que disse a Ruby:

– Espere aqui. Vou chamar menos atenção se for sozinha.

Chegando à mesa, ficou furiosa ao constatar a desfaçatez das duas fujonas, que não demonstravam o menor sinal de culpa. Maude parecia feliz e Diana a encarava com atrevimento. Flick pousou as mãos na borda da mesa e se inclinou para falar baixinho:

– Este lugar é extremamente perigoso. Levantem-se agora mesmo e venham comigo. Pagamos a conta na saída.

Falara da forma mais impositiva possível, porém as duas se mantiveram em seu mundinho de fantasia.

– Poxa, Flick – disse Diana –, seja razoável.

Flick ficou furiosa. Quanta arrogância, quanta estupidez, pensou.

– Vá ser burra assim lá no inferno... Você não percebe que pode morrer? – rosnou.

No entanto, logo percebeu que não deveria ter partido para a agressividade quando Diana disse, altiva:

– A vida é minha. Tenho o direito de correr esse risco.

– Não é só você que está correndo risco. Somos todas nós e a missão também! Agora levante-se dessa cadeira e venha comigo.

– Olhe, Flick, o negócio é o...

Nesse instante se ouviu um pequeno alvoroço à entrada do restaurante e Diana interrompeu o que ia dizendo para ver o que era. Flick virou-se também e ficou sem fôlego.

Quem acabara de chegar era o oficial alemão bem-vestido que ela tinha visto na praça de Sainte-Cécile. Bastou uma rápida olhadela para que visse não só o rosto dele, mas também o terno escuro e o lenço branco que escapava do bolso do paletó. Sem hesitar, ela desviou os olhos e, contando com o efeito da peruca, rezou para que não tivesse sido reconhecida. De repente se lembrou do nome do homem: Dieter Franck. Encontrara uma fotografia dele nos arquivos de Percy Thwaite. Tratava-se de um ex-detetive de polícia. Ela se lembrava também do que estava escrito no verso da foto: "Destaque na equipe de inteligência de Rommel, diz-se que é exímio interrogador e torturador cruel."

Pela segunda vez no espaço de uma semana ela estava próxima o suficiente para atirar nele.

Flick não acreditava em coincidências. Sabia que deveria haver algum motivo para que aquele homem estivesse ali ao mesmo tempo que ela.

Não demorou para descobrir do que se tratava. Olhando novamente, viu que ele vinha marchando na sua direção com mais quatro homens da Gestapo na sua esteira. O maître vinha atrás deles, visivelmente nervoso.

Flick baixou os olhos para o chão e se afastou.

Franck foi direto para a mesa de Diana.

Um silêncio caiu sobre o restaurante: clientes se calaram no meio do que iam dizendo, garçons interromperam o serviço, o sommelier se petrificou com um decantador em punho.

Flick conseguiu chegar à porta, onde Ruby esperava por ela.

– Ele vai prender as duas – sussurrou a cigana, e levou a mão à arma que escondia no bolso da capa de chuva.

Flick novamente espiou o major da Waffen SS.

– Não atire – sussurrou. – Não há nada que a gente possa fazer. Se fossem apenas ele e os quatro da Gestapo... Mas estamos cercadas de oficiais alemães. Mesmo que conseguíssemos matar os cinco, não sairíamos daqui com vida.

Franck já interpelava Diana e Maude, mas Flick não podia ouvir o que ele dizia. Diana empinava o nariz como sempre fazia quando se via acuada. Maude começara a chorar.

Franck devia ter exigido documentos, pois ambas pegaram as bolsas que haviam deixado no chão, ao lado da cadeira. O alemão se reposicionou e agora estava ligeiramente às costas de Diana, observando-a do alto. Flick de repente se deu conta do que estava para acontecer.

Maude tirou seus papéis, mas Diana sacou sua arma. Ouviu-se o estalido de um tiro e um dos homens da Gestapo curvou o tronco para a frente antes de desabar no chão. O alvoroço foi imediato. Mulheres começaram a gritar, homens se abaixaram em busca de proteção. Seguiu-se mais um tiro e outro homem da Gestapo foi atingido. Muitos correram para a porta do restaurante.

Diana apontou a arma contra um terceiro homem da Gestapo e Flick teve um lampejo de memória, lembrando-se da amiga nos bosques de Somersholme, sentada no chão com um cigarro entre os lábios e vários coelhos mortos ao redor. "Você é uma matadora", dissera a ela na ocasião.

Diana era mesmo uma excelente atiradora, mas não chegou a disparar seu terceiro tiro.

Sem perder o sangue-frio, Dieter Franck usou ambas as mãos para agarrar o punho dela e batê-lo contra a mesa até fazê-la soltar a arma com um grito de dor. Isso feito, puxou-a com ímpeto e a jogou de bruços contra o carpete para depois plantar os dois joelhos contra a lombar da prisioneira e algemá-la, completamente alheio aos berros que ouvia enquanto torcia seus braços. Só então ficou de pé.

– Vamos sair daqui – disse Flick a Ruby.

A essa altura, as pessoas já se afunilavam na porta, homens e mulheres apavorados, todos querendo sair ao mesmo tempo. Antes que Flick pudesse fazer qualquer coisa, o jovem major da Waffen SS que a observara antes se pôs de pé e a agarrou pelo braço.

– Espere aí – disse ele em francês.

Flick fez um esforço consciente para não entrar em pânico.

– Tire as suas mãos de mim!

O homem a apertou ainda mais.

– Você conhece aquelas duas.

– Não conheço, não! – disse Flick.

Tentou se desvencilhar, mas não conseguiu.

– A senhorita não vai a lugar nenhum antes de responder a algumas perguntas.

Nesse instante se ouviu mais um tiro. Muitas mulheres gritaram, mas ninguém sabia dizer de onde viera o disparo. O oficial crispou o rosto numa careta de dor e ainda não havia desfalecido por completo quando Flick viu Ruby voltar com sua pistola para o bolso da capa de chuva.

À custa de vigorosas cotoveladas, ambas conseguiram abrir caminho pela multidão para irromper no lobby do hotel e de lá seguir correndo. Não chamaram atenção para si, pois eram muitos os que corriam.

Do lado de fora, diversos carros se enfileiravam na Rue Cambon, estacionados junto ao meio-fio. Boa parte dos motoristas uniformizados havia corrido para o interior do hotel, curiosos para saber o que acontecera. Entre os carros abandonados, Flick escolheu uma Mercedes sedã 230 preta com roda sobressalente acoplada ao chassi. Viu pela janela que a chave estava na ignição.

– Entre! – gritou para Ruby e se jogou ao volante do carro.

Puxou o arranque. O gigantesco motor estremeceu com

um ronco. Flick engatou a primeira marcha, saiu com o carro e pisou fundo no acelerador, deixando o Ritz para trás. A Mercedes era pesada e não corria tanto, porém era tão estável nas curvas quanto um trem.

Já longe do hotel, Flick teve a calma de que precisava para avaliar a situação. Acabara de perder um terço de sua equipe, incluindo a melhor atiradora do grupo. Chegou a aventar a possibilidade de abandonar a operação, mas decidiu seguir adiante. Seria estranho: à porta do palácio ela teria de explicar por que apenas quatro faxineiras tinham se apresentado em vez das seis de costume, mas poderia inventar alguma desculpa. Mesmo sabendo que seria interpelada com mais rigor, dispôs-se a correr o risco.

Ela largou o carro na Rue de la Chapelle e desceu com Ruby. Não havia mais qualquer perigo imediato. Elas voltaram o mais rápido possível para o hotelzinho. Lá chegando, Ruby chamou Greta e Jelly e foi com elas para o quarto de Flick, que explicou o que acontecera.

– Diana e Maude serão interrogadas – disse ela. – Dieter Franck é um interrogador implacável, então o mais provável é que elas contem tudo o que sabem, incluindo o endereço deste hotel. Isso significa que a Gestapo pode chegar a qualquer momento. Precisamos sair daqui já.

Jelly estava chorando.

– Coitadinha da Maude – dizia. – Era uma bisca desmiolada, mas não merecia ser torturada.

Greta se revelou mais prática:

– Para onde a gente vai?

– Vamos nos esconder nesse convento que tem aí do lado. As freiras recebem qualquer um. Já escondi prisioneiros de guerra ali. Vão deixar que a gente fique até o amanhecer.

– Mas... e depois?

– Depois vamos para estação, tal como foi planejado. Diana vai contar a Dieter nossos nomes verdadeiros, nossos codinomes e nossas falsas identidades. Um alerta será emitido na cidade inteira. Felizmente tenho comigo um jogo adicional de documentos para todas nós, com as mesmas fotografias, mas com nomes diferentes. A Gestapo não tem fotos de vocês três, e eu estou com esta peruca, então os guardas nos postos de controle não terão como nos reconhecer. Mesmo assim, só por segurança, não vamos para a estação de manhãzinha. Vamos mais tarde, lá pelas dez horas, quando o movimento será maior.

– Diana também vai contar sobre a nossa missão – disse Ruby.

– Vai dizer que vamos explodir um túnel ferroviário em Marles. Acontece que essa não é a nossa verdadeira missão. Foi uma história que inventei, também por segurança.

– Flick, você pensa em tudo! – falou Jelly, admirada.

– Penso, sim – respondeu ela, séria. – Por isso ainda estou viva.

CAPÍTULO TRINTA E SETE

FAZIA MAIS DE UMA hora que Paul aguardava no sofrível refeitório de Grendon Underwood, cada vez mais preocupado com a situação de Flick, cada vez mais convencido de que Brian Standish se fora. O incidente na catedral, a escuridão total do povoado de Chatelle na chegada do avião, a inusitada ausência de erros na terceira mensagem de rádio, tudo isso apontava na mesma direção.

De acordo com os planos originais, Flick teria sido recebida em Chatelle por um comitê formado por Michel e o restante da célula Bollinger. Michel teria conduzido as moças para um esconderijo qualquer e dali a algumas horas providenciaria o transporte para Sainte-Cécile. Depois que entrassem no palácio e explodissem a central telefônica, as Jackdaws seriam levadas de volta ao povoado e recolhidas por um segundo avião. Tudo isso havia mudado, mas Flick ainda precisaria de algum esconderijo quando chegasse a Reims, e sobretudo da ajuda contínua da célula Bollinger. No entanto, se Brian tivesse sido pego pelos alemães, o que haveria sobrado do grupo? A casa de Burguesa ainda seria segura? E Michel, também não estaria ele nas mãos da Gestapo?

Finalmente Lucy Briggs surgiu no refeitório:

– Jean pediu que lhe dissesse que a resposta de Helicóptero já está sendo decodificada. Quer vir comigo?

Paul acompanhou a moça até a sala de Jean Bevins, que, de tão minúscula, antes da guerra só poderia ter sido usada como armário. Ele leu:

> INDICADOR DE CHAMADA HLCP
> (HELICÓPTERO)
> CHAVE DE SEGURANÇA PRESENTE
> 3 JUNHO 1944
>
> TEXTO MENSAGEM:
>
> DUAS STENS COM SEIS PENTES CADA PT
> UM FUZIL LEE ENFELD COM DEZ PENTES
> PT SEIS COLTS AUTOMATICAS COM
> APROXIMADAMENTE CEM CARTUCHOS PT
> NENHUMA GRANADA PT

Paul ficou olhando fixo para o papel, consternado, quase esperando que as palavras, por milagre, tomassem a iniciativa de se transformar em algo menos desanimador.

– Ele deveria ter ficado furioso – observou Jean. – Mas não reclamou de nada, apenas respondeu sua pergunta, obediente feito um cordeirinho.

– Pois é – disse Paul. – Porque não foi ele quem escreveu isto aqui.

Aquela mensagem não fora enviada por um agente que, já em dificuldades no desempenho da sua missão, acabara de receber uma solicitação completamente descabida por parte dos seus superiores burocratas. Aquela resposta tinha sido redigida por algum oficial da Gestapo disposto a tudo para dar a impressão de que as coisas prosseguiam na mais absoluta normalidade. O único erro de ortografia fora "Enfeld" no lugar de "Enfield", e mesmo isso sugeria a presença de um farsante, pois *feld* era o equivalente alemão para *field* (campo).

Não restava dúvida: Flick estava em apuros.

Paul massageou as têmporas, que latejavam. Agora só havia uma coisa a fazer. A operação ameaçava ruir a qualquer momento; ele precisava salvá-la. Precisava socorrer Flick.

Virando-se para Jean, viu que ela o encarava com ar de compaixão.

– Posso usar seu telefone? – pediu ele.

– Claro.

Paul ligou para Baker Street. Percy estava a postos no seu gabinete.

– Aqui é o Paul. Estou convencido de que Brian foi capturado. O rádio dele está sendo operado pela Gestapo.

Jean Bevins sufocou um grito de susto.

– Minha nossa... – disse Percy. – Sem rádio não temos como avisar Flick.

– Temos, sim – redarguiu Paul.

– Como?

– Arrume um avião. Estou indo para Reims. Hoje mesmo, se possível.

OITAVO DIA
Domingo
4 de junho de 1944

CAPÍTULO TRINTA E OITO

A AVENUE FOCH PARECIA ter sido construída com o único propósito de receber ali as pessoas mais ricas do mundo. Tratava-se de um amplo bulevar que corria do Arco do Triunfo ao Bois de Boulogne com jardins ornamentais em ambos os lados e pequenas vias de acesso para os palacetes residenciais. O número 84 era um desses palacetes, no qual uma imponente escadaria dava acesso a cinco pavimentos de cômodos aconchegantes. A Gestapo havia transformado o imóvel num antro de tortura.

Numa sala de proporções perfeitamente simétricas estava Dieter, refletindo enquanto olhava para o teto de gesso e seus ornamentos rebuscados. A certa altura ele fechou os olhos e se preparou para o interrogatório que estava por vir. Precisava atiçar a inteligência e ao mesmo tempo entorpecer os sentimentos.

Havia quem se deleitasse com a tortura de prisioneiros. O sargento Becker, de Reims, por exemplo, era um deles. Homens assim sorriam de satisfação com os gritos de suas vítimas, chegavam ao ponto de ter uma ereção enquanto infligiam suas barbaridades, de ejacular enquanto admiravam a agonia dos moribundos. Mas não eram bons interrogadores, uma vez que se concentravam na tortura em si e não na qualidade das informações que extraíam. Os melhores torturadores eram homens como ele, Dieter, que tinham um profundo asco por todo aquele processo.

Ele agora se imaginava fechando as portas da alma, trancando os sentimentos num armário qualquer. Procurou pensar nas duas prisioneiras como duas máquinas que começariam a cuspir informações assim que ele descobrisse como ligá-las. Soube que estava pronto quando sentiu cair sobre si aquele manto de frieza que conhecia tão bem.

– Traga a mais velha.

O tenente Hesse saiu para buscá-la.

Dieter a estudou com atenção enquanto ela entrava no cômodo e se acomodava na cadeira. A inglesa tinha cabelos curtos e ombros largos, vestia um terno de corte masculino. A mão direita pendia, mole, enquanto a esquerda sustentava o antebraço inchado, logo acima do pulso que ele próprio quebrara. Via-se que estava sofrendo com a dor. Brilhava de suor, mas os lábios se fechavam num esgar de zombaria.

Dirigindo-se a ela em francês, Dieter fez o preâmbulo habitual:

– Tudo o que vai acontecer nesta sala está nas suas mãos. As decisões que você tomar, as coisas que disser, poderão causar uma dor insuportável ou trazer alívio. A escolha é sua.

A inglesa não disse nada. Estava com medo, mas não a ponto de perder o controle. Na certa era daquelas que não se vergavam facilmente, e Dieter já antevia o trabalho que ela lhe daria.

– Para começar, diga-me onde fica o quartel-general da Executiva de Operações Especiais em Londres.

– Regent Street, número 81.

Dieter assentiu.

– Vou lhe explicar uma coisa: sei muito bem que os agentes da Executiva de Operações Especiais são instruídos a não deixar pergunta sem resposta, a inventar qualquer coisa que depois seja difícil de averiguar. Então, porque sei disso tudo, vou lhe fazer diversas perguntas cujas respostas já conheço e assim saberei se você está mentindo ou não. De novo: onde fica o quartel-general da Executiva de Operações Especiais em Londres?

– Carlton House Terrace.

Dieter se aproximou e desferiu um tapa sem piedade no rosto dela. A inglesa deu um berro, ficou vermelha de raiva. Muitas vezes era útil começar com um simples tapa. A dor nem era tão grande assim, mas o golpe em si era humilhante, evidenciava a impotência do prisioneiro e quase sempre bastava para aplacar a valentia inicial.

No entanto, ela o encarou com petulância e disse:

– É assim que os alemães tratam uma dama?

A julgar pelos modos altivos e pelo sotaque, provavelmente se tratava de uma aristocrata.

– Uma dama? – devolveu Dieter, irônico. – Faz pouco que você matou dois policiais que estavam apenas cumprindo com o seu valoroso dever. A jovem esposa de Specht agora é uma pobre viúva, e os pais de Rolfe perderam o único filho. Você não é uma combatente fardada, não tem como justificar o que fez. Em resposta à sua pergunta... não, não é assim que tratamos uma dama. É assim que tratamos uma assassina.

Ela desviou o olhar, e ele soube que havia marcado um ponto com sua resposta. Começava a minar os alicerces morais da aristocrata inglesa.

– Diga mais uma coisa – prosseguiu ele. – Até que ponto você conhece Felicity Clairet?

Ela arregalou os olhos numa expressão involuntária de surpresa, e ele soube que estava certo na sua suposição: aquelas duas realmente eram integrantes da equipe da major Clairet. Outro ponto.

Apesar do susto, ela recobrou a compostura:

– Não conheço ninguém com esse nome.

Dieter deu um passo à frente e afastou a mão esquerda da inglesa com um safanão certeiro. Não ficou nem um pouco surpreso com o grito que ouviu quando ela, sem suporte para o pulso quebrado, foi obrigada a deixá-lo cair. Antes de fazer a pergunta seguinte, ele tomou a mão machucada e torceu ligeiramente, arrancando mais um berro da moça.

– Por que diabo você estava jantando no Ritz? – disse, e só então se afastou.

Assim que a inglesa parou de gritar, ele repetiu a pergunta:

– Por que você estava jantando no Ritz?

Ela recuperou o fôlego e respondeu:

– Porque gosto da comida de lá.

A inglesa era muito mais valente do que ele imaginara.

– Leve-a daqui e traga a outra – ordenou ele a Hesse.

A segunda inglesa, mais jovem que a primeira, era uma moça muito bonita. Não havia oferecido resistência ao ser presa, portanto ainda estava apresentável, com a roupa e a maquiagem intactas. Parecia muito mais assustada do que a amiga.

Dieter lhe fez a mesma pergunta que fizera à outra:

– Por que você estava jantando no Ritz?

– Sempre quis conhecer aquele lugar – respondeu ela.

Dieter mal acreditou no que ouviu.

– Em nenhum momento chegou a pensar que seria perigoso?

– Pensei que Diana ia cuidar de mim.

Então era esse o nome da aristocrata: Diana.

– Como você se chama?

– Maude.

Aquilo estava fácil demais para ser verdade.

– O que você e sua amiga estão fazendo na França, Maude?

– Era para a gente explodir uma coisa.

– O quê?

– Não lembro. Alguma coisa a ver com os trens, eu acho.

A essa altura, Dieter já suspeitava de estar sendo engabelado.

– Há quanto tempo você conhece Felicity Clairet? – arriscou ele.

– Flick? – disse Maude. – Faz só alguns dias. Ela é muito mandona – disse e na hora outro pensamento lhe veio à cabeça. – Mas ela tinha razão, a gente não devia ter ido ao Ritz.

A moça começou a chorar.

– Eu não queria fazer nada de errado. Só queria me divertir um pouco, conhecer os lugares... Era só isso que eu queria.

– Qual é o codinome da sua equipe?

– Blackbirds – respondeu ela em inglês.

Dieter estranhou. A mensagem de rádio para Helicóptero

havia se referido a elas como Jackdaws, gralhas, não Blackbirds, melros.
– Tem certeza?
– Tenho. É por causa de um poema. "The Blackbird of Reims", eu acho. Não. "The Jackdaw of Reims", é isso.
Se a moça não fosse de fato uma idiota, era ótima atriz.
– Onde você acha que Flick está agora?
Maude pensou por um longo momento, depois disse:
– Sinceramente, não sei.
Dieter bufou de frustração. A primeira inglesa tinha brio de sobra para se manter fechada e à segunda faltavam miolos para dizer qualquer coisa que tivesse um mínimo de serventia. A noite seria mais longa do que ele havia imaginado.

Mas talvez houvesse um meio de abreviar o processo. Algo já o vinha intrigando desde cedo: qual seria a natureza da relação entre aquelas duas? Que motivo poderia ter a aristocrata (mais velha, mais dominante e mais masculinizada que a outra) para arriscar a própria vida apenas para levar uma desmiolada para jantar no Ritz? Dieter chegou a desconfiar da resposta que lhe veio à cabeça, achando que fosse fruto de sua mente suja. Mesmo assim...

– Pode levá-la – ordenou em alemão. – Coloque junto com a outra em uma cela que tenha uma vigia em algum lugar.

Hesse saiu com Maude e voltou dali a pouco para conduzir o major até uma saleta no porão da casa, de onde se via o cômodo adjacente por meio de um orifício. As duas prisioneiras estavam sentadas lado a lado na beira de uma cama estreita. Maude chorava copiosamente enquanto Diana tentava consolá-la. Dieter avaliou a cena com atenção. Diana pousava a mão machucada no colo e usava a outra para acariciar os cabelos de Maude. Falava baixinho, e Dieter não conseguia entender o que ela estava dizendo.

Que tipo de relacionamento teriam elas? Seriam companheiras de armas? Amigas do peito? Ou mais que isso? Diana se inclinou para beijar a testa de Maude. Até aí, nada de mais.

Em seguida levou o indicador até o queixo da outra, puxou o rosto dela para si e a beijou nos lábios. Um gesto de consolo, certo, mas... talvez íntimo demais para uma simples amizade?

As dúvidas de Dieter se desfizeram quando ele viu a aristocrata botar a língua para fora e lamber as lágrimas do rosto da desmiolada. Não se tratava de uma brincadeira sexual, claro. Dificilmente alguém pensaria em sexo naquelas circunstâncias. No entanto, simples amigas não se consolavam com lambidas no rosto: as duas inglesas eram amantes – o que para Dieter resolvia o problema.

– Suba com a mais velha de novo – disse, voltando para a sala de interrogatório.

Assim que Hesse chegou com Diana, foi instruído a amarrá-la à cadeira e depois preparar a máquina de choques elétricos.

Dieter ficou esperando impacientemente enquanto a engenhoca era trazida num carrinho e ligada à tomada. Cada minuto de atraso era um minuto de vantagem para Felicity Clairet. Assim que tudo ficou pronto, ele agarrou Diana pelos cabelos, imobilizando-a, depois usou a mão livre para pregar duas garras jacaré ao lábio inferior da prisioneira e girar um botão na máquina.

Diana gritou.

Dieter aguardou dez segundos e só então voltou o botão para a posição inicial. Esperou que ela se recobrasse do susto, depois disse:

– Isso foi menos da metade da carga máxima.

Era verdade. Raramente ele recorria aos choques de máxima voltagem: apenas quando a tortura se prolongava demais e o prisioneiro passava a desmaiar com frequência. Nesses casos, os choques mais fortes eram usados na esperança de reavivar a consciência do prisioneiro. Na maioria das vezes, isso era feito tarde demais, quando a loucura já começava a se instalar.

Mas Diana não sabia disso.

– De novo, não – implorou. – Por favor, de novo, não.

– Vai responder a minhas perguntas?

Ela resmungou alguma coisa, mas não disse que sim.

– Traga a outra – Dieter ordenou a Hesse e viu a prisioneira arregalar os olhos.

Hesse voltou dali a pouco com Maude e a amarrou a uma segunda cadeira.

– O que vocês querem? – disse ela aos prantos.

– Não diga nada – interveio Diana. – É melhor assim.

Maude estava usando uma blusa leve de verão. Tinha um corpo bonito e esguio, com peitos fartos. Dieter rasgou a blusa dela, fazendo com que os botões voassem por toda parte.

– Por favor! – disse Maude. – Eu conto tudo!

Sob a blusa ela usava uma chemise de algodão com acabamentos de renda. Dieter cravou os dedos no decote e puxou o tecido com força, arrancando um grito da inglesinha. Em seguida deu um passo atrás e observou. Viu que Maude tinha seios redondos e firmes, que parte de sua mente chegou a apreciar. Diana devia adorá-los também, pensou ele.

Dieter retirou as garras jacaré da boca de Diana e, sem pressa, as pregou em cada um dos mamilos rosados de Maude. Depois voltou para a máquina e levou os dedos ao botão.

– Eu conto – sussurrou Diana. – Conto tudo o que vocês quiserem saber.

~

Dieter tomou todas as providências para que o túnel de Marles recebesse a mais alta proteção. Mesmo que as Jackdaws conseguissem chegar à região, nada poderiam fazer. Àquela altura, a missão de Felicity Clairet estava fadada ao fracasso. Mas para Dieter isso não passava de um prazer secundário. O que ele de fato queria era capturar Flick e interrogá-la. Era isso que o consumia por dentro.

Já eram duas horas da madrugada de domingo. Na terça seria a noite de lua cheia. A invasão dos Aliados poderia acontecer dali a algumas horas. O tempo era pouco, mas o bastante para que ele, Dieter, conseguisse quebrar a espinha dorsal da Resistência francesa. Mas antes disso seria preciso colocar Flick numa câmara de tortura e arrancar dela os nomes e endereços dos principais líderes do movimento. A Gestapo cuidaria do resto, entrando em ação nas mais diversas localidades do território francês com seus milhares de homens treinados. Não eram lá os mais inteligentes do mundo, mas sabiam fazer uma captura. No intervalo de algumas poucas horas, poderiam prender centenas de resistentes. No lugar da ampla insurgência que os Aliados decerto estavam esperando como auxílio à invasão, o ambiente seria de calma e ordem para que os alemães pudessem organizar sua reação e empurrar os invasores de volta para o mar.

Ele despachara um destacamento da Gestapo para fazer uma busca no Hôtel de la Chapelle, mas apenas por desencargo de consciência: tinha certeza absoluta de que Flick e as outras três haviam abandonado a espelunca minutos depois da prisão das companheiras. Onde estaria Flick agora? Reims era o local de aterrissagem mais natural para um ataque em Marles, por isso as Jackdaws tinham planejado saltar nas imediações da cidade. Era bem provável que ainda tivessem de passar por Reims, que ficava na rota de todas as rodovias e ferrovias que levavam a Marles. Além disso, decerto precisariam de alguma ajuda por parte da célula Bollinger – ou do que restava dela.

Dieter podia apostar que naquele exato momento Felicity Clairet estava saindo de Paris para Reims. Por isso já cuidara para que todos os postos de controle da Gestapo entre as duas cidades fossem informados dos nomes falsos usados por Flick e suas comparsas. Mas isso também não passava de formalidade: ou elas teriam mais documentos falsos, ou encontrariam maneiras de evitar os postos de controle.

Ele ligou para Reims, tirou Weber da cama e explicou a situação. Pelo menos dessa vez o infeliz não criou obstáculos; pelo contrário, aprovou imediatamente que dois homens da

Gestapo fossem enviados para vigiar o sobrado de Michel, outros dois para espreitar o prédio de Gilberte e mais dois para cuidar da casa da Rue du Bois e proteger Stéphanie.

A enxaqueca já dava sinais quando enfim ele conseguiu ligar para a amante.

– As terroristas inglesas estão a caminho de Reims – contou. – Providenciei dois homens para proteger você.

– Obrigada – disse Stéphanie, com a mais absoluta naturalidade.

– Mas é importante que continue indo ao ponto de encontro – completou Dieter.

Com sorte, Flick sequer imaginaria que ele montara uma armadilha no seio da célula Bollinger. Cairia direto em suas garras.

– Lembre-se: o ponto de encontro não é mais na cripta da catedral, mas no Café de la Gare. Se alguém aparecer por lá, leve para casa, exatamente como fez com Helicóptero. Depois disso, a Gestapo saberá o que fazer.

– Ok.

– Tem certeza? Procurei minimizar todos os riscos para você, mas ainda assim é perigoso.

– Não precisa se preocupar comigo. Aliás, sou eu que estou preocupada com você. Posso perceber pela sua voz que você está com enxaqueca.

– Está só começando.

– Você está com os seus remédios?

– Estão com o Hans.

– Pena que eu não esteja aí para cuidar de você.

Era isso mesmo que Dieter queria: Stéphanie a seu lado naquele momento.

– Minha vontade era voltar para Reims agora mesmo – falou ele –, mas acho que não estou em condições.

– Nem pense numa coisa dessas. Estou bem, não se preocupe. Tome uma injeção e vá para a cama. Amanhã você vem para Reims.

A moça tinha razão. Já seria difícil para Dieter voltar para seu apartamento, que ficava a menos de um quilômetro dali. Ele não poderia voltar para Reims enquanto não se recuperasse do estresse causado pelo interrogatório.

– Tudo bem. Vou descansar um pouco e amanhã estou aí.
– Feliz aniversário.
– Você lembrou! Eu mesmo tinha esquecido.
– Tenho uma coisinha para você.
– Um presente?
– Hum... Mais ou menos.

Já imaginando o que era, Dieter se esqueceu por um segundo da enxaqueca e abriu um sorriso.

– Eu quero... – disse.
– Dou para você amanhã.
– Mal posso esperar.
– Te amo.

Foi por muito pouco que Dieter não disse "Também te amo", um velho hábito que tinha com a esposa. Hesitou um instante, sem saber o que mais dizer, e nesse curto hiato Stéphanie desligou.

CAPÍTULO TRINTA E NOVE

NAS PRIMEIRAS HORAS da manhã de domingo, Paul Chancellor saltou de paraquedas e aterrissou num batatal próximo ao vilarejo de Laroque, a oeste de Reims, sem o benefício, ou o risco, de um comitê de recepção.

O joelho ferido sofreu bastante com o baque, obrigando-o a permanecer imóvel no chão, trincando os dentes, até que a dor passasse. Sabia que esse joelho seria um problema para o resto da vida. Quando chegasse à velhice, se chegasse, diria que joelhos doloridos eram sinal de chuva.

Levou cinco minutos até que ele se sentisse forte o suficiente para ficar de pé e se desvencilhar do equipamento. Encontrou a estrada mais próxima, orientou-se pelas estrelas e começou a andar, mas coxeava muito e seu avanço era lento.

Sua nova identidade, fabricada às pressas junto com Percy Thwaite, era a de um professor numa escola de Épernay, que ficava a uns poucos quilômetros dali. Ele estaria buscando uma carona na estrada porque precisava visitar o pai doente em Reims. Percy havia providenciado todos os documentos necessários, alguns falsificados na noite anterior e levados de motocicleta para a base aérea de Tempsford. O manquejar se encaixava perfeitamente na história: um veterano ferido poderia muito bem ter encontrado trabalho como professor; fosse ele mais jovem e mais saudável, certamente teria sido despachado para algum campo de trabalho na Alemanha.

Chegar até ali fora fácil. O difícil agora seria encontrar Flick. A única maneira de localizá-la seria por meio da célula Bollinger. Restava-lhe esperar que parte da célula ainda estivesse na ativa e que Brian fosse o único integrante capturado pela Gestapo. Assim como todos os novos agentes que chegavam a Reims, ele entraria em contato com mademoiselle Lemas. Bastaria ser um pouco mais cauteloso que de costume.

Assim que amanheceu, ele ouviu o ronco distante de um primeiro veículo na estrada. Correu para o mato adjacente, se escondeu atrás de umas parreiras e espiou. Dali a pouco viu um trator se aproximar e ficou aliviado: a Gestapo jamais viajava de trator. Então voltou à estrada e levantou o polegar. O veículo parou e ele subiu para pegar carona.

O trator era pilotado por um garoto de mais ou menos 15 anos e rebocava uma carroça repleta de alcachofras. Apontando o queixo para a perna de Paul, o garoto perguntou:

– Ferimento de guerra?

– Sim – disse Paul e, lembrando-se que a ocasião mais provável para que um soldado francês se ferisse era a batalha da França, acrescentou: – Sedan, quatro anos atrás.

– Eu sou novo demais... – lamentou o jovem.

– Sorte a sua.

– Mas espere para ver quando os Aliados voltarem. Aí, sim, a briga vai ser boa – falou o rapaz e, olhando de esguelha para Paul, emendou: – Não posso dizer mais nada. Mas espere para ver.

Paul ficou intrigado. Seria possível que o rapazote pertencesse à célula Bollinger? Para testá-lo, disse:

– Mas será que o nosso pessoal tem armas e munição suficientes?

Se o garoto realmente soubesse de alguma coisa, saberia também que nos últimos meses os Aliados haviam despejado toneladas de armas em território francês.

– A gente usa o que tiver.

Estaria sendo discreto sobre o que sabia? Não, concluiu Paul. A resposta fora vaga demais. Era bem provável que estivesse imaginando coisas. Paul não disse mais nada.

O garoto deixou Paul nas cercanias da cidade e ele percorreu a pé o resto do caminho. O ponto de encontro mudara da cripta da catedral para o Café de la Gare, mas o horário continuava o mesmo: três da tarde. Eram muitas horas a preencher.

Paul foi direto para lá, não para esperar a hora, mas para comer alguma coisa e estudar o recinto. Ao chegar, pediu um café preto e viu o garçom, um senhor de mais idade, arquear as sobrancelhas numa careta de espanto. Imediatamente se deu conta de seu erro.

– Nem precisava ter dito "preto", não é? – corrigiu-se. – Vocês certamente não teriam leite.

O garçom sorriu.

– Infelizmente, não – disse, e saiu.

Paul respirou aliviado. Fazia oito meses que estivera na França como agente secreto. Já havia se esquecido da tensão constante e dos cuidados que era preciso tomar quando se fingia ser outra pessoa.

Ele passou a manhã inteira cochilando ao longo das missas na catedral; depois, à uma e meia da tarde, voltou ao café para almoçar. Lá pelas duas e meia, o lugar já estava de novo vazio e ele permaneceu por ali, bebericando o arremedo de café. Dois homens chegaram às duas e quarenta e cinco e pediram cerveja. Paul os observou com atenção. Ambos vestiam velhos ternos de trabalho e falavam de uvas num francês coloquial. Trocavam detalhes técnicos sobre a recente floração das vinhas, uma das etapas mais importantes da vinicultura. Dificilmente seriam agentes da Gestapo, concluiu Paul.

Às três em ponto uma ruiva bonita e alta chegou ao café. Trajava um vestidinho verde simples de algodão e apenas um chapéu de palha na cabeça, mas nem por isso deixava de ser uma mulher elegante. Os sapatos tinham cores diferentes: um preto, outro marrom. Certamente era a Burguesa.

Paul ficou um tanto surpreso. Havia imaginado uma mulher mais velha. No entanto, não tinha nenhum subsídio para imaginar o que quer que fosse: Flick jamais dera qualquer descrição da francesa.

Mesmo assim, não era o caso de confiar nela de imediato. Ele se levantou e saiu.

Seguindo pela calçada, parou à entrada da estação de trem e ficou ali, observando o café. Não chamava atenção; como era comum, diversas pessoas perambulavam pelo lugar à espera de algum parente ou amigo. De onde estava, ele poderia analisar tranquilamente toda a clientela do café.

Uma mulher passou por ele com uma criança que resmungava pedindo doce. Ao chegarem em frente ao café, ela cedeu e entrou com a menina. Os dois vinicultores saíram. Um gendarme entrou e, dali a pouco, saiu com um maço de cigarros na mão.

Paul começou a ficar seguro de que não haveria uma armadilha da Gestapo. Não via por perto ninguém que, ainda que remotamente, pudesse representar algum perigo. A troca de ponto de encontro parecia ter bastado para afastar os alemães.

Apenas uma coisa o intrigava. Ao ser pego na catedral,

Brian Standish fora acudido por um amigo de Burguesa, um tal Charenton. Onde estaria ele agora? Se estava na catedral para proteger a francesa, por que não estava no café também? Mas a circunstância em si não era exatamente perigosa. Além disso, havia um milhão de explicações possíveis para a ausência dele.

A mãe e a menina deixaram o café. Depois, às três e meia, Burguesa saiu também e foi caminhando na direção oposta à da estação. Paul saiu no encalço dela, mas pelo outro lado da rua. Viu quando ela parou ao lado de um carro de design italiano, aquele que os franceses chamavam de Simca Cinq. Já atravessava a rua quando ela entrou no carro e deu partida no motor.

Ele precisava se decidir. Não tinha como saber se aquilo era seguro ou não, porém já chegara o mais longe que podia mantendo tanta cautela. Só estaria em segurança total se tivesse evitado o café por completo. Ou ficado em casa.

Ele se adiantou até o Simca e abriu a porta do carona.

A ruiva o encarou com frieza:

– *Monsieur?*

– Ore por mim – disse Paul.

– Oro pela paz.

Paul entrou no carro e se apresentou com um codinome improvisado:

– Sou Danton.

Burguesa arrancou.

– Por que não falou comigo no café? – perguntou ela. – Vi você assim que entrei. Fui obrigada a esperar meia hora. É perigoso.

– Queria ter certeza de que não era uma arapuca.

Ela o fitou de relance.

– Ficou sabendo o que aconteceu com Helicóptero, não é?

– Sim. Aliás, onde está seu amigo Charenton, o que salvou Helicóptero na catedral?

– Está trabalhando.

– Num domingo? Ele faz o quê?
– É bombeiro. Está de plantão.
Isso explicava tudo. Eles seguiam rápido para a área sul da cidade, e Paul achou melhor ir direto ao ponto:
– Onde está Helicóptero?
Ela balançou a cabeça.
– Não faço a menor ideia. Só recebo as pessoas em minha casa, depois elas são encaminhadas para Monet. Não fico sabendo de nada.
– Monet está bem?
– Está. Telefonou na tarde de quinta querendo saber do Charenton.
– Depois disso...
– Depois não voltou a me procurar. O que não chega a ser incomum.
– Quando foi que o viu pela última vez?
– Nunca vi Monet pessoalmente.
– Alguma notícia da Leoparda?
– Não.
Paul ficou pensativo o resto do caminho, enquanto o carro enveredava pelos subúrbios de Reims. Burguesa não tinha nada útil a dizer. Ele teria de recorrer ao elo seguinte daquela corrente.

A francesa estacionou o carro no pátio lateral de um sobrado alto.
– Entre um pouco, tome um banho – disse.
Paul desceu. Tudo parecia em ordem: Burguesa fora ao ponto de encontro correto, dera os sinais esperados, ninguém a havia seguido. Por outro lado, ela não tinha dado nenhuma informação aproveitável e ele ainda não sabia ao certo até que ponto a célula Bollinger fora comprometida pelos alemães nem que tipo de perigo Flick corria.

Burguesa o conduziu até a porta e levou a chave à fechadura.

Nesse instante, por algum motivo insondável, ele tocou na escova de dentes que levava no bolso da camisa (era uma escova francesa, por isso pudera levá-la consigo) e teve uma ideia repentina, quase um impulso. Esperou Burguesa entrar, depois tirou a escova do bolso e discretamente a deixou cair na soleira da porta. Só aí entrou também.

– Puxa, sua casa é grande – disse.

Notou que os móveis pesados, bem como o papel de parede escuro e antiquado, nada tinham a ver com a proprietária.

– Faz tempo que mora aqui?

– Faz três ou quatro anos que herdei esta casa. Queria redecorar, mas os materiais sumiram do mercado.

Ela abriu uma porta e se afastou para que ele entrasse primeiro.

– Vamos até a cozinha.

Assim que cruzou a porta, Paul se viu na mira das pistolas automáticas de dois homens fardados.

CAPÍTULO QUARENTA

D IETER FICOU IRRITADÍSSIMO quando se viu diante de um pneu furado em plena RN3, a estrada que ligava Paris a Meaux. Ficou andando de um lado para outro no acostamento, maldizendo o prego que tinha espetado a borracha, inconformado com o atraso. Hesse já havia erguido o carro com o macaco e trocava o pneu com a calma e a eficiência de sempre. Em alguns minutos, eles já estavam de volta ao asfalto.

Dieter fora dormir muito tarde sob o efeito da injeção de morfina que o tenente lhe aplicara. À medida que a horrível paisagem industrial do leste de Paris ia dando lugar ao verde das plantações, mais impaciente ele ficava para chegar a Reims. Era lá que ele queria estar. Precisava estar presente quando Flick Clairet caísse na armadilha que ele mesmo tão habilmente preparara.

O enorme Hispano-Suiza parecia voar sobre a rodovia, uma reta interminável margeada de álamos, provavelmente construída pelos romanos. No início da guerra, Dieter acreditava que o Terceiro Reich pudesse fazer as vezes de um novo Império Romano, uma hegemonia pan-europeia que trouxesse a paz e uma prosperidade sem precedentes para todos os súditos. Agora ele não tinha tanta certeza assim.

Dieter se preocupava também com a amante. Stéphanie estava numa situação de risco, e ele era o responsável por isso. Mas não havia quem não estivesse correndo algum tipo de risco. Era assim que ele procurava se consolar. As guerras modernas colocavam toda a população na linha de frente. A melhor maneira de proteger Stéphanie (e a si próprio e à sua família também) era derrotando os Aliados na invasão iminente. No entanto, havia momentos em que se arrependia de ter envolvido a amante naquela missão. Ele criara um jogo perigoso que a colocara numa posição vulnerável.

Os resistentes franceses não prendiam nem capturavam ninguém. Expostos ao perigo constante, não tinham o menor pudor em matar os compatriotas que colaboravam com o inimigo.

Bastou imaginar que Stéphanie pudesse ser vítima da Resistência para que Dieter sentisse um aperto no peito e começasse a ofegar. Um futuro sem a presença dela seria insuportável, seria o fim. Vendo o estado em que se achava, ele por fim se deu conta de que estava apaixonado pela francesa. Sempre dissera a si mesmo que Stéphanie não passava de uma bela cortesã. Via nela um mero objeto de prazer, assim como faziam todos os homens com suas amantes. Mas agora percebia que vinha enganando a si mesmo. Mais do que nunca, ele queria estar em Reims, ao lado da sua Stéphanie.

Era domingo, portanto quase não havia movimento na estrada. Logo, logo eles chegariam a seu destino.

No entanto, estavam a mais ou menos uma hora de Reims quando foram surpreendidos por mais um pneu furado.

Dieter só faltou gritar, tamanho o seu desespero. Outro prego. Talvez os pneus fossem mais vagabundos nos tempos de guerra, chegou a pensar. Não. O mais provável era que os franceses, sabendo que nove entre dez carros eram pilotados por alemães, viessem infestando as estradas com seus pregos velhos.

O Hispano-Suiza não dispunha de um segundo pneu sobressalente, portanto não havia o que fazer: o furo teria de ser remendado antes que eles pudessem seguir viagem. Ambos saltaram do carro e foram caminhando pelo acostamento. Depois de caminharem a cerca de um quilômetro e meio, chegaram a uma casa rural. Uma numerosa família estava reunida em torno do que sobrara de um farto almoço dominical: sobre a mesa se viam morangos, diferentes tipos de queijo, garrafas de vinho vazias. Na França daqueles dias, os camponeses eram dos poucos que tinham acesso a uma boa alimentação. Dieter obrigou o chefe da família a pegar sua carroça e levá-los até o povoado mais próximo.

Lá chegando, eles se dirigiram à pracinha e apearam nas imediações de uma solitária bomba de gasolina, ao lado da qual ficava a borracharia. Hans esmurrou a porta até acordar o carrancudo borracheiro, que tirava sua soneca vespertina. O homem entrou numa camionete decrépita e saiu com o tenente a seu lado.

Dieter ficou esperando na casa do borracheiro, acomodado na sala e sob o olhar curioso de três criancinhas maltrapilhas. A esposa do borracheiro, uma mulher de aspecto cansado e cabelos sujos e desalinhados, voltou para seu trabalho na cozinha sem oferecer ao intruso nem mesmo um copo de água.

O major voltou a pensar em Stéphanie. Vendo que havia um telefone no corredor da casa, foi até a porta da cozinha e perguntou educadamente:

– Será que posso dar um telefonema? Vou pagar, claro.

Com um olhar nada simpático, a mulher disse:

– Telefonema para onde?

– Reims.

Ela assentiu e foi buscar um bloco para anotar as horas que marcava o relógio acima da lareira.

Dieter passou à telefonista o número da casa da Rue du Bois e dali a alguns minutos foi atendido por uma voz baixa e rouca de mulher que, num sotaque provinciano, disse o número do próprio telefone. Subitamente alerta, Dieter falou em francês:

– Aqui é Pierre Charenton.

– Querido! – disse Stéphanie, agora com sua voz natural.

Só então Dieter se deu conta de que, por precaução, ela havia atendido a chamada com a voz grave de Jeanne Lemas.

– Tudo bem por aí? – ele foi logo perguntando, aliviado e feliz.

– Capturei mais um agente para você – contou ela com frieza.

Foi com a boca seca que Dieter respondeu:

– Puxa vida... Belo trabalho! Como foi que aconteceu?

– Peguei-o no Café de la Gare, depois o trouxe para cá.

Dieter fechou os olhos. Se qualquer coisa não tivesse dado certo, isto é, caso Stéphanie tivesse feito algo que deixasse o agente desconfiado, a essa altura ela já estaria morta.

– E depois?

– Seus homens o amarraram.

Stéphanie estava se referindo a um homem, portanto não se tratava de Flick. Mesmo desapontado, Dieter gostou de saber que sua estratégia estava funcionando. Aquele homem era o segundo agente aliado que caía na armadilha.

– Como ele é?

– Não muito velho, manca um pouco quando anda, tem só a metade de uma das orelhas.

– Que foi que vocês fizeram com ele?

– Está aqui na cozinha, no chão. Eu já ia ligar para Sainte-Cécile, para que viessem buscá-lo.

– Não faça isso. Tranque-o no porão. Quero falar com ele antes de Weber.

– Onde você está?
– Num vilarejo no meio do nada. Um pneu furou.
– Não demore.
– Fique tranquila. Em uma ou duas horas estarei aí.
– Ótimo.
– Como você está?
– Bem.

Dieter queria uma resposta mais profunda.

– De verdade. Como você está se sentindo?
– Como eu estou... *me sentindo*? – Stéphanie fez uma pausa.
– Normalmente você não me faz essa pergunta.

Dieter hesitou, depois disse:

– Normalmente não envolvo você na captura de terroristas.

Stéphanie esmoreceu:

– Estou bem. Não precisa se preocupar.

Dieter se viu dizendo algo que não havia planejado dizer:

– O que vamos fazer depois da guerra?

Seguiu-se um silêncio de espanto do outro lado da linha. Dieter retomou a palavra:

– Claro, esta guerra pode se prolongar por mais dez anos, mas também pode acabar em duas semanas. E então, o que é que a gente faz?

Stéphanie recobrou um pouco da compostura, mas foi com um inusitado tremor na voz que ela disse:

– O que você gostaria que a gente fizesse?
– Não sei – disse ele, mas ficou insatisfeito com a resposta. Calou-se um instante, depois deixou escapar: – Não quero perder você.
– Ah.

Dieter ficou esperando que ela dissesse mais alguma coisa, mas nenhuma palavra veio.

– No que você está pensando? – insistiu ele.

Stéphanie não respondeu. Logo Dieter percebeu que ela estava chorando. Sentiu sua garganta apertar. Olhando de relance, viu que a mulher do borracheiro ainda estava ali ao lado, cronometrando a chamada. Ele engoliu em seco e virou o rosto: não queria que uma desconhecida o visse assim, emocionado.

– Chego daqui a pouco – disse ele. – Depois conversamos melhor.

– Te amo – disse ela.

Dieter espiou a mulher do borracheiro. Viu que ela o encarava. Às favas com a discrição, pensou.

– Também te amo – disse, e desligou.

CAPÍTULO QUARENTA E UM

AS JACKDAWS PRECISARAM de boa parte do dia para ir de Paris a Reims.

Passaram incólumes por todos os postos de controle. Os novos documentos falsos funcionaram tão bem quanto os primeiros, e ninguém notou que a foto de Flick fora retocada com lápis de sobrancelha.

Mas a viagem vinha se arrastando com inúmeras e longas paradas no meio do nada. Flick fumegava, impaciente devido aos preciosos minutos jogados no lixo. Bastava olhar pela janela para ver o motivo de tanta demora: boa parte da linha férrea fora destruída por bombas americanas e inglesas. Sempre que o comboio voltava a se movimentar, viam-se as equipes de emergência que iam trocando os trilhos danificados e reassentando dormentes. Para Flick, o único consolo era que os atrasos seriam ainda mais enlouquecedores para Rommel quando ele despachasse suas tropas para combater a invasão.

Volta e meia ela pensava em Diana e Maude, e sentia um peso no peito. Àquela altura, ambas já teriam sido interrogadas, provavelmente torturadas, possivelmente assassinadas. Flick conhecia Diana desde pequena. Teria de contar a William, irmão dela, o que havia acontecido. Sua própria mãe ficaria quase tão abalada quanto William, pois ajudara a criar Diana.

A certa altura, os vinhedos começaram a surgir na paisagem, bem como os depósitos de champanhe às margens da ferrovia, e então não demorou para que a enfadonha viagem chegasse ao fim. Passava pouco das quatro da tarde quando chegaram a Reims. Tal como Flick havia receado, não haveria mais tempo naquele domingo para que elas levassem a cabo sua missão. Como se isso não bastasse, elas agora tinham nas mãos outro problema de ordem prática: onde passar a noite.

Reims não era Paris. Não dispunha de uma zona de prostituição com hoteizinhos de má reputação cujas proprietárias não faziam perguntas, e Flick não conhecia nenhum convento em que as freiras acolhessem qualquer um que lhes pedisse abrigo. Também não havia becos escuros em que mendigos e desvalidos dormiam a salvo da polícia, escondidos atrás de latas de lixo.

Flick conhecia três esconderijos possíveis na cidade: o sobrado de Michel, o apartamento de Gilberte e a casa de Jeanne Lemas, na Rue du Bois. Infelizmente, qualquer um deles poderia estar sob vigilância, dependendo de até onde a Gestapo houvesse conseguido penetrar na célula Bollinger. Se fosse Dieter Franck quem estivesse no comando da operação, o mais sensato seria contar com o pior.

Não havia mais nada a fazer senão seguir adiante e averiguar.

– Vamos ter de nos dividir em duplas outra vez – disse Flick às outras. – Quatro mulheres juntas vão chamar muita atenção. Ruby e eu vamos primeiro. Greta e Jelly, vocês esperem um pouco, depois venham atrás.

Elas caminharam até o endereço de Michel, não muito longe da estação. Também era a casa de Flick desde que se casara, porém ela jamais deixara de ver aquele sobrado como sendo apenas de Michel. O imóvel era grande o suficiente para as Jackdaws. No entanto, a Gestapo na certa saberia da existência dele: seria um espanto se nenhum dos homens capturados no último domingo tivesse revelado o endereço sob tortura.

A casa ficava numa rua movimentada, com várias lojas. Caminhando pela calçada, Flick foi espiando o interior de cada um dos veículos estacionados enquanto Ruby conferia as residências e lojas. O sobrado alto e estreito de Michel era apenas um entre os tantos que se enfileiravam no quarteirão, todos com a mesma arquitetura setecentista. No quintal da frente havia uma magnólia. O lugar estava silencioso. Não se via nenhum movimento do outro lado das janelas. A soleira estava empoeirada.

À primeira vista não havia nada de suspeito nas imediações: nenhum operário cavoucando a rua, nenhum pedestre mais curioso, ninguém nas mesas externas do bar Chez Régis, ninguém recostado aos postes lendo jornal.

Ao chegarem à esquina, Flick e Ruby atravessaram a rua e foram voltando pela outra calçada. Diante da padaria estava um carro preto, um Citroën Traction Avant, com dois homens de terno sentados à frente, ambos fumando, ambos com cara de enfadados.

Flick ficou tensa. Mesmo confiando na peruca para não ser reconhecida como a garota do cartaz, sentiu o coração bater mais forte quando passou pelo Citroën. Achou que a qualquer momento ouviria um daqueles homens gritar às suas costas, mas o grito não veio, e ela pôde respirar aliviada quando dobrou a esquina.

Ela desacelerou os passos. Seus receios não tinham sido infundados. A casa de Michel não poderia ser usada. Não dispunha de uma porta nos fundos pela qual pudessem entrar sem serem vistas pela Gestapo.

Flick estudou as outras duas possibilidades. Em tese, Michel ainda estaria hospedado no apartamento de Gilberte, a menos que tivesse sido capturado. Mas o apartamento era minúsculo, uma simples quitinete, e quatro hóspedes adicionais seriam um estorvo, sem falar na possibilidade de que a presença delas fosse notada pelos demais moradores do prédio.

Portanto o lugar mais adequado para abrigá-las naquela noite seria mesmo a casa da Rue du Bois. Flick já estivera lá duas vezes. A casa era grande, tinha muitos quartos. Mademoiselle Lemas, além de ser confiável, não se furtaria a acolher quatro hóspedes assim, sem nenhum aviso. Fazia anos que vinha dando abrigo a prisioneiros de guerra que conseguiam escapar, bem como a pilotos que, de uma hora para outra, se viam em terra sem seus aviões. Além disso, na certa ela saberia dizer o que acontecera a Brian Standish.

O endereço ficava a dois ou três quilômetros do centro da cidade, e para lá seguiram as quatro mulheres, ainda em duas duplas.

Levaram uma hora e meia para chegar. A Rue du Bois era tranquila, típica de subúrbio; dificilmente uma equipe alemã passaria despercebida nela. Naquele momento se via apenas um carro estacionado por perto, um Peugeot 201, um veículo bastante forte, mas lento demais para as necessidades da Gestapo. Não havia ninguém nele.

Flick e Ruby fizeram uma primeira ronda de inspeção diante da casa de mademoiselle Lemas. Aos olhos de Flick não havia nada de diferente no imóvel, exceto pelo Simca Cinq, que não estava na garagem, mas no quintal. Do modo mais discreto que pôde, ela espiou por uma janela. Não viu ninguém. A não ser para receber os visitantes mais formais, mademoiselle Lemas raras vezes usava aquele cômodo, uma sala de visitas com o piano imaculadamente limpo, as almofadas sempre arrumadas e as porta sempre fechada. Os hóspedes clandestinos ficavam nos fundos da casa, sobretudo na cozinha, onde não corriam o risco de serem vistos por algum pedestre.

Algo chamou a atenção de Flick assim que ela bateu os olhos na porta da frente: sobre a soleira havia uma escova de dentes de madeira. Ela se agachou, recolheu a escova e seguiu adiante.

– Está precisando escovar os dentes? – brincou Ruby.
– Esta escova parece com a do Paul.

Por algum motivo, Flick quase podia *jurar* que a escova era mesmo do americano, muito embora houvesse centenas ou milhares de escovas iguais àquela na França.

– Acha que ele pode estar aqui?
– Talvez.
– Mas por que teria vindo?
– Não sei. Para nos alertar de algum perigo, sei lá.

Elas dobraram a esquina seguinte e foram contornando o quarteirão. Ao se aproximarem de novo da casa, Flick deteve Ruby um instante para que Greta e Jelly pudessem alcançá-las.

– Daqui para a frente vamos juntas – disse ela. – Greta e Jelly, uma de vocês bata à porta.

– Até que enfim – disse Jelly. – Meus pés estão me matando.

– Ruby e eu vamos para a porta dos fundos. Não digam nada a nosso respeito. Apenas esperem que a gente apareça.

Então elas seguiram em frente, todas juntas dessa vez. Flick e Ruby passaram pelo Simca Cinq e se esgueiraram para os fundos da casa. A cozinha ocupava quase toda a fachada traseira, com duas janelas e uma porta no meio. Flick esperou até ouvir o tilintar metálico da sineta que fazia as vezes de campainha, depois arriscou espiar através da janela.

Seu coração subiu à boca.

Havia três pessoas na cozinha: dois homens fardados e uma ruiva alta que seguramente não era a sexagenária Jeanne Lemas.

Naquela fração de segundo, Flick notou que os três olhavam no sentido contrário ao das janelas, automaticamente voltados para a porta da frente, onde a campainha acabara de tocar.

Raciocinando com rapidez, Flick se agachou de novo. Sem dúvida os fardados eram da Gestapo. A mulher decerto era uma traidora francesa que agora se fazia passar por mademoiselle Lemas. Mesmo de costas, havia nela algo de familiar:

a exuberância dos cabelos ruivos, o caimento elegante do vestido verde. Flick tinha a nítida impressão de que já a vira em algum lugar.

Também não restava dúvida de que, sob tortura, algum dos resistentes capturados revelara a finalidade da casa, presenteando os alemães com uma armadilha para capturar novos agentes aliados. Pobre Brian. Na certa caíra direto nas garras da Gestapo. Ainda estaria vivo?

Flick se viu subitamente tomada por um ímpeto de frieza e determinação. Sacou sua pistola, e Ruby fez o mesmo.

– São três na cozinha – disse Flick baixinho à cigana. – Dois homens e uma mulher.

Ela respirou fundo. Dessa vez não haveria como evitar o sangue.

– Vamos matar os homens, ok?

Ruby assentiu.

Flick mais uma vez agradeceu aos céus pelo sangue-frio da parceira.

– Melhor seria manter a mulher viva para interrogatório, mas vamos atirar se ela tentar fugir.

– Entendido.

– Os homens estão do lado esquerdo da cozinha. A mulher deve ter saído para atender a porta. Você fica com esta janela aqui; eu fico com a outra. Mire no homem mais próximo e só atire quando eu atirar.

Espremendo-se contra a parede, Flick passou para a segunda janela. Sua respiração estava curta, seu coração martelava no peito, mas seus pensamentos estavam tão claros quanto os de um enxadrista. Não tinha experiência em atirar através de vidraças, então decidiu fazer três disparos rápidos: um para quebrar o vidro, outro para matar seu alvo e um último para se garantir. Destravou a arma e a apontou para o alto. Depois se levantou e espiou através da janela.

Os dois homens estavam de pé, ainda olhando para a porta que dava para o interior da casa. Ambos já haviam sacado suas pistolas. Flick mirou sua arma no mais próximo de sua janela.

A mulher tinha saído, mas logo voltou à cozinha, segurando a porta para que Greta e Jelly pudessem passar. Sem desconfiar de nada, as duas entraram no cômodo e imediatamente depararam com os homens da Gestapo. Greta deixou escapar um grito de medo. Algo foi dito, mas Flick não entendeu o quê, apenas viu que Greta e Jelly ergueram os braços.

A falsa Jeanne Lemas se juntou a elas na cozinha, mostrando-se de frente pela primeira vez. Qual não foi a surpresa de Flick ao se dar conta de que realmente a vira antes. Não demorou muito para que tudo lhe viesse à lembrança. Quem estava ali era a mulher que, no domingo anterior, acompanhara Dieter Franck na praça de Sainte-Cécile. Na ocasião, tomara-a por uma simples amante do major, mas agora via que a ruiva era bem mais do que isso.

Segundos depois a mulher viu o rosto de Flick à janela. Abriu a boca, arregalou os olhos e, emudecida pelo susto, apenas apontou para o que acabara de ver.

Os dois homens se viraram naquela direção.

Flick puxou o gatilho. Teve a impressão de ouvir simultaneamente o estalar do disparo e o estilhaçar do vidro. Empunhando a arma com firmeza e sem perder a mira, atirou mais duas vezes.

Ruby disparou logo depois.

Ambos os homens já haviam caído ao chão quando Flick escancarou a porta a seu lado e irrompeu na cozinha. A essa altura, a ruiva já batia em retirada, correndo em direção à rua. Flick ergueu sua arma de novo, porém tarde demais, pois numa fração de segundo a mulher já estava fora da linha de mira, a salvo no vestíbulo da casa. Foi então que Jelly, reagindo com surpreendente rapidez, partiu em disparada no encalço dela.

De onde estava, Flick pôde ouvir o baque dos dois corpos caindo sobre os móveis e espatifando-os. Correu para ver o que tinha acontecido.

Jelly derrubara a mulher nos ladrilhos do vestíbulo. Também quebrara a delicada mesinha em forma de feijão, estilhaçando um vaso de porcelana e esparramando flores secas por toda parte. A francesa tentou se levantar. Flick apontou sua arma, mas não atirou. Demonstrando iniciativa mais uma vez, Jelly agarrou a mulher pelos cabelos e bateu a cabeça dela no chão até que ela parasse de lutar.

A mulher estava usando um sapato preto e outro marrom.

Flick voltou à cozinha e olhou para os dois homens ali caídos. Vendo que ambos estavam inertes, foi até eles, recolheu as pistolas do chão e as guardou nos bolsos. Armas deixadas a esmo podiam ser usadas pelo inimigo.

As quatro Jackdaws estavam seguras, ao menos por ora.

Flick sabia que ainda estava operando sob o efeito da adrenalina. Sabia também que cedo ou tarde viria a pensar no homem que acabara de matar. O fim de uma vida era um momento terrível. Ainda que essa dor pudesse ser adiada, em algum momento ela viria. Dali a algumas horas, ou dali a alguns dias, Flick pensaria se o jovem alemão fardado não deixara para trás uma mulher que agora se via sozinha no mundo com filhos para criar. Mas naquele momento ela só tinha cabeça para uma coisa: a missão que precisava cumprir.

– Jelly, fique de olho na ruiva – orientou-a. – Greta, encontre uma corda ou qualquer outra coisa que a gente possa usar para amarrá-la a uma cadeira. Ruby, suba para os quartos e veja se há mais alguém por lá. Vou fazer o mesmo no porão.

Felicity seguiu para as escadas que levavam ao porão da casa, desceu correndo e, ao chegar ao pé dela, deparou com o vulto de um homem amarrado e amordaçado. A mordaça cobria boa parte do rosto, mas não a orelha mutilada.

Sem hesitar, Flick desatou a mordaça e deu um beijo apaixonado na boca de Paul Chancellor.

– Bem-vindo à França – disse ela.

Ele riu:

– Essas foram as melhores boas-vindas de toda a minha vida.

– Sua escova de dentes está comigo.

– Uma ideia de última hora. Não sabia se podia confiar na francesa.

– Quando vi a escova, também fiquei desconfiada. Mais do que já estava.

– Graças a Deus.

Flick tirou a faquinha que levava na lapela e cortou as cordas que amarravam o americano.

– Como foi que você veio parar aqui? – perguntou.

– Saltei ontem à noite.

– Mas *por quê?*

– O rádio de Brian. Não há dúvida de que está sendo operado pela Gestapo. Eu precisava avisar você.

Ouvindo isso, Flick se jogou nos braços dele num arroubo de afeto.

– Que bom que você está aqui!

Paul a abraçou, lhe deu um beijo na testa e disse:

– Nesse caso, fico feliz por ter vindo.

Eles voltaram à cozinha.

– Vejam só quem encontrei lá embaixo – disse Flick.

As demais Jackdaws aguardavam instruções, então Flick botou a cabeça para funcionar. Cinco minutos haviam passado desde os disparos. Os vizinhos teriam ouvido a barulheira, mas, naqueles tempos de ocupação, eram poucos os franceses que se dispunham a chamar a polícia: temiam acabar num gabinete qualquer da Gestapo, respondendo a perguntas. No entanto, elas não podiam correr riscos desnecessários. Precisavam sair dali o mais rápido possível.

Flick voltou sua atenção para a falsa Jeanne Lemas, agora amarrada a uma das cadeiras da cozinha. Vendo que não havia outra coisa a ser feita, sentiu um peso no coração.

– Qual é o seu nome? – perguntou.

– Stéphanie Vinson.

– Você é a amante de Dieter Franck.

Stéphanie ficou lívida, mas não perdeu a pose, e Flick ainda achou calma para notar quanto ela era bonita.

– Ele salvou minha vida.

Então fora assim que o alemão tinha conquistado a lealdade dela, pensou Flick. Mas isso não fazia a menor diferença: traição era traição, a despeito dos motivos.

– Você trouxe Helicóptero para ser capturado nesta casa, não foi?

Stéphanie não disse nada.

– Ele está vivo ou morto? – perguntou Flick.

– Não sei.

Flick apontou para Paul.

– Você também o trouxe para cá – disse, a raiva nítida em sua voz ao pensar no risco que ele correra. – Teria ajudado a Gestapo a capturar todas nós também, não teria?

A ruiva desviou o olhar.

Flick se pôs às costas da prisioneira e sacou a arma.

– Você é francesa. Ainda assim, colaborou com a Gestapo. Podia ter matado todos nós.

As outras, vendo o que estava por vir, recuaram dois passos como medida de segurança.

Stéphanie não podia ver a arma que estava apontada na sua direção, mas compreendia o que estava acontecendo.

– O que você vai fazer comigo? – perguntou num sussurro.

– Se ficar aqui – disse Flick –, você vai contar a Dieter Franck tudo o que sabe a nosso respeito: quantos somos, como somos, etc. Vai colaborar para a nossa captura, não vai? É isso que você pretende fazer, não é? Mesmo sabendo que seremos torturados até a morte!

Ela não respondeu.

Flick apontou a arma contra a nuca da francesa.

– Que desculpa você pode ter para colaborar com o inimigo?

– Fiz o que tinha de fazer. Não é assim com todo mundo?

– Exatamente – disse Flick, e puxou o gatilho duas vezes.

Os tiros retumbaram no pouco espaço da cozinha. Sangue e tecido jorraram da cabeça da mulher, sujando o elegante vestido verde quando o tronco dela tombou para a frente.

Jelly fez uma careta de horror. Greta desviou o olhar. Paul empalideceu um pouco também. Apenas Ruby permaneceu inabalada.

Seguiu-se um demorado silêncio até que Flick disse:
– Vamos dar o fora daqui.

CAPÍTULO QUARENTA E DOIS

ERAM SEIS DA TARDE quando Dieter estacionou na Rue du Bois. Ao cabo da longa viagem, seu carrão azul-celeste estava imundo de poeira e insetos mortos. O major desceu do veículo e estremeceu quando o sol se escondeu atrás de uma nuvem, sombreando toda a rua. Retirou os óculos de pilotagem e correu a mão pelos cabelos para arrumá-los.

– Espere aqui, por favor – disse a Hesse.

Queria ficar sozinho com Stéphanie.

Ao abrir o portão e entrar no quintal da frente da casa, percebeu que a porta da garagem estava aberta, mas o Simca Cinq de mademoiselle Lemas não estava lá. Seria possível que Stéphanie tivesse saído de carro? Para onde teria ido? O certo seria que ela estivesse esperando pela chegada dele, protegida por dois homens da Gestapo.

Ele foi até a porta e puxou a cordinha do sino. O reverberar do metal foi morrendo aos poucos, deixando a casa num estranho silêncio. Através da janela, ele espiou a sala de visitas – que, como sempre, estava deserta. Tocou o sino uma segunda vez. Ninguém veio à porta. Curvando o tronco, espiou pela caixa do correio, mas não viu muita coisa: apenas um pedaço da escada, a paisagem alpina de um quadro na parede, a porta semiaberta da cozinha. Nenhum movimento aparente.

Olhando para a casa ao lado, viu alguém se afastar rapidamente de uma fresta entre as cortinas da janela.

Em seguida contornou a casa e foi para o quintal dos fundos. As duas janelas da cozinha quebradas e a porta escancarada o deixaram apreensivo. Que diabo teria acontecido ali?

– Stéphanie? – chamou em vão.

Entrou.

De início ficou confuso, sem saber ao certo o que era aquilo que via pela frente. Um volume amorfo se achava amarrado com barbante a uma cadeira. Parecia o corpo de uma mulher com algo estranho e repugnante no alto. Foi preciso recorrer à experiência de policial para perceber naquele vulto os contornos de uma cabeça destruída a tiros. E foi preciso ver os sapatos descasados para que se desse conta: era Stéphanie quem estava ali. Dando um berro de desespero, cobriu os olhos com a mão e caiu de joelhos, chorando.

Dali a pouco buscou coragem e olhou de novo, mas com os olhos do detetive que de fato era. Vendo o sangue na parte inferior do vestido, concluiu que Stéphanie fora alvejada por trás. O que talvez fosse uma bênção: provavelmente ela não sofrera o martírio de saber que estava à beira da morte. Tinham sido dois disparos, e foram as lesões de saída que haviam desfigurado aquele rostinho tão lindo, destruindo os olhos e o nariz, cobrindo de sangue os lábios antes tão sensuais. Não fosse pelos sapatos, ele jamais a teria reconhecido. Sua visão foi se turvando com as lágrimas, até que aquela imagem funesta se transformou em um borrão.

A sensação de perda doía como uma ferida aberta. Até então Dieter não tinha passado por nenhum baque semelhante àquele, o de saber que Stéphanie partira para sempre. Jamais voltaria a ver aquele olhar tão altivo que por vezes o tomava de assalto, aquela beleza que fazia os pescoços se virarem na sua direção nos restaurantes, aquele jeito tão sensual de puxar as meias de seda pelos tornozelos perfeitos. A elegância de Stéphanie, a inteligência, os medos, os desejos... tudo isso virara fumaça, assim, de uma hora para outra. Dieter tinha a impressão de que fora *ele* quem levara aqueles tiros, perdendo para sempre uma parte vital do próprio ser.

Era nisso que ele pensava quando ouviu uma voz às suas costas.

Deu um grito de susto.

A voz veio de novo: um grunhido animalesco, porém humano. De um pulo, Dieter ficou de pé, virou-se para trás e secou os olhos. Só então notou a presença dos dois homens caídos, ambos com a farda da Gestapo. Eram os guarda-costas de Stéphanie. Não tinham conseguido protegê-la, mas pelo menos haviam tentado, pagando com a própria vida.

Ou pelo menos um pagara.

O mais distante estava inerte, mas este outro tentava falar, um rapazote de 19 ou 20 anos, de cabelos pretos e bigodinho ralo. O quepe da farda jazia no chão da cozinha, junto à sua cabeça.

Dieter se aproximou e agachou ao lado dele. Uma poça de sangue se abria no chão em torno do corpo. Os furos no peito eram lesões de saída: os tiros também haviam sido disparados pelas suas costas. De repente o rapaz tentou erguer a cabeça trêmula e mexeu os lábios como se quisesse dizer algo. Dieter baixou a orelha à boca dele.

– Água... – foi o que ouviu.

O rapaz ia morrendo aos poucos à medida que perdia sangue. A hemorragia lhe dava sede; ele estava próximo do fim. Dieter já vira casos semelhantes no deserto. Pegou um copo, encheu-o com água da torneira e levou-o à boca do rapaz, que bebeu avidamente, o líquido escorrendo do queixo para o paletó ensanguentado.

Dieter tinha plena consciência de que deveria chamar um médico, mas antes precisava saber o que acontecera ali. Se demorasse muito, era possível que o rapaz morresse sem dizer o que sabia. Não hesitou muito antes de tomar sua decisão. O rapaz era dispensável. Poderia ser interrogado primeiro, depois socorrido por um médico.

– Quem foi que esteve aqui? – perguntou e novamente baixou a cabeça para ouvir melhor os sussurros do moribundo.

– Quatro mulheres – disse o rapaz com voz rouca.

– As Jackdaws – concluiu Dieter com amargura.

– Duas pela frente... duas pelos fundos.

Dieter meneou a cabeça. Podia muito bem visualizar a sequência dos acontecimentos. Stéphanie fora atender a porta da frente da casa. Os homens da Gestapo haviam aguardado na cozinha, prontos para entrar em ação se necessário, mas voltados para o vestíbulo. As outras duas terroristas haviam se esgueirado até as janelas da cozinha e atirado pelas costas de ambos. Depois...

– Qual delas matou Stéphanie?

– Água...

Dieter precisou fazer um esforço consciente para controlar a ansiedade. Foi até a pia, encheu o copo de novo e deu de beber ao rapaz. Como antes, o moribundo esvaziou o copo, depois exalou um suspiro de alívio que logo resvalou para um grunhido medonho.

– Qual delas matou Stéphanie? – repetiu Dieter.

– A baixinha... – disse o outro.

– Flick – concluiu Dieter, e sentiu o peito queimar com o desejo de vingança.

– Sinto muito, major...

– Como foi que tudo aconteceu?

– Rápido... muito rápido.

– Me conte.

– Amarraram ela... acusaram de traição... tiro na nuca... depois foram embora.

– Traição? – disse Dieter.

O rapaz fez que sim com a cabeça.

Dieter precisou conter o choro.

– Stéphanie nunca atirou na nuca de ninguém – balbuciou, consternado.

O homem da Gestapo não chegou a ouvi-lo. Já havia parado de respirar, sequer mexia os lábios. Dieter fechou as pálpebras dele com um gesto solene.

– Descanse em paz – disse.

Em seguida, procurando não olhar para a mulher que amava, foi até o telefone.

CAPÍTULO QUARENTA E TRÊS

NÃO FOI FÁCIL acomodar cinco pessoas no Simca Cinq. Ruby e Jelly se espremeram no minúsculo banco traseiro, Paul assumiu o volante e Flick se sentou no colo de Greta no lugar do carona.

Fossem outras as circunstâncias, as risadas teriam sido muitas, mas naquele momento estavam todos abalados, sobretudo as quatro mulheres. Elas haviam matado três pessoas e por muito pouco não tinham sido capturadas pela Gestapo. Agora estavam alertas, atentas a tudo, prontas para reagir ao menor sinal de perigo. Só o que importava era sobreviver.

Flick foi orientando Paul até uma rua paralela à de Gilberte. Lembrava-se de ter estado ali exatamente sete dias antes com o marido ferido. Instruiu Paul a estacionar no final da rua estreita.

– Espere aqui – disse. – Vou dar uma olhada no apartamento.

– Não demore, pelo amor de Deus – suplicou Jelly.

– Volto o mais rápido possível.

Flick desceu e seguiu correndo pela calçada. Passou pelos fundos da fábrica e entrou pelo portão que havia mais adiante. Atravessou rápido o jardim do prédio e se esgueirou pela porta dos fundos. Não encontrou ninguém, não ouviu nada. Pisando o mais leve possível para não fazer barulho, subiu os degraus até o sótão e encontrou a quitinete de Gilberte.

Não gostou nem um pouco do que viu.

A porta estava aberta, visivelmente arrombada, soltando-se das dobradiças. Por mais que ela aguçasse os ouvidos, não escutava nada. Algo lhe dizia que o arrombamento acontecera dias atrás. Com os sentidos em alerta, ela enfim entrou no apartamento.

De cara percebeu que haviam feito uma busca no lugar. Na salinha, as almofadas estavam jogadas de qualquer jeito, e no canto que servia de cozinha, os armários estavam escancarados. No quarto a situação era a mesma. As gavetas da cômoda estavam abertas, assim como as portas do armário. Alguém pisara na cama com botas sujas.

Flick foi até a janela e olhou para a rua. Parado diante do prédio se via um Citroën Traction Avant com dois homens sentados no banco da frente.

Más notícias, pensou, desesperada. Alguém tinha dado com a língua nos dentes, e Dieter Franck vinha fazendo a festa. Obstinado, ele seguira por uma trilha que o levara primeiro a Jeanne Lemas, depois a Brian Standish, e por fim a Gilberte. E Michel, o que teria sido feito dele? Estaria detido em algum lugar? Era o que tudo indicava.

Flick ficou pensando em Dieter Franck. Sentira um frio na espinha em Londres ao ler a pequena biografia que o MI6 registrara no verso de uma das fotografias do alemão. Mas na ocasião não lhe dera o devido crédito, ela agora sabia. Dieter Franck era um homem esperto e persistente: por um triz não a tinha capturado em La Chatelle; espalhara cartazes pelos quatro cantos de Paris; um após outro, prendera e interrogara boa parte dos seus companheiros de armas.

Ela o vira pessoalmente apenas duas vezes, e só por um breve instante. Procurou lembrar-se do rosto dele. Havia inteligência e energia naquelas feições, além de uma determinação que em dois tempos podia resvalar para a crueldade. Flick podia jurar que ele ainda estava no seu encalço. Dali em diante, todo o cuidado seria pouco.

Ela olhou para o céu. Calculou que ainda teria umas três horas pela frente, antes que escurecesse. Voltou à rua e encontrou o Simca onde fora estacionado.

– Não vai dar – foi logo dizendo ao se espremer dentro do carro. – O apartamento foi vasculhado e tem um carro da Gestapo vigiando a entrada.

– Merda – disse Paul. – Para onde vamos agora?

– Conheço outro lugar – disse Flick. – É nossa última esperança. Toque para o centro da cidade.

Com o excesso de peso, o motor de 500 cilindradas teve alguma dificuldade para arrancar, mas não decepcionou. A essa altura Flick já se perguntava até quando poderiam continuar circulando com o Simca. Supondo que os corpos na casa da Rue du Bois tivessem sido descobertos no prazo de uma hora, quanto tempo ainda haveria até que os homens da Gestapo e os policiais de Reims fossem instruídos a localizar o carro de mademoiselle Lemas? Dieter não tinha meios para alertar quem já estivesse de serviço na rua, mas no turno seguinte todos já teriam sido avisados antes de saírem para suas rondas. Para complicar, Flick não sabia dizer a que horas começava o turno da noite. O mais sensato, portanto, seria agir com o máximo de rapidez.

– Siga para a estação – disse a Paul. – Vamos deixar o carro lá.

– Ótima ideia – falou o americano. – Vão pensar que saímos da cidade.

Flick foi esquadrinhando as ruas para evitar alguma Mercedes de uso militar ou algum dos Citroëns pretos da Gestapo. Ficou tensa quando avistou dois gendarmes fazendo patrulha, mas, por sorte, conseguiram chegar ao centro sem maiores incidentes. Paul estacionou perto da estação e todos desceram rapidamente do veículo que os incriminava.

– Vou ter de fazer isso sozinha – disse Flick. – Esperem por mim na catedral.

– Nunca passei tanto tempo dentro de uma igreja quanto hoje – disse Paul. – Deu para todos os meus pecados serem perdoados mais de uma vez.

– Então agora reze para que a gente encontre um lugar para passar a noite – disse Flick, e saiu às pressas na direção da rua de Michel.

A uns cem metros da casa dele ficava o bar Chez Régis. Flick entrou no estabelecimento. Alexandre Régis, o proprietário, fumava seu cigarro do outro lado do balcão; cumprimentou-a com um discreto aceno de cabeça, mas não disse nada.

Flick atravessou a porta que levava aos banheiros, seguiu por um pequeno corredor, depois abriu o que parecia ser a porta de um armário, mas que na realidade era a via de acesso para uma escada íngreme. Subindo por ela, alcançou uma porta pesada, bateu algumas vezes e ficou esperando diante do olho mágico para que pudessem vê-la. Dali a alguns instantes foi recebida por Mémé Régis, a mãe do proprietário.

O que havia ali era um cômodo amplo com todas as janelas fechadas. Piso forrado de linóleo, lâmpadas expostas no teto, paredes pintadas de marrom. Numa das extremidades ficava uma roleta e, num canto, um balcão que fazia as vezes de bar. Um grupo de homens jogava cartas em torno de uma mesa circular. Tratava-se de um cassino clandestino.

Michel gostava de arriscar no pôquer e da companhia de gente comum, portanto volta e meia aparecia por ali. Flick não jogava, mas às vezes ia com ele e ficava por perto, observando a jogatina horas a fio. Michel dizia que ela trazia sorte. Aquele era um ótimo lugar para se esconder da Gestapo, e a esperança de Flick era a de que o marido estivesse lá. Mas não estava.

– Olá, Mémé – disse à mãe de Alexandre.

– Que bom vê-la por aqui! – disse a mulher. – Então, como está?

– Estou bem, obrigada. Por acaso meu marido esteve aqui?
– Ah, o charmoso Michel... Hoje não, infelizmente.

Aquelas pessoas não sabiam que Michel era integrante da Resistência.

Flick se aproximou do balcão e se acomodou num dos bancos, sorrindo para a mulher de batom muito vermelho que atendia no bar. Era Yvette Régis, a esposa de Alexandre.

– Tem uísque? – perguntou Flick.

– Claro – disse Yvette. – Para quem pode pagar...

Ela pegou uma garrafa de Dewar's White Label e serviu uma dose.

– Estou procurando pelo Michel – disse Flick.

– Faz mais ou menos uma semana que não o vejo.

– Merda – reclamou Flick e bebeu do uísque. – Vou esperar um pouco, caso ele apareça.

CAPÍTULO QUARENTA E QUATRO

DIETER ESTAVA DESESPERADO. Flick vinha se revelando mais esperta do que ele imaginara. Conseguira escapar da arapuca que ele tinha armado e agora estava em algum lugar na cidade de Reims.

Mas não havia como encontrá-la. Não era mais possível seguir os membros locais da Resistência na esperança de que ela procurasse algum deles, uma vez que todos tinham sido capturados. Embora a casa de Michel e o apartamento de Gilberte estivessem sendo vigiados, a Leoparda inglesa era ardilosa demais para se deixar pegar por um caipira qualquer da Gestapo. A cidade estava infestada de cartazes com a foto dela, mas àquela altura era bem provável que ela já tivesse mudado de aparência, pintado os cabelos ou algo assim, pois ninguém a vira. Ela o enganara em todas as rodadas daquele jogo.

Ele precisava de uma cartada de gênio.

E havia encontrado uma – ou pelo menos pensava que sim.

Naquele momento ele se encontrava no centro da cidade, bem em frente ao teatro, numa bicicleta. Usava uma boina, óculos de pilotagem e um suéter de algodão grosso com as calças enterradas dentro das meias. Estava irreconhecível. Ninguém desconfiaria dele. Alemães da Gestapo não andavam por aí de bicicleta.

Ao sol do crepúsculo, ele corria os olhos semicerrados pelo lado oeste da rua, aguardando a chegada de um Citroën preto. Conferiu as horas no relógio. Tudo estava para acontecer a qualquer instante.

Do outro lado da rua, Hans esperava ao volante de um Peugeot tão avariado que parecia estar no fim de sua vida útil. Dieter o havia instruído a deixar o motor ligado: não queria correr o risco de que o carro não pegasse no momento certo. Também lhe dera roupas para se disfarçar. Além dos óculos escuros e do boné, o tenente usava o mesmo paletó surrado e os mesmos sapatos de sola gasta de quase todos os franceses. Nunca fizera nada semelhante, mas acatara as ordens sem se abalar.

Também era a primeira fez que Dieter fazia algo assim, e não havia como garantir o sucesso de seu plano. Muita coisa poderia sair errado. Tudo poderia acontecer.

Tratava-se de uma ideia maluca de um desesperado, mas o que ele teria a perder? A invasão dos Aliados não passaria da próxima terça-feira, noite de lua cheia, disso ele tinha certeza quase absoluta. Flick era o grande prêmio. Valeria a pena correr todos os riscos por ela.

No entanto, vencer aquela guerra nem era mais a sua grande prioridade. Para ele, pouco importava quem assumisse as rédeas da Europa dali em diante. Seu futuro fora arruinado no momento em que Stéphanie foi assassinada, e agora a imagem de Flick Clairet não lhe saía da cabeça. A mulher havia desgraçado sua vida. Nada importava mais do que capturá-la e levá-la para o porão do palácio de Sainte-Cécile, onde ele poderia saborear sem nenhuma pressa o gosto da vingança. Volta e meia ele se pegava imaginando o que faria com ela: os porretes que usaria para quebrar os ossos, os choques elétricos de voltagem máxima, as náuseas terríveis que provocaria com as injeções certas, os banhos gelados que a fariam convulsionar de frio e perder o sangue dos dedos. Destruir a Resistência francesa e repelir os invasores agora não passavam de itens adicionais naquele grande pacote de castigos.

Mas primeiro era preciso encontrá-la.

Então ele avistou ao longe um Citroën preto.

Ficou na dúvida. Seria mesmo o Citroën que ele vinha esperando? O modelo era o de duas portas geralmente usado no transporte de prisioneiros. Salvo engano, eram quatro os passageiros. Suas dúvidas se dirimiram assim que o carro se aproximou e ele por fim pôde reconhecer os traços de galã do francês Michel, sentado no banco de trás, escoltado por um homem da Gestapo. A adrenalina irrompeu em suas veias.

Era uma grande sorte que ele tivesse dado ordens para que o francês não fosse torturado enquanto ele, Dieter, estivesse fora. De outra forma não haveria agora um plano para ser posto em prática.

O Citroën passou pela bicicleta e, quase na mesma hora, Hans arrancou com seu Peugeot, que entrou rápido na pista, derrapou e bateu forte no Citroën. A pancada foi ruidosa e fez muitos vidros se quebrarem. Dois dos homens da Gestapo saltaram e começaram a berrar com Hans no pouco que conheciam da língua francesa. Aparentemente não notaram que o terceiro deles havia batido a cabeça em algum lugar e permanecia desfalecido no carro, ao lado do prisioneiro.

Aquele era o momento crítico, pensou Dieter, aflito, sem saber ao certo se Michel morderia a isca. Ele seguiu observando a cena na rua.

Michel demorou alguns minutos para perceber a oportunidade que tinha. Dieter chegou a pensar que ele não a aproveitaria. Mas de repente o francês acordou: inclinou-se sobre os bancos dianteiros e, apesar das mãos amarradas, conseguiu abrir uma das portas, empurrar o encosto à sua frente e descer do carro.

Rapidamente ele olhou para os dois alemães que ainda discutiam com Hans. Ambos estavam de costas. Sem hesitar, e visivelmente espantado com a própria sorte, ele saiu manquejando na direção oposta.

Dieter por pouco não saltou de alegria. Seu plano estava dando certo.

Ele saiu pedalando na esteira do francês.

Hans logo tratou de se livrar dos homens da Gestapo e seguiu atrás, a pé.

A certa altura, já bem próximo de Michel, Dieter freou e seguiu empurrando a bicicleta junto do meio-fio. O francês dobrou a primeira esquina. Apesar da nádega ferida, caminhava a passos largos, as mãos junto ao tronco para que ninguém notasse que estavam atadas. Dieter o perseguia disfarçadamente, ora caminhando, ora pedalando, escondendo-se aqui e ali, posicionando-se atrás dos carros mais altos sempre que possível. Volta e meia Michel olhava para trás, mas aparentemente não se dava conta de que vinha sendo seguido. Nem sequer suspeitava de uma armadilha.

Ao cabo de alguns minutos, tal como combinado, Dieter e Hans trocaram de posição: o assistente ficou mais perto de Michel e Dieter mais atrás. Depois trocaram de novo.

Para onde Michel iria? Era essencial para o sucesso do plano que ele os conduzisse até outros membros da Resistência. Só assim ainda haveria alguma esperança de se obter uma pista que levasse a Flick.

Para surpresa de Dieter, o francês tomou a direção de sua casa, na vizinhança da catedral. Estranho. Como era possível que ele não suspeitasse que o imóvel vinha sendo vigiado? Fosse como fosse, era para lá que ele parecia ir. No entanto, não foi em casa que ele entrou, mas no bar que havia mais adiante, um lugar chamado Chez Régis.

Dieter recostou a bicicleta na fachada de uma loja abandonada, uma charcutaria, segundo informava a placa já um tanto apagada, e esperou alguns minutos, na expectativa de que Michel voltasse logo à rua. Dali a pouco, vendo que não seria esse o caso, entrou no bar também.

Sua intenção era apenas averiguar se o francês ainda estava por lá. Confiava plenamente nos óculos de pilotagem e na boina para que não fosse reconhecido. Compraria um maço de cigarros, apenas como pretexto, e voltaria à rua. Mas Michel não estava no bar. Dieter ficou imóvel por um instante, intrigado com aquilo.

– Posso ajudá-lo em alguma coisa? – disse o barman.

– Uma cerveja – pediu Dieter.

Receando ser desmascarado pelo leve sotaque com que falava francês, rezou para que o homem não puxasse conversa e o tomasse por um ciclista que tivesse entrado ali apenas para matar a sede.

– É para já.

– Onde é o banheiro?

O barman apontou para uma porta nos fundos do salão, e Dieter foi para o banheiro masculino. Não encontrando Michel, arriscou uma espiadela no feminino, mas o francês também não estava lá. Então abriu o que parecia ser uma porta de armário. Deparou-se com uma escada e subiu por ela até uma porta pesada com um olho mágico. Bateu, mas não foi atendido. Aguçou os ouvidos por alguns segundos. Não ouviu nada, mas a porta era espessa. Podia jurar que alguém o espiara do outro lado do olho mágico e por isso não abrira a porta, uma vez que ele não era ninguém conhecido. Então fez o que pôde para dar a entender que havia se perdido a caminho do banheiro: coçou a cabeça, sacudiu os ombros e voltou pelo mesmo caminho.

Nada indicava que o bar dispunha de uma porta dos fundos. Michel estava naquele cômodo trancado, quanto a isso não restava dúvida. Mas e agora, pensou Dieter, o que fazer?

Ele pegou sua cerveja e foi para uma das mesas a fim de

evitar conversa com o barman. A bebida estava aguada, insípida. Até mesmo na Alemanha a qualidade da cerveja havia decaído durante a guerra. Ele terminou o copo, depois saiu.

Hans esperava do outro lado da rua olhando a vitrine de uma livraria. Dieter foi a seu encontro:

– Michel está lá em cima, numa espécie de ambiente privativo do bar. Pode ser um antro de resistentes, mas também pode ser apenas um bordel, alguma coisa assim, e não quero prender o sujeito antes que ele nos leve a algo ou alguém mais interessante.

Hans meneou a cabeça, ciente do dilema que a situação representava.

Dieter tomou uma decisão. Era cedo demais para recapturar Michel.

– Assim que ele sair, volto a segui-lo. Aí você espera um pouco e dá uma batida naquela espelunca.

– Sozinho?

Dieter apontou para os dois homens da Gestapo que montavam guarda diante da casa de Michel.

– Peça a ajuda deles.

– Ok.

– Faça como se fosse uma operação policial de rotina. Prenda as prostitutas, se encontrar alguma, mas não faça nenhuma menção à Resistência.

– Sim, senhor.

– Por enquanto só nos resta esperar.

CAPÍTULO QUARENTA E CINCO

A TÉ O MOMENTO em que Michel entrou, Flick estava pessimista.

Sentada ao bar do cassino improvisado, ela batia papo com Yvette enquanto olhava com indiferença para os jogadores, que só tinham olhos para cartas, dados e roleta. Nenhum deles tinha prestado atenção à chegada dela: estavam ali para apostar, não para se deixar distrair por um rostinho bonito qualquer.

Caso não encontrasse Michel, ela estaria em apuros. As demais Jackdaws estavam na catedral, mas não poderiam passar a noite toda lá. Poderiam dormir ao relento daquela noite de verão, mas seriam presas fáceis tanto para a polícia quanto para a Gestapo.

O transporte era outro problema. Caso não conseguissem arrumar um carro ou um furgão com a célula Bollinger, teriam de roubar alguma coisa. Mas então seriam obrigadas a operar com a polícia atrás de um veículo roubado, mais um complicador naquela missão já tão complicada.

Havia outro motivo para o desalento de Flick: a imagem de Stéphanie Vinson não lhe saía da cabeça. Era a primeira vez que matava uma pessoa indefesa, amarrada a uma cadeira, e também era a primeira vez que matava uma mulher.

Essas ocasiões sempre a deixavam profundamente abalada. O homem da Gestapo que ela eliminara pouco antes de matar Stéphanie era um combatente armado, e ainda assim era terrível que ela tivesse tirado a vida dele. O sentimento fora o mesmo com todos os demais que tinham morrido por obra dela: os dois milicianos de Paris, o coronel da Gestapo em Lille, o traidor francês em Rouen. Mas o caso de Stéphanie era pior. Atirara na francesa pelas costas, feito uma execução, tal como ensinara um milhão de vezes nos cursos de treinamento da Executiva de Operações Especiais. Stéphanie fizera por merecer, claro. Quanto a isso não havia a menor dúvida. Mas Flick agora se perguntava: que tipo de pessoa era capaz de matar a sangue-frio um prisioneiro indefeso? Seria possível que ela tivesse se transformado nisso? Num carrasco sem sentimentos?

Flick bebeu o que ainda restava do uísque, mas recusou uma segunda dose por medo de perder a lucidez. Foi então que Michel atravessou a porta.

De um segundo para o outro ela se viu tomada por um abençoado alívio. Michel conhecia todo mundo naquela cidade, certamente poderia ajudar. Uma luz voltava a despontar no fim do túnel.

Era com uma ponta de afeto que ela agora deitava os olhos sobre aquele vulto esguio que se escondia no paletó amarfanhado, aquele rosto bonito que parecia sorrir apenas com o brilho do olhar. Sempre teria um carinho especial por aquele homem, por mais que já tivesse deixado no passado o ardor e o encantamento dos primeiros anos de relação. Uma relação que nunca voltaria a ser a mesma, disso tinha certeza absoluta.

Mais de perto, via-se que ele não estava tão bem assim. O rosto apresentava novas rugas. A expressão era de cansaço e medo. O aspecto era o de um homem de 50 anos, não de 35. Flick sentiu por ele um misto de pena e preocupação.

O que mais a afligiu, no entanto, foi a perspectiva de ter de botar as cartas na mesa e dizer que o casamento deles chegara ao fim. Era irônico, pensou: ela acabara de matar um membro da Gestapo e uma traidora francesa, tinha uma missão a cumprir como agente secreta num território ocupado, mas seu maior medo era magoar o marido.

Michel ficou visivelmente feliz ao vê-la.

– Flick! Eu *sabia* que encontraria você aqui! – exclamou e foi mancando ao encontro dela.

– Pois eu achei que você estivesse nas mãos da Gestapo – falou ela baixinho.

– E estava!

Dando as costas para o salão de modo que ninguém visse, ele mostrou a Flick as mãos amarradas. Sem hesitar e com o máximo de discrição, Flick sacou sua faquinha da lapela e cortou a corda grossa. Nenhum dos jogadores viu quando ela voltou com a faca para o mesmo lugar.

Mémé Régis o avistou quando ele já guardava a corda no bolso da calça. Abraçou-o e o beijou duas vezes no rosto. Flick ficou observando enquanto o marido flertava com a mulher mais velha, falando com ela na sua voz de sedutor profissional, dando a ela a benesse de seu sorriso mais sexy. Dali a pouco Mémé voltou ao trabalho, servindo bebidas aos jogadores, e Michel enfim pôde contar como escapara. Flick estava meio desconcertada, sem saber ao certo o que fazer caso ele tentasse um beijo apaixonado, mas Michel estava envolvido demais com as próprias aventuras para pensar em romantismos.

– Tive tanta sorte! – disse ele ao terminar de contar sua história.

Em seguida se empoleirou num banco, esfregou os pulsos e pediu uma cerveja.

– Mais do que o normal – disse Flick, preocupada.
– Como assim?
– Talvez tenha sido algum tipo de armadilha.

Michel ficou indignado com a insinuação de que ele fora ingênuo.

– Acho que não.
– Ninguém seguiu você até aqui?
– Não – respondeu ele com firmeza. – Eu vigiei, claro.

Flick não estava gostando nada daquilo, mas deixou passar.

– Quer dizer, então, que Brian Standish está morto e que outros três, Jeanne Lemas, Gilberte e o dr. Bouler, estão presos?

– E todos os outros estão mortos. Os alemães liberaram os corpos daqueles que morreram no confronto do domingo passado. E os sobreviventes... Gaston, Geneviève e Bertrand... esses foram executados em público, na praça de Sainte-Cécile.

– Santo Deus...

Eles ficaram mudos por um tempo, Flick remoendo-se com o alto preço de tudo aquilo, as tantas vidas perdidas, o sofrimento.

Michel recebeu sua cerveja, bebeu metade dela num único gole e secou os lábios.

– Suponho que você tenha voltado para fazer uma segunda tentativa no palácio.

– Exatamente – disse Flick –, mas, para todos os efeitos, viemos explodir um túnel em Marles.

– O que aliás é uma ótima ideia. Acho que devemos explodir esse túnel de qualquer maneira.

– Agora, não. Duas integrantes da minha equipe foram capturadas em Paris e decerto já abriram o bico. Elas nem sequer desconfiavam do real objetivo da missão, então, se fossem interrogadas, falariam do túnel. A essa altura, os alemães já devem ter tomado todas as providências para redobrar a segurança por lá. Vamos deixar isso para a Força Aérea britânica e nos concentrar em Sainte-Cécile.

– O que eu posso fazer para ajudar?

– Precisamos de um lugar para passar a noite.

Michel refletiu um instante.

– A adega de Joseph Laperrière.

Laperrière era um produtor de champanhe. Antoinette, a tia de Michel, havia trabalhado para ele como secretária.

– É um dos nossos? – perguntou Flick.

– Um simpatizante da causa – disse Michel e, com um sorriso irônico, emendou: – Hoje em dia não há quem não seja simpatizante da causa. Todos pensam que a invasão vai acontecer a qualquer momento. E vai mesmo, não vai? – arriscou, com ar de curiosidade.

– Vai – disse Flick, mas não se estendeu. – Essa adega... que tamanho ela tem? Somos cinco pessoas.

– É grande o suficiente para esconder cinquenta.

– Ótimo. Outra coisa: preciso de um carro para amanhã.

– Para o transporte até Sainte-Cécile?

– Sim, mas também para nos levar até o avião de resgate, se ainda estivermos vivos até lá.

– Você sabe que não pode mais usar a pista de Chatelle, não sabe? A Gestapo a descobriu. Foi lá que me pegaram.

– Eu sei. Deixei instruções para que nos peguem no campo de Laroque.

– O batatal. Perfeito.

– E o carro?
– Philippe Moulier tem um furgão. É ele quem entrega carne para todas as bases alemãs. Segunda-feira é a folga dele.
– Eu me lembro desse Philippe. É pró-nazista, não é?
– Era. Faz quatro anos que tem vivido às custas dos alemães, e agora está apavorado, achando que será acusado de colaboracionista quando a invasão puser fim à guerra. Está louco para fazer alguma coisa para nos ajudar e provar que não é um traidor. Vai emprestar o furgão, fique tranquila.
– Então fale com ele e deixe o furgão na adega amanhã, às dez da manhã.

Abrindo seu sorriso cafajeste, mais lindo do que nunca, Michel tocou o rosto dela e disse:

– Será que não podemos passar a noite juntos?

Flick sentiu por dentro aquele ardor que conhecia tão bem, mas não com a mesma intensidade de antes. Em outros tempos, aquele sorriso teria bastado para excitá-la. Na realidade, o que ela estava sentindo não era exatamente desejo, mas a nostalgia de um desejo que não existia mais. Sua vontade era contar toda a verdade. Mas isso talvez colocasse a missão em risco. A ajuda de Michel era imprescindível.

Também era possível que seus receios não passassem de um pretexto para deixar aquela conversa para outro dia de mais coragem.

– Não – disse ela. – Não podemos passar a noite juntos.
– É por causa da Gilberte? – indagou ele, decepcionado.

Ela fez que sim com a cabeça, mas, sentindo-se incapaz de mentir, pegou-se dizendo:

– Pelo menos em parte.
– E a outra parte, qual é?
– Não quero conversar sobre isso no meio de uma missão tão importante.

Michel agora aparentava uma fragilidade que beirava o medo.

– Você... conheceu outra pessoa?

Flick não queria magoá-lo. Então mentiu:

– Não.

Por alguns instantes Michel não fez mais do que encará-la.

– Ótimo – disse afinal. – Fico feliz em saber.

Flick teve ódio de si mesma.

Michel terminou sua cerveja e desceu do banco, dizendo:

– A adega Laperrière fica no Chemin de la Carrière. Uma caminhada de meia hora daqui até lá.

– Sei onde é.

– É melhor eu ir andando para falar com o Moulier sobre o furgão – disse Michel.

Em seguida puxou a esposa e lhe deu um beijo na boca.

Flick se desconcertou mais uma vez. Acabara de dizer que não estava com outra pessoa; não poderia recusar o beijo. No entanto, beijar Michel lhe parecia uma deslealdade com Paul. Então fechou os olhos e esperou passivamente até que o marido se afastasse.

Michel não pôde deixar de notar o pouco entusiasmo dela. Fitou-a por alguns segundos com ar pensativo.

– A gente se vê amanhã às dez – disse e saiu.

Flick decidiu dar a ele uma dianteira de cinco ou dez minutos, então pediu mais um uísque a Yvette. Já estava com o copo na mão quando uma luz vermelha começou a piscar junto da porta.

Ninguém disse nada, mas todos no salão reagiram ao mesmo tempo. O crupiê parou a roleta e virou-a para baixo, fazendo com que surgisse em seu lugar um tampo de mesa normal. Os jogadores recolheram suas fichas e vestiram seu paletó. Yvette recolheu os copos do balcão e os jogou na pia. Mémé Régis apagou as luzes, deixando que o cômodo se iluminasse apenas com o piscar da lâmpada vermelha.

Flick pegou sua bolsa do chão e levou a mão à arma.

– O que está acontecendo? – perguntou.

– Batida da polícia – respondeu Yvette.

Merda, pensou Flick. É muito azar ser presa justo agora por jogo clandestino.

– Foi o Alexandre quem disparou o aviso lá embaixo – explicou a francesa. – Venha rápido – chamou-a, apontando para uma espécie de armário nos fundos do cômodo.

Mémé Régis já afastava os casacos pendurados no tal armário. Empurrou a porta secreta que havia dentro e escapou por ela, seguida dos jogadores, que já se acotovelavam para fugir também. Nem tudo estava perdido.

A luz vermelha parou de piscar e alguém esmurrou a porta principal do cômodo. Andando no escuro, Flick logo se juntou aos jogadores e foi seguindo atrás deles até alcançar um segundo cômodo do outro lado da porta secreta, mais ou menos um metro abaixo do que funcionava como cassino. Tal qual ela imaginara, tratava-se do sobrado que encimava a loja vizinha. Bastou descer a escada junto com os demais para que de repente ela se visse no salão da charcutaria abandonada, da qual restavam apenas o balcão de mármore e as vitrines cheias de poeira. As janelas que davam para a rua estavam vedadas; de fora, ninguém via o que se passava dentro.

Todos saíram pela porta dos fundos, que dava para um quintal imundo cercado por um muro alto. Um portão nesse muro dava para uma ruela que desembocava numa rua maior, e foi nessa rua maior que o grupo se dispersou, cada um indo para seu lado.

Flick saiu andando rápido e dali a pouco se viu sozinha. Ofegante, se reorientou e seguiu ao encontro das Jackdaws na catedral.

– Meu Deus – sussurrou para si mesma. – Essa foi por pouco.

Tão logo se recuperou do susto, começou a ver a batida no cassino sob outra luz. Tudo havia acontecido minutos depois da saída de Michel, e ela não acreditava em coincidências.

Quanto mais pensava no assunto, mais se convencia de que, fosse lá quem tivesse esmurrado aquela porta, era por ela que procurava. O tal cassino existia desde muito antes da guerra, e a polícia local certamente sabia da existência dele. Por que decidiriam fechá-lo assim, de uma hora para a outra? E, se não fosse uma operação da polícia de Reims, então só poderia ser da Gestapo – e não era em jogadores clandestinos que eles estavam interessados. Os alvos de praxe eram os comunistas, os judeus, os homossexuais e... os espiões.

A história da fuga de Michel parecera suspeita desde o início, mas ele tinha garantido que ninguém o seguira, e ela havia ficado mais tranquila com isso. Mas agora não restava dúvida de que a tal fuga fora fruto de algum embuste por parte dos alemães, exatamente como o "resgate" de Brian Standish na catedral. Por trás de tudo aquilo se via a mente ardilosa de Dieter Franck. Alguém tinha seguido Michel até o bar; de algum modo, essa mesma pessoa ficara sabendo da existência do cassino clandestino e deduzira que Michel só poderia ter subido para lá.

Nesse caso, ele ainda estaria sob a vigilância dos alemães. Se não ficasse mais atento, seria seguido naquela noite mesmo até a casa de Philippe Moulier e, na manhã seguinte, até a adega em que estariam escondidas as Jackdaws.

E agora, pensou Flick, o que fazer?

NONO DIA
Segunda-feira
5 de junho de 1944

CAPÍTULO QUARENTA E SEIS

A ENXAQUECA DE DIETER começou pouco depois da meia-noite, enquanto ele olhava para sua cama no hotel Frankfort, a mesma que ele jamais voltaria a dividir com Stéphanie. Imaginava que mandaria a dor embora se conseguisse chorar, mas as lágrimas não vieram e ele mais uma vez se viu obrigado a aplicar em si mesmo uma injeção de morfina. Fez isso e desabou no colchão.

Foi acordado por um telefonema pouco antes do amanhecer. Era Walter Goedel, o assistente de Rommel. Meio zonzo, ele atendeu e foi logo dizendo:

– A invasão já começou?

– Hoje não será – respondeu Goedel. – O tempo está ruim no canal da Mancha.

Dieter soergueu-se na cama e balançou a cabeça para despertar.

– O que foi, então?

– Não há dúvida de que a Resistência está esperando por *alguma coisa*. Da noite para o dia houve uma série de operações de sabotagem no norte da França – disse Goedel, e sua voz, já naturalmente fria, desceu para níveis árticos quando falou: – Sua obrigação era evitar tudo isso. O que ainda está fazendo na cama uma hora dessas?

Desprevenido, Dieter procurou recuperar a pose de sempre.

– Estou no encalço de uma importante líder da Resistência, se não a mais importante – disse, fazendo o possível para não parecer que dava desculpas pelo próprio fracasso. – Foi por muito pouco que não a peguei ontem à noite. De hoje ela não passa. Fique tranquilo. Amanhã cedo, no máximo, vamos entregar dezenas de terroristas, eu prometo.

Ficou imediatamente arrependido do tom de súplica das últimas palavras.

– Amanhã pode ser tarde demais – rebateu Goedel, nem um pouco comovido.

– Eu sei... – começou Dieter, mas logo se deu conta de que o outro já havia desligado.

Então voltou com o telefone para o gancho e consultou o relógio. Eram quatro horas. A enxaqueca passara, mas ele ainda se sentia um tanto enjoado, talvez por causa da morfina, talvez por causa da incômoda ligação. Levantou-se, buscou um copo d'água e tomou três comprimidos de aspirina. Depois foi se barbear. Foi repassando os acontecimentos da véspera enquanto jogava água no rosto, perguntando-se, aflito, se realmente fizera tudo o que estava a seu alcance.

Depois de deixar o tenente Hesse à porta do Chez Régis, ele havia seguido Michel Clairet até a residência de Philippe Moulier, o principal fornecedor de carne para os restaurantes da cidade e para as cozinhas militares. O imóvel era um sobrado que abrigava uma loja no térreo e uma residência no pavimento superior. Dieter ficara à espreita por mais ou menos uma hora, mas ninguém saíra à rua.

Em seguida, concluindo que Michel passaria a noite por lá, ele havia procurado o bar mais próximo e telefonado para Hans. De motocicleta, o tenente fora a seu encontro e chegara à casa de Moulier por volta das dez, contando a inexplicável história do cômodo vazio que encontrara na batida no Chez Régis.

– Certamente eles tinham algum sistema de alarme – cogitara Dieter na ocasião. – Alguém no bar deve ter acionado esse sistema assim que viu você entrar com os outros dois da Gestapo.

– Você acha que a Resistência vinha usando o lugar?

– É bem provável que sim. Suponho que originalmente era usado para reuniões do Partido Comunista, depois para os encontros da Resistência.

– Mas como foi que eles conseguiram escapar?

– Por um alçapão debaixo do carpete, ou alguma coisa assim. Os comunistas sempre têm algum esquema emergencial. Você prendeu o barman?

– Prendi todos os que estavam no bar. Já estão no palácio.

Dieter havia passado a vigilância da casa de Moulier para Hans e seguido de carro para Sainte-Cécile, onde interrogara o apavorado Alexandre Régis e, em poucos minutos, descobrira que havia se enganado: o lugar não era nem um esconderijo da Resistência nem um antro de comunistas, mas um cassino clandestino. De qualquer forma, o francês tinha confirmado que Michel Clairet passara por lá e, sobretudo, que encontrara a mulher.

Era de enlouquecer. Mais uma vez a Leoparda escapara por um triz. Ele vinha capturando todos os membros da Resistência, um atrás de outro, mas sempre deixando a inglesinha escorrer por entre seus dedos.

Terminou de fazer a barba, secou o rosto e ligou para o palácio, solicitando um carro com motorista e dois homens da Gestapo. Vestiu-se, desceu à cozinha do hotel, implorou por meia dúzia de croissants e os embrulhou num guardanapo de linho. Só então saiu para o friozinho da madrugada. As torres da catedral se prateavam com os primeiros raios da aurora. Um dos Citroëns ligeiros da Gestapo já se encontrava à sua espera.

Ele passou ao motorista o endereço de Moulier.

Hans espreitava à porta de um armazém uns cinquenta metros rua abaixo. Ao ver Dieter, foi logo informando que ninguém tinha entrado na casa ou saído dela, de modo que Michel ainda deveria estar por lá. Dieter disse ao motorista que seguisse adiante e ficasse aguardando do outro lado da esquina seguinte, depois se juntou ao tenente e dividiu com ele os croissants que trouxera. A essa altura o sol já despontava sobre os telhados da cidade.

A espera se alongava, para desespero de Dieter, que precisava controlar a impaciência enquanto os minutos corriam sem nenhum proveito. Ele ainda ruminava a perda de Stéphanie, mas já havia se recuperado do baque inicial e reacendido seu interesse na guerra. Podia muito bem imaginar as forças aliadas se agrupando em algum lugar na costa sul ou na costa leste da Inglaterra, navios e mais navios com homens e tanques prestes a transformar as pacatas cidadezinhas do norte da França em violentos campos de batalha. Sabotadores locais, armados até os dentes com o arsenal despejado por paraquedas, estariam prontos para atacar a defesa alemã pela retaguarda, dificultando irremediavelmente a mobilidade de Rommel. Dieter se sentia impotente ao pensar em tudo isso, parado ali naquele armazém, esperando que um terrorista amador terminasse seu café da manhã. Talvez estivesse a um passo de ser conduzido ao coração da Resistência francesa, mas isso era apenas sua esperança falando.

Já passava das nove horas quando a porta da casa se abriu.

– Finalmente! – bufou Dieter e recuou para se esconder.

Hans apagou o cigarro que fumava.

Michel saiu acompanhado de um garoto de mais ou menos 17 anos, que Dieter deduziu ser filho do tal Moulier. O garoto destrancou um cadeado e abriu o portão do quintal onde se via um furgão preto razoavelmente limpo em cuja lateral se lia em letras brancas: *Carnes Moulier & Filho*. Michel entrou e se acomodou ao volante do furgão.

Dieter ficou extasiado. Michel estava pegando emprestado um furgão de entrega de carnes. Só poderia ser para as Jackdaws.

– Vamos! – disse.

Hans voltou para a motocicleta que havia deixado junto à calçada e ficou por ali, de costas para a rua, fingindo mexer no motor. Dieter correu para a esquina, sinalizou para que o motorista da Gestapo desse partida no carro, depois continuou a espiar Michel.

Dali a pouco o francês saiu com o furgão para a rua.

Sem hesitar, Hans subiu na motocicleta e foi atrás. Dieter correu para o carro e ordenou ao motorista que seguisse Hans.

O comboio ia na direção leste. Do banco do carona do Citroën da Gestapo, Dieter acompanhava nervoso cada guinada da moto de Hans e do furgão de Michel. Por sorte, não era difícil perseguir o furgão, pois o veículo tinha no teto um respiradouro que mais lembrava uma chaminé. Era essa pequena chaminé que os levaria até Flick, pensou Dieter, otimista.

Ao chegar ao Chemin de la Carrière, o furgão reduziu a velocidade e entrou no quintal de uma adega chamada Laperrière. Hans passou direto e dobrou a esquina, seguido por Dieter. Já fora de vista, ambos pararam e Dieter saltou do carro para falar com Hans.

– Acho que as Jackdaws passaram a noite aqui.

– Então, o que faremos? Invadimos o lugar? – perguntou o tenente, ávido de ação.

Dieter ponderou. Tinha nas mãos o mesmo dilema que tivera na véspera, à porta do bar. Flick talvez estivesse naquela adega, mas, se não estivesse e ele se precipitasse, perderiam Michel, uma isca valiosa, em troca de nada.

– Ainda não – respondeu, afinal.

Michel era a única esperança que ainda lhe restava. Era cedo demais para perder aquela arma tão importante.

– Vamos esperar.

Dieter e Hans foram para o fim da rua e de lá ficaram observando a adega Laperrière. No mesmo terreno, separados por um pátio repleto de barris vazios, ficavam um galpão industrial de pé-direito baixo e uma casa de arquitetura elegante, de dois pavimentos. Dieter imaginou que a adega ficaria no subterrâneo do galpão. O furgão de Moulier estava estacionado no pátio.

Dieter aguardava com o pulso acelerado, imaginando que a qualquer instante Michel surgiria com Flick e as demais Jackdaws para entrar no furgão e seguir para o alvo de sua malfadada operação. Quando isso acontecesse, bastaria acionar os homens da Gestapo para que todos fossem capturados de uma só vez.

Não demorou até que Michel saísse do galpão para o pátio. Mas ele parecia confuso, sem saber ao certo o que fazer, olhando perplexo à sua volta.

– O que será que houve? – perguntou Hans.
– Algum imprevisto – respondeu Dieter, aflito.

Seria possível que a Leoparda tivesse escapado sob suas barbas mais uma vez?

Pouco depois, Michel escalou os poucos degraus que levavam à porta da casa, tocou a campainha e foi atendido por uma criada de touca branca, que o deixou entrar.

Ressurgiu logo em seguida. Ainda parecia confuso, mas não indeciso. Voltou para o furgão e começou a manobrá-lo para sair.

Dieter cuspiu um palavrão. Tudo indicava que as Jackdaws não estavam ali. Michel parecia igualmente decepcionado, mas isso não chegava a ser um consolo. O mais importante naquele momento era descobrir o que acontecera.

– Vamos fazer o mesmo de ontem – falou Dieter a Hans. – Só que desta vez é *você* quem vai seguir Michel, enquanto *eu* dou uma batida neste lugar.

Sem fazer perguntas, Hans ligou a motocicleta.

Dieter ficou observando enquanto Michel voltava à rua e Hans Hesse se preparava para sair na cola dele. Ambos já haviam sumido de vista quando Dieter acenou para os três homens da Gestapo que esperavam no Citroën e, marchando a passos largos, seguiu com eles para a adega Laperrière.

– Vocês invadam a casa e não deixem ninguém sair – disse a dois dos homens, depois se virou para o terceiro. – Você venha comigo. Vamos dar uma busca no galpão.

No interior do tal galpão eles depararam com uma prensa grande e três enormes tonéis. A prensa estava limpíssima, uma vez que ainda faltavam três ou quatro meses para a colheita das uvas. Por perto se via apenas um senhor mais velho que varria o chão. Dieter localizou a escada que levava ao subsolo e desceu por ela. O ambiente ali era mais fresco, e a atividade, maior: cinco ou seis funcionários de macacão azul deitavam garrafas num carrinho para guardá-las. Assustados com a súbita chegada dos desconhecidos, todos interromperam o trabalho.

Dieter e o homem da Gestapo vasculharam um sem-número de cômodos repletos de garrafas de champanhe, milhares delas, algumas alojadas horizontalmente contra a parede, outras emborcadas na diagonal em estruturas em forma de A. Mas nenhum sinal das Jackdaws.

Mas numa alcova lá no final do último túnel Dieter encontrou migalhas de pão, tocos de cigarro e um grampo de cabelo, o que infelizmente confirmava sua pior suspeita: as Jackdaws tinham de fato passado a noite ali, mas já haviam escapado.

Ficou andando de um lado para outro, procurando um meio de dar vazão à raiva que sentia. Os funcionários dificilmente saberiam de alguma coisa, mas o proprietário decerto havia consentido que as Jackdaws pernoitassem ali. Pagaria caro por isso. Dieter voltou ao primeiro pavimento, atravessou o pátio e foi para a casa vizinha ao galpão. Um dos homens da Gestapo abriu a porta e foi logo dizendo:

– Estão todos na sala de jantar.

A tal sala era bastante espaçosa, mobiliada com peças bonitas mas decrépitas: cortinas pesadas que há muito não viam água e sabão, um carpete puído, uma mesa com doze cadeiras combinando. Na extremidade do cômodo se espremiam os criados apavorados (a mulher que abrira a porta, um senhor com ares de mordomo num surrado terno preto e uma gorducha de avental, decerto a cozinheira), todos sob a mira do segundo homem da Gestapo. À cabeceira da mesa se sentava uma mulher com seus 50 anos de idade, os cabelos vermelhos já estriados de branco, o corpo magro sob a seda amarela do vestido de verão. Seus olhos emanavam uma calma altiva, uma convicção da própria superioridade.

Sem erguer a voz, Dieter perguntou aos homens da Gestapo:
– Onde está o marido?
– Saiu às oito – respondeu um deles. – Ninguém sabe dizer aonde foi. Deve voltar para o almoço.

Dieter se virou para a mulher à mesa.
– Madame Laperrière?

Ela meneou a cabeça solenemente, mas não se dignou a dizer o que quer que fosse.

Dieter resolveu atacar aquela arrogância. Alguns oficiais alemães tratavam com deferência os franceses de classe alta. Idiotas. Não era o seu caso, claro. Ele sequer se daria ao trabalho de ir ao encontro da mulher.

– Tragam-na até aqui – ordenou.

Um dos homens falou com a francesa. Lentamente ela se levantou da mesa e se aproximou de Dieter.
– O que você quer?
– Um grupo de terroristas ingleses escapou das minhas mãos na tarde de ontem após ter matado dois soldados alemães e uma civil francesa.

– Sinto muito – foi só o que disse madame Laperrière.
– Amarraram a mulher e atiraram à queima-roupa na nuca. Os miolos se esparramaram pelo vestido.

A mulher virou o rosto com os olhos fechados, e Dieter prosseguiu:
– Ontem à noite, seu marido abrigou esses terroristas naquela adega. Porventura a senhora teria algum argumento em defesa dele? Algum motivo para que ele não pague com a própria vida?

Às costas dele, a criada começou a chorar.

Madame Laperrière estava claramente abalada. Empalideceu de repente e precisou voltar à cadeira.
– Por favor... – suplicou.
– A senhora ajudará seu marido se me contar o que sabe – desferiu Dieter.
– Não sei de nada – disse baixinho. – Elas chegaram depois

do jantar e foram embora de madrugada. Não cheguei a ver ninguém.

– Como foi que partiram? Seu marido emprestou algum veículo?

A mulher balançou a cabeça, negando:

– Não temos combustível.

– Então como fazem para entregar o vinho que produzem?

– Nossos clientes vêm buscar.

Dieter não acreditou no que ouviu. Sabia perfeitamente que Flick precisava de transporte. Caso contrário, Michel não teria trazido o furgão que pegara com Philippe Moulier. No entanto, as Jackdaws tinham partido antes da chegada dele. *Com certeza* haviam conseguido algum meio alternativo de transporte. Também era bastante provável que Flick tivesse deixado algum bilhete explicando a situação e pedindo a Michel que fosse ao encontro dela.

– A senhora quer que eu acredite numa coisa dessas? – disse Dieter. – Que elas partiram daqui a pé?

– Não – respondeu ela. – Estou dizendo apenas que não sei de nada. Quando acordei, elas já tinham ido embora.

Dieter estava convencido de que a mulher ainda mentia, mas para arrancar dela toda a verdade precisaria de tempo e paciência, duas coisas que àquela altura já andavam escassas.

– Levem todos presos – disse ele aos homens da Gestapo, trazendo na voz uma arrogância que advinha da raiva e da frustração.

Estava nisso quando o telefone tocou no corredor. Foi ele mesmo atender.

Do outro lado da linha alguém disse em francês, mas com forte sotaque alemão:

– Gostaria de falar com o major Franck.

– É ele.

– Aqui é o tenente Hesse, major.

– Hans! Que foi que aconteceu?

– Estou na estação ferroviária. Michel deixou o furgão na

rua e comprou uma passagem para Marles. O trem parte daqui a pouco.

Exatamente como Dieter imaginara. As Jackdaws tinham se adiantado e deixado instruções para que Michel se juntasse a elas. Ainda planejavam explodir o túnel. Nada mais irritante do que saber que a Leoparda o ludibriara mais uma vez. Mas aquela história ainda não havia chegado ao fim. Pelo contrário, faltava pouco para que ele botasse as mãos na infeliz.

– Tome esse mesmo trem, rápido – ordenou a Hans. – Continue na cola do sujeito. Encontro você em Marles.

– Perfeito – disse Hans, e desligou.

Dieter voltou à sala de jantar.

– Liguem para o palácio e solicitem transporte – falou aos homens da Gestapo. – Entreguem os prisioneiros ao sargento Becker para que sejam interrogados. Digam a ele para começar com *madame* – orientou, depois apontou para o motorista. – Você venha comigo. Vamos para Marles.

CAPÍTULO QUARENTA E SETE

No CAFÉ DE LA GARE, próximo à estação, Paul e Flick bebericavam seu arremedo de café enquanto mordiscavam uma torrada de pão preto com uma salsicha que pouco ou nada tinha de carne. Ruby, Jelly e Greta ocupavam uma mesa separada, como se não os conhecessem. Flick acompanhava com atenção o movimento na rua.

Ela sabia que Michel estava correndo um risco terrível. Cogitara avisá-lo de alguma forma. Teria ido até a casa de Moulier se não tivesse certeza absoluta de que assim cairia nas garras da Gestapo. Àquela altura não havia a menor dúvida de que os alemães vinham seguindo Michel na esperança de que ele os levasse até ela. Poderia ter telefonado para Moulier, mas era grande o risco de que a ligação fosse grampeada por alguém na central telefônica de Sainte-Cécile. Por fim, avaliando as opções, concluíra que o mais prudente seria *não* procurar Michel. Se estivesse certa, Dieter Franck deixaria Michel à solta enquanto não conseguisse localizá-la e capturá-la.

Portanto, ela deixara com madame Laperrière o seguinte bilhete para Michel:

> *Michel,*
> *Tenho certeza de que você está sendo seguido. Fizeram uma busca no lugar em que nos vimos ontem à noite logo depois que você saiu. É bem provável que alguém tenha vindo atrás de você até aqui. Vamos partir antes da sua chegada e sumir no centro da cidade. Deixe o furgão perto da estação com a chave sob o banco do motorista. Depois tome um trem para Marles, despiste quem o estiver vigiando e volte.*
> *Todo cuidado é pouco!*
> *Flick*
> *Agora queime isto.*

O plano era bom, mas Flick vinha esperando a manhã inteira, consumindo-se de tensão, para saber se ele daria certo.

Então, lá pelas onze horas, um furgão alto despontou na rua e estacionou próximo à entrada principal da estação. Na lataria estava escrito: Carnes Moulier & Filho. Ela agora mal podia respirar.

Michel desceu, e ela enfim recuperou o fôlego, aliviada.

Ele entrou na estação, exatamente como ela o instruíra.

Felicity correu os olhos à procura de alguém que o seguisse, mas não havia nada que ela pudesse fazer. Eram muitas pessoas chegando à estação, umas a pé, outras de bicicleta ou de carro, e qualquer uma poderia estar seguindo Michel.

Então ela permaneceu onde estava, fingindo beber aquele café horrível, mas sempre de olho no furgão, procurando ver se alguém o vigiava também. Avaliava com cuidado cada pessoa e cada veículo que passava nas imediações, indo para a estação ou vindo dela. Ficou nisso por uns quinze minutos, mas não detectou nenhum possível perseguidor. Achando então que já podia agir, sinalizou discretamente para Paul, e eles se levantaram sem nenhuma pressa, recolhendo suas coisas antes de sair.

Flick entrou no furgão, sentou-se ao volante e esperou que o americano se acomodasse a seu lado. Podia sentir o coração na garganta. Se aquilo fosse uma armadilha da Gestapo, seus minutos de liberdade estavam contados. Passou a mão sob o banco e encontrou a chave. Olhou à sua volta. Aparentemente ninguém a havia notado.

Tão logo viu que Ruby, Jelly e Greta também tinham saído, sinalizou com a cabeça para que elas entrassem no furgão.

Olhando para trás, viu que o veículo era equipado com prateleiras, pequenos armários e bandejas para o gelo que mantinha a temperatura baixa. Tudo parecia muito asseado e limpo, mas ainda assim era possível sentir um desagradável cheiro de carne crua.

As portas traseiras se abriram. As três mulheres jogaram suas malas para dentro e subiram. Flick esperou que Ruby fechasse as portas, depois engatou a primeira marcha e arrancou.

– Conseguimos! – exclamou Jelly. – Deus é pai!

Flick sorriu sem grande entusiasmo. O pior ainda estava por vir.

Dali a pouco eles já estavam fora da cidade, na estrada para Sainte-Cécile. Flick dirigia com cuidado, atenta aos carros da polícia francesa e da Gestapo. No entanto, sentia-se temporariamente segura no interior daquele veículo, confiante na legitimidade que ele aparentava. Além disso, não era incomum que uma mulher estivesse ao volante de um veículo assim, uma vez que boa parte dos homens locais, se não estava confinada em algum campo alemão, se refugiara nas colinas vizinhas ou se juntara à Resistência para evitar ser mandada para os campos alemães.

Passava pouco do meio-dia quando chegaram a Sainte-Cécile. Flick não pôde deixar de notar a paz miraculosa que sempre acometia as ruas francesas àquela hora do dia, quando todos se recolhiam para almoçar. Ela encontrou o prédio de Antoinette, tia de Michel, e parou diante dele. Um portão alto de madeira, entreaberto, dava acesso ao pátio interno do imóvel. Paul saltou, afastou as duas folhas do portão e as fechou novamente assim que Flick entrou com o furgão. Agora o veículo, tão fácil de ser reconhecido, estava a salvo de curiosos.

– Entrem quando eu assobiar – disse ela, descendo do carro.

À porta de Antoinette, lembrou-se de quando estivera ali pela última vez, amparando o marido que acabara de ser ferido na praça. Apenas oito dias haviam se passado desde então, mas, naquelas circunstâncias, oito dias eram uma eternidade. Na ocasião, Antoinette hesitara em abrir a porta, assustada com os disparos que tinha ouvido na cidade, mas dessa vez não demorou para atender. Magrinha como antes, usando um elegante porém desbotado vestido de algodão amarelo, teve alguma dificuldade para reconhecer Flick, que ainda se disfarçava com a peruca morena. Mas depois, com uma ponta de pânico na voz, disse:

– *Você!* O que quer aqui?

Flick assobiou na direção do furgão e empurrou Antoinette porta adentro.

– Não se assuste. Vamos amarrá-la, mas só para que os alemães pensem que a senhora foi dominada.

– O que está acontecendo? – perguntou Antoinette, trêmula.

– Depois eu explico. A senhora está sozinha em casa?

– Estou.

– Ótimo.

Paul entrou com as Jackdaws, fechou a porta e seguiu com elas para a cozinha do apartamento. A mesa estava posta para o almoço: pão preto, uma salada de cenoura ralada, um naco de queijo e uma garrafa de vinho sem rótulo.

– O que vocês querem aqui? – insistiu Antoinette.

– Sente-se – falou Flick apenas. – Termine seu almoço.

Antoinette sentou à mesa, mas disse:

– Não vou conseguir comer.

– O plano é muito simples – explicou Flick, afinal. – Hoje à noite não serão a senhora nem as outras moças da sua equipe que irão fazer a limpeza do castelo... seremos nós.

– *Vocês?* – disse Antoinette, perplexa. – Mas... *como*?

– Vamos enviar um recado para todas as faxineiras do próximo turno, pedindo que passem aqui antes de irem para o trabalho. Quando chegarem, serão amarradas. E aí assumimos o lugar delas.

– Impossível. Vocês não têm passes.

– Temos, sim.

– Como foi que...? – Caindo em si, Antoinette disse: – Você roubou meu passe! No último domingo. Pensei que tivesse perdido. Passei por maus bocados com os alemães por causa disso.

– Sinto muito – disse Flick.

– Mas dessa vez será pior... Vocês vão explodir aquele lugar!

Antoinette começou a se balançar para a frente e para trás:

– Vão botar a culpa em mim. Você sabe muito bem como eles são... Todas nós seremos torturadas!

Flick ficou um tanto desconcertada. A tia de Michel estava certa. Era bem possível que a Gestapo matasse as faxineiras apenas por suspeitar que elas haviam contribuído de alguma forma para a farsa.

– Vamos fazer o possível para que eles acreditem que você e as outras são inocentes. Vocês serão nossas vítimas, como se fossem alemãs – foi o que ela encontrou para dizer.

Tinha plena consciência de que mesmo assim ainda havia riscos.

– Eles não vão acreditar – choramingou Antoinette. – Vão acabar nos matando.

Acuada, Flick endureceu o coração:

– Não seria uma guerra se pessoas não morressem.

CAPÍTULO QUARENTA E OITO

MARLES ERA UMA cidadezinha a leste de Reims, lá onde a ferrovia começava sua longa subida pelas montanhas rumo a Frankfurt, Stuttgart e Nuremberg. Pelo túnel próximo à cidade chegava ao território ocupado um fluxo constante de suprimentos para as tropas alemãs. Na hipótese de que conseguissem explodi-lo, Rommel ficaria sem munição.

O cenário local era muito parecido com o da Bavária, com casinhas das mais variadas cores e quase sempre de arquitetura típica alemã. A prefeitura ficava na praça principal, do outro lado da estação ferroviária. O comandante da Gestapo local havia se apossado do suntuoso gabinete do prefeito e agora se debruçava sobre um mapa na companhia de Dieter Franck e de um tal capitão Bern, responsável pela segurança do túnel.

– São vinte homens de cada lado – disse Bern –, além de um terceiro grupo que patrulha a montanha vinte e quatro horas por dia. A Resistência precisaria de um contingente bastante numeroso para enfrentá-los.

Dieter franziu o cenho. Segundo a confissão que arrancara de Diana Colefield, o grupo de Flick inicialmente contava com seis mulheres, incluindo ela própria, e agora se reduzia a quatro. No entanto, nada impedia que a Leoparda tivesse unido forças com outro grupo ou recrutado outras células da Resistência tanto em Marles quanto nas cidades vizinhas.

– Contingente não é problema para os franceses – disse ele. – Além disso, todos estão convencidos de que a invasão deve acontecer a qualquer momento.

– Mas um grupo grande não passa despercebido. Até o presente momento não detectamos nenhuma atividade suspeita.

Bern era um baixote magrinho que usava óculos muito pesados e grossos. Talvez por isso o tivessem estacionado naqueles rincões em vez de mandá-lo para a linha de frente. Mas parecia ser um oficial inteligente e eficaz, e Dieter não via nenhum motivo para duvidar da opinião do homem.

– Até que ponto esse túnel é vulnerável a uma carga de explosivos? – quis saber.

– É um túnel escavado em rocha maciça. Não é indestrutível, claro, mas seria preciso um caminhão inteiro de dinamite para jogá-lo no chão.

– Eles têm muita dinamite.

– Mas teriam de trazê-la pra cá sem serem vistos.

– É verdade – concordou Dieter e se virou para o chefe da Gestapo. – Por acaso foi informado da chegada de algum veículo estranho ou de um grupo de forasteiros à cidade?

– Não, nada nesse sentido. Há apenas um hotel por aqui, e no momento ele está vazio. Meus homens fizeram a ronda em todos os bares e restaurantes na hora do almoço, como fazem todos os dias, e não viram nada de incomum.

Meio que pisando em ovos, Bern interveio:

– Não seria possível, major, que essa informação sobre o ataque ao túnel tenha sido apenas... um estratagema? Um ardil, por assim dizer, para desviar nossa atenção do verdadeiro alvo da operação deles?

Essa hipótese já vinha fervilhando na cabeça de Dieter. Por experiência própria, ele sabia que Flick Clairet era a mais ardilosa das raposas inglesas. Seria possível que ela o tivesse ludibriado mais uma vez? Não. Isso seria humilhante demais.

– Eu mesmo interroguei a informante – disse então, procurando varrer da voz qualquer traço de raiva. – Tenho certeza de que ela estava falando a verdade. Mas nada impede que, apenas como precaução, eles tenham deliberadamente passado a *ela* uma informação errada.

Nesse instante, sem qualquer motivo aparente, Bern inclinou a cabeça e disse:

– Está vindo um trem.

Dieter achou aquilo estranho. Não ouvira nada.

– Tenho uma audição muito apurada – explicou o homem com um sorriso. – Compensação pela visão horrível, só pode ser.

Dieter já fora informado de que o único trem de Reims para Marles naquela manhã saíra às onze horas, portanto Michel e Hesse viriam no próximo.

O chefe da Gestapo foi até a janela.

– Este comboio está seguindo para oeste. Seu homem vem da direção contrária, certo?

Dieter fez que sim com a cabeça.

– Na verdade, são dois trens que estão chegando – disse Bern. – Um de cada direção.

O chefe da Gestapo olhou para o outro lado, depois falou:

– Tem razão. É isso mesmo.

Os três homens saíram da sala e seguiram para a praça. O motorista de Dieter, até então recostado ao capô do Citroën, se endireitou imediatamente e apagou o cigarro. Ao lado dele estava um motociclista da Gestapo, já destacado para retomar a vigilância de Michel.

Eles atravessaram a praça e foram para a entrada da estação.

– Há outras saídas possíveis? – perguntou Dieter ao chefe da Gestapo.

– Não.

Eles ficaram esperando por perto, e a certa altura o capitão Bern disse:

– Já soube da notícia?

– Não. O que foi? – disse Dieter.

– Roma foi tomada.

– Meu Deus!

– O Exército americano entrou na Piazza Venezia ontem, às sete da noite.

Diante da superioridade de sua patente, Dieter se viu obrigado a manter o moral.

– A notícia é ruim, mas não chega a ser surpresa – disse e, rezando para que estivesse certo, emendou: – Acontece que a Itália não é a França. Se as forças aliadas realmente derem as caras por aqui, vão encontrar uma reação à altura.

O trem que vinha do leste foi o primeiro a chegar, e os passageiros ainda desciam com suas malas e sacolas para a plataforma quando o outro parou, vindo do oeste. Algumas pessoas se aglomeravam à entrada da estação. Dieter as avaliou discretamente, cogitando se entre elas haveria alguém à espera de Michel. Não viu nada de suspeito.

Ao lado da bilheteria ficava um posto de controle da Gestapo, e o comandante que acompanhava Dieter foi se juntar ao subordinado que esperava para dar início aos trabalhos. O capitão Bern foi se recostar a um pilar mais afastado, procurando não chamar atenção. Dieter voltou para o carro e, do banco de trás, ficou observando o movimento na estação.

O que ele faria caso Bern estivesse certo e a história do túnel não passasse de um ardil? Essa talvez fosse a pior das perspectivas. O mais sensato então seria começar a formular uma alternativa. Quais seriam os possíveis alvos militares na região de Reims? O palácio de Sainte-Cécile era o mais óbvio, mas fazia apenas uma semana que os franceses tinham realizado seu malogrado ataque e era pouco provável que fizessem outra tentativa tão cedo. Havia uma base militar ao norte da cidade, algumas estações de triagem ferroviária entre Reims e Paris...

Não. Esse não era o caminho a tomar. Conjecturas poderiam levar a qualquer lugar. Informações concretas, era disso que ele precisava.

Michel poderia ser interrogado tão logo descesse do trem. Perderia cada uma das unhas até entregar toda a informação de que dispusesse. No entanto... quanta informação ele teria? Talvez fizesse o mesmo que Diana e contasse alguma balela, convicto de que estava falando a verdade. O mais proveitoso seria mesmo continuar a segui-lo até que ele se encontrasse com Flick. Talvez só ela soubesse qual era o verdadeiro alvo da operação. Era ela quem precisava ser interrogada.

Dieter estava impaciente observando os passageiros apresentarem seus documentos no posto de controle da Gestapo antes de deixarem a estação. Um apito ecoou, sinalizando a partida do trem que seguia para oeste. Mais passageiros surgiram: dez, vinte, trinta... Dali a pouco partiu o segundo trem, que ia para leste.

De repente Hans Hesse despontou na praça.

– Que diabo ele está...? – resmungou Dieter ao vê-lo.

Correndo os olhos à sua volta, Hans localizou o Citroën e correu na direção dele.

Dieter desceu imediatamente do carro para interpelá-lo. Mas, antes que pudesse dizer qualquer coisa, foi atropelado pelo tenente, que disse:

– O que foi que aconteceu? Aonde ele foi?

– Como assim? – devolveu Dieter, exaltado. – É *você* quem o está seguindo!

– E segui! Vi quando ele desceu do trem, mas o perdi de vista a caminho do posto de controle. Depois de um tempo fiquei preocupado e furei a fila, mas ele não estava mais lá.

– Não voltou para o trem?

– Não. Saiu da plataforma e foi para o saguão. Eu vi.

– Será que não tomou outro trem?

Hans parecia confuso.

– Quando o perdi de vista, ele estava passando diante da plataforma do trem que ia para Reims...

– Então é isso – interrompeu Dieter. – Merda! Ele está voltando para Reims. Esta passagem por Marles foi apenas um truque para nos confundir!

Para ele, cair num estratagema tão banal era o mesmo que a morte.

– E agora? – perguntou Hans. – O que vamos fazer?

– Vamos atrás desse trem. Se tudo der certo, você vai continuar na cola do francês. Ainda acho que ele vai nos levar até Flick Clairet. Entre no carro, rápido!

CAPÍTULO QUARENTA E NOVE

FLICK MAL PODIA acreditar que havia chegado tão longe. Apesar de um adversário brilhante e certa dose de azar, quatro das seis Jackdaws originais tinham conseguido ludibriar os alemães e agora estavam ali, na cozinha de Antoinette, a poucos passos da praça de Sainte-Cécile, nas barbas da Gestapo.

Antoinette e quatro das outras cinco faxineiras estavam amarradas às cadeiras da cozinha. Todas menos Antoinette haviam sido amordaçadas por Paul. Como não tinham permissão para usar o refeitório do palácio, cada uma chegara trazendo seu cesto de compras ou sua sacola de lona com o farnel que comeriam no intervalo das nove e meia, coisas como pão, batatas fritas, frutas, uma garrafa térmica de vinho ou um arremedo de café. Era nesses mesmos cestos e nessas mesmas sacolas que agora as Jackdaws acomodavam as coisas que teriam de levar para o palácio: lanternas, armas, munição e pacotes de 250 gramas de explosivo plástico. As malas que tinham trazido de Londres, nas quais vinham transportando suas tralhas até então, levantariam suspeitas nas mãos de um grupo de faxineiras a caminho do trabalho.

Flick logo viu que os tais cestos e bolsas não eram grandes o suficiente. Ela própria precisava esconder as três partes de sua submetralhadora, cada uma com uns trinta centímetros de comprimento, além de um silenciador. Jelly estava com dezesseis detonadores numa lata à prova de choque, uma bomba incendiária de termita e um bastão químico para a geração do oxigênio necessário à combustão em espaços fechados, como bunkers. Depois de alojar todo esse material nas bolsas, ainda seria preciso escondê-lo sob as vasilhas de comida das faxineiras. Simplesmente não havia espaço.

– Droga – rosnou Flick. – Antoinette, por acaso você tem sacolas maiores do que estas em casa?

– Sacolas? Que tipo de sacolas?

– Sacolas grandes, dessas de compras, sei lá. Todo mundo tem uma sacola assim em casa.

– Tenho um cesto na dispensa, que uso para ir à feira.

Flick encontrou o tal cesto, um amplo retângulo de vime trançado.

– Perfeito – falou. – Não tem outros como este?

– Não. Por que eu teria dois cestos em casa?

Na realidade, elas precisavam de quatro.

Alguém bateu à porta e Flick foi atender. Deparou com uma mulher embrulhada num macacão de estampa floral com os cabelos presos numa rede fina. A última das faxineiras.

– Boa noite – cumprimentou-a.

A mulher hesitou um instante, surpresa ao ser recebida por uma desconhecida.

– Antoinette está? Recebi um recado para...

Flick procurou apaziguá-la com um sorriso:

– Ela está na cozinha. Por favor, entre.

A mulher atravessou a sala que decerto já conhecia, entrou na cozinha e deu um grito assim que viu a situação das companheiras. Antoinette foi logo dizendo:

– Não se preocupe, Françoise. Fomos amarradas só para que os alemães pensem que não ajudamos essas moças.

A recém-chegada trazia seu farnel numa bolsa de macramê, perfeita para transportar uma garrafa ou uma baguete de pão, mas inútil para esconder peças de artilharia.

Flick cuspia fogo ao se ver atrapalhada com um detalhe tão bobo minutos antes de dar início a sua operação. Não poderia dar um passo até que solucionasse o problema. Procurando manter a calma, ela pensou um instante, depois disse a Antoinette:

– Onde foi que a senhora comprou este cesto?

– Numa lojinha do outro lado da rua. Dá para ver da janela.

As janelas do apartamento estavam abertas, pois a tarde estava quente, mas as cortinas permaneciam fechadas para fazer sombra. Flick afastou uma delas e espiou a Rue du Chateau. Viu do outro lado da rua um pequeno empório que aparentemente vendia todo tipo de coisa: velas, lenha, vassouras, pregadores de roupa. Virou-se para Ruby.

– Vá até lá e compre mais três cestos ou sacolas. Quanto mais diferentes, melhor.

Sacolas idênticas talvez chamassem atenção.

– Certo – disse Ruby.

Assim que a cigana saiu, Paul amarrou e amordaçou a última das faxineiras. Falou com toda a gentileza de que era capaz, pedindo desculpas, e a moça não ofereceu nenhuma resistência.

Flick entregou os passes de Jelly e Greta. Guardara-os consigo até o último minuto por medo de que os documentos revelassem o real objetivo da operação caso uma das Jackdaws fosse capturada. Com o passe de Ruby na mão, ela foi para a janela.

Ruby saía do empório com três cestos diferentes. Aliviada, Flick conferiu as horas no relógio: faltavam dez para as sete.

Foi então que sobreveio a desgraça.

Enquanto atravessava a rua, Ruby foi interpelada por um homem com roupas de aspecto militar: boina na cabeça, camisa jeans com bolsos abotoados, gravata azul-escura, calça preta enfiada no cano alto das botas. Flick imediatamente reconheceu o uniforme da Milícia, a força francesa encarregada de fazer o trabalho sujo do regime.

– Essa não...

Assim como a Gestapo, a Milícia era composta de homens estúpidos e violentos demais para integrar a polícia normal. Seus comandantes eram igualmente truculentos, só que vinham das classes mais abastadas, esnobes patriotas que exaltavam as glórias da França ao mesmo tempo que despachavam tropas para prender criancinhas judias escondidas em porões.

Paul se juntou a Flick na janela.

– Diabos – disse. – Um maldito miliciano.

A essa altura a cabeça de Flick já fervilhava com os mais diversos pensamentos. Seria aquilo apenas um encontro fortuito ou parte de uma operação de segurança direcionada contra as Jackdaws? Os milicianos eram famosos não só pela agressividade, mas também pelo prazer que tinham em intimidar e humilhar os cidadãos comuns. Se por algum motivo não simpatizavam com alguém, paravam a pessoa na rua, examinavam os documentos pelo avesso e não desistiam até encontrar algum pretexto para prendê-la. Seria um acaso o que estava acontecendo com Ruby? Flick esperava que sim. Se a polícia estivesse parando todo mundo nas ruas de Sainte-Cécile, dificilmente elas conseguiriam chegar aos portões do castelo.

O policial começou a interrogar Ruby de forma ríspida. Flick não ouvia direito o que o homem dizia, mas, captando as palavras "vira-lata" e "crioula", deduziu que ele havia reconhecido nela os traços de cigana. Ruby apresentou seus papéis. O miliciano os examinou, depois prosseguiu no interrogatório sem devolvê-los.

Paul sacou sua pistola.

– Guarde isso – ordenou Flick.

– Você não vai deixar que ele prenda a garota, vai?

– Vou – disse Flick, com frieza. – Um tiroteio a essa altura será o fim da nossa missão, aconteça o que acontecer. A vida de Ruby não é mais importante do que a destruição daquela central telefônica. Guarde essa arma.

Paul recolocou a pistola na cintura.

A conversa entre Ruby e o miliciano ia ficando cada vez mais inflamada. Flick ficou apreensiva ao ver a cigana passar as três sacolas para a mão esquerda e levar a direita ao bolso da capa de chuva quando o homem a agarrou pelo ombro, num claríssimo gesto de que iria levá-la presa.

Ruby agiu com rapidez. Deixou cair os cestos, sacou sua faca do bolso e, dando um passo adiante, cravou a lâmina no tronco do policial, logo abaixo das costelas, inclinando-a o bastante para atingir o coração.

— *Merda!* — exclamou Flick.

O berro do miliciano resvalou para um gorgorejo medonho, e Ruby puxou sua faca de volta para cravá-la uma segunda vez, agora entre as costelas do homem. Ele jogou a cabeça para trás e escancarou a boca num emudecido grito de dor.

Flick procurava se antecipar aos fatos. Talvez ainda houvesse uma chance caso ela conseguisse tirar aquele corpo dali imediatamente. Haveria mais alguém na rua? Afastando as cortinas, ela se debruçou na janela e olhou para ambos os lados da Rue du Chateau. À esquerda não havia nada além de uma camionete estacionada e um cachorro adormecido na soleira de uma porta. À direita, três pessoas uniformizadas (dois rapazes e uma moça) vinham caminhando pela calçada. Só podiam ser funcionários da Gestapo, vindos do palácio.

O miliciano jazia no meio da rua, jorrando sangue pela boca.

Antes que Flick pudesse alertá-la, os dois rapazes da Gestapo irromperam na direção de Ruby e a imobilizaram pelos braços.

Flick fechou as cortinas. Não via salvação para Ruby.

Através de uma fresta ela continuou espiando o que se passava do lado de fora. Um dos rapazes da Gestapo batia a mão de Ruby contra a fachada do empório. Só parou quando ela deixou cair a faca. Ajoelhada na rua, a moça erguia a cabeça do miliciano esfaqueado enquanto tentava reanimá-lo. Dali a pouco ela gritou algo para os dois companheiros, ouviu a resposta que eles gritaram de volta e correu para o interior do empório, saindo logo em seguida com um vendedor de avental. O homem se debruçou sobre o miliciano e se reergueu rápido com uma careta estampada no rosto, repugnado com o sangue dos ferimentos ou, talvez, pensou Flick, com a odiosidade do uniforme. A moça saiu correndo rumo ao palácio, na certa para pedir ajuda, e os dois rapazes foram escoltando Ruby na mesma direção.

– Paul – disse Flick –, vá buscar os cestos que ela deixou cair.

– Sim, senhora – disse o americano, obedecendo sem hesitar.

Ainda espiando pela janela, Flick o viu chegar à calçada e atravessar a rua. O que o vendedor diria?

Ele olhou para Paul e disse algo, mas Paul não respondeu: apenas recolheu os cestos caídos e correu de volta para o apartamento. O homem agora olhava perplexo na direção do prédio, e Flick podia ver muito bem o que se passava na cabeça dele: inicialmente um espanto com a atitude absurda de Paul, depois uma busca por explicações possíveis e, por fim, uma centelha de compreensão.

– Não há tempo a perder – disse Flick, voltando à cozinha com Paul. – Vamos encher esses cestos e sair para o castelo já! Quero passar pelo controle enquanto os guardas ainda estão ocupados com a prisão de Ruby.

Ela recheou um dos cestos com uma lanterna poderosa, as três partes de sua submetralhadora Sten, os seis pentes de 32 balas e sua cota de explosivos. A pistola e a faca iriam nos bolsos. Cobriu o cesto com um pano e colocou por cima uma fatia de terrine de legumes embrulhada em papel-alumínio.

– E se os guardas revistarem os cestos na entrada? – aventou Jelly.

– Então estaremos mortas – disse Flick. – Mas antes vamos tentar eliminar o maior número possível de inimigos. Não deixem que os nazistas capturem vocês com vida.

– Ah, meus sais... – disse Jelly.

Mas Jelly não se furtou a checar a munição de sua pistola automática. Abriu e fechou o pente com a agilidade de uma profissional.

Na praça, os sinos da igreja bateram as sete horas.

Elas estavam prontas.

– Alguém há de notar que somos apenas três faxineiras em vez das seis de sempre – Flick disse a Paul. – Antoinette é a supervisora, então é possível que alguém apareça por aqui para saber o que houve. Se isso acontecer, você entra em ação e atira.

– Ok.

Flick se despediu com um beijo rápido porém firme nos lábios do americano, depois saiu à rua com Jelly e Greta.

Na calçada oposta, o vendedor do empório ainda velava o miliciano moribundo. Ergueu o rosto assim que viu as três mulheres despontarem na rua, mas logo tratou de desviar o olhar. Flick deduziu que ele já ensaiava as respostas que muito em breve teria de dar: "Não, não vi nada. Não, não vi ninguém."

As três Jackdaws remanescentes seguiram na direção do palácio. Flick apertava o passo, aflita para chegar o mais depressa possível. Não demorou para avistar o portão do outro lado da praça, diretamente à sua frente. Ruby e seus captores acabavam de atravessá-lo. Bem, ela pensou, pelo menos a cigana havia conseguido entrar.

Atravessando a praça, Flick notou que um tapume substituía as vidraças do Café des Sports, estilhaçadas no tiroteio da semana anterior. Dois guardas vinham correndo no sentido contrário com fuzis a tiracolo, os coturnos pisoteando ruidosamente as pedras do pavimento. Na certa iam ao socorro do miliciano. Sequer notaram o pequeno grupo de faxineiras quando elas se afastaram para abrir caminho.

Flick foi a primeira a se apresentar no portão. Era o início do perigo real.

Apenas um guarda permanecia de plantão. Ainda olhando para os companheiros que corriam praça afora, ele não fez mais do que sinalizar um tanto distraído para que Flick entrasse. Ela passou para o outro lado e ficou ali, esperando.

Depois foi a vez de Greta, e o guarda fez o mesmo. Estava mais interessado no que se passava na Rue du Chateau.

Flick já ia cantando vitória quando o homem, ao examinar o passe de Jelly, olhou para o cesto dela e disse:

– O cheirinho está bom.

Flick prendeu o fôlego.

– Deve ser a linguiça do meu jantar – disse Jelly. – O alho é muito perfumado.

O guarda fez sinal para que ela passasse e voltou sua atenção para a praça.

Por fim as três Jackdaws atravessaram o pátio do castelo, subiram pela escadaria e entraram.

CAPÍTULO CINQUENTA

DIETER PASSOU TODA a tarde perseguindo de carro o trem de Michel, parando em cada vilarejozinho modorrento em que o comboio fazia escala, certo de que perdia seu tempo com um mero despiste. Mas estava desesperado. Não tinha alternativa além de continuar no encalço do francês, sua única isca.

Michel seguiu viagem até o destino final do trem, que era Reims.

Dieter agora esperava por ele diante das ruínas de um prédio bombardeado junto à estação. Uma incômoda sensação de fracasso iminente começou a martelar em sua cabeça e ele fez um rápido exame de consciência, perguntando-se que erro poderia ter cometido. Aparentemente fizera tudo certo, mas nada saíra como imaginado.

E se a perseguição a Michel não levasse a lugar nenhum? Cedo ou tarde ele teria de evitar mais prejuízos e interrogar o francês. No entanto, de quanto tempo ainda dispunha? Aquela noite seria de lua cheia, mas voltara a chover forte no canal da Mancha e não havia como saber ao certo o que os Aliados pretendiam fazer. Adiar a invasão? Enfrentar o mau tempo? Na pior das hipóteses, ele tinha apenas algumas horas pela frente antes que fosse tarde demais.

Michel chegara à estação naquela manhã com o furgão que pegara emprestado de Philippe Moulier, o fornecedor de carne, mas o veículo agora não estava em nenhuma parte. Na certa fora levado por Flick Clairet, que àquela altura poderia estar em qualquer lugar num raio de duzentos quilômetros. Dieter amaldiçoou a si mesmo por não ter destacado ninguém para vigiar o maldito veículo.

Apenas para distrair a cabeça, ele começou a imaginar qual seria a melhor maneira de interrogar Michel. A jovem Gilberte provavelmente era o ponto fraco dele. Ela ainda estava trancafiada numa das celas do palácio e lá ficaria até segunda ordem, até que ele, Dieter, não visse mais nenhuma utilidade nela. Então seria executada ou enviada para um campo qualquer na Alemanha. Como poderia ser usada para fazer Michel falar – e rápido?

Ao pensar nos campos alemães, uma ideia lhe veio à cabeça. Inclinando-se para o banco dianteiro do carro, ele perguntou ao motorista:

– Quando a Gestapo manda prisioneiros para a Alemanha, eles vão de trem, certo?

– Sim, senhor.

– É verdade que são colocados naqueles vagões reservados para o transporte de animais?

– Nos vagões de gado, sim, senhor. O que já está bom demais para essa corja de judeus, comunistas e outros bichos.

– Onde eles embarcam?

– Aqui mesmo em Reims. O trem de Paris faz escala aqui.

– E ele passa com frequência?

– O trem de Paris? Quase todos os dias tem um. Sai de lá no fim da tarde e, se não houver nenhum atraso, chega aqui por volta das oito.

Antes que pudesse elaborar sua ideia, Dieter avistou Michel saindo da estação. Atrás dele, a uns dez metros de distância, vinha Hesse, misturado à multidão. Ambos agora se aproximavam pelo outro lado da rua.

O motorista deu partida no carro e Dieter seguiu espiando discretamente através da janela.

Sempre com Hans na sua esteira, Michel passou por Dieter, mas, para surpresa do major, entrou na ruela que fazia esquina com o Café de la Gare. Hans apertou o passo e dobrou a mesma esquina em menos de um minuto.

Dieter ficou preocupado. Seria possível que o francês soubesse que estava sendo seguido e agora tentasse fugir?

Pouco depois Hans voltou para a esquina e olhou para ambos os lados da rua com uma expressão de espanto. Não havia muita gente nas calçadas, apenas alguns passageiros chegando à estação ou vindo de lá, uns em viagem, outros voltando do trabalho para casa. Hans praguejou e retornou à ruela.

Dieter soltou um grunhido. Hans perdera Michel.

Esse sem dúvida era o maior desastre em que ele, Dieter, estava pessoalmente envolvido desde a batalha de Alam Halfa, quando informações equivocadas tinham levado Rommel a uma derrota decisiva nos rumos da guerra no norte da África. Ele agora rezava para que uma derrota semelhante não se repetisse na Europa.

Desanimado, ainda observava a entrada da tal ruela quando viu Michel surgir na porta principal do café. Nem tudo estava perdido, pensou, já mais otimista. O francês despistara Hans, mas sequer suspeitava de que outra pessoa também seguia seus passos.

Michel atravessou a rua e foi correndo na mesma direção da qual tinha vindo, isto é, rumo ao carro de Dieter.

O major pensou rápido. Se quisesse segui-lo e dar continuidade ao esquema de vigilância, teria de descer do carro e correr também, mas não havia como fazer isso discretamente. Então concluiu: basta de vigilância. A única coisa a fazer naquele momento era prender de novo o francês.

Michel ia atropelando os pedestres na calçada, correndo e mancando em razão da nádega ferida, mas avançava com rapidez e não demoraria para alcançar o Citroën.

Dieter já sabia o que fazer.

Ele abriu a porta do carro e ficou de prontidão.

Desceu apenas quando Michel já estava quase junto do carro, obrigando-o a se desviar no espaço reduzido da calçada e estirando a perna para que ele tropeçasse. Michel era um homem alto e o tombo foi feio. Ele desabou de barriga na calçada.

Dieter imediatamente sacou e destravou sua arma.

Michel ficou imóvel por um segundo, aturdido com o que acontecera. Depois, meio zonzo, tentou se pôr de joelhos.

Dieter fincou o cano da pistola na cabeça dele:

– Não se levante – ordenou em francês.

Por iniciativa própria, o motorista tirou um par de algemas do porta-malas e as fechou nos pulsos do prisioneiro.

Hans chegou dali a pouco, esbaforido, porém aliviado ao ver o francês preso.

– Que foi que aconteceu? – ele quis saber.

– O espertalhão entrou pelos fundos do café e saiu pela frente – explicou Dieter.

– E agora?

– Agora venha comigo até a estação – falou Dieter e, para o motorista: – Você tem uma arma?

– Tenho sim, senhor.

– Fique de olho neste sujeito. Se ele tentar fugir, atire nas pernas.

– Sim, senhor.

Dieter e Hans se apressaram até a estação. Dieter deteve o primeiro funcionário uniformizado que viu e foi logo dizendo:

– Quero falar com o chefe da estação.

Sem conseguir disfarçar o azedume, o homem disse:

– Venha comigo.

O chefe da estação trajava o elegante uniforme da tradição ferroviária: paletó e colete pretos, calças listradas e chapéu-coco na cabeça, mesmo nos ambientes fechados. O paletó se achava um tanto puído nos cotovelos e as calças, nos joelhos. Via-se nitidamente que ele estava nervoso com a visita súbita de um oficial alemão.

– Em que posso ser útil? – perguntou com um sorriso trêmulo.

– Há algum trem chegando de Paris com prisioneiros esta noite?

– Sim, às oito, como sempre.

– Quando esse trem chegar, segure-o aqui até eu mandar. Preciso embarcar uma pessoa especial, uma prisioneira.

– Perfeitamente. Mas se houver uma autorização por escrito...

– Claro, claro, vou providenciar. Vocês fazem alguma coisa com os prisioneiros quando eles param aqui?

– Às vezes damos um banho de mangueira nos vagões em que chegam. São vagões para o transporte de gado, onde não tem banheiro nem nada, e, para ser sincero... o cheiro que se espalha pela estação não é nada agradável. Não me entenda mal, por favor. Não é uma crítica.

– Hoje, no entanto, o senhor não vai limpar vagão nenhum. Fui claro?

– Perfeitamente.

– Mais alguma coisa além do banho?

O chefe da estação hesitou um segundo antes de responder:

– Não, é só isso mesmo.

Dieter não teve dúvida de que ele estava mentindo.

– Vamos lá, homem, desembuche. Não vim aqui para punir ninguém.

– Às vezes os funcionários ficam com pena dos prisioneiros e dão a eles alguma coisa para beber, um pouco de água. Não é permitido, mas...

– Nada de água esta noite.

– Pois não.

Dieter se virou para Hans.

– Quero que leve Michel Clairet para o distrito de polícia e o deixe trancado lá. Depois volte à estação e verifique se minhas ordens estão sendo cumpridas.

– Deixe comigo, major.

Dieter pegou o telefone que estava sobre a mesa do chefe da estação.

– Me ligue com o palácio de Sainte-Cécile – falou para a telefonista e, assim que Weber atendeu, ele disse: – Numa das celas do porão está uma moça chamada Gilberte.

– Eu sei – disse Weber. – Um piteuzinho.

Dieter estranhou o bom humor do outro; ficou se perguntando o que poderia ter acontecido.

– Você poderia mandá-la para cá de carro? Estou na estação de Reims e o tenente Hesse ficará esperando até a chegada dela. Ele saberá o que fazer depois.

– Entendi – disse Weber. – Fique na linha, não desligue.

Ele afastou o telefone da boca e falou com alguém a seu lado, dando ordens para o transporte de Gilberte enquanto Dieter ouvia do outro lado, impaciente.

– Pronto, o carro já foi providenciado.

– Obrigado.

– Não desligue ainda – adiantou-se Weber. – Tenho novidades para você.

Daí o bom humor, deduziu Dieter.

– Novidades? Pode falar.

– Também capturei uma agente dos Aliados.

– *O quê?* – exclamou Dieter, achando a notícia demasiadamente boa para ser verdade. – Quando foi isso?

– Há poucos minutos.

– Mas *onde*?

– Aqui mesmo, em Sainte-Cécile.

– Como foi que aconteceu?

– Ela atacou um miliciano, e três agentes meus estavam por perto. Eficientes como são, agiram na mesma hora e prenderam a bandida. Ela estava armada com uma Colt automática.

Só então Dieter percebeu que se tratava de uma mulher.

– Você disse "ela"?

– Exato.

Não havia mais dúvida. As Jackdaws estavam em Sainte-Cécile e o alvo delas era a central telefônica.

– Weber, preste muita atenção. Posso apostar que essa sua prisioneira faz parte de um grupo de sabotadoras que planeja atacar o palácio.

– Tentaram isso semana passada – devolveu Weber –, mas se deram muito mal comigo.

Dieter fez um esforço deliberado para controlar a impaciência.

– Claro, claro – falou. – Mas é justamente por isso que agora vão tentar ser mais ardilosas. Posso sugerir um alerta de segurança? Duplique o número de guardas, vasculhe o palácio, interrogue todos os estrangeiros no prédio.

– Tudo isso já foi providenciado.

Dieter ficou na dúvida se podia acreditar que Weber tivesse mesmo pensado num alerta de segurança, mas isso pouco importava, desde que o energúmeno o fizesse agora. Ventilou a possibilidade de cancelar as instruções que tinha dado com relação a Gilberte e Michel, mas por fim decidiu deixá-las como estavam. Talvez precisasse interrogar Michel ainda naquela noite.

– Estou voltando para Sainte-Cécile agora mesmo – disse a Weber.

– Como quiser – disse o outro, mas num tom de displicência, deixando bem claro que não precisava de ninguém para nada.

– Quero interrogar a nova prisioneira.

– Já dei início aos trabalhos. O sargento Becker está amolecendo a moça.

– Pelo amor de Deus, Weber. Ela não pode perder a lucidez. Precisa contar o que sabe.

– Claro, claro.

– Weber, este caso é importante demais. Não podemos dar mancadas. Não deixe Becker fazer nenhuma besteira antes que eu chegue aí.

– Fique tranquilo, Franck. Becker está sob meu controle.
– Obrigado. Daqui a pouco estarei aí – disse Dieter e desligou.

CAPÍTULO CINQUENTA E UM

FLICK PAROU UM instante à porta do amplo salão do palácio. O coração retumbava no peito, o estômago gelava de medo. Ela entrara no covil do leão. Se fosse capturada, não haveria salvação possível.

Rapidamente ela correu os olhos pelo lugar. As mesas telefônicas tinham sido arranjadas em fileiras precisas. A modernidade do equipamento fazia um estranho contraste com o verde e rosa desbotado dos ornamentos nas paredes, com os querubins gorduchos pintados no teto. Cabos entrelaçados serpenteavam pelo preto e branco do piso feito o cordame que se espalha no convés dos navios.

Ouvia-se por toda parte o zum-zum constante das quarenta telefonistas. As que estavam mais próximas ergueram os olhos para as recém-chegadas. Flick viu quando uma delas cochichou com a vizinha e apontou para a entrada. As telefonistas eram todas de Reims ou das cidadezinhas mais próximas, muitas dali mesmo, de Sainte-Cécile, e era bem provável que todas conhecessem as faxineiras reais e se dessem conta do embuste. Mas Flick não tinha outra coisa a fazer senão contar com a cumplicidade delas.

Procurando lembrar-se da planta baixa que Antoinette havia desenhado, ela se orientou rapidamente e constatou que a ala oeste do castelo, à sua esquerda, estava arruinada pelos bombardeios. Então dobrou à direita e seguiu com Greta e Jelly através da gigantesca porta de folhas duplas que dava acesso à ala leste.

As saletas iam se sucedendo, pequenos ambientes palacianos

que agora davam abrigo a um sem-número de mesas telefônicas e equipamentos empilhados que piscavam suas luzinhas a cada chamada realizada. Flick não sabia dizer se as faxineiras cumprimentavam as telefonistas ou se passavam por elas em silêncio: os franceses tinham o ótimo hábito de se saudar mutuamente pela manhã, mas aquele lugar era governado por militares alemães, então ela se contentou com um sorriso vago e nenhum contato visual.

Já ia deixando para trás a terceira saleta quando deparou com uma supervisora alemã sentada à sua mesa. Passou direto por ela, mas a mulher perguntou às suas costas:

– Onde está Antoinette?

Flick não parou para responder.

– Já está vindo – disse apenas, e rezou para que a alemã não percebesse o ligeiro tremor de medo em sua voz.

A mulher olhou para o relógio de parede e viu que marcava sete e cinco. Então falou:

– Vocês estão atrasadas.

– Desculpe, senhora, vamos começar já.

Flick se apressou para a saleta seguinte. Por alguns segundos ficou esperando ouvir a supervisora berrar às suas costas, mandando que elas voltassem, mas não veio berro nenhum e ela enfim respirou aliviada e foi em frente, seguida por Greta e Jelly.

Ao fim da ala leste ficava a escada que dava acesso tanto aos gabinetes do andar superior quanto ao porão. O destino das Jackdaws era o porão, claro, mas antes elas tinham alguns preparativos a fazer.

Elas dobraram à esquerda e passaram à ala de serviço do prédio. Obedecendo às indicações de Antoinette, encontraram o pequeno cômodo onde ficavam guardados os materiais de limpeza, coisas como baldes, vassouras, escovões e cestos de lixo, além dos jalecos de algodão que as faxineiras vestiam por cima da roupa durante o trabalho. Flick entrou nesse cômodo com as outras duas e fechou a porta.

– Até aqui, tudo bem – disse Jelly.

– Estou com tanto medo! – confessou Greta, pálida e trêmula. – Não sei se vou conseguir continuar!

Flick procurou apaziguá-la com um sorriso.

– Claro que vai – disse. – Mas precisamos ser rápidas. Antes de tudo, vamos transferir nosso arsenal para esses baldes de limpeza.

Jelly imediatamente foi alojando seus explosivos no primeiro balde que viu, e, após alguns segundos de hesitação, Greta fez o mesmo. Flick montou sua submetralhadora sem a coronha, para que a arma ficasse mais curta e, portanto, mais fácil de esconder. Em seguida acoplou o silenciador e empurrou o botão seletor para o modo de disparos individuais. Na presença de um silenciador, a câmara precisava ser recarregada manualmente após cada disparo.

Ela alojou a arma sob o cinto de couro e vestiu por cima o jaleco, deixando-o desabotoado para facilitar. Jelly e Greta também vestiram seus jalecos, escondendo as armas e a munição nos muitos bolsos que tinham a seu dispor.

Estavam praticamente prontas para encarar o porão. Contudo ele era uma área de alto nível de segurança, com guarda na entrada, e funcionários franceses não tinham autorização de entrar – a limpeza era executada por alemães. Para entrar lá, primeiro elas precisariam causar alguma comoção.

Já estavam prestes a sair quando um alemão uniformizado abriu uma fresta na porta e rugiu:

– Passes!

Flick ficou preocupada, muito embora contasse com a possibilidade de um alerta de segurança. Nada mais natural que a Gestapo tomasse medidas adicionais de precaução após inferir que Ruby era uma agente a serviço das Forças Aliadas (afinal, quem mais andaria com uma faca e uma pistola automática pelas ruas da cidade?). O que Flick não esperava era que os alemães agissem com tamanha rapidez. Era bem provável que naquele momento já estivessem interpelando todos os franceses presentes no prédio.

– Rápido! – disse o homem com impaciência.

Segundo informava a insígnia na camisa do uniforme, era um tenente da Gestapo. Ele recebeu o passe de Flick e o examinou com atenção, comparando foto e rosto antes de devolvê-lo. Depois fez o mesmo com os passes de Jelly e Greta.

– Vou ter de revistá-las – disse, já olhando para o balde de Jelly.

Às costas dele, Flick sacou a Sten que escondera sob o jaleco. A essa altura o tenente já examinava, curioso, a lata à prova de choque que encontrara no balde de Jelly.

Flick destravou a alavanca de armar.

O tenente desenroscou a tampa da lata e arregalou os olhos assim que viu os explosivos.

Mas Flick disparou sua submetralhadora antes que ele pudesse dizer o que quer que fosse. O barulho foi maior do que ela esperava, um estalo surdo, como o de um livro pesado que desaba no chão. O silenciador não havia cumprido seu papel.

O tenente da Gestapo cambaleou e caiu.

Flick ejetou o cartucho, puxou o ferrolho e disparou um segundo tiro, contra a cabeça do homem, apenas por precaução. Recarregou a arma e a guardou de volta sob o casaco.

Jelly arrastou o corpo para junto da parede e procurou escondê-lo atrás da porta, a salvo do olhar curioso de algum passante.

– Vamos sair daqui – disse Flick.

Jelly obedeceu imediatamente, mas Greta ficou paralisada onde estava, olhando para o tenente morto.

– Greta – chamou Flick –, temos uma missão a cumprir. Vamos.

Greta enfim reagiu: com escovão e balde em punho, meneou a cabeça e saiu marchando porta afora com a rigidez de um robô.

Do quartinho de depósito elas seguiram para o refeitório do prédio, que estava vazio, a não ser por duas moças uniformizadas que bebiam café e fumavam cigarro. Falando em voz baixa e em francês, Flick disse a suas Jackdaws:

– Vocês sabem o que têm de fazer.

Jelly começou a esfregar o chão.

Greta hesitou mais uma vez e Flick disse:

– Não vá me decepcionar.

Greta respirou fundo e aprumou o tronco.

– Estou pronta – disse, e saiu com Flick para a cozinha.

Segundo informara Antoinette, que fazia a limpeza da cozinha, era lá que ficava a caixa de distribuição do prédio, ao lado de um enorme forno elétrico. O jovem cozinheiro se encontrava junto ao fogão. Caprichando no charme, Flick sorriu para ele e disse:

– Há alguma coisa nesta cozinha para uma moça faminta?

O rapaz sorriu em resposta.

Atrás dele, Greta sacou um pesado alicate de cabos emborrachados e abriu a portinhola vizinha ao forno.

~

O céu estava parcialmente nublado, e o sol sumiu no instante em que Dieter Franck chegou à pitoresca pracinha de Sainte-Cécile. As nuvens tinham o mesmo tom cinzento da ardósia do telhado da igreja.

À entrada do palácio havia quatro guardas no lugar dos dois habituais. Embora estivesse diante de um carro da Gestapo, o sargento examinou o passe do motorista antes de abrir os portões de ferro fundido e acenar para que eles passassem. Weber realmente levara a sério a necessidade de reforço na segurança.

Satisfeito com o que viu, Dieter desceu do carro e subiu a imponente escadaria que levava ao interior do prédio, com uma brisa fresca soprando em seu rosto. Uma vez no saguão principal, vendo a equipe de telefonistas que ali trabalhava, ele subitamente se lembrou da agente que Weber havia capturado. As Jackdaws eram uma equipe apenas de mulheres, e o mais provável era que tentassem se infiltrar na central disfarçadas de telefonistas. Seria isso? Dirigindo-se para a ala leste, foi falar com a supervisora.

– Alguma dessas mulheres foi recrutada nos últimos dias? – perguntou.

– Não, major – respondeu a mulher. – Entrou uma moça nova há três semanas. Depois dela não teve mais ninguém.

Isso jogava por terra sua teoria inicial. Dieter agradeceu à supervisora e seguiu em frente, rumo ao porão. Como de hábito, a porta do porão estava aberta, mas agora tinha um segundo soldado junto com o que costumava ficar ali sozinho. Weber havia duplicado todos os guardas. O cabo bateu continência e o sargento pediu para ver o passe de Dieter.

Notando que o cabo esperava atrás do sargento enquanto este examinava o documento, Dieter não se conteve:

– Do jeito que vocês estão agora, podem ser dominados muito facilmente. Cabo, você deve ficar *ao lado* do sargento, mas a uns dois metros de distância, de modo que possa atirar caso ele seja atacado.

– Sim, senhor.

Dieter seguiu adiante pelo corredor do porão. Podia ouvir o ronco constante do gerador a diesel que fornecia eletricidade ao sistema de telefonia. Passou pelas salas de equipamentos e entrou na saleta de interrogatório, contando que a nova prisioneira estivesse ali, mas o lugar estava vazio.

Intrigado, voltou ao corredor e fechou a porta da saleta. Foi então que o mistério se deslindou. Um demorado grito de agonia veio da câmara de tortura, contígua à saleta de interrogatório.

Dieter foi imediatamente ver o que era.

Becker se achava de pé ao lado da máquina de choques elétricos. Weber observava sentado. Uma mulher jovem jazia na mesa cirúrgica com os punhos e tornozelos amarrados e a cabeça imobilizada pelo torno. Usava um vestido azul, e os cabos da máquina de choques corriam entre as pernas dela, vestido adentro.

– Olá, Franck – disse Weber. – Junte-se a nós, por favor. Nosso Becker aqui concebeu uma inovação. Mostre a ele, sargento.

Becker levou a mão à virilha da moça e de lá tirou um cilindro de ebonite de mais ou menos quinze centímetros de comprimento, dois ou três de diâmetro. O cilindro tinha dois anéis metálicos, afastados por alguns centímetros, aos quais se conectavam os fios que vinham da máquina de choques.

Dieter já estava acostumado a torturas, mas estremeceu ao ver aquilo, enojado com a mente que havia distorcido de forma tão diabólica o ato sexual.

– Ela ainda não contou nada, mas estamos apenas no começo – prosseguiu Weber. – Mais um choque, sargento.

Becker levantou o vestido da moça e inseriu o cilindro na vagina dela. Depois pegou um rolo de fita isolante e usou um pedaço para prender o cilindro no lugar.

– Aumente a voltagem dessa vez – instruiu Weber.

Becker voltou para junto da máquina. E foi nesse instante que as luzes se apagaram.

~

Um clarão azulado e um estrondo surgiram de trás do forno. As luzes se apagaram e a cozinha ficou cheirando a queimado. O motor da geladeira deu seus últimos roncos.

– O que foi que aconteceu? – perguntou o jovem cozinheiro em alemão.

Com Jelly e Greta na retaguarda, Flick saiu às pressas da cozinha e correu para a escada logo ao lado, que levava ao porão. Antes de descer, parou um segundo, sacou a submetralhadora da cintura e a manteve escondida sob a frente do jaleco.

– O porão também vai estar em escuridão total? – perguntou.

– Cortei todos os cabos, inclusive os da iluminação de emergência – garantiu Greta.

– Então vamos.

As três chisparam escada abaixo. Quanto mais avançavam, mais distantes ficavam da pouca luz que ainda vazava das janelas do palácio. O breu era quase total quando elas alcançaram a entrada do porão.

Dois soldados montavam guarda junto à porta. Um deles, um cabo mais jovem armado de um fuzil, sorriu e disse:

– As senhoritas não precisam ter medo. Foi só uma queda de energia.

Flick não pensou duas vezes antes de disparar contra o peito dele e, ato contínuo, disparar contra o sargento também.

O caminho agora estava livre. Um ronronar de máquinas se misturava ao vozerio distante dos alemães. Ainda com sua Sten em punho, Flick atravessou a porta e usou a mão livre para sacar a lanterna. Acendendo-a, se viu num corredor largo de teto baixo. Portas se abriram mais adiante, e ela rapidamente desligou a lanterna. A seguir, lá pelo fim do corredor, alguém riscou um palito de fósforo.

Cerca de trinta segundos haviam se passado desde o corte dos cabos. Não demoraria muito para que os alemães se recobrassem do susto e providenciassem lanternas também. Tinha apenas um minuto, talvez menos, para sumir de vista.

Tentou abrir a porta mais próxima. Estava destrancada. Mais uma vez usou a lanterna para se orientar. Viu que a porta dava para um laboratório fotográfico. Fotos reveladas secavam num varal. Um homem de jaleco branco tateava no escuro.

Fechou a porta, foi para o outro lado do corredor e tentou mais uma, que estava trancada. Pela posição da sala, imaginou que ali ficassem os tanques de combustível.

Avançando no corredor, abriu a porta seguinte. O ronronar de máquinas ficou subitamente mais alto. Bastou uma piscadela da lanterna para que ela visse o que estava ali: o gerador que decerto mantinha as mesas telefônicas operando durante as quedas de energia.

– Tragam os corpos para cá! – sussurrou para as outras duas.

Enquanto Jelly e Greta arrastavam os soldados mortos, Flick correu para a entrada do porão e fechou a porta de aço. Agora o breu era total. Ocorreu-lhe então travar os três ferrolhos pesados que ficavam do lado interno da porta. Ganharia um tempo precioso até que alguém conseguisse abri-los no escuro.

Em seguida voltou para a sala do gerador, fechou a porta e acendeu a lanterna. Jelly e Greta haviam deixado os corpos num canto qualquer e ofegavam em razão do esforço.

– E agora? – sussurrou Greta.

Entre as máquinas corria uma mixórdia de tubos e cabos. Graças à eficiência alemã, todos haviam sido codificados com cores diferentes, e Flick sabia o que cada cor significava: amarelo para os tubos de ventilação; verde para os hidráulicos; vermelho e preto para os elétricos; marrom para os dutos de combustível. Apontando a lanterna para um destes últimos, ela disse a Jelly:

– Mais tarde, se tivermos tempo, quero que abra um buraco nisto aqui.

– Não vai ser difícil – disse Jelly.

– Agora coloque as mãos nos meus ombros e venha atrás de mim. Greta, faça o mesmo com Jelly e venha também. Podemos ir?

– Pronto – disse Greta. – Podemos.

Flick apagou a lanterna e abriu a porta. Dali em diante elas teriam de caminhar às cegas. Usando a parede como guia, Flick foi avançando porão adentro. Diversos homens zanzavam pelo corredor, falando em voz alta.

Num tom autoritário, alguém disse em alemão:

– Quem foi o idiota que fechou a porta principal?

Greta usou sua voz masculina para responder:

– Está emperrada.

O alemão cuspiu um palavrão qualquer e sacudiu a porta na esperança de abri-la à força.

Flick encontrou a porta seguinte, abriu-a e piscou a lanterna para ver o que havia dentro. Duas enormes arcas de madeira, que mais lembravam túmulos, ocupavam quase todo o espaço.

– Sala de baterias – sussurrou Greta. – Vamos para a próxima.

– Isso foi uma lanterna? – berrou o mesmo alemão de antes. – Tragam para cá!

– Estou indo – disse Greta com sua voz de Gerhard, mas as três Jackdaws seguiram na direção contrária.

Flick abriu a porta seguinte, entrou no cômodo com as outras duas, fechou a porta às suas costas e só então acendeu a lanterna. Elas agora estavam numa sala comprida e estreita com paredes recobertas de equipamentos. Logo à entrada ficava o armarinho de arquivo que decerto abrigava os diagramas explicativos. Nos fundos, três homens esperavam sentados em torno de uma mesa com cartas de baralho à sua frente, imóveis desde o apagão. Levantaram-se assim que viram a luz da lanterna.

Flick ergueu a submetralhadora num átimo e atirou contra o primeiro deles. Com a mesma rapidez, Jelly sacou sua pistola e atirou contra o segundo. O terceiro se jogou no chão, talvez em busca de algum abrigo, mas não conseguiu escapar do facho da lanterna. Flick e Jelly atiraram praticamente juntas, e o homem ficou inerte.

Flick se recusou a pensar naqueles mortos como seres humanos. Não havia tempo para sentimentalismos. Passeando a lanterna ao redor, ela ficou feliz com o que viu. Aquele só podia ser o cômodo que procuravam. Afastados mais ou menos um metro das paredes, dois racks que iam do chão ao teto abrigavam milhares de terminais organizados em fileiras. Cabos telefônicos vindos do lado de fora atravessavam as paredes em feixes distintos para se conectarem à parte de trás dos terminais no rack mais próximo. No rack vizinho, cabos semelhantes saíam da traseira dos terminais, atravessavam o teto e subiam para as mesas telefônicas da central. Um emaranhado de pentes de ligação conectava pela frente os aparelhos de ambos os racks.

Flick olhou para Greta.

– E aí?

Greta vinha examinando o equipamento com a própria lanterna. Parecia fascinada.

– Isto é o repartidor principal – falou ela. – Mas é um pouco diferente do que a gente tem na Inglaterra.

Flick ficou surpresa com a nova postura do transformista. Minutos antes Greta dizia estar apavorada demais para continuar, agora parecia indiferente à morte de três homens.

Outros aparelhos cintilavam com a luz de inúmeras válvulas. Apontando a lanterna para eles, Flick perguntou:

– Esses aí o que são?

– Amplificadores e comutadores para as linhas de longa distância – respondeu Greta.

– Ótimo. Mostre a Jelly onde colocar os explosivos.

As três se puseram a trabalhar. Greta foi retirando o papel encerado que embrulhava os pacotes de explosivo plástico, enquanto Flick desenrolava o pavio para depois cortá-lo. Sabendo que a taxa de combustão era de um centímetro por segundo, ela disse:

– Vou cortar os pavios em pedaços de três metros. Isso nos dará exatamente cinco minutos para sair daqui.

Não demorou para que Jelly pudesse montar os conjuntos de pavio, detonador e acendedor de estopim.

Flick agora sustentava a lanterna enquanto Greta prendia os explosivos aos terminais mais vulneráveis. Jelly vinha depois, espetando os acendedores de estopim no plástico mole.

Elas foram rápidas, e em cinco minutos o cômodo inteiro já se pintalgava com o amarelo dos explosivos, como se infestado de urticária. Os diferentes pavios se uniam em determinada altura, entrelaçando-se de modo que pudessem ser acesos ao mesmo tempo por uma única chama.

Jelly buscou a bomba de termita, uma lata preta, mais ou menos do tamanho de uma lata de conserva grande, contendo uma mistura de óxido de ferro e pó de alumínio. Tratava-se de uma bomba incendiária, capaz de provocar chamas muito intensas e de altíssima temperatura. Jelly retirou a tampa, deixando à mostra os dois pavios, depois acomodou a bomba junto aos racks do repartidor.

— Em algum lugar desta sala devem estar os milhares de cartões que mostram como os circuitos estão montados — falou Greta. — Também devemos queimá-los. Depois, se os alemães quiserem consertar o estrago, vão demorar uma eternidade até juntar todos os cabos da forma certa.

Flick correu para o armário de arquivo que tinha visto antes e dentro dele encontrou quatro pastas com um sem-número de diagramas plastificados e devidamente separados por etiquetas. Voltou para junto de Greta:

— É isto que você quer?

Greta examinou um dos diagramas à luz da lanterna.

— É sim — confirmou.

— Espalhem em torno da bomba — sugeriu Jelly. — Vão queimar num segundo.

Flick foi jogando os diagramas pelo chão em pilhas desordenadas.

Jelly colocou o bastão gerador de oxigênio nos fundos da sala.

— Isso vai deixar o fogo bem mais quente — disse. — Normalmente só dá para queimar as estruturas de madeira e o isolamento dos cabos, mas com isso... até o cobre dos cabos vai derreter.

Estava tudo pronto.

Flick correu a lanterna pelo cômodo. As paredes externas eram de alvenaria antiga, mas as internas, as que separavam um cômodo de outro, não passavam de divisórias de madeira e seriam facilmente queimadas pela explosão. Não demoraria muito para que o fogo se espalhasse pelo resto do porão.

Mais de cinco minutos haviam se passado desde a queda de energia.

Jelly pegou seu isqueiro.

– Vocês duas, saiam do prédio – falou Flick. – Jelly, no caminho, passe pela sala do gerador e abra um buraco naquele duto de combustível que mostrei.

– Entendido.

– Voltamos a nos encontrar no apartamento da Antoinette.

– Mas... aonde *você* vai? – perguntou Greta, aflita.

– Encontrar Ruby.

– Você só tem cinco minutos – alertou Jelly.

– Eu sei – disse Flick, sinalizando para Jelly acender o pavio.

~

Quando Dieter passou do breu do porão à meia-luz da escada, viu que os guardas não estavam mais na entrada. Deduziu que tinham ido buscar ajuda, mas ainda assim ficou furioso com a indisciplina. Ambos deveriam ter mantido seu posto.

Também era possível que tivessem sido levados à força, sob a mira de uma arma. Nesse caso... o ataque ao palácio já estaria em andamento?

Dieter disparou escada acima. Não encontrou nenhum sinal de batalha no primeiro andar. As telefonistas seguiam trabalhando normalmente, pois o sistema de telefonia operava num circuito independente, isolado da eletricidade do resto do prédio, e a luz que vinha das janelas ainda era suficiente para que elas enxergassem as mesas. Dirigindo-se para os fundos do prédio, onde ficavam as oficinas de manutenção, ele atravessou o refeitório e já ia deixando a cozinha para trás quando avistou três soldados de macacão parados diante do quadro de disjuntores.

— A luz caiu no porão — falou Dieter.

— Eu sei — devolveu um dos homens, que era sargento. — Todos estes fios foram desconectados.

Ouvindo isso, Dieter não se conteve e rugiu feito um leão:

— Então vá buscar suas ferramentas e dê um jeito nisso, sua mula! Não fique aí parado coçando essa sua cabeça oca!

— Pois não, senhor — disse o sargento, assustado.

O jovem cozinheiro também estava por perto.

— Acho que foi o forno elétrico, senhor — disse, preocupado.

— Como assim? — cuspiu Dieter.

— Bem, major... estavam limpando atrás do forno... e de repente teve uma explosão...

— *Quem* estava limpando o forno?

— Não sei, senhor.

— Algum soldado? Alguém que você conhece de vista?

— Não, senhor. Era só uma faxineira.

Dieter ficou sem saber o que pensar. Não havia dúvida de que o palácio fora invadido. Mas onde estariam os inimigos? Ele deixou a cozinha e subiu para o pavimento dos gabinetes.

Ainda estava na escada quando algo chamou sua atenção e o fez virar-se. Uma mulher alta, usando jaleco de faxineira, vinha subindo do porão com um esfregão e um balde em punho.

Ele parou onde estava e ficou olhando para ela, os pensamentos fervilhando na cabeça. Apenas os alemães tinham permissão para entrar naquele porão. Claro, qualquer coisa poderia ter acontecido durante a confusão que se instalara com a queda de energia. Mas o cozinheiro tinha acusado uma faxineira pelo apagão. Ocorreu-lhe então a conversa que tivera com a supervisora das telefonistas. Não havia nenhuma novata entre elas, mas nada fora dito a respeito de novas faxineiras.

Dieter deu meia-volta e desceu ao encontro da moça.

— O que você estava fazendo no porão? — foi logo perguntando.

— Desci para fazer a limpeza, mas não tem luz.

Dieter franziu o cenho. Percebera um leve sotaque no francês dela, mas não sabia identificá-lo.

– Você não tem permissão para transitar por lá.

– Sim, um soldado me contou. Falou que eles mesmos fazem a limpeza, mas eu não sabia.

O sotaque não era inglês, concluiu Dieter. Era o quê, então?

– Há quanto tempo você trabalha aqui?

– Faz só uma semana. Nunca tinha descido ao porão.

A história era plausível, mas Dieter não ficou satisfeito.

– Venha comigo – ordenou, cravando os dedos no braço da faxineira para levá-la até a cozinha.

Ela não ofereceu resistência.

Chegando lá, ele perguntou ao cozinheiro:

– Reconhece esta mulher?

– Sim, senhor. Era ela que estava limpando atrás do forno.

Dieter se virou para a faxineira.

– É verdade?

– É sim, senhor. Sinto muito se estraguei alguma coisa.

Foi então que Dieter reconheceu o sotaque dela.

– Você é alemã – disse.

– Não, senhor.

– Traidora imunda... – rosnou, e se virou para o cozinheiro: – Pegue ela e venha comigo. Esta traidora vai contar tudo o que sabe.

~

Flick abriu a porta marcada como "Centro de Interrogatório", atravessou-a e correu a lanterna pelo lugar. Viu uma mesa vagabunda com cinzeiros sobre o tampo de pinho, diversas cadeiras e uma escrivaninha metálica. Não havia ninguém.

Era estranho. Ela havia localizado as celas de prisão naquele mesmo corredor e espiara com a lanterna através das vigias. Todas estavam vazias. Onde estariam Gilberte e todos os outros prisioneiros que a Gestapo capturara nos últimos oito dias? Ou tinham sido transferidos para outro lugar, ou... estavam mortos. Mas Ruby com certeza estaria por ali.

Só então percebeu a porta à sua esquerda, que decerto dava para um cômodo interno.

Flick desligou a lanterna, atravessou a tal porta, fechou-a às suas costas e voltou a ligar a lanterna.

E logo viu Ruby deitada no que parecia ser uma mesa cirúrgica. Alças de couro a prendiam pelos pulsos e tornozelos, um torno a impedia de mover a cabeça. O fio que corria de uma máquina para a virilha denunciava o que fora feito com ela. Flick sentiu calafrios, mal acreditando no horror daquilo tudo. Aproximou-se da mesa e disse:

– Ruby? Está me ouvindo?

Ruby engrolou alguma coisa, e Flick respirou aliviada ao constatar que ela estava viva.

– Vou tirá-la daqui – disse, deixando a submetralhadora sobre a mesa.

Ruby tentou dizer algo, mas as palavras se misturaram num grunhido. Com a maior rapidez possível, Flick desatou as alças e relaxou o torno.

– Flick... – sussurrou Ruby, finalmente conseguindo articular alguma coisa.

– Que foi?

– Atrás de você.

Flick deu um passo rápido para o lado. Algo pesado passou rente de sua orelha e a martelou no ombro esquerdo. Ela deu um grito de dor, deixou a lanterna cair e desabou no chão. Imediatamente rolou para o lado, procurando afastar-se o máximo possível de seu agressor para que não fosse golpeada uma segunda vez.

Ficara tão chocada com o estado de Ruby que não havia vasculhado a sala com a lanterna. Alguém vinha esperando no escuro pelo momento certo de atacar, e agora lá estava ela, indefesa no chão.

O braço esquerdo estava dormente em razão da martelada,

então foi com o direito que ela começou a tatear à sua volta, tentando recuperar a lanterna. Antes que pudesse encontrá-la, no entanto, ouviu um estalo e foi surpreendida pela súbita volta da luz.

Piscando os olhos contra a súbita claridade, viu duas pessoas. Uma delas era um sujeito atarracado e de cabelos raspados rentes à cabeça. Atrás dele estava Ruby. Ainda no escuro ela havia encontrado o que parecia ser um porrete metálico e vinha esperando com ele no alto, pronta para atacar, pois bastou a luz voltar para que golpeasse a cabeça do homem com todas as forças que ainda lhe restavam. O estrago aparentemente foi grande. O homem amoleceu, desabou no chão e assim ficou, apagado.

Sem hesitar, Flick ficou de pé e pegou a Sten que havia deixado na mesa.

Ajoelhada ao lado do corpo desfalecido, Ruby disse:

– Este é o sargento Becker.

– Você está bem? – perguntou Flick.

– Estou um farrapo, mas não vou deixar barato para este filho da puta.

À custa de muito esforço, Ruby levantou o sargento pela farda, colocou-o novamente de pé e o jogou de costas sobre a mesa cirúrgica. Ele resmungou alguma coisa, e Flick disse:

– Está vivo! É melhor a gente acabar logo com ele.

– Me dê só uns segundinhos.

Ruby endireitou as pernas do sargento, atou tornozelos e pulsos, imobilizou a cabeça. Em seguida buscou na máquina o cilindro preto e o enfiou na boca do homem indefeso, fazendo-o engasgar. Usou os dentes para cortar um pedaço de fita isolante e com ele prendeu o cilindro. Por fim voltou à máquina e girou o maior dos botões.

A máquina despertou com um discreto ronronar. Sobre a mesa, Becker se contorceu, tentando se livrar das amarras, e começou a gritar, mas o som era abafado pelo cilindro. Ruby o encarou por alguns segundos, depois se virou para Flick.

– Vamos.

Elas saíram, deixando para trás o sargento, que estremecia na mesa, grunhindo feito um porco no momento do abate.

Flick consultou o relógio. Dois minutos tinham se passado desde que Jelly acendera os pavios.

Elas atravessaram a sala de interrogatório e voltaram para o corredor. A confusão inicial já se dissipara. Não havia ninguém por perto além dos três soldados que conversavam tranquilamente à entrada do porão. Com Ruby atrás, Flick apertou o passo na direção da trinca de alemães.

Sua intenção era pôr no rosto uma expressão confiante e passar direto por eles, mas, antes de chegar aos soldados, ela avistou, do outro lado da porta, o vulto alto e inconfundível de Dieter Franck, que vinha descendo a escada com mais duas ou três pessoas às suas costas, não dava para saber ao certo. Ela parou imediatamente e por pouco não foi atropelada por Ruby. A porta mais próxima era a da sala de rádio, segundo dizia a placa. Flick puxou Ruby e entrou. Por sorte não havia ninguém lá.

Por uma fresta na porta ela ouviu o major Franck latir em alemão:

– Onde estão os dois guardas que deveriam estar de sentinela nesta porta?

– Não sei, major, era isso mesmo que eu estava me perguntando.

Flick tirou o silenciador da submetralhadora e selecionou o modo de fogo rápido. Usara apenas quatro balas até então, portanto restavam vinte e oito no pente.

– Sargento, você e o cabo fiquem aqui montando guarda. Capitão, procure o major Weber e diga a ele que o major Franck insiste que uma busca seja feita imediatamente neste porão. Ande, depressa!

Flick ouviu o major passar diante da sala de rádio. Redobrou a atenção e continuou ouvindo até que uma porta bateu mais adiante. Só então ela espiou o corredor. Dieter já havia sumido de vista.

– Vamos!

Ela e Ruby saíram para o corredor e foram caminhando na direção da porta. Foram interpeladas pelo cabo, que disse:

– O que estão fazendo aqui?

Flick tinha uma resposta na ponta da língua:

– Minha amiga Valéry é nova no serviço e se perdeu na confusão.

O cabo não se deu por convencido:

– Ainda está claro lá em cima. Como foi que ela se perdeu?

Foi Ruby quem respondeu:

– Desculpe, senhor. Achei que era para limpar aqui embaixo também. Ninguém me disse que não podia.

– É para mantê-las do lado de fora, rapaz. Não do lado de dentro – disse o sargento em alemão.

Deu uma risada e acenou para que elas passassem.

~

Dieter amarrou a mulher a uma cadeira e dispensou o cozinheiro que a escoltara desde a cozinha. Encarou a prisioneira por um instante, perguntando-se quanto tempo ainda teria. Uma agente tinha sido presa na rua, em algum lugar próximo ao palácio. Outra, se fosse mesmo uma agente, fora flagrada e capturada enquanto subia do porão. E as outras? Teriam entrado e conseguido sair? Estariam escondidas em algum lugar, à espera de um sinal para entrar? Ou estariam ali no porão neste momento? Era enlouquecedor não saber o que estava acontecendo. Mas ele já havia providenciado uma busca no porão. Só restava uma coisa a fazer: interrogar a prisioneira.

Ele começou com o tradicional tapa no rosto, súbito e desmoralizante. A moça deu um grito de susto e dor.

– Onde estão suas amigas? – perguntou Dieter.

Avaliando o rosto avermelhado da prisioneira, ficou intrigado com o que viu: ela parecia contente.

– Estamos no porão do castelo – falou ele. – Há uma câmara de tortura do outro lado daquela porta. E atrás destas divisórias estão quase todos os equipamentos da central telefônica. Estamos num beco sem saída. Num *cul-de-sac*, como dizem os franceses. Caso o plano de suas amigas seja explodir este prédio, você e eu vamos morrer bem aqui, nesta sala.

A expressão no rosto da moça não mudou.

Talvez o plano não fosse explodir o palácio, cogitou Dieter. Mas então... seria o quê?

– Você é alemã – prosseguiu ele. – Por que diabo está ajudando os inimigos do seu país?

– Vou lhe dizer por quê – falou ela por fim, mas em alemão, com um sotaque de Hamburgo. – Muitos anos atrás eu tinha um namorado. O nome dele era Manfred.

Greta desviou o olhar e deixou que as lembranças viessem à tona:

– Vocês, nazistas, o prenderam e o mandaram para um campo de concentração. Acho que ele morreu por lá. Nunca mais tive notícias – falou, engolindo o choro. – Quando o tiraram de mim, prometi que iria me vingar. Pois bem. Esta é a minha vingança.

Ela deu um sorriso de felicidade.

– Esse seu regime absurdo está chegando ao fim – falou Greta. – E eu contribuí para a destruição dele.

Havia algo de errado ali. Ela já dava tudo por certo. Além disso, a luz não demorara a voltar. Seria possível que o breve apagão tivesse sido suficiente para que elas fizessem o que tinham de fazer? Aquela mulher não dava o menor sinal de medo. Mas também era possível que ela não se importasse de morrer.

– Por que seu namorado foi preso?
– Disseram que ele era um pervertido.
– De que tipo?

– Era homossexual.
– Mas não era seu namorado?
– Sim.
Dieter ficou confuso. Então, avaliando melhor a prisioneira, notou que tinha ombros largos e alguns traços masculinos sob a maquiagem, sobretudo no nariz e no queixo.
– Você é... *homem*? – falou afinal, perplexo.
Ela apenas sorriu.
Uma terrível suspeita se abateu sobre Dieter.
– Por que está me contando tudo isso? Está tentando me manter ocupado enquanto suas amigas escapam? Está sacrificando a própria vida para garantir o sucesso da...
Ele perdeu a linha de raciocínio quando ouviu ali perto algo parecido com um gemido ou um grito abafado. Refletindo um instante, se deu conta de que já tinha ouvido aquilo antes, pelo menos umas duas ou três vezes, mas não dera atenção. O barulho parecia vir da câmara de tortura.
Correu para a saleta adjacente e mal acreditou no que viu ao abrir a porta. Quem estava na mesa cirúrgica não era a prisioneira capturada por Weber, mas um homem irreconhecível em razão do rosto deformado: mandíbula deslocada, dentes quebrados, faces imundas de sangue e vômito. Foi pelo porte que ele enfim reconheceu Becker. Vendo o fio que saía da máquina de choques e sumia nos lábios dele, bem como a fita isolante presa ao rosto, deduziu que o terminal cilíndrico estivesse dentro da boca do homem. Becker tremia e guinchava de um modo horrível. Ainda estava vivo, mas o aspecto geral era medonho.
Horrorizado com tudo aquilo, o major correu e desligou a máquina. Imediatamente o sargento parou de tremer. Dieter voltou para o lado dele e, com um puxão no fio, arrancou o cilindro que haviam enterrado em sua boca.
– Becker! Está me ouvindo? – falou. – Que diabo aconteceu aqui?
Não recebeu resposta.

∼

No andar de cima tudo corria bem. Flick e Ruby foram passando às pressas pelas telefonistas, que seguiam ocupadas nas suas mesas, falando baixinho ao microfone, plugando e desplugando cabos, conectando pessoas importantes em Berlim, Paris e na Normandia. Flick olhou para o relógio. Dali a exatos dois minutos todas aquelas conexões seriam desfeitas e a máquina militar emperraria, reduzida a componentes isolados que não formavam mais um todo. Agora faltava apenas conseguir sair.

Elas cruzaram o prédio sem nenhum incidente. Em poucos segundos estariam na praça da cidade. No entanto, ainda no pátio encontraram Jelly voltando ao palácio.

– Onde está Greta? – perguntou ela.

– Saiu com você! – respondeu Flick.

– Parei na sala do gerador para colocar um explosivo no duto de combustível, como você pediu. Greta seguiu na frente, mas até agora não apareceu no apartamento de Antoinette. Acabei de falar com o Paul, ele também não a viu. Então voltei para procurá-la. Disse aos guardas que tinha esquecido meu lanche – falou, mostrando o saquinho de papel que trazia consigo.

– Raios! Greta deve estar lá dentro! – concluiu Flick com desânimo.

– Vou atrás dela – disse Jelly, determinada. – Ela me salvou da Gestapo em Chartres. Devo isso a ela.

Flick mais uma vez conferiu o relógio.

– Temos menos de dois minutos. Vamos!

As três correram de volta para o interior do castelo. As telefonistas olharam assustadas quando elas irromperam no salão e dispararam rumo à escada. Flick já começava a se arrepender de sua decisão. Na tentativa de salvar a vida de uma integrante do grupo, ela havia colocado em risco a de outras duas. E a sua própria também, claro.

Antes de descer a escada, ela parou um instante. À entrada

do porão estavam os mesmos dois soldados que pouco antes as haviam deixado sair: o sargento piadista e o cabo. Dificilmente permitiriam que entrassem de novo.

– Como antes – instruiu Flick –, vamos nos fazer de bobas e atirar só no último segundo.

– O que está acontecendo aqui? – questionou alguém do alto da escada.

Flick gelou.

Quando virou o rosto, deparou com quatro homens descendo, vindos do segundo andar. Um deles, com divisas de major, apontava uma arma na sua direção. De repente ela o reconheceu: era Weber.

Ali estava o destacamento de busca que Dieter Franck havia pedido. Não poderia ter aparecido num momento pior.

Flick mais uma vez se mortificou pela decisão mal tomada. Agora quatro pessoas seriam sacrificadas em vez de uma só.

– Vocês parecem estar conspirando aí – disse Weber.

– O que o senhor quer conosco? – disse Flick. – Somos faxineiras, só isso.

– Pode ser. Mas sabemos que um grupo de agentes inimigas está na cidade.

– Ah, que bom – disse Flick, fingindo alívio. – Se estão procurando por agentes, então podemos ficar tranquilas. Pensei que estivessem insatisfeitos com o nosso trabalho.

Forçou-se a dar uma risada e Ruby fez o mesmo, ambas pouco convincentes.

– Mãos para o alto, por favor – ordenou Weber.

Enquanto erguia os braços, Flick espiou o relógio que levava no pulso.

Só mais trinta segundos.

– Desçam – disse Weber.

Com visível relutância, Flick foi descendo os degraus, seguida por Ruby, Jelly e os quatro alemães. Ia o mais lentamente possível, contando os segundos.

Parou ao sopé da escada. Vinte segundos.

– Você de novo? – disse um dos guardas.
– Pois é. Diga ao seu major – devolveu Flick.
– Sigam em frente – disse Weber.
– Pensei que era para ficarmos longe do porão.
– Continuem!
Cinco segundos.
Eles atravessaram a porta.
E aí veio a explosão.
No fim do corredor, as divisórias da sala de equipamentos foram jogadas longe, aos pedaços, e se seguiu um estrépito de materiais se chocando. O fogaréu se espalhou pelos escombros. Flick foi derrubada pelo impacto.

Com Jelly e Ruby a seu lado, ela se apoiou num dos joelhos, tirou a Sten de seu esconderijo no casaco e girou o tronco. Vendo que os seis alemães também haviam caído, puxou o gatilho.

De todos os homens, apenas Weber continuava raciocinando com frieza. Em meio à saraivada de Flick, ele sacou sua pistola e disparou. Jelly, que tentava se levantar ao lado de Flick, deu um grito e voltou ao chão. Flick imediatamente mirou contra o major, e ele nada pôde fazer para se defender.

O pente da Sten se esvaziou contra os seis alemães. Flick pescou outro no bolso e recarregou a submetralhadora.

Ruby correu até Jelly e tomou o pulso dela. Segundos depois ergueu o rosto:

– Está morta.

Flick se virou para o fundo do corredor, onde Greta deveria estar. A sala de equipamentos cuspia labaredas por toda parte, mas a parede da saleta de interrogatório parecia intacta.

Flick correu na direção do inferno.

∼

Dieter se viu estirado no chão sem saber como havia chegado ali. Ouviu o rugir de labaredas, sentiu cheiro de fumaça. Ainda meio zonzo, se reergueu e espiou a sala de interrogatório.

Logo se deu conta de que a parede de alvenaria da câmara de tortura havia salvado sua vida. A divisória entre a sala de interrogatório e a de equipamentos desaparecera. Os poucos móveis do cômodo se encontravam jogados contra a única parede que restava de pé. A prisioneira – ou prisioneiro – tinha sofrido o mesmo destino e jazia no chão, ainda amarrada à cadeira, com o pescoço virado num ângulo estranho, certamente quebrado. A sala de equipamentos ardia em chamas que se espalhavam rápido.

Dieter logo viu que tinha poucos segundos para sair dali.

Levou um susto quando a porta da sala se abriu de repente e se assustou mais ainda ao ver que era Flick Clairet quem estava do outro lado dela, de submetralhadora em punho.

Usava uma peruca escura, que saíra do lugar, revelando o louro de seus cabelos originais. Arfava, esbugalhava os olhos de modo selvagem, estava vermelha. Ainda assim era uma bela mulher.

Se naquele momento ele tivesse uma arma na mão, teria reduzido a Leoparda inglesa a pó, tomado por um acesso de fúria. Sabia que capturá-la com vida seria um prêmio inestimável, mas estava de tal modo enfurecido e humilhado pelo sucesso dela e pelo próprio fracasso que não saberia se controlar.

Mas era ela quem tinha uma arma na mão.

De início, chocada ao ver o corpo inerte da parceira, ela não o percebeu. Procurando ser o mais discreto possível, ele levou a mão ao bolso do paletó, mas no mesmo instante ela reergueu o rosto e o avistou. Certamente o reconheceu, pois seus olhos cuspiram uma faísca de triunfo. Flick Clairet sabia que quem estava ali era o homem com quem vinha se digladiando pelos últimos nove dias. Um sorriso feroz despontou no canto dos seus lábios. Ela agora queria vingança. Então ergueu a Sten e disparou.

Dieter só teve tempo de recuar para o interior da câmara de tortura e ver as lascas que as balas da submetralhadora arrancavam da parede de alvenaria. Enfim pôde sacar sua Walther P38 automática. Destravou o pino de segurança, mirou na direção da porta e ficou ali, esperando que Flick passasse.

Ela não apareceu.

Ele esperou mais alguns segundos, depois arriscou uma espiadela.

A inglesa não estava mais lá.

Ele atravessou correndo a saleta de interrogatório e saiu ao corredor. Viu Flick mais adiante, correndo com outra mulher, saltando os corpos fardados espalhados no chão. Ele ergueu a pistola e se preparou para atirar, mas de repente foi obrigado a largar a arma. A manga de seu casaco estava em chamas, e ele precisou arrancá-lo.

Quando enfim se recompôs, as mulheres tinham sumido de vista. Então recolheu a pistola caída e partiu no encalço delas.

Enquanto corria, sentiu cheiro de combustível. Havia um vazamento em algum lugar. Ou talvez as sabotadoras tivessem danificado um dos dutos. A qualquer segundo o porão explodiria feito uma bomba gigantesca.

Mas talvez ainda fosse possível pegar Flick.

Ele seguiu correndo escada acima.

~

Na câmara de tortura, a farda do sargento Becker começou a arder lentamente.

O calor e a fumaça fizeram com que recobrasse a consciência, e ele gritou por ajuda, mas ninguém ouviu.

Agora se debatia contra as alças que o prendiam, exatamente como fizeram as tantas vítimas que ele próprio colocara ali. Como elas, nada pôde fazer.

Dali a pouco as suas roupas pegaram fogo. Ele começou a urrar.

Flick viu que Dieter vinha atrás dela na escada com uma arma em punho. Não quis se virar para atirar nele, temendo que isso desse ao alemão o tempo de que precisava para disparar primeiro. Então preferiu seguir correndo em vez de enfrentá-lo.

Alguém acionara o alarme de incêndio e uma sirene uivava com estridência enquanto Flick e Ruby passavam pelas mesas telefônicas vazias. As telefonistas já haviam deixado seus postos e agora corriam feito um rebanho em disparada na direção das portas. A confusão dificultava a mira de Dieter, mas também atrapalhava a passagem das duas. Flick precisou recorrer a chutes e cotoveladas para abrir caminho. Por fim elas alcançaram uma das portas e rapidamente desceram a escadaria até o pátio.

Na praça, o furgão frigorífico de Moulier esperava com as portas traseiras abertas voltadas para o castelo. Do lado de fora, junto à porta do motorista, um Paul ansioso corria os olhos através da grade de ferro com o motor já ligado. Flick nunca ficara tão contente ao vê-lo.

As pessoas que saíam do prédio eram direcionadas por dois soldados para o pequeno vinhedo que ficava na extremidade oeste do pátio, oposta ao estacionamento dos carros. Ignorando a sinalização da dupla, Flick puxou Ruby e correu com ela para os portões do palácio. Ainda trazia na mão sua Sten, e foi o que bastou para que os dois alemães se alarmassem e levassem a mão ao coldre.

Um fuzil se materializou de repente nas mãos de Paul, e ele mirou através da grade. Dois estalos ecoaram na praça, e os dois soldados caíram mortos no pátio.

Sem hesitar, Paul correu até os portões e os escancarou para que Flick saísse com Ruby.

Flick sentiu balas passarem perto de sua cabeça e irem se alojar na lataria do furgão. Dieter vinha atrás atirando.

Paul correu para o volante enquanto Flick e Ruby saltavam para a traseira.

O furgão já havia arrancado quando Flick viu Dieter correr para o estacionamento, rumo a seu carrão azul-celeste.

Foi nesse momento que, nas profundezas do porão, o fogaréu atingiu os tanques de combustível.

Seguiu-se um longo troar subterrâneo, não muito diferente de um terremoto, e, de um segundo para o outro, o solo do estacionamento se partiu em mil pedaços, jorrando no ar uma densa nuvem de cascalho, terra e concreto que virou de ponta-cabeça boa parte dos carros deixados junto da fonte e cobriu os demais com uma inusitada chuva de pedras grandes e blocos de alvenaria.

Dieter foi arremessado de volta para a escadaria. A bomba de gasolina também alçou voo, deixando no seu lugar um jato de fogo. Muitos carros estavam em chamas, e não demorou para que os tanques de gasolina começassem a explodir também, um após o outro.

Tudo isso ficou para trás assim que o furgão dobrou a primeira esquina e se afastou da praça. Paul pisava fundo no acelerador, aflito para deixar a cidade, e Flick e Ruby eram jogadas de um lado para outro no piso metálico da traseira.

Só então ocorreu a Flick que tinham conseguido cumprir a missão. Era difícil acreditar que aquilo realmente acontecera. O pensamento seguinte foi para Greta e Jelly, ambas mortas, depois para Diana e Maude, que morreriam em algum campo nazista, se já não estivessem mortas também. Por um lado, não havia como ficar feliz, mas, por outro, era impossível negar que era tomada por um contentamento selvagem sempre que pensava naqueles equipamentos derretidos pelo fogo, naquele estacionamento reduzido a pó.

Ela olhou para Ruby, que sorriu e disse:

– Pois é, nós conseguimos.

Flick meneou a cabeça. Ruby não se conteve e a puxou para um abraço emocionado.

– Conseguimos! – repetiu Flick, emocionada também. – Nós conseguimos!

~

Dieter aos poucos se pôs de pé. Sentia dores por todo o corpo, mas nada que o impedisse de caminhar. O castelo ardia em chamas, o estacionamento era um monturo infernal. Mulheres gritavam, histéricas.

Ele correu os olhos pelos escombros. As Jackdaws tinham conseguido o que queriam, mas aquela história ainda não havia chegado ao fim. Elas ainda estavam na França. Talvez ainda fosse possível virar o jogo se ele conseguisse capturar e interrogar Flick Clairet. À noite, ela ainda precisaria ir ao encontro de um aviãozinho em alguma pista clandestina nas cercanias de Reims. Bastava descobrir a hora e o local.

E ele sabia a quem perguntar.

Ao marido dela.

ÚLTIMO DIA
Terça-feira
6 de junho de 1944

CAPÍTULO CINQUENTA E DOIS

Dieter esperava pacientemente sob a luz forte de uma das plataformas da estação de Reims. Outras pessoas aguardavam também – ferroviários franceses e soldados alemães. O trem de prisioneiros estava atrasado, muito atrasado, mas, segundo haviam garantido, chegaria em breve. Só lhe restava esperar. Não tinha mais nenhum coelho na cartola.

A fúria remoía seu peito. Tinha sido derrotado e humilhado por uma mulher. Fosse ela alemã, ele teria ficado orgulhoso. Teria exaltado a inteligência dela, a coragem. Talvez até tivesse se apaixonado. Mas ela pertencia às hostes inimigas e o ludibriara a cada passo, desde o início. Matara Stéphanie. Destruíra o palácio e conseguira fugir. Mas ainda seria capturada. E, quando isso acontecesse, seria submetida às mais inimagináveis torturas. E falaria.

Todos falavam.

Já passava da meia-noite quando o trem enfim chegou.

Dava para sentir o odor antes mesmo que o comboio parasse. Um cheiro forte de curral, mas um curral humano – o que era ainda mais repulsivo.

Os vagões eram de todo tipo, mas nenhum para passageiros. Uns eram concebidos para o transporte de mercadorias, outros para o de gado. Havia até um vagão postal com as janelinhas quebradas. Todos apinhados de prisioneiros.

Os vagões de gado eram vazados nas laterais para que os animais pudessem ser vistos de fora. Os prisioneiros mais próximos estiravam os braços através do gradil, as palmas viradas para cima, suplicantes. Uns pediam para descer, outros suplicavam comida, mas quase todos imploravam por água. Os guardas observavam impassíveis. Dieter tinha dado instruções para que naquela noite os prisioneiros não recebessem nenhum tipo de clemência.

Ele estava acompanhado de dois cabos da Waffen SS, a tropa de elite nazista. Eram apenas guardas do castelo, porém ótimos atiradores. Recrutara-os nas ruínas de Sainte-Cécile, valendo-se de sua autoridade de major.

– Tragam Michel Clairet – ordenou-lhes.

Michel fora trancafiado na saleta sem janelas em que o chefe da estação guardava o dinheiro arrecadado. Os guardas saíram e logo depois voltaram com o francês. Michel estava com as mãos amarradas atrás do corpo e com os tornozelos agrilhoados de modo que não pudesse correr. Ainda não sabia o que acontecera no palácio. Sabia apenas que fora capturado duas vezes numa única semana. Pouco restava do seu ar de aventureiro. Tentava em vão manter uma expressão desafiadora. As roupas estavam imundas, o manquejar piorara, sua tensão era aparente no rosto. Parecia derrotado.

Dieter o tomou pelo braço e o conduziu para junto do trem. De início Michel não entendeu muito bem o que aquilo significava, apenas arregalou os olhos num esgar de perplexidade e medo. Mas, quando viu os braços suplicantes e atentou para o que aquelas pessoas diziam, cambaleou dois passos para trás, como se golpeado por alguém, e teve de ser apoiado por Dieter.

– Preciso de uma informação – disse o major.

Michel balançou a cabeça.

– Pode me colocar neste trem. Prefiro estar com eles do que com você.

Dieter ficou ao mesmo tempo chocado com o insulto e surpreso com a coragem do francês. Sem alterar o tom de voz, disse:

– Me diga onde e quando irá pousar o avião das Jackdaws.

– Quer dizer então que você não conseguiu pegá-las... – disse Michel, agora com uma faísca de esperança no olhar. – Elas conseguiram o que queriam, não conseguiram? Explodiram o palácio, não explodiram? – Jogando a cabeça para trás, ele uivou de alegria: – Belo trabalho, Flick!

Dieter o puxou pelo braço e foi margeando o trem para que Michel visse de perto todo o martírio dos prisioneiros arrebanhados em cada vagão.

– O avião – insistiu.

– Campo perto de La Chatelle, três da madrugada.

Dieter podia jurar que a informação era falsa. Três dias antes, Flick deveria ter pousado naquele mesmo campo, mas abortara a aterrissagem, talvez porque suspeitara de alguma armadilha por parte da Gestapo. Ele sabia muito bem que havia outro campo por perto, pois Gaston cuspira a informação ao ser torturado. Mas o velho não sabia onde ficava esse segundo campo, sabia apenas o apelido: Champ d'Or. Michel certamente saberia.

– Está mentindo.

– Então me coloque no trem.

Dieter balançou a cabeça.

– A alternativa não é essa. Nada tão fácil assim – disse ele.

Viu voltar aos olhos do francês a expressão de perplexidade e medo.

Retornando alguns passos, parou com ele diante do vagão feminino. Vozes trêmulas suplicavam em francês e alemão, algumas invocando a clemência de Deus, outras apelando para os guardas que pensassem nas próprias mães e irmãs, outras tantas oferecendo favores sexuais. Michel baixou o rosto, recusando-se a olhar.

Dieter sinalizou para duas pessoas que aguardavam por perto.

Erguendo os olhos, Michel ficou estarrecido com o que viu.

Hans Hesse vinha escoltando uma moça que poderia ser bonita se não fosse pelos cabelos engordurados, os lábios machucados e a palidez excessiva. Parecia fraca, pois caminhava com dificuldade.

Era Gilberte.

Michel contorceu o rosto numa careta de desespero. Dieter repetiu a pergunta:

– Onde e quando o avião pousará?

Michel não disse nada.

– Coloque a moça no trem – ordenou o major.

Michel soltou um grunhido.

Um dos guardas abriu a porta do vagão de gado e empurrou Gilberte para dentro enquanto outros dois continham a turba com suas baionetas em punho.

– Não! – gritou ela. – Não, não, por favor!

O guarda já ia fechando a porta quando Dieter o deteve.

– Espere – disse, e olhou para Michel, que a essa altura começara a chorar.

– Por favor, Michel, eu imploro! – choramingou Gilberte.

Michel não aguentou.

– Tudo bem – disse.

– Não vá mentir outra vez – alertou Dieter.

– Primeiro tire-a daí.

– O local e o horário.

– O batatal a leste de Laroque. Duas da manhã.

Dieter conferiu as horas no relógio. Meia-noite e quinze.

– Leve-me até lá – ordenou.

~

A cinco quilômetros de Laroque, o vilarejo de L'Épine dormia. O luar intenso prateava a igreja. Atrás dela, próximo a um celeiro, escondia-se o furgão frigorífico de Moulier. Paul e as Jackdaws sobreviventes aguardavam à sombra que um dos arcos da igreja projetava sobre a rua.

– O que vocês mais querem neste momento? – perguntou Ruby.

– Um belo bife – respondeu Paul.

– Uma cama limpa e macia – respondeu Flick. – E você?

– Quero ver o Jim.

Flick se lembrou então do rápido affaire que a cigana tivera com o instrutor de armas em Londres.
– Pensei que... – começou, mas foi interrompida.
– Pensou que era apenas uma transa casual? – disse Ruby.
Flick fez que sim com a cabeça, envergonhada.
– Jim também deve estar pensando a mesma coisa. Mas... ele que me aguarde.
Paul riu baixinho, depois disse:
– Aposto que você consegue tudo o que quer.
– E vocês dois? – devolveu Ruby.
– Sou um homem solteiro – disse Paul, olhando para Flick.
Ela balançou a cabeça.
– Minha intenção era pedir o divórcio a Michel, mas... como é que a gente faz uma coisa dessas no meio de uma operação?
– Então vamos esperar até o fim da guerra, depois nos casamos – determinou Paul. – Sou paciente.
Típico dos homens, pensou Flick, falar assim de casamento de modo tão banal, como se casar com alguém fosse apenas uma questão prática, como tirar a carteira de motorista. Romantismo não era mesmo o forte deles. Mas, na realidade, ela estava contente. Aquela era a segunda vez que Paul falava em casamento. Ora, romantismo pra quê?
Ela olhou para o relógio: uma e meia da manhã.
– Está na hora. Vamos.

~

Dieter confiscara uma limusine Mercedes que se achava fora do palácio no momento da explosão. O carro agora estava estacionado à beira de um vinhedo próximo ao batatal de Laroque, camuflado com folhas secas de parreira colhidas do chão. Michel e Gilberte estavam no banco de trás, devidamente amarrados e vigiados por Hans.
Dieter e os dois cabos, ambos armados com fuzil, avaliavam o batatal, fazendo cálculos e conjecturas.

— As terroristas chegarão em poucos minutos — disse o major. — Temos o elemento-surpresa a nosso favor. Elas nem sequer imaginam que estamos aqui. Mas lembrem-se: quero todas vivas, sobretudo a líder, que é a mais baixinha. Atirem para ferir, não para matar.

— Não podemos garantir nada — argumentou um dos atiradores. — Esta plantação deve ter uns trezentos metros de ponta a ponta. Digamos que o inimigo esteja a uns cento e cinquenta metros de distância. Não dá para acertar a perna de uma pessoa correndo.

— Ninguém estará correndo — retrucou Dieter. — Elas estão vindo pegar um avião. Vão ter de formar uma linha com lanternas para orientar o piloto. Isso significa que permanecerão imóveis por um bom tempo.

— No meio do mato?

— Sim.

— Então eu consigo — disse o atirador. Mas olhou para o alto e ressaltou: — A menos que uma nuvem esconda a lua.

— Nesse caso ligamos os faróis do carro no momento certo — disse Dieter. — São bem fortes.

— Escutem... — alertou o segundo atirador.

Todos se calaram. Um veículo motorizado se aproximava. Os três que estavam fora da Mercedes se ajoelharam. Apesar do luar, eles não podiam ser vistos no emaranhado escuro das videiras se mantivessem a cabeça baixa.

Um furgão surgiu com os faróis apagados na estrada do vilarejo. Parou diante da porteira do batatal e um vulto feminino desceu para abri-la. O veículo passou para dentro. Parou. Quem estava ao volante desligou o motor. Outras duas pessoas desceram, um homem e uma mulher.

— Muito silêncio agora — sussurrou Dieter.

De repente a quietude da madrugada foi interrompida pelo estrondo de uma buzina.

Dieter saltou assustado e xingou. O barulho tinha vindo de trás. Era a buzina da Mercedes.

– Merda!

Correu em direção à porta do motorista e logo viu o que tinha acontecido: Michel se jogara sobre o encosto do banco à sua frente e apertava a buzina com as mãos amarradas. No banco do carona, Hans não conseguia sacar sua arma porque Gilberte se juntara a Michel na luta e saltara para cima do alemão, obrigando-o a se defender.

Dieter tentou empurrar Michel para que ele voltasse ao banco de trás, mas, na posição em que estava, do lado de fora com os braços estendidos para dentro da janela, não conseguiu imprimir a força de que precisava, e Michel seguiu buzinando. Impossível que os agentes da Resistência não ouvissem aquele alerta ensurdecedor.

Dieter tateava os bolsos à procura de sua arma quando um clarão fez com que ele erguesse o rosto: Michel enfim encontrara o botão que vinha procurando e acendera os faróis do carro, expondo os dois atiradores. Ambos se levantaram de um pulo, mas, antes que pudessem se esconder novamente na escuridão, foram atingidos pelo fogo que irrompeu do batatal. Alvejado pela saraivada de uma submetralhadora, o primeiro deles deu um berro, deixou cair sua arma e abraçou o próprio corpo antes de desfalecer sobre o capô da Mercedes. O segundo foi atingido por um tiro certeiro na cabeça.

Dieter deixou escapar um grito de susto e dor quando sentiu no braço esquerdo a picada de uma bala.

Pouco depois foi Michel quem gritou, atingido por um tiro disparado de dentro da Mercedes. Hans por fim conseguira se desvencilhar de Gilberte e sacar sua arma. Seu segundo tiro fez com que Michel desabasse, inerte, sobre as mãos ainda plantadas no volante. A buzina prosseguiu com seu escândalo, e ele disparou uma terceira vez, mas sem nenhum proveito, pois já não existia vida no corpo em que a bala se alojou. Gilberte gritou e se jogou de novo sobre Hans, mesmo com as mãos atadas. Dieter estava com sua arma em punho, mas não atirou, por medo de acertar o tenente.

Então ouviu-se um quarto tiro, também de Hans. Durante a luta com Gilberte ele havia acidentalmente disparado sua arma e, por obra do azar, acertado o próprio queixo. Gorgolejara de um jeito medonho, e agora cuspia sangue enquanto caía de costas contra a porta, os olhos arregalados e sem vida.

Dieter mirou com cuidado e acertou Gilberte na cabeça. Em seguida empurrou o corpo de Michel do volante.

A buzina enfim se calou.

Ele encontrou o botão, apagou os faróis e correu os olhos à sua volta.

Viu que o furgão ainda estava lá, mas não as Jackdaws.

Aguçou os ouvidos. Não percebeu nada.

Estava sozinho.

~

Flick engatinhava pelo vinhedo, indo em direção ao carro de Dieter Franck. A lua cheia, sempre tão necessária para os voos clandestinos em território ocupado, agora se revelava uma grande inimiga. Melhor seria que uma nuvem a encobrisse, mas o céu estava limpo, e, por mais que ficasse junto das parreiras, Flick projetava no chão uma sombra nada discreta.

Paul e Ruby haviam sido firmemente instruídos a esperar onde estavam, escondidos em algum lugar nos limites do batatal. Três pessoas engatinhando juntas fariam três vezes mais barulho, e não era disso que Flick precisava naquele momento.

Enquanto engatinhava, aguçava os ouvidos, atenta ao avião que vinha de Londres. Antes que ele chegasse, ela precisava localizar e matar os que ainda restavam de pé entre os inimigos. As Jackdaws não poderiam ir com lanternas para o meio do mato se ainda houvesse algum alemão armado por perto. Sem lanternas para sinalizar o caminho, o avião daria meia-volta e retornaria a Londres sem pousar, a pior de todas as hipóteses.

Flick estava quatro fileiras de parreiras atrás do carro de

Dieter Franck, estacionado nos limites do vinhedo. Ela tentaria surpreender os inimigos por trás. Então seguiu se arrastando com a submetralhadora na mão direita, pronta para atirar. Estava quase lá.

Dieter havia camuflado o carro com folhas secas e gravetos, mas, quando ela espiou através de uma parreira, pôde ver o reflexo da lua na janela de trás.

As ramas das parreiras eram densas, mas ela conseguiu passar por baixo delas e espiar o corredor seguinte. Não viu nada nem ninguém, então se arrastou para a fileira seguinte e fez o mesmo. Quanto mais se aproximava do carro, maior era o cuidado que tomava para não fazer barulho.

Ainda faltavam duas fileiras quando enfim ela avistou as rodas da Mercedes e o mato rasteiro que as cercava. Logo em seguida vislumbrou o que pareciam ser dois corpos imóveis, ambos uniformizados, e se perguntou: quantos seriam eles no total? O carro era uma limusine, grande o bastante para acomodar seis pessoas, talvez até mais.

Ela se arrastou para mais perto. Nada se mexeu. Estariam todos mortos ou ainda haveria alguém de pé? Nada impedia que um ou dois estivessem escondidos por perto, aguardando o momento certo de atacar.

Sem mais o que fazer, ela continuou se arrastando até chegar ao carro.

Pelas portas escancaradas, viu alguns corpos amontoados no interior. Não demorou para reconhecer o rosto de Michel, e precisou buscar forças para não chorar. Michel não tinha sido o melhor marido do mundo, mas era o que ela havia escolhido, e agora lá estava ele, morto sobre o volante daquele carro com três buracos vermelhos na camisa. Então tinha sido ele quem disparara a buzina. Nesse caso, morrera para salvar a vida dela.

Mas não havia tempo para pensar nessas coisas ali, naquelas circunstâncias. Pensaria nelas depois, caso vivesse o bastante.

Ao lado de Michel jazia um oficial desconhecido com um

furo de bala na garganta; as divisas da farda eram de tenente. No banco traseiro havia outros dois corpos. Um deles pertencia a uma mulher. Enfiando a cabeça no interior do carro para ver melhor, ela sentiu o coração vir à boca quando reconheceu Gilberte e teve a impressão de que a garota a fitava com os olhos bem abertos. Um segundo depois, no entanto, constatou que ela estava morta também, atingida por um tiro na cabeça.

Flick se debruçou sobre a jovem para identificar de quem era o corpo ao lado dela. Era um homem – que, de repente, a agarrou pelos cabelos e apertou o cano de uma pistola na lateral de seu pescoço. Foi tudo tão rápido que ela sequer teve tempo de gritar.

Era Dieter Franck.

– Largue essa arma – ordenou ele em francês.

Infelizmente a submetralhadora de Flick estava apontada para o alto; o alemão poderia atirar antes que ela fizesse qualquer movimento. Portanto não havia escolha. Ela deixou a Sten cair e chegou a rezar para que a arma disparasse sozinha com o impacto, já que o pino de segurança estava destravado. Mas não disparou.

– Para trás – mandou o alemão.

Ela recuou, e ele desceu do carro com a arma sempre em riste, voltando a fincá-la no pescoço dela logo depois.

– Você é tão pequena... – disse. – Mas causou um estrago enorme.

Vendo o sangue que manchava o braço do paletó do major alemão, Flick deduziu que o acertara também.

– Não apenas a mim – prosseguiu Dieter. – Aquela central telefônica era mesmo tão importante quanto você imaginava.

– Ótimo – ela conseguiu dizer.

– Mas ainda é cedo para comemorar. Você agora fará um estrago semelhante à Resistência francesa.

Flick lamentou ter sido tão firme com Paul e Ruby ao determinar que eles ficassem onde estavam. Como poderiam socorrê-la agora?

Dieter baixou a arma do pescoço para o ombro dela.

– Não quero matá-la, mas terei o maior prazer em mutilar alguma coisa. Não as pernas, claro. Preciso que continue andando. Depois você me passará todos os nomes e endereços que tem guardados aí, nessa sua cabecinha.

Flick pensou na pílula suicida que tinha na tampa da caneta-tinteiro e cogitou se teria oportunidade para ingeri-la.

– Pena que você destruiu nossa câmara de interrogatório em Sainte-Cécile – comentou Dieter. – Agora terei de levá-la a Paris, onde temos exatamente os mesmos equipamentos.

Ela pensou com horror na máquina de choque e na mesa cirúrgica que vira no porão do palácio.

– Estou aqui pensando: qual será o seu ponto fraco? Cedo ou tarde todo mundo acaba sucumbindo à dor, claro, mas você deve ser daquelas bem duronas, que demoram uma eternidade para jogar a toalha.

Dieter ergueu o braço esquerdo e ignorou a dor do ferimento para tocar os seios dela.

– Talvez a humilhação sexual seja o melhor caminho – disse. – Despir você diante de um monte de gente... Deixar que cinco ou seis bêbados façam o que bem entenderem... Obrigá-la a fazer todo tipo de obscenidade com animais...

– De nós dois, quem seria o mais humilhado com tudo isso? – devolveu Flick. – Eu, a vítima indefesa... ou você, o responsável pela atrocidade?

Ele afastou a mão.

– Mas também temos procedimentos que destroem para sempre a capacidade de uma mulher de gerar filhos.

Flick pensou em Paul e, inadvertidamente, estremeceu.

– Ah! – exclamou Dieter, satisfeito. – Acho que encontrei a chave para destrancar essa sua boquinha.

Flick se deu conta de que fora um grande erro falar com o homem. Deixara transparecer uma informação que agora seria usada contra si.

– Vamos direto a Paris – falou ele. – Chegaremos de manhãzinha, e lá pelo meio-dia você já estará implorando para que eu interrompa a tortura e ouça todos os segredos que você tem a me contar. Até a noite de amanhã, todos os membros da Resistência no norte da França já estarão presos.

Ouvindo isso, Flick sentiu calafrios de pavor. O major não estava falando da boca para fora. Poderia muito bem cumprir a ameaça.

– Acho que você pode viajar no porta-malas do carro, que não é totalmente vedado. Não irá sufocar. Tampouco irá sozinha. Vai com os cadáveres do seu marido e da namoradinha dele. Algumas horas pulando de lá para cá na companhia de dois defuntos... Isso vai baixar sua crista, posso apostar.

Flick não se conteve e estremeceu mais uma vez, apavorada.

Mantendo a pistola apertada contra o ombro dela, Dieter lentamente levou a outra mão ao bolso e tirou um par de algemas. Por mais que doesse, o ferimento no braço não chegava a incapacitá-lo.

– Estenda as suas mãos – exigiu ele.

Felicity permaneceu imóvel.

– Posso algemá-la ou posso inutilizar seus braços com um tiro no ombro. A escolha é sua.

Acuada, Flick enfim ergueu as mãos.

Ele fechou uma das algemas no punho esquerdo; ela já ia oferecendo o outro quando, movida pelo desespero, decidiu tentar uma última cartada: com um golpe lateral do braço esquerdo, afastou a arma que estava fincada em seu ombro e usou o braço direito para sacar a faquinha escondida na lapela do casaco.

Dieter ainda tentou se desviar, mas não foi rápido o suficiente.

Flick fincou a ponta da faca no olho esquerdo dele. Dieter virou a cabeça, mas a lâmina já havia penetrado. Flick então avançou um passo, jogando o próprio corpo contra o dele e empurrando a faca ainda mais. Sangue e fluidos jorraram do globo ocular retalhado.

Berrando de agonia, Dieter disparou sua arma algumas vezes, mas os tiros se perderam no vazio da noite. Ele cambaleou para trás. Flick avançou na mesma medida e seguiu empurrando a faca com a palma da mão até enterrar cada centímetro da lâmina na cabeça dele. Dieter se esborrachou de costas no chão.

Sem pensar duas vezes, Flick se jogou de joelhos sobre o peito do alemão e sentiu as costelas dele se quebrarem. O major deixou cair a arma e levou as mãos ao rosto numa tentativa de puxar a faca, mas não conseguiu. Então, de repente, ficou imóvel. Flick recolheu às pressas a pistola caída, uma Walther P38, e empertigou o tronco para assestá-la contra o major. E então ouviu passos às suas costas.

Era Paul, que vinha correndo a seu encontro.

– Flick! – ele foi logo dizendo. – Você está bem?

Ela fez que sim com a cabeça, ainda apontando a Walther para Dieter Franck.

– Acho que não vai precisar mais dessa arma – disse Paul.

Delicadamente tomou a pistola das mãos dela e travou o pino de segurança.

Ruby chegou logo depois.

– Estão ouvindo? – perguntou a cigana, esbaforida. – É o avião, é o avião!

– Vamos sair daqui – disse Paul.

Os três correram para a pista clandestina e sinalizaram para a aeronave que os levaria de volta para casa.

~

O vento estava forte no canal da Mancha e a chuva era intermitente. Num trecho mais calmo do voo, o navegador foi até o compartimento onde estavam os passageiros e disse:

– Acho que vocês vão gostar de dar uma espiada lá fora.

Flick, Ruby e Paul cochilavam, deitados no chão. Estavam tão exaustos que nem sequer se importavam com o desconforto do metal duro. Aninhada nos braços do americano, Flick não quis se mexer. Mas o navegador insistiu:

– Venham antes que as nuvens cubram tudo de novo. Acho difícil que tenham a oportunidade de ver uma coisa dessas outra vez, nem que vivam cem anos.

Vencida pela curiosidade, Flick ficou de pé e cambaleou até a janelinha retangular mais próxima. Ruby fez o mesmo. A título de gentileza, o piloto inclinou a asa para que elas vissem melhor.

Um vento forte encapelava as águas do canal, mas a lua cheia as iluminava com a força de um holofote. Num primeiro momento, Flick não acreditou no que seus olhos viam. Logo abaixo do avião seguia um navio de guerra pintado de cinza, transbordando de artilharia. Ao lado dele ia outro menor, de aspecto comercial, reluzindo de tão branco ao luar. Atrás de ambos, um vapor velho e enferrujado cabriolava ao sabor das ondas. Vanguarda e retaguarda se apinhavam de cargueiros, navios-tanques e de transporte de tropas, enormes anfíbios de baixo calado, centenas deles até onde a vista alcançava.

O piloto inclinou a outra asa, e Flick passou para a janela do outro lado da fuselagem. O cenário era o mesmo.

– Paul, venha ver! – chamou.

O americano se juntou a ela.

– Caramba! – exclamou. – Nunca vi tanto navio junto!

– É hoje!

– Olhem lá na frente – disse o navegador.

Flick se dirigiu para a cabine do piloto e espiou por cima dos ombros dele. Viu uma esquadra que se espichava no mar feito um carpete de muitos e muitos quilômetros. Às suas costas, Paul disse:

– Eu nem sabia que existia tanto navio assim no mundo!

– Quantos vocês acham que são? – perguntou Ruby.

Foi o navegador quem respondeu:

– Algo em torno de cinco mil, segundo ouvi dizer.

– Impressionante – disse Flick.
– Eu daria um braço para fazer parte disso – falou o navegador. – Vocês não?
Flick olhou para Paul e Ruby, e os três riram.
– Pois nós fazemos – disse Flick. – Ah, se fazemos.

UM ANO DEPOIS
Quarta-feira
6 de junho de 1945

CAPÍTULO CINQUENTA E TRÊS

A WHITEHALL ERA uma rua ladeada por prédios grandiosos que representavam o auge do Império Britânico, cem anos antes. No interior dessas construções, muitas das salas de pé-direito alto e janelões com vista para Westminster haviam sido subdivididas em ambientes menores para aumentar a quantidade de gabinetes para funcionários menos graduados e de salas para reuniões menos importantes. Na condição de subdivisão de um subcomitê, os responsáveis pelas condecorações militares de agentes participantes de atividades clandestinas se reuniam num cubículo sem janelas no qual uma lareira antiga ocupava boa parte do espaço.

Simon Fortescue, do MI6, era um deles. Vestia um terno de risca de giz sobre uma camisa listrada e uma gravata de listras contrastantes. Representando a Executiva de Operações Especiais estava John Graves, do Ministério da Guerra Econômica, que em tese havia supervisionado as atividades da Executiva durante a guerra. Assim como os demais integrantes do subcomitê, Graves trajava o paletó preto e a calça de listras cinzentas que basicamente constituíam o uniforme daquela área de Londres. O bispo de Marlborough engrossava o grupo com sua veste violeta, decerto para dar uma dimensão moral à tarefa de condecorar alguém pela morte de outra pessoa. O coronel Algernon Clarke, também conhecido como Nobby, era oficial da inteligência e o único na sala que de fato vira de perto alguma coisa da guerra.

A secretária do subcomitê serviu chá, e um prato de biscoitos ficou disponível a todos durante a reunião. A manhã já ia longe quando chegaram ao caso das Jackdaws.

– Originalmente, o grupo era composto de seis mulheres – contou John Graves. – Apenas duas voltaram da França, mas elas destruíram a central telefônica de Sainte-Cécile, que operava no mesmo palácio em que ficava o quartel-general da Gestapo.

– Mulheres? – surpreendeu-se o bispo. – Você disse... seis mulheres?

– Exato.

– Pai do Céu! – exclamou o clérigo, mas em tom de censura. – Por que mulheres?

– A central era muito bem vigiada, mas elas conseguiram entrar disfarçadas de faxineiras.

– Hum.

Até então, Nobby Clarke não havia feito mais do que acender um cigarro em outro sem dizer uma palavra sequer, mas agora se manifestou:

– Depois da libertação de Paris, interroguei o major Goedel, o auxiliar de Rommel, e ele disse que os alemães ficaram praticamente paralisados com a interrupção das comunicações no Dia D. Segundo ele, isso foi um fator importante para o sucesso da invasão. Eu não fazia a menor ideia de que um grupo de mulheres estivesse por trás disso. Creio que se trata de um caso para uma Cruz Militar, não?

– Talvez – disse Fortescue, com a habitual afetação. – Mas, segundo fui informado, houve alguns problemas de disciplina com esse grupo. Há uma queixa registrada contra a major Felicity Clairet, que estava no comando da operação. Parece que ela desacatou um oficial da Guarda Real.

– Desacatou? – repetiu o bispo. – Como?

– Uma discussão num bar. Com o perdão da palavra, parece que mandou o homem à merda ou algo assim.

– Santo Pai! Não me parece o tipo de pessoa que deva ser lembrada no hall dos heróis pelas próximas gerações.

– Exatamente. Portanto voto por algo menor do que a Cruz Militar. Uma Ordem do Império Britânico, talvez.

Nobby Clarke interveio mais uma vez.

– Não concordo – disse com placidez. – Afinal, se essa

mulher não tivesse o topete que parece ter, não teria conseguido explodir uma central telefônica bem debaixo do nariz da Gestapo.

Fortescue se irritou. Não estava acostumado com oposições. Detestava pessoas que não se intimidavam diante dele. Correndo os olhos pelos demais em torno da mesa, falou:

– Parece que a maioria do comitê pensa diferente.

Clarke arqueou as sobrancelhas. Sem perder a calma, disse:

– Nesse caso, mesmo sendo minoria, creio que eu possa manifestar minha recomendação para a Cruz Militar.

– Pode – disse Fortescue. – Mas acho difícil que tenha algum efeito.

Clarke deu um longo trago no cigarro como se precisasse daqueles segundos adicionais para pensar.

– Por quê? – perguntou.

– O ministro certamente reconhecerá um ou dois nomes na nossa lista. Para esses, dará o que bem entender, independentemente das nossas recomendações. Em todos os demais, fará aquilo que sugerirmos, sem grande interesse. Nos casos em que o comitê não for unânime, o ministro aceitará a recomendação da maioria.

– Certo – disse Clarke. – Mesmo assim, quero deixar registrado que discordo da decisão do comitê e que recomendo a Cruz Militar para a major Felicity Clairet.

Fortescue olhou para a secretária, a única mulher presente na reunião.

– Cuide disso, por gentileza, srta. Gregory.

– Pois não – assentiu a secretária.

Clarke apagou seu cigarro, acendeu mais um.

E estava sacramentado.

∼

Waltraud Franck chegou feliz em casa. Conseguira comprar alguns quilos de pescoço de cordeiro, o primeiro corte de carne que via em um mês. De sua casa na periferia de Colônia, ela fora a pé até o açougue no centro da cidade, onde passara boa parte da manhã na fila. Além da paciência, também havia encontrado forças para abrir um sorriso quando Beckmann, o açougueiro que chefiava o lugar, apalpou seu traseiro. Se não agisse assim, nunca mais conseguiria comprar nada ali; o homem sempre poderia dizer: "Por hoje a carne acabou." Mas nada disso tinha importância. O importante era que aquele corte de cordeiro renderia refeições para três dias.

– Chegue-ei! – cantarolou assim que atravessou a porta.

As crianças estavam na escola, mas Dieter estava em casa.

Foi para a despensa e guardou a carne preciosa. Deixaria para usá-la no jantar, quando as crianças estivessem presentes. Para o almoço, ela e Dieter se contentariam com sopa de repolho acompanhada de pão preto.

– Olá, querido! – disse com entusiasmo ao rever o marido na sala.

Dieter se sentava imóvel junto à janela, um tapa-olho no lado esquerdo. Trajava um de seus ternos elegantes, só que agora o tecido sobrava no corpo esquelético. Não estava de gravata. Era vestido com carinho pela mulher todas as manhãs, mas Waltraud ainda não aprendera a dar nó em gravatas. No rosto não se via nada além de uma expressão vazia e, do canto da boca, escapava um fio de saliva. Ele não respondeu ao cumprimento da esposa.

Waltraud já estava acostumada.

– Adivinha só – disse a mulher. – Consegui pescoço de cordeiro!

Dieter a fitou com o olho bom.

– Quem é você? – perguntou ele.

Waltraud se curvou para beijá-lo.

– Hoje à noite vamos ter um belo cozido! Não é uma sorte?

~

Naquela tarde, Flick e Paul se casaram numa igrejinha em Chelsea.

A cerimônia foi simples. A guerra na Europa chegara ao fim e Hitler estava morto, mas os japoneses continuavam a defender Okinawa com bravura e, em Londres, a austeridade dos tempos de guerra permanecia. Tanto Flick quanto Paul estavam fardados. Na cidade não havia tecido disponível para um vestido de noiva e, por ser viúva, Flick não queria usar branco.

Foi Percy Thwaite quem a conduziu até o altar. Ruby foi a madrinha. Ela também se casara – com Jim, o instrutor de armas do centro de treinamento, que agora assistia à cerimônia do segundo banco da nave.

O padrinho foi o general Chancellor, pai do noivo. Ele ainda estava estacionado em Londres, de forma que Flick tivera a oportunidade de conhecê-lo razoavelmente bem. O homem tinha a reputação de ser um ogro no Exército americano, mas, aos olhos dela, era a mais doce das criaturas.

Mademoiselle Jeanne Lemas também estava presente. Ela fora levada com a jovem Marie para o campo de concentração de Ravensbrück. Marie morrera lá, mas de algum modo Jeanne sobrevivera. Percy Thwaite mexera todos os pauzinhos a seu alcance para que ela pudesse ir ao casamento. A senhora havia se acomodado no terceiro banco usando um chapeuzinho *cloche*.

O dr. Claude Bouler também sobrevivera, mas Diana e Maude tinham falecido em Ravensbrück. Antes de morrer, Diana se tornara líder das prisioneiras, segundo contara mademoiselle Lemas. Tirando partido de uma fraqueza típica dos alemães (a deferência com que tratavam os aristocratas), ela havia enfrentado o dirigente do campo para reclamar das condições gerais e exigir um tratamento mais digno para todos. Não conseguira muita coisa, mas seu otimismo e sua coragem tinham servido de estímulo para muitos daqueles que já sucumbiam à fome e aos maus-tratos. Segundo eles, Diana lhes renovara a vontade de viver.

Terminada a cerimônia, já como marido e mulher, Paul e Flick receberam os cumprimentos ali mesmo, no altar.

A mãe de Paul também estava presente. Chegara tarde na noite anterior, a bordo do hidroavião transatlântico no qual conseguira embarcar com a ajuda do marido general, e até então não tivera oportunidade de conversar com Flick. Mas agora avaliava a nora de cima a baixo, avaliando se ali estava uma esposa à altura do seu filhinho. Flick se sentiu um tanto desconcertada, mas disse a si mesma que aquilo era natural numa mãe orgulhosa, e foi com um carinho sincero que se adiantou para dar um beijo na sogra.

O casal iria morar em Boston. Paul retomaria as rédeas do seu negócio de discos educativos. Flick planejava terminar seu doutorado e depois dar aulas sobre algum assunto relacionado à cultura francesa para a juventude americana. Eles aproveitariam os cinco dias da viagem de navio para curtir a lua de mel.

A mãe de Flick também estava lá, claro, praticamente escondida sob o chapéu comprado em 1938. Chorava de emoção, ainda que aquele fosse o segundo casamento da filha.

A última pessoa na pequena fila de cumprimentos era Mark, irmão de Flick.

Para que a felicidade dela fosse completa, faltava apenas uma coisa, e era disso que ela pretendia cuidar naquele momento: passando o braço em torno dos ombros do irmão, virou-se para a mãe, que não falava com o filho fazia dois anos, e disse:

– Olha só quem está aqui, mamãe. O Mark.

Mark ficou lívido.

A Sra. Riley hesitou, mas então abriu os braços:

– Oi, meu filho.

– Mamãe... – disse Mark, e se jogou para o abraço oferecido.

Pouco depois saíram todos juntos para o sol da rua.

O QUE DIZ A HISTÓRIA OFICIAL:

DE MODO GERAL, as mulheres não eram incumbidas de operações de sabotagem em território inimigo. No entanto, após a captura de seu comandante pela Gestapo, Pearl Witherington, uma mensageira treinada pelo serviço secreto inglês, assumiu com bravura o comando de um grupo de cerca de dois mil guerrilheiros clandestinos da Resistência francesa na região de Berry. Apesar de veementes recomendações para uma Cruz Militar, condecoração em geral oferecida a homens, Witherington foi contemplada com a categoria civil da Ordem do Império Britânico, homenagem que ela recusou, afirmando não ter feito nada que pudesse ser classificado como atividade civil.

MICHAEL RICHARD DANIELL FOOT
Historiador inglês e membro da Executiva de
Operações Especiais na França durante a
Segunda Guerra Mundial

AGRADECIMENTOS

PELAS INFORMAÇÕES E orientação recebidas sobre a Executiva de Operações Especiais, sou grato a M. R. D. Foot; sobre o Terceiro Reich, a Richard Overy; sobre a história dos sistemas de telefonia, a Bernard Green; sobre armas em geral, a Candice DeLong e David Raymond. Pela ajuda nas pesquisas mais genéricas, agradeço, como sempre, a Dan Starer (Research for Writers, Nova York) e a Rachel Flagg. Também devo agradecer a meus editores: Phyllis Grann e Neil Nyren em Nova York, Imogen Taylor em Londres, Jean Rosenthal em Paris e Helmut Pesch em Colônia; assim como a meus agentes, Al Zuckerman e Amy Berkower. Vários familiares leram meu manuscrito e fizeram críticas importantes, sobretudo John Evans, Barbara Follett, Emanuele Follett, Jann Turner e Kim Turner.

CONHEÇA OS LIVROS DE KEN FOLLETT

Um lugar chamado liberdade
As espiãs do Dia D
Noite sobre as águas
O homem de São Petersburgo
A chave de Rebecca
O voo da vespa
Contagem regressiva
O buraco da agulha
Tripla espionagem
Uma fortuna perigosa
Notre-Dame
O terceiro gêmeo
Nunca

O Século
Queda de gigantes
Inverno do mundo
Eternidade por um fio

Kingsbridge
O crepúsculo e a aurora
Os pilares da Terra (e-book)
Mundo sem fim
Coluna de fogo
A armadura da luz

Para saber mais sobre os títulos e autores da Editora Arqueiro,
visite o nosso site e siga as nossas redes sociais.
Além de informações sobre os próximos lançamentos,
você terá acesso a conteúdos exclusivos
e poderá participar de promoções e sorteios.

editoraarqueiro.com.br